W0373153

Buskaschi
oder
Der Teppich
meiner Mutter

Massum Faryar

Buskaschi
oder
Der Teppich
meiner Mutter

Roman

Kiepenheuer & Witsch

Mit freundlicher Unterstützung
des Ministeriums für Wissenschaft,
Forschung und Kultur Brandenburg

MIX
Papier aus verantwortungsvollen Quellen
FSC® C006701

1. Auflage 2015

© 2015, Verlag Kiepenheuer & Witsch, Köln
Alle Rechte vorbehalten. Kein Teil des Werkes darf in irgendeiner Form (durch Fotografie, Mikrofilm oder ein anderes Verfahren) ohne schriftliche Genehmigung des Verlages reproduziert oder unter Verwendung elektronischer Systeme verarbeitet, vervielfältigt oder verbreitet werden.
Umschlaggestaltung: Rudolf Linn, Köln
Umschlagmotiv: © Ansud – Fotolia.com
Autorenfoto: © Neda Navaee
Foto Kapitelanfänge: Robert Harding; Images / Masterfile
Gesetzt aus der Albertina
Satz: GGP Media GmbH, Pößneck
Druck und Bindung: CPI books GmbH, Leck
ISBN 978-3-462-04674-8

*Gewidmet den unschuldigen Opfern
des Krieges in Afghanistan
und der islamistischen Gewalt in aller Welt
sowie ihren Hinterbliebenen,
insbesondere den trauernden Müttern,
aber auch meiner eigenen Mutter,
da der Gedanke an sie
mich beim Schreiben am meisten ermutigt
und inspiriert hat.*

Bisweilen sind wir sichtbar, bisweilen verborgen,
Bisweilen Muslims, Christen oder Juden.
Wir durchlaufen viele Formen,
Bis unser Herz Zufluchtstätte für alle wird.

– Rumi –

Erstes Buch

Erinnerungen an den Garten Eden

1

Wie jeden Freitag legte meine Mutter noch vor dem Frühstück das Badezeug in eine Tasche, zog ihren Tschador über den Kopf und sagte: »Los!« Wie jeden Freitag verkroch ich mich unter meine Decke und rief: »Ich will nicht mit dir zu den Frauen! Ich will mit meinem Vater zu den Männern!«

Meine Weigerung, Mutter in das Frauenbad zu folgen, war zwar gespielt und lebte von der Gewissheit, gleich erneut gerufen zu werden: »Nein, du kommst mit mir!« – aber es dort auszuhalten, war wirklich nicht leicht. Im Frauenhamam war es immer ohrenbetäubend laut. Es wurde viel geredet und geschrien. Kinder weinten in allen Ecken. Unzählige Stimmen hallten durch die große, heiße Badehalle.

An diesem Freitag jedoch sollte dieser Ort, mit dem ich bisher nur Pein und den Verlust meiner männlichen Würde verbunden hatte, eine gänzlich neue Bedeutung in meinem jungen Leben bekommen. Wenn es ein Kindheitserlebnis gibt, an das ich seither besonders gern zurückdenke, so ist es dieses. Wann immer ich in meiner Pubertät allein auf der Dachterrasse unseres Hauses lag, schloss ich die Augen und erlebte alles noch einmal:

Ich stand vor einer der besetzten Badekabinen, deren Innenräume allein durch die davorgehängten Badetücher der Frauen verborgen wurden, und wartete, dass sie frei würde. Da rutschte das feuchte Badetuch herunter, sodass die Kabine ihr Geheimnis preisgab. Eine Frau saß auf dem gekachelten Vorsprung unter dem Hahn, aus dem spärlich Wasser floss, und seifte ihre Oberschenkel ein. Ihre langen schwarzen Haare bedeckten die Hälfte ihres Gesichtes sowie ihre großen, schweren Brüste. Niemals zuvor hatte ich eine vollkommen unbekleidete Frau, eine solch außergewöhnlich wohlgeformte Gestalt gesehen. Unfähig, mich zu regen, starrte ich sie an. Sie hob den Kopf, schien mich erkannt zu haben und lächelte. Es war die schöne Ehefrau des Mühlenbetreibers. Sie fragte mich, ob auch ich mich waschen wolle. Nichts außer einem schüchternen Nicken fiel mir zu erwidern ein.

»Dann komm herein!«

Bevor mich jemand sehen konnte, betrat ich die Kabine und setzte mich neben sie auf den Absatz. Sie erhob sich und hängte das hinabgefallene Tuch wieder auf. »Soll ich dich einseifen?«

Wiederum nickte ich.

Mit der linken Hand hielt sie meine Schulter fest, mit der rechten führte sie die Seife über meinen Rücken, dann über meine Brust, durch meine Haare, über mein Gesicht, während ich ihre harmonisch schwingenden Brüste anstarrte, deren Spitzen mich an die der Granatäpfel im Garten unseres Hauses erinnerten. Und ich liebte Granatäpfel.

»Schließ die Augen, sonst werden sie brennen«, befahl sie und öffnete den Hahn. Lauwarmes Wasser lief über meinen Kopf. Sie hockte vor mir, seifte meine Füße ein, meine Knie und Oberschenkel, und durch meine halb zugekniffenen Augen erhielt ich Einblick in ihre tiefsten Geheimnisse. Ich nahm die Felsen ihrer Schultern wahr, über die sich ihre Haarlocken wie schwarze Schlangen wanden. Ihr schmaler, langer Hals, dessen pulsierende Adern sich in der Dämmerung ihrer Brust verloren, gelangte in den Fokus meines Blickes und erschien mir wie ein eigenartiges Musikinstrument. Ich fühlte mich von jener diabolischen Gestalt verführt, die mein Vater häufig nach dem Aufstehen verfluchte, und er sagte dann, er müsse gleich in den Hamam gehen, um sich gründlich zu waschen, bevor er zum Gebet gehe. Während sie mir Bauch und Brust einseifte, pochte mir das Herz im Hals. Die Angst, jede Sekunde die Rufe meiner Mutter zu vernehmen, war groß. Auch sie wusch sich in einer der vielen Kabinen des Hamams. Die Nachbarin schien meine Aufregung zu spüren, füllte ihre Plastikschüssel einige Male mit Wasser und wusch mich ab.

»Wie heißt du?«, fragte sie.

»Schaer«, flüsterte ich ihr ins Ohr.

»Oh!« Sie lachte begeistert. »Ein schöner Name! Er passt zu dir. Wie alt bist du, mein kleiner Dichter?«

Ich zögerte.

»Du gehst doch schon in die Schule. Oder?«

»Ja. Ich gehe in die zweite Klasse. Aber ich bin älter, als ich aussehe.«

Das war nicht gelogen. Ich war ein eher klein gewachsenes Kind.

»Dann solltest du nicht mehr in den Frauenhamam kommen dürfen.«

»Ich weiß es nicht genau«, sagte ich. »Kann ich Sie auch einseifen?«

Sie nickte und reichte mir die Seife, dabei konnte ich mir nicht verkneifen, sie ungeschickt zu küssen. Ich fuhr mit der Seife zwischen ihre vollen Brüste und fand mich bald in jenem traumhaften Paradies angelangt, von dem mir mein Vater erzählt hatte. Meine Hand glitt hinunter, um ihren Oberschenkel zu berühren. Doch als ich die Augen schloss, willens, mich dem Paradies nun vollends hinzugeben, hörte ich die Stimme meiner Mutter. Ich schaute vorsichtig durch einen Spalt, den das Handtuch freigab. Meine Mutter ging, meinen Namen rufend, im schmalen Badeflur auf und ab.

»Geh jetzt! Deine Mama ruft«, sagte die Frau leise.

Meiner neu entdeckten Welt abrupt entrissen, kroch ich auf allen vieren, lugte unter dem Vorhang hindurch, sah meine Mutter gangabwärts gehen und stahl mich geschwind aus der Kabine. Meine Mutter, eingehüllt in ein großes Tuch und mit einem zweiten in der Hand, war gerade im Begriff, den Badeflur zu verlassen, drehte sich aber genau in diesem Moment noch einmal um und rief: »Wo hast du dich versteckt? Warum antwortest du nicht?«

Mein Versuch zu lachen, um ihr den Eindruck zu vermitteln, ich hätte nur ein Spiel gespielt, um sie zu ärgern, scheiterte kläglich, als mir bewusst wurde, dass die Erregung zwischen meinen Beinen noch nicht abgeschwollen war.

»Ich … ich bin eingeschlafen.«

»Das sehe ich«, sagte meine Mutter mit ausgestrecktem Finger, legte das zweite Badetuch um meine Schulter, griff nach meiner Hand und zog mich fest in Richtung der Garderoben hinter sich her.

Wir gingen nach Hause, und fortan zählte ich die Stunden, Tage und Nächte, bis meine Mutter mich wiederum bitten würde, sie in den Hamam zu begleiten. Doch als endlich der von mir so ersehnte Freitag kam, machte sie keinerlei Anstalten, mich mitzunehmen. »Du gehst mit deinem Vater!«

»Nein!«, schrie ich voller Wut. »Ich komme mit dir!«

»Nein, mein Lieber, du hast immer gebettelt, mit deinem Vater gehen zu dürfen. Jetzt gehst du mit ihm!« Und schon war sie aus der Tür.

Es war gemein von ihr. Ich schrie und vergoss Tränen wie nie zuvor in meiner ganzen Kindheit. Mein Vater unternahm alles, um mich zu beruhigen und mich zu überzeugen, ihm in das Männerbad zu folgen. Aber was er auch versuchte, nichts half über meine Wut hinweg.

ZWEI WOCHEN SPÄTER – es ging mir inzwischen ein wenig besser – setzte mein Vater sich auf der Terrasse zu mir und sagte: »Mein Sohn, wenn du mit mir in den Hamam kommst, werde ich dir ein Geschenk machen, das du dein Lebtag nicht vergessen wirst.«

»Was für ein Geschenk sollte das sein?«, fragte ich.

Er nahm seinen grauen afghanischen Hut aus edlem Karakol-Lammfell ab und legte ihn auf den Boden. Dann strich er durch sein silbernes Haar, ließ seinen Blick durch den Garten hinter mir wandern und sprach: »Weißt du, wer ich bin? Ja, ich bin dein Vater. Aber woher kommt dein Vater? Was weißt du über seine Vergangenheit? Über seine Geschichte?«

»Nichts«, erwiderte ich unsicher.

»Und? Wie wäre es, wenn du erfahren würdest, wo und wie dein Vater seine Kindheit, seine Jugend verbracht hat?«

Ich schwieg. Er nahm seinen Hut mit der linken Hand und begann, sacht und spielerisch auf ihn zu klopfen. »Keines deiner Geschwister weiß davon«, fuhr er fort. »Nicht einmal deine Mutter kennt meine ganze Geschichte. Und niemand würde sich so sehr für meine Vergangenheit interessieren, wie du es tust. Das weiß ich. Ich muss diese Geschichten, die mich jede Nacht in meinen Träumen verfolgen, jemandem erzählen. Dich habe ich dazu auserwählt, weil du genau der Richtige dafür bist.«

»Ja?«

»Ja, mein Lieber! Ich vertraue dir, und ich weiß, dass du nichts davon weitererzählen wirst. Ab heute gehen wir jeden Freitag gemeinsam in den Haman. Ich werde mit meiner frühen Kindheit beginnen und dir jedes Mal einen Abschnitt meines Lebens erzählen. Hm? Was sagst du?«

Er blickte mich herausfordernd an, doch ich sah weg.

»Bei den Männern ist es auch nicht so laut wie bei den Frauen. Und nach dem Hamam gehen wir gemeinsam auf den Markt und essen Fisch. Du liebst doch Fisch. Oder etwa nicht?«

Diesem verlockenden Angebot konnte ich schwer widerstehen, und so ließ ich mich von ihm bestechen. Fortan folgte ich meinem Vater jeden Freitag nach seinem Morgengebet in das Männerbad. In der Badehalle fanden wir immer eine Ecke, in der wir allein waren. Während wir saßen und uns langsam wuschen, erzählte er mir seine Geschichte, die er in schöne Worte und lebendige Bilder fasste und die in meinen Ohren wie ein langes Märchen klang, das er sich Abschnitt für Abschnitt ausdachte. Nach dem Hamam gingen wir auf den nächstgelegenen Freitagsmarkt. Wir aßen frischen gebratenen Fisch, tranken Tee, spielten Karten und unterhielten uns. Zuweilen benahm er sich wie ein Kind, manchmal sprach er mit mir wie mit einem Erwachsenen. So begann ich, meinen Vater in einem neuen Licht zu sehen, und bekam erstmals eine Vorstellung davon, wer er einst gewesen und wer er heute war.

NACHDEM ICH IHN einige Monate in den Hamam begleitet hatte, begegneten wir eines Tages dem Mühlenbetreiber in der Badehalle. Er saß auf dem heißen Boden, seine kurzen Beine ausgestreckt, und ließ sich von einem Mann massieren. Sein großer Bauch hing bis auf seinen Schoß, und sein dicht behaarter Körper mutete an wie der eines wilden Tieres. Wir lachten über ihn.

»Jedes Mal, wenn ich diesen Bären im Hamam sehe«, sagte mein Vater, »denke ich an seine Frau und bedauere, dass ich nicht in den Frauenhamam gehen darf.«

Diese Worte machten mich eifersüchtig. Schließlich gehörte in meiner Fantasie die Nachbarin im Frauenhamam immer noch mir.

»Ach, Agha. Sie ist längst nicht so schön, wie sie in ihren Kleidern aussieht«, konterte ich.

»Sag das nicht! Deine Mutter erzählt mir jedes Mal von ihren schönen Beinen. Unter uns gesagt: Manchmal träume ich, dass an der Stelle deiner Mutter sie neben mir schläft.«

»Ist das die fremde Frau, die der Teufel zu Ihnen schickt, wonach Sie sich jedes Mal waschen müssen?«

»Ja, das ist sie. Aber du darfst das deiner Mutter niemals verraten. Sie würde mich umbringen.«

Als wir später im Fischladen saßen, fragte ich mich, ob er mir das alles nur erzählte, um mich zu provozieren und von mir zu hören, was er hören wollte. Aber mein Vater war zu klug, als dass er nicht hätte ahnen können, was in mir vorging.

Er wollte nun meine Eifersucht stillen. Er schenkte mir Tee ein, und nachdem das Essen vor uns stand, fuhr er fort: »Das mit der Nachbarin wird künftig nicht mehr vorkommen. Es ist schon sehr lange her, dass ich zum letzten Mal von ihr geträumt habe.«

»Wie können Sie da sicher sein? Sie haben doch gesagt, der Teufel ist immer und überall, und dass er die Männer im Schlaf verführt, indem er sie von fremden Frauen träumen lässt.«

»Ich habe festgestellt, dass ich jedes Mal, wenn ich abends zu viele saftige Früchte esse, von einer fremden Frau träume. Wie du bestimmt bemerkt hast, trinke ich seit längerer Zeit nach dem Abendessen nur noch eine Tasse Tee, und zwar ohne Zucker.«

Während er eine Gräte zwischen seinen Zähnen herauszog, beobachtete er insgeheim, wie sich mein Gesicht entspannte, bis er mit einem Lächeln plötzlich etwas auf den Tisch brachte, was ihn wahrscheinlich das ganze Jahr lang beschäftigt hatte. Es sei nicht fair, dass er mir so oft Dinge beichte und ich meine Geheimnisse für mich behalte. Was also sei vorgefallen, damals im Frauenbad?

Er bot mir die Gelegenheit, es endlich hinter mich zu bringen. »Ich war bei ihr«, gestand ich.

Mein Vater hob seine dichten Augenbrauen, blickte mich dann mit zusammengekniffenen Augen an und sagte: »Das habe ich mir gedacht. Jetzt kann ich stolz sein, dass wir eine gemeinsame Geliebte hatten.«

Nachdem ich ihm von meinem Erlebnis erzählt hatte, wobei ich ihm die runden, rötlichen Brustwarzen der nackten Nachbarin als die Spitzen der Granatäpfel in unserem Garten beschrieb, fuhr er sich mit der Zunge über die Lippen und meinte: »Es ist einfach so, als du gerade begonnen hattest, deine Sinne für das wunderschöne Geheimnis der Frauen zu öffnen und deine kleine Seele auf die Jagd nach ihren prächtigen, runden, saftigen Früchten zu schicken, begann dein Leben, die Farben eines Märchens anzunehmen. Aber im Grunde war dies nur ein kleiner Vorgeschmack. Du hast für einen Augenblick den Mann hinter der Maske des Kindseins zum Vorschein gebracht. Wie ein kleiner Märchenprinz hast du dich gefühlt, in einem Paradies, das groß genug war, um sich darin zu verlieren. Daher wurdest du unverzüglich hinausgeworfen.«

»Wie schade!«, seufzte ich.

»Dafür hast du aber etwas anderes gewonnen. Wäre nicht der Vorhang im Bad vor deinen Augen heruntergefallen, wären dir nicht nur die Geheimnisse einer schönen Frau, sondern auch die deines Vaters verborgen geblieben. Und wer weiß? Vielleicht triffst du sie ja wieder, im Paradies.«

»Wieso im Paradies?«

»Du hast dich im Frauenhamam von deiner Begierde treiben lassen und gesündigt. Jetzt musst du für den Rest deines Lebens schön brav sein.« Er grinste verschmitzt. »Du kennst doch die Geschichte von Adam und Eva. Sie haben ihre Kindheit im Paradies verbracht. Dann aber, nachdem sie von dem verbotenen Apfelbaum gegessen hatten, so steht es jedenfalls in der Bibel, wurden sie in die Strafkolonie der Welt geschickt, um ein zweites Mal geprüft zu werden. Jedenfalls wollte der Schöpfer den Menschen nicht so einfach den Garten Eden genießen lassen.«

»Warum waren Äpfel verboten und nicht Granatäpfel? Die sind doch viel süßer und saftiger. Und Vitamine haben sie auch.«

Vater lachte. »Der Apfel ist die Frucht der Erkenntnis. Bei der Erkenntnis handelt es sich nicht nur um einen gedanklichen Prozess, sondern auch um eine sinnliche Erfahrung, an der sich der neugierige Mensch befriedigt, die jedoch leider auch den Verlust der Unschuld mit sich bringt.«

Er nahm seinen Hut ab, sein dichtes silbernes Haar, das schön nach hinten gekämmt war, glänzte im Sonnenschein wie ein Schneehügel. Auf seiner Stirn zeichneten sich Falten ab, als er bedächtig fortfuhr: »Einen geliebten Menschen zu verlieren, das Zuhause und die Heimat, die Kindheit und die Jugend darin – das alles zu verlieren, ist in unserer Erinnerung nicht weniger schmerzlich als der Verlust des Paradieses. Auch du wirst dich später an diese Tage erinnern wie Adam an sein verlorenes Paradies.«

»Heißt das, ich habe in dem Hamam durch meine Neugier die Unschuld verloren?«, wollte ich wissen.

Jetzt sah er mich wieder mit seinem verschmitzten Lächeln an. Er setzte seinen Hut auf, zwinkerte mir zu, neigte leicht seinen Kopf, und seine langen, bogenförmigen Brauen kamen mir wie zwei Falken mit ausgebreiteten Flügeln in der Ferne vor.

»Na ja, das, was du im Frauenbad erlebt hast«, sprach er. »Stell dir vor, der Frauenhamam, Gott verzeihe mir diesen sündigen Vergleich, sei das Paradies. Die, sagen wir mal, vom Schaitan gesegnete Frau des Mühlenbetreibers sei der Apfelbaum und ihre Brüste seien zwei Früchte, die daran hängen, und … na ja, das Tuch, das da herunterfällt, ist die Schlange, die dich mit dem Biss in den Apfel verführen will. Du läufst in die Badekabine zu dieser schönen Frau, die nackt ist wie im Augenblick ihrer Geburt. Und du beißt, fern von allen Blicken der Welt, in diesen saftigen Apfel.«

Vater sah mich an, als versuche er, meine Gedanken zu lesen. »Was überlegst du gerade?«, fragte er.

»Nichts. Ich frage mich, ob ein lausiger Apfel es wert ist, verboten zu werden und den Menschen für ihn zu bestrafen. Was soll das für ein Spiel sein? Warum hat sich Gott nicht etwas anderes einfallen lassen?«

»Na ja.« Mein Vater hob seine Augenbrauen. »Da hat der alte Herr da oben wohl den Granatapfel vergessen. Vielleicht ist das auch der größte Wurm im Apfel der Schöpfung!«

Er zwinkerte mir zu, und wir lachten.

2

EINIGE JAHRE SPÄTER, ich war schon ein Jugendlicher, unterhielten wir uns immer noch manchmal über seine Vergangenheit. Vaters Erzählungen drehten sich oft um Herat, die Stadt, in der wir lebten, und um seinen besten Freund, dessen Name ihm jedes Mal wie ein magisches Wort über die Lippen kam: Talib Asis. Dieser Name blieb stets im Schleier eines besonderen Zaubers, tief verborgen im Herzen meines Vaters, und sein beständiger Glanz begleitete uns durch die Jahre. Wenn Vater nur den Namen dieses Mannes nannte, verstummten wir alle.

Mit Talib Asis, der aufgrund seiner Gelehrtheit auch Maulana Asis genannt wurde, ging oft auch ein anderer Name einher. Es war der Name des Reformkönigs Amanullah, der während der Jugend meines Vaters in den 1920er-Jahren davon geträumt hatte, den Einfluss der Religion auf die Angelegenheiten des Staates aufzuheben und Afghanistan in das zwanzigste Jahrhundert zu führen.

An die Kindheit und Jugend meines Vaters zu denken, machte mich noch Jahrzehnte später, als ich bereits in Deutschland lebte, nicht weniger wehmütig als der Gedanke an meine eigene Vergangenheit. Ob paradiesisch-schöne oder höllisch-tragische Erlebnisse – über viele Jahre hinweg hatte ich versucht, mein Leben in Afghanistan, das ich im Februar 1982 in jungem Alter verlassen hatte, aus meinem Bewusstsein zu verbannen. Erst als es im Herbst 2008 zu einem letzten Wiedersehen mit meiner Mutter kam, wurde mein Verhältnis zur Vergangenheit wiederbelebt.

ICH REISTE ZU einem Familientreffen nach Herat, und mein wesentliches Anliegen war es, meine alte, kranke Mutter zu besuchen. Sie litt seit einiger Zeit an Demenz und hatte mich bei unserem letzten Telefongespräch nicht erkannt. In den ersten drei Tagen nach meiner Ankunft war das kleine, zweistöckige Haus meines Bruders, in dem auch unsere Mutter lebte, voll von Besuchern, und endlich kam der Tag, an dem ich mit ihr allein sein durfte.

Meine Mutter saß neben mir auf der Bettkante und starrte ihren Teppich an. Wie immer trug sie eine kleine Stofftasche um den Hals, von der wir alle glaubten, dass darin irgendwelche Koranverse steckten. Ihr Zimmer war weiß gestrichen und schlicht eingerichtet. An der Wand über unseren Köpfen hingen eingerahmte Familienfotos aus alten Zeiten, auf denen neben ihr und meinem Vater auch meine älteren Brüder Asis und Aman sowie meine Schwestern Malalay und Awesta zu sehen waren. Von ihrem Bett aus konnte sie durch das breite Fenster, das nach Süden hinausging, auch tagsüber im Liegen ein großes Stück vom Himmel und die vielen Vögel, die über den Garten hinwegflogen, sehen. Unterhalb des Fensters und an den anderen Wänden lagen schmale Sitzmatratzen und Lehnkissen. Die Matratzen umrahmten einen Teppich, den Mutter bei ihrer Verlobung von meinem Vater geschenkt bekommen hatte. Als Kind war ich auf diesem Teppich gekrabbelt, hatte das Aufstehen und Laufen gelernt, gespielt oder auf ihm Tränen vergossen. Dies war immer mein Lieblingsteppich gewesen, aber selbst später, in meiner Jugend, hatte ich seine Muster nie wirklich wahrgenommen.

Ich beugte mich vor und besah ihn mir genauer. Ein handgeknüpfter Teppich lebt ewig, mit dem Alter wird er schöner, edler und auch teurer. Ich war erstaunt, wie warm und weich er sich anfühlte. Es war ein karg und subtil gemustertes Stück aus edler Lammwolle, geknüpft im Jahre 1923, wie auf einem Schildchen unter einer der Ecken zu lesen war. Vor einem grün-beigen Hintergrund erstreckte sich eine Karawane bunter Reiter und Pferde, die einen weiten Halbkreis um das Zentrum formten. Der Mittelpunkt des Teppichs war durch einen in Weiß geknüpften Kreis markiert, der zwei große schwarze Augen umrandete.

Ich richtete mich wieder auf und rief meiner Mutter zum wiederholten Male ins Ohr: »Ich bin es, Nane, dein Sohn, der seit vielen Jahren in Deutschland lebt!«

Sie sah mich misstrauisch an und schwieg. Gestern hatte sie mich für einen Augenblick erkannt. Heute schien sie nicht mehr zu wissen, wer ich war.

»Wirklich, Khurschid!«, rief ich sie bei ihrem Kosenamen. »Ich habe dich oft aus Deutschland angerufen. Wir haben uns zuletzt vor vier Jahren gesehen. Kannst du dich erinnern?«

Khurschid bedeutet Sonne, doch ihr Strahlen war jetzt erloschen. Sie starrte ausdruckslos auf ihren Teppich und wippte langsam mit dem Bein. Ich kniete mich vor sie hin und schwor bei der Seele meines Vaters, dass ich ihr Sohn sei, kein anderer als ihr leiblicher Sohn. Wieder traf mich ihr Blick. Ein seltsamer Blick. Ich erwiderte ihn, und doch, während ich in ihre tiefen, dunklen Augen schaute, in ihr an Falten und Linien reiches, schmales Gesicht, das mir wie das große Blatt einer uralten Pflanze inmitten des Herbstes erschien, wurde mir bewusst, dass sie alles kannte und wusste und unmöglich etwas vergessen haben konnte. Es kam mir vor, als hinge an jedem einzelnen ihrer langen grauen Haare eine Erinnerung.

»Wenn du gelogen hast, dann leidet die Seele deines Vaters Höllenqualen. Und du willst doch sicher nicht, dass seine Seele leidet«, sagte sie.

»Nein, Nane, nein, das will ich nicht, und du kannst sicher sein, dass ich sein Sohn bin. Wenn ich sein Sohn bin, dann bin ich natürlich auch dein Sohn. Dein Sohn, Schaer!«

Ich lächelte sie an und bemerkte ein Funkeln in ihren müden Augen. Um diesen Funken von Vertrauen zu nutzen, begann ich, ihr aus der Vergangenheit zu erzählen – zwei Geschichten, in denen es um meine Geburt, meinen Namen und mein Alter ging, das ich immer noch nicht genau wusste.

Meinen Namen Schaer, der für die einen hübsch und für die anderen komisch klingt, trage ich erst seit meinem vierzigsten Lebenstag. Ursprünglich hieß ich Schahid, und ich habe mich oft gefragt, was meinem Vater bei meiner Namensgebung durch den Kopf gegangen war. Wie er zunächst auf den einen und dann – vierzig Tage später – auf den anderen Namen kam, darum rankt sich eine seltsame Geschichte.

Als mein Vater am Tag meiner Geburt nach Hause kam und die Dienerin mich ihm in den Arm legte, sah er mich an und rief: »Ein Schahid! Wir nennen ihn Schahid« – ein seltsam und unheimlich klingendes arabisches Wort, das im Islam einen Ehrenstand bezeichnet, den man erreicht, wenn man sich seinem Glauben, seiner Gemeinschaft oder seinem Land opfert. Schahid ist also jemand, der mit dem Paradiesschlüssel um den Hals in einer heiligen Schlacht fällt.

Dann aber war etwas geschehen, was ihn zum Umdenken bewegte. Es war genau in der Nacht zu meinem vierzigsten Lebenstag, als mein Bruder Aman, der damals zwei Jahre alt war, plötzlich krank wurde und gleichzeitig im Haus alle Lichter ausgingen. Aman wurde von Schüttelfrost und Fieber so heftig heimgesucht, dass man mich einfach im Dunkel vergaß. Vor Hunger unfähig zu weinen, lag ich in meinem kleinen Kinderzelt, bis ich bewusstlos wurde und in einen Scheintod fiel. Gegen Anbruch der Dämmerung wurde meine Mutter auf meine eigenartige Stille aufmerksam. Sie merkte, dass ich nicht mehr atmete. Mein Puls war nicht mehr zu fühlen. Sie begann zu schreien. Vater kam aus dem Zimmer des kranken Aman herbeigelaufen und versuchte, mich wiederzubeleben, aber erfolglos. Er hob mich auf den Arm, brachte mich auf die Nordterrasse, gefolgt von meiner Mutter. Sie setzten sich. Er gab ihr das reglose Kind und sagte, sie solle mir ihre Brust geben und dabei mein Herz massieren.

»Aber er ist doch tot«, schluchzte meine Mutter.

»Tu, was ich dir sage!«

Sie nahm mich auf ihren Schoß, entblößte ihre Brust, steckte sie mir in den Mund und legte ihre Hand auf mein Herz. Vater blickte auf und sah mit schlaflosen Augen zum Himmel. Milliarden große sowie winzige, weiß glänzende und dämmrige Sterne erschienen wie eine Lichtkarawane und zeichneten eine mächtige Seidenstraße ins All, die von West nach Ost verlief. Vater hielt seine offenen Hände vor sein Gesicht und rezitierte laut eine lange Sure aus dem Koran. Er trug die Verse in einem melodischen Ton vor, sodass es klang, als würde er singen. Er besaß eine so mächtige Stimme, wenn er die Worte Allahs sprach, dass er auf Bitten der Geistlichen in Herat einmal im Monat am Freitag in der großen Moschee der Stadt vorbetete und predigte.

Der Geschmack der mütterlichen Brustwarze, der Duft der warmen Muttermilch, die aus ihr tropfte, der Klang der Gottesworte aus der Kehle meines Vaters bewirkten Wunder. Meine Lippen wurden feucht, meine Kehle regte sich, meine Nase begann zu riechen, mein Herz sanft zu schlagen. Ich begann, die Muttermilch zu trinken.

Vater beendete sein lautes Gebet. Als es zu dämmern begann – so lange hatte ich an der Brust meiner Mutter gehangen und so lange hatte er mich beobachtet –, deutete er auf mich und sagte: »Wir müssen den Namen des Jungen ändern. Ich denke, er wird sich lange an der lieblichen Brust der Erde festhalten, um ihr das Blut und all ihren Schmerz auszusaugen. Er wird eine lange Reise im Schatten der Sterne antreten, aber Märtyrertum wird niemals seine Sache sein.«

Seitdem heiße ich Schaer, jenes schöne Wort mit arabischer Wurzel, das Dichter bedeutet. Aber wie kommt es, dass ich bis zum heutigen Tag nicht das Datum, nicht einmal das Jahr meiner Geburt kenne?

IM DAMALIGEN AFGHANISTAN feierten nur wenige Menschen Geburtstag. Man hörte irgendwann auf, die Jahre zu zählen, und lebte eher zeitlos, bis man schließlich vom Tod ereilt wurde. Die Geburten wurden nicht einmal ordnungsgemäß registriert. So besaß auch ich bis zur Gründung der Republik im Juli im Jahr 1973 keine Geburtsurkunde. Einige Monate nach dem Ende der Monarchie stand ich eines Tages in der Registrierungsbehörde unseres Viertels vor einem Beamten, der mir eine Taskera, eine Geburtsurkunde, ausstellen sollte.

Der Mann schaute mich an und stellte fest: »Du bist achtzehn.«

Ich widersprach ihm. »Nein, Herr, ich bin siebzehn.«

Er wandte sich an seine Kollegin. »Haben Sie schon mal einen Siebzehnjährigen mit einem derartigen Bartwuchs gesehen, der noch dazu so schön lügen kann?«

Während die Frau mich prüfend ansah, wandte ich ein, dass es nur ein paar feine Härchen seien, die mein Kinn schmückten, und dass von einem richtigen Bart keine Rede sein könne. Doch mein Widerstand blieb zwecklos. Sie meinte, dass sie einen Sohn habe, der siebzehn sei und noch keinen Bartwuchs aufweise. Ich wurde als Achtzehnjähriger in das Buch des Staates eingetragen und kam verärgert nach Hause.

Ich wollte unbedingt wissen, wann ich tatsächlich geboren worden war. Ich stellte diese Frage wiederholt meinen Eltern, meinen vielen Tanten und Onkeln, aber niemand wusste mir zu sagen, ob an einem Vormittag oder an einem Nachmittag, an welchem Wochentag, welchem Kalendertag, in welchem Monat oder zu welcher Jahreszeit ich auf diese Welt gekommen war. Es war noch nicht einmal möglich, durch eine verlässliche Berechnung, zum Beispiel anhand der Altersunterschiede zu meinen Geschwistern oder anhand des Alters meiner Einschulung, ein sicheres Geburtsjahr für mich herauszufinden. Wie konnte es nur möglich sein, dass man mir zwar von meiner vierzigsten Lebensnacht erzählte, aber nicht genau sagen konnte, um welche Jahreszeit es sich handelte?

Wenn ich meine Mutter mit diesen Fragen löcherte, erinnerte sie sich nur daran, dass sie mich auf dem Fensterbrett des mittleren Zimmers zur Welt gebracht hatte. Es soll irgendwann im Laufe des Tages gewesen sein, als ihre Wehen einsetzten. Sie hatte sich auf das breite Fensterbrett gesetzt und die Dienerin gerufen. Es war keine besonders schwere Geburt gewesen, darüber waren sich beide einig. Sie hatte dabei mit den Fingern am Fenster gekratzt, voller Schmerz zum Himmel geschrien und gesehen, dass es regnete.

»Dann sind die zweite Hälfte des Frühlings, der Sommer und die erste Hälfte des Herbstes unwahrscheinlich«, stellte ich fest. »Jetzt musst du dich nur noch daran erinnern, Mutter, wie es draußen ausgesehen hat. An die Bäume und an die Blätter! Wie waren sie, als du hinausgeschaut hast, grün oder gelb?«

»Die Bäume habe ich nicht gesehen«, sagte Mutter, »aber ein weißer Schmetterling flatterte von außen gegen die Fensterscheibe. Und ich konnte ihm nicht helfen.«

Mein Ausschlussverfahren ergab, dass auch der Winter nicht infrage kommen konnte. Also nur so viel: Geboren? Ja. Wann? Nicht im Sommer, nicht im Winter, aber im Laufe eines regnerischen Tages, an dem ein weißer Schmetterling gegen das Fenster schlug und vergeblich versuchte, ins Zimmer zu gelangen. Wo? Auf dem Fensterbrett des mittleren Zimmers.

Mein Vater, der mit dem Alter etwas vergesslich geworden war und oft seine Sachen irgendwo verlegte, um sie später hilflos zu suchen, sich jedoch bestens an Zeiten erinnerte, die mindestens dreißig Jahre zurücklagen, schien es besser zu wissen: »Es war im Frühling oder kurz davor. Ich bin mir darin ziemlich sicher. Aber garantieren kann ich es dir nicht.«

Später fiel meiner Mutter ein, dass ihr Mann das genaue Datum in den Koran geschrieben hatte. Er hatte dem Schöpfer melden wollen, dass sein Kind gut angekommen war. Das taten viele Väter, obwohl sie sich das, dachte ich mir, auch gut sparen konnten, denn der Allmächtige wusste sowieso, wann er welche Geschöpfe auf unsere Erde schickte. Außerdem wurden damit die reinen Seiten des heiligen Buches befleckt. Aber vielleicht war es ja auch ein Ausdruck von Dankbarkeit. Wie dem auch sei, in meinem Fall führte es dazu, dass ein Funke Hoffnung von den Worten meiner Mutter auf mich übersprang.

»Wo ist der Koran?«, wollte ich wissen.

»Den Koran haben wir später dem Mullah der Moschee geschenkt.«

»Und wo ist der Mullah?«

»Der gütige Mullah ist schon längst tot. Allah segne seine Seele.«

Ich wusste, dass in der Moschee hinter unserem Haus viele Bände des Korans lagen. Aber in welchem mochte die für mich so wichtige Notiz stehen? Jetzt konnte mir nur noch mein Vater helfen.

In einem Moment der Ruhe, Vater trank gerade seinen Tee, trat ich zu ihm und sprach erneut das Thema an, das mich so sehr beschäftigte.

»Sohn, das ist so lange her.« Vater nahm seine Brille ab. Seine Kopfbedeckung aus edlem Lammfell, ein elliptisch geformter, steifer Hut, der mit seinen zwei Spitzen vorne und hinten wie ein kleines Boot aussah, lag auf dem blauen Teppich.

»Aber Agha!«, rief ich. »Sie haben doch das genaue Datum in den Koran geschrieben!«

»Das ist allerdings wahr«, sagte er, starrte den Boden an und überlegte. »Ich bin auch ziemlich sicher, dass ich deine Geburt … ja, am Rand einer … war es die rechte Seite? Ja, am Rand einer rechten Seite … ungefähr in der Mitte des heiligen Buches eingetragen habe.« Er hob seinen Kopf. »Ganz genau!«

»Und?«

»Ich kann mich aber nicht mehr erinnern, Allah verzeih mir, wie dieses Buch genau ausgesehen hat.«

Meine Enttäuschung war groß, was mein Vater zu bemerken schien, denn er machte mir einen Vorschlag: »Es wird höchste Zeit, dass du mal wieder ein Gotteshaus von innen siehst. Vielleicht haben wir ja Glück.«

Hinter unserem Haus, am Eingang des Friedhofes, stand die kleine Moschee. Ich machte um sie immer einen großen Bogen, um die Gläubigen nicht zu stören, wenn ich mit meinem aufgeschlagenen Schulbuch auf den Friedhof oder auf die umliegenden Wiesen ging, um zu lernen.

Seit dieser Zeit mag ich Friedhöfe, seien es moslemische, christliche oder jüdische. Sie lösen in mir eine besondere Ruhe aus, die ich unter den Lebenden schwer finden kann. Ich stellte mir vor, in jedem Grab läge eine ganze Welt – ein toter Mensch mit all seinen Geschichten, mit seinen guten sowie bösen Taten. Häufig spazierte ich damals kreuz und quer über den Friedhof, las die Inschriften der Grabsteine oder legte mich zwischen zwei Gräbern nieder, um dort Geschichte, Geografie und Ethik zu lernen.

In der Moschee trug mein Vater sein Anliegen dem Mullah vor. Die Koranschüler saßen auf der Terrasse im Kreis, wiegten ihre Oberkörper hin und her und rezitierten Verse in einem melodischen Chor. Der Mullah unterbrach ihren Gesang und forderte sie auf, die sechzehn Koranbände auf eine handschriftliche Eintragung hin durchzublättern. Vater und ich setzten uns so lange in die Sonne und warteten, bis nach etwa einer Stunde zwei Ergebnisse verkündet wurden. Der erste Eintrag betraf einen Todesfall und interessierte uns nicht weiter. Bei dem zweiten aber handelte es sich um einen Vermerk, mit blauer Tinte geschrieben, dessen Farbe zwar schon sehr verblasst, aber noch leserlich war: »Dank der Gnade Allahs bekam ich am ersten Mai des Jahres 1957 einen entzückenden Sohn.«

Es stand weder ein Name noch eine Unterschrift darunter. Mein Vater setzte seine Brille auf, las einige Male die Schrift, überlegte, konnte aber beim besten Willen nicht erkennen, ob es sich um seine Handschrift handelte. Ich gab mir Mühe, aber ich war auch ratlos. Er nahm das heilige Buch an sich.

»Wir fragen deine Mutter, vielleicht weiß sie weiter.«

Zu Hause hielt er den Koran meiner Mutter unter die Nase.

»Den Koran kann ich lesen, aber persische Handschriften nicht«, sagte sie.

»Dann habe ich dir also umsonst so viele Liebesbriefe geschrieben«, murmelte mein Vater.

»Ach, deine Briefe«, lachte sie. »Die habe ich niemals geöffnet.«

Meine Mutter sass auf ihrem Bett, verfolgte jedes meiner Worte und beobachtete mich erstaunt, als ich sie schließlich fragte: »In welchem Jahr war das, Nane? Du schuldest mir die Antwort auf diese Frage immer noch.«

»Was weiß ich von den Jahren? Ich weiß nicht einmal mehr, was ich heute zu Mittag gegessen habe.«

»Es ist erst Vormittag, Nane.«

»Ich meine, so wie du erzählst, muss es im Frühling gewesen sein.«

»Oh ja, Nane! Endlich!«

Da funkelte ihr Blick. »Bist du wirklich Schaer?«

»Ja!« Ich nickte so kräftig, wie ich nur konnte.

»Mach die Tür zu«, flüsterte sie. »Es gibt etwas, das ich dir seit Jahren zeigen will.«

Erstaunt über die wache Präsenz, die sie plötzlich zeigte, schloss ich die Zimmertür und setzte mich wieder neben sie aufs Bett. Sie band ihre Stofftasche los, öffnete mit ihren grazilen, zitternden Händen den Reißverschluss, holte einen kleinen, vergilbten Briefumschlag hervor und reichte ihn mir: »Lies mir vor!«

Vorsichtig öffnete ich den Umschlag und fand darin ein Stück zusammengefaltetes Papier, in dessen Mitte ein vertrocknetes Sonnenblumenblatt lag. Sie starrte es an, und ich ließ es in ihre offenen Hände gleiten. Der Brief war in schwarzer Tinte verfasst, die Buchstaben waren groß, die Worte gut lesbar:

»Meine liebe Verlobte, Khurschid! Gestern machte ich mich auf den Weg zu einem Blumenladen, um dir eine Rose zu kaufen. Da fiel mir eine einzelne Sonnenblume auf, die vor dem Geschäft in einer Vase stand. Ihr Gesicht leuchtete im hellen Licht, und ich war sicher, dass sie mich anlächelte. Ich lief um sie herum und bemerkte, dass sie ihren Kopf nach mir drehte, wohin ich auch ging. Da entschloss ich mich, sie zu kaufen, sie und keine andere. Ich möchte, dass nur unsere Hände sie berühren, und ich möchte alle neugierigen Blicke von ihr fernhalten. Deshalb schicke ich dir ein einziges Blatt. Wenn du es auf deine Hand legst, spürst du die meine, und wenn du an ihm riechst, erfährst du, nach wem es duftet …«

Während ich den Brief weiter vorlas, roch meine Mutter an dem vertrockneten Blatt, steckte es in den Mund und aß es auf.

Der Verfasser des Briefes hatte keine der schönsten Blumen als Gleichnis für seine Geliebte ausgelassen. Auch beschrieb er sie als saftig, süß und fruchtig wie die Gärten jenes Dorfes im Osten der Stadt, in dem er als Kind gelebt hatte. Sie sei der schönste Vogel am Himmel, das blaue Meer, der volle Mond, der silberne Morgenstern. Und schließlich war sie für ihn wieder seine Khurschid, die ewig leuchtende Sonne.

Ich steckte den Brief wieder in den Umschlag und gab ihn ihr zurück. Obwohl ich ihre Antwort erahnte, fragte ich sie, wer ihr diesen Brief geschrieben hatte. Meine Mutter nannte alle Namen meines Vaters.

»Hadschi Scharif Khan Dschikani.«

»Bravo, Nane!«, rief ich. Ich war erstaunt. Nicht, weil die kranke Mutter sich auf einmal an den langen Namen ihres Mannes erinnern konnte, sondern vielmehr darüber, wie sie mich dabei ansah. In ihrem Blick glänzte ein ungebrochener Stolz, der mich erweichte, ja, sogar verunsicherte. Konnte sie sich an Irgendetwas ihrer rund fünfzig Jahre währenden Ehe erinnern?

Meine Mutter lächelte mich an. »Du hast mir diesen Brief aus Indien geschickt.«

»Wer? Ich? Ich soll dir diesen Liebesbrief geschrieben haben? Ich bin doch nicht dein Mann, Nane! Ich bin dein Sohn. Es war Hadschi Agha, dein Ehemann, der einige Male nach Indien gereist war.«

Sie wandte ihren Blick von mir ab und schickte ihn durch das offene Fenster hinaus in den weiten Himmel.

»Ich kann mich an meine Hochzeit erinnern«, sagte sie.

»Das ist doch etwas! Bitte, erzähl mir davon, Nane!« Ich war erfreut, dass sie sich an den schönsten Moment ihres Lebens erinnern konnte.

»Ach, es war eine schreckliche Hochzeit. Eine Karawane bunt geschmückter Pferde galoppierte durch die Straßen. Ich saß auf dem Rücken eines weißen Araberhengstes und fiel dreimal herunter. Mein Mann jagte hinter mir her, weil er vor den vielen Verwandten und Gästen floh …«

Ihr seltsam nachdenklicher Blick verlor sich in dem weiß geknüpften Kreis in der Mitte des Teppichs.

Mein Bruder Asis und seine Frau hatten mir erzählt, dass sie den Teppich bei jedem der Umzüge meiner Mutter immer wieder mitgenommen und ausgelegt hatten. Ich wunderte mich, warum alle anderen großen Gegenstände aus dem Besitz meines Vaters im Laufe der Jahre abhandengekommen waren, nur dieser eine nicht. Für die anderen war er lediglich ein gutes Stück, das dazu diente, einen Zimmerboden zu bedecken. In meinen Augen aber trug er den Staub von drei Jahrzehnten afghanischer Geschichte in sich. Und für meine Mutter? Ich fragte mich, was für sie alles in diesem Teppich steckte, dass er ihren Blick so lange gefangen hielt.

»Es war wohl Abend«, fuhr meine Mutter, ohne aufzuschauen, ruhig fort. »Die Kutschen sind hintereinander und nebeneinander gefahren, konnten uns aber nicht einholen. In der einen haben Musiker gesessen und mit ihren Trompeten und Trommeln die Stadt nahezu an den Rand der Taubheit musiziert. An die vielen Blumen kann ich mich noch erinnern. Meine Kutsche war mit frischen Sonnenblumen, Rosen, Margeriten und den Puppen meiner Kindheit, die ich nun hinter mir ließ, geschmückt. Ich habe zwischen meiner Mutter und meiner Schwester gesessen …«

Ihr Blick kehrte zu mir zurück, jedoch nur, um sogleich wieder nach draußen zu fliegen, wie ein Vogel, der aus seinem Käfig ausbricht. Dabei warf sie mehrmals die Hand in die Luft. Ihre Stimme schlug um, klang aufgeregt.

»Immer wieder wurde etwas durch die Luft geworfen, auf das sich alle stürzten. Ich glaube, es war eine Ziege. Alle rissen sich um eine tote Ziege. Was wollten sie nur?«

Sie seufzte, warf mir einen Blick von der Seite zu und sagte: »Du erinnerst dich sicherlich besser daran.«

»Wieso ich, Nane? Es gab mich damals noch nicht.«

Ich lachte, obwohl mir danach eigentlich nicht zumute war.

Ihr Mund schien ganz ausgetrocknet, sie wirkte erschöpft. Ich hob ein Glas Wasser an ihre Lippen. Nachdem sie getrunken hatte, ging ich zum Fenster, stellte das leere Glas auf das Brett und beobachtete sie. Seltsam. Sie starrte wieder geistesabwesend den weiß geknüpften Kreis in der Mitte ihres Teppichs an und murmelte vor sich hin: »Was wollten sie nur? Was wollten sie nur?«

3

Am zweiten Tag besuchte ich nach dem Frühstück erneut meine Mutter. Ich hatte mit meiner Familie vereinbart, dass man uns für einige Tage allein ließ. Wir hofften, dass ich durch intensive Gespräche ihr Gedächtnis anregen und sie aus ihrer Verwirrung herausholen könnte. Nun saßen meine Mutter und ich wieder nebeneinander auf der Kante ihres Bettes und starrten auf ihren Teppich.

»Jetzt weißt du, Nane, dass ich dein Sohn bin, oder? Dein Sohn Schaer?«, sprach ich zu ihr und sah sie dabei an.

»Ja, das weiß ich«, antwortete sie, ohne sich zu rühren.

»Dann bin ich beruhigt, Nane. Kannst du dich auch an meine Geburt erinnern?«

»Natürlich kann ich das. Es war auf dem Fensterbrett.«

»Wunderbar! Kannst du dich auch erinnern, wie verärgert ich eines Tages mit meiner Geburtsurkunde in der Hand nach Hause kam, in die mir die Behörde ein falsches Geburtsdatum eingetragen hatte, und dass ich dich fragte, in welchem Jahr ich geboren sei?«

»Ja, es kommt mir vor, als wäre es gestern gewesen.«

»Mir auch, Nane«, erwiderte ich. »Jedenfalls hatte ich mich seit jenem Tag nicht mehr um das genaue Datum meiner Geburt gekümmert. Nur als ich nach Deutschland kam, schien genau das für die Behörden dort von großer Bedeutung zu sein. Nun bin ich längst deutscher Staatsbürger, und es ist mir nicht mehr wichtig, wie alt ich wirklich bin.«

Sie schaute mich mit zusammengekniffenen Augen an und fragte: »Du sagst, du bist Deutscher geworden, und gleichzeitig schwörst du, du wärst mein Sohn?«

»Nur auf dem Papier, Nane! Ich bleibe trotzdem dein Sohn!«

Ich hielt ihre Hand fest in meiner und suchte den Blickkontakt zu ihr. Ihr Blick aber flog über meinen Kopf hinweg weit in den blauen Himmel und blieb dort an einer weißen Wolke hängen. Ich hielt still und wartete, bis er in den Raum zurückflog und auf der gemusterten Stelle auf dem Teppich landete. Es dauerte nicht lange, da waren unsere Blicke auf denselben Punkt auf dem Teppich gerichtet, wie zwei Vögel, die über derselben Futterstelle flattern.

»Viele Dinge und viele Gesichter sind da«, sagte sie. »Ich kann sie sehen. Ich kann sie hören. Aber in dem Moment, da ich beginne, sie festzuhalten, sie jemandem zu zeigen, sind sie weg … Was wollte ich eben sagen … Ich meine, an den Schmetterling kann ich mich bestens erinnern.«

Sie sah mich an, und ich klopfte ihr sanft auf den Rücken. »Das ist doch etwas, Nane! Dann erinnerst du dich auch, dass unser Haus einst voller Schmetterlinge war. Schmetterlinge in allen Größen und Farben. Die meisten waren weiß. Und wenn du dich an die Schmetterlinge erinnerst, dann erinnerst du dich auch an die Schmetterlingsblumen in unserem Lustgarten, an Hunderte von Orchideen in allen Formen und Farben, an unseren Jagdhund Sardar, an den Gesang der Vögel. Unser Haus war ein Garten Eden auf Erden …«

»Bist du der, der einmal in die Kotgrube fiel?«, unterbrach sie mich.

»Ja! Ja, ja!«, stieß ich lachend hervor. »Ha, ha, ha! Das bin ich! … Der Gartendichter, der in die Gartentoilette fiel!«

Im Ansturm des Lachens rutschte ich zu Boden und auf ihren Teppich. Ich merkte, wie erstaunt und begeistert sie mich ansah und wie zum ersten Mal ein sanftes Lächeln auf ihrem linken Mundwinkel erschien.

»Ich meine, das alles weiß ich«, sagte sie. »Und irgendwie doch nicht. Die Dinge kommen und gehen.«

Ich stieg auf ihr Bett, nahm eines der alten gerahmten Fotos von der Wand herunter, setzte ihr die Brille auf und hielt ihr das Bild direkt vor die Augen. Darauf waren mein Vater mit einem Hut, meine zweijährige Schwester Awesta, die ihre Arme um den Jagdhund geschlungen und ihr Gesicht auf dessen Gesicht gedrückt hatte, sowie ich in einer blauen Schuluniform zu sehen. Ich fragte sie, ob sie die Gesichter auf dem Foto erkannte.

Sie grübelte. »Keine Ahnung.«

Ich zeigte mit dem Finger auf Awesta und fragte, ob sie ihre Tochter wiedererkenne. »Siehst du, hier? Das ist deine zweite Tochter Awesta. Sie lebt inzwischen in London. Und das hier, in ihren Armen, ist Sardar.«

»Awesta kam unter den Granatapfelbäumen im Garten zur Welt«, murmelte sie.

»Bravo, Nane!«, lachte ich erfreut.

Ein Vierteljahrhundert lang hatte ich mir gewünscht, meine Mutter wieder fest in meinen Armen zu halten. Jetzt schien mir dieser Augenblick gekommen zu sein. Ich legte das Foto auf den kleinen Tisch neben ihrem Bett, neigte ihren Körper langsam zur Seite, bis ihr Kopf auf der zurückgerollten Decke lag, und schloss sie vorsichtig in meine Arme. Sie war klein geworden, viel kleiner als früher, leicht und abgemagert, und ich konnte ihre Knochen fühlen. Sie zog ihre Füße an, und wir lagen nun nebeneinander. Ich spürte ihre Wärme, ihren ruhigen Atem, und wir lagen eine Weile so da, bis ich ihr half, sich aufzurichten. Erschöpft und durstig fuhr sie mit der Zunge über ihre Lippen und stöhnte. Ich hängte das Foto an die Wand und gab ihr ein Glas Wasser. Sie trank es aus und gab es mir zurück.

»Danke, mein Sohn. Allah möge, dass du alt wirst.«

»Ich will gar nicht alt werden, Nane.«

»Ich meine, dass du lange lebst.«

»Das klingt schon besser.«

Ich blieb still vor ihr stehen, sah zum Himmel hinaus und ließ sie mich mit zusammengekniffenen Augen anschauen. Schließlich sagte sie: »Jetzt weiß ich, wer du bist. Du hast dich immer über dieses Land, wo du jetzt lebst, beschwert, dass seine Menschen ihre Tauben nicht füttern.«

»Ganz genau«, stieß ich erfreut hervor. »So sind die Deutschen, Nane. Sie mögen keine Tauben, sie lassen sie vor Hunger sterben und behandeln sie schlecht, weil sie glauben, dass die armen Vögel irgendwelche Krankheiten übertragen.«

»Was haben sie gegen die armen Vögel, die Russen sind doch viel schlimmer als die Tauben. Die verbreiten die Pest.«

»Richtig, Nane«, lachte ich und fragte: »Du weißt also, dass ich in Deutschland lebe, richtig?«

»Natürlich weiß ich das. Du hast dich früher oft über das schlechte Wetter dort beschwert. Ist es dort immer noch so kalt?«

Mit dieser Frage zu meinem Leben überraschte sie mich. Bei unserem letzten Wiedersehen vor vier Jahren, im Herbst 2004, hatte sie mir noch viele derartige Fragen gestellt. Ich begann, Theater zu spielen.

»Uh! Kalt, sehr kalt. Sehr feucht, Nane! Schrecklich finster! Acht, neun Monate Winter, Nane!«

»Uh! Hör auf damit!« Sie spielte mit und schüttelte angewidert ihre Schultern.

»Der graue Himmel über Deutschland erdrosselt mich! … Und die Menschen lieben ihren Himmel, Nane. Sie tragen ihn sogar auf ihren Gesichtern. Sie sind stolz auf ihre vier Jahreszeiten und verschweigen, dass drei davon feucht und grau sind. Wenn ich mich über das Wetter beschwere, erheben manche Frauen den Zeigefinger und sagen: ›Es gibt kein schlechtes Wetter, mein Lieber, es gibt nur schlechte Kleidung‹ …«

»Uh! Der Totenwäscher soll sie holen!«

Sie sah plötzlich wieder sehr müde aus, und ich wollte sie nicht länger anstrengen. Ich war froh, dass es mir gelungen war, ihr Mitgefühl zu wecken, selbst wenn sie dafür meine deutschen Landsleute dem Totenwäscher auslieferte.

Ich stellte den einzigen Stuhl im Zimmer an den unteren Bereich des Teppichs, setzte mich, trank meine Tasse Kaffee aus, die auf dem kleinen Tisch stand, schloss dann die Augen und lehnte mich entspannt zurück. Mit der Zeit überbekam mich das Gefühl, dass ich Gewicht verlor, dass mein Kopf leichter wurde, Blut durch meine Gehirnzellen floss und Licht in die schwarzen Löcher fiel.

Nach einigen Minuten öffnete ich meine Augen und sah zu meiner Mutter hinüber. Sie schien eingeschlafen zu sein. Ich dachte über unsere Gespräche nach und fragte mich, wie meine Mutter auf eine tote Ziege gekommen war, als sie mir von ihrer Hochzeit erzählt hatte. Und ich fragte mich, warum sie, während sie den weißen Kreis auf ihrem Teppich angestarrt hatte, »Was wollten sie nur?« gemurmelt hatte. An wen konnte sie gedacht haben?

Ich erhob mich und widmete meine Aufmerksamkeit dem runden Muster in der Mitte des Teppichs: zwei angstvolle Tieraugen, schmale, waagerechte schwarze Schlitze, jeder umgeben von einer graugrünen Iris, waren auf mich gerichtet. Seltsam, dass ich nie zuvor diese Augen so genau wahrgenommen hatte. Da erkannte ich, dass sie einer Ziege gehörten, und glaubte, dass es jene Ziegenaugen waren, die mir all die Jahre hin und wieder im Traum erschienen waren, als ein Erlebnis aus meiner Kindheit in mir erwachte und vor meinen Augen Gestalt annahm.

Es war Opferfest. Ich stand in meiner neuen Festtracht auf der Treppe unserer Hausterrasse. Meine Familie hatte sich um eine Ziege versammelt, die der Metzger schlachten wollte. Benommen von Todesfurcht meckerte das Tier laut und rastlos und kämpfte, um sich aus den Armen des Metzgergesellen zu befreien. Sein verängstigter Blick war auf das große, scharfe Messer in der Hand des Metzgers gerichtet. Die Reflexion des Sonnenlichts auf dem blanken Messer blendete seine magisch schönen schwarzen Augen.

Unsere Dienerin schob ihm einen Zuckerwürfel unter die Zunge, um ihm das Sterben zu versüßen. Dann schwärzte sie dem Tier mit einem Pinsel die Wimpern, während der Metzgergeselle es festhielt. Da sah mich die Ziege flehend an. Ich erkannte die nackte Todesangst in ihrem Blick. Ich hätte die Treppe herunterlaufen, mich auf sie werfen und rufen können: »Halt!« Doch ich tat nichts, sondern setzte mich auf die Stufe, die Hände im Schoß, senkte meinen Kopf auf die Brust und weinte.

Aus dem Augenwinkel beobachtete ich das Geschehen. Der Junge griff die Ziege an den Beinen, warf sie zu Boden und setzte sich mit seinem ganzen Gewicht auf sie. Die Ziege versuchte, sich zu wehren, und meckerte mitleiderregend. Der Metzger kniete sich über ihren Kopf und hielt das Messer vor ihre Augen. Sein Geselle drückte ihren Kopf gegen den Boden. Weißer Schleim mit aufgelöster Zuckermasse floss aus dem Maul des Tieres, bevor der Mann die Schneide auf seinen Hals legte. Ein letztes Mal trafen unsere Blicke aufeinander, dann schloss die Ziege ihre Augen. Ich sah eine dicke, schwarz gefärbte Träne auf die weißen Kieselsteine fallen. Dann rief der Metzger: »Allah Akbar, Allah Akbar!« Das Messer ging an die Kehle des Opfers. Ein letzter Todesschrei. Die schwarze Träne verschwand im spritzenden Blut.

Ich konzentrierte mich nun auf die anderen Muster des Teppichs, sowohl in ihrer Gesamtheit als auch in ihren Beziehungen zueinander. Nein, das hier war keine Pferdekarawane, die ruhig durch eine Steppe zog, vielmehr eine galoppierende, kämpfende Meute. Ich beugte mich über das erste Reitermuster und sah eine kleine, aus schwarzem Garn geknüpfte Gestalt auf dem Schoß des Reiters. »Ach, Gott!«, rief ich laut nach dem Schöpfer und fiel zurück auf den Stuhl. Ich hatte erkannt, dass die Muster einen Buskaschi-Wettkampf – das nationale Reiterspiel der Afghanen – darstellten. Ich verstand nun, welch starker Geist dem Teppich innewohnte. Mir schien, dass im Angesicht dieses Geistes weder die Demenz noch die Angst Bestand haben konnten. Ja, es schien mir nun, als wäre das edle Stück selbst das Gedächtnis meiner Mutter, welches in seinem Herzen ein Zeichen trug – das Zeichen meines Vaters. Ich lehnte mich zurück, verengte meinen Blick auf dieses Zeichen, auf das Muster im Herzen des Teppichgewebes, und verharrte in dieser Haltung so lange, bis meine Lider zusammenfielen.

4

Am dritten Tag erzählte ich meiner Mutter die Geschichte meines Vaters, mit der er mich bestochen hatte, ihm in den Männerhamam zu folgen. Ich erzählte ihr noch weitere Geschichten, die durchaus heiter waren und von unserer gemeinsamen Vergangenheit, von meiner Kindheit oder meiner Jugend handelten. Sie saß, an zwei Kissen gelehnt, im Schneidersitz auf ihrem Bett. Wenn sie vor sich hinstarrte, tat ich es ihr gleich, und der Mittelpunkt ihres Teppichs wurde der Treffpunkt unserer gemeinsamen Blicke. Wenn sie einen Satz oder ein Wort sagte, versuchte ich, daraus entweder direkt ein anschauliches Erinnerungsgebilde in den Raum zu stellen oder einen Bogen ins Zentrum eines Geschehens aus der Vergangenheit zu schlagen.

Der Geisteszustand meiner Mutter hatte sich von Tag zu Tag gebessert. Sie wirkte zunehmend lebendiger, mitunter gelang es mir sogar, sie zum Lachen zu bringen. Wenn ich merkte, dass sie Ruhe brauchte, legte ich mich schweigend auf ihren Zauberteppich, der sich eigenartig warm anfühlte. Mal ruhte ich auf der Seite, mal auf dem Rücken, oft auf dem Bauch, ließ die Herbstsonne, die ins Zimmer fiel, meinen Sinnen schmeicheln und mich vom Fluss meiner inneren Bilder mitreißen. Dann schloss ich mich einer ganzen Karawane von Erinnerungen an, die den Raum mit Gesichtern und Stimmen füllte, und es flossen dabei glückliche und traurige, gleichsam befreiende und heilvolle Begebenheiten ineinander.

Fünf Tage lang verbrachte ich täglich einige Stunden bei meiner Mutter. Und in dieser Zeit nahm vieles von dem, was ich heute erzähle – auch die Geschichte meines Vaters –, Gestalt und Form an.

Mein Ort ist nun ein gläserner Raum auf der Spitze eines hohen Turms inmitten des Geistes. Er hat die Größe des Teppichs meiner längst verstorbenen Mutter, an dessen unterem Rand ich sitze. Es ist ein Niemandsland fernab der Welt, mitten in einem blauen Universum. Goldenes Sonnenlicht strahlt von allen Seiten in den Raum. Gesichter, Gestalten, Schatten und Bilderreihen, Töne und Stimmen spiegeln sich in meinem Inneren wider.

Wenn ich meine Augen schließe, erscheint eine blaue Himmelskugel vor meinem inneren Auge; und Erinnerungsbilder beginnen wie kleine und große, weit entfernte und nahe Sterne in ihr zu glitzern. Wenn ich mich auf eines dieser Bilder konzentriere und meine Augen wieder öffne, erstrahlt alles aus meinem Inneren auf der »Bühne« zwischen mir und dem Teppich meiner Mutter und stellt sich als ein in viele Ebenen verschachteltes, schatten- und farbenprächtiges Schauspiel dar. Es sind die Schatten und Geister einer verlorenen Zeit, gleichzeitig bin ich einer dieser Geister, der existiert, indem er alles erzählerisch weitergibt. Mal gehöre ich selbst zu dem Spiel, bewege mich sichtbar auf der Bühne, mal verschanze ich mich auf meinem Beobachtungsposten oder berichte von Ereignissen, deren Augenzeuge ich selbst nicht gewesen war.

Ich verstehe mich als einen nachahmenden Teppichweber, dessen Geschichten einem Muster folgen, dem eine uralte Vorlage, der Teppich meiner Mutter, zugrunde liegt. In ihm sollen sich meine Erzählungen zu einem vielfältig verschachtelten Märchenwerk verbinden. Mit dem Zeichen meines Vaters im Herzen.

Zweites Buch

Im Zauber der Trauerweiden

Teil eins

1

An einem milden Frühlingstag im Jahre 1919, kurz nach dem Mittagsgebet, wurde ein kleiner Bauernjunge in Dschikan auf eine laute Männerversammlung im Innenhof der Moschee seines Dorfes aufmerksam. Der Junge hieß Scharif, er kam gerade von seinem Vater – einem bitterarmen Bauern, der auf dem Acker eines Grundbesitzers schuftete. In seinen Arbeitskleidern fühlte er sich eigentlich zu schmutzig, um ein Gotteshaus zu betreten, seine Hände waren von den saftigen Maulbeeren, die er gepflückt hatte, dunkelrot gefärbt.

Er hatte die Moschee noch nie von innen gesehen – was wohl auch daran lag, dass ihm dafür keine Zeit blieb. Scharif war das einzige Kind seines Vaters und musste ihm von früh bis spät zur Hand gehen. Er grub den Boden um, säte, bewässerte die Felder, brachte die Ernte mit ein und hütete die Kühe und Schafe. Und obwohl er das alles stets geduldig und ohne Widerspruch tat, bürdete sein Vater ihm nicht nur täglich neue Lasten auf, sondern entlohnte ihn nicht selten mit Schelte und Prügel.

Andere Kinder besuchten täglich die Koranschule in der Moschee und lernten dort, die Worte Allahs zu lesen. Aber Scharif war mit seinen fast zehn Jahren immer noch ein Analphabet. Dafür wurde er von allen in Dschikan wegen seiner Reitkünste bewundert. Wenn er auf einem Hengst durch die Weiten jagte, jedes Hindernis nahm und dabei geschickt mit einem Ball jonglierte, prophezeiten ihm die Leute, dass man ihn eines Tages beim Buskaschi als Held umjubeln würde.

Dieses Können verdankte er vor allem Osman, einem Gemüsehändler, dem er regelmäßig die Ernte verkaufte. Dieser hatte mindestens siebzig Jahre auf dem Buckel und wurde, obwohl er nicht reich war, aus Respekt als Khan bezeichnet. In seiner Jugend war Osman

Khan aus vielen Reiterwettkämpfen in Herat als Sieger hervorgegangen und gab nun seine Künste und sein Können an Scharif weiter, der große Hoffnungen hegte, eines Tages seinen Platz unter den besten Spielern des Landes zu finden.

Vielleicht lag es an seiner stillen und sanften Mutter, dass ihm seine Gabe, von etwas Besserem zu träumen und in allem nach dem Glück zu suchen, erhalten blieb. Wenn er sie leise singen hörte, wurde ihm leichter ums Herz, und wenn er verzweifelt war und nicht weiterwusste, suchte er ihren Rat. Doch die Mutter lag seit einigen Tagen krank im Bett, und am Abend zuvor hatte ihn der Vater übel zugerichtet. Er hatte ihn vom Sattel gerissen, ihm die Peitsche weggenommen und auf ihn eingeschlagen.

SCHARIF BETRAT DIE Moschee. Der Talib, der junge Bedienstete der Moschee, stand in dem terrassierten Innenhof neben dem Mullah – einem kleinen Mann, der ein sanftes Lächeln auf dem Gesicht trug. Der Mullah klatschte mehrmals in die Hände, damit die Männer sich beruhigten und ihre Aufmerksamkeit dem Koranschüler, der den Namen Asis trug, schenkten. Dieser räusperte sich und begann mit kräftiger Stimme und paschtunischem Akzent zu sprechen: »Im Namen des Allmächtigen bitte ich um Erlaubnis, ein paar Worte an Sie, meine Väter und Brüder, richten zu dürfen.«

Im Hof der Moschee breitete sich jetzt vollkommene Stille aus, und alle hielten den Atem an, als Talib Asis seine Rede begann.

»Die Begegnungen zwischen unserem Volk und den mächtigen Engländern sind in der Geschichte unseres Landes einzigartig. Zweimal sind sie zu uns über Indien gekommen. Das erste Mal, vor genau achtzig Jahren, besuchten sie uns mit einem kleinen Geschenk: mit einem König ihrer Wahl! Es kam zu einem Krieg, den nur ein Einziger von ihnen überleben sollte …«

»Dr. Brydon!«, rief Osman Khan laut dazwischen.

Er stand eine Reihe vor Scharif. Scharif mochte den Mann, dem sein spitzer, silbern-schwarzer Bart in seinem schmalen, langen Gesicht das Aussehen einer alten Ziege verlieh und der ihm nicht nur die Künste des Reitens beibrachte, sondern ihn auch oft vor den Wutanfällen des Vaters in Schutz nahm.

»Danke, Osman Khan. Ich wäre selbst kaum auf den Namen gekommen«, rief der Talib zur Belustigung aller und setzte fort: »Aber das war ihnen nicht genug. Vor gut vierzig Jahren führten sie erneut Krieg gegen uns und brachten uns einen Herrscher namens Abdulrahman ins Land.«

»Tod dem Verräter und Despoten Abdulrahman!«, rief Osman Khan.

Die Männer drehten sich lachend zu ihm um. Scharif begriff nicht, worum es ging. Er fragte einen Mann, der neben ihm stand, wer Abdulrahman gewesen sei.

»Er hat den heutigen Staat Afghanistan gegründet, aber er hat mit den Engländern einen schändlichen Vertrag unterschrieben und Britisch-Indien weite Landesgebiete geschenkt", flüsterte der Mann ihm zu.

Der Talib, der den Ruf aus dem Publikum schmunzelnd geduldet hatte, hob den Finger und sprach weiter.

»Sie wissen selbst, Osman Khan, dass der alte Emir seit achtzehn Jahren tot ist. Sein nichtsnutziger Sohn, der ihm folgte, auch. Doch nun, mit seinem Enkelsohn Amanullah, wird sich das Blatt der Geschichte wenden!«

Die Menge applaudierte. Jetzt wurde es für Scharif spannend. Vor Kurzem hatte er die Nachricht gehört, dass der König während seiner nächtlichen Ruhe in seiner Jagdhütte ermordet worden sei und sein jüngster Sohn Amanullah im fernen Kabul den Thron bestiegen habe. Scharif drängelte sich bis in die vorderen Reihen der Versammlung vor, bis er neben dem Arbab, dem Dorfverwalter, stand. Der Talib unterstrich seine Worte mit schwungvollen Gesten und beugte sich dabei weit nach vorn, als wolle er jedem Einzelnen so nahe wie möglich kommen.

»Betrachten wir unser Land von außen, ist es bis heute fest im Griff von Britisch-Indien. Es ist in seiner Entwicklung stehen geblieben, daher sind wir so einsam und von der Welt abgeschnitten, werden von Armut, Dürre und Seuchen heimgesucht. So hart unsere Bauern auch arbeiten, ihnen sind kaum genug Einkünfte beschieden, um ihr eigenes Überleben, geschweige denn das ihrer Familien zu sichern.«

»Schahbasch, Talib Asis! Gut gesprochen! Bravo!«, erhob Osman Khan erneut seine Stimme und erntete dieses Mal Beifall.

Der Talib ballte nun seine rechte Hand zur Faust und stellte sich aufrecht hin.

»Liebe Väter und Brüder! Die Stunde des afghanischen Volkes ist gekommen! Wie wir alle wissen, hat Amanullah, unser neuer König, England und Britisch-Indien den Dschihad erklärt und die vollständige Unabhängigkeit Afghanistans ausgerufen!«

Jubel und Allah-Akbar-Rufe erfüllten den Hof. Der Talib durchdrang mit seinen Augen die Gesichter der Umstehenden. Scharif beobachtete ihn voller Bewunderung. Er kam ihm größer und stämmiger vor, als er eigentlich war. Jetzt verstand Scharif, worum es ging. Es ging um den Dschihad, um einen Krieg, der das Land befreien und den Bauern etwas mehr als Wasser und Brot bringen sollte. Er begann zu applaudieren, und die anderen klatschten mit.

»Diese Heimat ist unsere gemeinsame Mutter«, sprach der Talib weiter und warb dafür, dass die Männer aus Dschikan sich den freiwilligen Volksgruppen zur Unterstützung der schwach ausgerüsteten afghanischen Armee anschlossen. Und Scharif, der sich fragte, ob es seine Verzweiflung war, die ihn genau in dieser Stunde an diesen Ort geführt hatte, fühlte auf einmal sein eigenes Schicksal mit dem Schicksal der ›Mutter Heimat‹ verbunden, von der er bisher nicht viel mehr wusste, als dass sie ihnen guten Ackerboden geschenkt hatte. Er fühlte sich gleichzeitig von Trauer und Angst, von Freude und Mut erfüllt.

Unter den Begeisterungsrufen der Menge betrat der Arbab mit einem großen Porträt des Königs Amanullah die Bühne und hielt es hoch.

Scharif drängte sich bis in die erste Reihe vor und bewunderte das königliche Porträt: ein junger Mann mit einer Krone und einem Mantel, der mit vielen Medaillen behängt war, und einem Schwert in der Hand. Ein lautes Durcheinander brach aus, es wurde hitzig diskutiert. Am Ende hieß es, dass man gemeinsam an der großen Kundgebung teilnehmen würde, die am kommenden Freitag im nahe gelegenen Herat in der Freitagsmoschee stattfinden sollte. Doch wer und wie viele von den eifrigen bärtigen Männern sich tatsächlich an dem Dschihad beteiligen würden – diese Frage interessierte niemanden mehr. Das Dorf in der westlichsten Provinz des Landes war sehr weit von Kabul entfernt.

Die Versammlung ging auseinander, und jeder ging seines Weges. Nur Scharif blieb im Hof zurück. Er wollte mit dem Talib gerne allein weiterreden. Es drängte ihn, mehr darüber zu erfahren, was das Land bewegte, wo diese Engländer sich aufhielten und ob er, Scharif, vielleicht auch auf einem Pferd mitkämpfen könne. Also lief er durch einen langen Flur zum Zimmer des Talibs, das sich hinter dem Gebetsraum befand. Dort zögerte er. Vielleicht sollte er lieber nach Hause gehen, um seine Mutter zum Arzt bringen zu können, falls es ihr schlechter ging. Aber darum konnte sich auch sein Vater kümmern. Er klopfte leise an.

KURZ DARAUF SASS Scharif mit Asis, dem Koranschüler, bei einem Glas Tee auf der sonnigen Dachterrasse der Moschee. Von hier oben sah das Leben schön und einfach aus. Vor ihnen lag das Dorf mit seinen Lehmhäusern, den engen, staubigen Straßen und dem kleinen Basar mit seinen leicht gewölbten Kuppeln. Hin und wieder erschallten Rufe, jedoch zu fern, um sie zu verstehen. Hinter ihnen erstreckten sich die weiten, fruchtbaren Felder und Obstgärten, aus deren Richtung ein angenehmes Lüftchen wehte.

Der Talib hielt eine Tessbih, eine islamische Gebetskette, mit neunundneunzig hellblau leuchtenden Glasperlen in der Hand. Die kleinen Perlen bewegten sich unentwegt. »Na, was liegt dir auf dem Herzen?«, fragte er. »Wenn ich eine Antwort weiß, sollst du sie hören.«

Scharifs Augen leuchteten. »Ist es wohl möglich«, brach es aus ihm heraus, »dass auch ich mich mit den Mudschaheddin auf den Weg nach England mache, oder bin ich dafür noch zu jung? Ich kann sehr gut reiten, weißt du, da kommt keiner an mich ran. Und bekomme ich auch ein Gewehr? Wie lange wird es dauern, bis wir sie besiegt haben, und wie lange bleiben wir eigentlich in ihrem Land?« Endlich holte er kurz Luft. »Werden wir dann als Helden gefeiert, und ist der Krieg etwas Schönes, Talib Dschan?«

Der Koranschüler grinste, dass der Junge ihn nicht beim Namen, sondern »Lieber Talib« nannte. »Oh, mein Lieber«, sagte er, »wenn Kriege tatsächlich schön wären, dann wäre die ganze Menschheit glücklich, aber dann würde sie auch keine mehr gebrauchen können.«

Er erklärte Scharif in einfachen Worten, wo auf der Welt Afghanistan und Indien, wo Russland und England lagen und warum die Engländer aus dem fernen Europa hierhergekommen waren. Er erzählte von den Rivalitäten der Weltmächte, von denen im neunzehnten Jahrhundert zwei Besatzungen und viele Kriege ausgegangen waren.

Scharif musste sich sehr anstrengen, um dem Talib einigermaßen folgen zu können. Er wollte wissen, warum die Engländer immer wieder ins Land kamen und was sie wollten. »Haben ihnen unsere Tomaten und Melonen so gut geschmeckt?«

»Das wäre ein guter Grund gewesen. Denn wo auf der Welt findest du so paradiesische Früchte wie bei uns?« Der Talib lachte entzückt. Er trank einen Schluck von seinem Tee und nahm dabei die feinen Regungen auf dem Gesicht seines kleinen Gastes wahr. »Warst du schon einmal in der Moschee, Scharif? Ich kann mich nicht erinnern, dich je gesehen zu haben. Wenn du ein- oder zweimal in der Woche kommen würdest, dann würdest du sicher bald lesen und schreiben können.«

Scharif nickte. »Gern. Sehr gern. Aber ich muss vorher mit meinem Vater darüber sprechen.«

»Gut, Scharif Dschan.« Talib Asis nickte und stellte sein Teeglas ab. »Aber jetzt ist es Zeit für meinen Gebetsruf.«

Er stand auf und trat an den Rand der Dachterrasse. Dann hob er seinen Kopf gen Westen, hielt seine Daumen hinter die Ohrläppchen und begann, mit geschlossenen Augen die Gläubigen zum Nachmittagsgebet zu rufen. Scharif legte sich auf seiner Matratze auf den Rücken und tauchte in den Klang von Talib Asis' Stimme ein, die ihn in ein Gebet für seine Mutter führte. Ihm war, als sei dieser dunkle, warme Ton eine riesige, kraftvolle Welle, die ihn in die Höhe trieb. Langsam glitt sein Blick in den Himmel, fing in der Ferne eine weiße Wolke ein und blieb dort wie verzaubert hängen. Sie hatte die Form eines Adlers, der mit ausgebreiteten Schwingen aus einer fernen Welt auf ihn herabsah. Oder war er selbst eine Feder auf der Brust des majestätischen Tieres, ganz in der Nähe seines schlagenden Herzens?

Ergriffen von diesem Gefühl verabschiedete Scharif sich von dem Talib und kam gegen Abend nach Hause. Dort wartete bereits sein Vater in der Tür auf ihn, rot vor Wut und mit der Peitsche in der Hand.

»Deiner Mutter geht es schlecht, sie muss sofort zum Arzt, und du kommst erst jetzt?«

Peitschenhiebe trafen den Jungen. Er schrie vor brennendem Schmerz auf.

ALS SCHARIF DAS Dorf verließ, begann es zu dämmern. Die kranke Mutter saß auf dem Sattel hinter ihm und schmiegte sich an ihn. Er wollte Herat möglichst vor Anbruch der Dunkelheit erreichen. Unterwegs sprach er hin und wieder mit ihr, beruhigend und liebevoll. Dass er auf den Vater wütend war und noch immer die Schmerzen der Schläge auf seinem Rücken spürte, erwähnte er nicht. Stattdessen schwärmte er von seinem Erlebnis in der Moschee, von seinem Vorhaben, beim Koranschüler lesen und schreiben zu lernen, und von dem neuen König.

»Unser neuer König, Amanullah, will überall Schulen bauen, Nane. Auch in Dschikan. Ich werde sie besuchen und irgendwann wird ein Arzt aus mir und ich werde die Kranken heilen. Sogar ein Krankenhaus wollen sie bei uns in Dschikan bauen.«

»Möge es so sein, mein Sohn, möge Allah die Hand des neuen Königs zum Geben nutzen«, erwiderte die Mutter schwach. Dann begann sie leise vor sich hin zu singen.

Sie gelangten an einen kleinen Fluss, an dessen Ufern alte Trauerweiden standen. Die Dschikanis waren stolz auf diese Bäume. Sie sahen in ihnen weise Männer, die aus Bescheidenheit ihre Köpfe zur Erde senkten, oder trauernde Frauen, denen die langen Haare in den Schoß fielen. Für die Dorfbewohner war das Flüsschen wie ein schützendes Band, das ihren trockenen Feldern Wasser gab und den Durst der Tiere stillte. Scharif trieb oft die Schafe hierher, und wenn er müde und traurig war, saß er auf einem großen Stein und ruhte sich unter dem grünen Gewölbe einer Trauerweide aus.

Kurz bevor sein Pferd die Brücke erreicht hatte, zügelte er es und hielt inne. Die schmale Holzbrücke wölbte sich hoch über dem Wasser. Er überlegte, ob er es wagen sollte, zusammen mit der Mutter über die alte Brücke zu reiten, deren Planken zum Teil morsch geworden waren, um schneller zum Arzt zu kommen, oder ob es besser wäre, die neu gebaute Brücke zu benutzen, die aber ein ganzes Stück entfernt lag. Er schaute sich ratlos um und blickte zum Himmel. Von oben fiel ein bläuliches Licht auf die Trauerweiden und tauchte ihre langen, dünnen Zweige, ihre feinen dunkelgrünen Blätter in ein Farbenbad elegischer Schwermut.

Er sah genauer hin und entdeckte über sich eine Nachtigall und eine Eule. Wie seltsam, sie saßen nebeneinander auf einem Zweig, die erste sang laut, die zweite schwieg nachdenklich und lauschte. Zugleich war die Luft von einem starken Lilienduft erfüllt, der ihm zum ersten Mal missfiel. Er fragte die Mutter um Rat, wollte von ihr wissen, ob sie fest im Sattel säße und sich sicher genug fühle.

»Der Allmächtige wird uns führen«, antwortete sie und sprach dann leise vor sich hin: »Wie schön sind die Trauerweiden, mein Sohn. Möge ihr Zauber dir helfen, dass du alle Flüsse und Berge hinter dir lassen kannst und zum Schloss deiner Träume gelangst.«

»Ach, Nane«, rief Scharif, schlug mit der flachen Hand zärtlich auf ihr Knie und dann dem Hengst leicht in die Seite. Das Tier trat auf die Brücke, die unter der Last zu wanken begann, und schritt voran. Die Mutter murmelte Verse aus dem Koran. Der Junge hielt die Zügel locker. Nach wenigen Schritten aber blieb das Pferd stehen und scheute. Scharif streichelte das Tier am Hals. Es wäre besser, wenn er absitzen würde, dachte er, er könnte dann Mutter und Pferd über die Brücke führen. Als er sich aber herunterschwang, bäumte das Tier sich auf. Die Mutter fiel, noch bevor Scharif sie festhalten konnte, vom Pferd und stürzte hinunter in den Fluss. Scharif schrie fassungslos auf, lief schnell von der Brücke über das steinige Ufer ins Wasser und beugte sich über die bewusstlose Frau.

»Nane, Nane!«, rief er weinend.

Das Wasser floss über Teile ihres Körpers, als wäre nichts geschehen. Mit dem Kopf lag sie zwischen zwei Steinen, und er sah, wie sich Blut aus ihrer Schläfe mit dem klaren Wasser mischte, das es mit auf eine lange Reise nahm. Scharif fasste seine Mutter unter den Armen und zog sie ans Ufer. Immer wieder bat und flehte er, sie möge die Augen aufschlagen, aber sie gab kein Lebenszeichen von sich. Scharif zitterte am ganzen Körper, lief ratlos hin und her, konnte kaum atmen, nicht weinen, nicht denken. Er konnte nur schreien, immer leiser, immer kürzer und schlug sich mit der Faust ins Gesicht. Es war ihm, als hätte Gott die Welt für beendet erklärt, und der Gedanke daran, mit einer toten Mutter heimzukehren, erschien ihm wie ein Sprung in die tiefste aller Höllen. Er schlang die Hände um seinen Kopf, richtete seinen Blick auf die leblose Mutter, kniete, schluchzte und verlor das Bewusstsein.

2

Als Scharif zu sich kam, es war nach Mitternacht, fand er sich in einem fremden Zimmer wieder. Er lag auf einer Matratze. Neben ihm saß der Talib mit einem feuchten Tuch in der Hand. Auf einem Tisch brannte eine Petroleumlampe.

»Wo bin ich?«

»Du bist bei mir«, sagte der Koranschüler.

»Meine Mutter, meine arme Mutter …«

»Quäle dich nicht, Scharif, deiner Mutter geht es besser.«

Scharif fuhr hoch. »Sie lebt?«

»Ja, beruhige dich. Sie war ohnmächtig. Soviel ich weiß, ist sie inzwischen zu Hause und schläft.« Einige Minuten lang sprach keiner von beiden ein Wort. Dann reichte ihm der Talib ein Glas und sagte: »Komm, trink einen Schluck Wasser.«

Der Junge trank das Wasser und atmete auf.

»Jeden Abend nach dem Gebet gehe ich spazieren«, erzählte Talib Asis. »Du hattest Glück, dass ich dich gestern Abend gefunden habe. Der Gemüsehändler Osman kam gerade aus der Stadt zurück. Zusammen haben wir dich hierher gebracht. Aber jetzt solltest du erst einmal etwas essen, damit du wieder zu Kräften kommst.«

Der Talib brachte einen Teller voller Speisen – gekochtes Ei, Ziegenkäse, Brot, etwas Gemüse – und ein Glas Tee. Scharif hatte außer einem zeitigen Frühstück und ein paar Maulbeeren am vergangenen Tag nichts weiter gegessen.

»Osman Khan hat mir viel erzählt, ich meine, von dir und deinem Vater«, begann der Talib. »Wie ich höre, schlägt er dich sogar mit der Peitsche. Das tut mir leid, Scharif. Nun ja, wenn man die Peitsche von sich selbst abwenden will, schlägt man wohl andere.«

Nach einer kleinen Pause des Nachdenkens fuhr er fort: »Ich kenne deinen Vater nur flüchtig. Er kommt niemals zu uns in die Moschee, sicherlich betet er zu Hause. Aber Osman Khan scheint ihn gut zu kennen. Er mag dich übrigens sehr. Von ihm weiß ich auch, dass er dich im Reiten unterrichtet. Er sagt, du seist der mutigste und wildeste Reiter der ganzen Gegend und würdest eines Tages beim Buskaschi dem König als Sieger die tote Ziege vor die Füße legen.«

Scharif sah ihn mit seinen walnussbraunen Augen ruhig an, sagte aber nichts.

»Jedenfalls haben wir beschlossen, dass du hier bei mir bleibst, bis es dir besser geht. Ab jetzt bin ich für dich da, und auch der Mullah der Moschee ist damit einverstanden. Wie du siehst, habe ich nur ein kleines Zimmer, aber es reicht für uns beide. Sei also mein Gast! Wenn du möchtest, kannst du jeden Tag in die Koranschule kommen. Wenn du lesen und schreiben gelernt hast, wirst du sehen, welche Schätze hier auf dich warten.«

Talib Asis stand auf und zog ein dickes Buch aus dem Bücherregal. »Das sind Gedichte von Hafes«, sagte er. »Hast du den Namen Hafes schon mal gehört?«

Scharif schüttelte den Kopf. Asis setzte sich auf einen Stuhl zwischen dem Regal und dem Tisch, auf dem die Petroleumlampe brannte.

»Er lebte im vierzehnten Jahrhundert in der persischen Stadt Schiras, und du musst dir vorstellen, dass er mit acht Jahren den Koran auswendig konnte. Aber weil der Vater schon früh starb, musste er bei einem Teigmacher arbeiten, um für die Familie das nötige Geld zu verdienen.«

Talib Asis schlug das Buch auf, als wollte er aus ihm ein Gedicht vorlesen. Dann schlug er es wieder zu, lächelte und sprach in einem heiteren Ton weiter.

»Ich muss dir von dem jungen Hafes eine Geschichte erzählen: Eines Tages kam ein Mann in die Bäckerei, in der er arbeitete. Es war ein Tuchhändler, und er hatte sieben schöne Tücher aus feinster Seide dabei, jedes in einer anderen Farbe. Hafes wollte unbedingt eines von diesen Tüchern haben. Der Mann sagte aber, dass alle sieben Tücher als Geschenk für seine Geliebte gedacht seien. Hafes lachte und sagte: ›Ich backe Ihnen ein Brot mit sieben verschiedenen Kräutern, das Sie anstelle des siebten Tuchs Ihrer Geliebten schenken können. Und ich schreibe für sie, natürlich in Ihrem Namen, ein Gedicht, das sie begeistern wird.‹ Der Mann staunte und fragte: ›Du schreibst Gedichte? Was willst du in deinem Gedicht über die Eroberin meines Herzens schreiben? Deine Hände sind so schön wie …‹ Doch Hafes unterbrach ihn: ›Lassen Sie sich überraschen, Onkel! Entweder Sie sagen Ja oder Nein.‹

›Ich sage Ja. Und ich setze mich vor den Laden und warte, bis du mit dem Gedicht und dem Kräuterbrot fertig bist.‹

Der Tuchhändler wartete, bis Hafes mit einem frisch gebackenen Brot und einem Gedicht zu ihm kam. Das Liebesgedicht war so schön und das Brot roch so gut, dass der Mann außer sich vor Freude war und Hafes eins seiner Tücher gab. Von nun an kam er jeden Tag in die Bäckerei und wollte ein Gedicht für seine Geliebte haben.«

Scharif, dem diese Geschichte gefallen hatte, wollte wissen, worum es in dem Liebesgedicht gegangen sei.

»Das Gedicht handelte von den Tüchern und dem Brot. Der junge Dichter hatte geschrieben, dass das siebente Tuch sehr lang und breit war und dass es bei dem Liebenden zu Hause für sie ausgelegt wäre – bedeckt mit den köstlichsten Esswaren für die Geliebte.«

»Und das Brot war eine dieser Köstlichkeiten«, vermutete Scharif.

»Richtig! Es wird erzählt, dass der Tuchhändler Hafes sehr ermutigt hat, Dichter zu werden.«

Der Talib schlug das Buch wieder auf, blätterte langsam und hielt dann bei einer Seite inne. Er las aber nicht gleich vor, sondern hielt das offene Buch in der Hand und sprach weiter: »In all diesen Gedichten preist er die Liebe, die Natur, die Schönheit der Geliebten und den guten Wein.« Während er die aufgeschlagene Seite anschaute, lächelte er, schüttelte begeistert den Kopf und sagte mehr zu sich selbst: »Warum nur preist er so oft den Wein? Ich bin noch nicht wirklich dahintergekommen. Na ja, jeder versteht seine Verse anders.« Er räusperte sich, zog die Augenbrauen hoch und begann vorzulesen:

In der Morgenfrühe sprach die Nachtigall
Zu der frisch erblühten Rose:
»Vertraue nicht zu sehr deiner Betörungskunst,
In diesem Garten blühten viele schon
Wie deinesgleichen auf!«
Da sprach die Rose lachend:

»Die Wahrheit kann uns nicht betrüben,
Jedoch kein Liebender verletzt
Mit bitterem Worte die Geliebte!
Wenn's dich gelüstet aus diesem Becher
Den rubinroten Wein zu trinken,
Musst du noch viele Perlen
Mit deiner Wimpern Dorn durchbohren!«

Wie oft hatte Scharif schon eine Nachtigall nahe einer Rose gesehen, aber diesem Bild kaum Beachtung geschenkt. Dass die Nachtigall in die Blume verliebt sein könnte, war ihm nie in den Sinn gekommen, und dass der Dichter die beiden so schön und lustig einander umwerben ließ, gefiel ihm sehr.

Talib Asis schlug das Buch wieder zu und stand auf. Er küsste es, bevor er es in das Regal zurückstellte. Doch er musste in Scharifs Augen den stillen Wunsch erkannt haben, mehr zu hören, denn er griff ein anderes Werk aus der Reihe und las laut den Titel: ›Aus den Ghaselen des Rumi‹. Er ging, mit dem Buch in der Hand, zum Fensterbrett und kam mit einem Glas Wasser zurück. Er schien müde zu sein. ›Wahrscheinlich hat er meinetwegen kaum geschlafen‹, dachte Scharif bei sich und empfand eine tiefe Dankbarkeit. Talib Asis blieb in der Mitte des Zimmers stehen, blätterte in dem Diwan und hielt die geöffnete Buchseite im Lichte der Petroleumlampe schräg vor die Augen. Dann räusperte er sich und begann mit einer leidenschaftlichen Stimme, voller Klang, voller Gefühl vorzutragen:

Hör auf der Flöte Rohr, was es verkündet,
Hör, wie es klagt, von Sehnsuchtsschmerz entzündet:
Als man mich abschnitt am beschilften See,
Da weinte alle Welt bei meinem Weh,
Ich such ein sehnend Herz, in dessen Wunde
Ich gieße meines Trennungsliedes Kunde.

»Hast du schon mal eine Nay gesehen?«, fragte Talib Asis nach einer kurzen Pause.

Scharif nickte. »Ich habe sie gesehen und auch schon gehört. Manche Hirten spielen auf so einer Flöte.«

»Stimmt. Und wie klingt sie?«

»Sie klingt klagend und voller Sehnsucht. Einmal war ich sogar dabei, als ein Hirte sie geschnitzt hat. Aus dem hohen Schilf, unten am Wasser.«

»Ja, siehst du«, sagte Talib Asis. »Das Schilfrohr, das sich im Wind biegt und sein ewiges wehmütiges Lied von den Träumen der Welt singt. Aber nun stell dir dieses Schilf einmal als Heimat und Ursprung einer Flöte vor. Stell dir vor, die Nay, in die du bläst, ist das Kind einer Schilfpflanze, die herausgeschnitten und von menschlicher Hand bearbeitet wurde. Und seitdem sehnt sie sich mit Wehklagen nach ihren Wurzeln zurück. Der Dichter Maulana Dschalal ad-Din Balkhi, der auch Rumi genannt wird, vergleicht die Seele des Menschen, die in der Welt herumirrt und auf der Suche nach Glück und Liebe ist, mit dem schicksalhaften Klang der Nay.«

Talib Asis schaute zum Fenster. Der Morgen dämmerte bereits und Scharif konnte von der Seite die Erschöpfung auf dem dunklen Gesicht des Koranschülers sehen. Dieser aber erzählte unermüdlich weiter. Er erzählte, dass die Musikanten die Nay auch mit dem afghanischen Streichinstrument Rebab und mit dem indischen Trommelpaar Tabla begleiteten. Dann ging er zum Regal und zeigte dem Jungen das Werk des Mystikers Abdullah Ansari aus dem elften Jahrhundert, der aus Herat stammte. »Warst du schon mal an seinem Grab?«, wollte er wissen.

»Nein«, antwortete Scharif.

»Sobald es dir besser geht, sollten wir es besuchen. Die Grabstätte, ein Mausoleum aus dem fünfzehnten Jahrhundert, ist ein bedeutender Pilgerort. Sie befindet sich am Schoß der Berge, in Gosargah.«

»Ist das nicht ein Ort in der Nähe von Dschikan?«

»Ja, ungefähr. Der Ort liegt nordöstlich von Herat bergaufwärts. Viele Berühmtheiten liegen dort neben Ansari begraben. Ich sage es dir, Scharif Dschan, in dieser altehrwürdigen Stadt gibt es so viele interessante Orte. Warst du schon mal auf dem Khwadscha Ghaltan?«

»Nein.« Der Junge war froh, dass der Talib sich wieder hinsetzte, so wirkte er nicht so respekteinflößend auf ihn.

»Nördlich von Herat gibt es einen niedrigen Berg, na ja, es ist eher ein Hügel, er wird Khwadscha Ghaltan genannt. Er ist nach einem

Heiligen benannt, der dort begraben liegt. Wenn du einen besonderen Wunsch hast, der in Erfüllung gehen soll, eine bestimmte Frage, auf die du eine Antwort suchst, oder wenn du eine schwere Entscheidung zu treffen hast, dann suchst du Rat bei Khwadscha Ghaltan. Du legst dich oben auf den Hügel, mit dem Kopf auf einen flachen Stein und sprichst die Frage lautlos in dein Herz hinein. Dann bedeckst du dein Gesicht mit den Händen, schließt die Augen und schaukelst leicht. Wenn der Hügel dich mit heimlichen Kräften ins Rollen bringt, dann bedeutet das, dass der Pir, der heilige Alte, dir eine Antwort geben will. Wenn du ganz gerade nach unten rollst, kannst du sicher sein, dass deine Frage oder dein Wunsch bejaht wird. Wenn der Pir deine Frage mit Nein beantworten und dich vor einem Weg warnen will, dann lässt er dich schräg herunterrollen.«

»Und was bedeutet es, wenn der Berg mich gar nicht nach unten rollt?«, fragte Scharif.

»Eine gute Frage«, sagte Talib Asis und deutete mit dem Zeigefinger auf Scharif. »Das heißt dann, dass der Weise dir keinen Rat geben mag.«

»Ach so. Wie schade.« Scharif hatte sich das Bild des Berges so stark vor Augen geführt, dass er die dritte Möglichkeit regelrecht als reale Antwort seiner geheimen Fragen wahrnahm.

»Es gibt aber noch eine andere Möglichkeit, etwas für sich herauszufinden«, fügte Talib Asis hinzu, »wiederum im Diwan von Hafes.«

Der Talib rieb sich erschöpft die Augen und schaute wieder zum Fenster. Von außen drang etwas Licht ins Zimmer. Es war noch nicht hell genug, um die Gläubigen zum Gebet zu rufen, aber spät genug, um mit den Märchen aufzuhören und den Jungen in die Wahrheit einzuweihen, jetzt, da er eine Brücke geschlagen hatte, um ihm das sagen zu können, was es zu sagen galt.

Scharif beobachtete den Koranschüler, während dieser wieder zum Regal ging und gedankenverloren im Buch von Hafes blätterte. Mit einem Mal kam dem Jungen das Ganze seltsam vor. Warum erzählte ihm der Talib so viel und warum meinte er, er solle von nun an bei ihm bleiben? Er dachte wieder an seine Mutter, an das Unglück vom Abend zuvor, und sein Herz begann hastig zu schlagen. Er suchte die Augen des Talibs, die ihn die ganze Zeit mit Glaube und Freude angesteckt hatten. Jetzt aber leuchteten sie wie zwei schwarze Katzenaugen im Mondlicht und ängstigten ihn.

»Talib Asis«, rief Scharif. »Könnte ich bei Hafes eine Antwort auf meine Frage finden?«

»Ja, ich denke schon.«

Der Talib gab ihm den Diwan und setzte sich neben ihn. Scharif schloss die Augen und öffnete das Buch in der Mitte. Seine Hände zitterten. Talib Asis nahm es ihm aus der Hand, blätterte eine Seite weiter und las laut vor:

Mein Körperstaub ist der Schleier,
Der Seelenantlitz umwebt,
O Augenblick, da vom Antlitz
Mir einst der Schleier sich hebt!

Und damit hatte der Junge verstanden. Er schrie wie besinnungslos aus sich heraus. Der Talib legte das Buch beiseite, nahm ihn fest in seine Arme und suchte vergeblich nach Worten, die ihn trösten könnten. »Deine Mutter hatte Glück. Es ist der Wunsch eines jeden Muslims, in einer Nacht zum Freitag zu sterben, damit sein Sarg am kommenden Tag in der großen Freitagsmoschee vor Tausenden Gläubigen aufgebahrt wird, die ihn in ihr Freitagsgebet einschließen. Wir werden sie dann am Nachmittag am Fuße des heiligen Ansari begraben. Welch ein Glück!«

Scharif konnte nicht weinen, er schrie nur, er schrie wie ein junger Löwe voller Schmerz, voller Leid und Klage. Nach seinem letzten Schrei, fast stimmlos, brachen endlich die Tränen hervor. Der Mullah der Moschee kam gelaufen, auch der alte Gemüsehändler Osman Khan. Gemeinsam versuchten sie, ihn zu beruhigen.

Scharif war es, als hätte Gott ihn in eine seiner Höllen geworfen, in die heißeste, einsamste, finsterste. Und es war ihm, als brenne darin nicht nur sein Körper, sondern auch seine Seele. Er fühlte die Flammen immer wieder von Neuem, so lange, bis sein Blut und seine Tränen ausgetrocknet waren, bis sein Gesicht bleich wurde, und er nicht mehr weinen, nicht mehr fühlen und atmen konnte. Verlassen von letzter Lebenskraft fiel er in einen langen, tiefen Schlaf.

SCHARIFS MUTTER WURDE am selben Tag vor dem Mausoleum des Dichters Ansari beerdigt. Er selbst lag mit hohem Fieber im Bett, und Talib Asis kümmerte sich um ihn. Um die Verstorbene wurde dann zwei Tage lang in der Dorfmoschee von Dschikan getrauert. Scharif hatte kaum Seelenkraft, um unter Menschen zu erscheinen, die in den Gebetsraum kamen und für seine Mutter beteten. Er lag bei Talib Asis auf der Schlafmatratze und trauerte allein. Er vergoss Tränen, bis er in einen besinnungslosen Zustand verfiel oder einschlief. Und jedes Mal, wenn er erwachte, schluchzte und weinte er erneut.

Am dritten Tag, als die Trauer zu Ende war und Scharif am frühen Morgen von schweren Träumen erwachte, war er völlig erschöpft und immer noch schwer ansprechbar. Talib Asis bereitete das Frühstück vor und setzte sich zu ihm.

»Draußen beginnt ein schöner Frühlingstag, Scharif Dschan. Ich möchte zum Ansari-Mausoleum reiten. Ich würde mich freuen, wenn du mitkommen würdest. Und vielleicht reite ich danach zum Zabsak-Pass. Weißt du, wo der liegt?«

Scharif gab kein Wort von sich.

»Der Zabsak-Pass liegt auf der Strecke zwischen Herat und Badghis. Du hast bestimmt einmal von dieser Region nordöstlich von Herat gehört. Weißt du, wofür sie berühmt ist?«

Scharif war immer noch still, und der Talib zählte auf: »Für ihre paradiesisch schönen Berge und Täler. Für ihre Blumen und für den Fluss Morghab, der dort fließt. Und wofür sonst? Fällt dir noch etwas ein, was ich vielleicht vergessen habe?«

»Pistazien«, antwortete Scharif leise.

»Na, wunderbar! Und wo genau wachsen Pistazienbäume? Weißt du das?«

»Auf niedrigen Bergen.«

»Richtig«, rief Talib Asis. »Sie wachsen in einer Gebirgsregion zwischen Badghis und Turkmenistan. Dann kennst du ganz sicher auch den Gebirgspass Zabsak.«

Scharif blickte ihn mit klein und rötlich gewordenen Augen an und murmelte: »Zabsak ist ein Sterbetal.«

»Ja.« Talib Asis nickte. »In diesem Tal haben viele ihr Leben gelassen. Vor zwei Jahren auch meine ganze Familie. Meine Eltern, mein älterer Bruder und meine kleine Schwester.«

Diese Worte schockierten den Jungen. Er richtete sich auf und sagte: »Es tut mir leid, Talib Asis. Das habe ich nicht gewusst. Wie ist das geschehen?«

»Ähnlich wie bei dir, Bruder. Unsere Kutsche ist in das Tal gestürzt. Nur ich habe dieses Unglück überlebt. Aber lass uns doch erst mal frühstücken. Dann erzähle ich weiter. Deine glückliche Mutter liegt am Fuße des heiligen Ansari, wie meine Familie auch. Unsere Mütter sind auf ähnliche Weise gestorben, Scharif, und sie liegen nah beieinander. Darum hatte ich den Mullah ausdrücklich gebeten. Das Schicksal hat nicht nur unsere Mütter zueinandergeführt, sondern auch uns beide. Und gleich werden wir auf meinem Pferd zusammen dorthin reiten.«

Diese Worte trösteten Scharif, nahmen ihm die Angst und das Gefühl, allein und verloren zu sein. Sie frühstückten gemeinsam auf der schönen Terrasse der Moschee. Dann verließen sie das Dorf und ritten nach Gosargah.

Das Ansari-Mausoleum lag am Schoße der Berge und bestand aus zwei Höfen, durch die ein Weg in Form einer Längsachse auf das Mausoleum zuführte. Scharifs Mutter war an einer Stelle beerdigt, wo bekannte sowie namenlose Tote um das Grab des Pir-e Herats, des Alten von Herat, ruhten – Könige und Königssöhne in prächtigen, großen Ruhestätten, Arme in kleinen und vergessenen. Ihre Köpfe lagen nach Norden weisend, ihre Gesichter waren zur Kaaba, nach Westen, ausgerichtet. Die Wände des Binnenhofes wie auch die Gebetsnische waren mit Miniaturen und edlen Kacheln verziert. Das Grab des Heiligen lag auf der östlichen Hälfte des Hofes und war mit einem Eisengitter umzäunt. An seinem Kopfende wehte eine grüne Flagge. Pilger standen um das große Grab wie seit Jahrhunderten. Gesunde, Kranke, Blinde, Krüppel, Reiche und Arme. Alle legten ihre Stirn auf das eiserne Gitter und beteten, damit der Dichter sie heilen möge und ihnen Glück brächte. Bettler und verwaiste Kinder saßen hier und da herum und baten um Almosen.

Scharif, der noch nie hier gewesen war, erwachte beim Anblick des Grabes seiner Mutter aus der Besinnungslosigkeit und begriff zum ersten Mal, dass der böse Traum wahr war. Doch nach dem

Schwächeanfall, der ihn vorerst überkam, und nach den vielen Tränen, die er dann vergoss, fand er schließlich etwas Trost und Erleichterung: Seine Mutter lag an einem idyllischen Ort, im Schutz eines Heiligen und Dichters, Arm in Arm neben der Mutter eines Menschen, den er ins Herz geschlossen hatte. Nun spürte er ein Bedürfnis, mehr über den ähnlichen Schicksalsschlag, den dieser Mensch vor zwei Jahren erlitten hatte, zu erfahren und ebenfalls an dessen Trauer teilzuhaben.

DER WEG VON Gosargah bis zum Zabsak-Pass war weit und führte ostwärts entlang der Gebirge. Sie galoppierten durch weite Steppen, Bergpässe und von Wildblumen bedeckte Täler. Sie sahen Hirten, Nomadenzelte, aller Art Vieh und Singvögel. Noch nie war Scharif in dieser Gegend gewesen, noch nie hatte er eine so gewaltige Landschaft gesehen oder eine so heilsame Luft geatmet. Je weiter sie zogen, desto leichter wurde ihm ums Herz und desto stärker fühlte er sich in der Seele.

Schließlich ritten sie auf einem verschlungenen Bergpfad, der sich an manchen Stellen an Hängen entlang der Täler auf der rechten Seite immer höher hinaufschlängelte. Noch vor dem Sonnenuntergang gelangten sie auf eine hohe Stelle, von der aus sich zu ihrer Rechten ein schwindelerregendes, weites und grünes Tal, das Sterbetal, öffnete. Dort stiegen sie von ihrem gemeinsamen Pferd ab. So weit der Blick reichte, sah man sich von Gebirgen umringt. Doch unter ihren Füßen öffnete sich ein prächtiger, stufiger Hang, der im ebenso prächtigen Sterbetal endete. In der Tiefe lagen im wilden Grün und Mohngebüsch Reste des menschlichen und tierischen Lebens: Wracks, Gebeine und Kleiderstücke. Scharifs Blick flüchtete vor diesem mörderischen Abgrund in den Anblick eines abgestorbenen Baumstammes, der waagerecht vom Berghang emporgewachsen war. Er musste sich setzen und seine Augen schließen. Talib Asis band sein Pferd an einen Felsen und gab ihm Futter. Dann hockte er sich neben Scharif, und nachdem er gebetet hatte, begann er zu erzählen.

»Der Anblick der Nomaden, ihrer Zelte, ihrer Kinder und Tiere ist für mich die Heimat meiner Seele. Ich fühle mich geborgen, wenn ich sie nur sehe. Ich bin mit den Kindern von Bauern und Hirten, aber auch mit Nomadenkindern aufgewachsen. Wir führten ein bescheidenes Leben. In Ghasni, weit im Osten des Landes. Mein Vater war Mullah in einer Moschee. Daher habe ich bereits mit zehn Jahren das meiste vom Koran auswendig gekonnt. In unserer Region gibt es Stammesgeistliche, die ich alle kenne. Ich habe bei ihnen auch etwas Bildung genossen. Außerdem habe ich bereits als Kind Bücher geliebt. – Hörst du mir zu, oder brauchst du deine Ruhe?«

Scharif öffnete seine Augen. »Ich höre zu, sprich bitte weiter.«

Talib Asis erzählte nun von seinem Bruder. Als dieser noch sehr klein gewesen war, war ihm seine Cousine versprochen worden. Sie sollten später miteinander vermählt werden. Aber vor einigen Jahren war die Familie des Mädchens nach Badghis gezogen. Dann, es war vor zwei Jahren gewesen, wollten Asis' Eltern diese Familie besuchen, um gemeinsam Vorbereitungen für die Hochzeit zu treffen – eine Reise, die mit dem Tod geendet hatte. »Bis nach Herat waren wir zehn oder elf Tage mit der Kutsche unterwegs«, sagte Talib Asis. »Die Nächte verbrachten wir in den Karawansereien.«

»Wer hat die Kutsche gefahren?«

»Mein Vater. Mein Bruder hat neben ihm gesessen. Meine Mutter, meine kleine Schwester und ich saßen hinten. Und dann, kurz vor dem Ziel, genau an dieser Stelle, passierte es. «

Scharif schloss wieder seine Augen.

»Alles geschah im Bruchteil einer Sekunde … Die Kutsche rutschte und kippte nach rechts … das Pferd bäumte sich auf und gab einen einzigen Laut von sich … die Kutsche stürzte und riss uns alle mit sich … Ich hörte Allah-Rufe … noch im Fallen griff ich nach meiner Schwester, um sie mit meinen Armen zu umschließen … doch ich wurde von der Kutsche geschleudert … ich fiel auf diesen komischen Baum da drüben …«

Scharif richtete seinen verengten Blick auf den abgestorbenen Baum am Hang.

»… dann wurde ich bewusstlos.« Talib Asis nahm Scharifs Hand und erhob sich, bevor dieser anfing zu schluchzen. »Komm, lass uns den Sonnenuntergang anschauen.«

Sie gingen noch ein Stück bergauf und setzten sich mit dem Gesicht nach Westen auf die Bergkuppe. Dort, am Horizont, schien die Sonne in einem Ozean aus Blut herabsinken zu wollen. Scharif erfuhr von Talib Asis die Fortsetzung dessen tragischer Geschichte. Die Nomaden hatten den bewusstlosen Jungen gefunden und mitgenommen. Sie hatten auch dessen Tote nach Herat gebracht und auf dem Gelände des Mausoleums begraben. Asis hatte einige Tage in Gosargah mit den Nomaden verbracht und dann langsam die Stadt entdeckt. Der erste Ort, der ihn in Herat fasziniert und ihm Schutz und Seelenruhe geschenkt hatte, war die Masdschid-e Dschami gewesen.

»Diese unglaublich große Freitagsmoschee«, erzählte Talib Asis. »Ich habe dort gern und viele Nächte geschlafen. In den Hallen, im Hof, im Park … wo ich wollte. Und dann habe ich einmal für eine kleine Gruppe, die das Abendgebet verpasst hatte, im Park vorgebetet. Dafür bekam ich viel Lob. Und auf diese Weise lernte ich eines Tages den Mullah von Dschikan kennen. Den Rest kannst du dir denken.«

Sie blieben noch eine Weile sitzen, bis Talib Asis aufstand. »Wir müssen aufbrechen, Scharif Dschan, damit wir bis zum Abendgebet aus diesem Gebirgslabyrinth heraus sind.«

Sie gingen zu ihrem Pferd, stiegen auf und machten sich zurück auf den Weg nach Herat. Doch das Gespräch setzten sie fort. Scharif wollte wissen, warum Talib Asis nicht in seine Heimat zurückgekehrt war.

»Für mich ist es wichtig, dass ich bei meinen Eltern und Geschwistern bin und ihre Gräber regelmäßig besuchen kann«, antwortete dieser.

Aber es gab noch einen weiteren Grund. Er höre, sagte er, von Zeit zu Zeit im Schlaf oder im Wachsein eine Flöte, die ihn aus weiten Fernen zu sich rufe. Das geschehe ihm bereits seit einigen Jahren – seitdem er mit dem Leben und Werk des Dichters Rumi vertraut sei. Seit dieser Zeit habe er den Wunsch, in dessen Nähe zu weilen.

»Nur, seitdem ich hier in Herat bin«, lachte Talib Asis, »kommt mir beim Hören einer Flöte aus der Ferne weniger die türkische Stadt Konya in den Sinn.«

»Welcher Ort kommt dir dann in den Sinn?«, fragte Scharif.

»Wenn ich das wüsste«, antwortete der Talib, hielt an und blickte zum Horizont, wo die blutroten Spuren der versunkenen Sonne einen unheilvollen Anblick boten. Scharif fokussierte seinen Blick auf Talib Asis' rötlich glänzendes Antlitz, das ihm wie eine lodernde Flamme erschien. Der Ausdruck auf diesem Gesicht und in diesen Augen verrieten ihm, dass er eher zu sich selbst sprach: »Ich fürchte aber, es ist der Ruf einer Heimat, die überall und nirgends sein könnte, weil es sie für mich letztendlich nicht gibt. Ich weiß nur, dass es ein Ruf aus einer unbekannten Ferne ist, der mich zu unheimlichen Orten lockt, um mich herauszufordern, dort eine Heimat zu finden.«

Scharif wurde bange ums Herz. »Nicht dass du irgendwann gehst«, murmelte er, umschloss Talib Asis mit beiden Armen und blickte mit ihm in Richtung Horizont.

3

Von seiner Zeit in der Moschee sprach mein Vater bei unseren gemeinsamen Besuchen im Männerhamam wenig. »Von dieser Zeit zu erzählen«, pflegte er mir zu sagen, »fällt mir nicht leicht, obwohl sie für mich sehr aufregend war. Ich lebte nach strengen Regeln und mein Alltag war Routine.«

Mir schien, dass die Erinnerungen daran – schwere, aber auch befreiende und schöne – meinem Vater zu heilig waren, und ließ ihm seine Geheimnisse. Sein eigener Vater, ein einfacher und grobschlächtiger Bauer, hatte ihn verbannt und ihn nicht mehr haben, nicht mehr sehen wollen. Talib Asis hatte ihn aufgenommen, mit der Liebe und Fürsorge eines echten Bruders. Er hatte alles getan, damit seine kleine Kammer in der Moschee auch ein Zuhause für meinen Vater werden konnte.

Er hatte mit ihm sein Brot geteilt und sein Hab und Gut. Er hatte ihm in schweren Stunden beigestanden, ihm Lesen und Schreiben beigebracht, lehrreiche Gedichte und schöne Geschichten vorgelesen und ihn mit uralten Weisheiten vertraut gemacht. Er hatte ihn jeden Freitag zum Gebet in die Stadt mitgenommen und zu ausgedehnten Spaziergängen bis spät in die Nacht.

Und so hatte sich die Trauer im Herzen meines Vaters langsam in Kraft und Liebe und die schweren Schuldgefühle in leichte Hingabe verwandelt.

Drei Jahre nach dem Einzug bei Talib Asis konnte Scharif große Teile des Korans auswendig. Er sammelte für die Moschee Almosen und rief die Gläubigen zum Gebet auf. Später unterrichtete er sogar die Kinder in der Koranschule. Aus ihm war ein frommer Junge geworden, ein zweiter Talib, den alle bewunderten. Allerdings – vom Reiten wollte er nicht länger etwas wissen, und schon gar nicht von irgendwelchen Buskaschi-Kämpfen. Alle Träume davon hatten ihn verlassen. Die Karawane der Zeit zog weiter, bis sieben Jahre nach dem Tod seiner Mutter – Scharif war nun um die sechzehn – das Blatt im Buch seines Lebens sich erneut wendete.

Eines Frühlingsnachmittags ging er wie gewöhnlich von Tür zu Tür und sammelte Almosen für seine Moschee. Nur um die alte Gasse, in der noch immer sein Vater lebte, machte er einen Bogen. Nicht weil er ihn hasste. Er wusste, wie schwer es sein Vater hatte. Als er beim Haus von Osman Khan vorbeiging, fand er diesen auf seiner kleinen Terrasse sitzend vor. Der Gemüsehändler zog genüsslich an einer Wasserpfeife und trank Tee.

»Möchtest du nicht einen Tee mit mir trinken, Scharif?«, fragte er.

»Gern, warum nicht.«

»Na, dann setz dich.« Der alte Mann freute sich. »Sieh mal, die Teeschalen sind ganz neu. Gefallen sie dir?«

Scharif setzte sich ihm gegenüber und füllte die blauen, mit weißen Mustern verzierten Schalen mit heißem, duftendem Tee.

»Ja, sie sind wirklich ganz besonders schön.«

Nachdem sie einige Worte gewechselt hatten, schaute Osman Khan den Burschen an und begann zu erzählen.

»Also, mein Junge, wenn ich dich so vor mir sehe, dann glaube ich an Wunder. Wie kann es möglich sein, dass du, ein so tapferer und liebenswürdiger Junge, von einem so sturen Dummkopf abstammst? Hat er eigentlich in den vergangenen sieben Jahren ein einziges Wort mit dir gesprochen?«

Scharif lachte. »Nein, Onkel Osman. Ich sehe ihn kaum, und wenn, dann tut er jedes Mal so, als würde er mich nicht kennen. Unser Mullah und Talib Asis haben mich oft gefragt, ob ich ihn nicht einmal besuchen wolle. Ich habe es abgelehnt, weil ich weiß, dass es für beide Seiten zu schwer sein würde.«

»Gut gemacht«, sagte Osman Khan, trank einen Schluck Tee und schüttelte dann erstaunt den Kopf. »Ich habe es damals nicht fassen können, wie schnell er wieder geheiratet hat. Er soll sogar ein weiteres Kind bekommen haben.«

»Davon habe ich gehört. Das freut mich sehr. Mein Vater bleibt mein Vater. Ich hoffe, dass ich ihm eines Tages helfen kann.«

»Ja, aber erst mal musst du aus deinem Leben etwas machen«, sprach Osman Khan. »Vor Jahren haben wir alle gedacht, dass der nächste Held beim Buskaschi aus Dschikan kommen würde. Ich will hier nicht den Teufel spielen, aber wie lange willst du noch in der Moschee bleiben? Willst du nicht eine richtige Arbeit finden, für deine Zukunft sorgen und irgendwann … eine Familie gründen …?«

Osman Khan wurde von einem Hustenanfall geschüttelt und legte die Wasserpfeife beiseite.

Scharif lachte. »Darüber habe ich mir noch keine Gedanken gemacht.«

»Sieh mal, Scharif.« Osman Khan räusperte sich und sprach dann in ruhigem Ton weiter. »Ich habe mein Leben lang jeden Tag Obst, Gemüse und Vieh in die Stadt gebracht und verkauft. Alles, was so ein Dorf wie Dschikan anzubieten hat. Jeder in Dschikan will, dass ich ihm seine Ernte abkaufe. Das weißt du doch. Ich habe eine Menge Kunden in Herat. Viele auf dem Basar kennen mich und vertrauen mir. Nun …«

Erneut hustete er sich fast die Seele aus dem Leib. Scharif reichte ihm das Teeglas und wartete, bis er wieder sprechen konnte.

»Nun bin ich alt geworden. Ich kann dir nicht sagen, wie alt. Nur Allah weiß, wie viele Jahre ich wirklich auf dem Buckel habe. Aber ich fühle mich schwach, oft bin ich krank, plage mich den lieben langen Tag herum, ich huste und komme trotzdem nicht von der Wasserpfeife los. Ich schaffe das alles einfach nicht mehr. Mein kleines Lager da drüben ist voll mit vor sich hin faulendem Gemüse.«

Osman Khan griff erneut nach der Wasserpfeife. Scharif ahnte, worauf er hinauswollte. In der ersten Zeit nach dem Tod der Mutter hatte er wiederholt den Wunsch geäußert, dass er zu ihm ziehen möge. Dann aber hatte er gemerkt, dass er in der Moschee glücklich und gut aufgehoben war, und hatte nicht weiter davon gesprochen. Dieses Mal aber klang Osman Khan ernster als damals.

»Sie sollten weniger Wasserpfeife rauchen, Onkel Osman«, sagte Scharif.

Der alte Mann spuckte aus und sprach unbeirrt weiter.

»Ich habe keine Frau und keinen Sohn. Ich habe vor Jahren dieses Häuschen hier gebaut, scheinbar aus Lehm und Ziegelstein, aber eigentlich aus Schweiß und Blut …« – Er räusperte sich und seufzte und schien innerlich sehr bewegt zu sein. – »Wenn du möchtest, mein Sohn, kannst du bei mir wohnen. Das habe ich dir schon oft gesagt. Meinetwegen kannst du das vordere Zimmer haben, das nach Süden zeigt. Den Koran hast du ja inzwischen auswendig gelernt, der geht dir also nicht mehr verloren. Und der Buskaschi-Held steckt immer noch tief in dir. Im Norden, woher das Spiel stammt, wird kaum ein Kampfreiter unter vierzig Jahren ernst genommen. Du hast noch sehr viel Zeit, und ich hoffe, dass du deinem alten Traum eines Tages wieder nachgehst. Vorerst aber möchte ich noch etwas anderes in dir hervorzaubern!«

Er blickte Scharif mit großen, von tiefem Glauben und Wohlwollen erfüllten Augen an.

»Einst wollte ich dich zu einem Helden des Buskaschi ausbilden, aber jetzt will ich aus dir den besten Gemüsehändler des Dorfes oder, besser noch, des ganzen Basars machen. In zwei Jahren werden sie dir auf dem Markt die Weintrauben und Kartoffeln aus den Händen reißen. Na, was sagst du, was meinst du dazu? Oder warte, nein, du musst mir jetzt noch gar nichts sagen. Bitte, denk in aller Ruhe darüber nach. Und sprich mit deinem Freund Talib Asis darüber, denn ich weiß, er will nur das Beste für dich.«

Als Scharif nach Hause kam, wollte er an das Gespräch mit Osman nicht mehr denken. Er wollte auch dem Freund davon nicht berichten.

EINIGE TAGE SPÄTER, es war ein Nachmittag nach dem Freitagsgebet, saßen Scharif und Talib Asis am Rand eines Marktplatzes in Herat bei einem Samowartschi und tranken Tee. Wie jeden Freitag ging es auch heute auf dem Basar laut und fröhlich zu. Es wurde gefeiert, gegessen, getrunken und gespielt. Männer und Kinder standen vor ihnen, bildeten einen Kreis und schauten dem Ringkampf zweier junger Männer zu. Von Zeit zu Zeit klatschten sie und jubelten dem einen oder anderen Kämpfer zu.

Die Sonne brannte. Scharif und Talib Asis ruhten, an einen Baum gelehnt, auf einem Teppich im Schatten und freuten sich über die milde Brise, die manchmal ihre Gesichter streichelte, und beobachteten das bunte Treiben auf dem Platz.

Irgendwann holte Talib Asis seine Tessbih hervor, begann damit zu beten und wandte sich unerwartet an Scharif.

»Du hast vor einigen Tagen den alten Osman besucht. Was hat er so erzählt?«

Scharif lachte kurz und gab unverzüglich preis, was ihm der Gemüsehändler vorgeschlagen hatte.

»Das wäre doch das Beste für dich«, erwiderte Talib Asis, sah ihn herausfordernd an und zwinkerte ihm zu.

Die Worte seines Lehrers, den Scharif nur als frommen Gottesdiener kannte, überraschten ihn sehr.

»Das Schicksal hat dich damals in die Moschee geleitet und damit auch zu uns, weil du mit der Welt draußen nicht zurechtgekommen bist, und nicht, weil du dich dazu berufen gefühlt hast, ein geistliches Leben zu führen. Du hattest als Kind bestimmte Wünsche und Träume, Bruder. Du hast sie aus den Augen verloren. Das musste so kommen. Ihre Wurzeln stecken aber noch immer in dir. Jetzt, da deine Seele geheilt ist und dein Geist gereift, wäre es da nicht an der Zeit, dass du dich auf die Suche nach dem Glück des Lebens in der Welt machst?«

Diese Worte, so sanft sie auch ausgesprochen wurden, klangen in Scharifs Ohren hart und seltsam. Er blieb stumm. Talib Asis musste den düsteren Ausdruck auf Scharifs Gesicht gesehen haben. Er bat den Samowartschi, zwei neue Schälchen Tee zu bringen, und machte dann eine Bemerkung zu den Ringkämpfern.

»Ich wette auf den mit dem schwarzen Gürtel.«

Scharif schaute auf den Platz, konnte aber durch den Kreis der Zuschauer die Kämpfer nicht gut sehen. Talib Asis stellte das neue Schälchen vor ihn hin und sprach in einem heiteren Ton weiter.

»Wir freuen uns natürlich alle, dass es dich in unserer Moschee gibt und dass du im Grunde auch bleiben möchtest. In sieben Jahren hast du so viele Fortschritte wie andere in siebzehn Jahren gemacht. Es geht uns einzig und allein um deine Zukunft. Um ehrlich zu sein, hatte ich mit Osman Khan bereits darüber gesprochen. Hast du in den letzten Jahren nie darüber nachgedacht, irgendwann wieder in das Leben außerhalb der Moschee zurückzukehren?«

»Nicht wirklich«, gab Scharif zur Antwort. »Ich habe mich in dem, was das Leben in der Moschee mir gibt, so sehr wiedergefunden, dass mir nicht mehr danach ist, an etwas anderes zu denken.«

Talib Asis lachte und legte seine Hand auf Scharifs Schulter.

»Das ist natürlich sehr verständlich. Ich habe dich aber in die Moschee gebracht, damit aus dir ein lebenstüchtiger Mann wird und kein Mullah, mein Freund!«

»Ja, mag sein, aber …« Scharif erlaubte sich, seinem Lehrer eine Gegenfrage zu stellen. »Wie stellst du dir denn deine eigene Zukunft vor?«

Talib Asis lächelte ihn an, ließ seinen Blick an dem Kreis der Schaulustigen vorbei in die Ferne schweifen. Die stets von Menschen, Pferdewagen und Maultieren belebte Straße gegenüber war heute ziemlich leer, und die Läden waren geschlossen. Eine stattliche Kutsche fuhr vorbei, eine farbenfrohe, mit Glücksbringern und Glocken verzierte Gadi, die von prächtigen Pferden gezogen wurde.

Talib Asis nahm seine Hand von Scharifs Schulter und antwortete: »Wir beide sind aus ähnlichen Gründen in die Moschee gegangen und Koranschüler geworden, Scharif. Mit zwei Jahren Abstand, natürlich. Na gut, ich war zu diesem Zeitpunkt ein wenig gebildet, du nicht. Dafür hattest du in deinen jungen Jahren bereits gewusst, was du mit deiner Zukunft anstellen wolltest. Während ich noch herausfinden muss, welche Vision in mir ruht. Vielleicht habe ich auch gar keine. Wer weiß?«

Er sah nachdenklich auf den alten Teppich, auf dem sie saßen, und nach kurzem Schweigen sprach er weiter, so, als ob er mit sich selbst redete.

»Wenn man sich selbst in seinen innigsten Träumen nicht begegnet, dann muss man sich eben außerhalb dieser suchen. Aber die Frage, ob man sich dort draußen begegnen kann, ist offen. Vielleicht muss man in die Ferne gehen, in die Wüste, auf Reisen, fremde Menschen kennenlernen, fremde Orte, vielleicht muss man noch viel erleben und einige Irrtümer begehen, um zu reifen und herauszufinden, wie und wer man eigentlich ist.«

Scharif fiel ein, dass der Talib in der letzten Zeit sehr nachdenklich gewirkt hatte. Er sah ihn nun lächelnd an und fragte, ob es sein könnte, dass er wieder im Schlaf eine Flöte gehört hatte.

Talib Asis blickte für eine Weile still vor sich hin, seine Augen waren nur halb geöffnet, aber auf seinen Lippen lag ein breites Lächeln. Scharif kannte diesen Ausdruck, den der Talib immer dann annahm, bevor er ihm etwas Wichtiges mitteilte. Schließlich hob dieser seinen Kopf und antwortete auf Scharifs ursprüngliche Frage mit einer Gegenfrage.

»Was weißt du eigentlich über Mullah Moschk-i Alam?«

Scharif lachte und gab, als hätte dieser ihm eine Prüfungsfrage gestellt, dem Talib ausführlich zur Antwort, was er über jenen berühmten Mann, der 1879 den Dschihad gegen die Engländer ausgerufen hatte, wusste. »Bis zum letzten Tag seines Lebens hat er gegen die Tyrannei und für die Gerechtigkeit gekämpft, weshalb ihn der damalige König Abdulrahman sehr hasste. Er und nach ihm auch sein Sohn.«

»Dann weißt du eine ganze Menge über ihn«, sagte der Talib.

»Jedenfalls mehr, als ich über dich weiß.«

Talib Asis lachte. »Das könnte stimmen. Aber viele glauben, dass sie bereits alles über mich wüssten, wenn sie etwas über diesen Mann wissen, der schon längst tot ist.«

»Wieso das denn? Was hast du mit Mullah Moschk-i Alam zu tun?«

Talib Asis lächelte. »Ich bin sein Enkelkind. Daher mache ich aus mir ein Geheimnis.«

Scharifs Mund und Augen blieben weit offen. »Du?«

»Ja, ich. Er war der Vater meiner Mutter.«

Talib Asis erzählte mehr von seinen Vorfahren, die seit dem Jahre 1747, als in dieser Region der Grundstein für ein selbstständiges Land gelegt wurde, in dessen Politik mitgemischt hatten. Dann sprach er von den Stammesverhältnissen unter den Paschtunen und von der Schwierigkeit, einer solchen Gemeinschaft anzugehören und zugleich frei und unabhängig von ihr zu denken und zu handeln.

»Ich stehe in Verbindung mit einigen einflussreichen Männern und geistlichen Gelehrten«, sagte er. »Wenn ich von ihnen aufgefordert werde, in einen Dschihad zu ziehen, dann kann ich schwer Nein sagen.«

Scharif starrte das Muster des Teppichs an: eine Karawane mit braunen Kamelen, umgeben von einer weiten Wüstenlandschaft. Er glaubte, sein Herz klopfen zu hören.

»Ich werde bald von hier fortgehen, Scharif«, sagte Talib Asis noch. Dann schwieg er.

Scharif befand sich in einem Zwiespalt. Einerseits war er vom Stolz überwältigt, einen Mann als Lehrer und Freund zu haben, dem jeder im Land Respekt erweisen würde, sobald er den Namen seines Großvaters hören würde. Andererseits ging es ihm nach Talib Asis' letztem Satz ähnlich wie damals, als seine Mutter gestorben war und er es nicht wahrhaben wollte. Er hätte am liebsten weiter geschwiegen, doch seine Enttäuschung brach in Form einer verwunderten Frage laut aus ihm heraus: »Und um welchen Dschihad geht es bitte?«

Talib Asis hatte seinen Blick durch eine Lücke, die der Kreis der Schaulustigen auf dem Platz vor ihnen freigab, auf die beiden Ringkämpfer gerichtet, die, einer erschöpfter als der andere, immer noch aneinander zerrten. Bestimmt hatte er die Frage gehört, aber gab keine Antwort.

Doch Scharif ließ sich nicht beirren: »Die Engländer haben unsere Unabhängigkeit anerkannt, die Menschen hoffen und warten darauf, dass es mit dem Land bergauf geht, und wir haben einen König, auf den die halbe Welt stolz ist …«

»Gegen diesen König ist der Dschihad gerichtet, Bruder«, fiel ihm Talib Asis ins Wort. »Wohl oder übel.«

Im Kreise der Schaulustigen brach großer Jubel und Beifall aus, als der Junge mit dem schwarzen Gürtel seinen Rivalen über den Kopf und hob und ihn zu Boden schleuderte. Ein Schwindelgefühl überkam Scharif, der Platz vor seinen Augen verwandelte sich in einen dunklen Abgrund. Er blickte in diesen Schlund und konnte darin nichts, gar nichts erkennen.

»Es ist ein Irrtum«, hörte er sich sagen – ein Wort, das Generationen nach ihm bis heute in heilloser Trauer wiederholen. Und er fügte mutig hinzu: »Dein Großvater hätte diesen nie begangen. Mit Verlaub, Gott schütze dich, aber Gott möge, dass du darin keinen Erfolg hast.«

4

Jedem schweren Abschied geht ein Vortag voraus, der genauso in Erinnerung bleiben kann wie das Ereignis, der Abschied, selbst. Jenen Donnerstag im Spätfrühling 1926 bezeichnete mein Vater als den wehmütigsten Tag seiner Jugend.

Er betete gerade am Grab seiner Mutter im Hof des Mausoleums von Ansari, das am Schoße des Berges Sandschirgah lag, als der Wind, der von den Bergen her wehte, die singende Stimme eines Mannes mit sich trug. Es kam ihm vor, als hätte diese Stimme Flügel, mit denen sie blitzschnell gen Himmel flog, um am helllichten Tag die Sterne zu rufen.

Er folgte dieser Stimme aus dem Mausoleum hinaus und an den Hang des anliegenden Berges, wo eine begeisterte Menschenmenge vier Musikanten umringte. Es waren junge und ältere Männer, einige trugen schwarze Bärtchen und schulterlanges, offenes Haar, anderen war der Bart grau und lang gewachsen, und viele von ihnen waren weiß gekleidet. Die Stimme des gewichtigen Mannes, der hinter einem Harmonium saß und sang, und die Klänge der Begleitinstrumente, Tabla, Rebab und Flöte, begeisterten nicht nur die Menschen. Ein ganzes Volk der Schmetterlinge war zum Tanz über dem grünen Boden erweckt worden.

Scharif ging an der Runde vorbei und den Berg hoch, wo er feststellte, dass Talib Asis sich unter den Männern befand. Als Einziger von ihnen war er schwarz gekleidet und saß wie ein Bindeglied zwischen zwei bogenförmigen Sitzreihen.

In der Mitte des einen Bogens saßen zwei stattliche junge Männer, die Scharif über Talib Asis kannte. Es waren die Zwillingsbrüder Hekmat und Haschmat, die in Herat als Brüder der Gerechtigkeit bekannt waren. Denn sie beraubten die Reichen und sorgten dafür, dass Hungrige vor dem Ansari-Mausoleum oder in der Freitagsmoschee eine warme Suppe bekamen, weshalb sie gleichzeitig gefürchtet und beliebt waren. Die Brüder beriefen sich auf die Ayyars, jene selbstlosen, gutmütigen Männer, die den Armen und Besitzlosen Herz und Mitgefühl entgegenbrachten.

Scharif setzte sich oben auf die Steine. Er war umgeben von blauen Veilchen und Mohn mit roten, violetten und gelben Köpfen. Eine milde Frühlingsbrise wehte über die Blüten und seine Sinne wurden von ihrem Duft erfüllt. Vor seinen Augen breiteten sich Felder und Obstgärten, Hausdächer, die jahrhundertealten Minarette von Herat, die Kuppel der großen Freitagsmoschee und am Horizont der Untergang der rötlich-orangenen Frühlingssonne aus. Sein Blick wanderte zurück zu dem Kreis der Männer.

Der Gesangmeister sang Lieder voller Sehnsucht und Weisheit und wandte dabei sein Gesicht jedem Einzelnen im Kreis zu und streckte ihm anmutig seine Hand entgegen. Es schien, als würde er jeden persönlich ansprechen, um mit ihm den Schmerz über die Untreue einer gemeinsamen Geliebten zu teilen oder eine besondere Gunst des Schöpfers. Jedes Mal, wenn er einen Vers beendete und einen Zuhörer dabei anlächelte, schwang jener dankbar und mitfühlend mit dem ganzen Oberkörper, warf den Kopf in den Nacken und rief: »Bah, bah, Meister, bah, bah!«

Scharifs Blick kehrte immer wieder zu Talib Asis zurück. Dieser saß im Schneidersitz, sein Kopf war über die Brust gesenkt, seine langen Haare hingen ihm über dem Schoß, und seine Augen schienen geschlossen zu sein. Scharif glaubte, ihn im Schatten seiner schwankenden Gefühle, in tiefster Verzweiflung zu sehen. Erinnerungen kamen hoch und schnürten ihm die Kehle zu – Erinnerungen an die vielen langen Winternächte, wenn es draußen verschneit war und beide am Kamin gesessen, Tee getrunken, sich Gedichte vorgelesen oder auf der Flöte gespielt hatten, Erinnerungen an heitere, glückliche Augenblicke aus sieben Frühlingen, sieben Sommern und goldenen Herbsten, an sieben Jahre Leben in der Moschee mitten in seinem grünen Dorf.

Zum ersten Mal in seinem jungen Leben spürte er nicht nur die Spuren des Schmerzes, welche die Vergänglichkeit in der Seele hinterlässt, sondern auch die Heimtücke, mit der sie noch Jahre später in das menschliche Herz einfallen kann.

ZUM ABENDESSEN STIEG Scharif hinab und setzte sich zu den Männern. Es gab Kebab, Brot und Buttermilch. Es war eine Nacht voller Sterne, voller Musik und Gesang, voller Tanz und Freude. Erst nach Mitternacht beruhigte sich alles. Menschen, die sich immer noch in der Umgebung des Dichtergrabmals aufhielten, lagen im Freien verstreut und schliefen. Scharif lag zurückgezogen unten auf der Steppe, bis ihn der zauberhafte Zwiegesang von Nachtigallen in der spätnächtlichen Stille aus seinem Dämmerzustand erweckte. Die Nacht zog sich schleichend zurück, und am Himmel begannen die Sterne, nach und nach ihre Blicke zu schließen. Sie schenkten ihr Augenlicht dem Blau des Himmels und lösten sich auf.

»Sieh mal einer an, unser Bauer hat keine Kraft mehr in den Beinen!«

Es war die Stimme von Talib Asis, der in schwarzer Tracht und mit schwarzem Turban auf einem Apfelschimmel über Scharifs Kopf erschien. Er erinnerte sich, dass sie noch zum Hügel Khwadscha Ghaltan reiten wollten, bevor Talib Asis zu seiner Reise aufbrechen würde. Blitzschnell sprang er auf und stieg hinter Talib Asis auf das Pferd. Das Tier scheute und bäumte sich auf.

»Du scheinst heute schwerer als sonst zu sein«, sagte Talib Asis. »Ist das nur deine Körperlast oder fallen auch deine Gedanken mit ins Gewicht?«

»Die Last der Gedanken kannst du mir nicht abnehmen, aber die Last einer Frage vielleicht.«

»Wenn die Frage nicht mich selbst betrifft, dann gern.«

»Keine Angst. Sie betrifft nur diesen Berg.«

Scharif zeigte auf den Berghügel, an dessen Hang sie nachts zuvor gefeiert hatten, und fragte, was es mit dessen Namen Sandschirgah, in dem das Wort Kette steckte, auf sich hatte.

»Also gut«, sagte Asis und ritt blitzschnell den Berg hinauf. Oben angekommen, zeigte er auf einen Punkt über der Hügelkuppe.

»In alten Zeiten hing da drüben eine Kette über dem Berg. Gott hatte diese Kette vom Himmel heruntergelassen, damit er die Streitigkeiten der Menschen dieser Stadt schlichten konnte. Es gab hier sozusagen ein Freiluftgericht. Wenn zwei Leute einen Streit hatten, brachte der Richter sie hierher. Vor den Augen der Zuschauer musste jeder von ihnen auf den Gipfel steigen und seine Hand nach der Kette ausstrecken. Es war Gottes Wille, dass nur derjenige die Kette erreichen und anfassen konnte, der im Recht war.

Eines Tages wurden zwei Männer hierher geführt. Der Kläger ging hoch, wandte sich zum Himmel und sagte: ›Oh, du Kette der Gerechtigkeit! Ich habe vor Kurzem, bevor ich auf Reisen gegangen bin, einige

Goldstücke bei meinem Freund gelassen, damit er sie bis zu meiner Rückkehr aufbewahre. Doch jetzt komme ich zurück, und er gibt mir mein kostbares Gold nicht wieder.‹

Der Mann reckte seine Hand nach oben und konnte die Kette anfassen. Die Menschen jubelten und wussten nun, dass er im Recht sein musste. Dann ging der Angeklagte den Berg hoch. Er hatte einen Gehstock in der Hand, den er auf dem Weg dem Kläger gab, der an ihm vorbei den Berg hinabstieg. Als er oben stand, wandte er sich zum Himmel und sagte: ›Oh heilige Kette! Ich habe diesem Mann doch seine Goldstücke zurückgegeben! Bestrafe mich nicht zu Unrecht!‹

Und siehe da: Auch seine Hand erreichte die Kette! Die Menschen waren verunsichert. Wie konnte es möglich sein, dass die Kette Gottes sich irrte oder gar die Unwahrheit sprach? Sie glaubten nicht mehr an die Urteilskraft der Kette. Und der Schöpfer, verärgert über diesen Vorfall, ließ die Kette über dem Berg verschwinden. Seitdem heißt dieser Berg Sandschirgah, der Ort, über dem einstmals eine Kette hing. Und jetzt bist du gefragt, mein kluger Freund, dieses Rätsel zu lösen.«

Scharif überlegte: Wenn Gott sich in seinen Urteilen nicht irrt, dann war bestimmt die menschliche Hand im Spiel, die trickste. Und wozu war diese Hand nicht alles fähig? Er brauchte nicht lange zu überlegen, da fiel ihm schon die Lösung ein.

»Der Mann hatte die Goldstücke in seinem Gehstock versteckt!«

»Schahbasch, du kluger Dschikani!«, lobte ihn der Talib.

»Schahbasch bedeutet eigentlich ›Sei König!‹. Ich aber will lieber arm sein statt einsam.«

»Du bist nicht einsam«, sagte Talib Asis, lachte und galoppierte den Berg hinab in Richtung des Mausoleums. Sie ritten den staubigen Weg entlang der Berge und der Steppe nach Westen, wo die Stadt auf ihrer linken Seite noch im Schlaf lag. Erst als die Moscheen von allen Seiten zum Morgengebet riefen, erreichten sie den Hügel Khwadscha Ghaltan.

Sie banden das Pferd an einen Baum und beteten am Grab des Heiligen, welches in einem Tal am Fuße des Hügels lag. Dann stieg Scharif den Hang hinauf. Oben angekommen, legte er seinen Kopf auf einen der flachen weißen Steine, bedeckte das Gesicht mit den Händen, schloss die Augen und sprach leise jene Frage aus, die ihm so schwer auf dem Herzen lag.

»Oh, heiliger Khwadscha! Ich frage dich, ob Gott mir verzeiht und das Leben mir Glück verheißt, wenn ich zum alten Osman gehe und Gemüsehändler werde.«

Dann bewegte er sich ein wenig hin und her, doch nichts geschah. Die geheimnisvolle Kraft des Heiligen, von der er erwartete, dass sie ihn nach unten ziehen würde, setzte nicht ein. Er gab auf.

Nun war Talib Asis an der Reihe, sich hinzulegen und seine Frage an den Khwadscha zu richten. Welche Frage ihn in diesem Augenblick bewegte, konnte Scharif nur vermuten. Aber es geschah wieder nichts.

»Was nun, Meister? Hältst du es immer noch für ratsam, unseren König Amanullah zu bestrafen, weil er vom rechten Weg abgekommen ist?«

»Na ja, der Heilige hält sich bedeckt«, antwortete Talib Asis. »Wahrscheinlich schläft er noch. Er will sich offensichtlich aus unseren Abenteuern heraushalten.«

»Was hat es eigentlich mit diesem Heiligen, der einsam und allein hier liegt, auf sich?«, wollte Scharif wissen.

»Es hätte mich gewundert, wenn du nicht gefragt hättest«, sagte Talib Asis. Er legte seine Hand auf Scharifs Schulter, und während er mit der anderen das Pferd führte und sie langsam den Hügel hinabgingen, erzählte er eine Geschichte.

»Der Heilige, der Khwadscha, kam eines Tages als Fremder nach Herat. Er kam aus dem Westen und hatte einen recht weiten Weg hinter sich. Er stellte sich genau an diese Stelle hier und sprach zu seinem Schöpfer: ›Lieber Gott! Ich habe gehört, dass überall in Herat neben den Ruhmreichen auch namenlose Heilige und Dichter begraben liegen. Ich fürchte, dass ich versehentlich meinen Fuß auf das eine oder andere Grab setze, wenn ich jetzt in die Stadt wandere. Das wäre nicht nur würdelos, es wäre auch eine Sünde. Darum ist es wohl besser, wenn ich mich auf den Boden lege und in die Stadt rolle. So wird mein Fuß auf keinen Heiligen treten, nicht einmal aus Versehen.‹

Und so tat er es und rollte immer schneller den Berg hinab. Aber als er fast unten war, stieß er mit dem Kopf gegen einen Stein und starb.«

»Und seitdem liegt er dort begraben«, sagte Scharif. »Wie tragisch!«

Talib Asis zog seine kräftige, warme Hand zurück und sagte: »Noch trauriger wurde es, als Jahrhunderte später ein Mann aus einem Dorf versuchte, es dem Heiligen gleichzutun.«

»Und wie ist seine Geschichte ausgegangen?«, fragte Scharif.

»Der Mann hatte den Ruf, dass er jedem, dem er begegnete, Unglück brachte. Und darum machten alle einen Bogen um ihn, kaum dass sie ihn in der Ferne erblickten.«

»War er wirklich so böse?«

»Nein, eigentlich hatte er ein gutes Herz. Trotzdem brachte seine bloße Gegenwart anderen Menschen Unglück. Als wäre es eine schicksalhafte Natur, die ihm innewohnte und der er nicht entrinnen konnte.« – Sie blieben neben ihrem Pferd stehen. – »Deswegen war der Mann einsam und unglücklich. Selbst zur Hochzeit seines Bruders wurde er nicht eingeladen. Man wollte die Braut und die Gäste vor ihm schützen. Am Hochzeitstag ging der Unglückliche zum Fluss, der auch am Hause des Bruders vorbeiführte. Er pflückte ein paar Blumen, band sie zu einem Strauß und warf sie hinein.«

»Damit wollte er sicher Glück wünschen«, sagte Scharif.

»Ja. Genau das hatte er vor. Aber in der Nähe des Hauses spielten zwei Kinder, und als sie den Blumenstrauß im Wasser sahen, sprangen sie hinein und ertranken.«

»Oh, wie schrecklich!« Scharif erstarrte. Er dachte an das Unglück, das seiner Mutter widerfahren war.

»Von da an fand der Mann in keinem Dorf, in keiner Stadt mehr ein Zuhause. Verzweifelt stieg er auf diesen Hügel und rief: ›Oh, heiliger Khwadscha! Glaube mir, ich will niemandem etwas Böses tun. Aber ich kann so unmöglich weiterleben. Wenn du mir helfen willst, dass die bösen Mächte, von denen ich besessen bin, ihre Hand von mir nehmen, dann lass mich den Berg gerade herunterrollen. Wenn du mir nicht zu helfen vermagst, dann lass auch meinen Kopf auf einen dieser Steine schlagen. Ich werde sterben und neben dir begraben liegen.‹«

Talib Asis holte aus seinem Gepäck eine Flasche Wasser und gab sie Scharif, der daraus trank. Es war heller geworden, und der Horizont färbte sich langsam orange.

»Dann rollte der Unglückliche hinab, stieß mit dem Kopf gegen einen Stein und starb.«

»Wie schrecklich. Und wo ist er begraben?«

Talib Asis lachte. »Du willst immer alles sofort wissen, was? Nirgendwo ist er begraben.«

»Nirgendwo?«

»Weder der Heilige wollte ihn neben sich haben noch irgendein Friedhof in dieser Stadt. Die Gelehrten versammelten sich zu einer Dschirga und diskutierten, was sie nun mit dem Verstorbenen anstellen sollten. Unter ihnen saß ein kleiner Mann, der das flache Gesicht eines Mongolen, die dunkle Haut und die Augen eines Inders und eine lange Nase wie ein Grieche hatte …«

»Oh, so etwas gibt es auch?«

Talib Asis lachte wieder. »Aber sicher. Jedenfalls sagte dieser Mann: ›Wo ich herkomme, nahe der chinesischen Grenze, gibt es einen Berg im Hindukusch. Er ist sechstausendachthundert Meter hoch. Auf dem Gipfel steht ein großes Tor, das aus drei Holzstangen gebaut ist. Als die Mongolen bei uns einfielen, ritten sie durch dieses Tor und brachten Zerstörung und Unglück. Seitdem heißt dieses Tor das Tor der Geschichte. Ich werde also seine sterblichen Überreste in einen Sack packen, an den Schwanz meines Pferdes binden und bis zu diesem Tor reiten. Dann werde ich den Leichnam mit dem Kopf nach unten an das Tor hängen, damit kein Mensch ihm jemals wieder gerade ins Gesicht blicken kann.‹«

»Mein Gott, bist du grausam«, brach es aus Scharif heraus.

»Wieso? Was habe ich denn damit zu tun?« – Talib Asis musste erneut lachen. – »Jedenfalls, als die Gelehrten das hörten, waren sie sprachlos. ›Was für ein verwegener Gedanke!‹, und sie stimmten zu.«

»Wahrlich!«, bemerkte Scharif.

»Siehst du, Scharif Dschan? Seitdem hängt sie dort, die verwesende Leiche dieses zum Himmel stinkenden Unglücks, am Tor der afghanischen Geschichte.«

Scharif spürte den nun ernsten Blick Talib Asis', den er nicht erwidern wollte. Stattdessen fragte er: »Und durch dieses Tor wirst jetzt auch du reiten?«

Talib Asis ließ seine Hand sowie seinen Blick sinken und schwieg. Scharif bedauerte sofort, dass er diesen Satz gesagt hatte.

Während sie denselben Weg in Richtung Herat zurückritten, den sie gekommen waren, fragte Scharif nach der unbestimmten Herkunft des Urhebers dieser Geschichte. Talib Asis amüsierte sich über die Wissbegierde seines Schülers und erzählte ihm von Alexander dem Großen, der nach seinem Sieg über den persischen König Dareios III. im Jahre 330 v. Chr. weiter nach Osten vorgedrungen war und die Regionen am Hindukusch eine nach der anderen von den Persern erobert hatte.

»Die irdische Macht geht, solange sie auf festen Säulen steht, davon aus, dass sie von Dauer ist«, sprach er. »Das liegt in ihrer Natur. Aber in ihrer Natur liegt genauso, dass sie niemals von ewiger Dauer sein kann. Später nahm eine andere Herrschaft in dieser Region Einzug, die Dynastie der nordindischen Maurya. All diese Fremdvölker, ob Griechen, Mongolen, Usbeken oder Hindus, haben ihre Spuren in der Region um den Hindukusch hinterlassen. Der kleine Mann, der die Geschichte vom Tor der Geschichte überlieferte, ist das beste Beispiel dafür. In seinem Gesicht spiegeln sich ihre Spuren.«

Talib Asis führte sein Pferd in ein breites Tal. Am Fuße eines hohen Berges stiegen sie ab. Der Augenblick des Abschieds war gekommen, im stillen Schoß der Berge, zwischen kahlen Felsen und wildem Mohn, fernab von den Blicken der Welt.

Der Talib sah Scharif in die traurigen Augen, legte seine Hand auf dessen Schulter und sprach: »In der Trennung liegt die Vereinigung, im Alleinsein das Beisammensein, im Elend der Ruhm, in der Armut der Reichtum, im Hunger die Sättigung, in der Trauer die Kraft und in der Bitternis des Vergänglichen der süße Saft des Lebens, das weitergeht.«

Im Angesicht der Trennung lagen Liebe und Schmerz zwischen den Freunden, wie zwei Ketten, die ihre Herzen und ihre Füße untrennbar miteinander verbanden. Talib Asis nahm den Freund in die Arme, und um die Ketten so zu brechen, dass jeder an seine Hälfte gebunden blieb, sich aber dennoch frei bewegen konnte, sagte er ein Gedicht auf:

Der Tropfen weint: »Wie bin vom Meer ich weit!«
Das Weltmeer lacht: »Vergeblich ist dein Leid!
Sind wir doch alle eins, sind alle Gott –
Uns trennt ja nur das winzige Pünktchen ›Zeit‹!«

Dann stieg er auf sein Pferd. Eine Staubwolke, durchdrungen von den ersten Strahlen der Sonne, wirbelte unter den Hufen auf, bis sie sich langsam als Goldstaub zurück auf die Steppe legte. Der schwarze Reiter verschwand immer wieder in ihr und brach wieder hervor. Ein Bild, das immer weiter in die Ferne rückte, immer kleiner wurde und unschärfer, bis es sich allmählich auflöste, als wäre es eine Fata Morgana.

»Aus dem Staub hervorbrechen, im Staub verschwinden. Das ist der Kreis unseres Lebens«, sprach Scharif tröstend zu sich selbst und holte seine Flöte hervor. Er saß auf einer Bergkuppe, starrte vor sich hin und spielte so lange, bis er sich so leer fühlte wie die dünne, reine Luft:

Hör auf der Flöte Rohr, was es verkündet,
Hör, wie es klagt, von Sehnsuchtsschmerz entzündet …

Von Talib Asis war keine Spur mehr zu sehen. Die Steppe schien wieder unberührt, als hätte nie ein Mensch sie betreten. Scharif zog seine Beine an, atmete die reine Luft, schloss die Augen und fiel in eine Art Dämmerzustand. Irgendwann spürte er die heiße Sonne, die auf seinem Gesicht brannte, hörte ein Zischen und wachte auf. Vor ihm saß eine schillernde Brillenschlange und fixierte ihn mit ihren stechenden kleinen, runden Augen.

»Sollte in deinem Zahn der Wille Gottes stecken, sodass du mich beißt und ich sterbe«, sagte er zu der Schlange, »dann möge er geschehen, und ich bin bereit, ihn hinzunehmen. Wenn du dich abwendest und in der Höhle verschwindest, dann weiß ich, dass ich einen irdischen Weg gehen darf und meine Seele wird mit deinem Gift nicht angesteckt. So werde ich Händler, handle mit Geld und Gütern und behalte ein Herz, das glänzender ist als echtes Gold. Wenn du aber einen anderen Weg gehen willst und dich hier oben herumtreibst, so werde ich heute noch dem Mullah sagen, er solle keinen neuen Talib anstellen. Dann werde ich weiterhin in der Moschee bleiben und zu meinen Lebzeiten die Dienste eines Mullahs verrichten.«

Er war erstaunt, dass die Schlange ihn anstarrte, als würde sie ihn gut verstehen. Dann aber wandte sie sich blitzschnell nach links und schlängelte sich tief in eine Höhle.

Am Abend kam Scharif in sein Dorf zurück. Nach dem Gebet wartete er im Hof der Moschee, bis die Gläubigen gegangen waren und er mit dem Mullah allein war. Dieser war ein Mann der überlegten Worte und fing das Gespräch an.

»Du warst seit gestern weg. Erzähl, was du erlebt hast.«

Sie standen im Hof vor der Terrasse. Scharif erzählte dem Mullah von der schönen Nacht am Mausoleum des Dichters Ansari, von dem schweren Abschied am frühen Morgen und schließlich von seiner Begegnung mit der Schlange.

Der Mullah hörte sich alles ruhig an, dann lachte er.

»Du hast dir bei einer Schlange Rat geholt, und jetzt willst du von mir wissen, ob du diesem Rat folgen sollst oder nicht. Ist das richtig?«

»Ja.«

Scharif verschwieg, dass er sich bereits entschieden hatte. Er wollte wissen, wie der Gottesmann, der ihm so viele Jahre Schutz gewährt hatte, dazu stand.

»Nun gut«, begann der Mullah. Das kleine Lächeln, das selten von seinem Gesicht verschwand, übte eine beruhigende Wirkung auf Scharif aus. »Schlangen stehen für Weisheit. Wir sind sicher, dass der allwissende Schöpfer deine Frage mitgehört und sie dem Tier verständlich gemacht hat. Sie ist wissend und bewusst in diese tiefe Höhle gekrochen. Du sagst doch selbst, dass sie dich angestarrt hat.« Der Mullah hob seinen Kopf und schaute Scharif fragend an.

»Ja, das hat sie.«

»Siehst du?« Der Mullah blickte hinauf zur Dachterrasse, auf der Spatzen sich hektisch niederließen, nur um gleich wieder aufzufliegen. »Diese arme Schlange aus den Bergen von Herat kann natürlich nichts dafür, dass eine ihrer Art mit gespaltener Zunge Adam und Eva aus dem Paradies vertrieben hat. Die Wahrheit ist, dass aus dir eines Tages, inscha-allah, so Gott will, ein guter Geschäftsmann wird. Das wissen wir alle, Scharif. Du musst dir nur darüber im Klaren sein, mein Sohn, dass dieser neue Weg, den du gehen wirst, der Weg der äußeren Werte ist und nicht frei von Habgier und Betrug sein kann.«

Der Mullah stellte sich Scharif gegenüber. Er war etwas kleiner, sein dickerer Turban aber ließ ihn gleich groß erscheinen wie den Jungen. »Jetzt kommt aber das Wichtigste.«

Der Mullah ließ sein Kinn sinken, richtete sein Augenmerk auf ihn, presste seinen Zeigefinger gegen Scharifs Brust und sprach weiter: »Wenn du nämlich die Tugenden, die dich auszeichnen, nach außen trägst, dann kannst du die Welt dem Guten ein Stück näher bringen, selbst wenn es sich nur um einen winzigen Schritt handelt. Du kannst anderen als Vorbild dienen. Daran glaube ich fest.«

Nachdem er einige Male auf die Stelle über Scharifs Herzen geklopft hatte, legte der Mullah seine Hand auf seine Schulter und durchbohrte ihn wieder mit seinem Blick. »Aber das Entscheidende für den Verlauf deiner Geschichte ist nicht einmal das.«

Scharif kannte den Mullah gut. Immer, wenn dieser ihm eine schwer zu verstehende, ja tiefgründige Lebensweisheit vermitteln wollte, verpackte er sie in einfache, zugleich zugespitzte und oft scherzhaft klingende Worte. Aber dieses Mal war Scharif irritiert.

»Wie haben Sie das gemeint?«

Der Mullah wandte seinen Blick wieder den Spatzen auf der Terrasse zu. Eine Vogelmutter entriss gerade einer anderen ein Körnchen und steckte es in den Schnabel ihres eigenen Babys, das zwitschernd und zitternd hinter ihr her lief.

»Alles hat seinen Preis. Mit jeder Entscheidung, die du triffst, legst du neue Ursachen fest, mit deren Folgen du dann leben musst. Indem du dein Leben lenkst, veränderst du dich selbst und deine Umwelt. Wenn du heute die Moschee verlässt und Gemüsehändler wirst, wirst du morgen ein anderer Mensch sein, andere Taten begehen, an anderen Orten sein, einen anderen Alltag, andere Gefühle und Gedanken haben, als wenn du in der Moschee geblieben wärst. Du wirst auch eine andere Frau heiraten, andere Kinder zeugen, anders alt werden, anders sterben. Vielleicht leichter, zufriedener, vermutlich aber eher schwerer und grausamer. Wie auch immer du dein Leben meistern magst – hüte dich vor Lüge und Betrug!«

»Sie machen mir die Entscheidung nicht gerade leicht.«

»Ich denke, du hast dich bereits entschieden, Scharif Khan«, sprach der Mullah grinsend. »Eine bessere Wahl als die, die du getroffen hast, hast du nicht. Talib Asis ist fort. Ich werde morgen einen neuen Koranschüler anstellen. Mache dir darüber keine Sorgen.« – Er drückte mit den Fingern kräftig Scharifs Nacken und lachte. – »Ich spreche dich schon jetzt als Khan an, weil ich weiß, dass aus dir mal ein reicher

Mann werden wird. Vergiss aber nicht, dass diese Tür für dich immer offen steht.«

Nach diesen Worten des Mullahs packte Scharif sein Hab und Gut, verabschiedete sich schweren Herzens und verließ die Moschee.

Teil zwei

1

OFT DENKE ICH an jenen alten Gemüsehändler aus dem Dorf, der für meinen Vater zu einem zweiten Mentor wurde. Er erinnerte sich gern an Osman Khan. Damals, als er mir bei einem unserer Freitagsgespräche von seinem Auszug aus der Moschee erzählte, stellte ich mir die kurze Strecke zwischen dem Gotteshaus und dem Wohnsitz Osman Khans als eine lange, gerade Linie zwischen zwei Polen vor – eine Strecke, die mein Vater eines Nachts durchwanderte. Erst nach und nach wurde mir das Ausmaß der Spuren bewusst, die Osman Khan im Wesen meines Vaters hinterlassen hatte.

OSMAN KHAN SASS wie so oft auf seiner Terrasse, trank Tee und rauchte Wasserpfeife.

»Willkommen, mein Sohn«, freute er sich, als er Scharif vor sich sah. »Ich habe das Zimmer, das nach Süden zeigt, für dich hergerichtet.«

Er stand auf und führte Scharif durch sein kleines Haus. Er zeigte ihm das Zimmer, in dem er wohnen würde, die Küche, das Bad, den Schuppen, in dem Obst, Gemüse und Getreide lagerten, den Hühnerstall und schließlich den Viehstall.

»Wie du siehst, habe ich vier Esel, den jüngsten von ihnen wirst du reiten. Er freut sich schon auf dich, siehst du, wie er dich anschaut? Morgen früh werden wir alle vier beladen und uns auf den Weg in die Stadt machen. Jeden Abend werden wir bei den Bauern einkaufen. Obst kaufen wir aber schon in der Früh, kurz bevor wir morgens aufbrechen, damit es frisch ist.«

Nach dem Abendessen saßen sie beim Licht einer Petroleumlampe auf der Terrasse. Der alte Mann erzählte aus seinem Leben, wobei er zwischendurch rauchte, hustete und sich lautstark räusperte. Er sprach von seinem großen Wunsch, einen Sohn zu haben. »Meine

Töchter leben in einem Dorf nicht weit von Dschikan entfernt«, sagte er. »Meinst du, dass sie mich auch nur ein einziges Mal im Monat besuchen kommen?«

Scharif wusste, dass Osman Khan zu Übertreibungen neigte, ließ ihn aber weiterreden. Als er auf die Tugenden eines Händlers zu sprechen kam, unterbrach Scharif ihn mit der Frage, ob es stimme, dass Händler häufig tricksten und logen.

»Ja und nein«, antwortete Osman Khan. »Jeder gute Geschäftsmann merkt früher oder später, dass eine schiefe Ladung selten am Ziel ankommt. Sie fällt irgendwann vom Esel herunter, weißt du? Wenn ein Kunde mit deiner Ware nicht zufrieden ist, wenn deine Maulbeeren vergammelt sind oder wenn er sieht, dass er anderswo besser und billiger kaufen kann als bei dir – dann macht er das nächste Mal einen Bogen um deinen Esel. Wenn du es aber mit einem geizigen, ungerechten Kunden zu tun hast – na ja, dann musst du mit der Wahrheit etwas vorsichtiger umgehen.«

»Was heißt, mit der Wahrheit vorsichtig umgehen?«

»Manche Kunden bieten dir einen schlechten, ungerechten Preis an. Dann kannst du zum Beispiel sagen: ›Was ist mit dir los, Onkel? Dieses Geld habe ich doch selbst für die Ware bezahlt!‹«

Osman Khan hustete, fuhr aber fort: »Oder, wer weiß, es kann sein, dass du später ein richtiger Geschäftsmann bist und dann den Behörden in die Quere kommst, die dir alles wegnehmen wollen. Als Geschäftsmann darfst du vor niemandem deine Karten offenlegen. Es gibt, wie wir Händler es bezeichnen, ratsame Lügen. Jeder Mensch kennt ratsame Lügen. Auch der Mullah in unserem Dorf kennt sie, auch Talib Asis. Wer das leugnet, der sagt nicht die Wahrheit.«

OSMAN KHAN WAR ein Mensch besonderen Schlages, über den Scharif in dieser ersten Nacht, als er in seinem neuen Bett lag, viel nachdenken musste. Er konnte nicht immer einschätzen, ob dieser erfahrene Mann etwas ernst meinte oder scherzte. Nachdem Scharif endlich eingeschlafen war, wurde er bald wieder aufgeweckt, als Osman Khan im Zimmer nebenan ein Hustenanfall überkam. Es irritierte ihn, sich in einem fremden Raum wiederzufinden, und er tat sich schwer damit, wieder einzuschlafen.

Schon am ersten Tag machte der Gemüsehändler ihn mit einigen Ladenbesitzern in Herat bekannt. Er stellte ihn stolz als seinen Sohn vor, und es dauerte nicht lange, bis sie ihre Ware verkauft hatten. Daraufhin ließen sie zwei ihrer Maultiere in einem Stall, und mit den zwei anderen ritten sie über die vier Basare der Altstadt, die sich entlang einer nordsüdlich und einer westöstlich verlaufenden Hauptstraße erstreckten. Der Schnittpunkt der beiden hieß Tscharsu, Kreuzung, und gilt bis heute noch als Nabel der Herater Altstadt. Sie verbindet den Basar-e Malek im Norden mit dem Basar-e Kandahar im Süden sowie dem Basar-e Irak im Westen mit dem Basar-e Khusch im Osten.

Osman Khan schaukelte auf seinem Esel hin und her, sang oder pfiff vor sich hin und scherzte gut gelaunt hier und da mit Passanten, Kutschfahrern oder Straßenverkäufern. Scharif war erstaunt über die unterschiedlichen Bekanntschaften des Alten aus Dschikan. Von den Töpfern und Tischlern wurde Osman genauso freundlich gegrüßt wie von den Schneidern und Schmuckverkäufern. Als sie müde wurden, machten sie halt, um bei einem Samowartschi Tee zu trinken. Auf der sonnigen Terrasse des Teeladens saßen Männer, jung und alt, sie spielten Karten, Schach oder ließen ihre Feldhühner gegeneinander kämpfen, sie tranken Tee, rauchten Wasserpfeife, beteten mit ihrer Tessbih, legten Nasawar, den feinen, grünen Kautabak, unter ihre Zunge und spuckten ihn nach einigen Minuten wieder aus.

IHR MITTAGESSEN NAHMEN sie bei Hassan, einem Kebabi östlich der Tscharsu, auf. Hassan war eine schlanke, gepflegte Gestalt. Er saß auf der Terrasse seines Ladens, trank kräftigen schwarzen Tee, rauchte Haschisch und ließ seinen kleinen Sohn und den Gesellen für sich arbeiten. Den Laden hatte er von seinem Vater geerbt. Dieser wiederum von seinem Großvater, und deshalb war er Hassans ganzer Stolz.

Wie seit hundert Jahren schon hing zur Mittagsstunde der Geruch von Kebab über der Tscharsu und lockte die Kundschaft zu dem berühmtesten Kebabi von Herat. Zu den treuen Stammkunden gehörte auch Osman Khan, der nun mit Scharif auf dem Podest saß und Tee trank. Unter die Gerüche des Kebabs und der saftigen Fleischtomaten mischte sich der feine Wohlgeruch von Haschisch. All die Düfte schmeichelten Scharifs Sinnen. Er lächelte und saß ruhig da, während Osman Khan und Hassan miteinander scherzten. Dann wurde ihnen Lammfleisch, gebratenes Gemüse, frisch gebackenes Brot und Joghurt aufgetischt. Und während Scharif sein Essen genoss, unterhielten Osman Khan und Hassan sich über die politische Situation des Landes.

»Schau mal, mein Freund«, sagte der Kebabi. »Resa Khan erneuert Persien und Atatürk die Türkei, aber die Engländer wollen, dass unser König, Schah Amanullah, nach ihrer Pfeife tanzt und Leute über die Grenze nach Turkistan schickt, damit sie gegen die Russen kämpfen. Die wollen unser Volk dazu benutzen, die Kommunisten aus der Welt zu schaffen. Wir sollen das Kanonenfutter der Weltmächte werden! Warum …«

»Du sagst es, mein Freund«, rief Osman Khan dazwischen.

»Warum mischen sich die Engländer immer noch in unsere Angelegenheiten ein? Mein Bruder Hussain ist Koch in der britischen Botschaft in Kabul und erzählt Dinge, die mich sehr beunruhigen.«

Scharif wurde auf eine verschleierte junge Kundin aufmerksam. Ihr Kopf steckte in einer flachen Kappe, die oben vernäht war. Durch ihr Sichtfenster, das aus feinem Rosshaar gearbeitet war, sah Scharif zwei dunkle, wässrige Augen, die ihn mit großen Pupillen anstarrten. Diese Art der Verschleierung war nur in der Stadt üblich und nicht auf dem Dorf. Seine Mutter hatte nie eine Burka getragen, sondern einen schwarzen Bauerntschador. ›Das Mädchen kommt bestimmt aus einer wohlhabenden Familie‹, dachte er. ›Ihre Burka dient nicht ihrem Schutz, sondern stellt eher einen teuren Käfig dar.‹

AUF DEM WEG nach Hause ritten Osman Khan und Scharif Schulter an Schulter.

»Wie ist es dir heute ergangen, mein Sohn? Bist du müde? Hast du dich gelangweilt?«

Scharif äußerte sich dankbar und zufrieden, brachte aber auch zum Ausdruck, was ihn gestört hatte. Der Händler hatte vielen erzählt, er sei sein leiblicher Sohn und hätte bislang als Talib in einer Moschee gelebt.

»Wenn dich das gestört hat, dann tut es mir leid«, sagte Osman Khan. »Ich wollte damit nur zeigen, wie stolz ich auf dich bin.«

»Das weiß ich zu schätzen, Onkel Osman. Auch ich bin stolz auf Sie.«

»Du bist gebildet und ich ein Analphabet«, sagte der alte Mann. »Mich quälen so viele Fragen, die ich bisher niemandem gestellt habe, Gedanken, bei denen du mir vielleicht weiterhelfen kannst.«

»Ich bin aber nicht sonderlich belesen, Onkel Osman«, sagte Scharif. »Was möchten Sie wissen?«

»Ich denke oft an den Apfel im Paradies, und es kommt mir bei dieser Geschichte vor, dass Gott die Welt und uns alle aus purem Spaß erschaffen hat. Er muss also an gemeinen Spielen Freude empfinden. Meinst du aber wirklich, dass er es mit den ganzen Geboten und Verboten so ernst meint, dass er dabei keinen Spaß, keinen Scherz seitens seiner Geschöpfe dulden kann?«

Scharif sah Osman Khan, der auf seinem Esel hin und her wiegte, mit überfordertem Blick an, aber dieser war nicht zu bremsen.

»Wie soll ich dieses Drama sonst verstehen? Wir sollen die Krönung der Schöpfung sein und mit Verstand und dem Licht der Erkenntnis ausgestattet, dabei sind wir uns nicht einmal über ihn, den Schöpfer, einig. Und was ist mit all den sinnlichen Freuden, die der Mensch braucht, um sich des Lebens zu erfreuen? Das Dasein auf der Erde soll eine Brücke sein und eine Prüfung für das ewige Leben danach. Im Paradies sollen Bäche voller Wein fließen, es soll dort Jungfrauen geben, die Huris heißen. Im Koran steht, dass sie weder von Menschen noch von dem bösen Geist, dem Dschin, entjungfert wurden. Die Huris sollen kein Pipi und kein Kacka machen. Und es soll dort auch zarte Jünglinge geben – alles zum Vergnügen der Männer. Wenn dies alles dort schön und richtig ist, warum werden uns diese Genüsse hier und jetzt verboten? Wenn all dies verderblich und schmutzig ist, warum ist das Paradies voll von diesem Dreck? Wir sollen enthaltsam leben, um mit so etwas Verderblichem für ewig belohnt zu werden? Soll das der Sinn der Schöpfung sein?«

Scharif war ein wenig verwirrt. Noch nie hatte er sich solche Fragen gestellt, und noch nie hatte er jemanden so sprechen hören. Dann fuhr der Alte fort: »Ich weiß, du bist für alles offen, Scharif, und dass ich meiner dummen Fragen wegen bei dir nicht in Ungnade falle. Ich habe kein einziges Mal das Beten und Fasten vernachlässigt. Nimm es, bitte, als dumme Scherze, was ich so erzähle. Deshalb wüsste ich gerne nur eine Sache von dir: Versteht der Alte im Himmel Spaß?«

Osman Khan stieg hustend von seinem Esel ab, zeigte auf ein Gebüsch und sagte: »Ich habe ein irdisches Bedürfnis, mein Sohn. Ich will keine leichte Antwort von dir, ich will, dass du darüber nachdenkst.«

Scharif ritt langsam voran, während er ihre zwei weiteren Esel vor sich hertrieb. Er konnte über den Spaß Osman Khans nicht lachen, aber er konnte über den alten Mann auch nicht schlecht denken. Er betete für ihn bei Gott, dachte aber auch über seine Frage nach. Enthielten die Verse vieler Dichter nicht auch Witze, Scherze und sinnliches Begehren? Handelten nicht alle Dichterwerke von Wein und von schönen Geliebten? Stand Hafes nicht bei Talib Asis und in jedem anderen Haus direkt neben dem Koran? Lasen nicht die Schüler jeder Moschee seine Verse genauso vor, wie sie die Suren des Korans vortrugen? Er kam zu dem Schluss: ›Osman Khan hat Erfahrungen, die mir noch fehlen. Ich kann von ihm lernen, und ich muss ihm zeigen, dass ich ihn nicht für verrückt halte, sondern ihn verstehen kann.‹

Scharif stieg ab und schaute zurück. Osman Khan stand vor seinem Esel und tätschelte ihn am Hals. Scharif ging lächelnd auf ihn zu und sagte: »Gott möge Ihnen Ihre Sünden verzeihen, Onkel Osman. Was Sie gerade gesagt und gefragt haben, klingt zwar wie ein Scherz, aber es sind ernsthafte Überlegungen, die eher Dichter und Denker beschäftigen, nicht die Mullahs.«

Osman Khan hob den Kopf und rief: »Ach, die Mullahs! Über die kann ich dir einige Geschichten erzählen.«

»Geschichten höre ich gern, Onkel«, sagte Scharif.

Sie ritten weiter, und der alte Mann erzählte eine Anekdote:

In einer Moschee in Persien beschrieb ein Prediger das Paradies. Er sprach von den Vögeln, die auf den Bäumen säßen und einem sofort gebraten in den Mund flögen, wenn man Hunger hätte oder nur den leisesten Wunsch verspürte, sie zu essen. Voller Hingabe schwärmte er von den Jungfrauen mit langen Beinen und schönen runden Brüsten. Ganz vorne im Gebetsraum saß eine sehr alte Frau, die keine Zähne mehr im Mund hatte. Nachdem sie dem Mullah bis zum Ende zugehört hatte, kam sie mühsam auf die Beine und stellte diesem eine Frage, mit der niemand gerechnet hatte.

»Ich bin eine alte Frau, mich interessieren Ihre Jungfrauen nicht. Wein und Milch mit Honig trinke ich nicht. Auch habe ich keinen Appetit auf die armen Vögel, die auf den Bäumen sitzen. Sagen Sie mir, Agha Mullah, was ich dann vom Paradies haben soll?«

Der Mullah wandte sich an die Männer im Gebetsraum und sprach: »Habe ich nicht eben gesagt, dass alle Frauen als Jungfrauen wiederauferstehen?«

Nachdem Osman Khan diese Geschichte erzählt hatte, lachten beide herzhaft, und sie scherzten fröhlich die ganze Wegstrecke bis zu ihrer Haustür.

SCHARIF NAHM SICH vor, das Vergangene in das Kommende mitzutragen, sich des Neuen zu erfreuen und Hoffnung zu schöpfen, dass es ihm Glück verheißen würde. Jeden Tag in der Früh folgte er Osman Khan vom Dorf in die Stadt und von einem Basar zum nächsten. Überall begegnete er Menschen aller Art, armen wie reichen, glücklichen wie leidenden, solchen mit guten Herzen und anderen, die verbittert und missgünstig waren. Er sah, wie verschieden sie waren und wie ähnlich sie doch lebten, wie sie für- und gegeneinander gestimmt waren, wie sie gemeinsam feierten und trauerten. Oft fühlte er sich wie einer von ihnen, doch manchmal fühlte er sich fremd. Dann zog er sich zurück. Jeden Nachmittag nahm er eines der Bücher, die ihm Talib Asis überlassen hatte, ging an den Fluss, setzte sich in den Schatten einer Trauerweide und las. Wenn er vom Lesen müde wurde, spielte er auf der Flöte. Und wie seit Jahren ging er einmal in der Woche zum Grabe seiner Mutter und betete.

Abends saßen beide nach dem Essen lange auf der Terrasse. Osman Khan war nicht nur ein Meister im Kartenspiel und im Schach, er war auch ein außerordentlich guter Lehrer, der die Regeln und Geheimnisse des Gewinnens fantasiereich auf das wirkliche Leben zu übertragen wusste und bei jedem Spiel versuchte, Scharif die Wege des Erfolges aufzuzeigen. Manchmal bekam der alte Mann Besuch von seinen Töchtern und ihren Männern. Dann zog Scharif sich zurück und las in seinen Büchern.

Wenn die Nacht zum Freitag kam, dem Tag, an dem sie nicht arbeiteten, setzte Osman Khan sich auf der Dachterrasse an seine Opiumpfeife und rauchte. Dieses Laster störte Scharif alsbald nicht mehr. Denn wenn Osman Khan in seinen Rausch versank, schien er alles andere in der Welt zu vergessen und begann, aufregende Märchen zu erzählen. Es waren Geschichten von siebenköpfigen Drachen, von schönen, durch böse Mächte an Felsen gefesselten Feen oder Königssöhnen, in denen das Gute schließlich siegte. Scharif liebte sie, weil er in ihnen viel Platz fürs Träumen fand. Er selbst hatte von dem einzigen Traum seiner Kindheit, dem Traum von einem Buskaschi-Kampf, dessen Held und Prinz er selbst war, Abschied genommen, nachdem das Reiten seiner Mutter das Leben gekostet hatte.

Während der Jahre in der Moschee hatte er gelernt, sich selbst zu beherrschen. Er hatte auf alles, was er sagte, was er tat, achten müssen. Bei Osman Khan, und vor allem in dessen Geschichten, durfte er sich nun ganz frei fühlen. Scharif verlor sich wie ein Kind in diesen Welten, in denen aus einem armen Bettler ein gerechter König werden konnte und Hirtensöhne sich in schöne Königstöchter verliebten.

Doch eines Abends, als der volle Mond und ein milchweißer Sternenbogen am Himmel leuchteten, wollte der alte Mann, dass Scharif mit ihm Opium rauchte. »Sonst komme ich mir dümmer vor, als ich bin«, sagte er. Doch je mehr Scharif sich weigerte, desto hartnäckiger bestand Osman darauf. »Einen Zug und dann hast du es hinter dir!«

»Und weshalb sollte ich es hinter mich bringen, Onkel?«

»Weil du es sonst immer vor dir haben würdest. Und das wäre nicht gut«, antwortete Osman und zwinkerte ihm zu.

Scharif lachte und schüttelte den Kopf. »Und warum meinen Sie, dass ich so etwas überhaupt vor mir haben sollte?«

Osman Khan nahm seinen schweren Turban ab, legte ihn beiseite und begann, an seiner mit dichten weißen Haaren bedeckten Kopfhaut zu kratzen. Dann sagte er: »Weil du alle Sünden ein Mal begehen solltest, damit du weißt, was Sünde ist, wenn du von ihr sprichst und sie verteufelst.«

»Sind Sie bei Sinnen, Onkel?«

Der alte Mann setzte seinen Turban mit beiden Händen wieder auf und blickte den Jungen an: »Ja. Ich bin zwar nicht ganz bei Verstande, aber bei meinen Sinnen bin ich immer.« – Er nickte wiederholt. – »Bis auf eine Sünde natürlich, die du nie begehen darfst.«

Scharif spitzte die Ohren. »Die will ich wissen!«

Osman Khan setzte sich in den Schneidersitz und nahm die Haltung eines Mannes ein, der viele Wege, Irrwege, Schulen und Erfahrungen dieser Welt kannte: »Für mich ist es die schlimmste Sünde, anderen etwas anzutun, ohne sich vorher gefragt zu haben, wie es wäre, wenn dir die anderen dasselbe antun würden. Selbst wenn es ein Tritt ist, den du deinem Esel verpassen willst.«

Scharif lachte. »Das gefällt mir! Ich habe Angst vor dem Tritt eines Esels. Der kann richtig wehtun.« Er blickte wie so oft zu den Sternen. Ihr Anblick erfüllte ihn jedes Mal mit Kraft und Freude. Als Kind hatte er sie gezählt, so lange, bis er nicht mehr wusste, wie es mit den Zahlen weiterging, bis er durcheinanderkam oder erschöpft einschlief. Um seinem Meister einen Gefallen zu tun, nahm er ihm die Opiumpfeife ab und rauchte drei Züge. Er verzog sein Gesicht, gab dem alten Mann die Pfeife zurück und hustete.

Osman Khan starrte ihn zufrieden lächelnd an. »Jetzt hast du es hinter dir. Jetzt kannst du sagen: Nie wieder!«

»Nie wieder!«, rief Scharif. »Und was bekomme ich jetzt von Ihnen zur Belohnung?«

Osman Khan räusperte sich. »Ich kenne ein Gedicht von Hafes.«

»Oh, was Sie nicht sagen! Bitte, ich höre!«

»Du kennst Hafes bestimmt viel besser als ich, und du weißt, was ein Saghi ist.«

Der Junge lachte. »Saghi ist jemand, der Wein einschenkt.«

»So ist es. «

Osman Khan räusperte sich erneut und sprach dann, ohne zwischendurch zu husten, klar und gefühlvoll:

Saghi, schenk ein den Wein
Und lass den Becher kreisen!
Am Anfang schien die Liebe leicht,
Die dann zum Rätsel ward.
Wann bringt der Wind
Den Moschushauch von deinem Haar?
Von deinen Locken wurden alle Herzen wund.

Wie fänd ich Frieden doch in deinem Haus,
Da ruft die Karawanenglocke schon zum Weiterzug!
Färb den Gebetsteppich mit Wein, wie es der Weise sagt,
Dann wirst du, Pilger, auch vom Sinn des Weges
Deinen Teil erfahren.

Scharif applaudierte und jubelte. »Ich wusste gar nicht, dass Sie eine so schöne Stimme haben, Meister!«

»Danke, mein Sohn. Ich würde nur gerne meinen Wunsch, dass du mich einmal nicht mehr Meister oder Onkel nennst, sondern Baba, ungern mit ins Grab nehmen.«

Scharif musste lachen und schüttelte den Kopf. Baba hatte er immer seinen Vater gerufen. Wie konnte er dieses Wort überhaupt wieder über die Lippen bringen?

»Sie haben also Wünsche! Gibt es vielleicht noch einen Wunsch, der leichter zu erfüllen ist?«

»Wenn ich noch einen Wunsch ausspreche, wirst du ihn auch wirklich erfüllen?«, fragte Osman Khan.

»Wenn ich es kann, dann gern.«

Osman Khan zupfte an seinem spitzen Bart und sagte: »Geh in die Kammer und bringe mein Rebab und die Trommel!«

Scharif brachte die beiden Instrumente. Als er sich hinsetzen wollte, schickte ihn sein Meister wieder in die Kammer. Dieses Mal sollte er einen alten Tonkrug bringen, der hinten in der Ecke stand. Der Junge tat es, ohne zu fragen, womit das schwere Ding gefüllt war. Doch der Meister schickte ihn zum dritten Mal weg. Dieses Mal sollte er zwei alte Holzbecher bringen. Dann endlich durfte er sich setzen. Er sah zu, wie Osman Khan aus dem Krug ein rotes, stark riechendes Wasser in die Becher einschenkte und ihm wortlos einen der beiden reichte.

»Was ist das, Onkel?«

»Als Bauernsohn musst du das doch kennen!«

Scharif roch am Becherrand und verzog das Gesicht: »Was ist das?«

Osman Khan hob mit der rechten Hand den zweiten Becher und rief: »Das ist die bittere Träne der süßesten Traube der Welt, und du darfst raten, wie diese Traube heißt.«

»Lal?«

»Ja, lal! Komm, trink! Salamati, auf die Gesundheit!«

Nun wusste Scharif, dass »die bittere Träne der Traube«, von dem der Becher halb voll war, nichts anderes sein konnte als Scharab, das sogenannte böse Wasser. Er zögerte lange, aber es nutzte ihm nichts, er musste den hausgemachten Wein aus der Hand seines Meisters trinken.

Osman Khan zupfte eine Weile an den Saiten seines Rebabs, dann begann er zu spielen, während er Scharif anhielt, zur Musik zu trommeln, und es dauerte nicht lange, da verfiel dieser dem Rausch des Weins und der Musik. Sie tranken und musizierten, bis ihnen die Köpfe heiß und die Herzen frei wurden, und lachten und tanzten, bis aus dem alten Krug kein Tropfen mehr floss.

Wie jeder erfahrene Meister prüfte auch Osman Khan in den ersten Tagen und Wochen seinen Gesellen, um zu sehen, wie gut und wie schlau dieser sich anstellte. Eines Tages hatten sie einen ihrer Esel mit Hühnern und Hähnen beladen und waren auf dem Weg in die Stadt. Osman Khan erzählte Witze und Scharif lachte. Da rief ein Mann hinter ihnen her, sie mögen anhalten, da er einen Hahn kaufen wolle.

»Das freut mich, junger Mann. Aber warum lässt du mich nicht erst meinen Witz zu Ende erzählen?«, fragte Osman Khan.

Der Mann kam näher und erwiderte: »Wartet, ich habe auch einen Witz für euch!«

Osman Khan und Scharif hielten ihre Tiere an und hörten dem jungen Mann zu.

»Stellt euch vor, ein Mann darf vier Frauen haben, aber mein Hahn hat sieben. Deshalb wird er von Tag zu Tag dünner, und seit gestern sieht er richtig krank aus. Ich brauche einen kräftigen Hahn. Einen richtigen Macho. Zu zweit kann man sieben besser beglücken.«

Scharif konnte sich das Lachen nicht verkneifen, und Osman Khan zeigte dem Mann seine Hähne. »Sieh, wir haben drei Hähne, und sie alle kommen aus Dschikan. Mehr brauche ich wohl nicht zu sagen. Also, wähle dir einen aus.«

Der Mann entschied sich für einen Hahn mit goldenem Gefieder. Scharif sagte ihm, wie viel das Vieh kosten würde. Aber der Mann wollte den Preis nicht zahlen.

»Das ist der Preis, für den wir den Hahn gekauft haben, Bruder«, sagte Scharif.

So hatte es ihm sein Meister beigebracht. Aber dieser verzog sein Gesicht. Nachdem sie das Vieh endlich zu einem guten Preis losgeworden waren, begann Osman Khan zu schimpfen: »Wie kommst du darauf, so etwas zu behaupten? Hast du vergessen, wie viel der Hahn uns gekostet hat?«

Einige Tage später lief derselbe Mann mit dem gekauften Hahn unter dem Arm wieder hinter ihnen her und rief: »Warten Sie, Onkel! Mit diesem zweibeinigen Teufel, den Ihr mir verkauft habt, stimmt etwas nicht. Ich glaube, er ist ein Huhn mit einer Krone. Das erkennt man doch schon an seinem feinen Gefieder. Mein erster Hahn sieht jedenfalls noch dünner und kränker aus als zuvor.«

Da lachte Scharif und sagte: »Her mit dem Hahn! Wir wollen dich nicht enttäuscht nach Hause schicken. Ich verkaufe dir heute einen richtigen Mann. Dieser da springt von einem Huhn auf das nächste, wie im Zirkus!«

Er nahm vom Kunden den alten Hahn zurück und verkaufte ihm einen neuen mit einer emporragenden roten Krone, zu einem Preis, von dem sein Meister nur träumen konnte.

Ab jetzt schien Osman Khan zu wissen, dass er sich vollends auf seinen Gesellen verlassen konnte. Er ließ Scharif freie Hand und ihn tun, was er für richtig hielt. Scharif kaufte sich neue Kleider, Bücher und alles, was sein Herz begehrte. So dauerte es nicht lange, bis er an seiner Arbeit mehr Freude fand, als Osman Khan je zu hoffen gewagt hätte. Dieser wiederum war sich der Bildung, die Scharif bei Talib Asis genossen hatte, bewusst und verlor sich voller Leidenschaft in den Gedichten, die ihm dieser aus seinen Büchern vorlas.

DOCH MIT SCHARIFS Bartwuchs kamen auch schwermütige und von Sehnsucht erfüllte Stunden. Sie holten ihn immer dann ein, wenn er an die Vergangenheit dachte, an seine Mutter oder manchmal auch an seinen Vater. Hatte dieser wirklich keine Gefühle mehr für ihn oder tat er nur so, weil er ein Sturkopf war? Führte er nun ein leichteres Leben mit seiner neuen Frau und seinem neuen Sohn? Oft vermisste Scharif auch Talib Asis. Wie würde er reagieren, wenn er erfahren würde, dass er Wein getrunken hatte? Er würde sich wundern. Aber Scharif würde den Mut aufbringen, ihm zu sagen, wer den Wein nicht kenne, kenne das zweite Gesicht der Wahrheit nicht!

Osman Khan bemerkte es jedes Mal, wenn Scharif nachdenklich gestimmt war. Und er tat alles, um den Jungen von seinen schweren Gedanken abzulenken.

»Talib Asis weiß, dass ich manchmal trinke«, behauptete Osman Khan eines Tages, nachdem sie ihre Ware verkauft hatten und Scharif in sich gekehrt wirkte. »Es bleibt unter uns, wenn ich dir verrate, dass er einmal bei mir ein Schlückchen mitgetrunken hat.«

Log er? Möglicherweise. Osman Khan hatte seine eigene Vorstellung von Wahrheit und Lüge. Doch dass der schwermütige Kern des frommen Talibs diesen einmal zum Griff nach dem Weinbecher bewogen haben könnte, lag ebenso nicht fern.

EINES NACHMITTAGS FÜHRTE Osman Khan Scharif in Herat in eine Wohngegend, die Scharif noch nie betreten hatte. Er sagte, er wolle einen alten Freund besuchen. Sie gingen durch verwinkelte Gassen, deren Häuser arm und verfallen aussahen. Kinder spielten im Staub, die meisten Türen standen offen. Vor einer Hauswand saßen drei bunt gekleidete turkmenische Frauen mit hoch aufragenden Kopfbedeckungen auf einer Terrasse und knüpften an einem langen, farbenprächtigen Teppich.

Als sie schließlich eine Sackgasse betraten, sagte Osman Khan: »Heute möchte ich dir ein Geschenk machen. Wenn ich sterbe, wirst du immer gern an diesen Tag zurückdenken und für meine arme Seele beten. Du darfst nur nicht Nein sagen.«

»Was ist das für ein Geschenk, Onkel?«, fragte Scharif.

»Ein Geschenk ist immer eine Überraschung, ein Geheimnis. Ich bin sicher, du bist alt und doch jung genug, um mein Geschenk nicht abzulehnen.«

Verunsichert sagte Scharif: »Ja, aber ein wenig davon können Sie mir doch verraten. Gehen wir jetzt Ihren Freund besuchen oder möchten Sie mir ein Geschenk machen?«

»Gut«, sagte der alte Mann, »dann sage ich es dir: Das Geschenk, das ich dir mache, ist etwas sehr Erfreuliches und kommt eigentlich nicht von mir, sondern vom lieben Gott da oben. Du hast dich seit einigen Tagen nicht rasiert. Dein Bart ist gewachsen, und du siehst damit heute besonders traurig aus. Ich fühle mich auserwählt, dir diese Freude zu machen.« – Er lachte kurz. – »Auch Talib Asis habe ich dieses Geschenk gemacht.«

»Ach, wirklich?«, rief Scharif und fragte sich mehr als zuvor, von welchem Geschenk Osman Khan sprach.

Dieser blieb auf einmal stehen und sagte: »Eine Bitte habe ich jedoch an dich. Wenn du sie nicht annehmen kannst, können wir gleich umkehren.«

»Wie lautet die Bitte?«

»Dass du keine Fragen stellst. Versprichst du es mir?«

Scharif nickte, aber wusste nicht im Geringsten, was Osman Khan mit ihm vorhatte. Am Ende der Gasse blieben sie vor einer blauen Tür stehen. Osman Khan deutete auf eine Zahl, die in schwarzer Tinte darauf geschrieben stand, und fragte Scharif: »Welche Zahl steht hier?«

»Neununddreißig.«

»Genau. Der Mann, der hier wohnt, heißt Mahmud, aber er ist als ›Der Neununddreißigste‹ bekannt.« Das sagte Osman Khan und klopfte an.

Ein Mann um die fünfzig öffnete, und als er Osman Khan vor sich sah, rief er erfreut: »Was für eine Überraschung! Willkommen, Osman Khan! Willkommen!« Der Hausherr zeigte auf den kleinen Garten, in dem rund um einen Teppich Sitzmatratzen und Lehnkissen lagen.

»Salam Aleikum, Mahmud Khan, ich habe Besuch mitgebracht«, erwiderte Osman Khan.

Scharif grüßte den großen, mageren Hausherrn, dessen düsteres Antlitz sofort verriet, dass er Opium nahm. Der Junge war irritiert, als er zwei junge, unverschleierte Frauen mit langen, offenen Haaren und in bunten, schönen Kleidern sah, die auf der Terrasse des Innenhofs an einem Teppich knüpften. Sie blickten sich nach ihm um und begannen zu tuscheln und frech zu lachen.

»Mädchen, Tee!« Mit diesen Worten schickte Mahmud die Frauen ins Haus.

Osman Khan und Scharif nahmen im Garten Platz, und nach einem kurzen Wortwechsel kam Osman Khan zur Sache: »Ruf deine Mädchen, Mahmud Khan! Sie sollen sich einmal meinem Sohn vorstellen.«

»Ja, gleich«, sagte Mahmud und ging ins Haus. Er schloss die Tür hinter sich, und auf der Terrasse war für eine gute Weile niemand zu sehen.

»Was soll das, Onkel Osman? Wollen Sie mich hier vermählen oder was?«, fragte Scharif.

»Deine Vermählung kommt hoffentlich erst später. Dafür habe ich dir ein anderes Mädchen vorgesehen, du wirst sie noch kennenlernen. In einem rückschrittlichen Land wie hier ist die Vermählung in den meisten Fällen nicht anders als ein Sprung ins kalte Wasser. Was, wenn das Mädchen, das du mit geschlossenen Augen heiratest, gleich in der ersten Nacht sich als eins entpuppt, das überhaupt keine Lust auf das männliche Fleisch hat, sondern auf seine eigenen Artgenossen? Das ist gar keine Schande, mein Sohn. Schande ist es nur, dass beinahe hundert Prozent der Männer das gar nicht merken und hundert Prozent der betroffenen Frauen das nicht wahrhaben wollen.«

»Sie sind doch keine Frau, woher wollen Sie wissen, dass es so etwas überhaupt gibt? Das kann ich mir sehr schwer vorstellen, Onkel.«

Osman Khan lachte. »Na ja, meine verstorbene Frau war so eine. Und weißt du, wann ich das erfahren habe? Ein Jahr vor ihrem Tod, als sie bereits Mitte fünfzig war. Gott hatte sie mit so einer Natur in die Wiege der Welt gelegt. Aber es gibt auch Männer, die nur Männer mögen. Sollen sie alle dafür gesteinigt werden? Warum sollte man etwas nicht verstehen und respektieren wollen, was Gott erschaffen hat? Und warum sollte Gott einen Menschen mit solch einer Natur erschaffen, damit er von seinen Artgenossen gehänselt und geschändet, vielleicht sogar gesteinigt wird? Hat der Hirte da oben eine Freude am Leid und an der Barbarei seiner Schafe?«

Scharif blickte zur Terrasse und wollte erneut fragen, warum er hier sei. Er kam aber nicht dazu. Osman Khan richtete seinen Finger auf ihn und sagte: »Vergiss dein Versprechen nicht, Junge. Du stellst jetzt keine Fragen mehr!«

Scharif seufzte. Daraufhin zeigte Osman Khan auf das Häuschen und fuhr fort: »Ich werde dir sagen, was hier los ist, Scharif. Die beiden Mädchen sind seine Töchter. Da ich keine Zähne mehr habe, nehme ich die ältere. Du gehst mit der anderen ins Zimmer und legst an den Tag, was du vom Reiten und vom Buskaschi in den Beinen hast.«

»Oh weh«, stieß Scharif hervor und blieb dann stumm.

2

HEUTE, JAHRZEHNTE NACH diesem Erlebnis meines Vaters, frage ich mich noch immer, warum er während unserer Freitagsgespräche seine Sünden vor mir beichtete, und die Erklärungen, die ich dafür finde, befriedigen mich wenig. Von seinem ersten Liebeserlebnis wollte er mir allerdings nichts weiter verraten. Sicher ist nur, dass er an diesem Nachmittag im Spätsommer des Jahres 1926 ein weiteres Stück sowohl seiner bäuerlichen Unschuld als auch seiner religiösen Frömmigkeit verloren und einen großen Sprung zum irdischen Glück hin gewagt hatte.

Bis in den Herbst hinein saßen Osman Khan und mein Vater abends oft auf der Dachterrasse und verlebten viele Augenblicke der Leichtigkeit, in denen jeder seine Ängste vergessen durfte. Als dann aber der Winter kam, mit Schnee und Kälte, wurde Osman Khan sehr krank und war die meiste Zeit an sein Bett gefesselt. Scharif brachte die besten Ärzte in sein Haus. Er kaufte Heilmittel und tat alles, um ihn gesund zu pflegen. Osman Khan aber hatte sein Leben lang so viel geraucht, dass alle meinten, seine Lunge sei nur noch ein Stück verbrannter Kohle.

Scharif erledigte die täglich anfallende Arbeit im Haus von nun an allein. Er zog morgens, nachdem er den Ofen geheizt hatte, in die Stadt, um gegen Mittag zurückzukehren. Als er eines Nachmittags nach Hause kam, fand er Osman Khan in der Stube, fern von dessen Schlafplatz, neben der Wand liegen. Scharif setzte sich neben ihn und legte seine Hand auf dessen Schulter. Osman Khan schien tief zu schlafen und atmete schwer. Das laute, rasselnde Geräusch, das aus seiner Lunge kam, war beängstigend. Er hatte stark abgenommen, sein Gesicht war eingefallen, und seine Augen lagen tief in den Höhlen.

Scharif wollte ihn rufen, aber plötzlich traute er sich nicht, ihn »Onkel« oder »Meister« zu nennen. Seit Längerem hatte er sich schon Gedanken darüber gemacht, dem alten Mann seinen Wunsch zu erfüllen und ihn »Baba« zu nennen. Er rief ihn also zum ersten Mal, leise und deutlich genug, »Baba«. Daraufhin öffnete Osman Khan glücklich lächelnd die Augen und seine Arme. Scharif half ihm, sich aufzurichten und sich an die Wand anzulehnen.

»Heute waren unser Mullah und der Dorfrichter bei mir«, sagte Osman Khan schwer atmend und leise. »Ich habe vor ihnen erklärt, dass ich dich als meinen Sohn angenommen habe und dass … das hier … mein Häuschen, und alles, was ich besitze, nach meinem Tod … dir gehören soll.«

Scharif wollte etwas sagen, aber Osman Khan legte ihm seine Hand auf den Mund und bat: »Sag nichts, mein Sohn. Es gibt noch etwas, was mir auf dem Herzen liegt.«

Scharif hob die Augenbrauen und runzelte die Stirn.

»Du kennst doch sicher die Tochter unseres Dorflehrers. Homayun Khan ist nicht nur sehr gebildet, er ist auch ein guter Mann.« – Er hustete schwer. – »Ich wollte zuerst mit dir reden und dann um die Hand seiner Tochter anhalten.«

Scharif nahm Osman Khans Hand von seinem Mund. »Aber sie ist doch viel zu jung! Sie mag gerade mal zwölf sein.«

»Na, und? Du warst auch mal zwölf. Pass auf, Junge, es ist höchste Zeit, dass du heiratest!«

»Damit es zwischen uns klar ist«, sagte Scharif freundlich, aber bestimmt, »ich habe noch nicht vor zu heiraten. Und schon gar nicht eine Zwölfjährige.«

Nachdem Osman Khan vergeblich versucht hatte, Scharif umzustimmen, sagte er: »Ich will nicht egoistisch sein, aber ich bin sehr traurig, dass ich deine Hochzeit nicht mehr erleben werde.« Er wurde von einem Hustenanfall gepackt, ließ sich aber nicht irritieren. »Hör gut zu, nach meinem Tod gehst du auf den Basar-e Kandahar. Dort, an der großen Kreuzung, auf der linken Seite, gibt es einen Teppichladen. Direkt neben dem Hamam.«

»Von Ihrem Tod will ich nichts wissen, aber den Teppichladen kenne ich.«

»Genau. Grüß den Besitzer von mir. Vom verstorbenen Meister Osman …«

»Ach, zu diesem Gruß, hoffe ich, kommt es nie, Baba!«

»Doch, doch, mein Sohn. Ich will endlich sehen, was es nach dem Tod wirklich gibt. Vielleicht schwebt mein Geist für alle Ewigkeiten wie ein Vogel über diesem Dorf und dieser Stadt. Ehrlich gesagt, das wäre mir sogar lieber, als mich in einem Paradies betrunken mit Jungfrauen rumzutreiben.«

Osman Khan schwieg und starrte durch die offene Stubentür hinaus in den grünen Garten. Scharif konnte ahnen, woran er dachte. Schließlich lächelte der alte Mann und zwinkerte ihm zu. »Du wirst erfahren, welche Gestalt ein Traum annimmt, wenn er einmal Wirklichkeit wird. Vielleicht nimmst du tatsächlich einmal an einem Buskaschi-Wettkampf teil. Wenn du dann als Sieger hervorgehst, werde ich dir von oben zujubeln.«

Scharif wunderte sich, warum Osman Khan nach langer Zeit wieder einmal vom Buskaschi sprach und ihn behandelte, als wäre er immer noch der kleine Junge auf einem Pferd. Aber er hörte zu.

»Buskaschi ist aber mehr als nur ein Sport oder ein kämpferisches Spiel. Ein Spatz, der sich mit seinen Artgenossen um das Stück eines Kuchens streitet, führt denselben Buskaschi-Kampf wie eine Ameise, die mit Mühe ein winziges Stück Futter nach Hause schleppt und es gegen ihre Neider verteidigt. Die ganze Welt ist eine einzige Arena des Buskaschi. Du willst diese Arena als Gewinner verlassen, ohne über die Leichen zu reiten? Schwer! «

Scharif verstand und nickte Osman Khan bestätigend zu. Dieser drückte ihn am Handgelenk und fuhr fort: »Es wäre ein leichtes Spiel, wenn die Welt anders erschaffen worden wäre. Aber sie ist nun mal das Ergebnis eines Betruges, besser gesagt einer Falle, mein Sohn. Die Falle des Apfels, die der Allmächtige mithilfe seines eigenen Geschöpfs, des Schaitans, dem Menschen ins Paradies gelegt hatte. Daher ist die Welt voller Dreck und Lüge. Jeder, der stirbt, hinterlässt einen Haufen davon. Und den Sack voller Wahrheit nimmt er mit ins Grab.« Osman Khan sah zur Decke und seufzte: »Welch ein böses Spiel, Allmächtiger!«

Scharif hatte dem alten Händler genau und nachdenklich zugehört und zeigte keine Regung mehr, sondern betete für ihn in seinem Herzen und bat Gott, ihm für diese Worte zu verzeihen.

»Das ist alles, was ich dir sagen wollte«, sagte Osman Khan.

»Nicht ganz, Baba. Sie haben mir von diesem Teppichladen erzählt.«

»Ach! Es ist nicht nur die Lunge, die im Eimer ist, sondern auch mein Gehirn. Du gehst einfach dorthin und überbringst meinen Gruß. Aber erst, wenn ich tot bin. Das ist alles.«

Der Frühling kam. Die Tage wurden warm. Das grüne Dorf schwebte in seinen eigenen Düften und in den Liedern seiner Vögel. Jeder Tag war ein Geschenk, aber Osman Khan verbrachte sie alle im Bett. Er hustete unentwegt und war kaum ansprechbar.

Eines Morgens, als Scharif aus der Moschee nach Hause kam, fand er ihn in der Stube auf dem Gebetsteppich kniend, den Bauch auf dem Schoße, das Gesicht und die Hände auf dem Boden ruhend. Scharif setzte sich neben ihn und lächelte: »Nun hast du es geschafft, in Würde zu sterben, Baba. Heute ist Freitag. Und sei sicher, du hast keinen Dreck hinterlassen.«

Für Osman Khan wurde, genauso wie vor Jahren für Scharifs Mutter, in der großen Freitagsmoschee von Herat vor Tausenden Menschen das Totengebet gehalten. Bei seiner Beerdigung wussten viele Gutes und Schönes von ihm zu erzählen. Scharif verbrachte danach drei Tage in Trauer. Die Töchter des Verstorbenen und das ganze Dorf trauerten mit.

Nur eine Woche später wurde Scharif von den beiden Schwiegersöhnen seines verstorbenen Mentors mit einem Besuch überrascht. Sie wollten nicht lange bleiben und hatten nur eine Botschaft für ihn: »Die Maultiere, das Geld und alles andere, was du von unserem gottgesegneten Schwiegervater geerbt hast, kannst du gern für dich behalten. Das Häuschen aber gehört unseren Frauen.«

»Gut«, sagte Scharif. »So soll es sein.«

Am Morgen darauf zog Scharif in eine Karawanserei. Am Nachmittag ging er dann auf den Basar-e Kandahar zu dem Teppichverkäufer und richtete ihm den Gruß Osman Khans aus.

»Es ist also so weit«, sagte der Teppichhändler. »Gott segne seine Seele. Komm mit!«

Er führte Scharif zu einem dunklen Teppichlager hinter seinem Laden und öffnete dort ein großes Fenster. Die Sonne schien in den Raum und beleuchtete einen Teppich aus edler Lammwolle, der an der Wand hing. »Das hier ist ein Geschenk deines Meisters für deine künftige Verlobte«, sagte der Teppichhändler.

Scharif lachte und dachte über den Sinn dieser Überraschung nach. Der verstorbene Baba wollte ihn zweifelsohne provozieren und ihn in Bedrängnis bringen, auf dass er bald heiratete. Er näherte sich dem handgeknüpften Kunstwerk und berührte es. Dann ging er einige

Schritte zurück und blieb stehen. Sein Blick verlor sich in den Mustern des grün-beigen Teppichs: Zwei große schwarze Augen starrten ihn aus der Mitte eines weißen Kreises an, um den sich eine Karawane bunter Reiter und Pferde erstreckte.

Teil drei

1

MEIN VATER MUSSTE seinerzeit sofort erkannt haben, dass die Muster seines geerbten Teppichs eine Buskaschi-Arena darstellten. Aber daran dachte er nicht, als er mir verriet, dass das kostbare Kunstwerk in unserem Haus von seinem alten Meister Osman Khan stammte. Den Teppich versteckte Scharif in seinem neuen Zuhause und lüftete ihn von Zeit zu Zeit, indem er ihn für einige Tage auslegte.

Das große alte Rasthaus für Händler und Fremde, in das er einzog, lag auf dem Weg zwischen Dschikan und der Stadt. Karawanenführer und Reisende von nah und fern übernachteten hier. Einige kamen nach Herat, um einzukaufen, andere waren auf dem Weg nach oder zurück von Persien und Turkistan. Sie mieteten Lager für ihre Güter und Ställe für ihre Maultiere an. Der Besitzer der Karawanserei war ein wohlhabender Mann aus Dschikan und kannte Scharif von dessen Handelsfahrten mit Osman Khan. Er überließ ihm zu einem günstigen Preis ein Zimmer, ein kleines Lager sowie einen Stall für das Vieh. Scharif verkaufte drei seiner Esel, um sich einen schwarzen Hengst, auf den er ein Auge geworfen hatte, und einen Pferdewagen für seine Handelswaren anzuschaffen. Die Ware kaufte er weiterhin bei den Bauern in Dschikan.

Nur ein Jahr später war Scharif ein auf dem Herater Basar jederzeit gern gesehenes Gesicht, dem alle vertrauten. Er handelte jetzt mit jeglicher Art von Vieh, brachte die unterschiedlichsten Güter aus der Stadt ins Dorf und verkaufte sie dort auf dem kleinen Basar an die Ladenbesitzer. Stets aufgeschlossen und freundlich begegnete er jedermann und lernte täglich neue Menschen kennen. Richtige Freunde, mit denen er seine freien Stunden hätte verbringen sowie Gedanken und Gefühle austauschen können, hatte er jedoch nicht. Seine Freunde waren die Bücher, die er in dem einzigen Buchgeschäft der Stadt erstand. Er las sie fleißig, denn sein Hunger nach Wissen hatte kaum abgenommen.

Wenn er nicht las, ritt oder spazierte er durch bekannte und fremde Dörfer oder die Vororte der Stadt. Dabei überkamen ihn Erinnerungen aus der gemeinsamen Zeit mit Talib Asis. Oft wurde er dann schwermütig und traurig, setzte sich unter die Trauerweiden an seinem Dorffluss und grübelte. In solchen Momenten erschien ihm sein ganzes Leben wie ein unvollendetes Gemälde aus kraftvollen und schwachen Farben, aus geraden und schrägen Linien. Diese stellten tiefere wie höhere Ebenen, schmale wie breite Schichten dar, welche in alle Richtungen offen waren für neue Pinsel- und Anstriche, für neue Spuren und Schichten. Manchmal, wenn er reitend oder spazierend vor sich hin träumte, pinselte er an diesem Gemälde weiter. Er sah es dann breiter und weiter, als es war, es dehnte sich vor seinen Augen aus, und er sah neue Farben und Linien, neue Wege und Stufen, neue Ufer und Landschaften vor sich.

Wenn in Afghanistan der Frühling heranrückt, wenn sein Kommen sich aus den Kehlen vorbeiziehender Vögel ankündigt und seine Gerüche schon in der Luft liegen – dann weiß man sicher, dass jener Alte namens Winter sein Hab und Gut gepackt hat und mit kalten Tränen in den Augen und einem schweren Abschiedsmantel an der Tür bereitsteht. Man weiß, dass dieser Abschied fair und bescheiden ist, dass man dem Alten keinen unverdienten Tritt verpasst, sondern ihm danksagend gleich auch seine alten Kleider mitgibt. Der Beginn des Frühlings heißt Naurus, der neue Tag, und mit ihm fällt auch das neue afghanische Kalenderjahr zusammen.

Am einundzwanzigsten März des Jahres 1928, es war der erste Tag der Naurus-Zeit, verschlug es Scharif während eines Spaziergangs auf einen Hügel südlich des Weges zwischen Dschikan und der Stadt. Die angenehme, rötlich gelb schillernde Frühlingssonne stand hoch über seinem Kopf. Hinter ihm erstreckten sich grüne Felder, die an einen Friedhof grenzten, etwas weiter entfernt lagen Obstgärten, kleine Dörfer und ein Fluss.

Vor ihm breitete sich ein brachliegendes Stück Land aus. So weit sein Blick reichte, überzog ein weißer Schleier aus Schmetterlingen den Boden. Hier und da stiegen Rauchwolken auf und mischten sich mit dem Geruch frischen Kebabs. Es wurde musiziert, spielende Kinder liefen über die Wiesen oder wetteten um bunt bemalte Eier, Hähne wurden gegeneinander in den Kampf geschickt, ein Narr mit langer roter Nase lief auf zwei Stelzen hinter einer Schar Kindern her und brachte sie zum Lachen, bunte Drachen tanzten in der Luft.

Doch Scharifs Gemüt war an diesem ersten Tag der Naurus-Zeit eher herbstlich. Er setzte sich in das trockene Gras auf dem Hügel und nahm seine mitgebrachte Mahlzeit zu sich, die aus gekochten Eiern, Obst und Buttermilch bestand. Dann übte er eine Weile auf seiner Flöte, legte sich schließlich hin, schlief bald ein und träumte von seiner Mutter.

Die Mutter saß neben ihm auf dem Hügel, zeigte auf das weite Tal vor ihm und sagte: »Hier sollst du eines Tages ein Haus bauen, ein Haus mit einem Garten, so schön und groß wie ein Schloss.«

»Aber Nane«, rief er im Traum, »hier gibt es doch keine Straßen, keine Geschäfte, keine Häuser, hier gibt es nur den Friedhof, die Äcker und dieses karge, herrenlose Gelände. Seit Jahren gehe ich vom Dorf in die Stadt und zurück hier vorbei. Ich habe es nie sonderlich beachtet.«

»Dieses Stückchen unberührte Erde kannst du doch billig kaufen, mein Sohn«, sagte die Mutter. »Warum wird dieser Boden von niemandem bewirtschaftet? Dieser Boden ist dir seit jeher vorbestimmt und wartet darauf, dass du ihn eines Tages annimmst und dem Staat abkaufst. Wenn du darauf ein Haus baust, dann ziehen auch andere hierher, dann wird bald ein Bach durch diese Gegend fließen, und es werden Häuser, Geschäfte und Straßen gebaut werden.«

Scharif wachte auf und blickte auf das weite, brachliegende Tal vor sich. Häuser waren nur in weiter Ferne zu sehen. ›Es ist seltsam‹, fragte er sich, ›wem gehört diese Erde? Sie scheint unberührt seit dem ersten Tag der Schöpfung. Aber ja, ich begreife es! Ein langer, steiniger Weg führt zu dieser Wüste, damit sie eines Tages die meine wird. Aus dieser Wüste wird ein Haus erwachsen, das Haus meines Glücks, und Wasser wird hier fließen, aus der Quelle meines Lebens. Ach, Mutter! Hast du nicht gesagt, möge der Zauber der Trauerweiden mir helfen, dass ich alle Flüsse und Berge hinter mir lasse und zum Schloss meiner Träume gelange?‹

Es wurde ihm leicht ums Herz, und ein Lächeln erschien auf seinem Gesicht.

UNGEFÄHR AN DERSELBEN Stelle saßen wir, mein Vater und ich, im Herbst des Jahres 1973, als es den Hügel längst nicht mehr gab und die Gegend ihr Gesicht verändert hatte. Nur die grünen Felder hinter uns und die weißen Schleier der Schmetterlinge darüber konnte Vater wiedererkennen. Es war an jenem Tag, als wir in die Friedhofsmoschee gegangen waren, um herauszufinden, wann ich geboren bin. Nachdem wir uns vom Mullah das heilige Buch geliehen hatten, um es zu Hause meiner Mutter zu zeigen, ruhten wir uns unterwegs eine Weile aus.

»Es ist nun über fünfundvierzig Jahre her«, sagte er und schüttelte betroffen den Kopf. »Aber es kommt mir vor, als ob es gestern gewesen wäre.« Er deutete stolz auf sein Haus vor uns, das hinter einer langen, hohen Mauer versteckt lag, und rief begeistert: »Schau dir das an, mein Sohn!«

Als halbwegs erwachsener Mann mit meinem Vater über seine Vergangenheit zu reden, ihm bewusst Fragen zu stellen, brachte mir eine andere Art der Freude als damals als Kind im Hamam.

»Wie alt waren Sie damals, Agha?«, wollte ich wissen.

»Rund neunzehn Jahre.«

»Haben Sie sich sehr einsam gefühlt?«

Er nickte. »Ehrlich gesagt, habe ich mich verlassen gefühlt.«

»Von Talib Asis?«

»Von ihm. Von meinem Vater. Manchmal auch von Gott. Talib Asis hatte mir so viel gegeben, dann war er auf einmal nicht mehr da. Alle sechs oder sieben Monate kam ein Bote in die Dorfmoschee und brachte zwei Briefe von ihm. Einen für mich, einen für den Mullah. Seine Briefe gaben aber keinen Aufschluss darüber, wo er war und was er machte.«

»Haben Sie ihm zurückgeschrieben?«

»Es geschah nur ein einziges Mal, dass der Bote zu Talib Asis zurückkehrte und ich ihm schreiben konnte.«

»Worüber haben Sie ihm geschrieben?«

»Worüber? Über alles. Ich erzählte ihm von meinem Leben, meinen Gedanken und Gefühlen, sogar von meinen Sünden. Ich hütete mich aber davor, ihm zu nahezutreten, stellte also keine Fragen nach seinem Leben. Diese Zurückhaltung fiel mir natürlich nicht leicht. Meine Traurigkeit hatte aber auch noch einen anderen Grund.«

Ich ahnte, wie seine Antwort lauten würde, fragte aber trotzdem: »Welchen?«

»Der Gedanke, dass der einzige wahre Freund, den ich im Leben hatte, damit beschäftigt war, einen König davonzujagen, auf den ich so viel Hoffnung setzte, schmerzte mich sehr.«

Der Schmerz sollte seine Seele bluten lassen, als er einige Monate später Schah Amanullah mit eigenen Augen sah.

2

Der afghanische Schah Amanullah war Mitte der Zwanzigerjahre auf den Kontinenten Asien, Afrika und Europa eine berühmte und beliebte Persönlichkeit. Völker, die das Leid unter dem Kolonialismus kannten, sahen in ihm ein Vorbild und einen Hoffnungsträger. Im Juni des Jahres 1928 kehrte Schah Amanullah von einer langen Auslandsreise zurück. Er hielt sich für einige Tage in Herat auf und sprach zum Volk.

An diesem Tag dachte Scharif an nichts anderes, als möglichst frühzeitig im Stadtgarten von Herat zu erscheinen, an dem sich Tausende Menschen zu Ehren ihres Königs versammeln wollten. Scharif stand aufgeregt in der ersten Reihe, als König Amanullah und seine Begleiter die Bühne betraten und mit großem Jubel begrüßt wurden. Von diesem Moment an behielt er ihn, aufs Äußerste gebannt, im Auge, wie damals Talib Asis in seiner Dorfmoschee, aus dessen Mund er zum ersten Mal den Namen dieses Zauberkönigs gehört hatte. Nun sah er jenen jungen Mann mit Schwert, Krone und Medaillen auf der Brust, den er bisher nur auf einem Porträt gesehen hatte, in Mannesgestalt vor sich.

Schah Amanullah trug einen eleganten schwarzen Anzug. Er war eher klein, aber die Aura, die ihn umgab, ließ ihn groß erscheinen. Er begann mit einem großen Lob, adressiert an das afghanische Volk und pries es für dessen Sieg gegen die britisch-indische Armee in den drei vergangenen Kriegen. Dann hob er seine Faust gen Himmel und rief:

»Der Kolonialismus wird als Schande in die Geschichte Europas eingehen, und die Briten werden den Schandfleck aus ihrem Gesicht nicht reinigen können! Ich hoffe, dass mein Volk für die unterdrückten Völker der Welt, insbesondere für die Menschen unseres großen Nachbarlandes Indien, ein Vorbild sein kann!«

Jubel, Beifall und Schreie erklangen. Dann sprach der König von den schlimmen Spuren, die die Kolonialpolitik in seinem Land hinterlassen hatte, und kam so auf die Missstände zu sprechen, mit denen das Volk zu kämpfen hatte. Er zählte eine Reihe von Verträgen auf, die er in Europa abgeschlossen hatte, über Fabriken und Hilfsprojekte der großen Industrieländer. Scharif konnte in alldem nichts Negatives erkennen und dachte an seinen Freund und Mentor Talib Asis. Er konnte nur bedauernd den Kopf schütteln.

Dann kam aber eine andere Facette des Reformkönigs zum Vorschein. Nachdem er die Zukunft seines Landes wie auf einem prachtvollen Gemälde dargestellt hatte, stellte er die Frage: »Nun, meine Schwestern und Brüder, wie erreichen wir diesen Fortschritt, den ich Ihnen beschrieben habe, in unserem Land?«

Während er ein ganzes Glas Wasser trank, waren Blicke, Ohren und Münder neugierig auf ihn gerichtet. Doch mit der Antwort, die dann folgte, hatte keiner gerechnet. Sie begann mit einem einleitenden Satz von gewaltiger Sprengkraft: »Jeder große Fortschritt in einem Land beginnt mit der Veränderung der Gedanken und der Einstellung seines Volkes, mit Veränderungen in den Köpfen der Menschen.«

Nicht einmal Scharif konnte seinen Augen und Ohren trauen, als der König aufzählte, was er alles im Bewusstsein und im kulturellen Leben des afghanischen Volkes verändern wollte. An den Mädchenschulen, die er landesweit errichten wollte, konnte das religiöse Volk keinen Anstoß nehmen. Doch Schah Amanullah ging viel weiter. Er wollte die Zwangsheirat abschaffen und ein Mindestalter für die Eheschließung festlegen, er sprach seine Begeisterung für die Selbstbestimmung der Frauen in Europa aus und erwartete, dass ein Land wie die Türkei sich der westlichen Kultur nicht mehr verschließe.

Jubel erhielt er nun lediglich von Lehrern, Gebildeten und Angehörigen des Staates. Der Großteil sah entweder beschämt zu Boden oder schüttelte enttäuscht die Köpfe. Der Gegensatz wurde noch größer, als eine Frau in vornehmer europäischer Kleidung die Bühne betrat. Königin Soraya kam hinter ihrem Mann zum Vorschein und wurde von der Mannschaft auf der Bühne sowie von einem kleinen Teil des Publikums mit Beifall empfangen. Sie hob ihre Hand zum Gruß, während auf ihrem Gesicht, hinter einem durchsichtigen weißen Schleier, ein warmes Lächeln sichtbar wurde.

König Amanullah wandte sich an die Frauen in Tschador und Burka in den hinteren Reihen des Publikums, zeigte mit lang ausgestrecktem Arm auf seine Frau und rief mit aller Kraft: »Ich bin stolz, meine Schwestern und Brüder, dass meine Frau Soraya als erste afghanische Frau bereit ist, heute und hier in der Öffentlichkeit ihr Gesicht zu zeigen!«

Dann drehte er sich zu seiner Frau und klatschte. Königin Soraya machte in ihrem fliederblauen italienischen Kleid einen Schritt nach vorne, hob ihren Kopf, ließ ihren weißen Schleier herabfallen und ihr Gesicht wie eine kleine Sonne über den Köpfen erstrahlen.

›Gott im Himmel, diese Frau hat Charme und Würde!‹, dachte Scharif. Er drehte sich nach hinten, sah Ausdrücke der Verzweiflung und Verwirrung auf den Gesichtern. Er konnte leise Bemerkungen aus dem Publikum hinter sich hören. Ein alter Mann betete zu Allah, er möge es geschehen lassen, dass Schah Amanullah auf den rechten Weg zurückfände. Eine andere Stimme sagte: »Lenin hat seinen Kopf mit Wodka gewaschen!«

Als Scharif den Stadtgarten verließ, war er so aufgewühlt und unruhig, dass er glaubte, ihn könne nur noch der Anblick einer Wüste trösten. Er setzte sich auf sein Pferd, ritt aus der Stadt und nahm den Weg in die Berge und Steppen der nordwestlichen Regionen. Bei Sonnenuntergang erreichte er den Hügel Khwadscha Ghaltan. Dort band er das Pferd an einen Baum, legte sich mit dem Kopf auf den flachen Stein und sprach zum Heiligen. Er fragte ihn nach der Zukunft des Königs und wollte wissen, ob dieser mit seinen Plänen für das Land Erfolg haben würde. Drei Mal stellte er dieselbe Frage, und alle drei Male rollte er schräg hinunter.

Es war ein kalter, verschneiter Wintertag im Januar 1929. Scharif saß in Hassans Kebab-Lokal, als er von dem Machtwechsel in Kabul erfuhr. Schah Amanullah sei gestürzt worden, und Habibullah, der auch als der Sohn des Wasserträgers bekannt war, hatte sich an die Spitze der neuen Regierung gesetzt. Scharif hatte noch nie zuvor von diesem Mann mit dem ungewöhnlichen Namen gehört.

»Man sagt, er war ein einfacher Soldat«, berichtete Hassan, als er Scharif das Essen und einen Tee auf den Teppich brachte. »Nachdem er einen seiner Kameraden getötet hat, ist er vom Wehrdienst geflüchtet und hat sich mit seinen Freunden in den Bergen verschanzt, um von dort aus einen Aufstand gegen die Regierung zu unternehmen.«

»Warum heißt er der Sohn des Wasserträgers?«, fragte Scharif.

»Sein Vater soll im Krieg gegen die britisch-indische Armee die Mudschaheddin mit Wasser versorgt haben. Deshalb.«

Kurz darauf holte Hassan seinen jüngeren Bruder Hussain dazu, der gerade aus Kabul zurückgekehrt war. »Scharif ist einer von uns. Er ist der Sohn meines alten Freundes Osman Khan, Gott segne seine und die Seelen aller verstorbenen Muslime.«

Von Hussain wusste Scharif, dass er bei der britischen Botschaft als Koch arbeitete. Daher sprach er ihn gleich auf den Machtwechsel in Kabul an und stellte ihm Fragen zum neuen Herrscher.

»Soweit ich weiß, war seine Mutter Paschtunin«, erzählte Hussain. »Seine Familie stammt aus der ungebildeten Unterschicht. Man weiß nicht viel über ihn. Er soll Räuber gewesen sein.«

»Räuber oder Rebell?«

»Beides. Er soll aber ein gutmütiger Räuber gewesen sein.«

»Machen Sie keine Scherze, Hussain.«

»Er scherzt nicht«, warf Hassan ein. »Man erzählt, dass er alles, was er bei seinen Überfällen erbeutete, an die Armen verschenkte. Er soll einer der Ayyars gewesen sein.«

Scharif schüttelte den Kopf und sagte: »Er kann kein Ayyar sein. Ein wahrer Ayyar würde nie König Amanullah aus dem Land vertreiben.«

»Das stimmt«, bejahte Hassan. »Dieser Habibullah ist bestimmt ein Scheinheiliger. Hekmat und Haschmat, die Brüder der Gerechtigkeit, sind wahre Ayyars!«

»Das glaube ich auch«, sagte Hussain. »Gestern wurde er von der Gemeinschaft der Gelehrten in Kabul als Diener der Religion des Propheten Mohammad vereidigt.«

»Dabei ist er Analphabet, so wie ich!«, fügte Hassan bitter grinsend hinzu.

»Oh«, stieß Scharif verwirrt hervor. »Ich glaube, mehr muss ich über ihn nicht wissen.«

»Viel mehr gibt es auch nicht zu sagen«, erwiderte Hussain. »Das Erste, was er wohl vorhat, ist, die Schulen zu schließen. Die wenigen Mädchenschulen, die es im Land gibt, sollen sofort geschlossen werden.«

»Keine schönen Aussichten. Und wie beurteilen die Engländer den Machtwechsel?«, wollte Scharif wissen.

»Amanullah hat sich immer dagegen gewehrt, sich von ihnen gegen die Sowjets aufhetzen zu lassen. Seine Absetzung sollte die Briten eigentlich freuen. Aber auch Habibullah ist, denke ich, kein Freund der Engländer. Sie müssen sich mit ihm arrangieren, denken aber gleichzeitig schon an einen Ersatz.«

»Sie wissen viel, Hussain Khan«, sagte Scharif. »Wissen Sie auch, an wen sie denken?«

»Ein Mann, der sicher infrage kommt, ist General Nader Khan, der seit einigen Jahren zurückgezogen in Südfrankreich lebt.«

Den Namen Nader Khan hatte Scharif schon einmal gehört. Der Paschtune war in der Regierung von Schah Amanullah Minister gewesen, dann hatte er sich gegen dessen Reformen gestellt und sich mit ihm angelegt.

»So gesehen dürfte der Sohn des Wasserträgers nur eine Episode sein«, sagte Scharif. »Was ist mit Ihnen, Hussain Khan? Sind Sie nicht mehr Koch bei den Briten?«

Auf Hussains Lippen erschien ein bitteres Lächeln, und Hassan schüttelte den Kopf.

»Nein, mein Freund. Mein Bruder hat im falschen Topf gekocht.«

Dann schwiegen die Männer.

3

ENDLICH SCHIEN WIEDER die Sonne in der Stadt und brachte den Schnee zum Schmelzen. Als der Schlamm getrocknet war, zeigte auch das Königreich den Menschen in Herat sein neues Gesicht. An einem Freitag führte Scharifs Weg nach dem Gebet zur Tscharsu, dem belebten Knotenpunkt der Stadt. Dort sah er viele Menschen versammelt. In ihrer Mitte stand ein Galgen, zu dem wenig später ein Mann geführt wurde. Scharif drängte sich nach vorn und sah den Verurteilten aus der Nähe. Er erkannte ihn sofort wieder. Es war Mahmud, jener Vater zweier Mädchen, der als »Der Neununddreißigste« in der Stadt bekannt war. Scharif sah den verzweifelten Blick des Mannes, bis ihm die Augen verbunden und die Schlinge um den Hals gelegt wurde. In Scharifs Kopf begann, ein Feuer zu brennen. Er wandte sich ab und drängte sich so schnell er konnte durch die Menschenmenge davon.

DIE HEISSEN TAGE des Jahres 1929 fielen mit der Zeit des Hadsch zusammen. Jeder, der es sich leisten konnte, auf die Pilgerreise nach Mekka zu gehen, durfte danach den Titel Hadschi tragen. Die Menschen im Lande bereiteten sich auf das religiöse Fest vor. Das Opferfest Aid, das jedes Jahr drei Tage dauerte, wurde in Herat mit einem gemeinsamen Gebet in der Freitagsmoschee eröffnet. Tausende strömten am frühen Morgen in ihren neuen, farbenfrohen Kleidern durch den reich verzierten Torbogen zwischen den beiden schlank aufragenden Minaretten in das Gebäude und stellten sich reihenweise, Schulter an Schulter, zum Gebet an. Das Beten war ein aufregendes Erlebnis, jeder fühlte sich danach von Schuld und Sünde reingewaschen, jeder umarmte jeden, und jeder sprach dem Nächsten seine Glückwünsche aus. Dann ging man nach Hause oder besuchte sich gegenseitig und freute sich mit seinen Liebsten über die drei langen Feiertage, die folgten.

Scharif kannte zwar Menschen jeder Art, die ihn gern mochten, eine Familie, Verwandte oder enge Freunde, mit denen er hätte feiern können, hatte er jedoch nicht. Während der Zeit, als er in der Moschee gelebt, und in dem Jahr, das er mit Osman Khan verbracht hatte, war es selten einsam um ihn gewesen. Er hatte sich keine Gedanken machen müssen, wie er seine Feiertage verbringen sollte. Auch in den letzten zwei Jahren des Alleinseins in der Karawanserei war es ihm nicht so schwergefallen, sich an solchen Tagen irgendwie und irgendwo zu beschäftigen. Aber jetzt, da er wusste, dass wieder ein Fest vor der Tür stand, fühlte er sich einsam und traurig wie seit Langem nicht mehr. Trübsinn und Trägheit hatten sich in seinem Herzen eingenistet, ohne dass er hätte sagen können, woher genau sie rührten.

Die Zeit ging an ihm vorüber. Jeden Tag schaute er in den Spiegel und war erstaunt, wie schnell sein Bart wuchs. Er versuchte zwar, sich abzulenken und so zu tun, als wäre er nicht bedrückt, aber dann kam es ein paarmal vor, dass er sich, mitten am helllichten Tage und unter freiem Himmel, auf einmal fühlte, als läge er in einem finsteren Grab. Es war ihm, als würde ein schwarzer Vorhang vor seine Augen fallen, der die Welt um ihn verdunkelte.

Einige Tage vor dem Fest saß Scharif zum Mittagessen auf der Terrasse eines Restaurants und blickte auf die Schneiderei nebenan. Kunden kamen und gingen. Einige holten ihre bereits gefertigten Kleider ab, andere wollten sich welche nähen lassen. Der Schneider, ein bärtiger Sikh, der einen Turban und einen westlichen Anzug trug, holte schwere Stoffrollen aus dem Regal und legte sie auf seinen langen Tisch. Die Kunden suchten sich helle und bunte Farben für das Fest aus und ließen den Schneider ihre Größen messen.

Scharif bewunderte die schön geschnittenen Westen und die eleganten Hüte aus Lammfell in der Auslage. Es gab sie in hellen und dunklen Farben. Sie waren elliptisch geformt und verengten sich vorne und hinten zu zwei Spitzen. Solche Kopfbedeckungen wurden eher von wohlhabenden Männern aus der Stadt getragen. Wenn ein Mann sich mit solch einem Hut auf dem Dorf zeigte, dann hielt ihn jeder für einen Lehrer, einen Richter, für einen Grundbesitzer oder sonstigen Wohlhabenden. Die teuren Hüte, die schön und einzigartig aussahen, waren aus einem besonderen Lammfell namens Karakol gefertigt. Das konnte Scharif erkennen, obwohl er noch nie solch einen Hut besessen hatte. Früher hatte er oft eine Bauernkappe getragen, später meist einen Turban, im Sommer ging er aber lieber mit freiem Kopf auf die Straße, denn das kurz geschnittene Haar stand ihm gut.

Er war mit seinem Essen noch nicht fertig, da erschien plötzlich sein alter Meister Osman Khan neben ihm, und er hörte ihn sagen: »Geh zu dem Schneider, lass dir ein Hemd und eine Hose nähen, kaufe dir bei ihm eine Weste und einen Hut, aber sieh von den bunten und hellen Farben ab. Zieh dich schwarz an und vergieße kein Ziegenblut zum Fest!«

Kaum hatte der alte Mann ausgesprochen, verschwand er wieder.

Scharif folgte dem Rat Osman Khans und ging zu dem Schneider. Als er mit gekaufter Ware den Laden wieder verlassen wollte, drehte er sich noch einmal um und sagte: »Darf ich Sie etwas fragen, Onkel?«

»Ja, bitte«, antwortete der Sikh.

»Ich habe einen alten Krug zu Hause, den mein verstorbener Meister, Gott segne seine Seele, Ahn für Ahn von seinem Urgroßvater, einem Saghi, geerbt hat.«

»Ich verstehe.« Der Mann hob die Augenbrauen. »Und was ist deine Frage? Es sind schwere Zeiten. Willst du ihn zerbrechen? Oder verkaufen?«

»Nein, mein Herr. Ich möchte ihn nachfüllen.«

Der Sikh musterte Scharif und sagte leise: »Du hast doch nicht etwa vor, mich den Bärtigen der islamischen Scharia auszuliefern, damit sie mich an der Tscharsu erhängen?«

»Warum sollte ich?«

»Na ja, den gütigen sowie den bösen Geistern ist solch ein Bartwuchs, wie du ihn hast, gemein. Es ist schwer, hier eine Grenze zu ziehen.«

»Dann vergessen Sie meine Frage. Ich weiß nicht, wie ich auf diesen dummen Gedanken gekommen bin.« Scharif wollte sich verabschieden.

»Warte!« – Der Mann kam hinter seinem Tisch hervor. – »Ich will deinen Bart als Zeichen der Aufrichtigkeit nehmen. Zum Vergessen der Sorgen in bösen Zeiten gibt es nur zwei Mittel, mein Freund. Das Gedichtbuch von Hafes oder den Krug eines Saghi. Am besten beides zusammen.«

Scharif lächelte und nickte. »Dann haben Sie mich richtig verstanden.«

Der Sikh deutete auf sein Hinterzimmer und sagte: »Bei mir kannst du guten Scharab kaufen. Aus Trauben, die nur in Herat wachsen. Wir nennen ihn Aschk-e Angur.«

Die Träne der Weintraube. Dieser Ausdruck gefiel Scharif. »Welche Rebsorte ist es? Lal?«

»Ja, ich glaube schon«, sagte der Sikh.

»Dann her damit!«, rief Scharif. »In diese Tränen sind bestimmt auch meine gemischt.«

Teil vier

1

Es war am Vorabend des Opferfestes Aid im Sommer des Jahres 1929, als abermals etwas geschah, was Scharifs Leben für immer veränderte. Er hatte einen wohlhabenden Mann aufgesucht, dessen Familie Darb-e Malek, am Malek-Tor, hinter der alten Zitadelle wohnte und dem er fünf Ziegen verkaufen wollte. Die Vierbeiner hatten sich sofort an den niedrigen Bäumen im Garten zu schaffen gemacht und fraßen alles, was grün war, während Scharif sich mit dem Diener der Familie unterhielt. Sie standen auf dem Weg zwischen dem Garten und der vorderen Hauswand und warteten, bis jemand kam, um für die Ziegen zu bezahlen.

Der Diener hatte auffallend feminine Züge und Gebärden, und obwohl er rund fünfzig Jahre alt war, war offensichtlich nie ein Haar auf seinem Gesicht gesprossen. Scharif wollte wissen, wem das große, prachtvolle Haus gehöre. Der Diener nannte ihm einen langen Namen, den dieser noch nie gehört hatte: »Dieses Haus gehört Hadschi Seyed Haschem Khan.«

Es war ein vierteiliger Name mit zwei religiösen und einem bürgerlichen Ehrentitel.

»Wenn Haschem Khan ein Seyed ist, dann ist er ein Nachkomme des Propheten Mohammad«, stellte Scharif fest und bekam eine leichte Gänsehaut.

»Oh ja, mein Herr ist ein echter Seyed. Er hat bereits einige Wunder in dieser Stadt vollbracht«, sagte der Diener mit hoher Stimme.

»Ja? Welche zum Beispiel?«

»Sein Urgroßvater ist ein wahrer Heiliger gewesen. Er soll einmal auf einer Mauer zur Pilgerfahrt nach Mekka geritten sein.«

»Oh!«, stieß Scharif ungläubig hervor. »Dann ist er bestimmt ein echter Seyed.«

Der Gärtner grinste.

»Wie heißen Sie eigentlich, wenn ich fragen darf?«

»Wie ich eigentlich heiße, weiß ich nicht. Daran kann ich mich nicht erinnern. Man ruft mich seit meiner Kindheit Khudscha«, sagte der Mann höflich.

Viele Diener oder Gärtner, auch Bauern, wurden von ihren Herren Khudscha genannt, jemand, dem es an Treue und Aufrichtigkeit wenig fehlte. Als Khudscha bezeichnete man aber auch einen geschlechtslosen, scheinbar kastrierten Mann mit weiblichen Zügen, ohne auf ihn herabzusehen.

»Ich bin Koch, Diener und Gärtner«, fuhr der Khudscha fort und zeigte auf eine grüne Tür an der Hauswand, die offen stand. »Hinter dieser Tür befindet sich ein großer Obstgarten, der bis zur Straße reicht. Er gehört zum Besitz meines Herrn, und in diesem Garten wohne ich.«

»Mit Ihrer Familie?«

»Nein, mit meinen Katzen.«

Scharif folgte dem Blick des Dieners: Auf dem schmalen Weg durch den Garten erschien eine weibliche Gestalt, bei deren Anblick Scharifs Herz für einen Moment aussetzte. Sie zog mit beiden Händen die Ränder ihres dunklen Tschadors zusammen, um ihren Körper und ihre Locken bedeckt zu halten. Wahrscheinlich war sie fünfzehn oder sechzehn Jahre alt, und es war, als gehörten Anmut und Schönheit zu ihr wie der Kern zur Frucht. Die Kraft, die sie ausstrahlte, spürte Scharif wie ein Magnetfeld, das mit jedem Schritt, den sie auf ihn zu tat, an Stärke gewann. Als sie ihm gegenüberstand, wurde sein ganzer Körper warm und weich. Auch die Hand, die sie unter ihrem Tschador hervorbrachte und in der sie einige Geldscheine hielt, erschien ihm wie aus edlem Diamant geschliffen. Während er seine Hand ausstreckte, um das Geld entgegenzunehmen, schaute er ihr kurz in die lächelnden Augen. Es war ein flüchtiger Moment, der ihm aber ewig lang erschien. In diesem Augenblick war ihm, als würde ihn aus der Mitte eines schwarzen Kosmos eine kleine Sonne anlächeln. Das Mädchen drehte sich um und lief den Weg durch den Garten zurück.

Als Scharif wieder zu sich kam, fühlte er sich von dem Khudscha beobachtet. Ihm wurde bewusst, dass er sich bei der Räuberin seines Herzens nicht einmal bedankt hatte.

»Sie ist die Tochter des Khans und heißt Roya«, sagte der Khudscha.

Da ließ eine zornige Stimme von hinten die beiden zusammenzucken: »Was zum Teufel machen diese Ziegen im Garten, Khudscha? Soll ich die Bäume in deinen Arsch stecken oder dir lieber deine hässlichen Ohren abschneiden?«

Ein junger Mann von Anfang zwanzig und mit fettem Schnurrbart kam aus dem Haus gestürmt. Er trug ein hellgraues, mit Stickereien verziertes Hemd über einer weit fallenden Pluderhose. Der mächtige dunkelgraue Turban, der auf seinem Kopf saß, verstärkte den furchterregenden Anblick, den er ohnehin bot. Ein breiter heller Schal flatterte von seiner rechten Schulter. Scharif ahnte sofort, dass der Mann, der sich ihnen näherte, nur ein verwöhnter Sohn des Hauses sein konnte. Offensichtlich war er ein Kake.

Die Bezeichnung Kake verwandte man in Herat als sinnverwandtes Wort zu Ayyar. »Diese Gleichsetzung erfolgt aufgrund des äußeren Erscheinungsbildes beider Gruppen, stimmt allerdings nicht ganz«, hatte einst Talib Asis gemeint. Anders als Ayyars waren die meisten Kakes junge Taugenichtse, die in der Stadt an jeder Kreuzung und jeder Ecke zu sehen waren und oft vor den Teehäusern oder bei den Kebabis saßen. Sie spielten Karten um Geld, hielten bunte schöne Haustauben auf ihren Dächern, führten Hundekämpfe in der Steppe aus oder bekriegten sich gegenseitig mit Messern und Schlagringen.

»Was sucht dieser Fremde auf unserem Grund und Boden?«, rief er dem Khudscha zu, ohne Scharif eines Blickes zu würdigen.

»Wir waren gerade dabei, die Ziegen in den Stall zu bringen, Herr«, sagte Scharif und kehrte dem jungen Mann sogleich den Rücken zu.

Der Khudscha legte seine Hand auf die Brust und beugte sich tief: »Salam Alaikum, Seyed Latif. Dieser Junge hat lediglich auf sein Geld gewartet.«

Der junge Kake blinzelte zum Hausdach hinauf, auf dem sich ein Taubenschlag befand. »Schert euch und diese Ziegen zum Teufel!«

WENIG SPÄTER SASS Scharif mit dem Khudscha auf dessen Terrasse. Er trank den ihm gereichten Tee und bewunderte den großen, schönen Obstgarten.

»Bedeutet der Name Latif nicht freundlich oder sanft, Khudscha Sahib?«, fragte er grinsend. Mit dem Beinamen Sahib, geehrter Herr, wollte er dem schlichten Mann seine besondere Achtung erweisen.

»Ja, das ist er auch«, antwortete der Khudscha. »Wenn er guter Stimmung ist, zeigt er sich sanft und großzügig.«

»Und wenn er schlechter Stimmung ist?«

»Na ja«, stieß der Mann hervor und grinste.

Dass der Khudscha vorsichtig war, konnte Scharif gut verstehen. Der Mann hatte der Familie seit Jahren treu und anständig gedient, ohne Gehalt, dafür hatte man ihm Essen und Unterkunft gestellt. Er hätte nicht gewusst, was aus ihm werden solle, falls er diese Arbeit einmal verlieren würde. Scharif holte ein kleines Geldbündel aus seiner Tasche und legte es auf das Tablett.

»Ach ja, Khudscha Sahib, bevor ich es vergesse. Morgen ist das Opferfest, und ich wollte Ihnen dieses Taschengeld geben.«

Die Augen des Dieners glänzten. »Na ja«, sprach er, »man könnte auch sagen, Seyed Latif ist ein linker Hund. Sein Vater, Seyed Haschem, ist nicht besonders gesund. Wenn er morgen sterben sollte, würde schon am selben Tag Latif in diesem Haus den Wolf spielen.«

»Was hat der Herr?«

»Na ja, das Übliche«, sagte der Gärtner. »Bauchschmerzen, Rheuma, er ist alt und übergewichtig. Das Schlimmste sind seine Hämorrhoiden. Er geht einmal in der Woche mit seiner Familie zum Kalifen nach Newin. Sie lassen sich regelmäßig seinen Segen geben.«

Scharif kannte das Dorf Newin im Südosten von Herat. Er hatte das Anwesen des religiösen Führers dort sogar einmal von innen gesehen. Das Kalifat hatte eine große Anhängerschaft unter den Sunniten, zu denen auch Talib Asis gehörte.

»Der Kalif von Newin ist ein Heiliger, er kriegt ihn bestimmt gesund«, meinte Scharif. »Hat der Herr außer seinem Sohn Latif und seiner Tochter Roya noch weitere Kinder?«

»Ja«, antwortete der Gärtner. »Vier verheiratete. Das sind zwei Söhne und zwei Töchter. Und dann gibt es noch die kleine Leyla. Sie ist auch sehr hübsch, aber noch ein Kind. Sie wird später einmal sicher ebenso viele Verehrer haben wie ihre ältere Schwester Roya.«

Scharif strich sich mehrfach über seinen kurzen Bart. Konnte der Mann in seinen walnussbraunen Augen etwa sein verliebtes Herz schlagen sehen? Der Khudscha kratzte sich hinter dem Ohr und grinste. Dann sagte er: »Und ich weiß auch, wer die besten Karten hat, dieses Mädchen zu seiner Frau zu machen.«

»Wessen glücklicher Sohn ist es denn?«

»Dieser Glückliche hat keinen Vater mehr. Er ist sein eigener Vater und sein eigener Sohn«, antwortete der Khudscha und schwieg.

»Rätselhaft«, grinste Scharif. »Wollen Sie mir nicht seinen Namen verraten?«

»Ja, aber nur, wenn du keinem verrätst, dass du ihn von mir erfahren hast.«

Scharif nickte. »Wir haben nichts anderes als unseren Ziegenhandel abgewickelt.«

»Dann ist gut. Du weißt doch sicher, wo Ghurian liegt?«

»Natürlich. Die Grenzregion zu Persien, wo die wichtigsten Opiumhändler zu Hause sind.«

»Der Größte unter ihnen heißt Hadschi Qalandar Khan.«

»Aber ja!«, rief Scharif. »Von ihm und seinem fürstlichen Anwesen habe ich schon einiges gehört.«

»Ja, das kann ich mir vorstellen. Qalandar Khan ist bekannt und berüchtigt. Er hat bereits drei Frauen. Und Roya soll seine vierte werden. Qalandar Khan ist bestimmt über siebzig Jahre alt, aber sein Reichtum stinkt zum Himmel. Und er ist, soweit ich weiß, mit dem neuen König befreundet.«

»Mit dem Sohn des Wasserträgers?«

»Ja«, antwortete der Khudscha und schaute sich mit unruhigem Blick um. »Außerdem hat er beste Verbindungen zum Kalifen von Newin.«

»Was sagt Roya dazu?«

Der Khudscha schüttelte den Kopf. »Sie weiß von nichts.«

»Aber, Khudscha, woher wissen Sie, dass Qalandar Khan um ihre Hand bitten will?«

Der Khudscha schaute ängstlich zu der grünen Tür hinüber, die den Garten vom Haus des Khans trennte.

»Die Tür ist geschlossen«, sagte Scharif.

»Vor einigen Wochen habe ich einem Gespräch zwischen meinem Herrn und seiner Gattin, Bibi Hadschi, gelauscht«, erzählte der Khudscha. »Es war ein dummer Zufall. Sie lagen in ihrem Bett im Garten, sie schlafen in den heißen Nächten immer draußen. Da habe ich alles gehört. Der Herr redete seiner Frau zu, dass sie Roya dem Khan von Ghurian zur Frau geben sollten.«

Scharif dachte an das Schicksal des jungen Mädchens, das in den Händen irgendwelcher alter Männer lag. Der Khudscha schien zu ahnen, was in dem Jungen vorging. Wahrscheinlich trugen ihn ähnliche Gedanken. »Ich habe dieses Mädchen großgezogen«, fuhr er fort. »Es wäre mir viel lieber, wenn ein armer, aber gütiger Junge wie du sie bekommen würde als dieser alte Khan.«

Scharif traute seinen Ohren nicht. Hatte der Diener die Verliebtheit in seinen Augen tatsächlich erkannt?

2

Am Abend sass Scharif auf der Treppe vor seinem Zimmer in der Karawanserei und beobachtete gedankenverloren das Kommen und Gehen der Männer unterschiedlichster Herkunft. In drei Handlungsreisenden, die er aus einem Zimmer auf der gegenüberliegenden Seite hinaustreten sah, erkannte er sofort Usbeken. Alle drei trugen farbenfrohe, seidene Umhänge. Und von zwei anderen mit breiten Gesichtern, die an ihm vorbeigingen, wusste er, dass sie Turkmenen waren. Ihre bunten Westen trugen sie auch bei Hitze, und ihre Hüte aus edlem Lammfell hatten die Form eines hohen Kegels mit scharfer Spitze.

Ihm ging ein Gedanke durch den Kopf, der ihn mit Scham erfüllte. Ihm wurde bewusst, dass er sich bisher wenig für seine Nachbarn in der Karawanserei interessiert hatte. Wer waren diese Menschen? Was wusste er über sie, außer, dass sie dieser oder jener Volksgruppe angehörten und weit hergekommen waren?

Plötzlich verspürte er Fernweh. Das Bedürfnis, seine Heimat zu verlassen, wegzugehen und anderswo neu anzufangen. Aber wohin sollte er gehen?

In jener Nacht schlief Scharif ungewöhnlich tief. Nach langer Zeit träumte er wieder etwas Schönes: Er saß auf dem Rücken eines Adlers und ließ sich von ihm durch den Himmelsraum tragen. In weiter Ferne sah er winzige Planeten in grünen, blauen und gelben Farben. Während der große Vogel seine riesigen Flügel schwang und immer weiter aufstieg, hörte Scharif aus der Weite die wunderschöne Stimme seiner Mutter, die ein Lied sang, das sie ihm in seiner Kindheit oft vorgesungen hatte.

»Adler!«, rief Scharif seinem geflügelten Freund zu. »Die Frau, die so schön singt, ist meine Mutter. Willst du mich zu ihr tragen?«

»Du wirst gleich sehen, wohin ich dich bringe, mein Freund. Lass deine Mutter. Nimm stattdessen mich zu deinem Vorbild!«

»Dich?«

»Ja, mich und keine Nachtigall!«

»Erkläre mir, was du meinst!«

Der Vogel stieß ein schrilles Gelächter aus. »Braucht das eine Erklärung? Die Nachtigall ist ein trauriges Vögelchen. Eine hatte sich doch tatsächlich einmal in mich verliebt und flatterte so verzweifelt, um in meine Höhen zu gelangen, dass sie sich dabei die Flügel wund rieb. Alsbald fielen ihr die Federn aus wie einer alten Frau die Zähne. Wenn du ein Adler bist, dann fliegt das Mädchen hinter dir her. Wenn du aber einer bist, der nur traurig singen kann, dann verletzt du dir irgendwann an den Dornen einer Rose die arme Seele. Und der schöne Pfau, der Sultan der Vögel, dem die Menschen so schmeicheln, ist gefangen in seiner langen, nutzlosen Federtracht, wie ein König in seinem Palast. Wozu die schweren Flügel, Freundchen, wozu das prächtige Kleid, wenn du damit nicht einmal tanzen kannst? Aber der stolze Adler? Er ist glücklich, ja, er schwelgt im höchsten Glück in dem Augenblick, in dem er weit über den Wolken fliegt und die kleine, schöne Erde ihn nicht mehr an sich ziehen kann. Die Luft ist rein und dünn. Die Welt sieht kindisch und lächerlich aus. Wenn du aber aus dieser einsamen Höhe abstürzt, dann fällst du tief, mein Junge!«

Eine grüne Wiese kam in Sicht, durch die – ähnlich einer endlos langen Schlange – ein Bach floss. Am Bach stand ein Mädchen, es trug ein weißes, bunt besticktes Kleid und hielt ein irdenes Schälchen voller Blüten in den Händen. Der Adler hielt seine Flügel ausgebreitet, zog dann immer engere Kreise, schien sich für die Landung bereit zu machen. Jetzt konnte Scharif das Mädchen gut erkennen.

»Das ist doch Roya, das Mädchen, das mir das Herz geraubt hat!«, schrie er.

»Ich weiß«, rief der Vogel. »Spring jetzt herunter! Nur keine Angst!«

Roya nahm lachend das Schälchen in die eine Hand, um ihm mit der anderen zuzuwinken. Scharif sprang sofort vom Rücken seines Gefährten ab, landete am anderen Ufer des schmalen Baches und stand ihr nun von Angesicht zu Angesicht gegenüber.

»Diese Blüten habe ich für dich gepflückt. Du bekommst sie aber erst, wenn du mir sieben Tücher geschenkt hast, die schönsten und edelsten in sieben bunten Farben.«

Sie warf die Blüten, eine nach der anderen, auf das Wasser. Scharif sah Kirschblüten, Apfelblüten, Aprikosenblüten und andere im Bach davonschwimmen und konnte nichts anderes tun, als ihnen hinterherzuspringen …

Dann wachte er auf. Sein Herz schlug schnell. Sein Körper war schweißgebadet.

Noch nie war Scharif zur Eröffnung des Opferfests in der Freitagsmoschee so spät erschienen wie an diesem Vormittag. Als er in seinen neu erworbenen schwarzen Festkleidern dort eintraf, war die Moschee bereits mit Gläubigen voll besetzt. Er suchte sich nicht wie gewöhnlich einen Platz in dem weitläufigen, terrassierten Innenhof oder in den ersten Reihen, sondern ließ sich in der letzten Reihe draußen im Park nieder, umgeben von Männern, die er nicht kannte und nie gesehen hatte. Unter den Fremden fühlte er sich wohl und sicher, ihm war nicht danach, mit jemandem zu reden oder irgendwem nach dem Gebet Glück zu wünschen oder zu umarmen. Als das Gebet zu Ende war, verließ er, wie auf der Flucht und dennoch ohne Ziel, die Freitagsmoschee, bis er endlich einen Samowartschi fand, um ein Frühstück zu sich zu nehmen.

Gedankenverloren und verwirrt, wie er war, ließ er sich am frühen Nachmittag von der Hand des Zufalls führen und fand sich schließlich auf dem kleinen Festplatz in Dschikan wieder. Er saß benommen mit gesenktem Kopf im Schatten der Bäume auf einer Bank.

Durch seine halb geöffneten Augen sah er verschwommen eine Waldameise, die ein Getreidekorn mit sich trug, das ebenso groß war wie sie selbst. Unterdessen näherten sich zwei kleine Füße in neuen Schuhen, die die Ameise glücklicherweise verschont ließen. Sie ließ ihre Beute fallen und krabbelte davon.

Noch nie im Leben hatten Scharif Einsamkeit und Schwermut so glücklich gemacht wie an diesem Tag. Er hatte sich zum ersten Mal verliebt, und obwohl er wusste, dass er keine Chance hatte, das Mädchen aus reichem Hause wiederzusehen, geschweige denn es für sich zu gewinnen, genoss er den süßlichen Schmerz und wollte ihn mit niemandem teilen. Plötzlich spürte er jedoch, dass jemand neben ihm stand.

Er blickte auf. Ein kleiner Junge in bunten Festkleidern stand vor ihm.

»Salam, kleiner Mann, wie heißt du?«, fragte er.

»Ich heiße Naurus.«

»Bah, Bah! Dein Name bedeutet ›der neue Tag‹. Weißt du das? Du bist der erste Tag des Frühlings und des neuen Jahres.«

Der Kleine starrte ihn lächelnd an.

»Wessen Sohn bist du, Naurus?«

»Er ist der Sohn seines Vaters.«

Es war die Stimme seines Vaters, die von der Seite zu ihm herüber drang.

»Mein Bruder!«, rief da Scharif, schlang seine Arme um den kleinen Naurus und küsste ihn auf die Wange. Er blickte auf die Hand seines Vaters und küsste sie, bevor er sich erhob. Dann umarmten sie sich.

»Willst du mitkommen? Uns besuchen?«

»Ja, gern«, antwortete Scharif. Er hob seinen kleinen Bruder hoch, setzte ihn auf seine Schultern und folgte seinem Vater nach Hause.

Scharif hatte das Wiedersehen mit seinem Vater zunächst kaum wirklich realisiert. Weder war er in der Lage, große Freude zu empfinden, noch eine besondere Aufregung oder Verunsicherung. Vor allem war er überrascht, seinen Vater so freundlich, ausgeglichen und aufgeschlossen zu erleben, und aufs Höchste erstaunt, dass dieser über ihn und sein Leben so viel wusste. Scharif traute seinen Ohren nicht, als er aus dessen Munde Lobesworte hörte: »Ich weiß, dass du klug und fleißig bist. Du bist dabei, etwas aus deinem Leben zu machen.«

Scharif fiel nichts zu erwidern ein. Sein Vater fügte hinzu: »Es muss nicht sein, dass du in einer Karawanserei lebst. Komm doch nach Hause zurück.«

Nun musste er reagieren: »Ich bin aber in der Karawanserei gut aufgehoben, Baba.«

»Ich weiß. Der Besitzer der Karawanserei erzählt mir von dir, aber trotzdem. Du bist auch bei deinem Vater gut aufgehoben. Vater bleibt immer Vater, kein anderer kann ihn ersetzen.«

Es waren weise Worte, und Scharif erfuhr zum ersten Mal, dass sein Vater sich regelmäßig beim Besitzer der Karawanserei nach ihm erkundigt hatte. Gemischte Gefühle der Erleichterung und Befreiung sowie der Scham, dass er selbst in so vielen Jahren den Kontakt zu seinem Vater nicht gesucht hatte, ergriffen nun seinen benommenen Geist.

Einige Minuten später lernte er auch seine Stiefmutter kennen und war überrascht, wie sehr sie sich über seinen Besuch freute. Lange saß Scharif mit ihr und seinem Vater auf der Terrasse, aß Süßigkeiten, trank Tee und spielte mit seinem kleinen Bruder Naurus. Es wurde vereinbart, dass Scharif seine Familie in Zukunft regelmäßig besuchen würde. Als er das Haus seines Vaters verließ, fühlte er sich deutlich besser als zuvor und verspürte den tiefen Wunsch, eines Tages für seinen Vater oder seinen Bruder eine Stütze zu werden.

3

Nur eine Stunde nachdem mir mein Vater von seinem Traum und dem Wiedersehen mit seinem eigenen Vater zum Opferfest erzählt hatte, wurde meine Märchenwelt durch eine unerwartete Begegnung in der wirklichen Welt erschüttert. Wir kamen gerade aus dem Hamam und waren unterwegs zum Basar-e Khusch, als Vater feststellte, dass er es kaum schaffen würde, rechtzeitig beim Freitagsgebet zu erscheinen, sollten wir dort noch Fisch essen. »Dann trinken wir nur beim Samowartschi einen Tee«, schlug ich vor.

Wenig später saßen wir auf der langen Terrasse des Teeladens im Schatten eines alten Baumes. An dieser Ecke begann die Straße zur Masdschid-e Dschami, der Freitagsmoschee, welche den altstädtischen Basar-e Khusch mit dem Neustadt-Park verband, der in den Fünfzigerjahren im Norden der Stadt im Rahmen umfangreicher städtebaulicher Erweiterungen angelegt worden war. Der erste Laden auf der rechten Straßenseite war ein Künstleratelier, dessen Besitzer, ein Mann aus Dschikan, mit meinem Vater befreundet war und Mardan hieß. Von hier aus konnten wir die niedrige Mauer um das große Gartenareal der Freitagsmoschee und die Spitzen der Fassade sowie der vorderen Kuppeln und Türme sehen.

Da fragte mein Vater: »Kannst du dich an die Tochter des Dorflehrers Homayun Khan erinnern, von dem Osman Khan wollte, dass ich sie heirate? Leider, oder zum Glück, habe ich es nicht getan.«

»Warum leider oder zum Glück?«, fragte ich.

»Leider, weil sie eine hervorragende, gebildete Frau ist – sie ist Lehrerin am Mädchengymnasium –, und zum Glück, weil es dann weder dich gegeben hätte noch diesen jungen Schüler da drüben, ihren ältesten Sohn.« – Er deutete auf einen Jungen, dem der Schönschreibkünstler und Maler Mardan gerade ein Album zeigte. – »Er heißt Kabir, und ich bin mir sicher, dass aus ihm später ein großer Dichter wird. Wie du siehst, interessiert er sich für Kunst. Ich habe gehört, dass auch er später Lehrer werden möchte, wie bereits sein Großvater und seine Mutter.«

»Und wo ist sein Großvater?«

Mein Vater seufzte und erzählte mir vom tragischen Ende Homayun Khans. Damals hatte man in der Gerüchteküche Herats jeden, der Erneuerungsgedanken in seinem Kopf trug, als Bolschewik bezeichnet. Es hatte auch geheißen, dass der Lehrer Homayun Khan ein Bolschewik sei. Der Mullah von Dschikan war ihm zwar zugetan gewesen und hatte sich darauf berufen, dass er kaum ein Gebet in der Moschee verpasste. Aber auch die wertschätzenden Worte des Mullahs konnten letztlich nicht verhindern, dass Homayun Khan einige Jahre später hingerichtet wurde.

Ich bekam einen schweren Kopf. Ich fühlte mich zum ersten Mal mit dem Gedanken konfrontiert, dass Vaters Helden alle wirklich gelebt hatten oder sich noch irgendwo unter den Lebenden bewegten. Diese Erfahrung war für mich der Anfang jenes Prozesses, von dem ich sage: Ich begann, meinen Vater in einem neuen Licht zu sehen, und bekam erstmals einen Begriff davon, wer er einst gewesen und wer er heute, mehr als drei Jahrzehnte danach, war.

4

Scharif hatte nun einen Vater, der zu ihm gut sein wollte, eine freundliche Stiefmutter und einen kleinen Bruder. Dafür war er dankbar. Doch als er beim Sonnenuntergang in der Karawanserei auf der Terrasse vor seinem Zimmer saß, spürte er ein Gefühl der Enge in seinem Herzen, und Schwermut überkam ihn wieder. Ihm kamen die Worte des Schneiders, bei dem er zwei Krüge Wein gekauft hatte, in den Sinn. Mit dem Gedanken, dass es höchste Zeit für diesen Zaubertrank sei, ging er in sein Zimmer, öffnete einen der beiden Krüge, setzte sich ans offene Fenster, las im Diwan von Hafes und trank. Der Wein und die Gedichte zeigten Wirkung, und er verfiel bald in einen schweren Rausch.

Wieder einmal tauchte der verstorbene Osman Khan vor seinen Augen auf. Er zog an seiner Wasserpfeife und sagte: »Es gibt Dinge, die beim gemeinen Volk unbeliebt sind und ihm als ungeheuerlich erscheinen. Und so raten dir die Menschen oft davon ab, etwas Außerordentliches zu wagen. Sie sagen dir: ›Dieser Weg, den du gehen willst, führt nach Turkistan.‹ Damit meinen sie, dass du einen Irrweg gehst, der in einer Wüste oder einer Steppe endet, in der es nichts gibt. Weder Wasser und Brot noch ein Ziel, zu dem du gelangen könntest.« – Osman Khan lachte und schüttelte den Kopf. – »Aber, mein Junge, ich sage dir, das Leben ist viel verrückter, als du vielleicht denkst. Manchmal ist es richtig, nicht zu kämpfen, um nichts zu ringen und flach dazuliegen und nur dann zu reagieren, wenn das Glück, hoch zu Ross, an der Tür klopft, was leider selten vorkommt. Manchmal musst du es wagen, am Rande der Arena stehen zu bleiben und ruhig zu beobachten, wie alle närrisch hinter einer toten Ziege herjagen. Und wisse, dass du in diesem Augenblick kein fauler Trottel bist, sondern einer, der das kosmische Chaos im Blick hält …«

Dann verschwand Osman Khan plötzlich. Scharif musste sich auf den Boden legen, die Augen schließen und geduldig warten, bis der alte Mann wieder vor ihm erschien und fortfuhr:

»Manchmal aber sitzt du hinter einer verschlossenen Tür, ohne zu bemerken, dass der Schlüssel, den du vermisst, im Schloss steckt, während du ihn in der Wüste suchst. Doch kann es ebenfalls vorkommen, dass der goldene Schlüssel wirklich weit weg in einer Wüste zu finden ist. Dann ist es möglicherweise der Weg in die Wüste, von dem dir alle abraten, welcher dich jedoch zum Glück führen kann. Wenn du von dem Gefühl getragen wirst, du müssest es tun, dann brich auf und sei froh, dass das Fortgehen das einzige Ziel ist, das du kennst.«

Scharif blickte nach draußen. Der Abendhimmel war berauschend blau. »Setz dich auf dein Pferd und reite in die Berge«, hörte er die Stimme Osman Khans sagen.

NOCH IN DERSELBEN Nacht stand über Scharif ein großer, einsamer Mond am tiefblauen Himmel, hinter ihm lag Safid Kuh, der weiße Berg, der geheimnisvoll glänzte, und vor ihm die sich im bläulichen Dunkel verlierende Steppe, die erst im fernen Norden an der turkistanischen Grenze endete. Den Berg und die Steppe trennte ein schroffer Landstrich aus Felsen und Geröll, durch das Scharif im Galopp geritten war, ohne dem Pferd und sich selbst einen Moment der Ruhe zu gönnen.

Die Steppe lag vor ihm wie eine jahrmillionenalte Jungfrau, deren nackter Körper sich der Sonne und dem Regen hingab, die jeden Sturm wie einen wilden Liebhaber empfing, ohne ihn in sich eindringen zu lassen. So nahm sie auch ihn auf, den berauschten Reiter, der sie suchte und in ihrer Weite aufgehen wollte, um schmerzliche Sehnsüchte hinter sich zu lassen.

Kein Mensch und kein Tier erschien vor seinen Augen, kein Geburtshaus, kein Grabstein, keine herrschaftliche Villa, kein ärmlicher Unterschlupf. Nichts, was ihn an etwas erinnern würde. Die Steppe war ein Niemandsland ohne Gedächtnis. Der Spiegel eines leeren Geistes ohne Sehnsucht und Verlangen, der keine Wege aufzeigte. Von einem befreienden Gefühl dahingetrieben, im festen Glauben, dass er einem heilvollen Wunder entgegeneilte, war er in das Ziel- und Zeitlose geritten. Nun wurde der Tag immer heißer und, je mehr die Sonne sich dem Zenit näherte, das Pferd schwächer und langsamer. Endlich hielt er inne und stieg ab. Er legte sich auf den Rücken, schloss die Augen und schlief sofort ein.

Aus all der Dunkelheit und Erschöpfung erwachte ein Traum, den ihm die Steppe schenkte, der auftauchte und wieder verschwand, wie ein Geist, der erscheint und doch nie wirklich da ist. In diesem Traum lag er an genau derselben Stelle, an der er schlief. Seine Mutter saß neben ihm und sprach zu ihm. Er konnte ihre Hand auf seiner Stirn spüren.

»Die Liebe ist eine Antwort auf viele Fragen, mein Sohn. Zugleich ist sie selbst eine Frage ohne Antwort. Sie vermag dich zum König zu machen, aber auch zum Bettler. Doch ähnelt sie dem Tode, der alles gleich macht. Im Angesicht dieser beiden Geschwister sind Könige und Bettler gleich arm und gleich reich, gleich blind und gleich sehend. Bedenke, dass der Stein, auf den die Träne fällt, kaum schmecken kann, wessen Träne es ist. Ob aus den Augen der Habgier oder des Hungers – jede Träne schmeckt salzig. Auch alles Lachen, das zu den Sternen steigt, klingt diesen gleich süß. Dein Herz kann dem Vogel, der Liebe heißt, zur Heimat werden. Ebenso kann es selbst dieser Vogel sein, dem die Heimat fehlt. Erkenne, dass den Blüten des Mädchens jener alte Zauber innewohnt, der dir von den Trauerweiden deines Dorfes vertraut ist. Dieser Zauber ist es, der dich durch alle Wogen, alle Flammen führen wird!«

Nachdem ihm seine Mutter diese Worte gesagt hatte, zog sie ihre Hand von seiner Stirn zurück. Er wollte ihr etwas entgegnen. Aber da hörte er Geräusche von Pferdehufen und wachte auf. Er hatte geschwitzt, und die heiße Mittagssonne brannte ihm im Gesicht. Drei Reiter stiegen vor ihm ab. Er stand auf, und sie grüßten ihn.

»Ist alles in Ordnung, Bruder?«, fragte der älteste Mann.

»Mein Pferd und ich haben Durst«, sagte Scharif.

Das Aussehen der Männer, ihre Kleider und ihr Ton verrieten, dass sie Fremde waren, wahrscheinlich Usbeken. Sie waren sehr freundlich, gaben Scharif und seinem Pferd Wasser und Nahrung. Sie erzählten, dass sie zu den Freiheitskämpfern gehörten und in Samarkand und Bukhara, Taschkent und Khiwa gegen die Bolschewiken gekämpft hatten. Scharif verstand, von welchem Konflikt sie sprachen.

Hunderttausende Usbeken, Turkmenen sowie Tadschiken waren in den Jahren zuvor vor Stalins Armee nach Afghanistan geflüchtet. Sie nannten sich Muhadscherin, Flüchtlinge. Diese drei jedoch wollten nicht flüchten, sondern kämpfen. Sie gehörten nicht zu den Muhadscherin, sondern zu den Mudschaheddin, den Dschihad-Führern.

Sie berichteten von den Gräueltaten der Roten Armee in den angrenzenden Ländern und schwärmten von dem neuen afghanischen König, der einen Staat nach den Vorschriften der Scharia errichtet habe. Scharif wusste, dass der Sohn des Wasserträgers, anders als sein Vorgänger, den Dschihad in den Nachbarländern unterstützte. Er hörte zu und sagte nichts. Die Reiter erzählten ihm, dass sie für einige Tage nach Herat gehen wollten.

»Am östlichen Stadtrand soll es eine Karawanserei geben. Wir wollen dort ein Zimmer anmieten«, sagte einer der beiden jüngeren Reiter.

»Was wollen Sie eigentlich in Herat?«, fragte Scharif.

»Der Diener der Religion des Propheten Mohammad, König Habibullah, schickt seinen persönlichen Hofsekretär nach Herat, um uns dort zu treffen«, sagte der Reiter, der bisher geschwiegen hatte.

»Der wird uns Geld bringen«, fügte der jüngere hinzu. Alle drei starrten Scharif stolz an, der verblüfft dreinblickte. Jeder im Land wusste, dass die Kassen der Regierung leer waren. Wie konnte es da möglich sein, dass sie den Kampf ihrer Glaubensbrüder in weit entfernten Ländern finanzierte?

»Und was ist mit dir? Wohin reitest du eigentlich?«, fragte ihn der Älteste.

»Ich habe kein Reiseziel, Brüder«, sagte Scharif und scherzte: »Das ist eine Frage des Schicksals. Wahrscheinlich hat mich der Allmächtige hierher geschickt, damit ich Sie in die Stadt begleite. Denn in dieser Karawanserei, von der Sie sprechen, lebe ich.«

Die Männer freuten sich. »Dafür wären wir dem Allmächtigen und dir dankbar. Denn wir haben zwar viel von Herat gehört, aber gesehen haben wir die Stadt noch nicht.«

Und so machten sich alle vier auf den Weg nach Herat.

Mein Vater, der mir seine Lebensgeschichte in einer Weise erzählte, als wäre sie ein Märchen, wusste ganz genau, an welcher Stelle er jedes Mal aufhören musste, um die Spannung bis zu unserem nächsten Besuch im Hamam aufrechtzuerhalten. An diesem Freitag schloss er seine Erzählung mit einem Traum ab, den er in jener Nacht nach seiner Rückkehr in die Karawanserei geträumt hatte. Darin sei er wie bei einem Buskaschi-Kampf von Tausenden Reitern verfolgt, auf einem Grauschimmel durch die Straßen von Kabul gejagt. Seine Beute sei jedoch keine Ziege, sondern die Krone des neuen Königs Habibullah gewesen, die er aus dessen Palast gestohlen hatte. Nach einer atemberaubenden Hatz hätte er seine Verfolger abhängen können, woraufhin ihn auf einem heiligen Berg der vertriebene König Amanullah in die Arme geschlossen hätte und neben ihnen plötzlich der strahlende Talib Asis in Erscheinung getreten wäre.

Nachdem er mir von seinem Buskaschi-Traum erzählt hatte, hielt er mir in der Garderobe des Männerbades einen kleinen Vortrag über die Bedeutung der Träume im wirklichen Leben. Er behauptete, auf genau diesem Grauschimmel, von dem er in einer Sommernacht des Jahres 1929 geträumt hatte, dreißig Jahre später tatsächlich geritten zu sein. »Kannst du das glauben?«, fragte er mich.

Ich verzog das Gesicht, und er fuhr mit dem halb feuchten Badetuch über meine Nase und zog dann fest daran: »Entweder sagst du jetzt, dass du mir glaubst, oder du gehst ohne Nase nach Hause.«

»Aua!«, schrie ich, und er ließ mich los. »Ich glaube Ihnen alles, Agha! Haben Sie letzte Woche nicht gesagt, man solle an die Märchen genauso glauben wie an seine Träume?« Er nickte mir lachend und mit erhobenem Zeigefinger zu. Ich wollte wissen, wie es in seinem Traum und danach weitergegangen war. Er vertröstete mich aber auf den nächsten Freitag.

5

WARMES MORGENLICHT FIEL auf Scharifs Gesicht und weckte ihn. Er blieb mit geschlossenen Augen auf seiner Matratze liegen, in seinem Kopf hämmerte es, und ihm war etwas übel. Er erinnerte sich dunkel daran, am vergangenen Abend schweren Gedanken nachgehangen zu sein und sich in die Poesie und den Wein geflüchtet zu haben. Er öffnete die Augen zu einem Blinzeln. Schemenhaft sah er, dass anstelle des Weinkrugs nun ein Frühstückstablett neben seiner Schlafmatratze stand und dass sein Zimmer aufgeräumt war. Er hörte eine bekannte Stimme, die sagte: »Unser frommer Mann scheint die Dichter beim Wort genommen zu haben!«

Er hob ein wenig seinen Kopf und sah am offenen Fenster die Silhouette einer Männergestalt im Licht der Morgensonne stehen. Sein Kopf sank nieder, und er rief: »Oh, Allah verzeih mir! Ich habe die Dichter wirklich beim Wort genommen.«

»Ja, Bruder. Aber auch ich habe gesündigt, ich habe in den drei vergangenen Jahren und drei Monaten nur gesündigt!«

Scharif richtete sich schlagartig auf, rieb seine Augen und konnte ihnen dennoch nicht trauen. Vor dem Fenster stand Talib Asis. Er war schwarz gekleidet, trug einen kurzen, schwarzen Bart und schulterlange Locken und blickte ihn mit Augen an, die von einem altvertrauten dunklen Glanz erfüllt waren.

»Steh auf, mein Freund, geh und wasche dein Gesicht! Ein neuer Tag fängt an. Beim Frühstück kannst du mir, wenn du möchtest, erzählen, was mit deinem jungen Herzen geschehen ist.«

Scharif sprang auf, lief hinaus und fiel dem Freund wortlos in die Arme.

ZUM FRÜHSTÜCK GAB es frisches Brot, zwei Becher heiße Milch und eine Kanne Tee. Das alles hatte Talib Asis in der Karawanserei beim Samowartschi besorgt. Wie er später sagte, war er bereits seit zwei Tagen in der Stadt. Scharif fragte ihn mit keinem Wort, wo er in all den Jahren gewesen war, was er gemacht und mit wem er zu tun gehabt hatte. Vielmehr musste Scharif von sich erzählen.

Er berichtete von seinem Leben, und da er Talib Asis weder anlügen noch ihm etwas verheimlichen wollte, erzählte er ihm auch, dass er sich in ein Mädchen namens Roya verliebt hatte, er sich aber kaum Hoffnungen mache, die Tochter von Seyed Haschem Khan eines Tages zur Frau zu bekommen, und versuche, sie zu vergessen. Er nannte Talib Asis auch den Namen des Khans, dem Roya bereits versprochen sei.

Talib Asis lächelte, es war ihm nicht anzumerken, dass das, was er vernahm, auf ihn befremdlich wirkte. Abgesehen davon, dass er oft zum Fenster hinüberblickte. Er schien es eilig zu haben.

»Gut, Scharif. Ich habe dir zugehört und alles verstanden«, sagte er mit einem Lächeln. Dann jedoch nahm Scharif den nachdenklichen Ausdruck auf seinem Gesicht wahr, als dieser wieder zum Fenster hinausblickte.

»Was ist mit dir, Meister?«

»Pass auf, Scharif Dschan«, sagte Talib Asis und räusperte sich. »Die Zeit drängt, und ich kann dir jetzt nicht alles erklären. Ich bin hier in Herat mit einem bestimmten Auftrag der Regierung, den ich unbedingt erledigen muss. Ich arbeite als Hofsekretär des Königs.«

Scharif traf fast der Schlag. Sein ehemaliger Lehrer und Freund hatte sich in seinem Dschihad tatsächlich in den Dienst des Sohnes des Wasserträgers gestellt. Jedenfalls wusste er jetzt, wen die drei fremden Reiter hier in Herat treffen wollten.

»Ich weiß«, sagte er, ohne sich etwas anmerken zu lassen. »Du verfasst königliche Briefe, liest sie ihm vor und lässt sie dann von ihm unterschreiben.«

»Habibullah meidet Schreibzeug und setzt unter die Schriftstücke lediglich seinen Fingerabdruck«, sagte Talib Asis.

»Umso besser für dich. Bist du auch sein Schatzmeister?«

»Nein, aber er hat mich anstelle seines Schatzmeisters nach Herat geschickt.«

»Wo ist das Geld?«

»Welches Geld?« – Talib Asis lachte. – »Hast du ein Auge darauf geworfen? Jedenfalls weiß ich jetzt, wer der junge Mann war, der gestern die drei Turkmenen in die Karawanserei begleitet hat. Ich habe sie gerade beim Morgengebet auf der Terrasse getroffen. Das Geld muss erst aus Ghurian hergeholt werden. Ich reise gleich dorthin, zu dem Mann, der die besten Chancen hat, die Tochter von Seyed Haschem Khan zu heiraten.«

»Qalandar Khan?«, fragte Scharif und riss die Augen auf. Jetzt verstand er, warum Talib Asis vorher gegrinst hatte, als er den Namen dieses Mannes erwähnt hatte.

»Ganz genau. Ich gehe mit einem persönlichen Schreiben des Königs zu ihm.«

»Das du selbst verfasst hast.«

»Genau. Ich soll aber mit drei Vertrauenspersonen dort erscheinen. Zwei Mann habe ich bereits. Einer fehlt mir noch.«

Scharif musterte Talib Asis und konnte sich eine ironische Bemerkung nicht verkneifen: »Oh. Das heißt, ich erhalte heute die Ehre einer Audienz bei einem Ober-Mudschahed, der mit seinem sauberen Geld einen heiligen Dschihad finanzieren will?« Gleichzeitig wusste er aber auch, dass er seinem alten Freund diesen Wunsch nicht abschlagen konnte – und er wusste, dass Talib Asis dies ebenso klar war.

Dieser ging denn auch nicht auf Scharifs spitze Bemerkung ein und sagte: »Du solltest auch wissen, dass ich bei ihm und bei der Regierung in Kabul nicht Asis heiße.«

»Sondern?«

»Man kennt mich als Maulana Adalat.«

»Großer Herr der Gerechtigkeit«, übersetzte Scharif den religiösen Decknamen und schüttelte den Kopf.

»Es ist besser, dass auch du dich bei Qalandar Khan mit einem anderen Namen vorstellst. Wie wäre es mit Sadek?«

»Sadek? Der Ehrliche und Anständige?« Scharif unterdrückte den Impuls, darauf etwas zu erwidern, und antwortete resigniert: » Warum nicht. Am Ende ist es nur ein anderes Wort für Scharif.«

»Und es ist ausgemacht, dass wir alle schwarz angezogen sind.« – Talib Asis nahm Scharifs irritierten Blick wahr. – »Zu unserem eigenen Schutz. Die Monarchie hat uns eine verantwortungsvolle Aufgabe übertragen.«

»Dir, Meister«, korrigierte Scharif.

»Mir. Entschuldige bitte. Dieser Mann, ich meine Qalandar Khan, ist zwar ein Freund des Königs, aber man weiß auch, dass er ein Krimineller ist. Und die Politik ist nun mal …«

»Ein schmutziges Geschäft, ich weiß«, beendete Scharif den Satz. Er erhob sich und öffnete seinen Kleiderschrank. »Und sieh an! Als hätte ich auf diese Gelegenheit gewartet, habe ich mir bereits extra schwarze Kleider nähen lassen. Ich habe sie erst gestern Probe getragen.«

»Hast du auch einen schwarzen Turban?«, fragte Talib Asis.

»Ja. Von Osman Khan geerbt.«

»Das ist ja wunderbar. Dein Bart ist auch ganz gut gewachsen. Du hast doch ein Pferd. Oder?«

Scharif musste schmunzeln. »Ja, wie es der Zufall will, habe ich auch daran bereits gedacht.«

Talib Asis lachte. »Weißt du, dass man immer dann am besten an alles denkt, wenn man von nichts weiß?«

»Genau so würde ich es beschreiben«, erwiderte Scharif.

»Ich gehe vor«, sagte Talib Asis. »Wir treffen uns unten am Fluss. Beeile dich, Scharif. Die Sonne steht bereits am Himmel.«

Bevor er zur Tür hinausging, drehte er sich noch einmal nach Scharif um und fügte hinzu: »Die beiden anderen Begleiter übrigens. Du kennst sie.«

»Ich höre.« Scharif wandte Talib Asis sein linkes Ohr zu.

»Es sind die Brüder Hekmat und Haschmat.«

Scharifs walnussbraune Augen leuchteten. Er schloss die Tür. Die Brüder der Gerechtigkeit galten in der Stadt als gefürchtete Räuber, auch wenn die meisten Menschen ihnen wohlgesinnt waren. Warum begleiteten ausgerechnet sie den Hofsekretär des Königs Habibullah bei einer staatlichen Angelegenheit?

ALS SCHARIF AUF seinem Pferd am Ort der Verabredung eintraf und Talib Asis auf sich zukommen sah, konnte er ihn auf den ersten Blick nicht erkennen. Hekmat und Haschmat hatten ihm in kurzer Zeit eine Schminke aufgetragen. Insbesondere sein Bart erschien jetzt länger. Und die Brüder, die Scharif bisher nur unmaskiert gesehen hatte? Auch sie konnte er kaum erkennen. Der eine trug einen dichten schwarzen Bart und seine Haut, seine geschwärzten Wimpern und der prächtige Turban um seinen Kopf verliehen ihm das Aussehen eines Paschtunen. Der andere hatte nicht die geringste Ähnlichkeit mit dem ersten. Der halbsilberne Bart, der fast sein ganzes Gesicht einnahm, ließ ihn älter erscheinen. Und am Ende, nachdem die Brüder ihn maskiert und geschminkt hatten, konnte Scharif nicht glauben, dass die Person im Spiegel er selbst war.

Sie schlugen den Weg Richtung Westen ein und ritten eine Strecke von achtzig Kilometern durch eine weite, kahle Landschaft, die nur hier und da von grünen Inseln bedeckt war. Sie waren viele Stunden im Galopp geritten, als die Reiter am späten Nachmittag schließlich Ghurian erreichten, eine Region mit vielen Dörfern an der Grenze zu Persien. Hekmat und Haschmat kannten diese Gegend gut. Um den Kinderscharen und neugierigen Blicken der Erwachsenen auszuweichen, machten die Reiter einen Bogen um die Dörfer. Schließlich gelangten sie zu einem festungsartigen Anwesen mit hohen Lehmmauern und schweren Toren aus Eisen.

WENIG SPÄTER, ES war bereits Abend, saßen die beiden Brüder und Scharif auf der mit kostbaren turkmenischen Teppichen bedeckten Terrasse Qalandar Khans. Inmitten des großen Gartens stand ein zweistöckiges Haus aus weißem Stein mit hellgrünen Türen und Fensterrahmen. Lange Zypressen umrahmten das Anwesen, dichte Hecken umfassten die Blumenfelder, Obstbäume standen in Reihen. Hier und da waren Gärtner beschäftigt. Die drei Männer warteten auf Talib Asis alias Maulana Adalat, der mit einem Diener im Haus verschwunden war.

»Habt ihr schon einmal solch ein Paradies auf Erden gesehen?«, fragte Scharif.

»Das Schönste an diesem Paradies ist seine versteckte Seite: der Harem. Er befindet sich im hinteren Teil«, sagte Hekmat.

»Ein Harem? Hat er außer den drei Frauen noch weitere?«, wollte Scharif wissen.

»Die drei sind nur seine Ehefrauen.« Die Brüder tauschten Blicke aus und schmunzelten. Hatte Talib Asis ihnen zwischendurch von Scharifs Liebe zu einem Mädchen erzählt, auf das auch der Khan ein Auge geworfen hatte?

Die große Eingangstür des Hauses wurde geöffnet, und auf der weitläufigen Terrasse erschien der Hausherr, Schulter an Schulter mit Talib Asis und gefolgt von einer Truppe von Männern. Gaslampen wurden hochgehalten, und die Mannschaft kam auf sie zu.

»Wer sind diese Männer?«, fragte Scharif.

»Es sind die fünf Söhne des Khans und seine Leute, die Opium nach Persien schmuggeln und mit Säcken voller Geld zurückkommen«, flüsterte Haschmat.

Qalandar Khan war ein mittelgroßer, beleibter Mann mit einem ziemlich großen Kopf und einem aufwendig gewickelten, hellgrauen Turban. Ein schicker grüner Seidenmantel, wie ihn die Usbeken trugen, lag über seinen Schultern, und je näher er kam, desto interessanter wirkte er auf Scharif.

»Sind diese Dschawanmardan deine Leute, Maulana Adalat?«

›Ein guter Anfang‹, dachte Scharif. Dschawanmard, Jungmann, war ein noch vertrauensvollerer Ausdruck als Ayyar für einen Menschen, den Jugendkraft und Güte, Männlichkeit und Selbstlosigkeit auszeichnen. Talib Asis trat einen Schritt nach vorn und wandte sich an Qalandar Khan: »Jawohl, verehrter Khan.«

Scharif und die beiden Brüder erhoben sich und gingen über die Terrasse auf den prachtvoll gekleideten Mann zu. Nachdem sie sich einander vorgestellt hatten und viele Hände geschüttelt worden waren, befahl der Khan zwei Männern, die am Rande der Truppe standen: »Unsere Gäste haben bestimmt Hunger mitgebracht. Gleich nach dem Gebet wird zu Abend gegessen.«

»Sehr wohl, Khan!«, riefen die Männer im Chor.

Es gab duftenden Reis, der mit Mandeln und Rosinen im eigenen Dampf gereift zubereitet worden war, es gab alle Arten von Fleisch, gekocht, gegrillt, gebraten, und es gab köstliches Gemüse. An einem solchen Tuch hatte Scharif noch nie gegessen. Der Khan war bester Stimmung, er scherzte vergnügt, ging mit allen so um, als wären sie seine Freunde, und mit heiteren, teils anrüchigen Anekdoten brachte er sie zum Lachen.

Nach dem Essen, beim Tee, stellte Qalandar Khan andere Seiten von sich zur Schau und suchte dabei mit ungebrochenem Blickkontakt die Bestätigung seiner vier Gäste aus der Stadt: Er sprach von der Gottesgerechtigkeit auf Erden und zitierte aus dem Koran. Er verteilte die verschiedenen Etagen der Hölle unter den Ungläubigen, Grausamen und Groß- und Kleinsündigen. Er predigte Liebe und Mitgefühl mit den Bedürftigen, und er genoss sichtbar das beständige Kopfnicken und die Inscha-allah-Rufe der Runde im Chor.

Kurzum: Am Verhalten dieses Mannes, der in seinem Herzen unglaublich jung geblieben war, war nichts auszusetzen. Nichts Unwürdiges, Hartes, geschweige denn Böses. Dass er jeden töten ließ, der ihm in die Quere kam, sogar seine eigenen Leute schlagen oder hinrichten ließ, wenn sie ihn verrieten oder bei ihm in Ungnade fielen, stand auf einem anderen Blatt. So kam es, dass allein der Gedanke daran, in ihm einen Konkurrenten zu sehen, Scharif mit Scham erfüllte. Mehr noch. In seiner Gesellschaft fühlte er sich eher vergnügt als neidisch.

Dass Qalandar Khan auch ein großzügiger Mensch war, zeigte sich ganz am Schluss. Zum Abschied standen ihre Pferde mit jeweils einem prall gefüllten Geldsack auf dem Sattel im Hof. Der Khan richtete sich an Talib Asis und sagte: »Richte meine herzlichsten Grüße an Ihre Majestät, den Diener der Religion des Propheten Mohammad. Allah möge ihm beistehen.«

6

Im Schein der Milchstraße ritten Talib Asis und seine Begleiter zurück in Richtung Herat. Scharif spürte, wie der Mondschein ihn von oben herab Schritt für Schritt verfolgte. Kurz vor der Dämmerung erreichten sie das Ansari-Mausoleum, wo sie das Morgengebet hielten, nachdem sie sich mit Seife gewaschen und abgeschminkt hatten.

Hinter dem Mausoleum lebte im Schoße der Berge eine Nomadenfamilie, die Hekmat und Haschmat gut kannten und vor deren Zelt die vier sich ans Feuer setzten und frühstückten. Ihnen wurden frisch gebackenes Brot, gekochtes Ei, Ziegenkäse, heiße Ziegenmilch, Honig und eine große heiße Kanne schwarzer Tee serviert. Die vier gut verpackten Geldsäcke lagen neben ihnen. Sie amüsierten sich über den Drogenbaron Qalandar Khan, den sie zum ersten Mal aus der Nähe erlebt hatten. Dann, als eine mit frischem Tabak gefüllte Wasserpfeife die Runde machte, wandte sich Talib Asis an Scharif und brachte Worte über die Lippen, die ihn überraschten:

»Mein Freund, Scharif. Vor etwa drei Jahren und drei Monaten haben wir beide nach dem Freitagsgebet auf einem Marktplatz in Herat gesessen. Ich habe dir mitgeteilt, dass ich die Moschee und die Stadt bald verlassen würde, um mich am Dschihad gegen Schah Amanullah zu beteiligen. Aber ich hatte, um ehrlich zu sein, noch keine Vorstellung, wie dieser Dschihad aussehen sollte. Ich bin zuerst nach Kandahar gegangen, dann war ich in Helmand, in Ghasni, in den südöstlichen Regionen und schließlich in Kabul. Die Stammesführer und Geistlichen wollten Amanullah entmachten, aber es fehlte ihnen eine elitäre Persönlichkeit, die sich als Gegenkönig eignete. Nach und nach einigten sie sich auf einen einfachen Mann aus der Region Kalakan, der zwar nicht ganz unumstritten war, aber sich bereits als mutiger Rebell einen Namen gemacht hatte. Und er besaß Charisma, war imstande, Menschen zu begeistern. Dieser Mann hieß, wie ihr alle wisst, Habibullah, der Sohn des Wasserträgers.«

Talib Asis nahm die Wasserpfeife von Haschmat an sich. Dieser lachte und warf ein: »Scharif möchte vielleicht wissen, wie du an diesen Mann gelangt bist, Maulana Asis.«

Asis zog am Schlauch der Wasserpfeife und fuhr dann fort: »Bis zu dem Zeitpunkt, da er König wurde, hatte ich ihn nie gesehen. Ein einflussreicher Geistlicher hat mich zum königlichen Palast mitgenommen und mit ihm bekannt gemacht.«

»Als Maulana Adalat«, ergänzte Hekmat.

»Ja.« – Talib Asis lachte und schüttelte den Kopf. – »Der Mann, der sich als Diener der Religion des Propheten Mohammad bezeichnete, war von lauter Analphabeten, wie er selbst einer war, umgeben und brauchte einen Hofsekretär. Und so bin ich nun seit rund sechs Monaten am Hofe des Königs. In dieser Zeit wurden mir die Augen geöffnet. An seinem Regierungstisch kommt es mir vor, als ob ich in einem Kreis von Affen sitzen und mit ihnen Zeitung lesen würde.«

»Die armen Affen«, rief Haschmat, und alle lachten.

Schließlich wandte Talib Asis sich mit einem Schlusswort an Scharif: »Ich musste viele Irrwege gehen, um zu begreifen, dass du mit deinem Urteil damals recht hattest. Respekt.«

»Damals hast du aber gesagt, man müsse viele Irrwege gehen, um zu sich selbst finden, Meister!«

Alle lachten. »Das mag stimmen«, sagte Talib Asis. »Nur, so weit bin ich noch nicht.«

Er zog tief am Schlauch der Wasserpfeife, dann hob er seinen Kopf, sah mit dem Mund voller Rauch zur Bergkuppe hinauf und schluckte den Rauch langsam hinunter. Die Blicke der anderen verloren sich in den erregten Adern seines langen Halses. Talib Asis verharrte unbeirrt in dieser Haltung. Scharif glaubte, in der dunklen Landschaft seines Antlitzes, gezeichnet von Scham und Reue, Spuren vieler

Wege, richtige wie falsche, zu erkennen, die Talib Asis gegangen war und die bis in seine tiefe Kindheit zurückreichten. Sein Kern enthüllte sich in diesem Augenblick und ließ den Betrachter erkennen, wer dieser Mensch war: ein Mann von unermesslicher Aura und Aufrichtigkeit.

»Wir alle haben uns geirrt, mein Lieber, und wir irren uns bei jedem Anfang immer wieder«, sprach Hekmat Talib Asis tröstlich zu. »Egal, ob Schah Amanullah oder Habibullah – Macht jeglicher Art verdirbt den Menschen. Und einer wie du, der ihr den Rücken gekehrt hat, verdient den Respekt der Geschichte.«

Talib Asis war, immer noch den Wasserpfeifenschlauch in seiner Hand festhaltend, in seiner Meditation versunken, und keiner wollte ihn stören. Hekmat nahm seinen schwarzen Turban ab, strich durch sein dichtes Haar und wandte sich mit einem ironischen Lächeln an Scharif. »Das Schönste ist, dass jetzt auch die Briten diesen Bastard nicht mehr haben wollen, nachdem er gegen sie Ansprüche erhoben hat.«

Talib Asis, dessen Geist in die Gegenwart zurückgekehrt zu sein schien, richtete seinen Blick auf Hekmat. »Die Briten setzen jetzt vollends auf Nader Khan. Er hält sich zurzeit in Indien auf, wo er die paschtunischen Stämme für einen Krieg gegen Kabul um sich sammelt.«

»Er ist ein ausgezeichneter Krieger und General«, erwähnte Haschmat.

Das waren aufregende Neuigkeiten, Scharif war jedoch unklar, worauf die Freunde hinauswollten. Und was hatten sie mit dem ganzen Geld vor? War es wirklich so, dass sie es der Kabuler Regierung und den turkmenischen Freiheitskämpfern geben wollten? Er senkte seinen Kopf, und es wurde ihm bewusst, dass es etwas geben musste, was seine Freunde ihm vorenthielten.

Talib Asis ergriff erneut das Wort: »Nun, es war bei dieser gemeinsamen Tat sehr wichtig, dass wir nicht erkannt wurden, Scharif. Sie bleibt auch hoffentlich für immer unter den vier Menschen, die hier beisammensitzen. Um auf den Punkt zu kommen: Unsere beiden Brüder und ich haben kurz vor unserer Reise beschlossen, die Gelder aus Ghurian herzubringen und unter den Bedürftigen zu verteilen.« – Er klatschte einmal in die Hände. – »Schluss und aus!« Er reichte die Wasserpfeife an Hekmat weiter. Die Brüder lachten beseelt.

Scharif dagegen war nicht nur überrascht, sondern auch irritiert. »So viel Geld für die Bedürftigen? Was ist mit den drei armen Turkmenen, die den weiten Weg hierher geritten sind?«

»Auch sie sind Bedürftige und sollen nicht umsonst hier gewesen sein«, sagte Talib Asis. »Nun aber eine andere Frage, mein lieber Scharif. Sie haben dich und dein Pferd vor Hunger und Durst gerettet, und du hast sie in die Stadt geführt und dich um sie gekümmert. Stimmt das?«

»Ja«, nickte Scharif.

»Meinst du wirklich, dass deine nächtliche Reiterei durch die Wüste so ziellos war, wie du es ihnen gesagt hast?«

»Ziellos und nutzlos sind nicht das Gleiche, Meister«, erwiderte Scharif. »Übrigens. Ganz ziellos war sie nicht. Osman Khan, besser gesagt, sein Geist, hat mich auf die Suche nach einem goldenen Schlüssel in diese Wüste geschickt und gemeint, dass ich ihn dort finden würde.«

Diese Antwort befremdete und amüsierte die Zwillingsbrüder, Talib Asis aber schien genau zu wissen, dass das Wort »Schlüssel« von Scharif metaphorisch gemeint war. Er fragte ihn: »Und? Hast du ihn gefunden?«

»Das … weiß ich … noch nicht, Meister. Meine Reise hat jedenfalls nicht in Turkistan geendet, sondern in Ghurian.«

Die Brüder lachten wieder, Talib Asis aber grinste nur und nickte leicht mit dem Kopf. Er blickte zu ihnen und sprach in ruhigem Ton zu Scharif: »Übrigens, Scharif, gestern Morgen, nach unserem Gespräch, ist mir auf dem Weg von deinem Zimmer zum Dorffluss eingefallen, dass unsere Brüder diesen Khan, ich meine Hadschi Seyed Haschem Khan, ziemlich gut kennen. Einmal haben sie sogar seinen Sohn … wie heißt er noch mal?«

»Seyed Latif«, antwortete Haschmat.

»Richtig«, sagte Talib Asis. »Einmal haben unsere Brüder diesem Typen bei einer Messerstecherei das Leben gerettet. Da habe ich gedacht, sie könnten vielleicht etwas Nützliches von dieser Familie zu berichten wissen. Ich habe mir also erlaubt …«

»Ich habe vor meinen Brüdern nichts zu verbergen«, unterbrach Scharif, der ahnte, worauf Talib Asis hinauswollte, und lachte, den Blick auf die Zwillingsbrüder gerichtet, verlegen. »Ich war vielleicht drei Tage und drei Nächte in dieses Mädchen verliebt. Aber das ist nun vorbei.«

Daraufhin räusperte sich Hekmat und sprach: »Schau mal, Scharif! Maulana Asis hat uns schon früher viel von dir erzählt. Wir haben in dir immer unseren jüngeren Bruder gesehen. Lass uns offen darüber reden. Ein Herz, das sich nie verliebt hat, gleicht einer Frau, die als Jungfrau alt wird. Für die Liebe braucht man sich also nicht zu schämen. Was aber Haschem Khan angeht, der sich für einen Nachfahren des Propheten Mohammad hält, stimmt es, was dir sein Gärtner gesagt hat. Bei ihm hat nur ein Heiratswilliger eine Chance, der aus der Oberschicht kommt und einflussreiche Männer hinter sich hat – Männer wie den Kalifen von Newin.«

»Mit Verlaub, Bruder Hekmat« Scharif hob seine Augenbrauen. »Wenn dem so ist, brauchen wir auch nicht darüber zu reden.«

Da setzte Hekmat sich in den Schneidersitz, legte seine rechte Handfläche auf die linke und sprach: »Einmal im Ernst, Brüder. Wollen wir es zulassen, dass dieses Ritual sich in unserem Land fortsetzt? Vor Kurzem hat ein Geistlicher dem König seine dreizehnjährige Tochter zur Frau gegeben, obwohl dieser schon verheiratet ist. Einfach so! Weil er seit vier Tagen Herrscher war und sich als Diener der Religion des Propheten Mohammad bezeichnete! Wie alt sind eigentlich all diese Bärtigen, die sich als geistliche Führer unseres Landes ausgeben und vierzehnjährige Mädchen zu ihrer dritten oder vierten Frau nehmen? Unter ihnen und den Drogenhändlern und Grundbesitzern ist das leider gang und gäbe!«

Hekmat hatte ohne Regung und mit fester Stimme gesprochen. Was nun folgte, beeindruckte und verunsicherte Scharif. Die drei starrten, ihre Teegläser in der Hand, auf denselben Punkt im knisternden Feuer, und in ihren Augen war dieselbe kleine leuchtende Flamme zu sehen. Scharif musterte die Gesichter und fragte sich, was in diesen Männern vorging. Dachten sie alle an das Gleiche? Interessierte sie das Schicksal eines fremden Mädchens, der Tochter eines Khans, wirklich so besonders? Was wollten sie eigentlich von ihm? Gab es möglicherweise noch etwas, was sie vor ihm geheim hielten? Langsam überkam ihn das Gefühl, dass seine Freunde sich durch eine verschlossene Tür aus dem Innern eines verwinkelten Raumes mit ihm unterhielten. Er wollte heraus aus seiner defensiven Haltung, wollte an diese Tür klopfen, gegen sie treten, bis sie ihm endlich geöffnet würde.

»Du hast gerade den Kalifen von Newin erwähnt«, wandte er sich an Hekmat. »Ich weiß, dass seine Anhänger regelmäßig ihre Kinder zu ihm bringen, um sie von ihm segnen zu lassen. Er hat seine Hand auch oft auf Royas Kopf gelegt. Wie wäre es, wenn Roya ihm einmal sagen würde, dass sie nicht bereit ist, einen alten Mann zu heiraten? Der Kalif hat, soweit ich weiß, ein gutes Herz. Und ich kenne jemanden, der diesen Gedanken in den Kopf des Mädchens hineinschmuggeln könnte.«

»Aha?«, stieß Hekmat hervor und richtete seinen Blick auf seinen neben ihm sitzenden Bruder.

»Ich weiß, wen Scharif meint«, erwiderte Haschmat und fragte diesen: »Du meinst den Gärtner, den Khudscha, nicht wahr?«

»Ja«, nickte Scharif. »Kennst du ihn?«

»Er ist mein Freund.« – Haschmat sah zu seinem Bruder und Talib Asis. – »Die Idee klingt gar nicht schlecht!«

»Ja, ein Gärtner ist immer für alles zu haben«, erwiderte Talib Asis. »Und vergesst nicht, mein Bruder Scharif hat sein Handwerk auf dem Basar gelernt. Und zwar von niemand Geringerem als von Osman Khan.«

Mit dieser ironischen Bemerkung amüsierte Talib Asis die Brüder. Von ihm, seinem Gönner und Lehrer, hatte Scharif jedoch die Weisheit, dass Scherz und Ernst zwei Türen zu ein und demselben verwinkelten Raum sein können. Er durfte gespannt sein, wann die – und welche – Tür sich schließlich öffnen würde. Talib Asis schob die Wasserpfeife zur Seite und sprach wieder in ernstem Ton zu ihm: »Wie du weißt, mein lieber Scharif, kenne ich den Kalifen persönlich. Soweit ich weiß, wird bei ihm immer spät in der Nacht zu Abend gegessen; und es handelt sich immer um dasselbe Essen, das aufgetischt wird. Jeden Abend lässt er ein Schaf schlachten. Es wird an den Füßen über dem Feuer aufgehängt und gegrillt …«

»An wie viele Schafe hast du gedacht, Maulana Asis?«, fiel ihm Scharif ins Wort. Es war ein Schuss ins Blaue, ein sanfter Tritt gegen eine der geschlossenen Türen, mit dem er für erneute Erheiterung sorgte.

»An die … sagen wir mal, vierzig?«

Die Freunde lachten. Und mitten in dieses Gelächter hinein gab Scharif der Tür einen weiteren, etwas kräftigeren Tritt: »Was ich noch gern wissen würde, ist, ob wir vor dem Sturz des Königs zum Kalifen gehen wollen oder danach.«

Talib Asis, dem die Frage galt, griff die heitere Stimmung auf und antwortete: »Das spielt keine Rolle, Scharif Khan. Wichtig ist, dass du dir zuerst von dem Geld, das du gespart hast, ein schönes Haus kaufst oder ein Stück Land, auf dem du ein Haus bauen kannst. Zumindest musst du mit den Bauarbeiten begonnen haben.«

Es wurde wieder gelacht. Scharif schüttelte seinen Kopf und blickte auf seinen Tee, in dem eine Fliege mühsam auf dem Rücken schwamm.

»Keine Angst, Scharif Khan«, sprach Hekmat in belustigtem Ton. »Wir wollen dir helfen, und du wirst die Prinzessin deines Herzen heiraten und aus ihr eine glückliche Königin machen.« – Er zwinkerte Talib Asis zu. – »Wir stellen für unsere Hilfe nur einige Bedingungen, die du aber erst erfüllen musst, nachdem du einmal richtig auf die Beine gekommen bist.«

Scharif schüttete sein Glas aus, füllte es erneut, und es war ihm auf einmal, dass er nicht mehr vor einer geschlossenen Tür stand, sondern hinter einer weit geöffneten, in einem Raum, in dem die Sonne mit aller Kraft auf sein Gesicht schien. Er musste seine Augen schließen und tief Luft holen. In dieser Haltung hörte er nun Talib Asis ihn fragen: »Wie war das noch mal, mein lieber Scharif? Was würdest du tun, wenn dir eines Tages eine Fee aus einem Märchen über den Weg läuft?«

»Du erinnerst mich an meine Mutter, Bruder«, antwortete Scharif, und ein Lächeln bahnte sich von seinem Herzen aus den Weg in sein Gesicht. »Meine Mutter hat mir einst gesagt: ›Wenn du einmal an helllichtem Tage einer Fee begegnest, die du aus deinen Träumen kennst, kneife deine Augen ganz fest zusammen, lass das Blut in deinen Kopf steigen und öffne sie dann wieder, um klar zu sehen, dass du nicht wieder geträumt hast.‹«

»Und, bist du so weit?«, hörte er Talib Asis fragen.

»Ich versuche es gerade!« Er drückte seine Augenlider fest zusammen.

»Bist du so weit?«, wiederholte Hekmat die Frage.

»Ja! Bin ich!«

»Jetzt kannst du sie öffnen.«

Scharif öffnete seine Augen, und die Fee erschien vor seiner Nase: Drei volle versiegelte Geldsäcke lagen vor ihm auf dem Boden. Er verbarg seine Augen hinter seinen Handflächen.

»Frag uns nicht, wie viel Geld da drin ist«, sagte Haschmat.

»Vielleicht ist das auch nur wertloses Papier«, so Hekmat.

»Vielleicht«, rief Scharif und öffnete erneut seine Augen, »vielleicht auch nicht. Der Wille zählt, Brüder!«

Talib Asis hob seine Handflächen vor sein Gesicht, Scharif und die Zwillingsbrüder folgten ihm. Er sprach ein kurzes Gebet, legte seine Hand auf den Boden und sah auffordernd zu seinen Freunden. Diese legten die ihren auf die seine, und als Letzter legte er seine Rechte auf ihre Hände, bevor er einen gemeinsamen Schwur aussprach:

»Freunde! Jeder von uns hat freiwillig an der gestrigen Reise teilgenommen. Jeder von uns ist verantwortlich für die Tat, die wir begangen haben, und für ihre Folgen. Jeder von uns schwört, diese Tat als ein Geheimnis anzusehen und es niemals vor einem Dritten zu verraten.«

»Ich schwöre«, sprach Scharif als Erster und hob seinen Kopf.

Die lang gestreckte Kuppe des Berges Sandschirgah glänzte im goldenen Schein der aufgehenden Sonne, und die frische Morgenluft, die von dort herüberzog, streichelte dem ehemaligen Koranschüler und einstigen Bauernjungen das Gesicht und die Brust. Ein neuer Tag begann.

Teil fünf

1

Mit seiner letzten Geschichte verriet mir mein Vater, wie er im September des Jahres 1929 zu seinem Reichtum gekommen war. Er erzählte sie mir weder im Hamam noch auf dem Freitagsmarkt, sondern auf dem Friedhof hinter unserem Haus, den wir manchmal gemeinsam besuchten. »Allah, verzeih mir«, sprach er nachdenklich, »dass ich meinen Schwur, den ich meinen drei Freunden damals gab, nun gebrochen habe. Glaube mir, nicht einmal deine Mutter weiß davon.«

»Ich werde mit niemandem darüber reden«, beruhigte ich ihn, und er erzählte weiter: »Kein wertloses Papier war in den Säcken, mein Sohn. Es waren große, ordentlich gebündelte Geldscheine, die ausreichten, um aus mir, einem ehemals armen Dorfburschen, über Nacht einen der reichsten Männer der Stadt zu machen. Noch in derselben Woche kaufte ich der Stadtverwaltung das brachliegende Stück Land vor dem Friedhof ab, auf das meine Mutter mich in meinem Traum aufmerksam gemacht hatte.«

»Ganz so, als wären Sie im Traum aus einem Traum erwacht, Agha«, scherzte ich.

Unbemerkt hatte mein Vater einen Weg zurück zu unserem Haus eingeschlagen. »Der kleine Wolf in deinem Magen scheint mir zu knurren. Ich glaube, er hat Hunger.«

Er hatte recht. Das Fischgericht, das wir jeden Freitagvormittag nach dem Hamam zu uns nahmen, war an diesem Freitag ausgeblieben. Schließlich war es der Todestag seines Vaters. Aber der Hunger darauf, seine Geschichte zu Ende zu hören, war viel größer als der in meinem Magen.

»Nun kannst du mich fragen, warum und weshalb ich meinen nächtlichen Ausritt in Richtung Turkistan in Kauf genommen habe«, sprach er weiter. »War es wirklich so, dass der Geist des alten Osman Khan mir geraten hatte, in dieser gefährlichen Wüste irgendeinen Schlüssel zu suchen? Oder gab es vielleicht eine andere Erklärung?«

Er blickte mich auffordernd an, und ich fragte: »Welche denn zum Beispiel?«

»Dass ich ein sportliches Abenteuer suchte. Oder dass ich mein Hirn mit frischer Luft füllen wollte.«

»Um es auf neue Gedanken zu bringen?«

»Ja. Ich wollte meine Verliebtheit ausschwitzen. Aber Vorsicht, mein Junge. Alle diese Erklärungen können richtig sein. Die wahrscheinlich beste Erklärung, die es für meinen ziellosen nächtlichen Aufbruch gibt, ist aber, dass es dafür keine Erklärung gibt.«

Er sah auf seine Uhr, hob seine Augenbrauen, und sprach weiter: »Es gibt in diesem Zusammenhang ein Märchen. Aber das erzähle ich dir lieber am nächsten Freitag. Jetzt gehen wir nach Hause. Heute gibt es Lammkopfsuppe mit frischem, knusprigem Brot. Und ich muss mir noch überlegen, was ich heute in meiner Predigt nach dem Freitagsgebet sage. «

»Erzählen Sie den Menschen doch das Märchen, das Sie mir versprochen haben«, sagte ich und stand auf.

Er lachte: »Genau das! Ja. Damit werde ich anfangen und mit nichts anderem. Aber ich muss noch ein passendes Thema finden, einen Rahmen, in dem ich es erzählen könnte. Danke, dass du mich auf diese Idee gebracht hast. Vielleicht schreibst du mir in Zukunft meine Predigten.«

AM FREITAG DARAUF begann mein Vater seine Erzählung mit ebenjenem Märchen: Es war einmal ein kleiner Dorfjunge. Der hatte niemanden und war bitterarm. Eines Nachts erschien ihm ein alter, weiser Mann im Traum, der ihm sagte: ›Im Nachbardorf gibt es eine Brücke über den Fluss zwischen den Trauerweiden. Du gehst jeden Tag dorthin und setzt dich unter diese Brücke. Du wirst dann etwas außerordentlich Gutes erfahren.‹

Das tat der Junge und saß jeden Tag unter der Brücke am Wasser, einfach so, ohne etwas zu tun. Dann kam eines Tages ein Mann aus dem Dorf zu ihm und fragte, warum er jeden Tag hier sitze. Der Junge nannte dem Fremden den Grund. Und da sagte der Mann: ›Dieser Alte aus deinem Traum ist ein Lügner. Er erschien auch in meinem Traum und erzählte mir von einem Schatz voller Gold, der im nächsten Dorf, also in deinem Dorf, zu finden wäre. Ich eilte am nächsten Tag dorthin, fand den Schatz aber nicht.‹

Der Mann nannte auch die Stelle, wo er den verborgenen Schatz gesucht hatte. Es war genau vor der Haustür des Jungen. Der Kleine lief in sein Dorf zurück und grub die ganze Nacht im Boden unter den großen Steinen, die seit Jahrhunderten dort lagen. Als die Sonne aufging, fand er endlich den Schatz voller Gold.

NACHDEM MEIN VATER mir diese Geschichte erzählt hatte, fügte er hinzu: »Bedenke, mein Sohn, dass das ein Märchen ist. Aber geht es im Leben wirklich so zu wie im Märchen? Was meinst du? Hm?«

»Im Leben kann es vorkommen«, antwortete ich, »dass der schwere Stein, den der Junge gehoben hat und unter dem der Schatz liegt, ihm auf die Füße fällt.«

»Schahbasch, Batschim! Im wirklichen Leben werden jedem Grenzen aufgezeigt, ein Rahmen wird gesetzt, über den man nicht hinaustanzen darf. Manchen gönnt der liebe Gott einen großen Rahmen, vielen aber einen kleinen, engen. Diesen Rahmen nennt man Geschick oder Schicksal. Es gleicht unserem Schatten. Einige haben einen langen, breiten Schatten, andere einen kurzen, schmalen. Wenn einer versucht, über ihn zu springen, kann er sich dabei sogar Hals und Beine brechen. Nur die Märchen kennen keine Grenzen, und nur wenige Menschen wurden mit einem Geschick ausgestattet, auf dessen Bahn ihr Leben so abläuft wie in einem Märchen. Warum ist der eine bis auf die Knochen arm, während der andere alles im Überfluss hat und nichts davon abgeben will? Du wirst dir später diese Fragen stellen und nach Antworten und Lösungen suchen, die es nicht gibt. Nimm die Dinge lieber hin und kümmere dich besser nicht um Antworten, anstatt dich mit dünnen, dummen zu begnügen. Warum es diese Ungleichheit gibt, kann auch ich dir nicht anders erklären, als dass alles seine Bestimmung und jeder seinen vorgesehenen Anteil an der Welt hat, ob er ihn verdient oder nicht. Selbst der Schöpfer schweigt darüber.«

Er seufzte, schwieg, ein dichtes Faltenbündel erschien auf seiner Stirn, dann setzte er fort: »Lange Rede, kurzer Sinn, mein Sohn. Das Leben ist eine wunderbare Reise entlang der Milchstraße, es besteht aber auch aus vielen Sprüngen unter den Regenbogen.«

Es waren zwei schöne Bilder, die zeitgleich vor meinem geistigen Auge standen, aber ich verstand nicht, was genau er damit meinte.

Eine Woche später, als wir auf unserem morgendlichen Weg zum Hamam für einige Minuten in einem Teeladen saßen, fragte mich Vater, ob ich wirklich interessiert sei, den weiteren Verlauf seiner Geschichte zu erfahren.

»Aber natürlich, Agha!«, antwortete ich.

»Dann sag mir, bitte, an welcher Stelle ich vorige Woche aufgehört habe.« Er sah mich nachdenklich an, und ich wollte ihn aufheitern.

»Sie ... ach ja, Sie haben gesagt, dass alles nur ein Märchen war, was Sie mir bisher erzählt haben, und das Leben ganz anders aussieht als die Märchen.«

Auf seinem Gesicht erschien ein Lächeln. »Aha! Und weiter?«

»Und dann ... dann haben Sie gesagt, dass Allah, der Schöpfer, selbst nicht weiß, warum derjenige, der vier Beine hat, nicht bereit ist, zwei davon demjenigen zu geben, der überhaupt keine Beine hat.«

»Exzellent, mein Sohn!«, rief er. »Genau so habe ich es gemeint und nicht anders!«

Ich sehe das Gesicht meines Vaters vor mir. Es ist gekrönt vom Schneehügel seines nach hinten gekämmten, dichten Haars, unter dem sich schmale, tiefe Linien in der Mitte seiner hohen Stirn bündeln, und es ist umspielt von einem kurz geschnittenen, grau-schwarzen Vollbart. Aus der Mitte sind zwei tiefe braune Augen auf mich gerichtet, und in seinem Hintergrund breitet sich der Teppich meiner Mutter aus. Und er spricht zu mir. Irgendwann und irgendwo, ob in einem jener Teeläden, im Hamam, auf der Terrasse des Fischladens oder auf dem Kleidermarkt, muss er mir noch diese Worte gesagt haben:

»Aber eins kann ich dir sagen, Junge: Selbst wenn es dir gelingt, mit List und Gewalt aus dem Rahmen deiner Wirklichkeit auszubrechen und dich in den Bereich des Märchens hinüberzuschleusen, wirst du früher oder später den Preis dafür zahlen müssen. Du kannst Kraft deines Geistes, deines Willens und Glaubens vieles in Bewegung setzen, vieles verändern, aber du kannst letztendlich deinem Schicksal nicht entrinnen. Du bleibst daran gebunden wie Jesus an sein Kreuz, aber du darfst deine Träume von einer Himmelfahrt nicht verlieren. Die Märchen, jedenfalls die meisten von ihnen, entwickeln sich und enden glatt, gut und glücklich, aber stell dir vor, dass unser ganzes Leben so ablaufen würde wie ein schönes Märchen. Dann hätten wir keine Märchen mehr. Dann hätten wir auch keinen Traum von einer Himmelfahrt oder einem Paradies, dann wäre die Welt voller Langeweile. Ich habe dich in das Männerbad geführt, mit dem Versprechen, dir ein langes Märchen zu erzählen, das nichts anderes ist als meine eigene Lebensgeschichte. Und diese Geschichte will ich jetzt fortsetzen.«

2

Nicht fern von dem großen Stück Land, das Scharif der Stadt abgekauft hatte, mieteten er und Talib Asis ein Häuschen an, in dem sie während der kommenden Wochen und Monate wohnten. Seine Unterkunft in der Karawanserei gab Scharif auf, er erzählte allen, dass er bereits eine große Summe gespart hätte, um als Handelsreisender zu arbeiten. Die Menschen auf dem Dorf und die Basaris, die ihn kannten und ihn oft für seinen Arbeitseifer bewundert hatten, glaubten ihm alles. Er ließ sich neue Kleider nähen, änderte sein Erscheinungsbild und widmete sich unbemerkt dem Bau seines Hauses.

Talib Asis stand ihm bei und unterstützte ihn fortwährend. Nachdem er den verbliebenen, vierten Geldsack den drei Männern aus Turkistan gegeben und sie nach Hause geschickt hatte, zog er sich von der Außenwelt zurück, verbrachte seine Tage auf der kleinen Terrasse, las Bücher, schrieb, betete und dachte nach.

Er machte Scharif auch mit einem der besten Baumeister der Stadt bekannt, und Scharif erklärte diesem, wie er sich sein Haus vorstellte: ein Schloss mitten in einem weitläufigen Garten – koste es, was es wolle. Und es sollte so schnell wie möglich fertig werden! Der Baumeister heuerte Hunderte Lohnarbeiter an und begann mit hohen Mauern rund um das Gelände, um die neugierigen Blicke abzuwenden. Er gab an, dass er das Haus für sich selbst bauen wolle, und hielt so Scharifs Namen geheim.

Wie er mit Talib Asis und den beiden Brüdern vereinbart hatte, besuchte Scharif den Gärtner von Hadschi Seyed Hadschem Khan in dessen Anwesen hinter der Zitadelle am Dars-e Malek. Er musste lange an die Tür des Obstgartens klopfen, bis der Khudscha kam und ihm öffnete.

»Sei nicht verschreckt, Khudscha, ich komme dich besuchen.«

»Ein Gast ist der Schatten Gottes«, sagte der Mann und ließ ihn ein.

Sie setzten sich auf die Terrasse zum Tee, und Scharif kam umgehend auf den Grund seines Besuchs zu sprechen:

»Mein lieber Khudscha, ich komme, um dir etwas mitzuteilen, was ich dir beim ersten Gespräch vorenthalten habe. Ich bin kein armer Bauer oder Hirte, und ich züchte auch keine Ziegen. Es ist nämlich so, …« – Er räusperte sich. – »Ich hatte durch unseren gemeinsamen Freund Haschmat Dschan von Roya, der älteren Tochter des Khans, gehört und wollte sie unbedingt einmal aus der Nähe sehen. Daher gab ich mich bei euch als Hirte aus. Nun habe ich sie gesehen und mich in sie verliebt. Auch unsere Brüder Hekmat und Haschmat bestehen darauf, dass ich sie bald heiraten sollte. Wir wollen doch nicht zulassen, dass ihre Eltern sie, für Geld, wie eine arme Ziege vor den Füßen eines alten Drogenschmugglers schlachten. Ich komme mit herzlichen Grüßen von unseren gemeinsamen Brüdern zu dir und möchte dich bitten, dass du uns bei dieser Sache zur Seite stehst. Wir sind auf deine Hilfe sehr angewiesen, Khudscha.«

»Nichts lieber als das, aber wie kann ich da helfen?«, fragte der Khudscha verängstigt.

»Wir erwarten nicht viel. Du hast Roya großgezogen, sie ist bestimmt klug und hat Vertrauen zu dir. Ich meine, du könntest mit ihr unter vier Augen sprechen. Ihr Vater bringt sie regelmäßig zum Kalifen von Newin, damit er ihr seinen Segen gibt. Wenn sie ihm beim nächsten Besuch sagen würde, dass sie nicht bereit sei, mit einem alten Mann verheiratet zu werden, könnte das uns allen helfen. Den Rest überlässt du dann uns. Wir haben beste Verbindungen zu dem Kalifen, und er wird Qalandar Khan bestimmt davon abhalten können, um die Hand dieses jungen Mädchens zu bitten.«

Der Khudscha lachte und wurde bleich: »Glaubst du wirklich, dass das so einfach ist?«

»Warum denn nicht?«

»Ich habe dreißig Jahre lang in diesem Haus gedient«, sagte er stolz, »und ich habe mich niemals in Gefahr gebracht. Das ist unseren beiden Brüdern bekannt. Ich kenne sie bereits seit ihrer Kindheit.«

»Warum sollte das für dich gefährlich sein, mein lieber Bruder? Meinst du, das Mädchen ist so dumm, ihre eigene Zukunft zu vermasseln? Du musst ihr doch nicht alles erzählen.«

»Heutzutage bleibt nichts geheim«, sagte der Khudscha und blickte ängstlich zum Wohnhaus des Khans hinüber.

Scharif kniff seine Augen zusammen und änderte seine Tonlage: »Schau mal, Khudscha. Mit oder ohne deine Hilfe – ich werde dieses Mädchen in einigen Monaten heiraten, und ich werde deinem Herrn diesen Garten, in dem wir beide sitzen, abkaufen, koste es, was es wolle!«

Der Khudscha musterte Scharif mit halb geöffnetem Mund und fragte: »Bist du wirklich so reich?«

»Ja, mein Freund. Und dein Herr ist ein Mann, der bereit ist, für Geld das Grab seines eigenen Vaters zu verkaufen. Samt der Mauer, auf der der verstorbene Seyed nach Mekka geritten ist. Ich bin so vermögend, dass ich deinem Herrn sein gesamtes Hab und Gut abkaufen könnte!«

Der Khudscha drehte seine tief sitzenden, kleinen Augen und sagte: »Meine Güte! Das sind himmelsgroße Worte. Wessen Sohn bist du denn?«

»Ich bin mein eigener Sohn, wie dieser Drogenkönig, der der Sohn seiner selbst ist.«

»Und du meinst, Haschmat würde das bestätigen?«

»Wenn du mir nicht glaubst, frage ihn ruhig und handle dann. Wenn du willst, kannst du dann gern hier als Gärtner weiterarbeiten, von mir aus dein eigener Herr sein, mit einem Lohn, der zwanzigmal höher ist als das, was du jetzt von deinem geizigen Herrn bekommst.«

Des Khudschas Augen weiteten sich. Scharif holte aus seiner Tasche ein Bündel großer Geldscheine, legte es auf den Tisch und stand auf.

Der Khudscha steckte das Geld sofort ein und zog ihn am Ärmel. Scharif setzte sich wieder. Dann sprach der Gärtner in leisem Ton: »Pass auf, Scharif Khan. Roya leidet seit ihrer Kindheit unter schweren Albträumen. Sie träumt regelmäßig von Dämonen, wilden Tieren und Ähnlichem. Und sie sieht manchmal am helllichten Tag böse Geister. Deshalb geht sie regelmäßig zu dem Kalifen, um von ihm gesegnet zu werden. Ich denke, es wäre besser, wenn sie ihm sagen würde, dass sie von einem alten Mann träumt, der sie zu seiner Frau nehmen will. Aber kein Wort von Qalandar Khan! Sonst komme ich früher oder später an den Galgen. Und du musst dich noch etwas gedulden. Der Khan ist gesundheitlich immer noch sehr angeschlagen. Bevor sich sein Zustand nicht deutlich bessert, wird er sich mit dem Thema nicht befassen wollen.«

»Abgemacht«, erwiderte Scharif.

»Gut«, sagte der Khudscha kopfnickend, den Blick zum Wohnhaus des Khans gerichtet.

In diesem Moment trat ein kleines Mädchen durch die grüne Zwischentür. Scharif erkannte sofort, dass es Leyla, die jüngste Tochter des Khans, sein musste. Der Khudscha gab ihm ein Zeichen. Scharif verschwand in dessen Häuschen und beobachtete durch das schmale Fensterglas das bildhübsche sechs- oder siebenjährige Mädchen mit langen, rötlich braunen Haaren und großen hellgrauen Augen. Es erschien vor der kleinen Terrasse und sagte dem Khudscha, er solle in den Garten vor dem Wohnhaus kommen und sie schaukeln.

»Geh, Leyla. Ich komme sofort nach«, schickte der Khudscha das Mädchen zurück. Dann verabschiedete sich Scharif von ihm.

VOM ANWESEN HASCHEM Khans war es ein langer Weg bis zu ihm nach Hause. Scharif nahm die schmalen Gassen abseits des Lärms der Basare. Zugleich aber begab er sich im Geiste in den Zustand eines nie da gewesenen Rausches, in dem ihm alles, was er empfand und was er sich wünschte, wahr und erfüllt schien. Ihm kamen wieder die Worte Osman Khans in den Sinn, der ihm gesagt hatte: »Wenn das Glück eines Tages hoch auf einem Tiger auf dich zureitet, darfst du nicht aus Furcht auf die Bäume klettern. Du sollst wissen, dass die Angst ein viel schlimmeres Wild ist als jeder echte Tiger.«

Die einzige Angst, die Scharif jedoch immer noch spürte, war die um Talib Asis. Was, wenn der König, der Sohn des Wasserträgers, den Krieg gegen seinen Rivalen Nader Khan gewinnen und an der Macht bleiben würde? Was, wenn der Drogenbaron aus Ghurian Talib Asis ausfindig machen würde?

Scharif dachte über den Freund nach. Manchmal wirkte dieser sehr in sich gekehrt, aß und sprach kaum. Vor Kurzem hatte er Scharif gesagt, dass er wieder aus unbekannten Weiten eine Flöte klingen höre. Spielte er wieder mit dem Gedanken fortzugehen? In einer Seitengasse blieb Scharif abrupt stehen und fasste sich an die Stirn, als ihm einfiel, dass Talib Asis mehr als nur einmal vor ihm erwähnt hatte, dass er für sein Leben gerne einmal zum Grab des Dichters Rumi nach Konya reisen wolle. Das musste es sein. Doch dieses Mal würde er ihm zuvorkommen.

Als er nach Hause kam, hatte er für seinen Freund ein Geschenk im Gepäck: eine Reise in die Türkei. Und das Beste daran war: Er würde mitkommen! Es war eine Idee, die, so spontan sie auch war, Talib Asis sehr begrüßte. Und was die Vermählung von Roya mit Qalandar Khan anging, vertraute Scharif vorerst auf das Geschick der Brüder Hekmat und Haschmat, den Einfluss des Khudschas und, nicht zuletzt, auf die Hämorrhoiden und sonstigen Beschwerden des Khans. Die Freunde besorgten sich Reisepapiere, fanden einen Vertrauensmann, der während ihrer Abwesenheit alles Nötige mit dem Bauleiter besprechen sollte, versteckten den größten Teil des noch vorhandenen Geldes und machten sich zu Pferd auf den Weg nach Persien.

3

Im Persien Ende der Zwanzigerjahre fanden Scharif und Talib Asis ein Land vor, das zwar mit ihrer Heimat eine gemeinsame Sprache, Kultur und Vergangenheit hatte, aber viel reicher, viel offener und viel weiter entwickelt war als das Armenland Afghanistan. Die Dörfer sahen sehr grün aus, die Städte modern, die Basare bunt, lebendig und reich an Gütern aller Art, die Straßen waren ausgebaut und die Häuser aus Beton, Stein und Ziegeln. Große Gebiete des Landes wurden mit Strom versorgt, und es gab viele produktive Betriebe und industrielle Erzeugnisse. In den Städten herrschten Wohlstand und ein ausgeprägtes kulturelles Leben, und die Menschen sahen gepflegt aus, sie trugen weniger traditionelle Kleider als die Afghanen und stattdessen europäische Anzüge.

Am meisten aber beeindruckten Scharif und Talib Asis die Automobile. Damals fuhren in den Straßen von Persien einige Tausend davon. Sie waren vor allem englischer und deutscher Bauart. Bereits in Maschhad, der ersten Stadt hinter der Grenze, gelang es Scharif, seinen Freund dafür zu begeistern, einen blauen Opel zu kaufen. Gegenüber von ihrem Hotel gab es eine Werkstatt. Der Mechaniker, ein freundlicher Mann mit afghanischen Vorfahren, brachte ihnen auf dem Gelände hinter seiner Werkstatt und in den umliegenden Straßen das Fahren bei. Sie rasierten ihre Bärte, kleideten sich nach westlicher Mode der Perser neu ein, übten sich im Fahren in der Stadt und brachen alsdann frisch motorisiert auf, um neue Regionen zu entdecken. Sie fuhren durch das halbe Land, besuchten eine Stadt nach der anderen und machten an jedem Pilgerort halt. Schließlich besuchten sie auch das Grab Hafes' in Schiras.

Es war an einem goldenen Oktobertag im Jahre 1929, als sie dort aus einer persischen Zeitung erfuhren, dass in der afghanischen Hauptstadt der König Habibullah durch General Nader Khan vom Thron vertrieben worden war. Scharif hielt das Zeitungsblatt hoch über seinem Kopf in den Wind und jubelte.

»Ich hoffe, du jubelst nicht für Nader Khan. Er ist ein Mann der Briten«, sagte Talib Asis.

»Nein, Bruder, ich jubele für uns!«

Zu Beginn des Winters besorgten sich die Freunde ein Visum, kauften sich ein türkisches Wörterbuch und fuhren in die Türkei. Einige Wochen verbrachten sie in Ankara, dann ging es weiter ins Zentrum Anatoliens, nach Konya. Hier, im Mausoleum des Dichters Rumi, meditierte Asis eine ganze Woche lang nahezu ununterbrochen.

Die Flüsse und Seen, die hohen Berge im Umkreis, die Baudenkmäler aus der Ära der Seldschuken beflügelten die Freunde. Nach drei

Wochen, als der erste Schnee fiel, zog es Scharif weiter zum Mittelmeer. Doch obwohl die Tage immer kälter wurden, war es nicht einfach, den Freund von der Hochebene fortzubewegen.

»Hier sind die Frauen so schön. Sie halten einen richtig warm«, scherzte Talib Asis.

»Wenn es dir hier so sehr gefällt, dann heirate doch eines von diesen Mädchen«, erwiderte Scharif.

»Vielleicht. Irgendwann mal. Wer weiß?«

Für Scharif, der einst beim Händler Osman gelernt hatte, sinnliche Schönheiten nicht zu verteufeln, sondern zu genießen, mit Humor durchs Leben zu gehen und Verklemmungen nicht zuzulassen, war es ein gutes Zeichen, dass sein geistlicher sowie geistiger Lehrer ebenso empfinden und reden konnte.

Talib Asis öffnete sich immer mehr den weltlichen Freuden. In den sinnlichen Schönheiten suchte er weniger das Vergängliche, er brachte sie auch nicht mehr, wie früher, sofort mit dem ewig Göttlichen in Verbindung und genoss sie vielmehr als solche. Dementsprechend deutete er auch einige Gedichte anders als früher. Sogar dass Hafes Wein getrunken hatte, schloss er nicht mehr aus.

Den Rest des Winters verbrachten sie in Antalya. Nahe der schönen Moschee Yivli richteten sie sich eine kleine Wohnung ein, mit Blick auf das alte Minarett aus dem dreizehnten Jahrhundert. Die Welt um sie herum war heil, das Klima mild. Sie hatten immer noch genug Geld, um gut zu essen und zu trinken. Sie lernten jeden Tag neue türkische Worte, lasen in Büchern, die sie sich in Persien gekauft hatten, über die Geschichte und Kultur des Orients und machten lange Spaziergänge am Hafen.

Dennoch ging es nicht immer leicht und sorglos zu. Royas zauberhaftes Lächeln hatte sich in Scharifs Herz eingebrannt, und er sehnte sich jede Nacht danach, sie wiederzusehen. Er suchte Trost in der Musik und in den Gedichten von Hafes und Rumi, die ihn auf entzückende Art wehmütig stimmten. Doch je länger die Freunde in dieser schönen Fremde blieben, desto ungeduldiger wurde Scharifs Herz.

JEDEN TAG LASEN Talib Asis und Scharif mühsam türkische Zeitungen. Eines Tages, sie saßen am Hafen, erfuhren sie auf diese Weise von einer Geschichte aus ihrer Heimat, die sie nachdenklich stimmte: Nader Khan, der neue Tyrann in Kabul, hatte seinen Vorgänger entgegen seines Versprechens, ihn zu begnadigen, hinrichten lassen, um ein Exempel für seine politischen Gegner zu statuieren.

»Der Stoff für die Geschichtsschreibung wird nicht von uns einfachen Leuten geliefert«, kommentierte Scharif. »Wir können zwar Helden spielen, werden aber höchstens als Kanonenfutter in einer Fußnote erwähnt werden. Ich habe dazu keine Lust. Ich will kein Grab in einem Geschichtsbuch und schon gar nicht im Fußnotenbereich.«

Talib Asis lachte kurz, ließ seinen Blick über das stille Wasser schweifen und sagte: »Die Politik von Amanullah Khan ist jedenfalls gescheitert. Er war mit Atatürk befreundet, die Türkei war sein Vorbild. Er hat das Spiel verloren. Wir werden hundert Jahre warten müssen, bis ein anderer kommt und seinen Weg fortsetzt.«

Mit diesen Worten stand Talib Asis auf und schenkte Scharif ein verlegenes Lächeln.

Einige Tage später saßen sie wieder bei Sonnenuntergang am selben Ort. Ihre Stimmung war dieses Mal viel heiterer. Talib Asis kratzte sich an seiner glatt rasierten Wange und sagte: »Da fehlt mir was.«

»Ja, dein schöner Bart, Meister!«

»Wir müssen uns langsam darauf einstellen, dass wir nach knapp sechs Monaten bald in die Vergangenheit zurückkehren, aus der wir gekommen sind, Scharif Khan.«

»Was sollen wir machen?«, fragte Scharif, der eine Zeitung aufgeschlagen hatte und in einen doppelseitigen Artikel vertieft schien. Es war wieder ein Bericht über Afghanistan. In der Mitte war ein Abbild von Mahmud Tarsi, dem »Vater des afghanischen Journalismus«, wie es hieß. In der Regierungszeit des Vaters von Amanullah habe er in Kabul eine Zeitung herausgegeben, in der er eine parlamentarische Monarchie und demokratische Verhältnisse propagierte. Nun sei er zum zweiten Mal ins türkische Exil gekommen und hielte am achten März eine Rede in Ankara.

»Oh! Das ist in vier Tagen!«, rief Scharif begeistert. »Fahren wir hin?«

»Das werden wir, ja«, erwiderte Talib Asis.

Der Artikel hatte ihnen neue, bisher unzugängliche Erkenntnisse über die politische und gesellschaftliche Entwicklung Afghanistans in den letzten drei Jahrzehnten gebracht. Sie erfuhren so ein wenig über eine intellektuelle Bewegung in ihrem Land, an deren Vorstellungen von Herrschaft und Gesellschaft sie Gefallen fanden. Und sie wussten jetzt, dass der junge Prinz Amanullah bereits als Erneuerungsdenker bekannt gewesen war, bevor er die Macht ergriffen hatte.

Talib Asis und Scharif fuhren nach Ankara und erlebten dort den großen Intellektuellen der afghanischen Geschichte. In seiner Rede erläuterte Tarsi die Ursachen und Hintergründe des tragischen Schicksals seines Landes, das nun, nach einer kurzen Kostprobe der Demokratie, erneut in die Hände einer despotischen Familie gefallen sei.

Die neuen Eindrücke beschäftigten insbesondere Talib Asis und führten ihm das Ausmaß seines politischen Irrtums vor Augen.

MITTE MÄRZ DES Jahres 1930 rollte ein Automobil durch die Straßen von Herat. Weil es das erste Privatauto in dieser Stadt war, wurden sein Fahrer und dessen Beifahrer von den Passanten mit Beifall begrüßt. Dass darin zwei ehemalige Koranschüler aus einem Dorf saßen – darauf wäre nicht einmal Gott im Himmel gekommen.

Das Haus war bereits größtenteils fertig gebaut, Roya hatte dem Kalifen von ihren bösen Träumen erzählt, in denen ein alter Mann sie heiraten wollte, und Haschmat hatte mit Seyed Latif, dem Bruder von Roya, geredet. Jetzt mussten sich die Freunde beeilen.

Scharif bestellte in einem Süßwarenladen eine große Platte mit dem köstlichsten Zuckerwerk und ließ sieben bunte Seidentücher, die er aus Schiras, der Heimat des Dichters Hafes, mitgebracht hatte, und Schmuckstücke aus der Türkei, alles edel und teuer, auf einem Silbertablett zurechtlegen. Mit beidem schickte er Talib Asis nach Newin, um den Kalifen zu treffen. Am Abend kam dann dieser zurück. An dem freudigen Ausdruck auf seinem Gesicht konnte Scharif ablesen, dass er gute Nachrichten hatte.

»Als ich zum Kalifenhof kam«, berichtete Talib Asis, »stand der gütige, alte Mann irritiert zwischen zwei Dienern und war umgeben von vierzig blökenden Schafen, aber keiner wusste ihm zu sagen, von wem die Vierbeiner gekommen waren. Seine Anhänger schicken ihm höchstens zehn Schafe auf einmal und nicht vierzig. Aber das war gut so.«

»Und?«

»Er hat mich gesehen und gelacht: ›Ich kenne nur einen, der sich eine solche Frechheit traut.‹«

»Und dann?«

»Alles andere war einfach, Scharif! Morgen ist Naurus. Am Abend kommt die ganze Familie von Seyed Haschem Khan nach Newin, um für Roya den Segen des Alten zu bekommen.«

Scharif atmete auf.

4

Vor Anbruch der Dunkelheit stand ihr Automobil vor dem Eingang des Kalifenhofes in Newin. Die Freunde hatten einen Bekannten von Hekmat mitgebracht, der ihnen als Chauffeur diente und nun eine dicke Schicht Straßenstaub sorgfältig von dem Wagen abwischte. Talib Asis stand in einem weißen Gewand neben dem Eingangstor. Sein Bart war etwas nachgewachsen und er sah wieder aus wie der frömmste Mensch auf Erden. Scharif dagegen hatte sein gewohntes Erscheinungsbild deutlich verändert – eine Kunst, in der ihn die Zwillingsbrüder geschult hatten. Er trug einen eleganten, dunklen Anzug und erschien nun als ein junger, reicher Geschäftsmann mit einem feinen Kinnbart. Doch er war nervös. Er ging vor dem Tor auf und ab. Seine größte Angst war, jemandem zu begegnen, der ihn aus seinem Dorf, vom Basar oder sonst woher kannte. Um das Automobil hatten sich bereits jede Menge Schaulustige, darunter viele Kinder, versammelt.

Kurz darauf fuhr auch die Familie von Seyed Haschem Khan in einer Kutsche vor und kam etwas entfernt von ihnen zum Stehen. Talib Asis ging auf sie zu und kam mit Seyed Latif, dem Sohn des Khans, ins Gespräch. Der aufwendig gekleidete Kake begrüßte ihn so herzlich, dass Scharif glaubte, die beiden seien alte Freunde. Dann stieg behäbig der Khan aus seiner Kutsche, gefolgt von seiner Frau Bibi Hadschi und seinen zwei Töchtern Roya und Leya, die in einem angemessenen Abstand zu den Männern stehen blieben.

Alle, auch die Frauen hinter ihren Schleiern, bestaunten mit großen Augen das Automobil. Scharifs Herz flatterte in seiner Brust wie eine Taube. Er zupfte seinen Anzug und seine Krawatte zurecht, während Talib Asis mit dem Khan plauderte und anschließend mit der Hand auf ihn deutete. Daraufhin richtete Scharif seinen Kopf auf, bemühte sich um ein selbstbewusstes, freundliches Lächeln und ging mit festem, schnellem Schritt auf sie zu.

Scharif entschied sich, den Khan auf eine familiäre Weise anzusprechen. Noch im Gehen legte er seine Hand auf die Brust und grüßte ihn zum Naurus: »Salam Alaikum, lieber Onkel! Naurus mobarak!«

Seyed Latif trat einen Schritt nach vorn, doch Scharif nahm zuerst die Hand des Khans und fragte ihn, wie es ihm ginge, dann erst begrüßte er dessen Sohn. Talib Asis stellte ihn als »mein Cousin Scharif Khan« vor.

»Es ist für mich eine große Ehre, Sie persönlich kennenzulernen, Agha. Ich habe so viel Gutes von Ihnen gehört«, schmeichelte Scharif.

»Sie sind viel unterwegs, hat mir Maulana Asis erzählt«, sagte der Khan mit glänzenden Augen.

Scharif Khan übte sich in einem bescheidenen Lachen. »Ja, ich stehe immer mit einem Fuß in Herat und mit dem anderen in Persien, in der Türkei oder in Bombay …«

»Womit handeln Sie, Scharif Khan?«

»Ich exportiere Rohstoffe und bringe fertige Produkte ins Land.« – Er zeigte auf sein Automobil. – »Dieses Modell habe ich mir jetzt aus Deutschland schicken lassen. Wenn es sich hier gut verkauft, dann werde ich mehr davon ins Land bringen lassen.«

»Wunderbar!«, sagte der Khan mit einem tadelnden Seitenblick auf seinen Sohn. »Sie sind noch so jung und haben es schon so weit gebracht. Das Land braucht junge Leute wie Sie. Insbesondere jetzt, da wir eine neue Regierung haben. Seine Majestät Nader Khan wird bestimmt das Land modernisieren wollen.«

»Sie sind gnädig, lieber Onkel«, schmeichelte Scharif und fügte mit einem charmanten Lachen hinzu: »Sie können, verehrter Khan, das Fahrzeug gern haben, wenn es Ihnen gefällt.«

»Wie bitte?«

»Ja, ich schenke es Ihnen. Wirklich. Es wäre eine Ehre für mich.«

Alle lachten.

»Sie sind aber sehr großzügig, junger Khan«, sagte der gewichtige Mann. »Kaum haben Sie mich kennengelernt, wollen Sie mir Ihr Automobil schenken.«

Scharif traute sich nicht, einen Blick in Richtung der Frauen zu werfen. Er merkte aber, wie neugierig ihn Roya, ihre Mutter und ihre Schwester Leyla anblickten. Er ging fest davon aus, dass weder sie noch ihr Bruder Latif den Ziegenhändler in ihm wiedererkannten.

»Waren Sie auch in Deutschland?«, fragte der Khan.

»Nein, noch nicht, aber ich importiere vor allem Medikamente aus Deutschland.«

»Welcher Art Medikamente sind das?«

Scharif, der während seiner Reise durch die Türkei vorausschauend an alles gedacht hatte, erkannte eine große Neugier in den Augen des alten, kränklichen Mannes, dessen rechte Hand immer wieder unter den Mantel an sein Gesäß wanderte, um die empfindliche Stelle zu kratzen.

»Gerade habe ich deutsche Medikamente aus der Türkei mitgebracht, die neu auf dem Markt sind. Es sind welche gegen Hautpilz, gegen Rheuma, Bauchschmerzen und gegen Hämorrhoiden.«

»Oh!«, stieß der Khan hervor und lachte in Richtung Talib Asis, dem bei Scharifs Worten der Mund offen stehen geblieben war. »An all diesen Krankheiten leide ich Höllenqualen!« – Er wandte sich an Scharif Khan. – »Haben Sie auch welche bei sich?«

»Zwei volle Kisten in meinem Wagen. Die eine wollte ich dem Herrn Kalifen schenken. Die zweite Kiste schenke ich Ihnen. Auf jedes Medikament habe ich in Farsi geschrieben, wofür es gut ist und wie man es anwendet. Die Kapseln gegen Hämorrhoiden nehmen Sie bitte nicht ein, sondern wenden sie nach dem Stuhlgang an.«

»Wie anwenden?«

»Na ja … ganz einfach … hineinstecken. Ich sehe, dass mein lieber Cousin Seyed Latif lacht, aber ich sehe keinen Grund dafür.«

»Sein Lachen oder Weinen interessiert mich nicht sonderlich!«, sagte Haschem Khan mit gereiztem Seitenblick auf seinen Sohn.

»Dann«, sagte Scharif und richtete seinen Blick auf Talib Asis, der rot angelaufen war, »gehen wir zum Wagen, Maulana Sahib, oder?«

»Aber sicher«, antwortete Talib Asis verlegen.

Die Frauen kamen näher. Talib Asis und Scharif Khan legten ihre Hände auf die Brust und grüßten sie. Endlich gelang es Scharif ein zweites Mal, das traumhafte Gesicht der geliebten Roya, deren Name Traum bedeutete, hinter ihrem hellblauen Schleier zu erblicken.

JE WEITER DIE Nacht voranschritt, desto voller wurde es im Gästesaal des Kalifen inmitten des ausgedehnten, mit Gaslampen beleuchteten Areals. Der alte Geistliche saß wie ein weißer Buddha auf einem steinernen Podest. Sein langer weißer Bart, sein schöner weißer Mantel und sein ebenso heller Turban, den er von Zeit zu Zeit abnahm, um seinen kahlen Kopf zu kratzen, seine Sitzhaltung und seine leise, warme Stimme unterstrichen seinen sanften Geist. Was Scharif am meisten an diesem Mann beeindruckte, waren seine Offenherzigkeit und sein subtiler Humor.

Rechts und links von ihm saßen einige Bärtige und beteten mit ihrer Tessbih. Zum Glück war Scharif mit keinem dieser Herren bekannt, auch mit allen anderen nicht, die in zwei Reihen rechts und links des Kalifen Platz genommen hatten. Talib Asis schien zwar einige von ihnen zu kennen, er saß aber ein wenig schüchtern zwischen Haschem Khan und dessen Sohn Latif. Scharifs Unsicherheit hingegen war längst in Übermut umgeschlagen. Er brauchte sich nicht einmal in den Mittelpunkt zu drängen, vielmehr waren es die anderen, die ihn mit ihren Fragen, ihren aufmerksamen Blicken und mit ihrem Nicken, während er sprach, wie von selbst dorthin rückten.

Scharif hatte sich im Vorfeld einige Ansichten über Himmel und Erde zurechtgelegt, und sein Wissen aus den persischen und türkischen Zeitungen kam ihm dabei zugute. Er hatte einige Artikel darüber gelesen, wie die Wirtschaft, die Banken und der internationale Handel funktionierten, aber auch über die Haltung des Islams zu den wichtigen Fragen der Wirtschaft, wie die des Zinses und des Gewinns. Er verpackte seine Meinung über das Verhältnis von Religion und Politik in schöne, überzeugende Worte, und die Gefahr, dass der Kalif oder irgendein Mullah ihn wegen seines Erscheinungsbildes als einen Nachahmer der europäischen Kultur oder gar als Ungläubigen abtun könne, war bald abgewendet. Denn er belegte seine Ansichten mit Passagen aus dem Koran, die er nicht nur richtig rezitierte, sondern er lieferte auch gleich deren genaue persische Bedeutung dazu, gefolgt von zeitgemäßen, ja sogar weisen Auslegungen. Zudem bekräftigte er seine Ansichten mit Gedichten aus dem Schatz der mystischen Dichtung, die bei den Muslimen nicht weniger ankamen als die Verse aus dem heiligen Buch. Nicht zuletzt war es die Hoffnung, Roya würde ihn hinter der Zwischentür im Nachbarraum hören, die ihn beflügelte und in Rausch und Hochmut versetzte. Und bald bekam er Lob von dem Kalifen.

»Sie haben den Islam richtig begriffen. Unser Prophet war von Beruf zuerst Händler. Ich bin ganz bei Ihnen, Scharif Khan. Der wahre Islam steht dem gesunden Fortschritt nicht im Wege.«

»Nein, keineswegs, keineswegs«, riefen einige Bärtige im Chor.

Talib Asis starrte seinen Schüler verwundert und zugleich bewundernd an; er durchschaute wohl, dass dieser in dessen Flucht vor dem Zweifel im Rausch des Bluffs Sicherheit gefunden hatte. Als der Bluff aber schwindelerregende Höhen erreichte – als der Scharif nämlich behauptete, er hätte in Persien Wirtschaft und Religion studiert –, stand Talib Asis auf und verschwand in Richtung Toilette.

Seyed Haschem Khan saß ruhig und breit an die Wand gelehnt, betete mit seiner Tessbih und glotzte Scharif an, der wiederum hin und wieder verstohlen zu diesem hinüberblickte, um dessen Gedanken zu lesen. Als Haschem Khan ihn dann als mit »Verehrter Doktor« anredete, hatte Scharif keinen Zweifel mehr, in dessen Augen die Worte zu lesen: ›Nur dich! Niemand anderen als dich möchte ich zu meinem Schwiegersohn machen!‹

Bald hörte Scharif diese Bezeichnung auch aus dem Munde des Kalifen höchstpersönlich, und das Gespräch fiel auf den von Scharif beabsichtigten Themenbereich.

»Mein Diener hat mir erzählt, dass Sie uns eine Kiste Medikamente aus Europa mitgebracht haben, Doktor Scharif Khan. Wozu sind sie gut?«, fragte der Kalif.

»Fragen Sie lieber mich, mein Herr«, stöhnte es da aus dem Bereich, in dem Seyed Haschem Khan saß. »Meine Hämorrhoiden hatten mich so weit gelähmt, dass ich kaum beten konnte, weil ich ständig blutete.«

Seyed Latif konnte sich das Lachen nicht verkneifen und versteckte sein Gesicht hinter einem Tuch, das er über seine Schulter geworfen trug. Der Kalif hingegen hörte Haschem Khan interessiert zu.

»Vor zwei Stunden war ich auf der Toilette und habe eins der Zäpfchen, die mir Doktor Scharif gegeben hat, benutzt. Und seitdem, glauben Sie mir, bin ich so erleichtert, als wäre ein Wunder geschehen.«

Die Beichte des Khans war auch dem Kalifen sichtbar peinlich. Er wandte sich in leisem Ton an Scharif und fragte: »Woran liegt das, Doktor Sahib, dass so viele Menschen an diesem Problem leiden?«

Der angebliche Doktor räusperte sich. »Um die Dinge beim Namen zu nennen, verehrtester Kalif, das liegt in erster Linie daran, dass wir uns mit Erdklumpen trocknen und uns dabei nicht nur verletzen, sondern auch Bakterien einhandeln.«

Die Augenbrauen der Herren hoben sich, ihre Ohren bekamen Flügel.

»Wie wir wissen, waschen die Perser sich mit Wasser. Aber das ist auch nicht richtig.«

Der Geistliche nickte mehrmals.

»Aus zwei Gründen, verehrter Kalif. Erstens stinkt ihre linke Hand ständig. Hinzu kommt, dass ihre Unterhosen nach jedem Toilettengang gelblich nass werden.«

Da lachte der Kalif vergnügt, sodass Scharif sehen konnte, dass dem Mann etliche Zähne fehlten. Und wenn der Kalif einmal lachte, lachten die anderen zweimal.

»In der modernen Welt jedoch benützt der Mensch, Mann wie Frau, ein feines Papier, Herr Kalif. Und das wirkt, ohne sich Verletzungen zuzufügen.«

Der Kalif hob seine Brauen, richtete sich auf und, während er mit seiner Tessbih hantierte, sagte er: »Man könnte meinen, Sie seien auch ein Mullah, Scharif Khan. Ich habe den Eindruck, dass Sie den ganzen Koran auswendig kennen. Glauben Sie aber nicht, dass das Benutzen des Papiers zu diesem Zweck eine Sünde ist? Auf das Papier wird Gottes Wort geschrieben.«

Scharif lächelte und nickte.

»Mit Verlaub, verehrter Herr Kalif. Hier liegt leider ein klares Missverständnis vor. Papier wird aus Holz produziert, das Wort kommt erst später darauf, und das Holz gehört genauso zur Natur wie der Erdklumpen. Man kann vieles, was die Europäer tun, zu Recht ablehnen, aber sie putzen sich den Hintern nicht mit beschriebenem, sondern mit einem bleichen, dünnen Papier, auf das man gar nicht schreiben kann, ab.«

Diese Erklärung leuchtete allen ein. Da erinnerte Scharif sich, dass er ein Stück gerolltes grünes Toilettenpapier bei sich trug, das er aus der Türkei mitgebracht hatte. Er holte es aus seiner Jackentasche und reichte es dem Kalifen. Dieser befühlte das Papier und roch daran. Dann sagte er: »Es ist wirklich ein feines Papier. Das Einzige, was bei mir Bedenken hervorruft, ist, dass es farbig ist und duftet. Das kann möglicherweise gegen die Scharia verstoßen.«

»Die Ware gibt es auch ohne Duft und Farbe«, beruhigte ihn Scharif.

Das Stück Klopapier ging von Hand zu Hand, bis Haschem Khan es in seine Tasche steckte und der Kalif Scharif fragte, woher man dieses feine Papier bekommen könne.

»Dieses Papier steht ganz oben auf der Liste der Waren, die ich demnächst importieren werde«, antwortete dieser. »Soweit ich weiß, produzieren die Deutschen das feinste Toilettenpapier, das es gibt.«

»Die Germanen sind in allen Dingen sehr fortschrittlich«, kommentierte ein Bärtiger, und der Kalif nickte in seine Richtung: »Ja, der Großkalif, mein Vater …« – Er wurde unterbrochen von einem Männerruf im Chor: »Gott segne seine Seele!« – »hat immer erzählt, dass die Germanen ihre Sauberkeit und Ordnung mehr lieben als ihre Kinder. Und die Sauberkeit beginnt nun mal da unten.«

»Alles beginnt da unten«, wurde von irgendwo gerufen.

In diesem Augenblick kehrte Talib Asis mit einem verlegenen Lächeln von der Toilette zurück. Einen Moment lang herrschte Stille, und Talib Asis warf seinem Freund mitten in das Schweigen einen bedeutungsvollen Blick zu, der diesen zunächst verunsicherte. Scharif suchte diesen Blick nochmals – und verstand. Der Moment der Wahrheit war gekommen. Er hustete, legte seine Hand auf die Brust, erhob sich und sagte: »Sie erlauben?«

Er ging auf die Toilette und überließ die Bühne Talib Asis. Sein Herz schlug ihm bis zum Hals, sein Blut kochte vor lauter Aufregung, sein Kopf war heiß, seine Hände zitterten. Er schwitzte, fühlte sich schrecklich erschöpft und hätte sich am liebsten für immer auf der Toilette eingeschlossen. ›Du hast geblufft, als gäbe es kein Morgen mehr‹, warf er sich vor. ›Du hast dich in eine Falle manövriert und gleich mit dir auch den armen Talib Asis …‹

Schließlich nahm er seinen Mut zusammen, kehrte in den Saal zurück und erlebte die größte Überraschung seines Lebens: In der Mitte stand, auf dem hellen Marmorboden ausgestellt, die große Platte mit Süßigkeiten, die er aus der Stadt hatte schicken lassen, und alle standen als Zeichen des Respekts vor ihm auf, auch Talib Asis, Seyed Haschem Khan sowie dessen Sohn Latif und sogar der Kalif.

»Bitte, setzen Sie sich, um Himmels willen, bitte!«, rief Scharif in jede Richtung, die rechte Hand auf die Brust gelegt, und eilte zu seinem Platz.

»Ich beglückwünsche Sie«, sagte der Kalif, gefolgt von Haschem Khan und allen anderen, die Scharif, der nicht recht wusste, wie ihm geschah, der Reihe nach Glück wünschten.

Da wandte sich Haschem Khan an den Geistlichen und erhob feierlich seine Stimme: »Es ist euer Wunsch und Wille, verehrter Kalif, und ich würde jedes meiner Kinder Eurem Willen opfern. Es ist für mich eine große Ehre, in Eurem Namen Scharif Khan als meinen Schwiegersohn anzunehmen!«

Von diesen Worten hätte Scharif nur träumen können.

5

Es war der einundzwanzigste März des Jahres 1930. In dieser ersten Nacht der Naurus-Zeit, nachdem die Bäuche mit Grillfleisch versorgt waren, schloss der Kalif die Verlobung zwischen Scharif Khan und Roya, der Tochter von Seyed Haschem Khan. Talib Asis bereitete ein Schriftstück vor. Roya, die bis zu diesem Augenblick keinen blassen Schimmer von dem Spiel um ihr Schicksal hatte, wurde unter ihrem Tschador in den Saal geführt. Der Kalif trug einige Verse aus dem Koran vor, fragte zuerst sie, dann Scharif, ob sie die Vermählung annähmen.

Als Scharif die geliebte Roya leise »Ja« sagen hörte, war er so glücklich, dass er gegen seine Tränen ankämpfen musste. Dann wurde ein Teppich in den Raum gebracht und aufgerollt, der bewundernde Blicke auf sich zog. Scharif hatte das von Osman Khan vorgesehene Geschenk ebenso im Voraus nach Newin geschickt. Mit dem Ja der Geliebten schien sich der Kreis seines Lebensmärchens zu schließen. Das Schiff seines Glücks schien das Ufer der Vollendung erreicht zu haben.

Für dieses Ja musste Scharif selbstredend einen materiellen Preis bezahlen. Er gab dem Vater seiner Braut eine große Summe Geld, schenkte ihm sein Automobil und kaufte ihm für dessen eigene Tochter den Obstgarten ab, den sie allerdings von ihm und später von ihrem Bruder Seyed Latif nie bekam.

EINEN WEITEREN WUNSCH erfüllte Scharif sich gleich am Tag nach seiner Verlobung. Er besuchte im benachbarten Dorf südlich von Dschikan den Großgrundbesitzer, auf dessen Acker sein Vater seit zwei Jahrzehnten schuftete. Zwei Abende später kam er mit vielen Geschenken für seine Stiefmutter und seinen kleinen Halbbruder Naurus, mit Süßwaren und erfreulichen Nachrichten zu seinem Vaterhaus, und als sie dann beim Tee auf der Terrasse saßen, brachte er aus seinem Handkoffer, den er nun öfter mit sich trug, eine große Überraschung hervor. Es war eine neu ausgestellte Urkunde über den Besitz des Grundstücks für seinen Vater, die er ihm überreichte.

»Ab heute gehört der Acker, auf dem Sie seit zwanzig Jahren arbeiten, nicht mehr dem Großgrundbesitzer, sondern Ihnen persönlich, Baba!«

Seinem Vater versagte die Stimme, in seinen Augen kamen Tränen zum Vorschein. Er schlang seine Arme um Scharif, legte seine Stirn auf dessen Schulter und schluchzte wie ein kleines Kind. Seit diesem Tag empfand der Vater nur noch Stolz für seinen Sohn.

MITTE FRÜHJAHR WAR auch Scharif Khans Haus fertig gebaut und bereit zum Einzug des jungen Paars. Der großzügige Ziegelsteinbau bot Platz für mehrere Zimmer, die durch einen Salon mit hohen Fenstern miteinander verbunden waren, über den man sowohl nach Norden als auch nach Süden auf eine Terrasse gelangte. Die Zimmer hatte er mit edlen Teppichen, schönen Sitzmatratzen und prächtigen Lehnkissen bestücken lassen, den Salon mit Sofas, Sesseln, Tischen und Pflanzen. Über einen offenen Durchgang mit dem Haus verbunden, befanden sich an der östlichen Mauer des Anwesens ein Küchengebäude und eine Gartentoilette, während der westliche Flügel an einen großen Viehstall für Pferde, Kühe, Ziegen und Schafe anschloss.

Sowohl von der Nord- als auch von der Südterrasse gelangte man in zwei prächtige Gärten, die Scharif Khan mithilfe Talib Asis' und einiger Gärtner eigenhändig angelegt hatte. Der Garten auf der Südseite teilte sich in drei Bereiche: Vor der Terrasse erstreckte sich ein Lustgarten, der von Kieswegen durchkreuzt und von Akazien und anderen niedrigen Bäumen umrandet war. Er beherbergte farbenprächtige Blumenbeete, wohlriechende Gewürzpflanzen, einige Apfelbäume, ein kleines Schwimmbecken und verstreute Sitzbänke und Tische. Der daran anschließende Bereich erhielt den Namen Bagh, der Garten. Hier sollte eine weitläufige Wiese mit Anhöhen Platz für kleinere Gemüsefelder und einen Hain aus Obstbäumen bieten. Der hintere Bereich wurde Lalistan genannt, der Weintraubengarten. An kleinen Hügeln sollten hier Weinstauden gepflanzt werden, denn Scharif Khan war überzeugt, dass Lal, die berühmte, saftig-süße Weintraube von Herat, auf diesem Boden vorzüglich gedeihen würde.

Der Garten auf der anderen Hausseite war ebenfalls in mehrere Bereiche aufgeteilt. Ein breiter Kiesweg verband die Nordterrasse über einen Blumenpark, ein Melonenfeld und eine Sportwiese mit dem Haupttor des Anwesens, an das rechter Hand ein kleines Gästehaus und die Zimmer der Bediensteten angrenzten.

Nachdem das Haus größtenteils fertiggestellt war, wurde Ende Frühjahr geheiratet. Die halbe Stadt war zu den Feierlichkeiten eingeladen und das rauschende Fest war in Herat noch lange Zeit in aller Munde.

Jahre später saß ich mit meinem Vater, nachdem wir an einem Freitag aus dem Hamam zurückgekehrt waren, im Lustgarten unseres Hauses. Es war zur Mittagszeit, die Sonne stand hoch am Himmel und legte über das Haus und den Garten einen goldenen Glanz, als mein Vater diesen Abschnitt seiner Geschichte mit folgenden Worten schloss:

»Und so vollendete der Zauber, der mein Leben zu durchziehen begonnen hatte, den ersten und größten Kreis meines Glücks. Ich muss dir gestehen, mein Sohn, damit du weißt, wie sehr ich deine Mutter geliebt habe und weiter lieben werde: Ich habe ihr nach unserer Hochzeit den Kosenamen Khurschid gegeben, weil ein Traum allein mir nicht reichte. Ich wollte die ganze Sonne haben!«

6

Scharif Khan widmete sich nach seiner Hochzeit seiner neuen Tätigkeit als Geschäftsmann und Händler im Bereich Export und Import. Gleichzeitig bemühte er sich um das Wohl seiner jungen Frau. Sie war zwar weder dumm noch faul, aber sie steckte noch in ihrer Pubertätskrise, neigte zu Schwermut und brauchte Unterstützung. Er legte viel Mühe und Geduld an den Tag, um ihr Vertrauen zu gewinnen, las ihr jeden Wunsch von den Lippen ab und ließ ihr einen Gärtner und eine Köchin zu Dienste stehen. Außerdem stellte er ihr den Khudscha, den Roya seit ihrer Kindheit kannte, für eine Zeit lang als Diener zur Verfügung. Und obwohl er ihre Eltern Haschem Khan und Bibi Hadschi nicht leiden konnte, freute er sich ihretwegen, wenn sie zu Besuch bei ihm waren.

Talib Asis blieb nach Scharifs Hochzeit als Gast in dessen Haus und unterstützte ihn weiter. Er hatte eine sehr feine Art, mit Roya umzugehen. Er rief sie »mein Schwesterchen«, sie ihn »Herr Maulana«. Tagsüber, während der junge Khan unterwegs war, um die Grundsteine für ein großes Unternehmen zu legen, verließ Talib Asis, außer zu den Gebetszeiten, kaum das Haus und arbeitete von früh bis spät im Garten.

Scharif merkte bereits in den ersten Tagen seiner Ehe, dass seine zutiefst religiös erzogene Frau zwar im Beten, im Lesen des Korans und im Erledigen des Haushalts fleißig war, sich aber im Lesen von persischen Schriften und im Nachdenken über die Dinge, die über das Alltägliche hinausgingen, schwertat. Daher hütete er sich davor, ihr Fragen und Angelegenheiten aufzudrängen, die sie überforderten. Vielmehr bemühte er sich um ihr Wohl und ihre Unterhaltung. Darüber sprach er auch mit Talib Asis. Wenn Scharif zu Hause war, aßen alle drei zusammen, spielten gemeinsam Karten und hielten gemeinsam das Gebet. Und so gewöhnte sich Roya von Tag zu Tag an ihr neues Leben und fand daran Freude.

Der Sommer war nicht allzu heiß. Manchmal kamen die Brüder Hekmat und Haschmat zu Besuch. Dann saßen sie alle unter dem lichtvollen nächtlichen Himmelsbogen im Lustgarten oder auf der Terrasse beisammen, tranken Tee, unterhielten sich oder spielten Karten.

Doch was Scharif nicht verborgen blieb, war, dass Talib Asis, sein großer Gönner und Helfer, der nach außen so ruhig und ausgeglichen wirkte, in einer schweren inneren Krise steckte. Er erinnerte sich, dass Talib Asis manchmal im Schlaf oder im Wachsein eine Flöte gehört hatte, die ihn aus unbekannten Fernen zu sich rief, und hatte Angst, seinen Wegbegleiter ein weiteres Mal zu verlieren. Behutsam machte er ihm Vorschläge, bot ihm Anteile an seiner Firma an, legte ihm ans Herz zu heiraten, aber der stolze Paschtune lehnte das alles dankend ab und lächelte nur, während er mit einer Hacke den Boden auflockerte.

Eines Tages, als er Talib Asis gerade bei der Gartenarbeit half – er nahm aus einer mit Wasser gefüllten Wanne, in der kleine Pflanzen schwammen, eine heraus und steckte ihren Wurzelballen in das Erdloch, das Talib Asis gegraben hatte –, sagte Scharif: »Du hast einmal gesagt, dass du wahrscheinlich immer ein Nomade bleiben würdest, der einer Hirtenflöte folgt. Und wenn du glaubst, am Ziel zu sein, hörst du diese Töne wieder aus weiter Ferne und wanderst weiter. Ist das immer noch so?«

Talib Asis, der das Pflanzloch mit der herausgegrabenen Erde verschloss, antwortete: »Es spielt doch keine Rolle, Scharif, was ich in meinen Einbildungen höre oder sehe. Und … dass ich dein werdendes Paradies hier als mein Zuhause betrachte – daran darfst du keinen Zweifel haben. Ich würde doch nicht umsonst jeden Tag in diesem Garten schuften. Egal, wo ich auch hingehe, ich werde immer wieder hierher zurückkehren. Und, wenn es sein muss, werfe ich sogar dich hier raus!«

»Gut«, rief Scharif, und sie lachten.

Nach diesem Gespräch war Scharif Khan beruhigt und arbeitete weiter am Werk seiner Zukunft. Doch als der Sommer sich seinem Ende neigte und die Tage milder wurden, geschah genau das, wovor er sich so lange gefürchtet hatte.

Es war nach einem Freitagsgebet in der Masdschid-e Dschami. Scharif folgte Talib Asis durch den mit Ziegeln gepflasterten großen Innenhof der Freitagsmoschee, der von vier hohen, prachtvoll glasierten Bögen umgeben war, dann durch weiträumige und verwinkelte Hallen, die einige Minuten zuvor noch von den Gläubigen voll waren.

Im Dunkel der hintersten Gebetshalle lehnte Talib Asis sich gegen eine Säule, hielt seine Hände vors Gesicht und betete. Dann erkundete er das riesige Moscheegelände, betrachtete alle Türme, Arkaden, Kuppeln sowie alle vier Eingangstore sowohl von außen als auch von innen und bewunderte die Wanddekorationen mit kindlichem Blick, als würde er sie zum ersten Mal sehen. Das erstaunte Scharif Khan, aber er sagte nichts, sondern begleitete Talib Asis, betete mit ihm und las mit ihm die Inschriften, von denen er viele bereits kannte.

Schließlich traten sie durch den Haupteingang in das große Gartenareal hinaus und beteten, mit dem Gesicht zur prachtvollen Fassade, ein letztes Mal. Dann deutete Talib Asis auf den Park in der Mitte des Gartens, wo ein Samowartschi seinen Stand hatte, und fragte: »Wollen wir einen Tee trinken?«

»Ja, gern.«

Sie setzten sich in den Schatten der Bäume, und als der Tee eingeschenkt wurde, sprach Talib Asis aus, was ihm auf dem Herzen lag: »Ich werde mich am Sonntag auf den Weg in meine Heimat machen.«

Scharif Khan begriff jetzt den Sinn des heutigen Rundgangs durch das Gotteshaus und seufzte. »Welche Heimat? Hast du nicht erzählt, dass du keine Familie und keine Heimat mehr hast?«

Talib Asis lachte und sagte: »Du weißt, Scharif, was ich damit meine, wenn ich Heimat sage.«

»Ja, ich glaube schon. Einen Ort, wo die Seele sich zu Hause fühlt. Verzeihe mir, bitte, wenn ich selbstgerecht klinge, aber wo findest du eine bessere seelische Heimat als hier? In der weiten Fremde vielleicht?«

»Das ist durchaus ein berechtigter Einwand«, erwiderte Talib Asis. »Wir beide kennen das Buch der Einsamkeit und des Zweifels. Ich würde behaupten, dass ich es sogar besser als du kenne. Deine Mutter muss eine Heilige gewesen sein. Ihr Geist hat dich in all den Jahren begleitet, damit du deinen Weg findest. Heute bist du schon so weit. Du bist viel weiter als ich. Ich glaube, viel weiter als je zuvor.«

»Heißt das, dass du immer noch auf der Suche bist?«, fragte Scharif.

»Ja«, nickte Talib Asis.

Nun sprach Scharif eine Frage aus, die ihn seit Talib Asis' Rückkehr von dessen unheilvollem Dschihad gegen Schah Amanullah beschäftigt hatte: »Mit Verlaub, großer Bruder. Auf der Suche nach was? Nach deinem persönlichen Lebensglück? Oder geht es immer noch um das Wohl des ganzen Volkes?«

»Erwischt«, stieß Talib Asis hervor. »Das ist die Frage aller Fragen, auf die ich dir noch keine Antwort geben kann. Ich habe dir oft gesagt, dass ich zwar Gott kenne, große Dichter und Denker kenne, dich kenne, viele Menschen kenne, das Gute und das Böse kenne, aber nicht mich selbst. Nicht genug, um dir diese Frage zu beantworten. Was steckt alles in mir? Was befriedigt und beglückt mich wirklich und wahrhaftig? Wo ist die eigentliche Heimat meiner Seele?«

Es waren Worte, die Scharif zwar sehr nachdenklich und traurig stimmten, aber sie leuchteten ihm ein. »Na gut, großer Bruder. Wenn du wieder gehen willst, dann geh. Geh aber nicht für drei Jahre oder sieben Jahre weg, sondern für einige Monate. Geh, besuche deine Verwandten, deine Freunde, geh meinetwegen in die weite Welt, komm aber bitte bald zurück! Ich habe nichts dagegen, dass du gehst. Ich habe nur etwas dagegen, dass du spät nach Hause kommst!«

Ein neuer Abschied stand bevor, und Scharif Khan, bereits ein junger Mann von Anfang zwanzig, ging es wie beim letzten Abschied von Talib Asis vor über vier Jahren.

Es war früh am Morgen, als Talib Asis und Scharif sich am Ansari-Mausoleum einfanden, wo sie ein Treffen mit Hekmat und Haschmat vereinbart hatten. Gemeinsam tranken sie bei einem Samowartschi, der auf dem Gelände seinen Stand hatte, Tee, plauderten freimütig, scherzten und lachten. Dann kam Scharif Khan zum eigentlichen Grund des Treffens:

»Freunde, wir sind heute wieder beisammen, weil unser lieber Bruder Maulana Asis uns verlassen will, und wir alle hoffen und beten bei Gott, dass er so bald wie möglich zu uns zurückkehrt. Bei dieser Gelegenheit möchte ich euch einige Worte sagen, die mir sehr am Herzen liegen. Ihr habt mich zu Reichtum und Glück gebracht, Brüder! ihr habt es mir ermöglicht zu heiraten, ein Haus zu bauen, ihr habt mir alles gegeben. Für das alles fühle ich mich euch bis ans Ende meines Lebens zutiefst verbunden. Ich habe lange erwartet, dass ihr mir eure Bedingungen für all das aussprecht. Und da ich bis zum heutigen Tag nichts in dieser Richtung von euch erfahren habe, möchte ich euch jetzt daran erinnern.«

Die drei lächelten sich gegenseitig zu. Talib Asis wandte sich an die Zwillingsbrüder und sagte: »Ich glaube, ihr seid gefragt, Brüder.«

Hekmat strich sich über den Bart, überlegte kurz und sprach dann zu Scharif Khan: »Es war so, Scharif Khan. Maulana Asis kam aus Kabul zu uns und erzählte uns von dem Geld, das er bei Qalandar Khan abholen sollte. Er hatte da bereits den Plan, das Geld unter den Bedürftigen zu verteilen. Als er aber an diesem Morgen von deiner Karawanserei zu unserem Treffpunkt am Fluss kam, hatte er diesen Plan noch einmal ein wenig geändert. Er wollte, dass der Großteil des Geldes dir zugutekommt. Haschmat und ich haben uns natürlich über seinen Vorschlag gefreut. Wer konnte besser sein als du? Und dann auf dem Weg von Ghurian nach Herat!« – Er schüttelte belustigt seinen Kopf. – »Während du einige Meter vor uns mit erhobenem Kopf mit dem Mond geredet hast, haben wir drei uns unterhalten. Wir wollten dich weder vor den Kopf stoßen noch es dir allzu einfach machen. Deshalb haben wir so lange um die Sache herumgeredet. Aber es ging auch noch um etwas anderes, um eine allgemeinmenschliche, eigentlich sehr einfache Frage. Wir haben uns einen Menschen vorgestellt, der Leid und Armut kennt und herzensgut ist, und uns gefragt, was passieren würde, wenn er auf einen Schlag reich und mächtig wird.«

»Ihr habt also an mir ein moralisches Experiment durchgeführt, Brüder. Nicht schlecht«, sagte Scharif. »Aber nun her mit euren konkreten Erwartungen an mich. Dafür wäre ich euch sehr dankbar.«

»Erwartung ist der falsche Begriff«, erklärte Talib Asis. »Erwartungen sind Produkte unseres Denkens, unserer Vergangenheit, also immer komplizierte, befangene, meist düstere Energien. Etwas anderes sind unsere Wünsche. Sie kommen aus unseren Herzen, sie sind bedingungsfrei und unbefangen.«

»Exzellent«, stieß Scharif hervor und streckte seine offene Hand Hekmat entgegen. »Dann her mit euren Wünschen, Brüder!«

»Mein Wunsch ist, Scharif Khan«, begann Hekmat, »dass jede Woche einmal im Gartenareal der Freitagsmoschee für die Armen Essen verteilt wird. Ich denke an eine Volksküche, für deren Kosten du aufkommst. Und das für viele Jahre. Ich meine, solange du es dir leisten kannst.«

Scharif Khan legte seine offene Hand auf Hekmats Schulter und erwiderte: »Ja, ich werde diesen Wunsch erfüllen, und die Küche wird ›Der Topf der Brüder‹ heißen.«

Alle lachten. Dann sprach Haschmat seinen Wunsch aus. Dieser lautete: »Du unterstützt soziale Einrichtungen, hilfst Gefangenen, Obdachlosen, Kindern und Witwen.«

»Auch diesen Wunsch möchte ich gern erfüllen«, erwiderte Scharif Khan.

»Es eilt aber mit unseren Wünschen nicht, Scharif Khan«, sagte Hekmat. »Du musst dir zuerst in dieser Stadt als wohlhabender Geschäftsmann einen Namen machen.«

Nun richteten sich alle Blicke erwartungsvoll auf Talib Asis.

»Du bleibst, wie du bist.«

Es war ein Wunsch, der allen gefiel und alle aufheiterte. Die Zwillingsbrüder verabschiedeten sich bald, und Talib Asis blieb noch eine Weile bei Scharif, der ihn fragte, wie er ihn in der Zeit seiner Abwesenheit erreichen könne. Doch Talib Asis sagte nur: »Ich will nach Ghasni, in meine Heimatstadt. Wohin die Reise dann weitergeht, kann ich dir nicht sagen. Letztendlich ist es die Hand des Schicksals, die einen führt. Dieses Mal werde ich dir aber schreiben, wenn ich festen Boden unter meinen Füßen gefunden habe.«

Scharif Khan verstand diese Worte als Signal dafür, wie wichtig es für seinen älteren Freund war, unverbindlich zu bleiben. Während er ihm zu dessen Pferd folgte, holte er eine kleine Tasche hervor und sagte: »Ich habe noch eine letzte Bitte, großer Bruder, und ich möchte, dass du es annimmst.«

»Ich weiß, du wirst mir Geld geben«, erwiderte Talib Asis und nahm die volle Geldtasche freudig entgegen. »Damit hatte ich schon gerechnet.«

Dann ging alles schnell. Sie hielten ihre Hände vors Gesicht, Talib Asis trug einige Gebetsworte vor, und es folgte eine letzte Umarmung, bevor es wieder einmal hieß:

Der Tropfen weint: »Wie bin vom Meer ich weit!«
Das Weltmeer lacht: »Vergeblich ist dein Leid!
Sind wir doch alle eins, sind alle Gott –
Uns trennt ja nur das winzige Pünktchen ›Zeit‹!«

Das »Pünktchen Zeit« sollte dieses Mal siebenundzwanzig Jahre dauern.

7

Mit dem Abschied von Talib Asis setzte mein Vater einen Einschnitt in seiner Erzählung. Der Grund für diese Unterbrechung war eine Geschäftsreise nach Kuweit, die er in der kommenden Woche antreten würde. Es war im Herbst des Jahres 1964, zwei Wochen nach der Geburt meiner Schwester Awesta. Für die Dauer von einigen Monaten hatte mich mein Vater jeden Freitag mit Geschichten gefüttert. Nun betrachtete er die Geschichte seiner Kindheit und Jugend als abgeschlossen.

»Alles, was mir meine Mutter im Zauber der Trauerweiden gewünscht hatte, war im Jahre 1930 bereits erreicht. Ich war ein junger Geschäftsmann, verheiratet und kein Kind mehr.«

Wir saßen an diesem Freitag nach dem Hamam ausnahmsweise nicht beim Fischverkäufer, sondern auf der gegenüberliegenden Seite in einem Restaurant, an deren Wand vor uns ein langer und breiter Teppich hing. Vaters Blick verlor sich in dessen geräumigen Mustern, die eine mächtige Landschaft mit einem Buskaschi-Wettkampf in der Ferne darstellten. Und in dieser Haltung fuhr er fort.

»Das Leben, mein Sohn«, fuhr er fort, »besteht aus einer endlosen Kette von Taten mit Folgen und Folgesfolgen. Du kannst nie vollkommen sicher sein, welche Entscheidung, sei es zwischen zwei Glücksfällen, zwei Übeln oder zwischen einem Glücksfall und einem Übel, letztendlich die folgenreichere sein wird. Du musst jede Entscheidung mit einem Preis bezahlen, der dir von der anderen Möglichkeit, auf die du verzichtet hast, aufgezwungen wird. Und es gibt immer und in allem Gewinne sowie Verluste. Dir wurde das angenehm heiße Frauenbad versagt, dafür hast du die Geschichte deines Vaters erfahren. Auch den Preis dafür, dass ich deine Mutter heiraten konnte, dass es dich gibt und deine Geschwister, kennst du bereits, und den teuren Preis für die Freiheit meines Freundes Talib Asis.

Bedenke aber, dass kein Kreis noch ganz geschlossen, keine Kette noch ihr letztes Glied hervorgebracht hat. Ich sehe mich jeden Tag im Spiegel und denke an meine Mutter, ich denke an meine Freunde, meine Feinde und Rivalen, für deren Tod oder Unglück ich mich verantwortlich fühle, und fürchte böse Überraschungen. Begreife, dass kein Preis hoch genug sein kann, um ein Leben zu ersetzen, und bedenke, dass überall, wo du hingehst, jeder Schritt, den du tust, nicht frei von Sinn und Preis sein kann.

Du kennst nun alle Wege, die ich gegangen bin. Du bist zwar noch zu jung, um alles zu verstehen, aber du kennst bereits alles. Dies war jedenfalls die Geschichte eines armen Bauernsohns, der es in dieser Stadt so weit gebracht hatte, wie er nur konnte. Es ist auch die Geschichte eines Jungen, der zwar einen Schatz voller Gold ausgräbt, dem jedoch dabei ein schwerer Stein auf die Füße fällt. Wie du aber siehst, kann dieser Bursche immer noch laufen, wenn auch hinkend; und was das Schicksal für ihn noch vorgesehen hat, wirst du sehen und erfahren.

Ich habe dir das alles erzählt, damit du weißt, woher du kommst. Vielleicht kannst du aus dieser Geschichte etwas lernen. Vielleicht nicht. Und dennoch: Vergiss nicht, dass keine Geschichte, auch nicht die wahrste, die Wahrheit ersetzen kann.«

Drittes Buch

Der Ruf der Nay

Teil eins

1

TALIB ASIS VERLIESS Herat an einem frühen Morgen im Sommer 1930 in südlicher Richtung. Karawanen, einzelne Kutschen und Reiter auf Kamelen und Pferden waren auf dieser Strecke unterwegs, die einen Bogen über Farah und Kandahar bis nach Ghasni beschrieb und dann weiter bis nach Kabul führte. Talib Asis ritt im Galopp durch Steppen und Täler, bis er am frühen Nachmittag an einer der vielen Karawansereien und Gasthäuser Rast machte, die sich in der Tradition der alten Seidenstraßen selbst in den kleineren Ortschaften befanden. Er band seinen Hengst, der genauso erschöpft, hungrig und durstig war wie er, im Stall an, gab ihm Futter und Wasser und betrat dann das Gasthaus, in dem einige Reisende ihre Mahlzeit einnahmen.

Er ließ sich auf einem Sitzteppich am Fenster nieder und wartete auf sein Essen. Der Titel eines Buches, das aufgeschlagen auf dem Teppich neben ihm lag, erweckte seine Aufmerksamkeit. Es war über den persischen Dichter und Epiker Firdaussi und dessen ›Buch der Könige‹.

»Du scheinst dich für meine Lektüre zu interessieren, Bruder«, hörte er eine Stimme. Über ihn gebeugt stand ein Mann von Mitte dreißig in einem schwarzen westlichen Anzug, dazu trug er einen afghanischen Karakol-Hut. Sie gaben sich die Hand und der Mann setzte sich und reichte ihm sein Buch. Während Talib Asis darin blätterte, begannen sie ein Gespräch über das Werk des Dichters. Dann stellte sich der Mann vor: »Mein Name ist Isaak. Isaak Taraqi.«

»Ein seltener Nachname«, bemerkte Talib Asis.

»Warum? Weil er Fortschritt bedeutet?«, erwiderte der Mann, und beide lachten.

»Ich meine, in Kabul gibt es ein Hotel mit diesem Namen, richtig? Ich habe es leider nie von innen gesehen«, sagte Talib Asis.

»Nein? Das ist aber sehr schade! Zu dem Hotel gehört auch ein Restaurant! Beide bestehen bereits seit 1914.«

»Ja? Wem gehören sie?«

»Meiner Wenigkeit«, sagte Isaak und lachte. »Nein, nicht wirklich. Sie gehören eher meinem älteren Bruder als mir.«

»Tatsächlich?« Talib Asis legte das Buch zurück auf den Teppich und hörte interessiert zu.

»Bis zum Frühjahr 1919 habe ich dort am Empfang gesessen. Dann bin ich nach Herat gezogen.«

»Weshalb nach Herat?«

»Unser späterer König Amanullah hat mich dorthin geschickt, um die Kulturbehörde der Stadt zu leiten.«

»Haben Sie Prinz Amanullah persönlich gekannt?«

»Oh ja. Er und der politische Kreis um Mahmud Tarsi haben zu unseren Stammgästen gehört.«

Talib Asis war erstaunt über das Vertrauen, das Isaak ihm entgegenbrachte. »Schah Amanullah habe ich leider nie gesehen. Mahmud Tarsi aber habe ich letzten März in der Türkei kennengelernt. Bei einem Vortrag, den er hielt.«

»Das weiß ich«, sagte der Mann und lachte sanft.

»Das … das wissen Sie? Woher?«

»Ich duze lieber Menschen, die ich besonders schätze«, sagte Isaak.

Talib Asis sah den Mann verwundert an und fragte sich, ob er ihm je begegnet wäre. In diesem Moment kam der Kellner mit dem Essen für beide, und Isaak bestellte eine große Kanne Tee mit zwei Gläsern.

»Kennen wir uns? Besser gefragt, kennst du mich?«, fragte schließlich Talib Asis.

»Wir beide sind uns noch nie begegnet. Aber unsere Väter. Um genau zu sein, mein Vater und dein Großvater.«

»Wie bitte?«

Sie lachten. Isaak, weil er belustigt war, Asis aus Verlegenheit.

»Mein Vater geriet im letzten Jahrhundert als junger britischer Offizier in die Gefangenschaft deines Großvaters Mullah Moschk-i Alam. Aber nachdem er diesem offenbart hatte, dass er, seiner Position als Soldat zum Trotz, gegen die britische Kolonialpolitik in Indien und Afghanistan eingestellt war, ließ man ihn frei. Zum Glück beherrschte er Paschtu. Denn ich weiß nicht, ob dein Großvater ihn begnadigt hätte, wenn er gewusst hätte, dass mein Vater Jude war. Doch ich neige dazu, zu meinen: ganz sicher. Gerade die Paschtunen sehen ja gern ihren Ursprung im Judentum.«

Talib Asis lachte und nickte zustimmend.

»Zu deiner Beruhigung, Maulana Asis, bin ich selbst kein Jude. Mein Vater hatte mit Religion nichts am Hut.«

»Wieso ist er nach seiner Freilassung nicht nach Indien zurückgekehrt?«

»Er hatte in Indien erlebt, wie die Kolonialherren die Einheimischen behandelten, und wollte nicht mehr zu ihnen zurückgehen. Er hatte sich in die Stadt Kabul verliebt, in ihre Berge und ihre vielen Gärten. Nach seiner Freilassung tauchte er in der Stadt unter dem Namen Rahman Taraqi unter.«

Isaak Taraqi verteilte das Essen, stellte einen der Reisteller vor Asis und fügte hinzu: »Unser Essen darf nicht kalt werden. Der Tag ist noch lang, Bruder. Wir beide haben denselben Weg vor uns.«

»Woher willst du das wissen?«, fragte Asis.

»Da muss ich allerdings etwas weiter ausholen.«

»Ja, bitte«, sagte Talib Asis und lachte. »Ich kann ohnehin nicht essen, bevor ich das erfahren habe.«

»Auch ich bin ein Herati, obwohl ich, genauso wie du, meine Wurzeln anderswo habe. Seit dem Sturz Amanullahs im letzten Jahr bin ich aus dem Hotelgeschäft raus. Ich hatte keine Lust, nach Kabul zurückzugehen.«

»Um dem Kampf um Macht und Krone fernzubleiben?«

»Richtig. Erst der Sohn des Wasserträgers, jetzt Nader Khan, das geht dort zu wie beim Buskaschi.«

Der Kellner kam mit der Kanne Tee und zwei Gläsern an den Tisch. Talib Asis nahm sie entgegen und schenkte ihnen ein. »Aber zurück zu deiner Frage«, fuhr Isaak Taraqi fort. »Vor Kurzem bin ich auf die Idee gekommen, in Herat eine Buchhandlung zu eröffnen. Ich habe bereits viele Bücher aus Maschhad im Iran besorgt. Es gibt aber noch viele wichtige Zeitschriften, Zeitungen und Bücher bei meinem Bruder im Hotel, die ich nach Herat schaffen will. So gebildet die Menschen in dieser Stadt auch sind, haben sie wenig Ahnung, was alles in den letzten zwanzig Jahren in der unabhängigen Presse in Kabul geschrieben wurde. So. Und gestern Abend waren meine zwei besten Freunde bei mir. Du darfst dreimal raten, wen ich meine.«

Talib Asis riet nur einmal: »Meinst du die Zwillingsbrüder?«

»Ja, die Brüder der Gerechtigkeit. Sie haben mir erzählt, dass auch du heute in Richtung Kabul aufbrechen würdest. Von dir hatten sie mir schon früher viel Gutes erzählt. Aber ich hatte nie die Gelegenheit, dich kennenzulernen. Und jetzt, als ich von der Toilette zurückkam und dich hier sitzen sah, wusste ich sofort, wer du bist.«

»Ich verstehe«, sagte Talib Asis. »Nur haben unsere Brüder Hekmat und Haschmat mir bisher leider von dir gar nichts erzählt. Auch heute Morgen nicht, als ich sie zum Abschied getroffen habe.«

»Du kennst doch unsere Brüder. Sie plaudern ungern über die anderen. Außerdem kennen sie so viele Menschen in Herat und Umgebung. Und ich gehöre, weiß Gott, nicht zu den wichtigen.«

»Ich auch nicht.«

»Bescheidenheit ist ein Ausdruck der Selbstschätzung.«

Sie lachten. Und nachdem sie gegessen und ihren Tee getrunken hatten, machten sie sich gemeinsam Richtung Kandahar auf.

TALIB ASIS HATTE sich – mit der Begründung, er habe Sehnsucht nach seiner Heimatstadt Ghasni – von seinem Freund und Schützling Scharif getrennt. Doch während er mit Isaak Taraqi dieser entgegenritt, überkam ihn das beklemmende Gefühl, dass er eigentlich gar kein anderes Ziel hatte, als fortzugehen. Wenn er ehrlich war, beherrschte ihn, als Folge seines politischen Irrtums, schon seit Längerem eine tiefgreifende mentale Krise. Seine innere Unruhe hatte ihn aus seinem unheiligen Dschihad gegen Amanullah zurück nach Herat geführt, und noch weiter ins Ausland, in den Iran und die Türkei, zu den Mausoleen großer Mystiker, die einen anderen Islam gelebt hatten als jene bärtigen Mullahs, von denen er bitter enttäuscht war.

Talib Asis war zutiefst religiös, aber sein Herz schlug nicht nur für Gott, sondern auch für dessen Geschöpfe. Er nahm es den Geistlichen zunehmend übel, dass sie die Leidenden auf ihr Glück im Jenseits vertrösteten, während sie selbst nur ihre eigene Eitelkeit pflegten. Dagegen wuchs sein Respekt jenen gegenüber, die dem Elend in der Gemeinschaft etwas entgegensetzen wollten, und dies waren intellektuelle Menschen, wie etwa der Journalist Mahmud Tarsi, welche von den Geistlichen zumeist verteufelt wurden.

Es war spät in der Nacht, als Talib Asis und Isaak Taraqi in einer Karawanserei zwischen Farah und Kandahar ankamen. Sie waren müde, aber an Schlaf wollte keiner von beiden denken. Sie blieben die ganze Nacht wach, tranken Tee und unterhielten sich weiter. Dabei ging es vornehmlich um die politischen und geschichtlichen Vorgänge im Land. Über die erste Periode der afghanischen Demokratiebewegung, deren Vordenker, Mahmud Tarsi, er in der Türkei getroffen hatte, wusste Talib Asis bereits einiges. Isaak Taraqi berichtete ihm nun von einem neuen intellektuellen Kreis in der Hauptstadt, der sogenannten Amani-Bewegung, die im Untergrund gegen die Regierung arbeitete.

»Nimm etwa den Historiker Ghobar«, erzählte er. »Unter Amanullah war er einer der aktivsten Philosophen und Schriftsteller – jetzt kämpft er gegen die Regierung und für Demokratie, Freiheit und Menschenrechte.«

Talib Asis war schon früher von den Aktivitäten dieses bekannten Historikers zu Ohren gekommen, allerdings von jenen Geistlichen, die in ihm einen ungläubigen Bolschewiken sahen.

»Oder hast du schon mal den Namen Ludin gehört?«, fragte ihn Isaak.

»Ist er nicht auch ein Journalist?« Talib Asis hatte in einer türkischen Zeitung von ihm gelesen.

»Ja«, antwortete Isaak, »ein überaus interessanter und gebildeter Mann. Du kannst dir nicht vorstellen, wie viel Angst Nader Khan vor diesen Männern hat. Oder vor …« – er räusperte sich. »Mir fällt noch ein anderer Name ein. Von ihm hast du bestimmt noch nichts gehört, weil er noch sehr jung ist. Er stammt aus sehr ärmlichen Verhältnissen aus Kabul, hat keine Eltern mehr und bringt sich und seine Geschwister als Holz- und Kohlenverkäufer durch. Nebenbei studiert er Medizin.«

»Respekt«, rief Talib Asis. »Und wie heißt er?«

»Sein Name ist Mahmudi. Von ihm wird man in diesem Land noch einiges hören. Davon bin ich überzeugt.« Er lachte. »Diese Männer schreiben Geschichte, während ich bei meiner Frau sitze und warte, bis das Mittagessen kommt.«

»Dafür beneide ich dich aber«, sagte Talib Asis.

»Dann solltest du heiraten.«

»Nein, ich fürchte, dafür bin ich nicht geschaffen worden.«

»Ach was! Du gehst jetzt in deine Heimat und nimmst dir dort ein Mädchen. Der Rest kommt von alleine.«

»Ich fürchte, ich bin noch lange nicht so weit zu heiraten. Und, ehrlich gesagt, es widerstrebt mir auch etwas, in meine Heimat zu gehen.«

»Dann …« Isaak Khan zog seine Augenbrauen hoch und rundete seinen Mund. »Dann komm doch mit!«

»Wohin? Nach Kabul?«

»Ja. Du bist bei mir bestens aufgehoben.«

»Ich? Nach Kabul?«, sagte Talib Asis eher zu sich selbst und lachte.

»Warum denn nicht? Kluge Menschen gehen zweimal auf das Dach. Einmal, um einem Esel dorthin zu verhelfen, einmal um ihn herunterzuschaffen.«

Es war ein sanftmütiger Schuss aus dem Hinterhalt – und Talib Asis verstand: Isaak Taraqi musste wissen, welche politische Irrfahrt er, Talib Asis, hinter sich hatte. Die humorvoll abgewandelte afghanische Redewendung bedeutete nichts anderes, als dass es an der Zeit sei, den politischen Fehler, den Talib Asis in der Vergangenheit gemacht hatte, wiedergutzumachen.

»Ich fürchte, um einen Esel von da oben herunterzuschaffen, der so fett geworden ist wie meiner, braucht man eine ganze Epoche«, erwiderte er.

Sie lachten kurz, und Isaak war einfühlsam genug, um sofort zum Jetzigen zurückzukommen. »Wir haben ein mietfreies Zimmer für Freunde in unserem Hotel. Du kannst dort wohnen, solange du willst. Ich verspreche dir, du wirst in kurzer Zeit viele interessante Menschen kennenlernen, neue Eindrücke sammeln, Zeit zum Nachdenken haben. Bis nach Ghasni ist es noch ein langer Weg. Du kannst dir überlegen, ob du dort bleibst und mich allein weiterreisen lässt oder mitkommst.«

Doch um Isaaks Ruf zu folgen, brauchte Talib Asis nicht lange zu überlegen. Drei Tage später passierten sie Talib Asis' Heimat Ghasni und ritten weiter Richtung Hauptstadt.

2

Es war spät am Abend, als Isaak Taraqi und Talib Asis in Kabul ankamen. Sie ritten direkt zum Hotel Taraqi. Isaak stellte den Gast seinem Bruder als einen alten Freund vor. Der Hotelbesitzer begrüßte den Gast mit offenen Armen und stellte ihm ein kleines Zimmer zur Verfügung. Am Fenster stand ein Bett, und es war so bequem, dass Talib Asis, als er sich nach dem Essen im Restaurant auf sein Zimmer zurückzog, sofort einschlief.

Am frühen Morgen, es war ein Freitag, betraten Isaak und Talib Asis das Hotelrestaurant, das von drei jungen Afghanen betrieben wurde. Eine der Türen öffnete sich zu einem Garten, in dem überwiegend westlich gekleidete Gäste saßen. Isaak deutete auf einen Tisch am Fenster und sagte: »Lass uns eine Weile hier Platz nehmen. Es sitzen draußen einige Gäste, über die ich dir etwas erzählen muss, bevor du dich zu ihnen an den Tisch setzt.«

»So ist es auch mir lieber«, erwiderte Talib Asis.

Sie setzten sich. Isaak Taraqi zeigte durch das Fensterglas auf eine Männerrunde am Ende des Gartens und erklärte: »Es geht um die vier Leute da drüben. Der schlanke Mann in der weißen Jacke und mit dem ovalen Gesicht ist der Historiker Ghobar, von dem ich dir erzählt habe. Er ist etwa dreiunddreißig Jahre alt. Vor Kurzem hat er den Literaturclub der Stadt Kabul gegründet. Er leitet ihn und gibt in dessen Namen das ›Kabuler Magazin‹ heraus. Der Club ist öffentlich und von der Regierung genehmigt.«

Talib Asis beobachtete den jungen Historiker und nickte.

»Siehst du den jungen Mann in Schwarz? Er sitzt mit dem Rücken zu uns«, fuhr Isaak fort.

»Der mit dem schönen schwarzen Karakol-Hut?«

»Genau. Das ist Ludin. Und der junge Mann mit Brille neben ihm heißt Mahmudi.«

»Ah ja, der Medizinstudent.«

»Und dann haben wir hier noch einen jungen Schüler. Er heißt Khaleq.«

»So entwickelt sich hoffentlich unser Land«, sagte Talib Asis.

Isaak Taraqi wandte sich an den Kellner, der neben ihnen am Tisch erschien, und sagte, er solle das Frühstück etwas später bringen. Dann zeigte er wieder mit dem Finger auf den kerzengerade auf seinem Stuhl sitzenden jungen Mann im Garten und sagte: »Khaleq ist außerordentlich sensibel und ernst. Er ist auch ein Spitzensportler in seiner Schule. Nun, warum ich dir so viel von ihm erzähle …«

»Du hast bestimmt einen Grund dafür«, sagte Talib Asis.

»Ja. Er ist in dritter Generation Diener in einer Familie. Er war für sie aber wie ein leiblicher Sohn. Jetzt hat er Rache geschworen.«

»An …?«

»An König Nader Khan. Seine Familie hat zu den engsten Vertrauten König Amanullahs gehört. Deshalb hat sie König Nader hinrichten lassen.«

Talib Asis sah in den Garten, der junge Mann wirkte auf ihn überaus gefasst und ruhig.

»Darf ich dir eine Frage stellen?«, fragte Talib Asis.

»Hundert Fragen, wenn ich sie beantworten kann!«

»Woher weißt du, dass Khaleq mit dem Gedanken spielt, den König zu ermorden?«

»Von meinem Bruder«, sagte Isaak. »Ihm erzählt Khaleq alles. Aber ich kann es mir nicht vorstellen, dass die anderen Herren am Tisch davon wissen.«

Talib Asis nickte nachdenklich.

»So, mein Freund«, fuhr Isaak fort. »Jetzt liegt die Entscheidung bei dir. Wollen wir uns draußen zu diesen Leuten setzen oder lieber nicht? Das ist auch der Grund, warum ich unser Frühstück verschoben habe. Aber wie gesagt. Mit ihnen an einem Tisch zu sitzen, bedeutet nicht, irgendwelche Verpflichtungen einzugehen.«

»Wenn wir sie nicht stören, dann gern«, sagte Talib Asis.

Sie gingen zu dem Männerkreis im Garten und wurden von allen freundlich begrüßt. Nachdem Isaak Taraqi Talib Asis mit großen Lobworten vorgestellt hatte, erlaubte sich der Historiker Ghobar die Frage nach dessen genauerer Herkunft. Als er den Namen Ghasni hörte, bemerkte er: »Einige Geschichtshelden stammen aus dieser Region.«

Alle Blicke richteten sich auf den Gast. Talib Asis, der mit der Preisgabe seiner Identität bisher vorsichtig gewesen war, machte es nichts mehr aus, mit dem Namen seines Großvaters in Verbindung gebracht zu werden. Einige lachten, andere grinsten, und der Historiker wandte sich an den Gast: »Es ist für uns eine große Ehre, Maulana Asis, Sie kennenzulernen.«

»Die Ehre ist ganz meinerseits, mein Herr.«

Der Mann mit dem schwarzen Hut, den Isaak als Ludin vorgestellt hatte, blickte Talib Asis mit großen, leuchtenden Augen an und fragte: »Mit Verlaub, Sie sind der Enkelsohn von Mullah Moschk-i Alam?«

»So ist es, mein Herr«, antwortete Talib Asis.

Ob diese Herren nun von ihm und seiner Teilnahme am Dschihad gegen den von ihnen verehrten Reformkönig Amanullah gehört hatten oder nicht – sie behandelten ihn sehr herzlich. Ghobar begann zu loben: »Maulana Moschk-i Alam, Gott segne seine Seele, war nicht nur ein großer Kämpfer gegen die Kolonialisten. Er war auch ein aufgeklärter Mullah. Selten hat sich ein Geistlicher für Fortschritt und soziale Gerechtigkeit so starkgemacht wie er.«

Talib Asis sah dem jungen Historiker mit dem nach hinten gekämmten, dichten Haar und dem langen, schmalen Schnurrbart in die klugen Augen und war überrascht, dass dieser Mann sogar seine Eltern kannte und von ihrem tragischen Tod am Zabsak-Pass zwischen Herat und Badghis wusste.

Beim Frühstück unterhielten sich die Männer weiter. Es waren informative Gespräche über das Land, die Talib Asis sehr interessierten. Er war beeindruckt, wie aufmerksam ihm alle zuhörten, wenn er etwas sagte. Insbesondere fiel ihm auf, dass Khaleq keinen Moment seinen Blick von ihm abwandte.

Talib Asis erfuhr, dass die Männer sich in einer größeren Runde jeden Freitagabend trafen. »Unsere Sitzung ist geheim und findet um zwanzig Uhr im Café Schahi statt«, sagte Mahmudi. »Isaak kennt es. Wir würden uns freuen, wenn Sie heute Abend dort vorbeischauen.«

»Steht die heutige Sitzung unter einem bestimmten Thema?«, wollte Talib Asis wissen.

»Ja«, antwortete Mahmudi. »Menschlichkeit in der mystischen Welt des Dichters Rumi.«

Talib Asis war begeistert und warf Isaak Taraqi einen fragenden Blick zu.

»Wir sind heute in der Stadt unterwegs und können dann um sieben Uhr dort sein«, erwiderte dieser.

Ludin wandte sich an Ghobar: »Ich persönlich würde mich sehr freuen, wenn Maulana Asis uns heute Abend diesbezüglich einen Vortrag halten würde.«

»Oh ja«, rief dieser und sah Talib Asis fragend an.

»Gern«, erwiderte Talib Asis. »Aber ich bitte um Verzeihung, dass ich dafür nicht vorbereitet bin.«

»So ist es ohnehin besser«, lachte Ghobar.

Es war acht Uhr am Abend, als Isaak Taraqi und Talib Asis das Café Schahi betraten. Es gehörte einem intellektuellen Hindu und war ebenso ein Treffpunkt kritischer Geister wie das Hotel Taraqi. Nachdem die letzten Gäste das Café verlassen hatten, begann im hinteren Raum die Sitzung. Es waren rund zwanzig Köpfe, ältere Herren saßen im Kreis an den Tischen genauso wie jüngere, zu denen auch der junge Medizinstudent Mahmudi sowie Khaleq und, wie Talib Asis von Iaak erfuhr, dessen Cousin und zwei seiner Schulfreunde gehörten.

Als Allererstes wurde Talib Asis allen vorgestellt. Ghobar sprach von ihm als großen Kenner der islamischen Mystik sowie der persischen Dichtkunst und erklärte: »Maulana Asis kennt weiterhin das gesamte Gottesbuch auswendig. Er spricht Arabisch und kann den Koran Satz für Satz übersetzen und auch deuten.« Er warf Talib Asis einen Blick zu und lächelte ironisch in die Runde. »Einiges aus dem Koran deutet er bestimmt anders als viele Geistliche, die wir so kennen. Und … Maulana Asis ist aus einem noch anderen Grund ein großer Gewinn für uns alle. Er ist der Enkel des berühmten Freiheitskämpfers Mullah Moschk-i Alam.«

Die Männer in der Runde betrachteten ihn mit ehrfurchtsvollen Blicken und brachten zum Ausdruck, wie stolz sie darauf waren, den Enkelsohn einer großen Persönlichkeit aus der Geschichte kennenzulernen. Ab nun hieß Talib Asis für sie Maulana Asis. Mit so viel Vertrauen und Sympathie hatte er nicht gerechnet.

Er sprach eineinhalb Stunden lang ohne Notizen, rezitierte lange Gedichte von Rumi und deutete diese mit klaren, kraftvollen Worten. Er schloss seinen Vortrag mit den Worten: »Jede Religion ist ohne ihre spirituelle, menschliche und soziale Ladung ein Dogma, an das man entweder glaubt oder nicht. Wer den Islam aber wirklich kennenlernen will, der sollte in den Werken seiner spirituellen Gelehrten und mystischen Dichter blättern. Diese standen zu den Mullahs ihrer Zeit – die vom Islam nur ein Schwert kannten, das sie gegen jeden richteten, der nicht nach ihrem Mund schaute – in entschiedenem Widerspruch.«

Maulana Asis erntete lang anhaltenden Beifall und nahm ein stolzes Lächeln auf dem Gesicht seines Freundes Isaak Taraqi wahr.

Am Tag danach öffnete Isaak Taraqi nach dem Frühstück im Hotel seine Bücherkammer. »Das alles darfst du lesen«, sagte er zu Maulana Asis. »Die Zeitungen, Zeitschriften und ein paar Bücher werde ich nach Herat mitnehmen. Der Rest bleibt hier. Bis dahin hast du aber genug Zeit, um diese wichtigen Blätter zu überfliegen.«

Maulana Asis bedankte sich. Er setzte sich in den Garten des Restaurants und begann, in den alten Zeitungen und Zeitschriften zu blättern, die in der Ära der Reformregierung unter Amanullah und in den zehn Jahren davor in Kabul erschienen waren. Täglich las er einige Stunden, machte sich weiter mit dem Gedankengut des Journalisten Tarsi vertraut und studierte Artikel und Aufsätze von Ghobar, Ludin und vielen anderen. Auf diese Weise erfuhr er viel über Hintergründe und Ereignisse, von denen er bisher nichts gewusst hatte oder über die er falsch informiert war. Sein politisches Weltbild begann sich tiefgründig zu verändern.

Isaak Taraqi machte sich nach zwei Wochen auf den Weg zurück nach Herat, doch Maulana Asis fühlte sich auch ohne ihn im Hotel und im Kreis seiner neuen Freunde wohl. Jeden Tag saß er für einige Stunden entweder im Garten oder draußen am Fluss Kabul. In der Stadt gab es viel Grün – sie hatte schon immer ihre eigene Frische und ihre eigenen Düfte –, und Asis unternahm Ausflüge zu den vielen Mausoleen, Moscheen und Wallfahrtsorten von Kabul. Und wo er auch hinging, immer nahm er ein Buch mit sich. Er las Werke der europäischen Philosophen, Staatstheoretiker, Aufklärer und Dichter und befasste sich mit der Französischen Revolution.

Die Männer, mit denen Maulana Asis sich in den ersten Monaten regelmäßig traf – sei es bei den geheimen Sitzungen im Café Schahi oder im Literaturclub –, waren zwar nicht besonders religiös, aber sie alle beteten mit, wenn er vor den Sitzungen dazu aufrief. Mit der Zeit merkte er, dass es aufrichtige Menschen waren, die dieselben Ziele und Träume für die Zukunft ihres Landes verfolgten wie er selbst. Er erkannte, dass seine Geistlichen gelogen hatten, als sie behaupteten, die Intellektuellen seien gottlose Bolschewiken. Es gab keinen unter ihnen, der der Sowjetmacht gegenüber nicht kritisch gesinnt war.

Zu dem einen oder anderen in der Männerrunde pflegte Maulana Asis engere Kontakte. Dazu gehörte auch der Journalist Ludin, den er inzwischen ins Herz geschlossen hatte. Er saß oft früh am Morgen im Garten des Hotelrestaurants, und Maulana Asis schloss sich ihm zum Frühstücken an.

Eines Freitagabends kam Ludin lachend in die Sitzung im Café Schahi und berichtete, dass man ihn persönlich für den nächsten Tag zu einem Mittagessen mit König Nader Khan eingeladen hatte. Alle waren überrascht. Einige dachten, Nader Khan wolle das Vertrauen des talentierten Journalisten für sich gewinnen. Maulana Asis hingegen hatte kein gutes Gefühl. Er riet dem Freund davon ab, dieser Einladung zu folgen. Doch Ludin war neugierig, was Nader Khan ihm zu sagen hatte. Und er wollte den König nicht durch eine Ablehnung provozieren.

Zwei Tage später betrat Maulana Asis am frühen Nachmittag das Café Schahi und sah Khaleq allein an einem Tisch sitzen. Der Schuljunge wirkte verwirrt und traurig. Er setzte sich zu ihm, und dieser fragte ihn gleich: »Haben Sie das von Herrn Ludin gehört, Maulana Asis?«

»Nein. Was ist mit ihm?«

»Gestern war er in der königlichen Residenz zum Mittagessen eingeladen …«

»Ja, das weiß ich.«

»Ein Diener des Schlosses soll erzählt haben, dass der König und er lange am offenen Fenster des Gästeraumes im Erdgeschoss gesessen und sich unterhalten haben. Nader Khan soll behauptet haben, er würde die Ideale von Amanullah Khan nach und nach verwirklichen.

Nach dem Tee aber habe der König seine Wachmänner gerufen und ihnen befohlen, Herrn Ludin in den Garten zu bringen und an die Wand zu stellen. Das waren vier Männer, und sie haben Herrn Ludin in den Garten gebracht und erschossen.«

»Erschossen?« Maulana Asis war schockiert.

»Ja, Meister. Herr Ludin ist tot. Sie hatten recht, als Sie ihm davon abgeraten haben, dieser Einladung zu folgen.«

Maulana Asis sank in sich zusammen, ohne ein weiteres Wort hervorbringen zu können.

3

Zwei Jahre vergingen. In den Wintern hielt Maulana Asis sich in der warmen Stadt Dschalal Abad nahe der Grenze zu Pakistan auf und in den Frühjahren in Masar-e Scharif im Norden Afhanistans, wo es zu dieser Jahreszeit am schönsten war. Erst im Sommer 1932 reiste er nach Ghasni, wo er sich ein kleines Haus mietete. Er besuchte seine Verwandten und fand Zeit, in seinem Gärtchen zu sitzen, seine Gedanken und Gefühle zu ordnen und zu sich selbst zu finden. Und vor allem vertiefte er sich in eine Frage, die ihn seit Längerem beschäftigt hatte: Welche Ansätze bot der Islam für eine Gesellschaftsordnung, in der Menschlichkeit und soziale Gerechtigkeit genauso gesichert waren wie persönliche Würde und die Freiheit des Einzelnen? Dass die Religion sich von der politischen Macht fernhalten sollte, war für ihn seit der neunmonatigen Scharia-Herrschaft im Jahre 1929 unter Habibullah, dem Sohn des Wasserträgers, und seiner anschließenden Reise in die Türkei zu einer zweifelsfreien Überzeugung geworden. Dass die Religion sich für die weltliche Gerechtigkeit und Menschlichkeit einsetzen sollte, war für ihn hingegen eine recht neue Erkenntnis.

Er schrieb die Ergebnisse seiner Studien nieder, reflektierte auch über die verschiedenen Stadien seines geistigen sowie politischen Werdens und machte sich bewusst, wo er in dieser Hinsicht überall gestanden hatte und wo er sich jetzt befand. Auch dachte er über die anderen nach. Seinem Freund Isaak Taraqi fühlte er sich sehr verbunden. Er hatte ihn seit ihrer Bekanntschaft noch zweimal in Kabul getroffen, wobei er ihm auch Briefe übergab, die er an seine Freunde in Herat geschrieben hatte. So lebte Maulana Asis einerseits im Hier und Jetzt, andererseits in seinen Visionen von einer besseren Zukunft.

Im Januar 1933 hielt sich Maulana Asis wieder einmal in Dschalal Abad auf. Dort erlebte er in der großen Moschee im Anschluss an ein Freitagsgebet eine Predigt jenes Mullahs, der zur Vertreibung des Reformkönigs Amanullah beigetragen, dem Sohn des Wasserträgers zur Macht verholfen und schließlich ihn, Maulana Asis, zu dessen Hofsekretär gemacht hatte. In seiner Predigt lobte der Mullah nun den Herrscher Nader Khan und bezeichnete ihn als »Schatten Gottes auf der Erde«. Als er, umgeben von Menschen, die sich vor ihm verbeugten und ihm die Hand küssten, die Moschee verlassen wollte, ging Maulana Asis auf ihn zu. Er grüßte ihn, küsste ihm aber dieses Mal nicht die Hand, sondern blickte ihm ernst in die Augen, ohne ihn anzulächeln, ohne ein Wort zu sagen. Doch der Mullah schien diese Sprache nicht zu verstehen. Er fragte Maulana Asis gleich, wo dieser lebte und was er hier, in Dschalal Abad, machte.

»Die letzten fünf Monate habe ich in Ghasni verbracht«, antwortete Maulana Asis.

Der Mullah legte ihm seine Hand auf die Schulter. »Hast du die neue Moschee gesehen, die dort hinter dem alten Basar gebaut wurde?«

»Ja, Meister.«

»Wenn du möchtest, kann ich dich vermitteln. Du könntest dort als Mullah tätig werden.«

Maulana Asis schwieg. Da schoss ihm ein Gedanke durch den Kopf. Eine Moschee mitten in einer Stadt wäre doch der beste Ort, um die Menschen erreichen zu können! Er nickte.

Und so begann Maulana Asis ein neues Leben. Er setzte seine Redekunst ein und vermittelte den Gläubigen zum einen nützliches Wissen über die Geschichte und die Kultur des Landes, zum anderen seine religiösen, sozialen und politischen Überzeugungen. Er sprach die Missstände im Lande an, ohne je direkt die Regierung zu provozieren, und gewann die Herzen der Gläubigen.

Im Juni 1933 verbreitete sich die Nachricht über die Ermordung des ältesten Bruders des Königs Nader Khan in Berlin, wo dieser als Botschafter tätig gewesen war. In der staatlichen Zeitung war ein Abbild des Täters zu sehen. Es war ein Freund von Khaleq aus dem Café Schahi, der gerade sein Studium in Berlin abgeschlossen hatte. Nur einige Monate später folgte ein neuer politischer Mord. Der Geschäftsführer der britischen Botschaft und seine zwei indischen Mitarbeiter waren an ihrem Arbeitsplatz in Kabul erschossen worden. Den Täter, einen jungen Lehrer, hatte Maulana Asis ebenso mit Khaleq gesehen.

Die Morde beschäftigten Maulana Asis sehr, er wusste nicht, was er davon halten sollte. Jetzt konnte er an nichts anderes mehr denken als an seine Erlebnisse in Kabul und an seine Freunde, von denen er seit Längerem keine Nachricht erhalten hatte. Er begann, mit dem Gedanken zu spielen, diesen in der Hauptstadt einen Besuch abzustatten.

Eines Vormittags, es war schon Mitte Oktober, saß Maulana Asis auf dem alten Basar von Ghasni in einem Teeladen, als der Koranschüler seiner Moschee angelaufen kam und ihm berichtete, dass vier Staatshüter ihn suchen würden. »Sie haben alles durchsucht, Ihre Bücher und Ihre Schriften mitgenommen und warten auf Sie. Es wäre besser, wenn Sie sich verstecken würden.«

»Pass auf, Talib«, erwiderte Maulana Asis. »Du läufst jetzt in die Moschee zurück und bringst mein Pferd her. Sag ihnen, du würdest mich in der Stadt suchen.«

Bevor der Koranschüler sich auf den Weg machte, überraschte dieser ihn mit dem Geständnis, er sei im Besitz einer Pistole.

»Woher hast du sie?«, fragte Maulana Asis.

»Sie hat meinem Vater gehört. Nach seinem Tod habe ich sie an mich genommen.«

»Ist sie geladen?«

»Das weiß ich nicht, Meister. Ich habe sie hier bei mir und wollte sie Ihnen geben.«

»Dann gib sie mir.«

Maulana Asis nahm die kleine Waffe an sich und versteckte sie unter seinem Hemd. Der Koranschüler ging und kam nach einer Viertelstunde zurückgeritten. Maulana Asis hatte inzwischen eine Entscheidung getroffen.

ES WAR EIN Freitagabend, als Maulana Asis in Kabul eintraf. Er ritt direkt zum Hotel Taraqi, fand dort aber alle Türen und Fenster verschlossen vor. Die Vorhänge waren zugezogen und die Schilder abmontiert. Er ritt weiter zum Café Schahi und kam dort in dem Moment an, als der Besitzer es schließen wollte. Dieser begrüßte ihn und sagte: »Komm herein, Maulana Asis! Du warst lange fort, und jetzt kommst du genau zur richtigen Zeit. Unsere Freunde sitzen im Keller.«

Als Maulana Asis den mit einer Petroleumlampe beleuchteten kleinen Keller betrat, fand er nur wenige dort sitzen. In Kürze berichtete er, wo er seit rund fünfzehn Monaten gewesen war und was ihn beschäftigt hatte. Er erzählte auch von der Pistole, die ihm sein Talib gegeben hatte. Er holte sie aus seiner Tasche und legte sie auf den Tisch vor Mahmudi. »Ich will keine Pistole bei mir tragen«, sagte er an diesen gewandt.

Khaleqs Augen, er saß neben Mahmudi, blitzten auf. Er nahm die Waffe an sich und sagte: »Ich werde sie bei mir verstecken.«

Maulana Asis war überrascht. Er hatte nicht damit gerechnet, dass ausgerechnet Khaleq die Waffe an sich nehmen würde. Dann berechnete Mahmudi, dass im Zusammenhang mit dem Attentat in der britischen Botschaft auch der Historiker Ghobar verhaftet wurde.

»Was hatte denn Herr Ghobar mit diesem Mord zu tun?«, fragte Maulana Asis, dessen Blick unvermittelt auf Khaleq fiel, der ihn wie immer anstarrte.

»Nichts. Es ist nur ein Vorwand«, gab Mahmudi zur Antwort. »Jedenfalls ist das Gefängnis jetzt voll. Außer unserem hat es in Kabul um die dreißig intellektuelle Kreise gegeben. Jetzt sitzen fast alle im Gefängnis. Die neuen Häftlinge werden in einer Karawanserei festgehalten. Herr Ghobar auch.«

»Hat die wöchentliche Sitzung in den letzten Monaten stattgefunden?«, fragte Maulana Asis.

»Nur unregelmäßig. Unsere Sitzung heute Abend ist die erste seit Ghobars Festnahme.«

»Und was ist mit dem Literaturclub?«

Mahmudi lachte, halb verbittert, halb belustigt: »Der Club wurde geschlossen. Die Regierung will an seiner Stelle eine Gesellschaft für die Förderung der paschtunischen Sprache gründen. Sie soll Amtssprache werden, die Straßennamen, sogar alle Ladenschilder sollen landesweit demnächst nur noch auf Paschtu geschrieben werden.«

Khaleq seufzte und schlug mit der Faust auf den Tisch.

Die Sitzung dauerte etwa zwei Stunden. Doch alle wirkten ratlos. Sie wollten sich künftig nur einmal im Monat treffen, weil sie das Café und seinen Besitzer nicht gefährden wollten. Zum Schluss lud jeder Maulana Asis ein, zur Übernachtung zu ihm zu kommen. Er aber überlegte nicht lange. Seine Wahl fiel auf Khaleq.

SIE UNTERHIELTEN SICH bis nach Mitternacht. Khaleq machte keinen Hehl daraus, dass er bereits zweimal versucht hatte, Nader Khan zu töten. Er hoffte auf eine dritte Gelegenheit.

»Nader Khan ist ein blutrünstiger Mann«, sagte Maulana Asis. »Aber was versprichst du dir von seiner Tötung? Nach ihm wird sein Bruder die Macht an sich reißen. Und der ist noch viel schlimmer als er.«

»Den würde ich auch töten, wenn die Gelegenheit sich bietet«, sagte Khaleq.

Maulana Asis führte eine Reihe von Gründen an, um Khaleq von der Sinnlosigkeit dieses Abenteuers zu überzeugen. Er versuchte, ihn auf die schlimmen Folgen dieser Tat für seine Familie und ihn selbst aufmerksam zu machen. Aber Khaleq glaubte, er habe nichts mehr zu verlieren: »Mit Verlaub, Maulana Asis. Ich bin bereits vor meiner Geburt Sklave gewesen. Ich bin mit den gebrochenen Gesichtern all jener auf die Welt gekommen, die auf den Märkten verschachert werden. Mit der Gewohnheit, immer auf ein Unglück zu warten. Mit dem Zwang in mir, den anderen gerecht zu werden. Das ist eine Schule, deren Wände, Türen und Fenster niemand sehen kann. Ich bin das Kind dieser Schule. Doch sie hat mich auch etwas anderes gelehrt: Sie hat mich gelehrt, dass sie verbrannt werden muss!«

Maulana Asis überlegte, ob er die Pistole von ihm zurückverlangen sollte, sah aber darin wenig Sinn.

Am Tag danach mietete er in der Nähe des Cafés Schahi ein Hotelzimmer und besuchte von nun an regelmäßig die Sitzungen dort.

Ihm blieb nur zu hoffen, dass Khaleq sich nie eine dritte Gelegenheit bieten würde.

4

DER ACHTZEHNTE NOVEMBER 1933 war ein sonniger Tag. König Nader Khan wollte in einer Zeremonie den Absolventen der Kabuler Gymnasien Geschenke überreichen. Die Schüler standen in mehreren Reihen im Garten vor dem Schlossgebäude, das sich innerhalb der königlichen Residenz namens Arg befand, und warteten. Khaleq und sein Cousin hatten in der zweiten Reihe hinter ihren beiden Freunden Platz genommen. Pünktlich um drei Uhr wurde die dreifarbige Flagge am Eingang halb gesenkt. König Nader Khan betrat in weißem Anzug und mit einem weiten, rundlichen Karakol-Hut den Garten, gefolgt von seinem Bruder, seinem neunzehnjährigen Sohn Saher, einigen Ministern und unbewaffneten Offizieren. Er ging direkt zu einem großen Tisch und überprüfte die Geschenke, die dort für die Schüler bereitlagen. Dort machte er eine leise Bemerkung zu seinem Sohn, welcher daraufhin lachte.

Khaleq neigte seinen Oberkörper nach rechts und flüsterte ins Ohr seines Cousins: »Taschentuch, bitte!«

Dieser holte ein kleines graues Stofftuch hervor und gab es ihm. Khaleq steckte es in seine Tasche und bedeckte damit die Pistole.

Nader Khan schritt die Reihe der Schüler ab, um ihnen zu gratulieren, wobei er jedem einzelnen Absolventen der ersten Reihe lächelnd und nickend in die Augen sah. In dem Augenblick, als er Khaleqs beiden Freunden gegenüberstand, diese standen dicht nebeneinander, und den einen von ihnen durch seine Brille anlächelte, brachte Khaleq die mit dem Taschentuch bedeckte Pistole hervor. Er richtete sie auf die Rücken seiner beiden Freunde und hustete leise, als der König den nächsten Schritt seitwärts machte. Der eine Junge neigte sich nach links, der andere nach rechts, sodass zwischen den beiden eine Lücke frei wurde. Khaleq drückte dreimal hintereinander ab. Die erste Kugel traf die königliche Brust, zwei weitere seinen

Kopf. Nader Khan fiel zu Boden. Schreie erfüllten den Garten, und jeder ergriff die Flucht.

Die Schüler wurden ausnahmslos verhaftet, und ihre Geschenke verblieben auf dem Tisch. Khaleq wurde in einem dunklen, kalten Brunnen festgehalten und brutal gefoltert. Doch er verriet niemanden und sagte, er hätte die Tat ohne Helfer begangen. Sein Vater, sein Onkel, seine kleine Schwester, neunzehn Männer, Frauen und Kinder aus seiner Verwandtschaft sowie achtzehn weitere Angehörige der Familie, der er gedient hatte, wurden ebenso verhaftet und später hingerichtet. Prinz Saher wurde nur eine Stunde nach dem Tod seines Vaters zum König gekrönt.

Es war an einem sonnigen Nachmittag, die Sonne schien und ein kalter Wind blies, als das südliche Tor der Arg geöffnet wurde und Khaleq, Hände und Füße in Ketten gelegt, sowie sechzehn weitere Schüler herausgeholt und zur Hinrichtungsstätte auf einem nahe gelegenen Platz geführt wurden. Dort hatte man einen breiten Galgen mit siebzehn Schlingen aufgestellt und das aufgeregte Volk wartete. Khaleq und seine Mitschüler wurden zum Galgen geführt. Ihm wurden die Finger abgeschnitten und das linke Auge herausgerissen. Augenzeugen sollen später erzählt haben, dass Khaleq keinen Schmerzenslaut von sich gegeben hätte. Aber er soll bereits tot auf dem Boden gelegen haben, als man ihm die Schlinge um den Hals legte, während die sechzehn anderen Schüler, die neben ihm in der Reihe standen, weinten oder die Augen geschlossen hielten. Dann wurden ihre Körper in die Höhe gehoben.

Entrüstung und Trauer breiteten sich unter dem Volk aus. Maulana Asis brach aus der Mitte der Menschenmenge hervor und erhob seine laute Stimme. Er wusste, dass er sich damit in Gefahr brachte. Doch er fühlte sich so betroffen, dass er nicht anders handeln konnte. Er klagte die Regierung des Mordes an unschuldigen Kindern an. Menschen, die bisher entseelt gestanden oder geweint hatten, kamen in Bewegung und begannen in einem Ton »Allah Akbar« zu rufen. Soldaten griffen sie an und prügelten sie mit Schlagstöcken. Und im Chaos, das ausbrach, schlug ein kräftiger Hieb auch Maulana Asis zu Boden.

Man steckte ihn in ein Gefängnis. Er wurde zum Schweigen gebracht – ein Umstand, in dessen Schatten sein Freund Scharif Khan siebenundzwanzig lange Jahre leben musste, ohne davon etwas zu erfahren.

Teil zwei

1

VOM FRÜHJAHR BIS zum Herbst 1964 hatte mein Vater mir wöchentlich seine Lebensgeschichte erzählt, bis er sie eines Tages überraschend abgebrochen hatte. Er war nach Kuwait gereist, und als er Mitte November zurückkam, setzte er bei unserem ersten gemeinsamen Besuch im Hamam an der Stelle an, wo er aufgehört hatte.

»Der Tag, an dem Talib Asis mich zum zweiten Mal verlassen hat, markiert für mich eine Zeit, in der ich, nach vielen Höhen und Tiefen, fest im Schloss meiner Träume gesessen hatte. Es war jenes Schloss, das mir meine Mutter in meinem Traum offenbart hatte. Was danach kam, hat sich in meinem Bewusstsein als eine weitere Epoche mit neuen Herausforderungen eingeprägt, die vornehmlich unter dem Stern meiner Sorgen um Talib Asis standen. Von dieser Zeit will ich dir nun erzählen.«

EINIGE WOCHEN NACH dem Abschied seines Lehrers und Gönners Talib Asis im Jahre 1930 erfuhr Scharif Khan, dass dieser sich in Kabul aufhielt. Dies war aber auch alles, was ihm Hekmat und Haschmat über den gemeinsamen Freund erzählten. Die Brüder plauderten nicht gern. Sie befanden sich stets auf der Flucht vor der Regierung und lebten sehr vorsichtig. Es war auch nicht leicht, sie anzutreffen.

Für einen Zeitraum von über zwei Jahren traf Scharif Khan sie einige Male und bekam von ihnen auch zwei Briefe, die ihm der gemeinsame Freund geschrieben hatte. Talib Asis schilderte darin seine Eindrücke von der Hauptstadt, brachte viel Allgemeines und Poetisches zu Papier, verlor aber kein Wort über das, was er eigentlich in Kabul suchte und was er vorhatte. Aber Scharif Khan war nicht enttäuscht und verstand diese Inhalte als Zeichen dafür, dass es seinem Freund gut ging.

Er selbst war auf dem besten Wege, sich als Geschäftsmann im Import und Export auf der Route Kabul–Herat–Maschhad einen Namen zu machen, und er begann, wie er es seinen Freunden versprochen hatte, jedes Jahr einen beachtlichen Teil seines Einkommens für die Armen in Herat zu spenden. Seine Familie aus Dschikan besuchte ihn regelmäßig. Und Anfang des Sommers 1933, drei Jahre nach ihrer Heirat, warf sich seine Frau eines Abends glücklich um seinen Hals und sagte, dass sie schwanger sei. Scharif Khan freute sich sehr und besonders darüber, sie so glücklich zu sehen.

Doch die Freude verwandelte sich in Trauer, als Khurschid durch eine Fehlgeburt das Kind verlor. Sie verfiel in eine tiefe Krise, die schweren Träume von bösen Geistern, die sie früher geplagt hatten, kehrten zurück. Sie hatte Angst, keinen Nachwuchs bekommen zu können, und weinte jeden Tag, und der Einzige, der sie ein wenig beruhigen konnte, war der Khudscha, der sich seit ihrer Kindheit um sie gekümmert hatte.

Für Scharif Khan begann eine schwere Zeit. Es war nicht nur seine junge Frau, um die er sich sorgte – kurz nach dem Verlust ihres Kindes war auch noch ihr Vater Haschem Khan an einem Herzinfarkt gestorben –, sondern auch Talib Asis und die Brüder Hekmat und Haschmat, von denen er lange nichts gehört hatte.

Im November 1933 verbreitete sich in Herat die Nachricht über den Mord an König Nader Khan und darauf folgend über viele willkürliche Verhaftungen und Hinrichtungen in der Hauptstadt. Gerüchte, dass auch Hekmat und Haschmat zu dieser Zeit in Kabul gewesen und in die Fänge der Regierung geraten seien, befeuerten Scharif Khans Sorgen, bis er eines Morgens bei schwerem Schnee sein Haus verließ und sich eine Tageszeitung besorgte. Was er gleich auf der ersten Seite erblickte, ließ ihm die Knie weich werden. Es waren zwei blasse Bilder, auf denen er die Brüder erkannte. Sie zeigten sie ungeschminkt mit ihren natürlichen Gesichtern. Und was darunterstand, brachte ihn vollends aus der Fassung. Die Brüder hatten sich bereits seit einigen Monaten im Herater Gefängnis befunden, und ein Gericht hatte sie als Diebe, Verbrecher und Landesverräter zum Tode am Galgen verurteilt. Sie waren am Vortag öffentlich auf der Tscharsu hingerichtet worden. Verzweiflung nistete sich in seinem Herzen ein, in den Nächten bekam er kein Auge mehr zu, stellte sich nur schlafend, damit seine Frau nichts bemerkte. Er wollte niemandem seinen Kummer anvertrauen und betete mehr und länger als zuvor.

SCHLIESSLICH LERNTE SCHARIF KHAN einen hindustämmigen Studenten namens Radscha kennen, von dem er glaubte, dass der gnädige Allmächtige ihn zu ihm geschickt habe, um ihm zu helfen.

Es war ein kalter Schneetag, als Radscha sein Geschäftsbüro betrat. Er sagte, er stamme aus Herat, studiere in Bombay und suche einen vertrauenswürdigen Geschäftspartner, an den er aus Indien Handelsware schicken könne. Er dachte dabei an Schuhe, die er von dort zu einem günstigen Preis besorgen könne. »Außer Ihnen kam mir kein anderer in den Sinn. Deshalb bin ich hier.«

Scharif Khan fühlte sich geschmeichelt und lud den Studenten zum Mittagessen ein. Sie saßen bis abends am Kamin und unterhielten sich ungestört, wobei der junge Mann Scharif mit zauberhaften Geschichten aus Indien begeisterte. Er schwärmte von Bombay, von den Menschen dort und berichtete auch von einem Pir – einem Heiligen und Guru –, welcher bereits vielen Menschen in ihren Daseinskrisen geholfen hätte. Überwältigt vom Gefühl, den Richtigen vor sich zu haben, öffnete Scharif Khan ihm sein Herz und erzählte von der Krise, in der er sich befand.

»Der Heiler, den ich kenne, ist ein Muslim, der auch Farsi spricht. Kommen Sie mit mir nach Bombay. Ich werde Sie persönlich zu ihm bringen«, versprach Radscha.

Scharif Khan wollte nicht zögern. Er hieß das Angebot über die geschäftliche Zusammenarbeit mit dem Studenten willkommen und erklärte sich bereit, mit ihm nach Indien zu reisen.

ZWEI WOCHEN SPÄTER trafen Scharif Khan und seine Frau in Bombay ein. Radscha brachte beide in das Haus seines Pirs außerhalb der Stadt. Von Osman Khan hatte Scharif gelernt, die Menschen zu lieben, jedoch dem, wie sie sich präsentierten, mit kritischem Blick zu begegnen. Als er nun den ergrauten Mann in weißem Gewand in dessen Garten unter einem Baum sitzen sah, wusste er jedoch sofort, dass dieser zu jenen wenigen Geistern gehören musste, die der liebe Gott zu seinen verlorenen Geschöpfen auf die Erde schickte, um ihnen ein wenig Halt und Hoffnung zu geben, und ließ jeden Zweifel ruhen. Er besuchte den Heiler zwei Tage hintereinander allein und offenbarte ihm unter vier Augen die Wahrheit über sein Leben. Damit brach er zwar den Schwur, den er vor seinen drei Freunden geleistet hatte, dafür aber gab ihm der Pir seinen Segen und schenkte ihm die Sicherheit, dass ihm nichts Böses geschehen würde. Der Pir beruhigte ihn ebenso, dass Talib Asis am Leben sei und noch lange leben würde. Am dritten Tag brachte Scharif Khan seine Frau zu ihm. Der Heiler spendete auch ihr seinen Segen und tröstete sie damit, dass sie noch viele Kinder empfangen würde. Erleichtert und mit dem hoffnungsvollen Glauben an eine sorgenfreie Zukunft kehrte das Ehepaar nach Herat zurück.

VON NUN AN besuchten Scharif Khan und seine Frau ihren Pir in regelmäßigen Abständen. Als sie Anfang Januar 1950 bei ihm weilten, hatte der inzwischen rund neunzig Jahre alte Mann zehn Jahre lang den eigenen Krebs selbst behandelt und lag nun im Sterbebett. Es war ein Vormittag. Der kleine Hausgarten war überfüllt von Besuchern, die einer nach dem anderen ins Zimmer gingen und sich ein letztes Mal von dem alten Heiler segnen ließen. Als Scharif Khan und Khurschid an seinem Bett erschienen und ihn grüßten, richtete der Pir seinen halb offenen Blick auf sie und fragte: »Seid ihr meine Kinder aus Afghanistan?«

»Ja, Vater«, antwortete Scharif Khan.

»Dann komm mal näher, mein Sohn.«

Scharif beugte sich tief über das Bett und küsste die Hand des Sterbenden. Dieser brachte einen kleinen Schlüssel aus reinem Gold hervor; und während er ihn an einer schmalen Kette um Scharifs Hals legte, sprach er: »Das ist mein persönlicher Glücksbringer, den ich von meinem Vater geerbt habe. Von Generation zu Generation gelangte er schließlich in meine Hände. Ich habe versucht, ihn immer bei mir zu tragen. Jetzt gehört er dir.«

Scharif Khan kniete am Bett des heiligen Mannes nieder, legte seine rechte Hand auf den kleinen Schlüssel, der auf seinem Herzen ruhte, und Tränen des Glückes traten ihm in die Augen.

»Erwarte von ihm nicht, dass er dir jedes Mal und bei jeder Angelegenheit Glück verschafft«, sprach der Pir langsam und leise weiter. »Manches kann er wirken, manches wiederum nicht. Du musst ihn nicht immer um deinen Hals tragen, aber wenn du ihn verlierst, bleibt seine Wirkung außer Kraft. Das heißt trotzdem nicht, dass du dann ohne ihn weniger Glück haben musst. Das sage ich dir, weil es durchaus vorkommen kann, dass er sich mal für eine kürzere Zeit, mal für eine längere vor deinem Blick versteckt.«

Daraufhin beklagte Scharif Khan, dass seine Frau immer noch nicht schwanger geworden sei. Der Pir deutete auf Khurschid, die in ihrem schwarzen Tschador einer Statue gleich dastand, und sagte: »Lass die Dame eine Zeit lang den Schlüssel tragen!«

Erst jetzt trat Khurschid näher heran, verbeugte sich und küsste die knochige Hand des Pirs, welcher ihr diese sodann auf den Kopf legte. Der sterbende Heiler segnete beide, und sie verabschiedeten sich von ihm. Für immer.

Mutter Khurschid trug den Glücksbringer des Pirs Tag und Nacht bei sich, bis sie nach zwei Jahrzehnten der Unfruchtbarkeit wieder schwanger wurde. Mit rund siebenunddreißig Jahren bekam sie schließlich ihr erstes Kind, welches den Namen Asis erhielt. Doch auch Jahre später, als bereits mein zweiter Bruder Aman und meine Schwester Malalay das Licht der Welt erblickt hatten, ließ Scharif Khan den indischen Pir – wie viele andere Anhänger auch – nicht in Ruhe und besuchte regelmäßig dessen Ruhestätte, um ihn um irdisches Glück und Gesundheit zu bitten.

2

SCHARIF KHAN HATTE sich in den Dreißiger- und Vierzigerjahren sehr um seinen Halbbruder Naurus gekümmert, damit dieser zur Schule ging, später die pädagogische Hochschule in Kabul besuchte und darüber hinaus in seiner Freizeit die Werke großer Dichter und Denker las. Als Scharif Khan im Jahre 1959 zur Pilgerfahrt nach Mekka ging, um Hadschi zu werden, nahm er auch ihn mit.

Nachdem sie gemeinsam auf dem Berg Arafat gestanden, für ihre Familien und Freunde gebetet und für ihre Sünden Allah um Vergebung gebeten hatten, erschien Scharif in der Nacht sein verstorbener indischer Pir im Traum:

Dieser führte ihn durch ein Gefängnis und meinte, der Enkelsohn von Moschk-i Alam sei hier zu finden. Sie überquerten den Innenhof und gingen durch viele Gänge und an vergitterten Zellen vorbei, bis sie in einen kleinen Hinterhof gelangten. Der Pir zeigte auf ein vergittertes Fenster im Erdgeschoss und sagte: »Dort drüben, das muss seine Zelle sein.« Scharif ging hinüber und blickte in einen ärmlich möblierten kleinen Raum und sah einen Greis mit langen Haaren über dem Diwan von Rumi sitzen. »Meister!«, rief er ihn. Der Gefangene hob seinen Kopf und bot ein furchterregendes Antlitz, das mit dem Talib Asis, den er einst gekannt hatte, nichts mehr gemein hatte.

Scharif Khan wachte schweißgebadet auf und erzählte seinem Bruder Naurus, was er geträumt hatte. »Das ist doch, was Sie immer vermutet haben, Bruder«, sagte dieser.

Im Frühjahr des darauffolgenden Jahres traf Scharif Khan seinen Bruder Naurus erneut, um mit ihm zu den Frühlingsfeierlichkeiten ›Rote Blume‹ nach Masar-e Scharif zu fahren. Hier, in der freien Natur, schauten sie sich einen Buskaschi-Wettkampf unter den Usbeken an. Scharif Khan hatte noch nie solch einen aufregenden Kampf erlebt. Von Beginn an wurde er auf einen Grauschimmel-Hengst aufmerksam, von dem er glaubte, ihn irgendwann, irgendwo schon einmal gesehen zu haben. Kurz danach war er sicher, in diesem Pferd ein Vollblut wiederzuerkennen, von dem er rund dreißig Jahre zuvor geträumt hatte. Damals, im Sommer 1929, war er in seinem Traum von einem Buskaschi-Kampf besonderer Art in Kabul auf einem Grauschimmel-Hengst geritten, der sich durch nichts von dem jetzigen unterschied. Nun wettete er, dass dieses Vollblut gewinnen würde, welches von einem bärtigen Mann mit gelber Weste geritten wurde.

Naurus Khan dagegen favorisierte einen scharfroten Habasch, einen Mischling aus Araber und Tatar. Und genau diese beiden Pferde waren es, die in der Schlussrunde, den anderen weit voraus, als Rivalen antraten. Der Habasch lief rechts, sein kräftiger Reiter hatte die tote Ziege auf dem Schoß, während das Vollblut versuchte, ihm den Weg von links abzuschneiden.

»Um was wetten wir, großer Bruder?«, fragte Naurus Khan.

»Wir wetten um beide Pferde!«

»Um beide Pferde?«

»Ja. Wenn du verlierst, kaufst du mir den Hengst. Wenn ich verliere, schenke ich dir den Habasch.«

»Einverstanden. Vorausgesetzt, dass der Sieger dann bereit ist, sein Pferd zu verkaufen. Aber was macht Sie eigentlich so sicher, dass das Vollblut gewinnt?«

»Der Habasch läuft zweifellos besser, aber er läuft, wie eben ein Pferd läuft: Er rennt, ohne den Weg und ohne das Ziel zu kennen! Nicht umsonst vergleicht man Menschen mit dieser Eigenschaft mit Pferden. Mein Favorit aber scheint ein Freund zu sein, der weiß, wo du hinwillst.«

»Eine interessante Ansicht.«

»Schau, was er tut!«

Es schien, als geschähe alles nach Vereinbarung: Der Hengst lief nah an den Habasch und irritierte seine Rivalen, das Pferd sowie den Reiter. Aber nachdem der bärtige Mann, der ihn ritt, sich auf die Ziege gestürzt und ihr Bein fest gegriffen hatte, bremste er ruckartig ab. Ein überaus schlaues Manöver, das den Sturz des Rivalen von seinem schnellen Habasch zur Folge hatte. Die Ziege war verloren, der kräftige Mann lag verletzt auf dem Boden, und der kluge Hengst wendete um etwa neunzig Grad um seine eigene Achse und steuerte dann, begleitet von gewaltigem Jubel und Beifall, geradewegs auf den weißen Kreis zu.

Als der Wettkampf zu Ende war, gingen die Brüder zu den Reitern und ihren Tieren, um die die Schaulustigen im Kreise standen. Scharif hatte zwar gewonnen, war aber entschlossen, beide Pferde ihren Besitzern abzukaufen, das eine für sich selbst, das andere für seinen Bruder. »Koste es, was es wolle«, sagte er. Dafür äußerte er den Wunsch, dass Naurus mit ihm zunächst einige Tage durch das Umland ritt, welches im Frühling besonders grün war, und anschließend den langen Weg zurück nach Kabul. Naurus Khan stimmte zu, und so geschah es.

EINES NACHTS, ALS sie im Freien am Ufer eines Flusses in Masar-e Scharif übernachteten, hatte Scharif Khan wieder einen seltsamen Traum: Osman Khan saß vor ihm auf seinem Esel am Ufer und sprach zu ihm, während sein Vieh aus dem Fluss Wasser trank.

»Jetzt bist du reich und hast mich vergessen. Deshalb wollte ich mich in deinen Traum einschleichen, um dir einen Rat zu geben: Wenn du Talib Asis wirklich finden willst, musst du dich an den König wenden, und zwar persönlich! Zu seinem Geburtstag veranstaltet er im Herbst einen Buskaschi-Wettkampf. Nimm daran teil! Und noch etwas: Gib deinem Pferd einen Namen, der zu ihm passt.«

Scharif Khan wachte auf und blickte auf das Ufer vor sich. Dort sah er anstelle Osman Khans Naurus sitzen und rauchen. Es war Mitternacht. Scharif ging zu ihm, bat ihn um eine Zigarette und sagte: »Wir müssen dem Vollblut einen Namen geben. Welcher Name fällt dir ein?«

»Rafiq, so wie der Freund«, schlug Naurus Khan vor. »Sie haben doch gesagt, dass er dem Menschen ein kluger Begleiter ist.«

Scharif Khan nickte und erzählte ihm von seinem Traum.

»Ich würde Ihnen denselben Rat geben, Bruder«, erwiderte daraufhin Naurus. »König Saher hat eine Verabredung getroffen, an die er sich jedes Jahr hält. Er zeichnet den Sieger der Spiele als Nationalhelden des Jahres aus und fragt nach einem persönlichen Wunsch, den er dann für ihn erfüllen lässt. Ich meine, wenn Sie an diesem Wettbewerb teilnähmen und aus ihm als Gewinner hervorgingen, dann können Sie dem König von Ihrem vermissten Freund erzählen. Er wird bestimmt nach ihm suchen lassen.«

»Ich bin aber nicht mehr jung«, setzte Scharif Khan entgegen. »Ich bin im Reiten nicht mehr fit. Außerdem habe ich noch nie an einem großem Buskaschi-Kampf teilgenommen.«

Naurus Khan lachte. »Dafür hatten Sie einen Reitlehrer, der Osman Khan hieß, und Sie haben nun ein Pferd, das Rafiq heißt. Niemand hat gegen Sie im Reiten eine Chance, Bruder! Bis Oktober haben wir noch sechs Monate Zeit. In Kabul gibt es einige Buskaschi-Mannschaften. Lange müssen Sie nicht trainieren.«

Scharif Khan, der große Stücke auf seinen Bruder Naurus hielt, nahm sich dessen Worte zu Herzen und begann gleich nach ihrer Rückkehr nach Kabul, eifrig zu trainieren.

Teil drei

1

RINGSHERUM AUF DEN Hügeln drängte sich das Volk. Tausende Augen richteten sich gespannt auf die Mitte der Arena, wo etwa dreißig bunt gekleidete Männer auf ihren Pferden eine leblose schwarze Ziege umringten. Von oben sah das Ganze wie eine riesengroße, farbenprächtige Blume aus, deren Mitte grün und deren Kern schwarz war. Dann ertönten Pfiffe. Nach dem ersten verstummte die Menge; nach dem zweiten hielt ein jeder den Atem an; und nach dem dritten begann der Wettkampf. Die Blume brach auseinander, die Peitschen zischten durch die Luft, die Pferde bildeten einen Pulk. Die Reiter beugten sich tief zur Erde, rissen sich wie wilde Tiere um die Ziege, und jeder wollte sie als Erster erbeuten. Es war der Mann mit dem braunen Mantel auf einem rassigen Fuchs, dem es gelang. Er hob die tote Ziege vom Boden auf, hielt sie mit beiden Händen fest und ritt, mit der Peitsche zwischen den Zähnen, pfeilschnell davon. Gefolgt von der ganzen Meute, unter dem Jubel der Zuschauer. Er preschte auf die königliche Tribüne zu, erhob seine Hand zum Gruß und lenkte dann in einem scharfen Winkel an der Tribüne vorbei.

Ich saß am Hang eines kleinen Berges, auf dem Schoß meines Onkels Naurus, rechts von uns saßen meine Brüder Asis und Aman, links meine beiden Cousins Dastan und Bustan. Unter uns breitete sich der Abschnitt Steppe aus, der von Zuschauern umrandet war. Zu unserer Rechten war im rechten Winkel zu unserer Anhöhe die lange Tribüne aufgebaut, auf der der König und seine Gefolgschaft saßen. Meine Aufmerksamkeit war dem Reiter eines prächtigen Grauschimmel-Hengstes gewidmet. Es war mein Vater. Ich erkannte ihn aus der Entfernung an seiner weißen Weste. Tief über den Rücken seines Vollbluts gebeugt und in Windeseile schlug er einen Haken, um dem Rivalen den Weg abzuschneiden. Doch eine Wolke aus Staub hüllte bald die ganze Truppe in sich ein.

Die Zuschauer auf dem Berg standen auf, aber von hier aus konnte keiner sehen, was genau geschah. Nur, dass die Wolke immer weiter nach links zog. Gellende Schreie erklangen. Versprengte Reiter galoppierten auf die Zuschauer auf der gegenüberliegenden Seite des Schauplatzes zu. Die Menschen flüchteten auf die höheren Ebenen und sprangen über die Köpfe der Sitzenden hinweg. Wie viele dabei von den Hufen der Pferde verletzt wurden, konnte von hier aus keiner sagen. Man sah nur, dass drei Ärzte in weißen Kitteln von der Tribüne dorthin eilten.

Wir warteten, bis die Horde zurück zur Mitte sprengte. Allen voran galoppierte nun ein Mann mit einer grünen Weste. Die Beute hielt er geschickt auf seinem linken Oberschenkel. Er ritt auf einem Schimmel. Dicht neben ihm beugte sich ein Reiter weit aus dem Sattel seines Rappen, um ihm die Ziege zu entreißen, verlor aber das Gleichgewicht und stürzte – ein schaudererregender Anblick, der mein Blut gerinnen ließ. Die Angst um meinen Vater, um all die anderen Männer und um die Tiere, die brutal gepeitscht wurden, erstickte mich. Ich setzte mich auf den Boden vor die Füße meines Onkels und spielte mit kleinen runden Steinen im Sand. Ich wandte meinen Blick zur Tribüne und beobachtete den König, der in der Mitte seiner Gefolgschaft saß. Wenn der König klatschte, klatschten auch die anderen, und wenn er aufhörte, wurde es dort still.

König Saher kannte ich bisher aus dem Lehrbuch meines Bruders Asis, der in die dritte Klasse ging. Noch besser hatte ich ihn von einem viel größeren Bild in der Erinnerung, welches über dem Kopf des Stadtverwalters in Herat gehangen hatte. Mein Vater hatte mich einmal in dessen Büro mitgenommen. Auf dem Bild war der König in einer Uniform zu sehen, mit vielen bunten Abzeichen und Medaillen und einer prächtigen Krone auf dem Kopf. Jetzt aber trug er eine Nationaltracht, und sein kahler Kopf glänzte im Sonnenschein. Vater sagte immer, ein König ohne Krone sei kein König. Ich fragte mich jetzt, ob der König seine Krone zu Hause vergessen hatte. Vater hatte einmal behauptet, die Krone eines Herrschers sei wie eine tote Ziege in der Buskaschi-Arena. Damals verstand ich nicht, was er damit meinte.

Der Jubel betäubte wieder meine Ohren. Alle um mich herum, die noch saßen, standen auf, und die Gesichter der Zuschauer in unseren

Reihen waren nach links gewandt. Mein Onkel nahm mich auf seine Schulter, und ich konnte den Wettkampf weiter verfolgen. Die Ziege lag jetzt auf dem Schoß eines Reiters auf einem braunen Pferd, der von allen anderen wild gejagt wurde. Fest an den Hals seines Grauschimmels geschmiegt, überquerte mein Favorit in weißer Weste das ganze Feld, überholte alle anderen Reiter und kam an den Führenden heran.

Während mir Angst die Kehle zuschnürte und Asis voller Entsetzen der Mund offen stand, jubelte und schrie mein anderer Bruder im Übermut. Aman war bestimmt nicht älter als fünf Jahre, erschien mir aber in diesem Augenblick wie ein Löwenkind. Meine Aufmerksamkeit fiel aber auch auf meinen Cousin Dastan, den ältesten unter uns Kindern. Er tanzte und sang so fröhlich, als hätte unser Favorit bereits den Wettkampf gewonnen.

Mein Vater beugte sich tief hinab, um die Beute zu packen, die Peitsche zwischen den Zähnen, und ich fürchtete, dass er jeden Augenblick herunterfallen könnte. Der bedrängte Rivale ließ sich ein kühnes Manöver einfallen. Mit heftigen Peitschenschlägen lenkte er sein Tier mitten in die Menschenmenge, die sich voller Panik auflöste, und entzog sich dadurch der Verfolgung. Vater richtete sich auf, zügelte seinen Hengst und hielt inne. Während alle anderen wild die Verfolgung fortsetzten, hielt er den Kopf zum Himmel gehoben. Vielleicht war es eine Geste des Gebets. Dann suchte er in seinen Taschen, senkte das Haupt auf die Brust, rieb sich das Gesicht und schlug sich auf die Stirn. Aman lachte. »Was macht er?«

Und auf einmal sahen wir es: Entlang der Strecke und nicht weit von den Zuschauern auf unserer Seite raste die ganze Meute auf den Ausgangspunkt zu. Erst jetzt schien mein Vater zu bemerken, dass er weit hinter den anderen zurückgeblieben war, und erntete Gelächter. Er galoppierte, die Peitsche über seinem Haupt schwingend, zu den anderen. Nicht fern vom weiß gezeichneten Kreis wurde der gejagte Mann auf dem braunen Pferd umzingelt und geriet so in die Falle.

Und wieder entstand ein bewegter, bunter Pulk. Diesmal konnte ich alles sehen. Jeder peitschte wild um sich, peitschte sein Pferd, peitschte die Pferde der anderen, und Peitschenhiebe trafen jede Hand, die sich nach der Beute ausstreckte. Es schien, als würde in der toten Ziege alles Glück der Erde stecken. Die Tiere scheuten. Zwei

Männer stürzten und blieben liegen, ohne dass sich jemand um sie kümmerte. Ihre Tiere rannten wild davon, und erst am anderen Ende der Bahn wurden sie von den Zuschauern eingefangen. Ihnen folgend schleppten sich die beiden Verletzten durch die Steppe. Ich war froh, dass mein Vater außerhalb des Pulks stehen blieb. Und dann geschah es.

Ein Mann auf einem feurigen Rappen entkam dem Reiterknäuel mit der begehrten Trophäe. Die Zuschauer, allen voran der König, sprangen jubelnd auf. Doch bevor der Eroberer den Beifall auskosten konnte, wurde er von meinem Vater wild überfallen. Der Rappe bäumte sich auf und überschlug sich, der Reiter hielt noch im Fallen die Ziege an sich gepresst. Mein Vater beugte sich, mit der Peitsche zwischen den Zähnen, weit hinüber und zerrte am Fuß der Ziege. Aber der liegende Mann klammerte das tote Tier an sich, während die anderen Reiter einen Kreis um das Geschehen bildeten. Mein Vater zog jetzt mit beiden Händen am Fuß des Tieres. Sein ganzer Körper hing vom Pferd. Ich hatte große Angst, dass sein aufgeregter Hengst den am Boden liegenden Gegner tottrampeln würde, hatte Angst um ihn selbst und fing an zu weinen. Onkel Naurus wollte mich beruhigen, gab mir einen Keks, den ich wegwarf, hielt seine Hand über meine Augen, die ich wegschlug, denn ich wollte jetzt zuschauen und weinen, solange mir danach war.

Doch es dauerte nicht lange, und mein Vater richtete sich auf, die Ziege hoch über seinem Kopf. Ich hörte auf zu weinen. Wir alle waren erleichtert. Jedoch nicht lange, denn jetzt mussten wir zusehen, wie er von allen Gegnern wild gejagt wurde. Während er wieder tief an den Hals seines Grauschimmels geschmiegt lag, warf er das leblose Tier lässig über seine Schultern. Es war ein bitterernster Kampf, aber mein Vater, der Reiter in weißer Weste, brachte mit seinen Gesten alle zum Lachen.

Ich setzte mich wieder auf den Boden zurück und lenkte mich mit den kleinen Steinen ab. Bis ich von der großen Aufregung um mich herum wieder hochgerissen wurde und so lange bettelte, bis Onkel Naurus mich erneut auf seine Schultern nahm.

Auf diese Weise konnte ich wieder die ganze Arena überblicken. Nahe dem weiß gezeichneten Kreis kämpften die Reiter eine brutale Schlacht: Pferde scheuten, bäumten sich auf, überschlugen sich, Reiter sprangen ab und stiegen wieder auf. Einer mit farbenprächtigem Mantel lief hinter seinem Pferd her, das sich aus dem Staub gemacht hatte. Mein Vater stand mit überkreuzten Armen abseits vom Geschehen. Er schaute zu, als wären alle außer ihm verrückt.

Asis wandte sich an meinen Onkel: »Ich setze auf den Mann in der grünen Weste.«

»Ich auf Vater!«, wettete Aman.

Mit unglaublicher Geschwindigkeit entkam der Mann mit dem braunen Mantel auf seinem Fuchs dem Felde.

»Ich fürchte, der wird es eurem Vater nicht leicht machen«, sagte der Onkel zu meinem Bruder, leise, weil ich ihn nicht hören sollte.

»Nein, Agha! Mein Onkel ist der beste! Mein Onkel gewinnt, Inschaallah!«, entgegnete sein Sohn Dastan.

Nun begann eine halsbrecherische Jagd. Peitschen zischten durch die Luft, Reiter standen in den Steigbügeln oder lagen tief über dem Rücken ihrer Pferde gebeugt und, immer knapp an den Zuschauern vorbei, galoppierten sie rund um die Arena und wirbelten eine enorme Staubwolke auf. Sie jagten, von links kommend, an den Menschen auf dem Berg vorbei, der grüne Reiter am äußersten Rand, der im braunen Mantel mit der Ziege in der Mitte und mein Vater innen, gefolgt von der ganzen Meute.

Es geschah während der zweiten Runde, dass der Schimmel und sein Reiter in die Tribüne des Königs stürzten. Onkel Naurus drehte sich sofort um, um mir den Anblick zu ersparen. Ich sah nun Berge, grüne Täler, Tulpen und blühenden Mohn, Schafe und Ziegen, ein Zelt und viele Nomaden. Es waren Männer, Frauen, Kinder, die im Kreis saßen und Tee tranken. Kaum hatte ich mich beruhigt, drehte sich mein Onkel wieder zurück. Die Truppe erreichte erneut unsere Seite. Aus der Wolke brachen zwei Pferde hervor: der schöne Fuchs und links von ihm der Hengst meines Vaters. Sie jagten in atemberaubendem Tempo in unsere Richtung, die restliche Gruppe weit abgeschlagen. Vater beugte sich seitlich aus dem Sattel und streckte seine Hand und seinen ganzen Körper so weit, dass er sich nur mit den Füßen am Sattel festhielt. Die Zuschauer der unteren Reihen drängten nach oben. Dann geschah etwas Furchtbares. Der Fuchs scheute und bäumte sich auf. Vater, der die Gefahr erkannt hatte, zog sich zurück und zügelte sein Pferd. Es war leider zu spät. Der Reiter des Fuchses flog aus dem Sattel und fiel gefolgt von der Beute auf die Felsen. Vater schien von seinem Pferd absteigen zu wollen. Doch zwei weitere Reiter näherten sich im Galopp und wollten die Beute ergreifen. Da schrien meine Brüder von beiden Seiten: »Agha! Agha!«

Unser Vater beugte sich zu der Ziege, riss sie an sich und ritt den Berg hinauf. Er ritt in Serpentinen geschickt auf uns zu, und die Menschen machten ihm den Weg frei. Wir vier liefen ihm auf der Kuppe entgegen. Er schien mit sich selbst zu reden. Wahrscheinlich waren es irgendwelche Verse aus dem Koran, die er aufsagte. Schaulustige umringten uns. Vater und Onkel Naurus schauten sich den Hengst an. Das arme Tier atmete schwer, hatte rot gefärbten Schaum am Maul, sein Hals war nass, und seine Mundwinkel waren blutig eingerissen. Was Vater besonders betroffen machte, waren die tiefen Striemen von Peitschenhieben am Körper seines Pferdes. Er gab ihm einen Apfel zu fressen.

Eine allgemeine Anspannung war spürbar. Zuschauer von allen Seiten liefen über die Steppe. Polizisten konnten sie nur schwer stoppen.

»Ist das jetzt das Ende, Agha?«, fragte Aman.

»Siehst du nicht, dass sie alle auf mich warten?«, zeigte Vater auf die Truppe, die in einer Reihe stand und zu uns nach oben schaute. Es waren meist kräftige Gestalten mit runden, flachen Gesichtern: Usbeken, Turkmenen und Kasachen.

Aus dem Lautsprecher über der Tribüne erklang eine Ansage. Die Zuschauer wurden gebeten, zu ihren Plätzen zurückzugehen. Der Wettkampf wurde für einige Minuten unterbrochen.

Immer wieder schaute mein Vater zu der Stelle hin, wo sich Ärzte um den Verwundeten kümmerten. Er trank etwas Wasser, trocknete seine silbernen Haare mit einem Tuch ab, stellte sich dann vor seinen Hengst und suchte den Blickkontakt mit ihm. Dann zeigte er mit ausgestreckter Hand auf den weiß gezeichneten Kreis in der Arena und sprach zu seinem Pferd:

»Siehst du den Kreis dort drüben, Rafiq? Wir müssen die Ziege in diesen Kreis hineinwerfen. Du wirst mich doch nicht im Stich lassen!«

Dann küsste er das Maul des Tieres.

Der Hengst mit dem Namen Rafiq schaute ihn an, und ich sah die große Erschöpfung in seinen braunen Augen.

»Und was passiert dann, Agha?«, fragte Aman.

Vater setzte sich, nahm mich und Aman in seine Arme und sagte: »Das Übliche. Das Volk wird mich mit großem Jubel auf seine Schultern heben und über die lange Strecke zum König tragen. Der wird mir dann einen Blumenkranz um den Hals legen. Aber darum geht es mir nicht.«

Wir beobachteten gespannt meinen Vater. Er öffnete den Reißverschluss seiner Westentasche, holte einen Umschlag in einer Hülle hervor und richtete sich an uns Kinder: »Seht ihr diesen Brief?« Er steckte den Umschlag gleich wieder in seine Tasche, zog den Reißverschluss zu und sagte, er müsse ihn dem König übergeben. Vater erzählte von seinem alten Lehrer und besten Freund, der siebenundzwanzig Jahre zuvor verschwunden war, und sagte: »Ich habe geträumt, dass Talib Asis in einem Gefängnis sitzt. Und ich habe dem König geschrieben, nach ihm suchen zu lassen.«

»Inscha-allah wird dies geschehen«, sagte Onkel Naurus.

Vater richtete sein Gesicht zur Seite, ließ seinen nachdenklichen Blick über die Berge und Täler schweifen und wandte sich dann an seinen Bruder. »Wo ist mein Glücksbringer?« – Er deutete auf die Stelle in der Arena, an der er vorhin nachdenklich innegehalten hatte. – »Dort drüben habe ich bemerkt, dass ich ihn nicht bei mir habe.«

»Hier!« Onkel Naurus brachte aus seiner Tasche einen kleinen, an eine Schnur gebundenen, goldenen Schlüssel zum Vorschein. »Den habe ich heute Morgen im Bad gefunden.«

Vaters Augen begannen zu leuchten: »Gott sei Dank!«

Onkel Naurus berührte mit dem Schlüssel zunächst den Kopf des Pferdes und legte dann die Schnur um den Hals unseres Vaters.

Da ertönte eine weitere Ansage aus dem Lautsprecher: »Liebe Zuschauer! Nach dem dritten Pfiff wird das Spiel fortgesetzt!«

Der Kreis der Schaulustigen um uns löste sich auf.

»Nicht lange, und ich werde wieder bei euch sein«, sagte mein Vater, küsste uns auf die Wange und stieg dann auf sein Pferd. Er lenkte es zur Arena und ritt langsam den Berg hinunter. Es war ein Augenblick großer Spannung. Ich blickte in die Weite und sah, dass es den Polizisten nicht gelungen war, die Masse ganz aus der Arena zurückzudrängen. Der erste Pfiff ertönte. Die Verfolgermeute bildete eine Wand vor meinem Vater; ihre Peitschen in den Händen; ihre kampflustigen

Blicke waren fest auf ihn gerichtet. Ich atmete schwer und konnte weder weinen, noch war ich in der Lage, mich zu bewegen. Es wurde ein zweites Mal gepfiffen. Vater war fast unten angelangt, blieb bei einer flachen Stelle stehen und steckte zur Verwunderung aller die Peitsche zwischen seine Zähne. Er lenkte sein Pferd zur Seite, sodass auch seine Gegner ihre Aufmerksamkeit in diese Richtung wandten. Der Mann mit der Trillerpfeife, der vor der Tribüne stand, drehte sich im Kreis, und dann erklang ein lauter, langer Pfiff.

»Rafiq!«, dröhnte die Stimme des Vaters durch die ganze Steppe. Sie hallte in den Bergen und Tälern hinter uns weiter. Allein dieser Ruf hätte reichen müssen, um jedem Gegner Furcht einzujagen. Alles geschah binnen Sekunden. Das wunderbare Tier vollführte einen Sprung nach links, doch nachdem es seine Rivalen, Reiter wie Pferde, irregeführt hatte, tat es einen gewaltigen Sprung und flog durch eine Lücke zwischen zwei Gegnern auf die Steppe hinaus, begleitet von unglaublichem Jubel.

Ich glaubte, Rafiq mit zwei Flügeln zu sehen. Nicht nur ich. Jahrelang danach erzählten die Menschen davon – von Kabul bis zu unserer Stadt, die tausend Kilometer entfernt an der nordwestlichen Grenze lag. Der Augenblick, in dem mein Vater die leblose Ziege in den Kreis hineinwarf, ließ nicht lange auf sich warten. Gleich danach zügelte er seinen Hengst und stieg ab. Dann verschwand er in der Mitte der schreienden Menschenmenge, die von allen Seiten in die Arena und auf ihn zustürmte.

Mir kam es vor, als würde ein aufregendes Märchen zu Ende gehen, ein Märchen, das mein Vater mir an diesem Nachmittag nicht erzählte, sondern – auf einer Steppe nördlich der fernen Hauptstadt – vorspielte. Es war ein böses Märchen, dessen Held kein Königssohn war, sondern er selbst. Doch für diesen Helden schien nun noch alles gut ausgegangen zu sein.

DER WETTKAMPF WAR so verlaufen, wie mein Vater es erhofft hatte. Er wurde auf den Schultern einer begeisterten Menge zur Tribüne getragen. Der König erhob sich von seinem Platz, nahm ihn mit großer Freude in seine Arme, legte ihm einen Blumenkranz um den Hals. Dann saßen, außer einigen schwer Verletzten, alle Reiter zu Ehren des

Nationalhelden für eine halbe Stunde beim Teetrinken in der Runde um den Monarchen.

Viel später begriff und wusste auch ich, was an diesem Nachmittag auf der königlichen Bühne vorgefallen war: König Saher wollte meinem Vater eine Auszeichnung verleihen und ihn damit zum Nationalhelden des Jahres erklären. Doch dieser nahm sie nicht an.

»Mit Verlaub, Ihre Majestät, ich habe zwar den Wettkampf gewonnen, aber aus meiner Sicht ist der eigentliche Held des Tages unser schwer verletzter Mitbewerber. Die Auszeichnung gebührt eher ihm.«

Der König begrüßte diesen Vorschlag, fragte ihn aber, gemäß der Zeremonie, nach einem besonderen Wunsch, den er ihm erfüllen wollte. Bei dieser Gelegenheit überreichte ihm Vater seinen Brief. König Saher las das Schreiben und wurde nachdenklich. Nach dem Tee rief er ihn zu einem persönlichen Gespräch zu sich.

»Sie sind also der Imam der Freitagsmoschee von Herat, und Sie haben an diesem Wettkampf teilgenommen, nur um mir diesen Brief zu geben.«

»So ist es, Ihre Majestät.«

»Das bewundere ich sehr. Woher können Sie so gut reiten?«

Scharif Khan lächelte. »Als Kind bin ich viel geritten. Mein Vater war Landwirt.«

»Sie haben auch ein hervorragendes Pferd.«

»Das Pferd wollte ich gern Ihnen schenken, Ihre Majestät. Es würde mich sehr ehren, wenn Sie es annehmen.«

König Saher nickte. »Sind Sie sicher, Imam, dass Ihr Freund so lange im Gefängnis sitzt?«

»Ich bin ziemlich sicher, Ihre Majestät.«

»Das tut mir sehr leid. Das zerreißt mich innerlich, wissen Sie? Der Freund, von dem Sie sprechen, ist kein namenloser Mann. Sein Großvater hat im letzten Jahrhundert die Briten in die Knie gezwungen.«

»So ist es, Ihre Majestät.«

Der Monarch kratzte sich nachdenklich an seinem kahlen Kopf und murmelte vor sich hin: »Wie konnte das nur möglich sein?«

König Saher liess in allen Gefängnissen des Landes nach dem Freund meines Vaters suchen. Es dauerte nicht lange, und Maulana

Asis wurde in einem Kabuler Gefängnis gefunden. Er hatte tatsächlich siebenundzwanzig Jahre ohne Gerichtsverfahren in Haft verbracht. Der König ließ ihn frei, empfing ihn, gemeinsam mit meinem Vater und meinem Onkel, an seinem Hof und bat ihn um Vergebung.

Die Freude saß Scharif Khan jedoch nur in einem Auge, mit dem anderen trauerte er, trauerte viele Jahre, auch wenn ihm dies nicht anzumerken war. Denn der gestürzte Reiter, ein bitterarmer Nomade, war im Krankenhaus vor seinen Augen gestorben.

2

Im Haus meines Onkels Naurus in Kabul ging es immer lebendig zu. Es war Oktober und während Onkel Naurus und mein Vater in der Stadt unterwegs waren, meine Mutter und Schampon, so hieß Onkel Naurus' Frau, sich um die Küche und den Haushalt kümmerten und mein älterer Bruder Asis und meine beiden Cousins Dastan und Bustan sich draußen auf der Straße herumtrieben, spielten wir, die Kinder, im Garten.

Meine Schwester Malalay, unsere Cousine Rabea und zwei Mädchen aus der Nachbarschaft waren die ältesten unter uns. Sie gingen bereits in die Grundschule. Der Reihe nach beschrieben sie aufregende Bilder und Landschaften, die wir anderen dann malen sollten. Mein Bruder Aman malte schöne große Vögel, ich lieber Häuser, Türme und Bäume, die jedoch jedes Mal schief standen. Über meine Bilder lachten alle. Sogar der kleine Junge aus dem Nachbarhaus. Doch Rabea tröstete mich. Sie meinte: »Man ist immer nur eins, Schaer: entweder Dichter oder Maler. Wer beides versucht, der zeigt, dass er in keinem sicher ist.«

Es war am sechsten oder siebten Nachmittag nach dem Buskaschi-Wettkampf, als mein Vater und Onkel Naurus uns Kinder auf der Terrasse zusammenriefen. Onkel Naurus teilte uns mit, dass am morgigen Abend ein besonderer Gast kommen würde. Er erklärte, wie wir uns dem Gast gegenüber verhalten sollten, und hatte sich zu dessen Begrüßung eigens ein Spiel ausgedacht. »Wichtig ist, dass keiner von euch ihm seinen Namen verrät. Er muss selbst herausfinden, wie jeder Einzelne von euch heißt. Damit er aber auf euren Namen kommen kann, muss jeder von euch ihm ein Rätsel oder eine kleine Geschichte erzählen. Dieses Rätsel wird ihm als Schlüssel zu euren Namen dienen.«

»Habt ihr alles verstanden, Kinder?«, fragte Vater.

»Ja!«, riefen wir im Chor.

Und er fügte hinzu: »Nach dem Essen geht ihr einzeln zu eurem Onkel und besprecht mit ihm in Ruhe, was er oder sie dem Gast für ein Rätsel aufgeben will.«

Am nächsten Tag saß ich mit meiner Schwester Malalay viele Stunden in einer Ecke im Garten. Unser Onkel hatte in der Nacht zuvor einige Sätze als Hinweis auf meinen Namen zu Papier gebracht und Malalay beauftragt, sie mit mir zu üben, damit ich sie am Abend dem Gast auswendig vortragen konnte. Es war ein kleiner, für mich aber schwieriger Text und ich musste jeden Satz viele Male wiederholen. Malalay versprach mir, dass sie am Abend neben mir sitzen und mir auf die Sprünge helfen würde. Sie sagte: »Zu jedem Satz flüstere ich dir ein oder zwei Stichwörter ins Ohr, aber den Satz musst du dann selbst sagen.« Die Stichworte legte sie fest. Und am Schluss übte und wiederholte sie mit mir den ganzen Text, indem sie mir einzelne Worte ins Ohr flüsterte.

Am Nachmittag kam Onkel Naurus frühzeitig nach Hause. Er und seine Söhne Dastan und Bustan brachten, außer zwei vollen Koffern, auch ein kräftiges Schaf ins Haus, das ich so süß fand, dass ich kaum davon lassen konnte. Es hatte einen fetten, schweren Hintern aus purem Fett und meckerte unentwegt. Dann machten sie sich daran, es zu schlachten, sein Fleisch zu zerstückeln und es einzulegen. Als sie es zu Boden warfen und das Messer auf seinen Hals legten, begann ich zu weinen. Ich beruhigte mich erst, nachdem sie im Garten, neben dem niedrigen Sommerpodest, ein großes Feuer entfacht hatten. Rund um das Feuer wurden Teppiche, Matratzen und Lehnkissen für eine gemütliche Sitzecke auf dem Podest zurechtgelegt und auf dem Weg zum Hauseingang, in zwei Reihen, Blumentöpfe aufgestellt.

Bei Sonnenuntergang, als aus dem Feuer der wohlriechende Rauch des Kebabs hochstieg, war es so weit. Dastan und Bustan kamen von der Gasse ins Haus gelaufen und riefen: »Onkel Scharif und sein Gast sind angekommen!«

Onkel Naurus lief zur Haustür, öffnete sie weit und blieb dort empfangsbereit stehen. Hinter ihm positionierten sich die Kinder, unsere Mütter stellten sich als Letzte an. Mutter Khurschid schien sich vor lauter Aufregung hinter Tante Schampon verstecken zu wollen und murmelte Gebetsworte.

Von der Gasse kam eine laute Stimme, die sagte: »Du bestehst also darauf, dass ich die Namen der Kinder selbst herausfinde, Scharif? Das ist aber eine gemeine Prüfung.«

»Ja, ich bestehe darauf. Du hast im Leben viele Prüfungen bestanden, du wirst auch diese bestehen.«

Onkel Naurus legte seine linke Hand auf die Brust, zeigte mit der rechten zu uns in Richtung Garten und rief: »Salam Aleikum! Bitte, treten Sie ein!«

Ein großer Mann mit langem Bart und in einem weißen Gewand erschien neben meinem Vater am Eingang, und während er eintrat, rief er an meinen Onkel gewandt: »Bah, bah, Bruder! Du hast aber ein schönes Haus!«

Der Reihe nach legte er jedem Einzelnen der Kinder die Hand zum Segen auf den Kopf, küsste sie auf die Wange, und wir küssten ihm die Hand. Mutter Khurschid kam aus ihrem Versteck hervor und begrüßte ihn. Der Gast musste wohl gemerkt haben, wie aufgewühlt sie war. Er nannte sie »meine kleine Schwester« und scherzte mit ihr: »Du hast dich gar nicht verändert. Liegt das an dem tollen Mann, den du geheiratet hast?«

Nachdem der Gast auch die Frau meines Onkels kennengelernt hatte, warf er einen prüfenden Blick auf das rund geschnittene zweistöckige Haus und auf den Garten mit dem großen Feuer vor der Terrasse und rief begeistert: »Bah, bah! Ein kleines Paradies auf Erden! Meine Kleider riechen bereits nach Kebab.«

Dann richtete er sein Wort an meinen Onkel: »Wie wäre es, Bruder, wenn wir diesen wunderbaren Abend mit einem gemeinsamen Gebet auf der Terrasse eröffneten?«

»Daran haben wir auch gedacht«, erwiderte Naurus Khan.

Endlich bekam auch Mutter Khurschid einen guten Anlass, ihre Stimme zu erheben: »So viele Jahre haben wir gewartet, um wieder hinter Ihnen zum Gebet stehen zu dürfen!«

Die Frauen und meine Cousins eilten sogleich ins Haus und brachten den großen Gebetsteppich, welchen sie auf der Terrasse auslegten. Der Gast schritt zur Mitte des Gartens, und wir alle blieben eine Weile um das Feuer stehen.

Nach dem Gebet machten die Männer es sich auf dem Podest bequem, Mutter Khurschid und Schampon schenkten Tee ein und kümmerten sich um das Essen, und wir Kinder saßen um das Feuer herum. Wir waren vom Gast so verzaubert, dass wir unsere Blicke für keinen Moment von ihm lassen konnten. Jetzt, im Schein des Feuers, konnte ich ihn besser sehen. Seine schulterlangen Haare und sein Bart waren teils schwarz, teils silbern, und von seinen Augen, umspielt von langen, schwarzen Wimpern, ging eine geheimnisvolle Anziehung aus. Er war mager, aber sein aufwändiges Gewand verlieh ihm Gewicht und unterstrich seine Aura.

Die Gespräche und die heitere Stimmung setzten sich beim Essen fort. Danach wurde wieder gebetet und wieder Tee getrunken. Irgendwann deutete der Gast auf uns Kinder und sagte zu meinem Vater: »Jetzt muss ich mich aber ein wenig mit den Kindern unterhalten. Ich muss sieben Namen erraten. In welch ein schwieriges Spiel habt ihr mich da gelockt?«

Als Erster war mein älterer Cousin Dastan an der Reihe, sich mit einer poetischen Beschreibung der Bedeutung seines Namens dem Gast vorzustellen. Er ging in die fünfte oder sechste Schulklasse und zu Hause riefen ihn alle Bolbol, die Nachtigall, weil er sehr schön singen konnte. Mit seiner Beschreibung machte er es aber dem Gast nicht besonders schwer, seinen Namen zu erraten: »Ich bin in den Büchern und Filmen und auf den Bühnen beheimatet, aber vor allem in den Brüsten der Menschen«, sagte er. Und gleich darauf erwiderte der Gast: »Du kannst uns zum Nachdenken bringen. Zum Weinen genauso wie zum Lachen. Du sitzt am Steuer unserer Gedanken und Gefühle.« – Er schlug sanft mit der Hand auf seine Brust. – »Deine Heimat ist auch hier, Dastan!«

Wir leisteten den beiden Beifall. Dann meldete sich mein jüngerer Cousin zu Wort und sagte: »Und ich bin selbst eine Heimat, Maulana

Sahib. Ich bin die Heimat der Blumen und Schmetterlinge, der Obstbäume und Pflanzen …«

Da unterbrach ihn der Gast mit einem lauten Lachen; er richtete seinen Blick auf den Garten und sprach in dessen Richtung: »Dich habe ich siebenundzwanzig Jahre lang vermisst, Bustan!«

Als Nächster erhob mein Bruder Asis seinen Finger und sagte: »Ich bin jemand, für den mein Vater durchs Feuer geht.«

»Bist auch du einmal für deinen Vater durchs Feuer gegangen?«, fragte Maulana Asis mit einem Lächeln. Mein Bruder schwieg, aber unser Vater gab dem Gast zur Antwort: »Und ob er das getan hat.«

Mein zweiter Bruder hieß eigentlich Amanullah, aber er wollte, dass man ihn einfach Aman rief. Nach Asis meldete er sich zu Wort: »Ich bin ein Mann, der gehen musste, weil er früh gekommen war und weil er es mit allem so eilig hatte.«

Da lachte der Gast wieder, er schüttelte seinen Kopf bedauernd und erwiderte: »Dann bist du wahrscheinlich eine Wiedergeburt, und dieses Mal kommst du zur richtigen Zeit, Amanullah. Gott bewahre dich für unser Land!«

Auch den Namen meiner Schwester zu erahnen, war für den Gast keine Schwierigkeit. »Ich bin in einer Schlacht ums Leben gekommen«, sagte sie und wurde sogleich unterbrochen: »Auch du bist eine Wiedergeburt, Malalay! Und ich sage es dir, Gott bewahre auch dich davor, dass du noch einmal in irgendeiner Schlacht stirbst!«

Heute weiß ich, dass der für uns alle heilige Mann auch hier ein Bittgebet an die Zukunft geschickt hatte. Die Erwachsenen in der Runde riefen im Chor: »Amen«, und wir Kinder riefen ihnen nach.

Dann erhob Rabea ihre Stimme und richtete ihren selbstbewussten Blick auf den großen Mann: »Mit Verlaub, auch ich musste sterben. Leider nicht für die Heimat, sondern für einen armen Sklaven, den ich liebte. Ich musste sterben, weil ich es mir erlaubt hatte, einen Mann aus einem niedrigen Stand zu lieben.«

»Denn du warst die schöne Prinzessin einer ruhmreichen Stadt. Du warst Dichterin und hast dich in den Sklaven deines Bruders verliebt. Dein Bruder hat dich in seinem Palastbad einsperren und dir die Adern aufschneiden lassen. Aber du hast dein letztes Liebesgedicht mit deinem Blut an die Wand geschrieben. Auch du bist einen Märtyrertod gestorben. Du lastest auf unserer Geschichte genauso wie auf unseren Gewissen mit einer mächtigen Schwerkraft, Rabea!«

Endlich war auch ich dran, die Bedeutung meines Namens zu beschreiben.

Meine Helferin, Malalay, hielt sich hinter Bustan versteckt, der neben mir saß, damit der Gast sie nicht sehen konnte, wenn sie ihre Stichworte in mein Ohr flüsterte.

»Und ich …« Ich seufzte, und alle lachten.

»Du brauchst dich mir gar nicht vorzustellen, Kleiner«, sagte der Gast, und das Gelächter wurde lauter.

»Warum denn nicht?«, fragte Vater. »Hast du etwa Angst, dass du seinen Namen nicht errätst?«

Der Gast zeigte auf mich und sagte: »Wenn ich diesen Jungen hier sehe, dann weiß ich sofort, dass er eines von jenen Gotteskindern ist, die mit dem Geist eines uralten Greises zur Welt kommen und sich noch hundert Jahre an die Brust des Mondes hängen, als wäre er ihre ewige Mutter.«

Die Erwachsenen lachten, weil sie verstehen konnten, was der Gast mit diesen Worten sagen wollte. Wir Kinder lachten auch, aber eher, weil wir das Bild, das er beschrieben hatte, lustig fanden.

Da sprach wieder Vater: »Ähnliches habe ich ihm selbst vorausgesagt, als ich ihm seinen Namen gegeben habe.«

Heute weiß ich, wie die Worte meines Vaters damals gelautet hatten. Doch er hatte von der Brust der Erde gesprochen und gemeint, ich würde mich daran festhalten, um ihr das Blut, aber auch den ganzen Schmerz auszusaugen.

Der Gast sah mich lachend an und sagte: »Na, los, kleiner Mann! Beschreib dich!«

Ich wiederholte nur das, was meine Schwester mir von hinten ins Ohr flüsterte: »Ich bin eine Nachtigall, die sich … in eine Rose verliebt; ein Schmetterling, der … bis ans Ende der Welt … um eine Inkalilie flattern möchte; ein müder, alter Bär, der … die schwere Erde … auf seiner Niere trägt; ein Narr, der … alles Bittere aufsaugt … weil er süße Nahrungen liebt; ich bin … der überlegene Geist … des Luzifers … in Gestalt … eines Zwerges …«

»Und ich sage hier gar nichts mehr, du Heiliger und Schaitan in einem!«, rief der Gast und klatschte begeistert in die Hände. Die anderen folgten ihm.

Das Spiel mit den Namen ging damit zu Ende, und der Gast packte Geschenke für uns Kinder aus. Es waren Hefte, Kugelschreiber, farbige Stifte, dicke Malpapiere und köstliche iranische Süßigkeiten, die er unter uns verteilte. Anschließend brachten Dastan und Bustan ihre Musikinstrumente, die sie mit ihren jungen Jahren bereits gut spielen konnten. Bustan, der Jüngere, setzte sich an die Tabla, Dastan ans Harmonium und erhob seine schöne Stimme zu einem fröhlichen Lied. Unser Gast begann, sanft und leicht mit seinem Oberkörper zu schwingen und rhythmisch in die Hände zu klatschen; und wir alle, sogar Mutter Khurschid und Schampon, folgten ihm begeistert.

Am Tag darauf verließen Vater, Onkel Naurus und Maulana Asis nach dem Frühstück gemeinsam das Haus; und als sie am Abend zurückkamen, waren wir alle überrascht. Maulana Asis hatte keinen Bart mehr, seine jetzt kürzeren Haare waren nach hinten gekämmt, und er trug auch kein weißes Gewand mehr, sondern einen schicken Kaschmir-Anzug, worin er zwar immer noch schmal, aber nicht mehr so mager wirkte wie zuvor. Und er sah auch viel jünger aus.

Fünf Nächte blieb Maulana Asis bei meinem Onkel. Für uns Kinder, aber auch für Mutter Khurschid und Schampon war es jedes Mal eine große Freude, wenn wir ihn am frühen Abend kommen sahen. Und ich, als Kleinster, hatte das Glück, etliche Male auf seinem Schoß zu sitzen. Er wirkte stets fröhlich und aufmerksam. Das warme Lächeln verschwand kaum aus seinem Gesicht. Doch von dem, was sich hinter diesem Lächeln verbarg, wussten wir Kinder ebenso wenig wie von den täglichen Unternehmungen und Gesprächen der drei Männer untereinander. Später sollte auch ich erfahren, dass sie beim König gewesen waren und ihm bei dieser Gelegenheit zwei Pferde geschenkt hatten.

Am letzten Tag nach dem Frühstück packte Maulana Asis seine Sachen und verabschiedete sich von uns Kindern und von den Frauen. Er soll einen neu ausgestellten Pass mit einem türkischen Visum und viel Geld in seiner Tasche gehabt haben, das ihm mein Vater gegeben hatte. Er verließ uns und wir waren alle traurig.

»Es ist gut so«, soll Vater am Abend zu meiner Mutter gesagt haben. »Maulana Asis hat mir von den Flötentönen erzählt, die er oft im Schlaf gehört hatte. Wir wollen ihm nun wünschen, dass sein Geist endlich eine wahre Heimat findet.«

Die Frage, ob Talib Asis in der Türkei eine neue Heimat gefunden hatte, stellte ich meinem Vater vier Jahre später im Herbst 1964, als er mir seine Lebensgeschichte erzählte. In jener sternenklaren Sommernacht schliefen er und ich nebeneinander draußen auf einem Bett und beobachteten die gewaltige Lichtkarawane, die von West nach Ost verlief.

»Ich hoffe es«, antwortete er. »Jedenfalls hat er dort eine Frau und zwei Söhne und ist Imam in einer großen Moschee.«

»Sie haben mir nicht erzählt, wie er seine Frau gefunden hat.«

Vater lachte. »Soweit ich weiß, hat er sie am Mausoleum von Rumi kennengelernt. Von seinem Leben habe ich dir ohnedies sehr wenig erzählt. Immer nur das, was sich mit meinem Leben überschnitten hat. Ich kenne fast alle seine Geschichten. Aber diese erfährst du nicht von mir, sondern von ihm selbst, später, wenn du erwachsen bist.«

»Und Sie meinen, er würde mir aus seinem Leben erzählen?«

»Oh, ja! Wir schreiben uns Briefe. Er weiß auch, dass ich dir, meinem jüngsten Sohn, meine Lebensgeschichte erzählt habe. Er kann sich sehr gut an dich erinnern. Die Gelegenheit, dich mit ihm zu unterhalten, wirst du, inscha-allah, eines Tages bekommen.«

Ich fühlte mich geehrt. Diese Gelegenheit bekam ich jedoch erst im Sommer 1978, als meine Kindheit mir bereits wie ein verlorenes Paradies erschien.

Viertes Buch

Reise entlang der Milchstraße

Teil eins

1

Ich kann mir kaum vorstellen, dass ich seinerzeit älter als zwei Jahre war. Ich lag in einer Hängematte auf der Terrasse meines Elternhauses und die jüngste Schwester meiner Mutter, Tante Leyla, wiegte mich. Ich habe an die Düfte und Farben des Gartens, an den Gesang der Vögel keinerlei Erinnerung, um sagen zu können, ob es Frühling, Sommer oder Herbst war. Ich erinnere mich jedoch an das Aroma, das von Leylas Tochter ausging, und an die Farbe Lila, die sie trug.

Schahrsad, so hieß sie, saß auf einem Kissen, und die Stickereien ihres Kleides glänzten golden im Sonnenschein. Meine Cousine war wahrscheinlich neun Jahre alt, aber sie wirkt in meiner Erinnerung an diesen Tag älter. Sie erscheint mir wie ein Abbild ihrer Mutter Leyla aus den Erzählungen meines Vaters, als diese mit offenem, rötlich braunem Haar im Obstgarten aufgetaucht war und den Khudscha gebeten hatte, er solle in den Vorgarten kommen und sie anschaukeln.

Tante Leyla beugte sich vor, und ich konnte ihren großen Busen bewundern. Da rückte mein Vater, der auf einem Fahrrad saß, in mein Blickfeld. Er zwinkerte mir zu und streckte mir die Zunge heraus.

Ich hob meinen Kopf aus der Hängematte, während er mit seinen Händen von den Ohren abwärts ein Stethoskop in die Luft zeichnete und die Pose eines Arztes machte. Ich streckte meinen Zeigefinger in seine Richtung und rief: »Sind Sie ein Doktor? Ich werde Dichter!«

Alle lachten. Mein Vater hob seinen Hut, schwenkte ihn zufrieden in meine Richtung und fuhr weiter.

Dieses Erlebnis stelle ich mir heute wie eine erste Blüte vor, aus der später die Früchte eines ganzen Gartens hervorgingen. Es war der Garten Eden meiner Kindheit und meiner Jugend. Sobald ich meine Augen schließe, glitzern meine Erinnerungen daran wie kleine und große, ferne und nahe Sterne in einer blauen Himmelskugel. Blicke ich in diese Kugel, erkenne ich die Spuren, die mein Vater in meiner Kindheit zurückgelassen hat. Während ich dies schreibe, ist er der Leuchtturm auf meiner Reise durch die dunstige Milchstraße einer verloren gegangenen Zeit.

ICH BESASS DAMALS ein großes, schmales Rad aus festem Gummi, das rollte, wenn ich es mit einem Stock anstieß. Eines Nachmittags, es war im Juli 1962, ließ ich das Rad über die Gartenwege rollen und lief hinter ihm her, während meine Geschwister mit unserem Vater, den wir seit seiner Mekka-Reise auch Hadschi Agha nannten, auf der Südterrasse vor dem Lustgarten standen. Als ich mit meinem Gummirad an ihnen vorbeirennen wollte, geriet es außer Kontrolle, rollte auf Hadschi Agha zu und prallte gegen seinen Hintern. Erschrocken drehte er sich um, hob das Rad auf, hielt es über seinen Kopf und fragte mich: »Bewusst oder versehentlich?«

»Aus Versehen, Hadschi Agha.«

»Umso schlimmer!«, rief er, nahm seinen Hut ab und reichte ihn meinem Bruder Asis. »Her mit dem Stock!«

Ich gab ihm den Stock und fürchtete, er würde mich damit schlagen, was von ihm eigentlich nicht zu erwarten war. Er aber stellte das Gummirad auf, hielt es mit der linken Hand fest und brachte es mit einem kräftigen Stoß zum Rollen. Hadschi Agha begann, immer fleißiger das Rad mit dem Stock anzustoßen, und lief neben ihm her. Wir waren amüsiert. Den Anlass zum Lachen gab jedoch eher unser kleiner Jagdhund. Er war zu dieser Zeit gerade einmal neun Monate alt, aber mit seinem langen goldbraunen Fell, seinem tief gewölbten Brustkorb und seinem lang gestreckten Schädel bereits ein Prachtexemplar eines afghanischen Windhunds, weshalb mein Vater ihm den Namen Sardar, Prinz, gegeben hatte. Hin und her springend folgte er eine Weile seinem Herrn, der das Rad durch den Garten kreisen ließ, bis dieser plötzlich in einigem Abstand zu uns stehen blieb, während das Rad mit einer unglaublichen Geschwindigkeit weiter auf mich zu rollte. Bevor ich ausweichen konnte, prallte es gegen meine Beine und kippte zu Boden.

»Was hat das zu bedeuten, Agha?«, rief Aman, der ebenso erschrocken war wie ich.

Hadschi Agha kam – hastig atmend – auf uns zu und gab mir den Stock zurück. »Wenn du jemanden schlägst«, sagte er, wobei sein Blick auch Asis, Aman und Malalay mit einschloss, »dann nur bewusst, gezielt und wirkungsvoll, aber niemals aus Versehen! Das heißt aber nicht, dass du dein Leben darauf ausrichten sollst, den anderen ständig Tritte zu verpassen. Was ich damit meine, ist, dass du möglichst wenig dem Zufall überlassen sollst. Gott hat dir einen freien Willen gegeben; du musst lernen, dir gute Ziele zu setzen und diese für dich in einem Satz zu formulieren. Selbstgespräche sind dabei sehr hilfreich …«

Da lachten wir alle. Denn Vater redete oft mit sich selbst. Er sah darin eine Methode des lauten Denkens und meinte, Selbstgespräche würden unsere Konzentration fördern und uns helfen, richtige Entscheidungen zu treffen.

»Natürlich wirst du immer wieder Fehler machen. Aber wenn du dich jeden Abend fragst, was du den Tag über gedacht, getan oder den anderen gesagt hast, dann wirst du für jeden Fehler, den du gemacht, und für jede Enttäuschung, die du erfahren hast, dankbar sein.«

Er ließ seinen Blick durch den Lustgarten vor unseren Augen wandern, und fügte – als wollte er das Gesagte mit einem Beispiel untermalen – in festem Ton hinzu: »Diese Woche werde ich das Unkraut aus den Blumenbeeten entfernen!«

Nach einer kurzen Pause lächelte er mich an und sagte: »Und damit du mit diesem Rad nicht das nächste Mal noch jemanden verletzt, erinnerst du mich morgen daran, dich mit in mein Büro zu nehmen …«

Er atmete ein und hielt für eine kurze Weile mit halb offenem Mund inne. Wir richteten gespannt unsere Aufmerksamkeit auf ihn. Dann zeigte er mit dem Finger auf mich und sprach ein weiteres Vorhaben aus: »Ich werde dir ein Fahrrad schenken!«

Zu dieser Zeit schien das Lebenswerk meines Vaters fast abgeschlossen. Er hatte sich zu einer namhaften Persönlichkeit unserer Stadt hochgearbeitet. Es war weithin bekannt, dass Scharif Khan als Erster das Automobil sowie das Toilettenpapier nach Herat gebracht hatte. Auch trug er nicht nur den bürgerlich-religiösen Titel »Hadschi«, sondern war zudem als »Imam der Freitagsmoschee« bekannt, in der er einmal im Monat vorbetete.

Sein Domizil lag an einer inzwischen breiten, ausgebauten Straße, die einst sein täglicher Weg zum Basar gewesen war, und galt als Herzstück eines pulsierenden Stadtviertels, das alle nach ihm nannten: Scharif-Abad. Im Laufe von drei Jahrzehnten war in dieser Gegend ein großes Wohngebiet entstanden. Die Hauptstraße verband die östlich und südöstlich gelegenen Stadtgebiete mit der Altstadt, führte durch viele Basare und endete tief im Westen am Viehmarkt.

Hadschi Aghas Mutter hatte recht behalten, als sie ihn in seinem Traum auf ein brachliegendes Stück Land aufmerksam gemacht und gesagt hatte: »Wenn du darauf ein Haus baust, dann ziehen auch andere hierher, dann wird bald ein Bach in dieser Gegend fließen, Häuser, Geschäfte und Straßen werden gebaut werden.« In Scharif-Abad waren nun allerlei Läden und Kleinbetriebe ansässig: Bäckereien, Gemüseläden, Metzgereien, Schneidereien, Apotheken und vieles mehr.

Seinen Handel betrieb unser Vater von Herat und Kabul aus in vier Richtungen. Die Hauptroute führte in die Sowjetunion, die zweitwichtigste nach Indien und zwei weitere nach China und in den Iran. Er exportierte Rohstoffe und Trockenfrüchte und importierte industrielle Produkte. Sein Geschäftsbüro befand sich auf der ersten Etage eines belebten Händlerhofs in der Altstadt. Es bestand aus drei Räumen, die mit edlen Teppichen, Tischen und Ledersofas ausgestattet waren. Bei schönem Wetter saßen die Besucher bevorzugt auf der breiten Terrasse vor dem Eingang. Sie kauften und verkauften Waren, plauderten und ließen sich von einem Diener Tee einschenken.

An jenem Vormittag, als er mich mit zu seinem Büro nahm, wurde ich auf Vaters Büroterrasse Zeuge, wie er rund siebzig Fahrräder, die er aus China importiert hatte, an einen Händler aus Maschhad verkaufte.

Es war das erste Mal, dass ich einen Perser aus der Nähe sah. Der Mann hatte ein rundliches Gesicht und buschige, spitz zulaufende Augenbrauen, die mir von der Seite aus gesehen wie zwei kleine Raben auf einem Dach erschienen. Er scherzte und diskutierte mit meinem Vater, und immer, wenn der Perser sprach, war ich ganz Ohr. Mir gefiel seine schwänzelnde Sprachmelodie. Ich stellte mir vor, dass es ein großer Kater mit einem dicken Hals war, der aus ihm sprach. Es befremdete mich sehr, dass er bei jedem dritten oder vierten Satz schmeichelte: »Qorbunat baram, Hadschi«, ich opfere mich gern für dich, Hadschi, »nukaretam, Agha«, ich bin dein Diener, mein Herr, »dastat dard nakona«, deine Hand möge nicht wehtun; und so ein Zeug, von dem ich nicht wusste, ob es eine Phrase war oder ein Ausdruck tiefster Ehrfurcht vor meinem Vater.

Später erklärte mir Vater: »Die Perser sind in höchstem Maße ein intelligentes und wortgewandtes Volk, aber sie sind auch wie glatte, feuchte Seifen, die über die Haut gleiten, doch aus der Hand flutschen, wenn man sie festhalten will.«

Sie unterhielten sich angeregt über die Begegnungen zwischen ihren Völkern in der Geschichte und stritten sich im Scherz über ihre gemeinsamen Herrscher und Dichter. Als der Name Hafes fiel, deutete mein Vater auf mich und sagte: »Mein kleiner Sohn kennt Hafes besser als ich.«

»Ah, wirklich? Maschaa-all-lah!«, rief der Perser.

Ich glaubte, die beiden schwarzen Raben über seinen leuchtenden Augen auffliegen zu sehen.

»Wie heißt du, kleiner Freund? Dein Vater hat dich mir noch nicht vorgestellt.«

»Mein Sohn soll sich lieber selbst vorstellen«, sagte Vater an mich gerichtet.

»Ich heiße Schaer, Agha«, antwortete ich.

»Schaer? Ha, ha, ha! Bist du ein Dichter? Schreibst du bereits Gedichte?«

»Nein, Agha. Ich heiße nur Schaer.«

Der Perser lachte, und die kleinen Raben stiegen weiter hoch.

»Er wird erst im nächsten Frühjahr eingeschult, aber er kann bereits Gedichte auswendig«, sagte Hadschi Agha.

»Ah! Dann … ich bin wirklich sprachlos!«, so der Gast. »Trägst du uns eines vor?«

Ich hatte noch nie ein Gedicht laut aufgesagt, hatte aber oft meinen Vater belauscht, wenn er mitten in seinen Selbstgesprächen einen Vierzeiler vor sich hingesprochen hatte, um sich einen Gedanken oder eine Entscheidung leichter zu machen. Ich fasste Mut und ahmte ihn nach:

Als Adams Nachfahr'n sind wir eines Stammes Glieder
Der Mensch schlägt in der Schöpfung als Juwel sich nieder.
Falls Macht des Schicksals ein Organ zum Leiden führt
Sind alle andern von dem Leid nicht unberührt.
Wenn niemals Du in Sorge um den andern brennst
verdienst Du nicht, dass Du Dich einen Menschen nennst.

Es war ein Sechszeiler von Saadi, den ich so schön und selbstsicher vortrug, dass der Mund des iranischen Händlers sich zwischen seinen Lippen wie ein rundes Loch öffnete, während die beiden Raben in den weiten Himmel davonzuflattern schienen.

»Ich habe bereits viele Dichterlesungen besucht«, wandte er sich an meinen Vater. »Aber, um ehrlich zu sein, habe ich noch nie einen erlebt, der so lebendig vorträgt wie dein Sohn!«

Mein Vater legte mir anerkennend seine Hand auf die Schulter und wechselte das Thema. Er sagte, er hätte mich heute mitgenommen, um mir eines von den siebzig Kinderfahrrädern zu schenken, die er an den Händler verkaufen wolle, damit ich mein Spielzeugrad aus Gummi endlich an den Nagel hinge.

Der Perser legte seine Hand auf ein Auge und sagte: »Tschaschm, Hadschi Agha, Tschaschm! Lassen Sie es ein Geschenk von mir für unseren jungen Dichter sein!«

Er warf einen prüfenden Blick auf mich, die beiden Raben setzten sich auf ihr Dach zurück, und er blickte mich an. Ich wich ihm aus, sah verlegen auf meine Beine, aber vernahm seine Stimme, die so eindringlich klang, dass ich sie noch jetzt hören kann, als säße er hier vor mir, auf dem Teppich meiner Mutter: »Weiter so, mein Freund! Gedichte lesen, so viele wie möglich! Sie auswendig lernen und mutig vortragen! Bah, bah! Bah, bah!« – Er schüttelte wie ein Inder beim Ja-Sagen mehrfach seinen Kopf. – »Aus dir wird eines Tages ein großer Dichter!«

Und während er sich zu meinem Vater drehte, fuhr er fort: »Und noch etwas, geehrter Hadschi Agha! Wenn dein Sohn in die Schule kommt, lass ihn sich dort, bitte, in der Basketballmannschaft einschreiben. Mein Sohn sah mit sechs Jahren so klein aus, dass die Schule ihn nicht aufnehmen wollte. Nachdem er aber zwei Jahre lang mit Eifer diesen Sport betrieben hatte, begann er zu wachsen. Er kam jeden Abend schwitzend nach Hause. So besessen war er von diesem Ball. Jetzt ist er sogar einen Kopf größer als ich.«

Er lachte. Und es war wunderbar, ihn dabei anzusehen.

Es war bereits Nachmittag, als wir – mein Vater und sein Gast, unser Fahrer und ich – in einem Lagerhaus voller bunter Fahrräder ankamen. Ich entschied mich für ein knallrotes kleines Rad. Der Fahrer steckte es in den Kofferraum des Autos, und ich zählte die Minuten, bis ich es auspacken und fahren konnte.

2

Vater hatte mir seinen ersten Rat erteilt, welcher hieß, mit offenen Augen zu leben, das Rad des eigenen Denkens und Handelns gezielt zu lenken und aufzupassen, mit ihm niemanden zu verletzen. Sein iranischer Partner hatte mir ein nagelneues Fahrrad geschenkt. Zudem hatte dieser mir zwei Anregungen mit auf den Weg gegeben. Die erste Empfehlung des Persers, so erklärte Vater mir noch am selben Abend, betreffe mein geistiges Wachstum, die zweite mein physisches. »Mit der ersten kannst du gleich loslegen. Mit der zweiten musst du dich noch sieben Monate gedulden.«

Er brachte ein Heft hervor, das er für mich gekauft hatte. Es war aus edlem Papier, jede Seite war in einer anderen Farbe und mit einem anderen Muster ausgeschmückt. Er holte seinen Füllhalter mit der goldenen Feder und schrieb in blauer Schönschrift einige Vierzeiler hinein.

Gleich am Tag danach begann ich, die Wege im Lustgarten auf und ab zu wandern und die lyrischen Zeilen aus dem Heft auswendig zu lernen, während Sardar, unser Hund, mir enthusiastisch folgte und meine Beine umschwänzelte. Der Vordergarten eignete sich ebenso gut für meine Spaziergänge. Im Blumenpark an der Nordterrasse saß an manchen Nachmittagen Vater mit seinen Gästen und sie unterhielten sich über Gott, die Welt und seine Geschäfte. Rund um den Park reihten sich Bäume und Büsche, in fantastischen Formen geschnittene Heckenreihen flankierten die Wege, die mit sauberen Kieselsteinen in allen Farben bedeckt waren. Für mich war es ein purer Genuss, mit meinem Gedichtheft diese Wege zu wandern.

Nach einigen Wochen suchte ich mir einen geeigneten Ort, an dem ich das auswendig Gelernte im Stehen oder Sitzen laut aufsagen konnte. Meine Wahl fiel auf den Lustgarten. Ich schwang um die Blumenbeete oder ruhte mich auf einer Bank aus, roch an den Orchideen hinter mir oder streichelte Sardar; und ich übte dabei jeden Vers in unterschiedlichen Stimmlagen. Mein Vater, wenn er gerade Zeit hatte, setzte sich zu mir und hörte zu. Er verbesserte mich bei der Aussprache schwieriger Worte, achtete auf den Ton, später auch auf meine Gestik, meine Körperhaltung, und er übernahm meine Rolle, wenn er meinte, dass ich nicht gut genug war.

Die Freude, die ich aus meinem täglichen Zeitvertreib im Garten gewann, wuchs von Tag zu Tag, sodass ich ihm den Rest des Sommers sowie den ganzen Herbst täglich für eine oder zwei Stunden nachging. Ich setzte ihn auch an den milderen Wintertagen fort. Jedem Schneefall folgten klare Sonnentage; es war dann schön, im Schnee zu stehen oder durch ihn zu schlendern. Es störte mich kaum, wenn mein Bruder Aman mich auslachte und mich »verrückter Gartenzwerg« nannte. Gewiss musste ich – in meinem schwarzen Mantel, mit meiner Kopfbedeckung, meinem langen Schal, beides aus bunter Wolle – von der Terrasse aus wie ein wandelnder Gartenzwerg ausgesehen haben.

Während Aman sich über meinen Anblick lustig machte, schien er Golbu, die junge Tochter unserer Dienerin, zu begeistern. Ihre Eltern waren paschtunische Nomaden und stammten wie Talib Asis aus Ghasni. Die Mutter arbeitete seit Mitte der Fünfzigerjahre als Köchin und Dienerin in unserem Haus. Den Vater hatten vor langer Zeit wilde Wölfe bei Nacht in der Steppe angegriffen und gefressen. Golbu hatte ein wildhübsches Gesicht und beäugte mich unter ihrem dunkelroten Nomadentschador von ihrem Platz auf der erhöhten Terrasse aus, wenn ich im Lustgarten Gedichte aufsagte. Immer jedoch, wenn ich sie kurz anblickte, sprang sie auf und verschwand. Hörte sie mir zu? Verstand sie etwas von meinen Versen? Damals war sie vielleicht sechs oder sieben, aber sie setzte dieses Spiel mit mir auch in den folgenden Jahren fort.

Außer Golbu hatte ich zwei weitere treue Zuhörer, von denen ich ebenso nicht wusste, wie meine Worte in ihren Ohren klangen. Der eine war Sardar, der sich bei jedem Wetter mit gespitzten Ohren und wedelndem Schwanz mir gegenübersetzte, ohne den leisesten Ton von sich zu geben. Der andere war unser Gärtner. Er hieß Khudscha Morad und war Nachfolger des alten Khudschas, der im Schlaf gestorben war. Der lang gewachsene, hagere Mann trug einen Kinnbart und war, obwohl in reifen Jahren, genauso ehelos wie der alte Khudscha. Wenn er im Lustgarten an mir vorbeiging, blieb er, mit dem Spaten auf seiner schmalen Schulter, in einiger Entfernung stehen und verwandelte sich für einige Minuten in eine Statue. Er starrte mich dann schweigend und regungslos an, ohne einen Mund- oder Augenwinkel zu verziehen.

Es drängen sich viele Erinnerungen an den Gärtner in mein Gedächtnis. Seltsam, dass sie meistens aus den Wintern stammen. Die Welt war dann durch und durch – oben, unten, rechts und links – weiß. Vögel sandten nur vereinzelt oder in kleinen Scharen ihre dunklen Schatten zur Erde. Jeden Morgen, an dem wir die Terrassentüren nicht nach außen öffnen konnten, weil eine dicke Schneeschicht dahinterlag, erlebten wir den Winter erneut als Wunder.

Khudscha Morad und Vater machten sich sodann ans Werk, und wir Kinder folgten ihnen und gemeinsam schaufelten wir den Schnee weg. Daraufhin bauten wir im Garten Schneemänner. Khudscha Morad erwies sich hierbei als ein Mann von unglaublicher Fantasie. Die Männer, Frauen, Tiere und sonstigen Gestalten, die er aus Schnee baute, hatten alle etwas Gespenstisches, Traumhaftes an sich. Seine Kreaturen hatten Flügel, vier Beine, oder ihre Köpfe lagen, vom Rumpf abgeschnitten, auf ihren Bäuchen.

Nachdem wir unsere Werke vollendet hatten, liefen wir ins Wohnzimmer zurück und verkrochen uns unter die Decken um den Sandali. Dieser traditionelle afghanische Winterofen besteht aus einem flachen Tisch, unter den in eine kleine Vertiefung am Boden glühende Kohle gelegt und auf dem eine dicke Decke ausgebreitet wird, sowie Sitzmatratzen und hohe Kissen um ihn herum. Unser Sandali-Tisch war groß genug, dass wir alle um ihn herum sitzen oder liegen, Tee trinken, uns beschäftigen oder uns ausruhen konnten.

Abends nach dem Essen versammelten wir uns im Wohnzimmer um den Gärtner, und er erzählte uns Märchen. Bis heute bleibt

Khudscha Morad der größte Märchenerzähler, den ich in meinem Leben kennengelernt habe. Es waren unglaublich lange und atemberaubende Geschichten vom Kampf des Guten gegen das Böse. Doch er erzählte sie uns nur in den Winternächten. Den Rest des Jahres war er wenig gesprächig und kümmerte sich nur um seine Arbeit. Er behauptete, er sei mit jenen bösen Geistern befreundet, die Dschinn heißen. Diese würden ihn nur in den Schneenächten besuchen und ihn mit ihren Geschichten füttern. Einige seiner Märchen spielten in der Gartenstadt Iram, die im Koran als Beispiel eines irdischen Paradieses erwähnt wird. Der Garten, den Morad schilderte, glich haargenau unserem eigenen Hausgarten, in dem er von früh bis spät arbeitete; und die Figuren und Fabelwesen, die er beschrieb, konnten wir in den Formen der Heckenreihen auf beiden Seiten der Gartenwege wiedererkennen.

MIT MEINER EINSCHULUNG im Frühjahr 1963 war schließlich die Zeit gekommen, auch dem zweiten Ratschlag des iranischen Händlers nachzugehen.

Das Schulgebäude befand sich am Basar-e Khusch. Die Unterrichtsräume des ersten Jahrgangs waren auf der Rückseite, wo die Fenster auf den riesigen Schulhof hinausgingen, der aus einer Gartenanlage sowie mehreren Sportplätzen bestand.

Als ich mit vierundzwanzig anderen Kindern das Klassenzimmer ›Eins D‹ betrat und dabei merkte, dass ich einer der Kleinsten und Schmächtigsten war, wurde mir unwohl. Ich wählte einen Platz im mittleren Bereich am Fenster, das offen stand; und das Erste, was ich draußen wahrnahm, war der nahe liegende Basketballplatz.

Ein Lehrer, um die dreißig Jahre alt, betrat den Raum und begann, aus einer Liste unsere Namen vorzulesen. Dann ging er durch die Reihen und gab jedem ein Lehrbuch. Ich schlug es auf und musste grinsen. Auf der ersten Seite stand unter einem großen Bild von einem alten Mann, der einem Kind aus einem Eimer Wasser reichte, mit fetten Buchstaben ein einziger Satz geschrieben: »Baba gab Wasser.«

Und während der Lehrer eine ganze Unterrichtsstunde lang mit den anderen die ersten drei Seiten übte, blätterte ich immer weiter und las bis zur letzten Seite, bis zum letzten Wort. Als es Zeit für eine Pause war, strömten die Schüler auf den Flur und von dort auf den Schulhof. Ich ging mit meinem Buch zum Lehrer und sprach ihn an.

»Ich wollte Ihnen das Buch zurückgeben, Herr Lehrer.«

»Wieso zurückgeben?«

»Ich habe Lesen und Schreiben bei meinem Vater und in der Moschee gelernt. Ich habe bereits alles durchgelesen.«

»Schahbasch, Batschim!«, lobte er mich, öffnete eine der letzten Seiten, legte seinen Finger auf die oberste Zeile und sagte, ich solle lesen. Ich tat es, ohne zu zögern.

»Mein Lieber«, stellte er fest. »Du gehörst in die zweite Klasse!«

»Wo ist die zweite Klasse, Herr Lehrer?«

»Die Unterrichtsräume sind auf der anderen Seite. Auf der Vorderseite des Gebäudes.«

Die Vorstellung, meinen Platz am Fenster mit dem Blick auf den Basketballplatz zu verlieren und zur lärmenden Straßenseite zu wechseln, gefiel mir nicht. Ich hatte mir vorgenommen, in diesem ersten Jahr nur Basketball zu spielen, außerdem hatte ich mir zum Ziel gesetzt, vom ersten Schuljahr bis zum letzten der Beste in meiner Klasse zu sein. Außerdem sah ich viel zu klein aus, um in die zweite Klasse zu gehen. Daher sagte ich zum Lehrer: »Mein Vater und mein Onkel, der auch wie Sie Lehrer ist, haben gesagt, ich solle nicht gleich in die zweite Klasse wechseln, sondern Sie fragen, ob es möglich wäre, das erste Jahr nur Basketball zu spielen.«

»Nur Basketball spielen? Wieso das?«

»Na ja, ich bin etwas klein, und …«

»Ich verstehe«, unterbrach er. »Wie heißen dein Vater und dein Onkel?«

»Ich bin der Sohn von Hadschi Scharif Dschikani, und mein Onkel heißt Naurus Khan.«

Er zog seine Augenbrauen hoch. »Was du nicht sagst, Batschim! Ich kenne doch beide. Dann komm mit!«

Ich folgte ihm. Im Lehrerzimmer stellte er mich dem Sportlehrer vor und brachte ihm mein Anliegen nahe. Auch dieser kannte den Imam der Freitagsmoschee und berühmten Geschäftsmann der Stadt. Er schien sogar froh zu sein, dass er für dessen Sohn etwas tun durfte.

Somit wurde es mir ermöglicht, dass ich bei vielen Basketballstunden dabei sein durfte. Außerdem verbrachte ich auch an vielen Nachmittagen einige Stunden mit den Mitschülern auf dem Sportplatz. So ging das erste Schuljahr zu Ende, und ich hatte mit dem Basketballspiel eine zweite Leidenschaft für mich entdeckt, der ich sogar, solange der Boden trocken war und ich nicht frieren musste, auch in den Winterferien nachging. Für die ersten drei oder vier Schuljahre wollte ich, soweit es mir möglich war, mich zuallererst um mein körperliches Wachstum kümmern.

MEIN KURZWEILIGER AUFENTHALT im Paradies des Frauenhamams – und meine Liebschaft mit der Frau des Mühlenbetreibers – ereignete sich einige Wochen nach dem Beginn des zweiten Schuljahrs. In der Folge entdeckte ich eine große Vorliebe für Liebesgedichte. Doch hätte ich die Frau des Mühlenbetreibers sicher schneller und leichter vergessen, wenn sie nicht in derselben Straße gewohnt hätte wie wir. Sie und ihr Gatte waren zum Winterende in unser Viertel gezogen. Kurz nachdem Hussain Khan zwei Häuser auf der uns gegenüberliegenden Straßenseite gekauft hatte, ließ er das ehemalige Geschäft links von seiner Haustür zu einem lärmenden elektrischen Mühlbetrieb umbauen.

Hussain Khan war ein sogenannter Neureicher, wobei alle wussten, dass er seine Karriere als kleiner Drogenschmuggler in Ghurian, genauer gesagt bei einem der Söhne des verstorbenen Qalandar Khans, begonnen hatte. Was ihn aber in den Augen aller wirklich interessant machte, war weder seine Mühle oder sein nagelneuer knallroter Wolga, sondern seine attraktive Frau, die sich gern im Minirock zeigte. Jedes Mal, wenn sie das Haus verließ oder aus dem Wagen ihres Mannes stieg, wurde sie von allen Seiten angestarrt. Ihre Schritte wurden gezählt, die Rundungen und Regungen ihres Leibes wurden genau beobachtet und die süßliche Parfümwolke, die ihr nachhing, wurde gierig eingesogen. Verzückte Jungen säumten ihren Weg. Die Frechen unter ihnen versteckten sich auf den Bäumen vor ihrem Haus, um von oben in ihren Ausschnitt hineinzublicken. Einige verbargen sich sogar unter der kleinen Brücke vor dem Eingang. Wenn sie allein war, wurde ihr nachgepfiffen. Es war nicht so, dass all das ihrem Ehemann nicht auffiel oder ihn nicht ärgerte. Nein, er schien seiner schönen Frau gegenüber schlichtweg machtlos zu sein. Ich begehrte sie und wünschte, dass sie mir gehörte, mir, nicht ihrem dickbäuchigen Mann, auch niemand anderem.

Doch dies war ein Wunsch, der sich nur in meinen Tagträumen erfüllte, was schließlich zu einer ersten Seelenkrise führte. Ich suchte bei jenen Dichtern Trost, die am lautesten ihren Liebesschmerz hinausgeschrien hatten. Ich ging nicht mehr mit einem Heft durch den Hausgarten, sondern mit einem ganzen Buch und erhob meine Stimme ausschweifender und gefühlsbetonter als zuvor. Auch beanspruchte ich den kreativen Bereich meines Geistes, indem ich nach Worten rang und versuchte, sie sinnvoll aneinanderzureihen, damit ein klangvoller Liebesvers entstand.

Doch sosehr ich auch der Prophezeiung des iranischen Händlers Glauben schenken wollte – das Ergebnis war ernüchternd. Ich erwies mich als schlechter Dichter. Was ich schrieb, gefiel mir nicht, und was mir nicht gefiel, war verurteilt, vernichtet zu werden. Schließlich nahm ich mein Scheitern hin, wechselte aber zur Prosa. Jetzt begann ich den schöpferischen Geist in mir richtig herauszufordern, indem ich jede Nacht unter der Schlafdecke lange nachdachte. Ich erfand kleine Geschichten, die sich immer um dasselbe Thema drehten. Es ging um aufregende Begegnungen zwischen einer Frau, die natürlich keine andere war als die Ehefrau von Hussain Khan, und einem kleinen Jungen, der ich selbst war. Ich schrieb sie nieder. Doch auch diese Texte gefielen mir nicht und waren zur Vernichtung verurteilt. Schließlich akzeptierte ich, dass aus mir nie ein Schreibkünstler werden würde. Es war eine ernüchternde Erkenntnis, die mir das Leben leichter machte.

Mein Vater bekam nie zu Gesicht, was ich geschrieben hatte. Er nahm lediglich meine Vorliebe für Liebesgedichte zur Kenntnis, wahrscheinlich ohne zu ahnen, wo sie ihren Ursprung hatte. Er war selbst ein Anhänger dieser Art der Poesie, in der die Schönheit der Geliebten durch Vergleiche aus der Naturwelt gepriesen wird. Zu dieser Zeit begann er, mir jeden Freitag im Männerhamam von seiner Vergangenheit zu erzählen. Dass ich mich fast an alle Gespräche, die er damals mit mir führte, erinnern kann, vielmehr sogar, dass ich sie vor meinem inneren Auge wiedererlebe, verdanke ich nicht zuletzt der einprägsamen Mimik meines Vaters und seiner lebendigen, bilderreichen, klaren Sprache. Er besaß viel Feingespür für die kleinen und großen Schauspiele der Natur und las aus ihnen Geheimnisse und Geschichten, die sich nicht jedem Betrachter offenbarten. Bei Talib Asis und von den Dichtern und Mystikern hatte er gelernt, die Eindrücke, die diese Erscheinungen bei ihm hinterließen, nicht nur in poetische Worte zu fassen, sondern sie auch weise zu deuten.

3

Der Herbst war mild, aber geladen mit späten Stürmen. Bis sich das Laub verfärbte, bis es von den Ästen herabfiel, vertrocknete, raschelte und Flügel bekam, bis die Natur ihr Gewand wechselte, alt und traurig wirkte, dauerte es aber seine Zeit. Erst dann hoben Wirbelstürme die gefallenen Blätter zum Tanz empor, erst dann kreisten in der Luft Spiralen, Bälle, verkehrte Pyramiden oder erhoben sich Bogenbrücken. Alles aus dunkelrotem, gelbem Laub, alles vor dem silbernen Hintergrund des Himmels. Diese stürmische goldene Welt ging in eine bescheidene weiße über, sobald der Winter von seinen langen Reisen zurückgekommen war. Und mit ihm der Schnee. Ich kann mich noch gut an einen dieser wunderschönen Herbsttage des Jahres 1964 erinnern. Ich hielt mich am späten Nachmittag mit meiner schwangeren Mutter im Garten auf. Sie pflückte Granatäpfel und ich sammelte die Früchte in einem Korb. Sardar hatte es sich in der warmen Sonne bequem gemacht. Auf einmal seufzte meine Mutter, sie legte ihre Hand auf ihren Bauch und begann zu jammern. Sardar erhob sich besorgt und lief zu uns. Ich ließ meine Mutter mit ihm allein und rannte ins Haus, um die anderen zu Hilfe zu rufen. Als ich mit Vater und Malalay in den Garten zurückeilte, hockte Mutter Khurschid, umschwirrt von Wespen, unter einem Baum – sie hatte das Kind geboren. Das Baby lag auf ihrem Bauch und weinte, ihr eigener Kopf ruhte auf Sardars Rücken, der sich auf dem Boden ausgestreckt hatte.

Es war, wie gewünscht, ein Mädchen. Und dem Mädchen gab Hadschi Agha den Namen des heiligen Buchs der Zarathustra-Anhänger: Awesta.

Dass meine Mutter mit rund fünfzig Jahren noch einmal schwanger wurde, erstaunt mich nur heute. Seinerzeit hielt es kein Mensch in Afghanistan für verwegen, wenn Frauen in fortgeschrittenen Jahren Kinder gebaren. Meine Eltern hatten sich gewünscht, eine zweite Tochter zu bekommen, hatten vor jedem Beischlaf Allah darum gebeten, und es machte ihnen nichts aus, dass dieser sie einige Jahre warten ließ. Wir alle freuten uns über das entzückende Baby. Vater blieb noch einige Tage bei uns und brach dann zu einer vierwöchigen Reise nach Kuwait auf.

MITTE DEZEMBER GING mein zweites Schuljahr zu Ende. Der Winter stand vor der Tür, aber vom Wachsen meines Körpers konnte ich immer noch keine Ansätze feststellen. Zweifel machte sich breit, und auf einmal hatte ich keinen Antrieb mehr, Basketball zu spielen. Ohne die neugeborene Awesta, die gerade ihr erstes Lächeln in die Welt schickte, hätte ich mich vollends verloren gefühlt. In meiner übertriebenen Beschäftigung mit ihr suchte ich einen Ausweg aus der Pflicht, nachmittags in die Schule zu gehen. Ich nahm Awesta in meine Arme, trug sie durch den Garten, schaukelte sie, kitzelte sie an den Füßen, um sie zum Lachen zu bringen, und sie tat mir den Gefallen. Als ich dann aber eines Tages anstatt ihres Lachens ihr Heulen provozierte, regte sich Vater auf und fragte mich: »Wie wäre es, wenn du mal wieder zur Schule gehen und Basketball spielen würdest?«

»Ich habe keine Lust, jetzt in die Schule zu gehen. Das bringt eh nichts«, konterte ich.

Er schwieg, aber sein enttäuschter Blick sagte mir, was er dachte. Noch in derselben Woche ließ er die Wiese im Vordergarten zu einem Sportplatz umbauen und kaufte einen neuen Ball, sodass ich auch zu Hause, allein oder mit den Nachbarskindern, Basketball spielen konnte. Seitdem war Vater aufmerksamer als zuvor, wenn ich Zweifel laut werden ließ, dass ich je wachsen würde. Er sprach von revolutionären Sprüngen nach vorne, von Wandlungen, die sich später in meinem Körper genauso vollziehen würden wie in meinem Bewusstsein; und er gab als Beispiel das Wasser, das lange über einer schwachen Flamme steht und dann plötzlich zu kochen beginnt.

4

Zu Beginn des Frühlings 1965 brannte ich zwar längst nicht mehr im Liebesfieber für die Frau des Mühlenbetreibers, doch die Flamme des Begehrens wurde in mir bei ihrem Anblick jedes Mal aufs Neue entzündet. Und daran änderte sich bis zu ihrem Verschwinden aus unserer Straße nichts. (Es war im Frühjahr des Jahres 1970, als es hieß, die Frau des Mühlenbetreibers habe sich mit dem Sohn eines Khans nach Kabul davongemacht.)

Dank meiner Gefühle für sie hatte ich mich mit einem Arsenal von Liebespoesie ausgerüstet, das nun sein nächstes Zielobjekt suchte. Das schöne Geschöpf, das sich dafür anbot, war keine andere als meine Cousine Schahrsad, auf die ich seit meiner frühen Kindheit ein Auge geworfen hatte.

Schlaftrunken ging ich an diesem Freitag im Frühling nach dem Mittagsschlaf ins Bad, um mein Gesicht zu waschen. Als ich die Tür öffnete und mit dem rechten Fuß auf den feuchten Boden trat, sah ich sie. Schahrsad war, wie Gott sie erschaffen hatte; und sie war von den Haaren bis zu den Füßen mit Seifenschaum bedeckt. Sie stand vor mir, ihre linke Seite mir zugewandt, ihre Augen geschlossen, und hielt mit beiden Händen einen vollen Eimer über ihrem Kopf – kein besserer Augenblick für meine Mutter als dieser, um mich in die Welt zurückzuholen, als ich, wie vom Blitz getroffen, kurz davorstand, in Ohnmacht zu fallen. Wie aus heiterem Himmel spürte ich ihren tadelnden Blick auf meinem Rücken und hörte ihre Stimme: »Was machst du denn hier?«

Ich zog meinen Fuß in den Flur zurück, schloss leise die Tür, während Schahrsad vor meinem starren Blick das Wasser über ihren Körper fließen ließ.

»Ich … ich habe geschlafen«, antwortete ich.

»Das sehe ich schon!«, sagte sie.

Ich floh geschwind in mein Zimmer. Mein Herz flatterte wie ein geköpfter Vogel in meiner Brust, und ich konnte es laut schlagen hören. Endlich hatte ich gesehen, auch wenn nur für die Dauer eines Atemzuges, welches Juwel sich unter den Kleidern meiner Cousine verbarg. Ihre Rundungen, ihre glatte, hellbraune Haut, ihre vollen

Brüste hatte ich durch die Seifenschaumschicht ausmachen können. Doch war ich nicht, noch nicht imstande, mir das Gesehene in meiner Vorstellung vor Augen zu rufen. Ich konnte nicht einmal etwas fühlen und wartete nur auf die Wiederkehr der süßen Ohnmacht, aus der der Ruf meiner Mutter mich herausgerissen hatte.

SCHAHRSAD WAR MIT Malalay befreundet, ging mit ihr in dieselbe Mädchenschule am Rande der Neustadt und war ihr zwei Klassen voraus. Sie spielten oder betätigten sich in ihrer Freizeit sportlich und akrobatisch auf der großen Wiese im Obstgarten. Dort hatten sie bereits als Kind Kopfstehen geübt, mit schwindelerregender Geschwindigkeit Seilspringen gespielt und waren tanzend über das Grün gelaufen. Alles in ihrer gemeinsamen Lieblingsfarbe: lila.

Malalay war die Ruhe in Person, ein geschlossenes Buch voller Worte. Ihre Schulleistungen waren ausgezeichnet, und ihre Selbstständigkeit im Denken und Handeln war vorbildlich. Wenn ich einen besonderen Traum hatte, erzählte ich ihn außer meinem Vater auch ihr. Ich tat immer mein Bestes, nichts dazu zu erfinden, und sie deutete meine Träume in kurzen Worten, in denen sie versuchte, mir etwas Schönes in Aussicht zu stellen – woraufhin der Traum regelmäßig abbrach und mich sehnsüchtig in meinem Bett zurück ließ.

Von einem bestimmten Traum erzählte ich ihr freilich nichts: Je mehr ich meine Erinnerung an die nackte Schahrsad verdrängte, desto öfter erschien sie mir jetzt vor dem Einschlafen in meiner Vorstellung. Sie stand, mit geschlossenen Augen und einem glasklaren Stoff aus Seifenschaum am Körper, im Bad, hob den vollen Eimer vom Boden hoch und war kurz davor, das Wasser über ihrem Kopf auszuschütten.

An manchen Tagen brachte Malalay Schahrsad nach der Schule mit zu uns. Dann ging ich mit meinem Gedichtbuch zu ihr und bat sie, mir beim richtigen Lesen und Verstehen der Verse zu helfen. Eine Zeit lang versteckte ich mich auch in einem Gebüsch und beobachtete, wie sie auf der Wiese tanzten und herumsprangen. Wenn sie ihre Arme emporstreckten und zeitgleich nach vorne sprangen, kamen sie mir wie zwei große bunte Schmetterlinge im Wind vor, die über der Wiese flatterten.

Oft saß ich auch auf einem hohen Maulbeerbaum, der mit kräftigen Ästen und dichten Zweigen – einem gigantischen Schirm gleich – am südwestlichen Rande des Lustgartens stand. Wir nannten ihn die grüne Wolke, weil in der Frühlingsreife aus seiner grünen Krone bei der kleinsten Bewegung saftige dunkelrote Maulbeeren herabregneten. Ich kletterte ihn hinauf und konnte von oben alles überblicken: Die große Wiese mit ihren Anhöhen und den Gemüsefeldern, den Weingarten Lalistan im hinteren Bereich. Auch das in einer runden Mulde zwischen den Apfelbäumen versteckte Idyll meiner Schwester, in dem sie und Schahrsad es sich in Gesellschaft der Schmetterlinge gemütlich machten, war von hier aus bestens zu beäugen. Ich nagelte kleine Holzstücke als Stufen an den langen Stamm, um den Baum leichter rauf- und runterklettern zu können. Oben im Dickicht der Zweige und Äste, schuf ich mir einen Sitzplatz. Es war ein Nest, umhüllt von Blättern, in das mein kleiner Körper, selbst wenn ich die Beine ausstreckte, hineinpasste. Dorthin zog ich mich an vielen Nachmittagen zurück, aß süße Maulbeeren, las Gedichte, erledigte meine Schulaufgaben, schlief und träumte, und vor allem spähte ich nach Schahrsad, wenn sie sich mit Malalay im Obstgarten aufhielt. Hier fühlte ich mich wie ein kleiner Gott, war selbst unsichtbar und hatte doch alles im Blick.

Bei alldem erwartete ich nicht ernsthaft, dass Schahrsad, die acht oder neun Jahre älter, viel kräftiger und um einige Köpfe größer war als ich, mir einen heißen Platz in ihren Armen anbieten würde. Was ich mir von ihr versprach, würde ich heute als eine Art »geistige Umarmung« bezeichnen. Ich ließ mich von den Worten meines Vaters entflammen, die Poesie besitze jene magische Energie, die ausreiche, um selbst die kältesten Herzen zum Schmelzen zu bringen. Dabei nahm ich mir seinen Rat zu Herzen, so lange über einen Wunsch zu meditieren, bis er kraft meines Geistes in Erfüllung geht. Ich wünschte mir, Schahrsad mit meinen Versen imponieren und ihr mit meiner Stimme die Seele streicheln zu können. Aber ich wusste auch, dass ich dafür noch nicht gut genug war. Ich musste noch viel besser werden. Und den Weg dahin öffnete mir eines Tages ein Freund meines Vaters, ein Mann, dem ich großen Respekt entgegenbrachte: Isaak Taraqi.

Es war ein heisser Nachmittag im Sommer. Ich hatte mich am Rande des Blumenparks im Vordergarten in den Schatten der Bäume gelegt und wäre sicher eingeschlafen, wenn nicht der Fahrer meines Vaters über meinem Kopf erschienen wäre und gesagt hätte, Hadschi Agha würde mich rufen. Mein Vater stand neben seinem nagelneuen deutschen Auto, und als er merkte, dass ich kraftlos und nur unwillig hinter seinem Fahrer hertrottete, rief er: »Du läufst wie ein Schlafwandler. Wir waschen deinen Kopf mit kaltem Wasser, und dann fahren wir zum Basar-e Malek.«

»Was gibt es am Basar-e Malek?«, fragte ich lustlos.

»Räumungsverkauf! Wir gehen in die Buchhandlung von Isaak Khan. Der Alte gibt seinen Laden auf. Ich habe ihm versprochen, dass wir heute zu ihm kommen und ihm ein paar Bücher abkaufen.«

Er schickte seinen Fahrer, um Wasser zu holen, damit ich mich frisch machen konnte, und begann zu erzählen: »Ich kenne Isaak Taraqi schon seit zwanzig Jahren. Er war ursprünglich Jude, aber es ist lange her, vor einem halben Jahrhundert, dass er zum Islam übergetreten ist. Habe ich dir noch nie von ihm erzählt?«

»Ich weiß es nicht.« Verschlafen, wie ich war, zuckte ich mit den Schultern.

Der Fahrer kam mit einem Eimer. Ich hielt den Kopf hin, er schüttete Wasser darüber, und Hadschi Agha strubbelte mir durch die Haare. Auf dem Weg zum Basar-e Malek erzählte er mir, wann und unter welchen Umständen Isaak Taraqi ihren gemeinsamen Freund Talib Asis kennengelernt hatte und dass beide eine Zeit lang in Kabul gelebt hatten.

Die Buchhandlung befand sich an einer kleinen, belebten Kreuzung neben einem Teeladen. Isaak Khan war ein etwas gewichtiger, alt wirkender Mann und saß erschöpft von der Nachmittagshitze auf einem Sofa am offenen Fenster. Als er uns kommen sah, rief er, auf mich deutend, meinem Vater zu: »Ist das der kleine Held, den du mir vorstellen wolltest?«

»Der kleine Held ist heute matt und müde.«

»Dann wollen wir ihn mal wecken! Salam Aleikum!«

Wir grüßten ihn zurück. Hadschi Agha setzte sich neben Isaak Taraqi auf das breite Fensterbrett. Der Buchhändler legte seine rechte

Hand auf meinen Kopf und fragte, ob ich schon mal Firdaussi in die Hand genommen hätte.

»Ja, aber gelesen noch nicht.«

»Das solltest du aber bald!«, sagte er in einem Ton, als stünde ich bereits mit einem Fuß in meinem Grab und hätte etwas außerordentlich Wichtiges im Leben verpasst. Und mit einem Augenzwinkern in Richtung meines Vaters fügte er hinzu: »Mit Firdaussi lassen sich die Mädchen besser verführen als mit Hafes.«

Es war nicht lange her, dass ich meine Liebschaft mit der Frau des Mühlenbetreibers meinem Vater auf der Außenterrasse des Fischladens, bei dem wir nach unseren Hamam-Besuchen häufig einkehrten, gebeichtet hatte. Ich fragte mich, ob Hadschi Agha möglicherweise vor seinen Freunden, also auch vor dem Buchhändler Isaak Taraqi, geplaudert hatte. Mir ging auch die Frage durch den Kopf, ob ihm möglicherweise Annäherungsversuche in Richtung Schahrsad aufgefallen waren. Dass er von dem Vorfall in unserem Bad wissen musste, nahm ich stark an, da Mutter Khurschid ihn regelmäßig unterrichtete, was in seiner Abwesenheit zu Hause geschehen war. Aber wenn schon. Mich interessierte, was der Buchhändler mir zu sagen hatte.

»Wie meinen Sie das, Onkel? Firdaussi hat doch keine Liebesgedichte verfasst.«

»Gerade deshalb, Freundchen!« Er lachte, nahm seine Hand von meinem Kopf, faltete seine Finger zu einer Blüte und kreiste damit vor meiner Nase. »Aus seinen Worten strömt die pure, saftige Manneskraft. Wer seine Zeilen richtig und lebendig vorträgt, wirkt wie einer seiner Helden, für den die Frauen ihre Beine öffnen. Eins musst du wissen, mein kleiner Freund. Ein Mann, der nur sein Liebesleid herausschreit, macht dem feinen Geschlecht eher Angst, als es anzuziehen. Sonst hätten die meisten Dichter irgendwann aufgehört zu spinnen.«

Es war eine interessante Ansicht, die ich gelassen zur Kenntnis nahm. Isaak Khan rief dem Samowartschi von nebenan, der auf dem Bürgersteig erschienen war, zu und bestellte eine Kanne Tee mit drei Gläsern.

Ich setzte mich auf das Fensterbrett neben meinen Vater, und Isaak Khan begann, sich mit ihm zu unterhalten. Sein mächtiges Organ und seine lebhafte Gestik verrieten, dass in ihm trotz seines hohen Alters noch jede Menge Geisteskraft steckte. Damals wusste ich noch nicht, wie sehr dieser Mann in den Dreißigerjahren den Werdegang von Talib Asis beeinflusst hatte. Seine Kunden, meist junge Männer, suchten in den halb vollen Regalen und Stapeln auf den Tischen nach Büchern, die sie interessierten, kamen dann zu ihm und verhandelten mit ihm um die Preise. Sie gingen, und neue Kunden kamen. Doch in die kleine Kiste, die unter seinen Füßen stand, durften sie nicht hineingreifen. Darin hatte er eine Überraschung für mich.

Diese Überraschung, die Isaak Khan bald zum Vorschein brachte, war eine illustrierte Ausgabe von Firdaussis dichterischem Lebenswerk, dem ›Buch der Könige‹. Es war ein prächtiges Exemplar aus edlem Papier und in großem Format. Isaak Khan legte es vor sich auf den Tisch und sagte: »Das hier ist mein Geschenk für unseren kleinen Dichter. Wollt ihr weitere Bücher, müsst ihr in den Regalen suchen.«

Hadschi Agha kaufte einige Bände moderner Lyrik sowie ein gewichtiges Geschichtsbuch des Historikers Ghobar. Auch dieser hatte, wie Maulana Asis, einige Jahre seines Lebens hinter Gittern verbracht. Nachdem die Regierung das Erscheinen seines Werkes untersagt hatte, war es in einem kleinen Untergrundverlag gedruckt worden.

Gegen Abend fuhren wir nach Hause. Bereits auf dem Weg bot mir Vater an, das ›Buch der Könige‹ mit mir gemeinsam zu lesen. Er versprach mir, jede Heldengeschichte mit mir durchzugehen und mich Vers für Vers mit den Bedeutungen vertraut zu machen. Ich nahm sein Angebot an. Die Schule beanspruchte mich kaum. Ich hatte also genug Zeit, mich sowohl dem Werke Firdaussis zu widmen als auch dem Basketball.

Hadschi Agha hielt sein Wort. Jede Nacht zog er sich nach dem Gebet mit mir auf die kühlere Sommerterrasse zurück; und als dann der Herbst kam, setzten wir uns im Licht der großen Lampe in den Salon und er schlug das dicke Buch auf. Er weihte mich in die Handlung ein, bevor wir mit einem Text begannen, und wir blieben bei jeder Seite lange, sehr lange, und wiederholten die Zeilen, bis er sicher war, dass ich sie richtig las, die Worte richtig aussprach und den Rhythmus beachtete. Kaum mehr als dreißig Seiten schaffte ich bis zum Ende des Jahres; der Fleiß und der Ehrgeiz aber, den ich an den Tag gelegt hatte, reichten, um die Bewunderung aller zu wecken. Aller außer meines Bruders Aman, der sich über mich lustig machte und mich – nach dem Namen eines großen Helden aus dem Buch – Rostam rief.

5

Aman war rund zwei Jahre älter als ich. Er war kein Träumer wie ich; Gedichte langweilten ihn genauso wie der Schulunterricht; und er war, was besondere Gaben und Leistungen anging, eher mittelmäßig gesegnet. Er war aber auch der einzige Spielkamerad, den ich als Kind zu Hause hatte. Trotz aller Spannungen verbrachten wir insbesondere in den Wintertagen schöne Stunden miteinander. Bei Schnee bauten wir aus einem großen Weidenkorb und einem an eine Schnur gebundenen Stock eine Vogelfalle. Den umgedrehten Korb stützten wir mit einer Seite auf den Stock. Darunter streuten wir Körner. Die Schnur lief durch eine kleine Lücke im Fenster ins Wohnzimmer. Wir versteckten uns hinter dem Fenster und warteten. Wenn Singvögel, Kampfvögel oder welche, auf die wir Appetit hatten, in die Falle tappten, zogen wir an der Schnur. Der Korb fiel herunter, und die Vögel blieben gefangen. Die Spatzen ließ ich immer fliegen. Mit ihnen fühlte ich mich seelenverwandt. Ich fütterte sie fast jeden Tag, zu jeder Jahreszeit. Sie flogen aus der Ferne zu uns zurück, wenn wir sie zwitschernd zu uns riefen, und setzten sich auf unsere ausgestreckten Hände.

Später, als er in die sechste Klasse ging, hielt Aman Haustauben. Jeden Nachmittag ging er auf die Dachterrasse unseres Hauses und fütterte seine bunten Tauben. Dies war ein Hobby vieler Jungen in unserem Viertel. Sie ließen ihre Vögel in Scharen fliegen und in der Luft gegeneinanderprallen. Jede Taubengruppe, die nicht nur aus dem kampfartigen Zusammenprall ohne Verlust hervorging, sondern auch der rivalisierenden Schar einige Angehörige entreißen konnte, wurde bei ihrer Rückkehr gefeiert und mit bestem Futter belohnt. In der Regel waren es größere Scharen kleiner und flinker Tauben, die gegen weniger schlaue und größere Exemplare gewannen. Aman besaß nur die Besten. An zwei edle Arten von ihnen kann ich mich gut erinnern. Die eine war schneeweiß mit kohlschwarzen Flügeln und einem kleinen schwarzen Fleck, einer winzigen Krone, auf dem Kopf. Die andere hatte rote Flügel und eine rote Krone. Wenn Aman seine Tauben auf die Jagd schickte, folgten spannende Minuten. Ich saß neben ihm auf der Dachterrasse und blickte zum blauen Himmel auf, während er sein Netz in die Luft schwang und pfiff. Aus der Taubenschlacht am Himmel gingen seine meist als Sieger hervor.

DER JANUAR 1966 brachte lang anhaltenden Schneefall. Eines Nachmittags, als eine weiße Decke sich über das Land gelegt hatte, zogen Aman und ich mit Sardar, dem Jagdhund, durch die weiten Landschaften und Dörfer südlich unseres Viertels und kamen erst am Abend zurück. Die schönen Eindrücke, die ich bei dieser Wanderung gewonnen hatte, bewogen mich einige Wochen später dazu, allein in diese Landschaft zu ziehen, ohne jemandem davon zu erzählen. Ich packte ein Stück Kuchen, eine kleine Flasche Tee und das heroische Werk von Firdaussi in meine Schultasche und ging los, um es mir an einem der schönen, einsamen Orte gemütlich zu machen und mir einige Seiten laut vorzulesen.

Die Schneeschicht war dünn und zum Teil matschig, die Bäume standen kurz vor der Blüte, die Erde glänzte in der Nachmittagssonne weiß und grün, und ich glaubte, Zeuge einer Frühgeburt zu sein, der Geburt des Frühlings aus dem Bauch des Winters. Eine seltsame Stimmung, eine Mischung aus Schwermut und Glückseligkeit, ergriff mich.

Ich brachte den halb zugefrorenen Fluss hinter mich, der quer durch das erste Dorf lief, einige von einer dünnen Schneeschicht bedeckte Obstgärten, passierte das nächste Dorf und dann, der im Westen sinkenden Sonne zugewandt, schritt ich weiter, bis ich an einen magischen Ort gelangte, den ich nie zuvor gesehen hatte. Gedankenverloren fand ich mich in einer von unberührtem Schnee bedeckten Landschaft wieder, in der es weder Häuser gab noch scheinbar irgendeine Form von Leben. Nur eine graue Steinburg in der Ferne. Ich setzte mich auf eine niedrige Mauer unter einem kahlen Baum – als über meinem Kopf eine Nachtigall zu singen begann. Ich sah nach oben, um die Nachtigall zu erhaschen, die immer glückseliger sang, sah aber nur eine in sich gekehrte Eule, die dem schönen Gesang zuzuhören schien. ›Ach, die Eule und die Nachtigall‹, dachte ich und erinnerte mich an die Beschreibungen meines Vaters im Hamam, an die Trauerweiden am Fluss, kurz bevor seine kranke Mutter vom Pferd hinuntergefallen war.

Als ich aufstand und auf die Burg zusteuerte, merkte ich, dass alles um mich herum noch düsterer und einsamer war, als es zunächst den Anschein erweckt hatte. Doch die Burg mit ihren immer größer werdenden Auswüchsen, mit ihren dunklen Fenstern, den spitzen Zinnen und schrägen Dächern zog mich so sehr in ihren Bann, dass ich nicht anders konnte, als auf sie zuzugehen. Je deutlicher ich sie erkennen konnte, desto bekannter kam sie mir vor, und desto unheimlicher wirkte sie auf mich. Bald nahm ich bedrohliche Schatten wahr, die aus den verwinkelten Höfen, aus den finsteren Fenstern und Gängen hervortraten und ihre Arme nach mir ausstreckten. Auf einmal glaubte ich, an einem Ort angelangt zu sein, den uns unser Gärtner in einem seiner Wintermärchen geschildert hatte, und mich ergriff ein Anflug von jener Angst, die mich beim Lauschen eines seiner Märchens überkommen hatte. War das nicht Khudscha Morads Festung der Dämonen? Kannte unser Gärtner diesen Ort?

Meine Knie wurden weich. Ich konnte den unheimlichen Anblick und die Gefühle, die dieser Ort in mir auslöste, nicht mehr aushalten, musste mich umdrehen und wegrennen. Erst als ich sah, dass mir ein Mann auf einem Pferd entgegengeritten kam, hörte ich auf zu laufen. Ich fragte ihn nach dem Weg, und er wollte gleich wissen, wessen Sohn ich sei und wie ich hierhergekommen wäre.

»Ich bin der Sohn von Hadschi Scharif Khan«, antwortete ich.

»Was du nicht sagst, Junge?!« Er stieg von seinem schwarzen Pferd und sah mich verwundert an. »Weiß man zu Hause, dass du hier bist?«

»Nein, Onkel!«

»Du liebe Güte!«, rief er und schüttelte den Kopf. »Komm, ich bringe dich nach Hause.«

Ich stieg hinter ihm auf das Pferd und war erleichtert. Aber die Angst vor meinen Eltern kroch jetzt in mir hoch. Der Reiter erzählte, er sei ein Dorfverwalter aus dieser Region, und er habe etliche Male in der Freitagsmoschee hinter meinem Vater zum Gebet gestanden.

Als wir das Eingangstor zu meinem Elternhaus erreichten, stand dort Hadschi Agha allein im Licht der Straßenlaterne. Er kannte den Reiter. Dieser erzählte ihm, wo er mich gefunden hatte, und verabschiedete sich dann von ihm. Wir gingen ins Haus, er vorweg, ich hinter ihm her, wir liefen den von Hecken flankierten, schwach beleuchteten Kiesweg entlang, ohne dass er ein Wort mit mir wechselte.

Wir stiegen die Treppe zur Terrasse hinauf, und erst jetzt, unter dem grellen Licht einer Laterne, drehte er sich um und verpasste mir eine Ohrfeige – die erste und wohl letzte in meinem Leben. Dann verschwand er im Salon. Ohne zu jammern, legte ich meine Hand auf die schmerzende Gesichtshälfte und lief in mein Zimmer. Ich warf mich aufs Bett und schlief sofort ein.

Früh am Morgen erschien mein Vater mit einem Glas heißer Milch über meinem Bett und sagte: »Steh auf. Es ist Freitag.« Auf dem Weg zum Hamam, als wir wie so oft zu einem kleinen Frühstück in einem Teeladen saßen, begann er mit mir zu reden. Er berichtete mir von den Sorgen, die sich alle um mich gemacht hätten, und sagte, meine Brüder und Khudscha Morad hätten mich noch draußen gesucht, als ich bereits nach Hause gekommen war. Er gab mir aber auch die Möglichkeit, ihm von meinem Abenteuer zu erzählen. Meine Geschichte interessierte ihn so sehr, dass er sich für die Ohrfeige entschuldigte. Mein Vater, der die von mir geschilderten Wege und Dörfer sehr genau kannte, meinte, ich hätte mir einiges eingebildet, um einen alten Wunsch erfüllt zu sehen.

»Welchen Wunsch meinen Sie, Agha?«, fragte ich.

»Den unbewussten Wunsch in dir, einmal ein Märchen von Khudscha Morad im wirklichen Leben zu erleben.«

»Es sah aber alles so aus, wie er es beschrieben hatte, Agha«, wandte ich ein.

»Es verhält sich eher umgekehrt«, lachte er. »Es kam dir alles *so* vor, weil er es dir so beschrieben hatte! Die Steinburg, die du meinst, ist viel kleiner und harmloser, als du denkst. Wir können sie einmal am helllichten Tag besichtigen, wenn du willst. Aber ich sage dir: lieber nicht.«

»Warum?«

Er grinste. »Ich fürchte, du würdest dann die schöne Aufregung verlieren, die du bei dieser ersten Begegnung hattest. Solche geheimnisvollen Erlebnisse füllen unsere Vergangenheit mit Leben. Man braucht sie genauso, wie man Märchen braucht.«

»Eine interessante Ansicht, Agha«, erwiderte ich.

Er trank einen Schluck Tee, nahm seinen Karakol-Hut ab, legte ihn auf den alten Teppich vor sich und kratzte sich an der Stirn.

»Ich erinnere mich, dass auch meine Mutter, als ich klein war, mir einmal ein beängstigendes Märchen erzählt hat, in dem ein Schloss mit Dämonen vorkam. Und ich kann mich auch erinnern, dass ich eine ähnliche Erfahrung mit dieser Region gemacht habe, als ich zum ersten Mal dort war. Auch ich war allein dort, es war an einem Abend, und ich habe mich verlaufen. Ähnlich wie du.«

»Was sagen Sie, Agha?«

»Ja«, lachte er. »Es war kurz nachdem ich angefangen hatte, bei Osman Khan zu arbeiten.«

»Seltsam«, stieß ich hervor, stützte mein Kinn auf meine Fäuste und beobachtete seinen Blick, der auf das Feuer im Ofen gerichtet war. »Stell dir vor«, sagte er, »der Ort, wo du warst, ist ein Ort im Geiste.«

Ich wollte ihn fragen, wie er das meinte, aber sein Blick kam zu mir zurück und setzte sich auf mein Gesicht. »Du hast vieles von mir, Junge. Deine Nase, deine Augen, deinen Mund, dein ganzes Gesicht. Nur die sauberen Hände und die feine Haut nicht. Das kleine Muttermal auf der Schläfe und die dichten Haare. Einiges musst du auch von deiner Mutter haben. Oder?«

»Ich bin kleiner, als Sie in Ihrer Kindheit waren«, wandte ich ein.

Er setzte seinen Hut wieder auf und sagte: »Du hast aber gestern einen beachtlichen Sprung nach vorne getan, mein Lieber. «

»Ja? Wie meinen Sie das?«

»Ich glaube, es ist derselbe Mann, der sich wieder hinter der Maske deines Kindseins zeigen wollte«, antwortete er und grinste. »Damals war es im Angesicht einer nackten Frau im Hamam gewesen, gestern im Angesicht einer Eule und einer Nachtigall, die auf demselben Ast gesessen haben.«

Er warf einen prüfenden Blick auf meinen Oberleib und erhob sich. Dann zahlte er, und wir gingen in den Hamam. Erst als ich dort – mit einer Gebärde, als würde ich einen Ball in einen Korb werfen – hoch auf das Garderobenpodest sprang, sprach er wieder. »Die Wandlung hat begonnen!«, rief er. »Zieh dein Hemd aus. Ich zeige es dir.«

Ich stellte mich in meiner Unterhose vor den großen Spiegel und traute meinen Augen nicht. Ich sah größer aus; und meine Gliedmaßen sowie meine Muskeln zeigten einen beachtlichen Ansatz von Wachstum. Ich hörte meinen Vater sagen: »Alles ist Geist, und alles hat seinen Ursprung im Geiste.«

6

ANFANG MÄRZ NAHM Vater mich mit zum Kleidermarkt und kaufte mir einen schicken Anzug, einen englischen Hut, ein Hemd – alles in Weiß –, und ein Paar schwarzer Schuhe mit dicken Sohlen. Zu Hause zog ich vor dem Spiegel alles noch mal an und kämmte mein Haar, das ich seit einigen Wochen hatte wachsen lassen, ordentlich nach hinten. Ich sah mich an und konnte mir ein zufriedenes Lächeln leisten.

Später am Nachmittag – die Apfelbäume blühten und im Lustgarten dufteten die Blumen – half ich meinem Bruder Asis beim Entfernen des Unkrauts aus den Blumenbeeten.

Zu ihm pflegte ich ebenso ein herzliches Verhältnis wie zu Malalay. Jeden Donnerstagnachmittag spielte er mit seinen Schulkameraden auf unserer Sportwiese Fußball. Dann versorgte ich sie mit heißer Milch, Kuchen und Früchten. Asis war, anders als Malalay, ein offenes Buch. Mit Aman hatte er gemeinsam, dass ihn keine nennenswerten Schulleistungen auszeichneten. Daher rühmte er sich bei seinen Freunden mit meinen Verdiensten und Erfolgen. Er strahlte vor Stolz, wenn ich ihnen ein Liebesgedicht von Saadi oder Hafes vortrug.

Malalay und Schahrsad kamen die Terrassentreppe herunter und gingen an den Blumenbeeten und uns vorbei in den Obstgarten. Ich schaute ihnen hinterher, und ein Gedanke blitzte in meinem Kopf auf: ›Entweder jetzt oder nie!‹ Ich bat Asis, sich für einige Minuten auf die Bank zu setzen und mir beim Vortragen eines Heldengedichts aus dem ›Buch der Könige‹ zuzuhören. Mein Plan war, die Tragödie von Rostam und seinem Sohn Sohrab so laut vorzutragen, dass Schahrsad und Malalay aus dem Obstgarten zu uns herüberkämen und mir zuhörten. Ich lief ins Haus und als ich nach einer Viertelstunde in meinem weißen Anzug, mit dem Hut auf dem Kopf und dem schweren Werk von Firdaussi unter dem Arm zurückkam, saß Asis auf der Bank und schien eingeschlafen zu sein. Seine Arme waren vor der Brust verschränkt, sein Kopf war zur Seite geneigt, sein Mund stand halb offen und er war von einer Schar Hühner umgeben.

Ich stellte mich vor ihm hin, schlug das Buch auf und erhob meine Stimme. Ich schrie so laut und kraftvoll, dass Asis voller Schrecken aufwachte und die Hühner um ihn krähend wegrannten. Zuerst lachte er kurz über mein Erscheinungsbild, dann klatschte er in die Hände und rief: »Bah, bah!« Sardar kam die Terrassentreppe zu mir heruntergerannt und schnupperte an meiner neuen Hose. Der lange lyrische Text war mir gut vertraut und ich hätte weiter vorgelesen, hätte ich nicht Schahrsad hinter mir auf dem Gartenweg frech lachen gehört. Es verletzte mich sehr, als ich sah, wie sie, nach vorne gebeugt und sich mit der linken Hand den Bauch haltend, mit der Rechten auf mich zeigte. Nein, dieser Anblick sah keineswegs nach Begeisterung aus, sondern nach Belustigung und Spott.

Malalay stand hinter ihr und schmunzelte. Da erschien Aman auf der Terrasse und brach in Lachen aus. Und schließlich konnte auch Asis nicht mehr an sich halten. Ich klappte das Buch zu, lief auf die Terrasse und verpasste Aman einen Tritt, bevor ich in mein Zimmer ging. Ich war gekränkt, aber ans Aufgeben wollte ich nicht denken. Jetzt erst recht nicht. Ich schwor Rache, schwor, alles in Gang zu bringen, um Schahrsad vor mich im Garten auf die Bank zu bekommen.

Zwei Wochen nach diesem Zwischenfall kam Onkel Naurus mit seiner ganzen Familie zu uns nach Herat, um mit uns das Naurus-Fest zu feiern. Gleich am ersten Tag trug ich ihm einige Gedichte vor. Er war so begeistert, dass er sofort an einen Künstlerabend mit mir, seinen Söhnen Dastan und Bustan und allen anderen Kindern dachte. Er rief uns zusammen und sprach von einer Veranstaltung für den kommenden Freitag, den Vorabend des neuen afghanischen Jahres und des Frühlings. Er wollte im Lustgarten ein Fest mit Theater, Poesie und Musik veranstalten und zu diesem auch unsere anderen Verwandten einladen.

Wir saßen um ihn im Kreis, er blätterte im Werk des Dichters Firdaussi und sagte, es sei zwar schwer, lyrische Texte wie diese – ohne Figurenreden und ohne ausgeprägte Szenenbeschreibungen – ins Schauspiel umzusetzen, aber er kenne einige Geschichten aus dem Buch, bei denen er sich dies gut vorstellen könne. Mit der Hand auf einem der Texte schilderte er in einfachen Worten eine aufregende Interpretation der Handlung. Ich war überrascht, wie er seine Fantasie schweifen ließ und uns die Details ausmalte. Alle waren von der Heldengeschichte, die er erzählte, begeistert.

»Es wird eine Zweietagenbühne geben«, erklärte er. »Der Dichter – das bist du, Schaer! – sitzt auf der unteren Etage und trägt seinen Text vor. Er ist ein Greis und Einsiedler mit langem weißem Haar, einem langen Bart und einer mächtigen, bebenden Stimme. Auf der Hauptbühne über seinem Kopf präsentieren die Darsteller die Handlung. Sie orientieren sich an seinen Worten sowie an den Regieanweisungen, die ich ihnen von der Bühne gebe.«

Onkel Naurus legte gleich die Rollen fest. Dastan und Bustan, beide zwischen achtzehn und zwanzig Jahre alt, sollten zwei Kampfhelden spielen, zwischen denen sich die Handlung abspielte. Die anderen Jungen bekamen Nebenrollen. Für Malalay und seine Tochter Rabea hatte er sich zwei Frauenrollen ausgedacht. Aman, der bisher gelangweilt dagesessen und spöttisch gelächelt hatte, wenn unser Onkel von mir als »unser Dichter« sprach, blühte auf, als dieser ihn beauftragte, den Trommler zu spielen. Ich freute mich mit Aman, weil ich wusste, dass es Neid war, der aus ihm sprach, wenn er mich auslachte.

Noch am gleichen Tag begannen wir zu proben. Als Hadschi Agha am Abend nach Hause kam, begrüßte er die Idee seines Bruders und spendete sofort Geld, damit nötige Materialien für fantastische Kostüme besorgt werden konnten. Am Freitag machten wir uns nach dem Frühstück daran, im Lustgarten eine Zweietagenbühne aus Bettgestellen und Holzbrettern zu bauen. Sie wurde mit Teppichen, Decken, Blumenvasen und bunten Glühbirnen ausgeschmückt. Vor ihr wurden in drei Reihen Stühle aufgestellt. Am Nachmittag kamen nach und nach die Gäste. Es waren Männer, Frauen, Jungen, Mädchen und Kinder aus unserer Verwandtschaft, die bereits eine halbe Stunde vor der Vorstellung die Sitzplätze füllten.

Khurschids Mutter, Bibi Hadschi und Onkel Latif, die ich beide nicht mochte, saßen hinten rechts auf einer Bank. In der mittleren Reihe saß neben Tante Lelya Mutters weitere Verwandtschaft, Schahrsad hatte am linken Rand der ersten Reihe zwischen ihren zwei verheirateten Schwestern Platz genommen. Nicht fern von ihr saß mein Cousin Salam, der Sohn meines Onkels Latif, in einem hellen Gewand und mit einem grauen Turban, dessen eines Ende zum Himmel ragte und dessen anderes über dem Boden hing. Er war wohl in die Fußstapfen seines Vaters getreten, der in seiner Jugend auch ein Kake gewesen war.

Ich befand mich bereits im aufwendigen Kostüm eines alten Dichters in meinem von allen Seiten verdunkelten Bühnenbereich. Ich lag auf einer Matratze und atmete nur mit offenem Mund, weil mein Gesicht von einer dicken Schicht Watte bedeckt war, die mir das Antlitz eines greisen Dichters verleihen sollte.

Um sieben Uhr bat Onkel Naurus alle um Ruhe und eröffnete die Vorstellung. Er stellte das Werk des Dichters vor und erklärte, wovon unsere Aufführung handelte. Es wurde geklatscht, gejubelt und dann gelacht, als die kostümierten Darsteller in den Garten kamen und die kleine Leiter hinter der Bühne hochkletterten. Ich hörte ihre Schritte über mir und zog die Decke über meinen Kopf, als mein Onkel sagte: »Es ist Abend. Unser alter Dichter hat den ganzen Tag geschlafen. Jetzt wacht er auf und macht sich an sein Werk!«

Der Vorhang fiel, während laut getrommelt wurde. Ich richtete mich von meinem Liegeplatz auf, und als die Zuschauer mich sahen, lachten sie wieder. Zwischen der Bühne und den Zuschauerreihen hatten sich Onkel Naurus und Aman positioniert. Mein Bruder saß auf einem Stuhl und hielt die Trommel auf seinem Schoß. Onkel Naurus stand in Dirigentenpose neben ihm.

Ich ließ meinen Blick über die Köpfe der Zuschauer schweifen, setzte meine Brille auf, legte das aufgeschlagene Dichterwerk auf mein Kissen und erhob meine Stimme. Naurus Khan dirigierte sehr gekonnt. Er verständigte die Akteure mit der Bewegung seiner Hände und veranlasste sie zum Handeln und zu bestimmten Ausrufen. Diese stimmte er mit den entsprechenden Textstellen ab, die ich vortrug, indem er mir Zeichen gab, wann ich Pausen einlegen sollte. Ich hörte die Schritte auf dem Holzdach über mir, den Lärm der zusammenstoßenden Schwerter, die dramatischen Rufe, Schreie und das Lachen, und vor mir vernahm ich Trommeltöne, die Begeisterungsrufe meines Vaters und des ganzen Publikums. Doch ließ ich mich durch nichts aus der Fassung bringen und wollte das Beste aus mir herausholen. Der erste Teil der Vorstellung dauerte etwa dreißig Minuten. Dann kamen die fünf Schauspieler in ihren Kostümen herunter, und das Publikum feierte uns.

Nun kam es zum zweiten Teil der Veranstaltung. Alle anderen Akteure setzten sich, nur ich blieb vor dem Publikum stehen und trug für eine Viertelstunde Liebesgedichte vor. Mein Vater hatte mir geraten, auf übertriebene Gestik und Schwingungen des Körpers zu verzichten und eher eine selbstbeherrschte und anmutsvolle Haltung einzunehmen. Ich konzentrierte mich auf den Klang meiner Stimme, die natürlich und zugleich lebendig sein musste.

Nach meiner Lesung wurden die Gäste mit Kebab versorgt; und im Garten, der im Frühlingsrauch schwebte, herrschte eine heitere Naurus-Stimmung. Anschließend wurden die bunten Glühbirnen im vorderen Teil der Bühne eingeschaltet. Dastan und Bustan kletterten wieder die Leiter hoch, dieses Mal mit ihren Instrumenten, um zu musizieren. Ich nahm vorne auf einer Matratze Platz. Dastan, der ältere der beiden Brüder, begann mit einigen Liedern zum Empfang des Frühlings, die er selbst geschrieben hatte. Er war noch ein Schüler, hatte aber bereits im Rundfunk gesungen.

Schahrsad saß etwas entfernt von mir am rechten Zuschauerrand. Dichte, lange Locken umhüllten ihr Gesicht sowie ihren langen Hals, die in den rötlichen Strahlen einer Lampe glühten; sie erschien mir wie ein Götze aus Glut, und ich konnte das Aroma, das von ihr ausging, bis zu mir auf die Bühne riechen. Ich hatte sie vor mich auf die Bank gekriegt, aber quitt waren wir noch nicht. Sie schuldete mir noch ein Lächeln.

Doch auch wenn ich es am Ende nicht bekam, an einer Sache konnte dies nichts ändern: Der Buchhändler Isaak Taraqi hatte mir den Weg gewiesen, als er mir das ›Buch der Könige‹ von Firdaussi schenkte. Geebnet hatten ihn für mich Vater und Naurus Khan, die mich mit Wissen und Bildung förderten. Von nun an fügte man zu meinem Namen ein weiteres Wort hinzu. Man nannte mich Schaer-e Bagh, den Gartendichter.

7

Ich erinnere mich an den Sinnesrausch, in dem ich mich nach dem Künstlerabend befand, an die edle Gesinnung, mit der ich den Frühling und das neue Schuljahr empfing, aber auch an das traurige Ereignis, das mir an einem Nachmittag im April zu Ohren kam.

Ich ruhte mit meinem Schulbuch auf dem Maulbeerbaum, bis ich im Rausch der Frühlingsdüfte einschlief. Im Traum hörte ich eine Frau schluchzen und eine andere Frauenstimme, die zu ihr sagte: »Wieso? Er vergewaltigt dich, und du sprichst mit niemandem darüber? Ich würde diesen Kerl erwürgen.«

Als ich aufwachte, war es bereits früh am Abend.

Ich hatte Schahrsad seit der Theateraufführung im Lustgarten nicht mehr gesehen. Als ich schläfrig und benebelt ins Wohnzimmer kam, saß sie auf dem Teppich. Sie wirkte blass, abgemagert und traurig. Ihre Augen verrieten, dass sie viel geweint hatte. Ich dachte an die Frauenstimmen, die ich im Schlaf gehört hatte, und mit Entsetzen wurde mir klar, dass sie nicht meiner Traumwelt entsprungen, sondern schreckliche Realität gewesen waren.

Bald wussten wir es alle. Schahrsad, die als Halbwaise in der Obhut ihres Onkels Latif lebte, war den Gelüsten ihres Cousins Salam zum Opfer gefallen. Er hatte ihr im heimischen Garten aufgelauert, sie in das Dickicht zwischen den Bäumen gezerrt und sich an ihr vergangen – in ebenjenem Obstgarten, den Vater vor seiner Hochzeit Haschem Khan abgekauft hatte, um ihn seiner Verlobten zum Geschenk zu machen.

Hadschi Agha zog in Erwägung, sich für Schahrsad einzusetzen, aber ihm stand sein Schwager Latif im Wege, der ihn zu sehr hasste und ihn überall hinter seinem Rücken schlecht machte. Mein Vater ging ihm aus dem Weg, zudem mischte er sich ungern in die Familienangelegenheiten seiner Schwiegermutter und ihrer Kinder ein. Einmal äußerte er sich vor uns Kindern: »Unter uns gesagt, euer Großvater Hascham Khan war nicht weniger habgierig als eure Großmutter oder euer Onkel.« Ein anderes Mal sah er Latif, als dieser gerade gegen seine älteren Brüder wetterte, in die Augen und sagte: »Ich glaube, es sind immer unsere eigenen Dämonen, die die anderen dämonisieren!«

Bevor mein Vater handeln konnte, verbreitete sich die Nachricht, dass Salam und Schahrsad heiraten würden. Die Hochzeit sollte Mitte Juli stattfinden. Es war das Werk Onkel Latifs gewesen, der eilig alles in Gang gesetzt hatte, um die Schande zu vertuschen, und Schahrsads Mutter Leyla hatte aus Angst um die Ehre ihrer Tochter der Heirat zugestimmt.

Ich kochte vor Wut und Trauer. In meinen Träumen tötete ich abwechselnd meinen Onkel und seinen Sohn. Doch spürte ich, dass dieses Unglück meine Schwester Malalay härter getroffen hatte als mich. Ich fühlte, dass auch in ihrem Herzen Zorn kochte. An den Abenden verschwand sie früher als sonst in ihrem Zimmer und an den Nachmittagen zog sie sich häufiger in den Garten zurück. Von meinem Beobachtungsposten auf dem Maulbeerbaum aus konnte ich dann sehen, wie sie mit einem Kugelschreiber und einem Heft in der Hand lange den Himmel anstarrte, nachdachte und schrieb. Und sie las Bücher, die sie so mit Zeitungspapier einschlug, dass man die Titel nicht erkennen konnte.

Eines Tages schlich ich in ihrer Abwesenheit in ihr Zimmer. Was ich dort im Bücherregal fand, übertraf meine Vermutungen. Es waren Bücher, in denen es um die Unterdrückung der Frauen und ihre Rechte ging. Ich las schnell die Klappentexte. Drei von ihnen waren aus europäischen Quellen übersetzte Sachbücher zu diesem Thema. Das vierte war ein Roman, den ein männlicher iranischer Autor geschrieben hatte. Die fiktive Geschichte handelte von der unglücklichen Ehe einer Frau, die zum eigenen Geschlecht neigte. Minutenlang suchte ich ihr Notizheft, bis ich es schließlich unter ihrem Kissen fand. Hastig blätterte ich darin, weil ich fürchtete, dass Malalay jeden Augenblick auftauchen würde. Das Heft war voll von Gedichtversen in freiem Rhythmus, die meine Schwester für Schahrsad geschrieben hatte. Eines endete mit den Worten »Nur heiraten werd ich nimmermehr«. Als ich sie bald darauf im Salon summen hörte, schob ich das Heft schnell unter ihr Kissen zurück und rannte aus dem Zimmer.

ANFANG 1967 REISTEN meine Eltern in die Türkei, um Maulana Asis und seine Familie in Konya zu besuchen. Da Winterferien waren und sie auch Malalay mitnehmen wollten, vereinbarten sie, dass Awesta und ich bis zu ihrer Rückkehr bei meiner Cousine Schahrsad wohnen sollten. Seit ihrer Heirat, der von meinem Familienzweig lediglich Mutter Khurschid und die kleine Awesta beigewohnt hatten, lebte sie zusammen mit Salam und ihrer Mutter Leyla in einem Häuschen nördlich der Freitagsmoschee.

Mein Rachegefühl gegen Schahrsad und Salam war immer noch so groß, dass ich mit dem Hintergedanken zu ihnen kam, sie ein letztes Mal mit meiner ganzen Kraft aus dem Gleichgewicht zu bringen. Zu diesem Zweck hatte ich mich mit den besten Liebesgedichten ausgerüstet. Als wir dort ankamen, fand ich jedoch alles enttäuschend: Großmutter Bibi Hadschi saß den ganzen Tag im Wohnzimmer, rauchte Wasserpfeife, jammerte, mischte sich in alles ein und behielt alles und jeden im Blick. Vor allem mich. Sie mochte mich nicht leiden. Sie hasste Dichter, und sie hasste meinen Namen. »Dichter sind Spinner«, pflegte sie zu sagen. »Hätten sie anstatt ihrer Federn Schwerter in der Hand, wären sie genauso schlimm wie die Bolschewiken.«

Salam, der sich an Wintertagen fast immer zu Hause aufhielt, faulenzte auf der Matratze, trank Tee, spielte mit sich selbst Schach oder Karten und rauchte eine nach der anderen. Und schließlich gab der Säugling des jungen Paars keine Ruh. Der Bastard hatte an einem goldenen Herbsttag den mütterlichen Bauch voreilig verlassen und sich auf den Weg in unsere Welt gemacht, als würde sie mit offenen Armen auf ihn warten. Daher hieß er Khasan Gol, die Herbstblume.

Vieles schien mit ihm nicht zu stimmen. Er war schmächtig und kränklich, gelb wie ein Herbstblatt, leicht wie ein kleiner Kater, hatte auffallend kurze Arme und kleine Hände, zudem zählte man an seiner rechten Hand sechs Finger und an seiner linken vier, außerdem weinte er unentwegt. Alle Mühen von Schahrsad und Bibi Hadschi, ihn zu beruhigen, ließ er ins Leere laufen und schrie einfach immer weiter.

Wenn ich Khasan Gol schreien sah und hörte, schwankte ich zwischen zwei gegensätzlichen Eindrücken: Entweder war es der gütige Geist eines Künstlers, gar eines Heiligen, der aus der Haut eines gelben Katers heraus rebellierte, oder es war ein mächtiger, böser Teufel. Um zu erleben, wie dieser Geist sich anfühlte, nahm ich den Säugling auf den Arm und wiegte ihn. Doch er schrie heftiger als zuvor. Da lief Awesta mit offenen Armen auf mich zu und wollte ihn haben. Ich gab ihn ihr. Und siehe da – der gelbe Kater hörte auf zu schreien.

Nach einer Woche fuhr Salam uns mit seinem Auto nach Hause, und ich beschloss, nie wieder zu ihnen zu kommen. Doch mein Rachegefühl gegen ihn und seine Frau hatte sich nicht gelegt. Hadschi Agha pflegte zu sagen, das Rachegefühl eines Kamels sei zehnfach stärker als das eines Menschen. Ich fühlte mich wie ein Kamel, und ich hatte in der Woche bei ihnen erkannt, dass mir nicht mehr daran lag, Schahrsads Geist zu verführen, der mir nach ihrer Heirat als sehr armselig erschien. Vielmehr richtete sich mein Rachegefühl auf ihren reizvollen Körper. Den begann ich nun vorsätzlich zu begehren.

Nach unserer gemeinsamen Zeit bei Schahrsad fühlte ich mich Awesta noch mehr verbunden als vorher. In den Sommernächten schlief sie, mit einem Katzen- oder Hundebaby in ihren Armen, auf der Nordterrasse neben mir. Wir zählten gemeinsam die Sterne, die die blaue Kugel des Himmels weiß durchleuchteten, nahmen uns vor dem Einschlafen vor, von einer Reise durchs Weltall zu träumen, wie einst unser Vater, und wir wachten vom Gesang der Nachtigallen auf. Dann eines Morgens erzählte sie, sie hätte tatsächlich geträumt, durch die Milchstraße zu fliegen.

»Ich hatte schöne bunte Flügel und flog leicht und schnell wie eine Rakete«, sagte sie und legte ihren Kopf auf meine Brust. »Dann aber kam ein großer, rot glühender Stein auf mich zu. Und ich wachte auf.«

8

Meine Leidenschaft für die Poesie, die vor fünf Jahren begonnen hatte, schlief am Abend des ersten Herbsttages 1967 mit einem Schlag und völlig unerwartet ein.

Am Vormittag begleitete ich Aman, der ein plattes Fahrrad neben sich her schob, zu dem Mechaniker in unserer Straße. Amins Werkstatt für Fahrräder und Motorräder war nur wenige Meter vom Haus des Mühlenbetreibers entfernt. Er war als Amin der Verrückte bekannt. Kunden aus allen Ecken der Stadt kamen zu ihm, und es ging vor seiner Einfahrt oft gesellig zu. Ein kleines Sofa, einige Stühle und ein Tisch standen auf dem breiten Bürgersteig. Man konnte es sich in dieser Sitzecke bequem machen und sich von einem der Gesellen Tee servieren lassen.

Aman mochte den Mechaniker, und ich begleitete ihn häufig, wenn er zu ihm ging. Ich setzte mich dann zu ihm vor die Werkstatt, von wo aus ich Hussain Khans Haustür unauffällig im Blick halten und seine Frau beim Hinein- oder Hinausgehen gut beobachten konnte.

Amin, dessen rundes Gesicht ständig mit Maschinenöl beschmiert war, hatte immer irgendeinen Grund, sich zu entrüsten. Nicht über seine Kunden, ihnen gegenüber war er hilfreich und großzügig, sondern über die Verhältnisse im Land. Er schimpfte auf die Herrscher und auf die Reichen und Mächtigen. Ebenso verachtete er die Mullahs und religiösen Führer, die dem Fortschritt im Wege stünden und das Land ruiniert hätten.

Damals galt das Wort ›Mullah‹ in Städten wie Herat und Kabul als Schimpfwort. Amin benutzte das Wort ausschließlich in diesem Sinne. Er war ein Mann der starken Worte, die an Gewicht gewannen, wenn er sie aussprach und dabei mit dem Werkzeug, das er gerade in der Hand hatte, wild gestikulierte.

Als wir mit dem platten Fahrrad zu ihm kamen, saß Amin untätig vor seiner Werkstatt am Tisch und rauchte. Aman lehnte sein Fahrrad gegen einen Baum und sagte ihm, dass sein Hinterrad einen neuen Schlauch brauche. Dann setzten wir uns, ich wie immer auf das Sofa, Aman auf einen Stuhl. Auf dem Gesicht des Mechanikers saß eine Wolke der Nachdenklichkeit, und er sagte kein Wort zu uns. Nachdem er zu Ende geraucht hatte, stand er auf und stellte das Fahrrad auf den Kopf. Dann ging er in seinen Laden, brachte einen neuen Schlauch sowie sein Werkzeug und machte sich daran, die Kette und das Hinterrad auszubauen.

Erst jetzt musterte er prüfend Amans Gesicht und fragte: »In welche Schulklasse gehst du noch mal, Sohn des Scharif Khan?«

»In die siebte.«

Amin pfiff bewundernd und zog seine Augenbrauen hoch. »Dann bist du erwachsen genug.«

Er rief einem seiner Gesellen aus der Werkstatt zu, er solle Tee bringen. Dann wandte er sich wieder an Aman: »Weißt du, dass dein Vater früher ein Bauer war, Aman Dschan?«

Mein Bruder antwortete nicht, und Amin fuhr fort: »Das bedeutet, dass er seiner Herkunft nach dem Lager der Revolution angehört.«

»Wie bitte?«, fragte Aman befremdet.

»Pass auf, mein Freund. Du gehst bereits aufs Gymnasium, und ich sehe ein paar feine Haare auf deinen Wangen. Ich kann dir hoffentlich vertrauen.« Amin warf einen Blick auf mich und auf das Gedichtbuch in meiner Hand. »Und unserem kleinwüchsigen Dichter hier ebenso.«

»Ich spiele seit fünf Jahren Basketball. Ich bin nicht mehr kleinwüchsig«, protestierte ich. »Ich bin erwachsen genug, um niemanden zu verraten. Wenn du also ein Geheimnis hast, raus damit!«

»Ehrenwort?«

Ich erwiderte ihm mit einem konzentrierten Blick auf den winzigen Ölfleck zwischen seinen Augenbrauen: »Ehrenwort.«

»Das höre ich gern. Ich halte große Stücke auf dich.« Er holte das Rad aus dem Rahmen und hielt es vor seinen Bauch. »Also, Jungs, ich sage es euch: Ich bin ein Kommunist.«

Wir wussten natürlich, was es bedeutete, ein Kommunist zu sein. Ich dachte an die Sowjets und sogleich an meinen Vater, der oft auf diese schimpfte. Sie waren seine wichtigsten Geschäftspartner, von denen er sich jedoch betrogen fühlte. Sie hatten ihm im Sommer seine Schafwolle zu einem zu niedrigen Preis abgekauft und so einen großen Schaden verursacht.

Amin legte das Rad auf den Boden und kam mit dem Schraubenschlüssel einen Schritt auf meinem Bruder zu. »Und ich bin stolz darauf, weißt du? Dein Bruder, dieser Kleine hier, kann sagen, dass er ein Dichter ist. Das ist gut. Dafür bewundere ich ihn sehr. Aber was ist mit dir? Wie lange willst du noch mit deinen Tauben spielen? Hat dir Hadschi Scharif Khan den Namen seines Lieblingskönigs gegeben, damit aus dir ein Papa-Söhnchen wird? Sag es mir, mein Freund! Ich mag dich gern, aber was bist du eigentlich? Hm?«

Ich fühlte mich geschmeichelt und sah, wie Aman irritiert lächelte. Er schien überfragt zu sein. Aber Amin war keiner, der Fragen stellte, um die Antwort den anderen zu überlassen. »Du weißt wahrscheinlich noch nicht, was Kommunismus bedeutet. Habt ihr schon mal von den Bolschewiken gehört, Jungs?«

Das Wort ›Bolschewik‹ kannten wir vor allem aus dem Mund von Bibi Hadschi. Sie beschimpfte mich vor allem meiner langen Haare wegen als Bolschewik, und ich hasste sie unter anderem aus folgenden zwei Gründen: Zum einen hatte sie zugelassen, dass ihr Sohn Latif nicht nur die Erbanteile seiner Schwester Leyla veruntreut hatte, sondern darüber hinaus jenen Obstgarten, den mein Vater bei seiner Verlobung der Familie für meine Mutter abgekauft hatte – Latif hatte eine Dienerin unter eine Burka gesteckt und ins Gericht geführt, wo sie sich als unsere Mutter ausgegeben und ein Dokument über ihre vollständige Enterbung unterschrieben hatte. Der zweite Grund betraf mich persönlich: Im Monat zuvor hatte ich einmal mitten in einer heißen Nacht und im Glauben, es seien zwei Stücke Eis, aus einem Glas Wasser getrunken, in dem ihr künstliches Gebiss lag.

»Unsere Großmutter beschimpft mich als Bolschewik«, sagte ich.

»Das ist doch kein Schimpfwort, Jungs, sondern ein Kompliment! Lang lebe eure Großmutter!«, rief Amin lachend und schlug mit dem Schraubenschlüssel auf die Fahrradstange. »Was aber die Sowjets angeht, die sind keine Bolschewiken mehr, sondern Revisionisten. Sie haben die Idee der sozialistischen Revolution verraten.«

Aman und ich atmeten auf, dass Amin kein Anhänger der Sowjetmacht war. Aber was für ein Kommunist war er dann? Sein Geselle brachte uns Tee, und Amin begann, den Schlauch auszuwechseln. Dabei erklärte er uns, wie es nach dem Tod von Stalin zur Spaltung im Lager des Sozialismus gekommen war. Stalins Nachfolger Chruschtschow hätte die Grundsätze des Marxismus-Leninismus revidiert und die Sowjetunion zu einer Expansionsmacht aufsteigen lassen. Seitdem würden die chinesischen Genossen die Sowjets als Revisionisten bezeichnen.

»Sprecht das Wort aus, Jungs: Revisionismus.«

»Revisunismus«, sagte Aman.

»Revisionismus«, sagte ich. »Marxismus-Leninismus.«

»Bravo, Dichter, bravo!«, rief Amin, stand auf und ging in seine Werkstatt.

Ich sah lachend zu Aman hinüber und sagte leise: »Der ist wirklich verrückt.«

Amin kam mit einer Luftpumpe zurück, stellte sie neben das Rad, setzte sich zu uns und zündete sich eine Zigarette an. »Passt auf, Jungs. Wir wollen in Afghanistan eine Revolution ausrufen, nach dem Vorbild der Volksrepublik China. Wir sind gegen die Russen.«

Von den Chinesen hatte unser Vater eine hohe Meinung. »Mein Hadschi Agha auch!«, rief ich erfreut.

»Dein Agha ist aus geschäftlichen Interessen gegen die Russen, wir aber aus ideologischen Gründen«, bemerkte Amin und fügte, als er meinen enttäuschten Blick wahrnahm, hinzu: »Aber immerhin ist er gegen die Russen, und das ist gut, das ist wichtig, und daher gehört er auch zu unserem Lager.«

Die Haustür im Hintergrund wurde geöffnet, ich schärfte meinen Blick, aber es war nicht meine Geliebte aus dem Frauenbad, sondern bloß ihr alter Diener, der aus dem Haus trat.

»Also, Jungs«, sprach Amin weiter. »Zuerst wird diese schwache Monarchie weggepustet. Dieser Glatzkopf Saher Schah regiert seit 1933, seit über dreißig Jahren, unser Land. Wir werden die Feudalen und Kapitalisten enteignen und den reaktionären Mullahs die Bärte abschneiden. Wir werden gemeinsam eine Partei der Arbeiter gründen, in die Dörfer gehen, die Bauern organisieren, wir werden in die Berge gehen und sie für den Partisanenkampf trainieren. Das wird Spaß machen, Jungs!«

Amin machte sich wieder an die Arbeit, pumpte Luft in den Schlauch, und ich bestellte einen weiteren Tee. Dann setzte er sich mit einer neu angezündeten Zigarette wieder zu uns und fuhr fort:

»Wir werden eine demokratische Republik gründen, die dann, nach einigen Jahren, in den Sozialismus übergehen wird. Unser letztes Reiseziel ist der Kommunismus. Wisst ihr, was es heißt, ein Kommunist zu sein? Ein Kommunist ist ein Mensch, der für Gleichheit, Gerechtigkeit und Brüderlichkeit kämpft. Stellt euch vor, alle Menschen wären gleich! Jeder leistet, so viel er kann, jeder hat so viel, wie er braucht, es gäbe keine Kriege mehr, keinen Hunger, es gäbe nur noch Gemeinschaften und keine Regierungen mehr. Alles würde allen gehören. Es würde nicht mehr geheiratet, alle Frauen gehörten allen Männern …«

»Interessant«, stieß ich mit dem Blick auf Hussain Khans Haustür hervor.

»Wie meinst du das?«, fragte Aman.

Amin lachte. »Du kannst jede Frau kriegen, die dir gefällt. Du kannst vögeln kreuz und quer, so wie die Spatzen, und du könntest Kinder zeugen, so viele du willst …«

Jetzt lachten auch Aman und ich.

»Ja, wirklich. Stell dir vor, du würdest mit einer europäischen Blondine vögeln! Ich habe es einmal auf meinem Motorrad mit einer Schwedin getrieben und konnte dabei die Sterne des Kommunismus am Himmel sehen. Übrigens, mein Lieber« – Amin senkte die Stimme und neigte den Kopf zu Aman –, »ich habe auch ein Sexmagazin mit schwedischen Blondinen und schwarzen Afrikanern.«

Von Schweden, seinen Landschaften und seinen blonden Frauen hatte ich bereits von Onkel Naurus, der sich für fremde Länder und Kulturen interessierte, gehört. Nun wurde ich hellhörig auf dieses exotische Land und seine Früchte, auf das Magazin, für das wir, so Amin, aber noch zu jung seien.

»Nimm diese Hure von da drüben, Genosse« – Amin hatte wieder seinen Hammer in der Hand, dieses Mal zeigte er auf die Haustür von Hussain Khan. – »Wenn du mit ihr vögeln willst, kannst du das auf offener Straße tun. Niemand wird dich dafür bestrafen, und wenn der Mühlenbetreiber dich von hinten angreifen will, wird die Arbeiterklasse ihm mit dem Hammer die Eier zerschlagen.«

Dieses Mal konnten Aman und ich uns vor Lachen kaum halten. Da zog Amin meinen Bruder am Kinn vor sein Gesicht und sagte: »Sohn des Hadschi Sahib. Hey! Mach deine Augen auf! Ist dir in deiner Schule noch gar nicht aufgefallen, dass sich Jungs in deinem Alter zunehmend für die Politik interessieren?«

»Doch«, lachte Aman verlegen, »ist mir aufgefallen.«

»Na, siehst du? Du wirst noch einiges in dieser Schule erleben. Meine Genossen sind überall.« Er ließ Amans Kinn los und fügte scherzend hinzu: »Wenn du mit uns kommst, dann kannst du dein Fahrrad immer kostenlos bei mir reparieren lassen, und die Arbeiterklasse zahlt dafür. Wenn nicht, kannst du es gleich mitnehmen. Wir beide wären dann nur noch Klassenfeinde. So ist das, mein Freund.«

Amin stand auf, ging zum Eingang seiner Werkstatt und wechselte einige Worte mit seinen Gesellen. Ich lachte über ihn und sagte leise zu meinem Bruder: »So ein Verrückter!«

»Psst«, mahnte Aman mich zum Schweigen, und ich sagte nichts mehr.

Amin kam zurück und deutete auf mein Buch, das ich vor mich auf den Tisch gelegt hatte. »Hafes war seinerzeit ein Revolutionär, er war gegen die Mullahs und Khane. Aber er war ein bürgerlicher Trinker, er spricht nur vom Wein und von den Lippen seiner Geliebten. Ein Dichter von heute sollte das Leid des ganzen Volkes zum Ausdruck bringen.«

Er stellte das Fahrrad mit einer Hand wieder auf und gab es Aman. Der Blick, den er mir zuwarf, ließ keinen Zweifel daran, dass er gehört hatte, dass ich ihn für verrückt hielt.

»Und noch etwas, mein kleiner Freund: Dein Name. Schaer. Das klingt so, als würde sich jemand in einem knallroten Anzug zur Schau stellen.«

»Solch ein roter Anzug würde doch gut zu dir passen!«, konterte ich, doch Amins Beleidigung hatte ihre Wirkung bei mir nicht verfehlt.

»Die Farbe Rot ist zwar für revolutionäre Kleidung geeignet, aber nicht für einen bürgerlichen Anzug! Damit wir uns verstehen: Schaer ist kein Name, mein Lieber.«

Auf einmal hatte ich das Gefühl, dass ein wildes Tier meinen Magen von innen in seine Fänge nahm, und ich verstummte. Mein Bruder wollte den Mechaniker bezahlen.

»Lass deine Münzen stecken, Genosse«, weigerte Amin sich, das Geld anzunehmen, und fragte, uns beiden zugewandt: »Habt ihr schon von dem Roman ›Die Mutter‹ gehört? Maxim Gorki hat ihn geschrieben.«

»Ich habe das Buch gelesen«, log ich. Ich hatte es einmal im Regal bei Onkel Naurus gesehen und die ersten zwei Seiten gelesen. »Der Held heißt Pavel.«

»Sehr richtig, kleiner Dichter, Pavel war ein Revolutionär. Er ist mein Vorbild. Ali!«, rief er seinen Gesellen. »Ist das Buch von Maxim Gorki verfügbar?«

»Nein. Ein Genosse liest es gerade«, kam zur Antwort aus der Werkstatt.

Daraufhin befahl Amin dem Gesellen, er solle stattdessen seine kleine Bibel bringen. Der Junge brachte ein kleines Buch mit einem schönen roten Plastikumschlag. Amin reichte es Aman und sagte: »Ich leihe dir dieses Buch. Lies es! Lerne es auswendig! Nächste Woche bekommst du von mir ›Die Mutter‹. In meiner Kammer habe ich ein ganzes Regal voller spannender Romane. Die kann ich dir alle der Reihe nach ausleihen.«

»Mir auch!«, sagte ich.

»Ja, natürlich. Euch beiden.«

Ich hatte bereits viele Gedichte und Märchen gelesen, aber noch keine Romane. Der Winter stand vor uns, und die Vorstellung, sich mit so einem Buch unter einer Decke am Sandali zu verkriechen, war aufregend. Dann aber richtete Amin seinen Finger auf Aman und fügte hinzu: »Aber ich bitte dich, zeig das Büchlein bloß nicht deinem Vater oder deinem älteren Bruder. Asis läuft jeden Tag hinter seinem Agha her. Er ist nicht mehr zu retten.«

»Hey!«, protestierte ich wieder und zielte mit bösem Blick auf sein linkes Auge. »Mach unseren Hadschi Agha nicht schlecht! Er hat mehr Bücher gelesen als jeder andere in dieser Stadt.«

»Das habe ich auch nicht getan. Du hast keine Ahnung, wie sehr ich Hadschi Agha schätze«, beschwichtigte Amin und gab mir mit seinem Blick zu verstehen, dass er sich mit mir nicht anlegen wollte. Nach all dem, was er uns anvertraut hatte, wäre das auch dumm gewesen. Er erklärte nun, unser Vater würde zum Nationalbürgertum gehören, das unter der Ausbeutung industrieller Länder wie der Sowjetunion leide. Die neue, demokratische Republik, die seine Revolution anstrebte, würde jedoch dieses Bürgertum nicht bekämpfen, sondern schützen. »Seid also beruhigt, meine Lieben. Vor eurem Vater hatte ich immer Respekt.«

Aman war kein Freund der Bücher. Schon beim Überqueren der Hauptstraße nahm ich ihm das Büchlein aus der Hand und legte meinen Hafes in den hinteren Korb seines Fahrrads, das er schob. Es war das rote Buch von Mao Tse Tung, und gleich auf der ersten Seite, nach einem Bild des chinesischen Revolutionsführers, stand geschrieben: »Arbeiter aller Länder vereinigt euch!«

Auf dem Weg zum Haus las ich Aman einige Zeilen vor. Anders als beim Vortragen von Gedichten hörte er aufmerksam zu. Als wir in den Blumenpark kamen, lehnte Aman sein Fahrrad an einen Baum an, wir setzten uns auf eine Bank und ich las ihm weiter vor. Die Passagen waren beeindruckend. Da sprach ein weiser Führer vom Leid seines Volkes, von dessen hartem Kampf um Freiheit und Gerechtigkeit, und malte mit glänzenden Worten dessen Zukunft in einem Paradies voller Fortschritt, Liebe und Brüderlichkeit. Während ich in dem Büchlein blätterte und hier und da eine Passage vorlas, tat mein Bruder so, als kenne er das alles schon. Ich suchte nach der für mich besonders interessanten Stelle über die Frauen im Kommunismus, wurde aber enttäuscht.

»Von den Frauen steht hier gar nichts«, sagte ich. »Da ist mir, ehrlich gesagt, mein Hafes lieber.«

»Du kannst Bücher lesen, so viele du willst«, erwiderte Aman. »Aber dein Gehirn wird immer im Schatten deines kleinen Mannes bleiben. Dein Bauch ist satt. Du hast keine Ahnung, wie schlecht es den anderen geht.«

Er nahm mir das Büchlein aus der Hand, blätterte darin und las hier und da eine Zeile. Dann warf er einen langen Blick auf das Bild des chinesischen Führers und stellte fest: »Eine aufregende Lektüre.«

»Wenn dieses Büchlein so aufregend ist«, sagte ich, »dann dürfen wir auf Amins schwedisches Magazin gespannt sein!«

Mir wurde klar, dass der Mechaniker gar nicht so dumm war, wie er aussah, und dass ihm bewusst war, was er tat und was er sagte. Er hatte den mittleren Sohn meines Vaters durchschaut. Mein älterer Bruder Asis wollte später in die Fußstapfen seines Vaters treten und Geschäftsmann werden. Er begleitete Hadschi Agha in dessen Büro, zu den Behörden und ins Zollamt und nahm an den Verhandlungen mit Geschäftspartnern teil. Ich hatte mir bereits die schöne Maske eines Dichters zugelegt. Zudem war ich der Beste in meiner Schule. Aman hasste aber den Schulunterricht genauso, wie er um die Händler im Basar einen Bogen machte. Der Junge wusste noch nicht, was er mit seinem Leben anfangen sollte.

Ich fühlte mich eigenartig unwohl und aufgewühlt. An mir nagte nicht nur Amans plötzliches Interesse an Literatur und Politik, ich war auch immer noch gekränkt von Amins Bemerkung über meinen Namen. Ich richtete meine Aufmerksamkeit auf unseren Hahn und die Schar seiner treuen Hennen, die ihm in den Blumenpark gefolgt waren. Er war kräftig, hatte prächtiges Gefieder und schöne, lange Beine. Ich verlor mich in seinem königlich stolzen, anmutsvollen Gang, von dem mein Vater gerne sagte: »Beim Marsch durch das unberechenbare Gelände des Lebens sollte man sich Schahanschah zum Vorbild nehmen.«

Schahanschah, der König der Könige, war der Name unseres Hahns.

»Deine Vorbilder sind seit heute Amin und dieser Chinese«, flüsterte ich in Amans Richtung. »Meine sind Hafes und Schahanschah.«

In dem Moment streckte dieser seinen langen Hals und rief: »Kikeriki!«, öffnete seinen rechten Flügel weit bis zum Boden, zeichnete damit eine Kurve um ein Huhn und sprang dann auf dessen Rücken, sodass sein mächtiges buntes Gefieder aufging und seine rubinrote Dreietagenkrone vibrierte.

»Da, siehst du«, rief ich begeistert. »Das ist die wahre Revolution!«

»Spinnst du?«, Aman lachte leise, schlug mir mit dem roten Büchlein leicht auf den Kopf und erhob sich.

Noch vor dem Durchgang zum hinteren Garten kam es zum Streit zwischen uns. Jeder von uns wollte als Erster auf die Toilette gehen. Ich behauptete, Amins politische Predigt hätte meinen Darm erreicht und dort Drang und Dröhnen verursacht.

»Dann beeile dich, du Hohlkopf!«, rief Aman mir hinterher.

Die Gartentoilette war ein leicht erhöhtes, kleines Bauwerk aus Ziegelsteinen und befand sich hinter dem lang gestreckten Küchenbereich an der östlichen Mauer. Man saß über einer Öffnung zu einer Kotgrube, die von Zeit zu Zeit von außen entleert wurde. Ich betrat die Toilette mit dem Diwan von Hafes fest unterm Arm.

Als ich mich über die Kotgrube hocken wollte, erblickte ich einen Salamander, der in raschem Tempo an der Wand auf mich zu lief. Ich spuckte auf ihn, um ihn zu verscheuchen, aber verlor dabei das Gleichgewicht und fiel durch das Loch in die Grube. Ich stand bis zum Hals im Kot, schrie um Hilfe und sah, wie das heilige Dichterwerk langsam in der braunen Masse versank. Aman kam angelaufen und riss die Toilettentür auf. Ich sah ihn über mir stehen und schadenfroh lachen. Nach einer Weile streckte er mir die Hand hin und half mir aus dem

Gestank. Dann drückte er seine Nase mit beiden Fingern zusammen, lief in Richtung der Südterrasse und schrie: »Schaut her! Schaut her! Unser Gartendichter ist in die Scheiße gefallen!« Ich verlor jegliche Kontrolle über mich und ließ mich nur noch von blinder Wut treiben. Vollgeschmiert mit Kot lief ich hinter ihm her und trieb somit das Drama des Tages zu seinem Höhepunkt.

Es war ein Sonntag. Auf der Südterrasse saßen Mutter Khurschid, Bibi Hadschi, meine Tanten und einige ihrer Nachkommen – sie alle waren zu Besuch gekommen. Auch Schahrsad und der kleine Khasan Gol waren da. Ich sprang auf die Terrasse und rief vor den aufgerissenen Augen und Mündern der Frauen und Kinder: »Es lebe der Bolschewismus! Es lebe die Revolution! Tod dem Kahlkopf Saher Schah! Lang lebe die Großmutter des Teufels, Bibi Hadschi!«

Alle begannen voller Schreck zu schreien. Die Großmutter, die trotz ihres Alters unglaublich fit war, sprang auf, fuchtelte mit ihrem Gehstock und versuchte mich zu fassen. »Ich werde es dir zeigen, du Scheiß-Bolschewik!«

Ich sprang von der Terrasse und nahm Reißaus. Doch Bibi Hadschi gab nicht auf, sie verfolgte mich immer lauter schimpfend durch den Lustgarten. »Ich kriege dich! Ich bringe dich um! Du russischer Teufel aus Scheiße!«

Sardar, der seine Stimme nur ein- oder zweimal im Jahr und stets aus einem vernünftigen Grund erhob, rannte Bibi Hadschi hinterher und bellte sie an, sodass Mutter Khurschid, die bis dahin mit Entsetzen im Gesicht wie gelähmt auf ihrem Stuhl gesessen hatte, aufsprang und ihn zurückrief.

Ich schlug einige Haken, um die Großmutter durch den Garten zu führen. Schließlich sprang ich in das kleine Schwimmbecken, riss mir die Kleider vom Leib und begann, mich zu waschen. Bibi Hadschi blieb mit ihrem Stock am Beckenrand stehen und schimpfte weiter auf mich, auf die Dichter, die nichts weiter als Penner und Trinker seien, auf die Bolschewiken und alle Ungläubigen der Welt und schloss zu guter Letzt auch meinen Vater in ihren Fluch ein. »Dieser falsche Imam hat im Paradies nichts zu suchen!«, krächzte sie und schlug mit ihrem Gehstock auf den Boden. »Er kriegt keine einzige, geschweige denn siebzig!«, fügte sie noch hinzu und blickte – durch den offenen Mund schwer atmend – auf das vom Kot braun gefärbte Wasser.

Ich planschte im Wasser, verzog mein Gesicht zu einer Fratze und spielte den Narren. Dann sprang ich aus dem Becken und lief nackt, vor den entsetzten Augen der Frauen und Kinder, der Dienerin sowie ihrer Tochter Golbu, die nun alle in einer Reihe entlang der Terrassenkante standen, die Treppe hinauf und verschwand im Haus. Dort sperrte ich mich im Bad ein und wusch mich so lange, bis es dunkel wurde.

Am Abend lag ich erschöpft und verzweifelt in meinem Zimmer und hatte das Gefühl, immer noch dreckig zu sein und nach Kot zu riechen. Hadschi Agha kam mit einem Essensteller für mich in mein Zimmer und versuchte, mich zu beruhigen. Ich rührte aber das Essen nicht an und schrie nur: »Nein!« – und dies war meine Reaktion auf alles, was er sagte.

Ich war sauer auf mich, auf meinen Bruder, aber auch auf meinen Vater, der mir meinen sonderbaren Namen gegeben hatte. Ich wollte nicht mehr Schaer heißen und künftig auch keine Gedichte mehr lesen oder aufsagen. Als Hadschi Agha mein Zimmer verließ, drehte er sich um und meinte: »Dieses Nein, das du gerade schreist, ist ein weiterer Schritt, den du heute nach vorne tust.«

9

An einem einzigen Nachmittag hatte ich mich mit vielen angelegt; und alle, die Augenzeuge meines Auftritts im Garten gewesen waren, nahmen ihn mir übel. Insbesondere Mutter Khurschid, die sich durch tausend Stränge mit ihrer elterlichen Familie verbunden fühlte, war von mir enttäuscht. Die Geschichte von meinem Sturz in die Kotgrube machte in der Verwandtschaft schnell die Runde. Ich hieß jetzt nicht mehr ›der Gartendichter‹, sondern ›der Dichter, der in die Scheiße fiel‹.

Ich zog mich tagelang von allen zurück und war kaum ansprechbar. Bei Amin ließ ich mich nicht mehr blicken, Aman ging ich aus dem

Weg. Mein einziger Freund, der für mich da war, war Sardar, den ich nachts zu mir ins Zimmer holte und in meinem Bett schlafen ließ.

Eines Nachmittags, zwei Wochen nach dem Vorfall, saß Aman mit Malalay im Lustgarten auf einer Bank und ließ sich von ihr die Geschichte des revolutionären Arbeiters Pavel vorlesen. Malalay, um deren Aufmerksamkeit ich schon immer geworben hatte, besaß ein großes Herz für Menschen und träumte von einer gerechteren Welt mit weniger Not und Elend. In ihr hatte mein Bruder eine fleißige Vorleserin gefunden, mit der er bereits auch das rote Büchlein durchgegangen war.

Ich lag auf der Südterrasse und faulenzte in der Sonne, anstatt zum Basketball in die Schule zu gehen. Und während ich grübelte, konnte ich ihre Stimme vernehmen und an deren Klang erkennen, dass sie voll in die Erzählung des russischen Schriftstellers eingetaucht war. Der Gedanke daran, dass der verrückte Motorradschrauber und Revolutionär aus unserer Straße die Verhältnisse auf den Kopf gestellt hatte und dass es nicht mehr ich war, der ein Ziel vor Augen hatte, sondern Aman, war für mich schwer zu ertragen.

Ich setzte mich auf und versuchte, klar zu denken. Amin hatte mich sowohl auf seine Romane neugierig gemacht als auch auf sein Magazin mit den schwedischen Mädchen. Ich wollte nicht als Gedemütigter und Verlierer dastehen, senkte meinen Kopf und überlegte. Etwas musste ich unternehmen, aber was? Da tauchte mein Vater auf und setzte sich zu mir.

»Was hast du?«, fragte er. Als ich darauf nichts erwiderte, fragte er weiter: »Weißt du eigentlich, was Humor bedeutet?«

Ich schwieg und überließ ihm selbst die Antwort: »Humor ist genau das Gegenteil von Verbitterung. Wenn dir eine Sache wie eine harte Nuss erscheint, die du mit der Hand nicht knacken kannst, und von der du weißt, dass du sie zum Ungenießbaren zermalmen würdest, wenn du sie zerschlägst – dann greif lieber zum weichen Hammer des Humors oder des Scherzes. Wenn du anfängst, über dich selbst zu lachen, dann hast du den anderen den Wind aus den Segeln genommen.«

Der letzte Satz gefiel mir. Ich erhob meinen Kopf und sah ihn an. Er deutete auf Aman im Lustgarten vor uns und fuhr fort: »Was hättest du gemacht, wenn dir dein Bruder nicht aus der Kotgrube geholfen hätte? Er hat sich zwar über dich lustig gemacht, aber es warst du selbst, der sich dann auf einer großen Bühne zur Schau gestellt hat.« Er sah mich mit ernster Miene an, auf einmal nickte er und fügte hinzu: »So gesehen, hast du das sehr gut gemacht.«

»Meinen Sie das jetzt ernst?«

»Na ja, du hast damit eine ganz schöne Portion Humor an den Tag gelegt. Ein Mensch ohne Humor ist wie ein Essen ohne Salz und Pfeffer. Aber zu viel Salz und Pfeffer macht das Essen auch ungenießbar.« Er nahm seinen Hut ab, als würde er mir Respekt erweisen. »Weißt du überhaupt, dass aus dir ein guter Schauspieler werden könnte?«

»Aus Ihnen aber auch, Agha!«

»Ich bin eher ein Clown«, sagte er. »Der Schauspieler in dir kann aber bei Weitem nicht so gut sein wie der Arzt, der in dir steckt.«

Ich lachte und schüttelte den Kopf. Das Letzte war völlig aus der Luft gegriffen. Ich wusste aber, dass es Vaters eigenes Kindheitstrauma war, welches sich indem Wunsch, ich solle Arzt werden, spiegelte. Ich wechselte das Thema, indem ich mich zum ersten Mal bei ihm über meinen Bruder beschwerte und ihm offenbarte, wie schlecht Aman mich schon immer behandelt hatte.

»Das weiß ich doch längst«, sagte er. »Ich habe aber auch etwas anderes beobachtet, wenn du es wissen willst.«

»Ja, bitte!«

»Aman mag dich. Er schätzt dich sehr, aber er hat noch nicht den richtigen Ton zu dir gefunden. Sprich bitte mit ihm so, als wäre nichts geschehen. Gehe aufrichtig und mit erhobenem Haupt durch das Haus – wie unser Schahanschah!«

»So werde ich es tun, Agha«, erwiderte ich. »Schahanschah ist ein weises Geschöpf.«

»Genau«, rief er. Er sah zu allen drei Terrassentüren des Wohnzimmers, um sicherzustellen, dass Mutter Khurschid nicht zuhörte. »Und was deine Großmutter angeht, die Alte hatte es durchaus verdient!«

»Eben!«, stieß ich hervor.

»Was aber nicht heißt, dass du dich nicht bei ihr und deiner Mutter entschuldigen solltest. Eine Entschuldigung muss nicht heißen, dass der andere im Recht ist und du im Unrecht, sie bedeutet lediglich, dass dein Verhältnis mit ihm dir wichtiger ist als dein eitler Stolz. Sie kann also immer ein Gewinn sein. Mit einer Entschuldigung erreichst du, dass die anderen aufhören, schlecht über dich zu reden.«

Ich nahm mir seine Ratschläge zu Herzen. Zuallererst entschuldigte ich mich für den Vorfall bei Mutter Khurschid, dann bei Bibi Hadschi, die mich allerdings wieder als Bolschewik beschimpfte, bei meinen Tanten und schließlich auch bei Schahrsad, ohne genau zu wissen, wofür. Der Zauberdraht aus Poesie, welcher mich mit ihr verbunden hatte, war gerissen, ja, die Poesie selbst hatte für mich ihren Zauber verloren. Ich verabschiedete mich von den Gedichtbänden, doch entschuldigte mich – und tue es bis heute – mit Scham und tiefem Schuldgefühl beim großen Dichter Hafes für diesen denkwürdigen Unglücksfall an jenem Nachmittag im Herbst 1967.

10

Der Winter kam. Vater ging wieder auf die Reise, zuerst nach Kabul, dann flog er weiter nach Bombay. Bevor er aufbrach, sorgte er dafür, dass die Geschichte von meinem Sturz in die Kotgrube aus den Mündern verschwand und unsere Verwandten aufhörten, Witze über mich zu machen. Aber auch dafür, dass Aman in seinem Umgang mit mir milder wurde und wir uns besser vertrugen. Ich durfte in Amans revolutionären Lektüren blättern, die er von Amin geliehen bekam. Einige waren mit der Schreibmaschine getippt, andere schwer lesbare Kopien aus handgeschriebenen Texten, die er nur mithilfe von Malalay entziffern konnte.

Von nun an besuchte ich Amin auch allein. Eines sonnigen, aber kalten Nachmittags saß er mit einer stadtbekannten Obdachlosen vor seiner Werkstatt. Sie hieß Sanawbar, hatte ein flaches, asiatisch anmutendes Gesicht, lange schneeweiße Haare und war leicht an ihrem weißen Mantel und der weißen Fahne zu erkennen, die sie immer in der Hand trug. Sie zog den ganzen Tag durch die Straßen der Alt- und der Neustadt. Wo immer sie auch unterwegs war, erregte sie Aufsehen, und jeder, der nicht wusste, dass es ihre Art war, aus dem Stegreif Gedichte aufzusagen, hielt sie für eine Verrückte. Einige Male im Jahr kam sie auch zu uns nach Hause, setzte sich auf die Terrasse, trug uns Gedichte vor, und wir honorierten sie dafür großzügig.

Als ich zu Amin kam, gab er ihr gerade wieder, was er im roten Buch des chinesischen Führers über die Aufgaben und Herausforderungen des ›Sozialistischen Realismus‹ gelesen hatte. Ich setzte mich zu ihnen und war gespannt, was die Dichterin von der Forderung hielt, die Dichtung solle im Dienste des Volkes stehen, sonst sei sie reaktionär und belanglos. Sie hörte geduldig lächelnd zu. Als Amin schließlich meinte, die Dichter seien die Soldaten der Revolution auf dem Schlachtfeld der Kultur, klopfte sie mit ihrem Fahnenstock auf den Boden und erhob sich: »Mein Lieber. Dichter sind schlechte Krieger.«

Mit diesen Worten verabschiedete sie sich, ließ die weiße Fahne hoch über ihrem Kopf flattern und schlenderte in Richtung Basar-e Khusch.

»Lass sie gehen, Genosse«, sagte ich zu Amin, der ihr enttäuscht hinterhersah. »Ich werde ein Soldat der Revolution!«

Ich schloss mit Amin Freundschaft und begann, mir Bücher von ihm auszuleihen. Im Regal in seiner Werkstatt fand ich aufregende Erzählungen der Weltliteratur, die ich während des Winters unter einer warmen Decke am Sandali-Ofen verschlang.

Als der Frühling kam und ich immer noch nicht das geheimnisvolle Sexmagazin zu Gesicht bekommen hatte, verlor ich langsam die Geduld und sprach eines Tages zu Amin: »Genosse Amin! Wie alle anderen habe auch ich ein Recht darauf, einen Vorgeschmack auf das Paradies zu bekommen, für das ich mein Blut geben will. Her mit dem schwedischen Magazin!«

Er grinste. »Warten wir erst mal ab, bis deine Pisse schaumig wird.«

»Sie ist schon schaumig genug, Genosse.«

»Ach ja?« Er zog an meiner Nase. »Dann nächste Woche. Das Magazin liest gerade ein anderer.«

Er sprach von Lesen und nicht von Anschauen, und ich blieb bei diesem Verb: »Und Aman? Hat auch er es schon gelesen?«

»Sei nicht so neugierig, Kleiner. Ein wenig mehr Diskretion, bitte!«

Nur eine Woche später war es so weit, und ich durfte endlich in Amins schwedischem Sexmagazin blättern. Es waren atemberaubende Bilder, die, ohne ein einziges Wort zu verlieren, für sich sprachen. Ich blätterte vorwärts und rückwärts, während Amin die Fahrräder und Motorräder von draußen in die Werkstatt brachte. Dann setzte er sich mit einer Zigarette zu mir. »Na? Sattgesehen?«

»Wahrlich. Es ist bemerkenswert, was unsere afrikanischen Genossen hier leisten. So eine Revolution gefällt mir.«

»Nicht wahr?«, erwiderte Amin belustigt. »Wer hätte sich das vor hundert Jahren denken können?«

»Schön an dieser Revolution ist auch, dass kein Tröpfchen Blut fließt«, bemerkte ich.

»Ach ja?«, entgegnete Amin in ironischem Ton und nahm mir das Magazin aus der Hand. »Schon klar, Sohn des Imam Sahibs! Einer wie du wird für die Revolution seinen Samen geben, aber bestimmt nicht sein Blut.« Er schlug mir mit dem Magazin auf den Kopf und stand auf.

Bedingt sollte Amin recht behalten.

11

IN DER SECHSTEN Schulklasse entdeckte ich durch meinen Lehrer mein Interesse für das Fach Geschichte und somit auch für das Buch des Historikers Ghobar, welches mein Vater bei Isaak Khan gekauft hatte. Unser Geschichtslehrer Hadschi Baba war ein Paschtune, der jedoch seit seiner Kindheit in Herat lebte. Er hatte große Tigeraugen, die hellgrün leuchteten, kräftiges, silbern-dunkelblondes Haar, einen kurz gewachsenen Bart und trug jeden Tag denselben weiten schwarzen Anzug. Leute, die ihn sahen und nicht wussten, dass er Lehrer war, konnten ihn in seinem alten Anzug ebenso für einen Handwerker halten wie für einen Dichter, einen Philosophen, einen Schauspieler oder sogar einen Clown oder Magier.

Lehrer Hadschi Baba war etwas schwerhörig. Er neigte sich einem weit entgegen, wenn man zu ihm sprach. Wenn er dann selbst seine mächtige, bebende Stimme erhob, glaubte man, in einem Tal zu sitzen und ihn von den Höhen eines Berges zu hören.

In seinem Unterricht ging er über den Rahmen des festgelegten Stoffes weit hinaus und beleuchtete gesellschaftspolitische Verhältnisse und Zusammenhänge. Oft beschrieb er dramatische Buskaschi-Wettkämpfe auf der Bühne der Macht und schuf mit den Farben seiner Worte, mit den Schwingungen seiner Stimme Gemälde, die selbst den Vergesslichsten unter uns im Gedächtnis blieben.

Hadschi Baba nahm kein Blatt vor den Mund, wenn er über die afghanischen Könige sprach, die in unserem Schulbuch mit stolzen Worten gelobt wurden. Er erklärte uns, wie in der Geschichte dieses Landes die gütigen Herrscher, wie Schah Amanullah, auf der Strecke geblieben und die Bösen als Gewinner hervorgegangen waren.

Hadschi Baba war mit meinem Vater gut bekannt. Auch meine Brüder hatten in ihrem sechsten Schuljahr bei ihm Geschichtsunterricht erhalten. Er wohnte in einem kleinen Haus am westlichen Rand des Friedhofs hinter unserem Grundstück. Wenn ich nachmittags mit meinem Schulbuch an seiner offen stehenden Tür vorbeiging, sah ich ihn entweder in seinem kleinen Garten arbeiten oder dort, vertieft in ein Buch, am Tisch sitzen. Der schmale, staubige Weg verlief wie ein Ring rund um den Friedhof, der teilweise mit einer niedrigen Lehmmauer umrandet war. Ich folgte ihm bis zur südöstlichsten Ecke, kreuzte das Gräbergelände und landete dann hinter der Moschee wieder auf ihm. Vortäuschend, dass ich meine Schulaufgaben lernte, passierte ich so oft die Haustür meines Lehrers, bis er seinen Kopf hob und auf mich aufmerksam wurde. Dann weilte ich kurz vor seiner Tür, legte höflich meine rechte Hand auf die Brust, verbeugte mich und grüßte ihn mit dem Zusatz Gelehrter und Meister: »Salam Aleikum, Ustad!«

»Wa Aleikum Salam, Batschim!«, rief er zurück.

Dann ging ich glücklich nach Hause.

Beim Vorbeigehen an Hadschi Babas Haustür sah ich eines Tages einen jungen Mann mit ihm am Gartentisch sitzen. Ich beobachtete sie verstohlen durch eine schmale Lücke zwischen zwei Holzbrettern der Tür und lauschte. Obwohl der Gast halb mit dem Rücken zu mir saß, erkannte ich in ihm den Enkelsohn des Lehrers Homayun Khan aus Dschikan wieder. Mein Vater hatte ihn mir einige Jahre zuvor auf dem Freitagsmarkt vorgestellt und ich hatte ihn auch später noch einige Male gesehen.

Aus dem jungen Kabir von damals war ein stattlicher Mann Mitte zwanzig geworden. Ich wusste, dass er als Lehrer arbeitete. Wie mein Vater es vorausgesagt hatte, war er bereits auch ein stadtbekannter Schriftsteller. Einige seiner Kurzgeschichten und politischen Gedichte hatte ich schon in einer Zeitschrift gelesen.

Ich hörte Hadschi Baba zu Kabir Khan sagen, die Abspaltung Pakistans von Indien habe den Afghanen ein viel schlimmeres Unglück beschert als den Indern selbst, und dass er fürchte, dies sei erst der Anfang.

»Ein Afghanistan neben einem Pakistan? Ich fürchte, daraus wird auf Dauer keine gute Nachbarschaft werden, sprach Hadschi Baba. Der Schatten der Kolonialpolitik wird uns früher oder später noch richtig erwischen.«

»Der Schatten der Sowjetmacht genauso, Ustad«, erwiderte Kabir Khan, und Hadschi Baba nickte. »Die Sowjets kommen mit der Maske der Völkerfreundschaft auf uns zu. Sie unterstützen die Regierung bei unserem Fünfjahresplan; sie verkaufen uns ihre Waffen aus dem Zweiten Weltkrieg; jährlich gehen Hunderte junge Menschen zum Studium in den Ostblock; unsere Offiziere werden alle in der Sowjetunion ausgebildet; und, und, und … Was nützt es, dem Volk zu erzählen, die Amerikaner seien böse Wölfe, wo doch der wahre Feind in Moskau sitzt?«

Diese Worte gefielen mir, und ich war erleichtert, als Hadschi Baba sie unterstrich: »Richtig! So sehe ich es auch. Und wir sollten auch nicht vergessen, wer aus der afghanischen Regierung den Grundstein für diese Freundschaft mit der Sowjetunion gelegt hat.«

»Daoud Khan natürlich, als er Premierminister war«, führte Kabir Khan den Gedanken Hadschi Babas zu Ende.

»So ist es.« Hadschi Baba hob seinen Blick und ich versteckte mich wieder hinter der Mauer. Doch es war bereits zu spät. Sein Blick traf meine Augen. Er schien mich erkannt zu haben. Ich machte abrupt kehrt und lief nach Hause, einerseits beschämt darüber, dass ich gelauscht hatte, andererseits mit dem Gefühl, einen Funken von den großen Vorgängen im Land erhascht zu haben.

Am Abend erzählte ich alles meinem Vater und fragte ihn, ob jener Daoud Khan mit seiner Freundschaft zur Sowjetunion unserem Land sehr geschadet habe.

»Menschen wie Hadschi Baba können die Abgründe der Geschichte voraussehen wie ein Raubvogel, der aus weiten Höhen seine Beute im Heu erkennen kann«, antwortete er. »Daoud Khan war zehn Jahre lang Regierungschef unter dem jetzigen König Saher Schah gewesen. Als dieser ihn 1963 absetzte, hat das seine Eitelkeit sehr verletzt. Viele fürchten, dass er eines Tages einen Militärputsch gegen Saher Schah anzetteln könnte.«

»Ist er ein Mann der Russen?«, fragte ich.

Vater nahm seinen Hut ab und klopfte mit seinen Fingern auf ihn. »Das nicht. Nein. Daoud Khan setzt auf die Sowjets und glaubt, Afghanistan könnte durch ihre Entwicklungshilfen aus dem Rückstand herauskommen. Das ist alles.«

Mein Vater wurde nachdenklich, und ich verlor mich im Bündel seiner Denkfalten. Ich hatte das Gefühl, vor einer roten Ampel zu stehen, an der ich nicht vorbeigehen, von der ich mich aber auch nicht abwenden durfte. Er setzte seinen Hut wieder auf, sah mich an, und das Hautbündel auf seiner Stirn war verschwunden.

Ich wechselte das Thema und sprach davon, dass ich mich nicht mehr trauen würde, Hadschi Baba in der nächsten Geschichtsstunde in die Augen zu sehen. Er tröstete mich. Ein Mann wie Hadschi Baba würde meine Neugier richtig einzuschätzen wissen. Der Vorfall würde mir sogar von Nutzen sein.

Mein Vater sollte recht behalten. Als ich zwei Tage später an Amins Werkstatt vorbeiging, saß Hadschi Baba mit diesem bei einer Kanne Tee am Tisch. Als er mich sah, rief er mich und winkte mich herbei. Ich betrat die Werkstatt, legte meine Hand auf die Brust, verbeugte mich tief und grüßte: »Salam Aleikum, Ustad!«

»Wa Aleikum Salam, Schaer Dschan, komm näher, Batschim!«, erwiderte Hadschi Baba und streckte seine Hand nach mir aus. Ich ging auf ihn zu, und er legte seine Hand auf meinen Kopf.

»Weißt du, wer das ist?«, wandte er sich an Amin.

»Ja, Ustad. Er ist ein künftiger Soldat der Revolution.«

»Nein, falsch! Er ist ein eigenes Universum und aus ihm wird kein Soldat. Weder für die Revolution noch für den König. Und das ist gut so. In jedem Nest gibt es eine Nachtigall, die schön singen kann, alle anderen sind laute, zwitschernde Spatzen.«

Diese Worte kamen mir zur rechten Zeit.

DAS GANZE JAHR 1968 über studierte ich das Werk des Historikers Ghobar, der sich mit der Geschichte des Landes seit der frühen Antike befasst hatte und mit vielen Herrschern und Königen ins Gericht gegangen war. Zu dieser Zeit vertiefte ich auch meine Kenntnisse über meine Stadt, die ich mir durch meinen Vater angeeignet hatte.

Aman ging regelmäßig zu Amin. Seine Freunde waren nun nicht mehr die Taubenfänger aus unserem Viertel, sondern Schulkameraden, mit denen er sich jeden Nachmittag in der Neustadt traf, um mit ihnen in einer Runde zu sitzen und sich über politische Schriften auszutauschen. Mit seinen nicht einmal fünfzehn Jahren hatte er sich einen feinen Schnurrbart wachsen lassen, eine Mütze und eine Sonnenbrille zugelegt und hielt den Kopf nicht mehr gesenkt, sondern ging mit erhobenem Haupte wie jemand, der die Welt verändern wollte. Manchmal brachte er seine Freunde mit nach Hause. Dann saßen sie im Gästezimmer oder im Blumenpark, tranken Tee, spielten Karten oder diskutierten über Politik.

Einen seiner Schulfreunde mochte ich gern. Er hieß Said und war Sohn eines Parlamentsabgeordneten. Said gab mir bei unserer ersten Begegnung erfreut zu verstehen, dass Aman von mir erzählt hätte, ich sei ein Freund der Poesie, und schenkte mir zwei Gedichtbände.

Dass auch Aman, wie Asis, vor seinen Freunden mit mir angegeben hatte, war neu für mich. Vor mir benahm er sich, als wäre ich ein kleines Kind und er mein Vater. Ich war froh darüber. Ich durfte zwar noch nicht wie er durch die Neustadt ziehen, um mich dort zur Schau zu stellen und mich zu vergnügen, aber ich wuchs langsam in die Höhe und hatte mir ein kulturelles und geschichtliches Wissen angeeignet, welches niemand zu geringschätzen wagte.

12

Im Herbst 1968 schloss ich die Grundschule ab. Stolz darüber, dass ich aus den Prüfungen als der Beste hervorgegangen war, ging mein Vater mit mir einige Tage hintereinander aus.

»Es ist Zeit, dass du von deiner Kindheit Abschied nimmst, und wir wollen diesen Abschied feiern«, sagte er.

Wir gingen ins Kino, ins Theater und zum Essen in ein Restaurant, und als Krönung seiner Unternehmungen mit mir nahm mich Vater zu einem religiösen Fest nach Newin mit.

Wir saßen beim Kalifen, in jenem Raum, in dem vierzig Jahre zuvor meine Mutter, ein junges Mädchen aus der Stadt namens Roya, meinem Vater, einem Glücksritter aus dem Dorfe, versprochen worden war. Der alte Kalif, der Vater damals zu seinem Glück verholfen hatte, war längst tot. Sein ältester Sohn und Nachfolger, inzwischen auch ein alter Mann, war seinem Vater wie aus dem Gesicht geschnitten. Er hatte einen ebenso langen weißen Bart und trug dessen alten weißen Mantel und Hutturban.

Die Predigt des Kalifen an diesem Tag ergab sich aus der Antwort auf eine Frage aus der großen Runde um ihn. Jemand wollte von ihm die Bedeutung des Begriffes Dschihad erfahren. Dschihad bedeute sich anstrengen und sei ein spiritueller Begriff, der an erster Stelle geistige und moralische Selbstreinigung bedeute, sprach der Kalif. Die kriegerische Deutung komme später. Aber selbst dieser Aspekt habe einen defensiven und keineswegs offensiven Charakter. Zuletzt wies er auf den Missbrauch des Begriffes hin und sagte: »Es geht die Kunde von einigen Gläubigen, die sich zu einem Rat zusammengeschlossen haben. Was wollen sie? Sie wollen Politik machen, den Staat umstürzen und selbst die Macht an sich reißen. Diesen Herren sage ich eins: Wenn es einen Feind gibt, der den Islam bedroht, dann sitzt dieser Feind in dir drinnen. Vom Propheten Mohamad heißt es, dass er einmal gefragt wurde, was der größte Dschihad sei, und er antwortete: ›Der Dschihad gegen dich selbst! Gegen deine inneren Triebe.‹«

Später erfuhr ich, wen der Kalif mit diesen Worten gemeint hatte. Er selbst galt als Vertreter des traditionellen Islams, der der Staatsmacht nicht vorschreiben wollte, welche Gesetze sie zu erlassen hatte, geschweige denn gegen sie rebellieren. Er hatte die Aktivitäten einer islamistischen Gruppe im Blick, die nicht lange zuvor in Kabul ins Leben gerufen worden war. Die Muslimbrüder hatten sich auf die Fahnen geschrieben, durch eine Revolution die Monarchie abzuschaffen und sie durch einen Gottesstaat zu ersetzen.

»Der Islam ist eine Religion der Harmonie«, sprach der Kalif. »Stammt nicht das Wort Dschihad von Dschahd, welches Fleiß und Tugend bedeutet, ab? Haben nicht die Wörter Islam und Salam eine gemeinsame Wurzel?« Er erhob seine Stimme, zügelte kaum seine Emotionen und erntete von allen Seiten zustimmendes Kopfnicken. »Diese Leute schrecken nicht davor zurück, für ihre Machtansprüche im Namen der Religion zu töten und deren guten Ruf mit der Pest zu infizieren. Im Koran aber steht: Wer einen einzigen Menschen tötet, der tötet die ganze Menschheit und die Menschlichkeit in seinem Herzen.«

Ich dachte über die Rede des Kalifen nach. Von den Muslimbrüdern wusste ich damals noch gar nichts.

Über zwei andere Bewegungen, die ebenfalls gegen die Regierung arbeiteten, war ich hingegen im Bilde. Da gab es zum einen die Maoisten, von denen ich wusste, dass sie eine Zeitung mit dem Titel ›Schula-i Dschawid‹, die ewige Flamme, herausgaben. Daher hießen sie die Schula-ies. Sie waren keine Partei, sondern eine lose wachsende Bewegung, der sich auch Amin und Aman verschrieben hatten.

Und zum anderen gab es die sowjettreue »Demokratische Volkspartei Afghanistan«, von der Amin mir einmal erzählt hatte. Sie war Mitte der Sechzigerjahre gegründet worden, und ihre Anhänger wurden Khalqis genannt, weil sie sich auf Khalq, das Volk, beriefen.

Ich versuchte, das, was der Kalif angesprochen hatte, in Einklang mit meinem Wissen zu bringen und zu Ende zu denken, aber es gelang mir nicht. Es sollte noch etwas Zeit brauchen, bis die Geschichte des Landes die Geschichte des Kalifen zu Ende dachte.

Teil zwei

1

Es war Anfang März 1969, als ein Paschtune namens Gol Agha Khan aus Kabul in unserem Haus auftauchte. Mit ihm kamen auch seine Frau, seine zwei kleinen Kinder sowie sein Neffe. Sie hatten ihr Hab und Gut mitgebracht und zogen ins leer stehende Gästehäuschen neben den Diensträumen an der Sportwiese ein. Vater hatte uns einige Wochen zuvor darüber informiert, dass unser künftiger Nachbar kein Untermieter sei, sondern ein Ehrengast, den er aus Kabul kenne. Der Mann sei Lehrer und würde am Gymnasium Paschtu unterrichten, und wir sollten ihn und seine Familie mit besonderem Respekt behandeln.

Gol Agha Khan hatte ein dunkles, ovales Gesicht, einen grimmig kalten Blick und einen trockenen Sprechton, der nach Befehl klang, wenn er auf Paschtu zu meinem Vater sprach. Ich erinnere mich, dass er vom ersten Moment an ein Unbehagen in mir auslöste. Hadschi Agha indes schien anders zu empfinden, hieß seinen »Ehrengast« mit offenen Armen willkommen und sprach ihn als »geehrter Ustad« an.

Vaters freundlichem Empfang dankte er lediglich mit einem raschen Nicken, wobei seine Miene nicht hätte ernster sein können. Hadschi Agha sprach ausschließlich auf Paschtu mit ihm. Er wollte ihm sein Haus zeigen, ihn durch seine beiden Gärten führen, doch Gol Agha drehte ihm den Rücken zu und antwortete: »Ein anderes Mal, Hadschi Sahib.«

Daraufhin wandte Vater sich an uns Söhne und sagte auf Paschtu: »Ustad wird bestimmt auch euer Lehrer sein. Ich hoffe, ihr seid gute Schüler für ihn.«

Dass mein künftiger Paschtu-Lehrer keine Miete zahlen musste, erstaunte mich weniger, es befremdete mich jedoch sehr, dass Hadschi Agha ihm einen fetten Umschlag in die Jackentasche steckte – augenscheinlich gefüllt mit einem Bündel Geldscheine –, und es war ebenso irritierend, dass dieser ihn annahm, als handele es sich um eine Summe, die Hadschi Agha ihm schuldete.

Mein Vater zog mich nach diesem Treffen zur Seite, um mit mir unter vier Augen zu sprechen. Wir machten mit Sardar einen Spaziergang durch den Blumenpark, bei dem er mich fragte, ob ich mitbekommen hätte, wie Gol Agha Khans Neffe hieß.

»Ja, Agha. Er heißt Sultan«, antwortete ich.

»Gut. Wie findest du ihn? Ist er dir sympathisch?«

»Nicht mehr und nicht weniger sympathisch als sein Onkel, Agha.«

Ich hatte den Jungen mit dem nomadisch-bäuerlichen Gesicht, der möglicherweise ein oder zwei Jahre älter als ich war, bisher kaum ein Wort sagen gehört und wollte mir daher kein Urteil erlauben. Zum einen wirkte er scheu und anständig, zum anderen aber verschlossen, um nicht zu sagen, wie sein Onkel, etwas überheblich. Daher glaubte ich nicht, dass mein Vater es mit dem Attribut »sympathisch« ernst meinte. Aus irgendeinem Grund schien er entschlossen zu sein, seine Gäste bestens zu behandeln.

»Warum haben Sie ihm Geld gegeben, Agha?«, wollte ich wissen.

»Du musst verstehen, dass diese Menschen sich hier bei uns noch fremd fühlen. Die Lehrer verdienen sehr schlecht, und diese Leute kommen nun mal aus sehr armen Verhältnissen. Der Junge wird mit dir aufs Gymnasium gehen.«

»In dieselbe Klasse?«, unterbrach ich.

»In die siebte. Wie du auch. Ob in dasselbe Klassenzimmer oder nicht, wirst du sehen. Ich habe dich aber um ein Gespräch gebeten, weil ich eine Bitte an dich habe.«

»Ich tue alles, um Sie nicht zu enttäuschen, Agha«, erwiderte ich und war gespannt.

»Gut, mein Sohn. Du bist jetzt kein Kind mehr. Ab jetzt darfst du, wie deine Brüder, auch allein in die Stadt gehen.« – Das war ein verlockender Anfang für mich. – »Meine Bitte ist aber, dass du Sultan mitnimmst und ihm die Stadt zeigst, damit er sich nicht allein fühlt und ihm sein neues Umfeld etwas vertraut wird. Du kannst mit ihm die Sehenswürdigkeiten und historischen Orte besichtigen und ihm etwas dazu erzählen. Jeden Tag einen anderen Ort ins Visier nehmen. Wie ein Reiseleiter. Bis das neue Schuljahr losgeht. Ich finde, das ist eine wunderbare Aufgabe. Meinetwegen könnt ihr ein Taxi nehmen oder eine Kutsche, oder ich besorge euch zwei neue Fahrräder.«

Er sprach so, als handele es sich um eine tiefe Herzensangelegenheit. Das erstaunte mich. Doch an seinem Vorschlag fand ich Gefallen. Ich nickte, aber er war noch nicht fertig.

»Ich verstehe dich, deine Geschwister und deine Mutter, wenn ihr euch schwer damit tut, dass fremde Leute bei uns wohnen. Aber, wie ihr alle bemerkt habt, liegt mir viel daran, dass es diesen Fremden hier gut geht. Ich will euch keine Erklärung geben, warum. So wie du einiges für dich behältst, habe auch ich ein Recht darauf, manches für mich zu behalten.«

»Aber natürlich, Agha«, erwiderte ich. »Sie sind das Oberhaupt unserer Familie. Was Sie für richtig halten, ist auch richtig. Die Frage ist nur, ob Sultan bereit ist, dieses Angebot anzunehmen.«

Wir setzten uns an den Rand der Wiese mit dem Rücken zum Melonenfeld, und er antwortete mir: »Sprich mit ihm. Frag ihn, ob er Lust hat, etwas mit dir zu unternehmen. Er freut sich bestimmt. Vielleicht ist er ein netter Junge, und ihr könnt Freunde werden. Vielleicht auch nicht. Das wirst du dann selbst sehen.«

Er redete so, als würde er in meinem Kopf sitzen. Ich war gerade in meinen Gedanken dabei, dass ich bisher zwar mit vielen Kindern, ob aus unserem Viertel oder aus der Schule, gespielt oder mit ihnen Sport getrieben hatte, aber einen richtigen Freund hatte ich noch nicht. Während jenes dichte Faltenbündel sich wieder auf seiner Stirn abzeichnete, sprach er weiter: »Noch eine Bitte. Versuche, dich seinen Bedürfnissen anzupassen. Stelle dem Jungen möglichst keine Fragen zu seiner Kindheit und seiner Familie. Du musst verstehen, dass diese Menschen stolze Paschtunen sind, die es nicht mögen, wenn man sie mit Fragen löchert. Wenn sie aber selbst Lust dazu haben, dann sind sie warmherzige Menschen, die gern reden.«

Am Abend dachte ich über den Vorschlag meines Vaters in Ruhe nach und ich erkannte darin wirklich etwas Gutes für mich. Die Ausflüge mit Sultan würden mein Sprungbrett in die Gesellschaft dort draußen sein.

AM VORMITTAG DARAUF klopfte ich an die Tür unseres Gästehäuschens. Sultan öffnete. Ich bemühte mich um ein entspanntes, freundliches Lächeln und fragte ihn, ob er gerade Zeit hätte, mit mir auszugehen. Er zögerte, ließ seinen Blick über unseren Garten schweifen und sagte dann leise »Ja«.

Zunächst führte ich ihn durch die Straßen unseres Wohnviertels und zeigte ihm meine alte Grundschule an der großen Kreuzung des Basar-e Khuschs.

Dass Sultan kaum etwas sagte, sondern nur zuhörte, wunderte mich nicht. Ich hätte an seiner Stelle ähnlich reagiert. Aber dass er überhaupt gar nichts von sich und seiner Grundschulzeit in Kabul oder sonst etwas preisgab, wunderte mich ein wenig. Auf seinem Gesicht lag die ganze Zeit über ein grimmiger Ausdruck, der mich an den seines Onkels erinnerte. Ob in seiner Brust ein warmes Herz schlug, würde die Zeit zeigen.

AM ZWEITEN TAG saß ich mit Sultan auf der sonnigen Terrasse eines stadtbekannten Cafés mit Blick auf den Neustadt-Park. Ich begann mein Programm als Stadtführer mit der Gründungsgeschichte von Herat, ursprünglich eine grüne Oase westlich vom Hindukusch am Fluss Harirud. »Die Einwohner dieser fruchtbaren Landschaft«, schilderte ich, »waren arische Stämme.« Ich hob ein wenig mein Haupt, um Sultan, der knapp einen Kopf größer als ich war und mir kerzengerade gegenübersaß, in die Augen zu sehen. »Die Bezeichnung Herat ist später von Hariva abgeleitet worden, wie diese zuvor von Aria.«

Daraufhin wurde sein Blick plötzlich düster und seine Miene starr.

»Was ist?«, stieß ich hervor.

»Arische Völker waren doch Paschtunen. Oder?«, murmelte er.

Ich musste an die Worte meines Vaters denken, der kurz zuvor im Gespräch mit Malalay gesagt hatte: »Das alte Ariana, meine Liebste, gleicht einem toten Esel, auf den sich alle, ob Afghanen, Inder oder Iraner, berufen. Die Letzten haben sogar den Namen ihres Landes aus ihm abgeleitet. Sogar Hitler hat sich auf diese Eselsleiche berufen. Wahrscheinlich wusste er nicht, dass die Zigeuner, die er ausrotten wollte, aus dem Bauch der umstrittenen Leiche stammen oder dass die Paschtunen, die er so lobte, möglicherweise Nachfahren jener im Osten verschwundenen jüdischen Stämme sind und somit zu den Kindern Israels gehören.«

»Aber natürlich! Vor allem die Paschtunen!«, bestätigte ich Sultan, um fortzufahren: »Das gesamte Gebiet des heutigen Afghanistans wurde in der Antike Ariana genannt. Später war dieses Gebiet ein wesentlicher Teil des Großraums Khorassan, der im Osten an den Hindukusch und im Westen an das Kaspische Meer grenzte. Diese Bezeichnungen, übrigens, weißt du, was sie bedeuten?«

Sultan sah mich mit einem Blick an, als hätte ich ihn vollkommenen Unsinn gefragt.

»Ariana bedeutet das Land der Reinen, Khorassan das Land der aufgehenden Sonne. Diese Namen aber markierten eher historische und geografische Landschaften und keineswegs einheitliche staatliche Hoheitsgebiete.«

Damit er mir zukünftig nicht mehr so leichtsinnig widersprach, führte ich weiter aus: »In verschiedenen Epochen und in stets veränderlichen Grenzen wurde die Region, in der heute Afghanistan, Iran, Zentralasien, Pakistan und Teile von Indien liegen, von unterschiedlichen Machtzentren aus regiert. Durch unterschiedliche Herrscherfamilien, nach denen sie jeweils benannt wurde. Das heutige Hoheitsgebiet Afghanistan lag seit dem Jahr 1500 für etliche Jahrzehnte im Grenzgebiet zwischen drei großen Herrschaften. Weißt du, welche ich meine?«

Sultan sah mich hilflos an und wusste keine Antwort. Woher auch? Ich hatte das alles dem Werk des Historikers Ghobar entnommen, und nichts von dem wurde in der Grundschule durchgenommen.

»Das waren die Reiche der Perser, der usbekischen Schaibanis und der indischen Moguln. Und jede dieser Mächte wollte, dass unser Land Teil ihres Hoheitsgebietes würde«, erklärte ich.

Sultan hörte mir aufmerksam zu, sein Gesichtsausdruck aber war düster und sein Blick ließ kaum erraten, was in seinem Kopf vorging.

FORTAN GING ICH mit Sultan auf lange Touren und kam mit jedem Tag um eine Stunde später nach Hause. Hadschi Agha schenkte uns zwei nagelneue chinesische Fahrräder. Zudem nahm er uns zu dem großen Kleidermarkt hinter der Freitagsmoschee mit und kaufte uns zwei schöne Anzüge und Hemden. Ich freute mich, mit seinem Schützling nicht nur die mir bereits bekannten Orte zu besuchen, sondern auch neue zu erkunden, ja, Herat ganz von Neuem zu entdecken.

Die Stadt hatte vieles von jener Märchenoase, aus der sie vermeintlich hervorgegangen war, beibehalten. Ich fütterte Sultan mit Daten, Namen und Vorgängen aus der langen Geschichte der Stadt und fand an meiner neuen Rolle so sehr Gefallen, dass ich es für überflüssig hielt, Sultan zu fragen, ob er mit der seinen zufrieden war.

Wir fuhren mit dem Fahrrad, mit Kutschen oder Taxis. Wir aßen in den besten Restaurants, gingen ins Kino, ins Theater, spazierten im Neustadt-Park, aßen Eis und tranken heiße Milch. Geld stellte Vater mir ausreichend zur Verfügung, auch Sultan zuliebe, dessen Hand nie in die Tasche gehen durfte, wenn es ums Zahlen ging.

Hadschi Agha hatte sich vollends auf mich verlassen und erkundigte sich regelmäßig nach dem Stand der Dinge mit Sultan. Jeden Abend wollte er von mir wissen, was wir alles unternommen hatten.

»Heute waren wir zum Mittagessen beim Kebabi.«

»Ja? Bei welchem denn?«

»Bei Haidar, an der Tscharsu. Dem Sohn Ihres alten Freundes Hassan. Morgen gehen wir ins Kino.«

»Was wollt ihr euch anschauen?«

»Sang-e Sabur. Einen neuen iranischen Film.«

»Oh, eine traurige Liebesgeschichte!«

Mein Vater, der sich vor seinem inneren Richter zur Unterstützung des Jungen bereit erklärt hatte, fühlte sich mir gegenüber für meine Dienste zu Dank verpflichtet.

ZEHN BIS ZWÖLF Tage lang war ich mit Sultan in der Stadt unterwegs, wurde aus ihm aber nicht schlauer. Ich erzählte ihm unbefangen von diesem und jenem, merkte aber, dass etwas in ihm vorging, was ihn daran hinderte, in vollständigen Sätzen zu sprechen, ja überhaupt mit mir zu reden. Und wenn, dann war es eher ein Murmeln, als würde er mit sich selbst reden.

Je mehr er ein Geheimnis aus sich machte, desto neugieriger wurde ich. Auf meine vorsichtig formulierten Fragen zu seiner Schulzeit gab er kurze, belanglose Antworten. Aber er lächelte, genauer gesagt, grinste mich mit der rechten Gesichtshälfte an, während seine linke die grimmige Aura seines Onkels beibehielt. Erst einige Zwischenfälle während der letzten vier Tage meiner Stadtführungen warfen kleine Lichter auf Sultans düsteres Antlitz und trugen dazu bei, dass ich mir ein besseres Bild von ihm machen konnte.

2

Am ersten dieser letzten vier Tage führte ich Sultan durch das große Gartenareal der Freitagsmoschee, das sich, reichlich bestückt mit Bäumen, Wiesen und Blumen, auf zwei Ebenen erstreckte. Als wir vor dem Haupteingang standen und auf die mächtige Fassade hinaufblickten, nahm ich meine Stadtführer-Pose ein.

»Wir befinden uns hier in dem breiten Streifen zwischen der Ost-West-Achse der Altstadt, die an unserer Haustür vorbei verläuft, und der parallel dazu verlaufenden Achse der Neustadt.«

Während ich dies sagte, zeigte ich zuerst mit dem ausgestreckten Arm nach links, dann mit dem anderen nach rechts. Sodann verwies ich auf die farbig glasierte Ornamentik der Fassade und die Inschriften der Fresken, bei denen es sich um Verse aus dem Koran handelte. Doch bevor ich anfing, einiges dazu zu sagen, ergriff mich das Gefühl, dass Sultan das alles nicht wirklich interessierte.

Ich beschloss, meinen Vortrag über die Geschichte des Gebäudes und über dessen Einzelheiten so kurz wie möglich zu halten, und begnügte mich damit, meinen Gast einmal durch das Innere der Moschee zu führen. Wir überquerten den fünftausend Quadratmeter großen Innenhof, wobei ich ihm einige Arkaden und Kuppeln zeigte. Als wir wieder im Gartenareal waren, schloss ich mit den Worten: »Und so steht hier seit dem Jahr 1200 dieses großartige Gotteshaus.«

Sein Gesichtsausdruck war jetzt, milde gesagt, angewidert – und ich verstand schließlich, dass Sultan etwas gegen Religion hatte. Das an sich war mir einerlei. Amin stand auch mit der Religion auf Kriegsfuß, wie viele andere auch. Was mich irritierte, war, dass seine Haltung gar nicht zu dem Bild passte, das ich mir bisher von ihm gemacht hatte – ein Nomadenjunge aus einem kleinen paschtunischen Dorf. Jetzt glaubte ich zu begreifen, warum er sich so benahm und warum er ab und an kleinlaut und zynisch provozierte. Er wollte sich von diesem Bild befreien! Es schien, als wäre es an der Zeit, mein Bild von ihm zu korrigieren.

Es war bereits Nachmittag, als wir die Moschee durch den südlichen Ausgang des Gartenareals verließen und Richtung Altstadt gingen. An einer Kreuzung mit der Ost-West-Achse, die den Basar-e Khusch mit der Tscharsu verband, kam uns Tante Sanawbar, die Stegreifdichterin in Weiß, über den Weg.

»Salam, Tante Sanawbar!«, sprach ich sie an. »Sag uns doch, bitte, ein Gedicht auf, in dem ein wildes Tier vorkommt.«

Sie lachte. »Mein Lieber, welches Tier ist denn wilder als der Mensch? Ich kann dir tausend Gedichte vortragen, in denen wilde Tiere vorkommen. Du musst mir sagen, an welches du gedacht hast!«

Ich musste kurz überlegen. »An einen Schakal.«

»Einen Schakal?« Sie lachte, senkte den Kopf und fuhr sich mit ihren Fingern durch ihr ungewaschenes, zerzaustes Haar.

»Oder nein«, unterbrach ich sie in ihrem Nachdenken. »Sag ein Gedicht auf, in dem ein Wolf vorkommt. Das ist einfacher.«

Ich merkte, dass sie dieses Mal länger nachdenken musste als sonst. Dann aber reimte sie eine Fabel, die sie uns mit geschlossenen Augen vortrug: Ein alter Schakal freundet sich mit einem Wolfsbaby an, das keine Eltern hat und allein unter einem Baum liegt. Er nimmt es zu sich und zieht es groß. Der Schakal geht jede Nacht auf die Jagd ins benachbarte Dorf, bringt getötete Hühner in den Wald und füttert das Wolfsbaby. Dieses wächst von Tag zu Tag und bekommt langsam Zähne. In einer Winternacht, als der Schakal krank ist, schickt er es auf die Jagd und legt sich zum Schlafen hin. Der kleine Wolf irrt im Wald herum, und als er hungrig nach Hause zurückkommt und den Schakal schlafen sieht, überfällt er ihn und macht ihn zu seiner Beute.

Ich bedankte mich bei der Dichterin. Als ich ihr einen Geldschein in die Hand drückte, sagte sie: »Die Moral der Geschichte musst du selbst herausfinden.«

Sie zog gleich weiter. Ich wandte mich Sultan zu. Er lachte. Ich grinste.

Wir liefen die Hauptstraße westwärts, an den lärmenden Töpferläden vorbei, hoch zum Kebabi. Nachdem wir uns bei Haidar sattgegessen hatten, überquerten wir die Tscharsu. Ich wollte Sultan den Basar-e Irak und das jüdisch-schiitische Viertel zeigen. Als wir die erste Gasse erreichten, die zur jüdischen Synagoge und zum rechten Wohnviertel führte, kam fahrig ein Mädchen heraus und stieß mit Sultan zusammen. Unsere Aufmerksamkeit war in diesem Moment auf die Straße gerichtet, um sie zu überqueren.

»Entschuldigung«, rief ich hinter dem Mädchen her. Die junge Frau – sie war groß und schlank und bestimmt zwei oder drei Jahre älter als ich – wandte sich um. Ihr Blick durchströmte mich wie eine heiße Welle. Sultan und ich blieben wie angewurzelt stehen. Er schien – völlig außer sich – die bezaubernd hübsche junge Frau mit seinem Blick verschlingen zu wollen. Eine gute Weile standen wir, in einem kleinen Abstand zu ihr, nebeneinander und warteten. Denn die Straße, auf der sich Autos, Kutschen, Kühe und Esel drängten, gab selten eine Lücke für die Fußgänger frei.

»Sie ist eine Jüdin«, flüsterte ich Sultan ins Ohr.

»Woher weißt du das?«

»Ich vermute es. Sie hat diese biblische Schönheit.«

»Das möchte ich genauer wissen«, sagte Sultan und wirkte auf einmal überhaupt nicht mehr scheu und zurückhaltend.

Sie überquerte die Straße – mit dem Gang eines wilden Rehs, das durch die Wälder streift – und verschwand in der gegenüberliegenden Gasse, die zum linken Wohnviertel des Basar-e Iraks führte. Wir folgten ihr. Sultan schien regelrecht zügellos geworden zu sein und rief immer wieder: »Schneller!«

Wir verfolgten das Mädchen durch die verwinkelte Gasse, zu deren

Seiten heruntergekommene Lehmhäuser standen, und am jüdischen Männerhamam vorbei. Sultan ging mir voran, knapp hinter ihr, die uns davonlief, als wären zwei Jäger im Wald hinter ihr her. Als sie links in eine Gasse einbog, blieb Sultan davor stehen und wandte sich zu mir um. Ich sah in die schmale Gasse und wollte von ihm wissen, in welches Haus sie gegangen war.

»Irgendwo da hinten«, deutete er mit seiner Hand. »In das zweite oder dritte links, glaube ich.«

Ich merkte, dass er log. So schnell konnte das zweibeinige Reh nicht gewesen sein; und ich war sicher, dass es hinter der alten Holztür, der ersten auf der rechten Seite, verschwunden war.

»Dann war's das wohl«, sagte ich und lachte. Auch Sultan lachte, wir lachten abwechselnd, und lachend kehrten wir zur Hauptstraße zurück. Ich verzichtete darauf, ihm die jüdische Synagoge auf der anderen Straßenseite zu zeigen. Unsere Tour für heute war beendet. Unsere gemeinsame Geschichte aber nicht.

3

Am zweiten unserer letzten vier Tage besichtigten Sultan und ich das Mausoleum des Dichters Ansari. Es war noch früh am Morgen, und in den ersten Sonnenstrahlen glich die Gedenkstätte auf dem Hügel am Fuße des Gebirges einem Diamanten an einer Kette. Als ich anschließend im Hof unter den bettelnden Frauen und Kindern Kleingeld verteilt hatte und wir auf den Platz vor dem Eingang hinaustraten, geschah etwas Wundersames und zugleich Unheimliches.

Ich sah mich gerade nach einer Kutsche um, als aus der Ecke ein hinkendes Mädchen, eine Nomadin ungefähr in meinem Alter, auf mich zusteuerte und mit einem paschtunischen Akzent rief: »Lass dir von mir deine Hand lesen, Agha! Lass dir deine Zukunft voraussagen!«

»Und du meinst, du wirst dich nicht irren?«, fragte ich das Mädchen in einem etwas überheblichen Ton.

»Nein, Agha. Ich habe mich noch nie geirrt.«

»Dann wollen wir doch mal sehen«, lächelte ich in Sultans Richtung und setzte mich auf einen großen Stein an der Mauer des Mausoleums. Geschwind nahm sie auf einem Stein neben mir Platz. Ich legte meine Hand in ihre trockenen, staubigen Hände, und es wurde mir sofort am ganzen Körper heiß.

»Auf dieser Hand haben viele Spatzen gesessen, Agha. Du hast Spatzen gezähmt. Stimmt's?«, fragte sie.

»Ja, richtig.«

»Und aus vielen Gründen hast du Angst vor dem Reiten. Stimmt's?«

»Richtig.«

»Einen Grund dafür sehe ich hier.«

»Welchen?«

»Du fühlst dich oben nicht wohl. Du hast Höhenangst. Stimmt's?«

Ich überlegte kurz. »Kann sein. Ja.«

»Aber dass du dich vor dem Absturz fürchtest, ist nur ein Grund für deine Angst.«

»Aha?«

Plötzlich legte sie mir meinen Handrücken auf ihr Bein, das sich durch ihre feine Pyjamahose warm und weich anfühlte.

»Achte auf deine Träume. Sie können deinen Blick auf die Abgründe öffnen.«

»Aha?«

»Eigentlich bist du gerne in der Höhe. Deshalb träumst du auch oft vom Fliegen. Stimmt's?«

»Das stimmt, ja.«

Ich drückte meine Hand auf ihr Bein.

»Aber du wirst dir dort oben selbst im Wege stehen.«

»Warum?«

»Weil du den Blick in die Tiefe nicht ertragen kannst.«

Ich war erstaunt, wie sie, ein armes, ungebildetes Mädchen, sich in Bildern ausdrücken konnte, schickte ein Lächeln in Richtung Sultan, um ihn mit einzubeziehen, und streichelte mit meinem Handrücken erneut das Bein des Mädchens.

»Aha«, stieß ich verlegen hervor. »Und … bin ich glücklich?«

»Ja. Aber …«

»Aber was?«

Sie hob meine Hand von ihrem Bein, führte sie mit beiden Händen vor ihr Gesicht, vertiefte sich für eine Weile in ihre Linien und drückte dann ihren langen Daumennagel in die Mitte meiner Handfläche. Ich musste meine Augen schließen, es fühlte sich an, als würde meine Hand in einem heißen Ofen stecken.

»Nur solange ein Spatz auf dieser Hand sitzt«, gab sie zur Antwort.

Ich sah sie an. »Bist du auch Dichterin oder nur Hellseherin?«

Ein kurzer Augenblick, in welchem ein Pfeil aus einem Brunnen emporstieg und meine Stirn durchbohrte: ein Blick aus ihren blaugrauen Augen! – »Der Spatz sitzt in der Falle, mein Lieber!«

Ich stellte mir vor, dass sie keine Analphabetin und kein armes, ungewaschenes Mädchen von der Straße wäre, sondern die Tochter eines der Händlerfreunde meines Vaters, dass ich mich in sie verlieben, sie zu meiner Frau nehmen und sie bis ans Ende meiner Tage lieben würde. »Was heißt das, Mädchen? In welcher Falle?«

Sie blickte wieder auf meine Hand. »Der Spatz auf deiner Hand wird fortfliegen.«

»Du solltest lieber das Schreiben lernen und Gedichte verfassen«, sagte ich, aber sie schien meinen Worten keine Beachtung zu schenken und las unbeirrt in meiner Hand weiter.

»Um deinen Spatz wiederzufinden, wirst du für viele Jahre in der weiten Welt herumirren. Du wirst deine Hand nach ihm ausstrecken, du wirst nach ihm zwitschern, aber …«

»Aber was?«

Sie blickte auf, und der Pfeil aus ihren Augen traf dieses Mal das Gesicht Sultans, dessen Grinsen nun in mein Blickfeld rückte. Dann schoss der scharfe Pfeil in meine Pupillen. Ein himmlisch schöner, aber furchterregender Blick.

»Nimm dich in Acht vor dem, was kommen wird, Agha. Es wird viele Jahre dauern, du wirst deine Jugend hinter dir haben, dann kommst du eines Tages von weit weg hierher zurück.«

»Was heißt hierher?«, fragte ich etwas irritiert.

Sie deutete mit dem Kopf auf den Hof des Mausoleums und sagte: »Hierher oder sonst wo in dieser Stadt … Was weiß ich?«

»Wovon redest du, Mädchen?«, fragte ich verunsichert.

Sultan lachte über meinem Kopf.

»Du wirst dich auf den Boden legen und sehen, ob der Spatz auf deine Hand zurückkommt«, antwortete sie.

Um meine Verlegenheit zu vertuschen, lachte ich mit Sultan mit.

»Wie gnädig von dir, Mädchen!«, höhnte ich. »Du solltest auf dem Basar stehen und den Menschen schöne Märchen erzählen.«

Sie ließ meine Hand los. Ihr Kopf neigte sich auf ihre rechte Schulter, ihr Nomadentschador rutschte herunter und brachte eine schwarze Lockenpracht zum Vorschein, ihre Hände fielen auf ihren Schoß, die schmalen Bögen ihrer Brauen hoben sich, und ihre Augen durchbohrten meine Brust. Nein, diesem Blick war ich nicht gewachsen. Ich versteckte den meinen in einem kleinen Busch mitten in der schwärzesten Nacht, der nichts anderes war als ihr dichtes, langes Haar, und hörte sie nur sagen: »Es wird dir niemals gelingen, so frech zu sein, wie du gern sein würdest, junger Mann. Das sehe ich in deinen Augen. Du kommst aus gutem Hause, aber du solltest dich auch vor deinem inneren Schaitan hüten, er kann Verwüstungen in deiner Seele anrichten. Vergiss nicht, wessen Sohn du bist. So. Was willst du noch von mir wissen?«

Eigentlich wollte ich aufstehen und weglaufen, aber ich flüchtete in die bequeme Albernheit: »Werde ich heiraten? Frau? Kinder? Enkelkinder?«

Sie seufzte, als würde sie mich bedauern, zupfte ihren Tschador zurecht und nahm wieder meine Hand in ihre. »Nein, keine Kinder. Viele Spiele und Irrtümer in jungen Jahren, aber … doch, ja! Eine wahre Liebe im Alter.«

Sultan schlug lachend die Hände auf den Schoß, während meine Gesichtszüge irgendwo zwischen einem verlegenen Grinsen und einem bitteren Lachen erstarrten.

»Bist du immer so gemein, wenn du den Menschen die Hand liest?«, fragte ich.

Sie ließ meine Hand los. »Du willst doch die Wahrheit erfahren, Agha, oder soll ich dich anlügen?«

Ich hörte Sultan über meinem Kopf kichern.

»Nur die Wahrheit, bloß keine Lügen. Lies weiter, bitte!«, sagte ich und drückte meine Hand in ihre. »Ich bin gespannt, was noch alles in meinem lichtlosen Stern steht. Und wenn ich keine Frau finde, die mich heiraten will, dann werde ich dich heiraten. Weißt du? Dich!«

Sie drehte meinen kleinen Finger herum, dass es knackte, dann ließ sie meine Hand los.

»Au!«, jammerte ich. »Das tat richtig weh!«

Sultan schlug erneut voller Lachen die Hände auf den Schoß. Ich sprang auf und sagte zu ihm: »Jetzt bist du dran! Ich bin gespannt, welcher armselige Teufel in deiner Haut steckt!«

Sultan unterdrückte ein freches Lachen. »Und du glaubst daran?«

»Aber sicher. Sie kommt direkt vom lieben Gott dort oben und weiß alles über die Zukunft der Menschheit. Los, setz dich!«

Sultan ließ sich auf dem Stein nieder und gab der Nomadin seine Hand, die sie nur widerwillig nahm, flüchtig ansah und gleich wieder losließ. »Diese Hand kann ich nicht lesen«, sagte sie auf Paschtu.

Sie musste wohl erkannt haben, dass auch Sultan Paschtune war. Sie sprang auf, verhüllte sich in ihrem schwarzen Tschador, nahm mir den Geldschein, den ich ihr hingestreckt hatte, wortlos aus der Hand und verschwand, ohne uns eines Blickes zu würdigen, hinkend und doch flink ins Innere des Mausoleums.

Ich lachte hinter ihr her. Sultan grinste.

4

Am vorletzten Tag unserer Unternehmungen saßen Sultan und ich auf dem Hügel der Herater Burg und ließen unsere Blicke über die Dächer der Stadt schweifen. Die lange Verkehrsachse vor uns, die Nord-Süd-Achse der Altstadt, spaltete sich an dieser Stelle in zwei Einbahnstraßen, die eine Ellipse bildeten. Diese war ein bunter Lustgarten mit grünen Laubbäumen und einem alten Gotteshaus, der ›Moschee an der Burg‹, am rechten Ende. Die Nachmittagssonne wärmte meine Schulterblätter.

Einst war dieser magische Ort ein Knotenpunkt der Seidenstraße gewesen. Und wie seit jeher tobte auf dem Burggelände das Leben. Da fiel mir eine Sage ein, die mein Vater mir über die Entstehung der lang gestreckten Zitadelle erzählt hatte. Ich wandte mich an Sultan und erzählte sie ihm.

In den alten Zeiten, als die Oase Hariva noch sich selbst gehört hatte, stand sie unter der Aufsicht eines Königs namens Schamiran, der nicht im Geringsten besser lebte als sein Volk. Eines Tages saß er mit seinem Sohn auf einem Hügel inmitten der Stadt, der Schmetterlingsberg hieß – nach den vielen weißen Faltern, die dort zu Hause waren. Da flog ein großer weißer Vogel, um dessen Hals sich eine schwarze Schlange gewunden hatte, über ihre Köpfe hinweg. Er schrie und schlug um sich und kämpfte, um die Schlange loszuwerden. Der Königssohn war ein ausgezeichneter Bogenschütze. Er zielte auf die Schlange und ließ sie wie ein schwarzes Seil herunterfallen. Und der Vogel, befreit von seinen Qualen, flog weiter.

Tags darauf saßen Vater und Sohn an derselben Stelle, als derselbe Vogel erneut am Himmel erschien. Er breitete seine Flügel aus, zog immer engere und tiefere Kreise und landete vor ihnen auf einem Stein. Im Schnabel trug er eine hellgrüne Perle, die er dort fallen ließ.

»Lal! Lal! Lal!«, schrie der Vogel laut und flog weiter.

»Was hat er gerufen?«, fragte der Junge.

»Lal ist der Name eines edlen hellrosafarbenen Edelsteins«, antwortete der König. »Er hat dir als Zeichen seiner Dankbarkeit ein Geschenk mitgebracht.«

König Schamiran ging zu dem Stein, nahm das Geschenk des Vogels, roch an ihm und stellte fest, dass es keine Perle, sondern eine Frucht war. »Das ist Wein«, sagt er und legte sie auf die Handfläche seines Sohnes.

»Wahrlich, Vater! So eine große, saftige Traube habe ich noch nicht gesehen. Ich will sie hier säen.«

Der Junge legte die Frucht in eine Grube und ließ sie unter der Erde verschwinden.

Ein Jahr später wuchs dort eine Pflanze, deren Trauben im Geschmack alle anderen Früchte, die in der Oase bisher gewachsen waren, übertrafen. Die saftig süße Traube erhielt von Schamiran den Namen ›Lal‹, und die Menschen pflanzten sie weiter, sowohl in ihren Gärten als auch auf dem weiten Hügelgelände. Als die Perser nach Hariva kamen, waren sie von der Weintraube so angetan, dass sie ihre Körner in ihre Heimat mitnahmen und dort anbauten. Doch Lal war keine Frucht, die auf fremden Böden wachsen wollte.

An einem Spätsommertag im Jahre 330 vor unserer Zeitrechnung erreichte auch Alexander der Große Hariva. Er begeisterte sich für die Oase und fand Gefallen an den Trachten ihrer Bewohner. Von ihnen ließ er sich Keramikschüsseln mit in Buttermilch eingelegten Trauben reichen, und es dauerte nicht lange, bis sich Lal und Buttermilch in seinem Magen zu Wein mischten.

Angetrunken und berauscht ging er auf den höchsten Gipfel am Rand des Gartens, den Schmetterlinge umschwirrten, die untergehende Sonne hinter sich, und sprach zum Volk, das sich um den bewachsenen Traubenhügel versammelt hatte.

»Die Luft in dieser Oase ist rein, das Licht, das beim Auf- und Untergang der Sonne scheint, ist gnädig, und die Früchte … oh, die Früchte!«

Da lachte seine ganze Gefolgschaft, und er fing einen Schmetterling aus der Luft. »Ich sage es euch, Menschen: Ich will, dass hier eine ruhmreiche Stadt aufblüht. Und ich gebe ihr den Namen Alexandria in Aria.«

So geschah es. Doch den Lal-Garten ließ er zerstören, die Falter vertreiben und auf dem Hügel eine Zitadelle erbauen, von der aus er seine weiteren Feldzüge führte – die Arg von Herat, das Wahrzeichen der Stadt, war geboren. In den folgenden Jahrhunderten wurde sie mehrmals zur Ruine gemacht und wieder aufgebaut, eine Verteidigungsanlage bestehender und gleichzeitig Angriffsziel aufkommender Mächte. Wer auch immer sie mit erhobenem Haupt betrat, der verließ sie im Schlussakt seiner glanzvollen Geschichte mit gesenktem, zerschlagenem Kopf als Verlierer.

5

Als wir zurückgekehrt waren und ich mich von Sultan – bei dem meine Geschichte und mein Bemühen, ihn zu unterhalten, wie die Tage zuvor auf offenes Desinteresse gestoßen war – in Schweigen verabschiedet hatte, fand ich meinen Vater im Blumenpark des vorderen Gartens mit zwei Männern an einem Tisch sitzen.

Einer der beiden hieß Jakob Khan – ein jüdischer Geschäftsmann und eine stadtbekannte Ikone. Er hatte ein rundliches Gesicht, trug stets einen schwarzen Hut sowie einen schwarzen Anzug und als Gemeindeführer seiner Volksgruppe widmete er sich ihren Angelegenheiten, insbesondere der Synagoge. Die Beziehung zwischen ihm und meinem Vater war für mich ein Rätsel. Sie stritten hitzig über weltbewegende Themen und provozierten sich gegenseitig. Jakob Khan bezeichnete Hadschi Agha als Hobby-Imam. Und dieser ärgerte ihn dadurch, dass er ihm nahelegte, zum Islam zu konvertieren. Doch zum Schluss klangen sie immer so, als wäre nichts gewesen. Einmal hatte mein Vater zu ihm gesagt: »Der Streit zwischen den Juden und den Muslimen ist ein Streit zwischen zwei Cousinen. Sie müssen sich hassen, sonst sind sie zwei schlechte Cousinen.«

Der andere Mann hieß Radscha Khan, ein reicher Schuhhändler und stadtbekannter Musiker. Im Jahr 1934 hatte er – damals noch ein Geologie-Student – meine Eltern zu dem Heiler in Bombay gebracht. Für gewöhnlich trug Radscha Khan schicke Anzüge, an diesem Abend aber ein gelbes Gewand und einen Turban, der ihn als Hindu zu erkennen gab.

Wie oft, wenn die drei beisammensaßen, ging es um ihre Geschäfte. Mein Vater beschwerte sich über seine sowjetischen Handelspartner und erntete, wie jedes Mal, bei Jakob Khan Zustimmung, während Radscha Khan versuchte zu beschwichtigen.

»Du hast genug Gewinne gemacht, Imam Sahib, du kannst auch mal einen Verlust verkraften«, sagte Radscha Khan. »Die Sowjets verkaufen dir für deine Wolle Mähdrescher, Eggen und Traktoren – Dinge, die unser Land dringend benötigt. Wohl oder übel, Afghanistan braucht diese Großmacht. In unseren Bergen liegen alle Schätze der Welt begraben: Gold, Kupfer, Lithium, Gas, Öl – weiß der Geier, was noch alles. Wer soll sie finden? Wer soll sie abbauen? Der Westen hat daran kein Interesse. Die Russen dagegen schon.«

»Und du findest das gut?«, konterte Jakob Khan. »Was passiert denn schon jetzt mit dem Gas, das wir fördern? Es geht seit Jahren zum Spottpreis an die Sowjets, und die verkaufen es dann weiter nach Europa!«

Jakob Khan war sichtlich erregt, und während er sein schweres Gesäß vom Stuhl hob, richtete er seinen Zeigefinger auf meinen Vater und sagte: »Wenn die Russen herkommen, Hadschi, dann ist das das Ende meiner Geschichte hier!«

»Du hast ein gelobtes Land, wo du hingehen kannst, ich muss zu meiner Mutter auf den Friedhof«, setzte mein Vater entgegen und fügte dann leise hinzu: »Aber in der Tat. Seitdem mir mein goldener Schlüssel abhandengekommen ist, mache ich mir manchmal ähnliche Sorgen.«

Mein Vater war, was alltägliche Dinge anging, etwas vergesslich und fahrig. Ob seine Armbanduhr, seine Lesebrille, irgendein wichtiges Geschäftspapier oder gar sein wertvoller Glücksbringer – immer wieder vermisste er etwas Wichtiges. Sein indischer Pir hatte ihn davor gewarnt, dass der kleine Schlüssel sich gelegentlich vor den Blicken »verstecken« könnte. Daher verließ er sich jedes Mal darauf, dass das verschwundene Erbstück von sich aus wieder auftauchen würde. Tatsächlich war es auch so. Aber beim letzten Mal, im Sommer vor zwei Jahren, war aus dem Versteckspiel Ernst geworden.

An diesem späten Nachmittag, nachdem Jakob Khan und Radscha Khan das Haus verlassen hatten, nutzte ich die Gelegenheit, meinen Vater mit meinen Erlebnissen während der letzten Tage zu konfrontieren. Ich ließ ihn wissen, dass Sultan sich für die Stadt und deren Geschichte kaum interessierte und dass er es nicht gelernt hatte oder sich möglicherweise weigerte, für irgendetwas Dankbarkeit zu zeigen oder sich zu entschuldigen. Hadschi Agha aber meinte, das alles dürfe man dem Jungen nicht übel nehmen. Die Sturheit der beiden, Gol Aghas sowie Sultans, sei ihm selbst längst aufgefallen, aber habe ihn kaum gestört. Warum? Nächstenliebe sei eine Tugend, die sich nicht davon beeinflussen lassen dürfe, ob jemand dankbar sei oder nicht.

Vater meinte, der letzte Vorfall zwischen Sultan und mir sei kein guter Schluss für unsere gemeinsamen Unternehmungen. Also nahm ich mir seinen Vorschlag zu Herzen und holte Sultan am nächsten Vormittag von seinem Zimmer im Gästehaus ab.

Es war der letzte Freitag im Winter, aber das Wetter war angenehm warm, und die Natur trug bereits das bunte, prachtvolle Gewand des Frühlings. Ich hatte Lust zu wandern.

Zur Mittagszeit befanden wir uns in einem Gebirge nordöstlich der Stadt, in dem mein Vater sich, wie mir aus seinen Erzählungen bekannt war, in seiner Jugend viel herumgetrieben hatte. Sultans offenkundiges Schweigen brachte mich ins Grübeln. Bei unserer gemeinsamen Jagd nach dem Mädchen im jüdischen Viertel hatte er mir gezeigt, dass er durchaus offen und frech sein, ja sogar lügen konnte. Wenn es also keine Schüchternheit oder Unsicherheit war, die ihn daran hinderte, zu mir offen und herzlich zu sein, was war es dann?

Ich schlug ihm vor, uns für einige Minuten auf einer Bergkuppe auszuruhen. Wir setzten uns. Ich deutete auf die vor uns liegende Gegend und sprach aus, was ich darüber zu berichten wusste: »Irgendwo, auf einer dieser Bergkuppen muss noch im zehnten Jahrhundert nach Christus ein alter Feuertempel der Anhänger Zarathustra gestanden haben.«

Es war eine der seltenen Informationen, zu denen mir Sultan eine Frage stellte: »Was meinst du? Glaubst du, dass es in Afghanistan noch Anhänger des Propheten Zarathustras gibt?«

»Nein«, antwortete ich. »Im Iran und in Indien schon. Aber hier bei uns?« Ich schüttelte den Kopf. »Ich glaube kaum.«

»Die Araber haben nur kraft ihres Schwertes ihre Religion bei uns verbreitet.«

Verwundert über Sultans plötzliche Redseligkeit stimmte ich ihm zu, weil er auf eine historische Tatsache anspielte, die auch Hadschi Agha bedauerte. Dieser hatte sich dazu einmal mit den Worten geäußert: »Es ist immer bedenklich, für die Durchsetzung einer guten Sache Böses anzuwenden.«

Ich steckte meine Hand in die kleine Stofftasche, die ich geschultert hatte, um eine Tüte mit Pistazien herauszuholen. In diesem Moment ertönte in der Ferne die Stimme meines Vaters aus den Lautsprechern der Freitagsmoschee: »Allah Akbar, Allah Akbar ...«

Da deutete Sultan auf die Türme der Moschee in der Stadt und sagte: »Das ist das, was uns von diesen primitiven Arabern geblieben ist.«

»Was meinst du?«, fragte ich etwas gereizt.

»Das Wiehern der Esel.«

»Pass auf, was du sagst, Sultan. Das ist mein Vater.«

»Dein Vater?«

Mit einem Seufzen brachte ich ein leises »Ja« hervor.

Ich blickte in das grüne Tal voller bunter Blumen und weißer Schmetterlinge vor uns hinab, das mir nun ewig tief und ewig schwarz erschien, und mir schnürte etwas die Kehle zu. Ich hätte Sultan sagen können, dass mein Vater, wenn er vorbetete und predigte, Menschen zu Toleranz und Offenheit für Fortschritt ermutigte. Doch stattdessen stand ich auf. Unwillkürlich. Ich schloss die Augen, drückte meine Lider fest zu und ließ mich für eine Weile von der vertrauten Stimme meines Vaters tragen. Dieser trug die arabischen Verse wie einen Gesang vor, und seine Stimme klang in der weiten Berglandschaft mächtiger und schöner als anderswo. Dann öffnete ich meine Augen und sah das grüne Tal wieder vor mir, bestückt mit violetten und gelben Veilchen, Anemonen und Narzissen.

Wir gingen den Berg hinunter, ohne ein Wort zu wechseln. Bis zur Straße mussten wir noch einen weiteren Berg hinaufsteigen und ein weiteres langes Tal passieren. Und während wir schweigend, mal im Abstand voneinander, mal Schulter an Schulter, in Richtung der Straße schritten, kam ich ins Grübeln: ›Wer ist dieser Junge neben dir? Er lacht selten, er grinst oft, und sein Grinsen missfällt dir; seine Blicke, seine Stille machen dich krank. Was weißt du von seinen Gefühlen und Gedanken? Warum tut Hadschi Agha dir an, dass du diesen Jungen bestechen musst, um seine Freundschaft und seine Zufriedenheit zu erlangen?‹

Es waren dieselben Fragen, die mir zum wiederholten Mal durch den Kopf gingen. Und ich musste mich damit trösten, dass es vorerst der letzte Tag war, den ich mit Sultan zu verbringen hatte.

Teil drei

1

In der Jugend eines jeden Menschen gibt es, wenn er im Alter auf sie zurückblickt, eine Phase, die er als die aufregendste bezeichnen mag. In meinem Fall waren dies die Jahre am Gymnasium in Herat. Erinnerungsbilder aus dieser Zeit erscheinen mir wie Inseln des Friedens im Herzen eines tiefblauen Himmels – bunte Farben, Lichter und Schatten, Bilder eines kleinen Paradieses, welches nun im dichten Dunst der Zeit verborgen liegt. Ich kann diese Bilder auf der ›Bühne‹ zwischen mir und dem Teppich meiner Mutter im Werden und Geschehen betrachten, sobald ich meine Augen wieder öffne. Und ich kann es nicht verhindern: Tränen rollen wie Perlen auf den Zauberteppich meiner verlorenen Kindheit.

Wenn ich heute an all die Erlebnisse meiner jungen Jahre zurückdenke, so bunt und berauschend, sehe ich auch die Bühne, auf der sich jenes Fest abgespielt hat. An warmen Nachmittagen stürmten junge Menschen aus allen Richtungen in die Schahr-e Nau, die Neustadt, und erfüllten dort alles mit Leben. Cafés mit Terrassen, aus denen laute indische, afghanische und iranische Musik erklang, bunt gestrichene Hotels, Läden voll frischem Obst und Gemüse, Apotheken, Buchläden, schicke Kleidergeschäfte, das Theater, ein prächtiges Kinogelände mitten in einem großen Garten östlich des Stadtparks, ein großes Mädchen-Gymnasium am westlichen Ende der Neustadt, das meine Schwester Malalay besuchte, eine große Stadtbücherei im Kulturzentrum, Touristenattraktionen und vieles mehr waren in diesem Viertel beheimatet.

Bunte, schicke Gadies, das waren Kutschen, welche von einem Pferd gezogen wurden, rollten auf dem Asphalt und machten dabei rhythmische Geräusche. Hippies mit langen, ungewaschenen Haaren – allesamt blonde Männer und Frauen in leichten Kleidern oder in afghanischen Trachten – waren an jeder Straßenecke zu sehen. Wenn sie einmal in Herat angekommen waren, dann fiel es ihnen nicht leicht, die Stadt wieder zu verlassen. Sie saßen im Park auf den Bänken, in den Gärten, auf den Wiesen im Schatten der Laubbäume oder am großen Brunnen, rauchten Haschisch, tranken Tee oder Wein und aßen frisch gegrillten Kebab. Einheimische Hippies begleiteten sie, zeigten ihnen historische Orte, nahmen sie mit zu den Konzerten und ließen sie in ihren Häusern übernachten.

Der Neustadt-Park, der beim Kreisverkehr vor dem Kino begann und an einem großen Platz mit Cafés und Geschäften endete, galt als das Herzstück der Schahr-e Nau. Insbesondere an den Nachmittagen in den warmen Jahreszeiten war hier viel los. Dichter und solche, die Gedichte liebten, Junge und Alte, saßen auf dem Gras im Kreis und führten eine Art ›Krieg der Gedichte‹. Jeder musste ein Gedicht aufsagen, das mit dem Buchstaben begann, mit dem das vorige geendet hatte. Und jedes Mal, wenn Tante Sanawbar dabei war, gewann sie die Schlacht der Gedichte und erntete die Bewunderung aller. Handlungsreisende aus fernen Orten ruhten sich hier und da aus. Politisch interessierte Schüler, Studenten und Intellektuelle standen in Gruppen und führten Diskussionen. Zauberkünstler begeisterten Kinder. Ayyars und Kakes waren in ihren aufwendig gestalteten Gewändern und langen, breit gefalteten Schals und Turbanen unterwegs. Junge Frauen gingen nicht nur mit Familie, sondern hier und da auch allein spazieren. Reizvoll angezogene unter ihnen ernteten bewundernde Blicke. All dies gehörte zu jener unverwechselbaren afghanischen Idylle der Sechziger- und Siebzigerjahre, die süchtig machte und ein Gefühl der Unvergänglichkeit hervorrief.

2

An meine ersten Tage am Gymnasium, dem Lycée Dschami, erinnere ich mich, als wäre es vorgestern. Der Schulhof war viereckig und großzügig angelegt. In der Mitte schmückte ihn ein ebenso viereckiger, großer Garten, aus dem Gerüche von aller Art Blumen und Gemüse ausgingen. Die Klassenzimmer befanden sich rund um den Hof, die Räume der Schulleitung an der Nordseite des Gebäudes.

Auf Anweisung des Direktors versammelten sich alle Neulinge auf dem Hof hinter dem Kantinenbereich. Dann betraten der stellvertretende Schulleiter und einige Lehrer eine Holzbühne, die dort in einer Ecke aufgebaut war. Unsere Namen wurden aus einer langen Liste vorgelesen, und wir wurden zu je dreißig in insgesamt fünf Klassen aufgeteilt. Ich zitterte die ganze Zeit und betete zu Gott, nicht mit Sultan in dasselbe Klassenzimmer geschickt zu werden. Er stand in der Reihe hinter mir und wurde kurz nach mir aufgerufen. Und später schritt er Schulter an Schulter mit mir zu den Zimmern der siebten Klassen.

Meine Klasse, die Sieben B, war in der Nähe des Verwaltungstrakts untergebracht, wo es etwas ruhiger war. Im Klassenzimmer standen in drei Reihen Tische und Bänke für je zwei Personen. Ich beeilte mich, erwischte einen Platz am Fenster, und schon erschien das grinsende Gesicht von Sultan neben mir. »Ein guter Platz«, sagte er und setzte sich neben mich.

»Ja, wenn es einem langweilig wird, dann kann man nach draußen gucken«, murmelte ich.

Ich sah, wie die Schüler ihre Bänke aussuchten. Einige wirkten selbstbewusst und stürmten auf Plätze, die ihnen ideal erschienen, andere waren unsicher und zögerlich. An der Art, wie sie angezogen waren, und an ihren Haarschnitten konnte ich erkennen, aus welchen Verhältnissen sie stammten. Der Großteil von ihnen schien aus der Stadt zu kommen. Einige, die alte Hosen und Hemden trugen oder gar in Nationalkleidern und mit Dorfmützen erschienen, ließen leicht erkennen, dass sie aus den umliegenden Orten kamen. Ich blickte mich um und konnte außer Sultan nur ein bekanntes Gesicht ausmachen. Qadir, den ich vom Sehen her kannte, war der jüngere Bruder von Kabir Khan und wie dieser ein Enkelsohn des ermordeten Lehrers Homayun Khan Dschikani.

Der Lehrer, der uns in den Raum geführt hatte, stellte sich uns als Schir Agha Khan vor. Er sagte, er sei unser Klassenlehrer und würde uns in Mathematik unterrichten. Ich schätzte sein Alter auf Ende fünfzig. Er trug einen grauen Anzug und einen schwarzen Karakol-Hut, was gut zu seinen grauen Haaren und dem Bart passte. Er wirkte lebendig, hatte eine warmherzige Art und trug stets ein latent ironisches Lächeln auf den Lippen.

Während er sich vorstellte, schritt er durch den Mittelgang und nahm plötzlich, als er die hinterste Reihe erreicht hatte, dem Schüler neben sich den straff gewickelten Hutturban ab und forderte ihn auf, sich vor die Klasse zu stellen. Es war ein groß gewachsener Junge mit einem länglichen, fleischigen Gesicht. Er ging in seinem braunen Umhang und Gummisandalen nach vorne und stellte sich mit erhobenem Kopf vor uns. Seine stolze Haltung erinnerte mich an unseren Hahn.

»Wie heißt du?«, fragte Schir Agha Khan, während er sich auf ihn zubewegte.

»Mein Name ist Sakandar, Ustad!«

»Und was ist das hier?«

Er hob die Kopfbedeckung des Schülers hoch, woraufhin die ganze Klasse lachte. Dies schien Sakandar jedoch eher zu schmeicheln als zu verunsichern. Der Turban bestand aus einem feinen weißen Stoff, welcher derart um einen festen, runden Hut gewickelt war, dass sein eines Ende bis zum Boden hing, während das andere sich wie eine Hahnenkrone aus der Mitte des Knäuels emporhob.

»Das hier ist der Nabel der Erde, Ustad. Darf ich?«

Er streckte seine Hand nach Schir Agha Khan aus, um ihm den Turban aus der Hand zu nehmen.

»Bitte.«

Sakandar steckte seine rechte Hand in die Kopfbedeckung, hob sie hoch über seinen Kopf, und auf einmal begann der schwere Hutturban sich zu drehen. Wir lachten begeistert. Was jetzt folgte, war pure Zauberei. Der Stoff um den Hut entfaltete sich, flatterte dabei in feinen Wellen und formte sich wie ein kleines Schneewölkchen über Sakandars Kopf. Und dann flogen schneeweiße Schmetterlinge aus dem Wölkchen zur Tür hinaus, gefolgt von einer Schar gelber Wespen.

Sakandar bekam Applaus. Schir Agha Khan ließ ihn zu seinem Platz zurückgehen, aber seine Kopfbedeckung durfte er nicht mehr aufsetzen. Schließlich klopfte Schir Agha Khan auf seinen Tisch und fragte uns, wer denn gerne Klassensprecher werden würde. Keiner meldete sich.

»Oh«, seufzte er. »In was für einem friedlichen Land wir doch leben! Keiner will hier König sein!«

Wir lachten. Er wiederholte die Frage und wollte wissen, wer von uns in der Grundschule schon einmal Klassensprecher gewesen wäre. Wieder meldete sich keiner.

»Wer von euch hat mit der besten Note die Grundschule abgeschlossen? Wer hat in allen Fächern die Note zehn bekommen?«

Ein Finger hob sich aus der allerletzten Reihe.

»Steh auf«, rief er dem Jungen zu.

Der Junge stand auf. Er war klein, hatte ein rundes Gesicht und trug ein weites grünes Sakko, das nicht zu seiner engen, gelben Hose passte. Schir Agha Khans Blick flog durch den Raum, bevor er zu dem Stehenden zurückkam. »Wie heißt du?«

»Burhan.«

Burhan war ein typischer dörflicher Name. Das spöttische Lächeln, das auf dem Gesicht des Lehrers erschien, galt jedoch nicht ihm, sondern dem Rest der Klasse. »Und? Was haben wir für Noten? Was haben alle anderen? Sechs? Fünf? Oder dreieinhalb?«

Diesen Spott konnte ich nicht ertragen, also zögerte ich nicht länger und erhob meinen Zeigefinger. »Auch ich habe bisher nur lauter Zehnen gehabt«, sagte ich und stand auf.

Schir Agha Khan schickte sein Lächeln mit einem leichten Kopfschütteln in meine Richtung und ließ mit gekreuzten Armen seinen Blick erneut über die Köpfe schweifen. Dann kratzte er an seinem grauen Haar und sagte: »Da haben wir es. Zwei Könige in einem Land. Da kann ja ein richtiger Buskaschi-Wettkampf losgehen!«

Die Jungen lachten. Ich setzte mich wieder hin.

»Ne, ne, ne, ne! Steh wieder auf! Steh auf! Yallah!«

Ich folgte ihm, und die Klasse war amüsiert.

»Wer von euch beiden hat Erfahrung? Wer hat bereits einen Staat geführt, ohne ihn bankrott zu machen? Du vielleicht? Oder warst du immer der Feigling, der die Schuhe putzt, während die anderen in den Morast rennen?«

Da erhob ich meine Stimme: »Buskaschi spielen oder einen Staat führen, sind nicht meine Sache, Ustad. In den Morast will ich auch nicht rennen. Und Klassensprecher war ich auch noch nie.«

Alle lachten. Schir Agha Khan drückte seine Hand gegen seinen etwas gewölbten Bauch und sagte: »Komm her, mein Junge.«

Ich zupfte meinen schwarzen Kaschmiranzug zurecht und stellte mich vor die Klasse. Der Junge aus der letzten Reihe setzte sich.

»Stell dich vor.«

»Mein Name ist … Schaer.«

»Schaer?«, fragte Schir Agha Khan verwundert, und alle lachten.

»Ja«, sagte ich und verbarg meine Unsicherheit hinter einem koketten Lächeln.

»Und? Bist du ein Dichter?«

»Nein. Das nicht. Ich bin eher … ein Mathematiker.«

»Mathematiker?«

Die Klasse lachte wieder.

»Ausgezeichnet!«, lobte der Lehrer und stellte mir unvermittelt eine Rechenaufgabe: »Neun mal neun, mal neun. Und das Ganze plus zweihundertsiebzig. Wie viel ergibt das?«

Ich schloss die Augen, sah die Aufgabe in geschriebener Form auf einer schwarzen Tafel vor mir und in wenigen Sekunden löste ich sie: »Neunhundertneunundneunzig.« Ich öffnete meine Augen.

»Schahbasch!«, rief der Mathematiklehrer. »Applaus!«

Es wurde applaudiert.

»Und wie heißt du weiter?«

»Dschikani.«

»Kommst du aus Dschikan?«

»Nein.«

»Aus der Schahr-e Nau?«

»Nein. Ich … Ich komme aus … Scharif-Abad.«

Ich hoffte, dass er sich damit zufriedengeben würde, aber er sah mich neugierig an und fragte weiter: »Wessen Sohn bist du?«

»Dschikani ist mein Familienname, Ustad«, antwortete ich in leisem Ton und sah ihn mit einem Blick an, der sagte: ›Schonen Sie mich, Herr Lehrer!‹

»Bist du nicht der Bruder von Aman? Und von Asis?«

»Ja, Ustad. Der eine geht in die neunte Klasse, der andere in die zwölfte.«

»Ich weiß, wer du bist«, sagte er lächelnd und kopfnickend. »Von drei Brüdern sollte doch wenigstens einer einmal Klassensprecher sein. Oder?«

»Wie Sie meinen, Ustad.«

Er wandte sich an die Klasse und sagte: »Die Wahl ist getroffen. Applaus!«

Er schickte einen der beiden Jungen aus der ersten Schulbank zu meinem leeren Platz am Fenster und verwies mich auf die erste Bank. »Setz dich!«

Ich nahm Platz und war von nun an ein ganzes Stück von Sultan entfernt.

DIE PAUSE AN diesem ersten Tag war ungewöhnlich lang. Als die Schulglocke ertönte, eilte ich zur Toilette am anderen Ende des Hofes, nicht weil ich musste, sondern um Sultans Gesellschaft zu entgehen. Als ich zurück in den Hof kam, erlebte ich eine große Überraschung: Die halbe Schule hatte sich auf der gegenüberliegenden Seite, genau auf dem Platz, wo vorher die Neueingeschulten zusammengekommen waren, in einem weiten Halbkreis um einen Schüler versammelt, der eine Rede hielt.

Ich drängte mich vorsichtig nach vorn. Der Junge trug eine schwarze Hose und ein weißes Hemd, hatte kurz geschnittenes Haar, einen feinen Schnurrbart, überaus lebendige Augen, in denen sich Zorn und Fröhlichkeit paarten, und sprach mit geballter Faust von einer Diktatur, die seit dem Beginn der Dreißigerjahre die Macht am Hindukusch innehatte. Ich sah mich um und merkte erst jetzt, wer links neben mir stand. Es war Qadir, der jüngere Bruder von Kabir Khan. Unsere Blicke trafen sich, und wir grüßten uns. »Du bist der Sohn von Hadschi Scharif Khan, nicht wahr?«, fragte er.

»Ja. Und du bist der Bruder von Kabir Khan.«

»Ja, bin ich«, antwortete er stolz und schmeichelte: »Ich finde es gut, dass du unser Klassensprecher geworden bist. Diese Jungs hier sind auch aus Dschikan.«

Er sagte »auch aus Dschikan«, obwohl er und seine Familie schon längst nicht mehr in Dschikan wohnten. Ich grüßte auch die drei anderen aus meiner Klasse, die dicht neben ihm standen.

»Eine Revolution ohne uns Dschikanis wäre doch gar nicht möglich«, sagte Qadir stolz. Ich nickte und lächelte verlegen.

Ich ließ meinen Blick durch die Schülermenge wandern, suchte meinen Bruder Aman, fand ihn aber nicht. Dafür sah ich Asis, was mich überraschte. Mein ältester Bruder, der unseren Vater über den ganzen Winter zur Arbeit sowie in die Moschee begleitet hatte, stand in der ersten Reihe.

Der Redner sprach nun über die afghanische Verfassung und bezeichnete die liberalen Verhältnisse, welche sie hervorgebracht hatte, als »Scheindemokratie«. Heftigen Applaus bekam er immer dann, wenn er den Namen Mahmudi über die Lippen brachte und ihn als Märtyrer pries. Da klatschte auch ich mit vollem Herzen mit. Durch unseren Vater wusste ich einiges über den großen Mann aus der Mitte des Volkes, der im Jahre 1962, nach zehn Jahren Haft, im Gefängnis gestorben war. Hadschi Agha hatte den Arzt Mahmudi persönlich kennen- und schätzen gelernt, als dieser Anfang der Vierzigerjahre in Herat gearbeitet hatte. Der Doktor hatte, wie bereits zuvor in Kabul, vornehmlich und kostenfrei die Ärmsten der Gesellschaft behandelt.

»Kennst du den Genossen Karim?«, hörte ich Qadir mich fragen.

»Nein«, antwortete ich kleinlaut.

»Er und Genosse Ghulam kommen oft zu uns.«

Mir wurde klar, dass Qadir mit dem Genossen Karim nur den Redner meinen konnte, und ich schwieg. Mir fiel ein, dass meine Brüder und Malalay sich einmal über einen gewissen Karim den Kleinen unterhalten hatten. Aman hatte gemeint, der Junge sei ein Zauberer, und Malalay hatte hinzugefügt: »Seine Schwester geht mit mir in dieselbe Klasse. Sie ist auch eine große Rednerin.«

»Ist das Karim der Kleine?«, fragte ich Qadir.

Er warf einen spöttischen Blick auf meinen schicken Anzug und lachte. »Diesen Namen hat ihm die Regierung verpasst, um ihn klein zu machen.«

Ich schwieg, und in mir wuchs das Gefühl, dass ich mich vor Qadir in Acht nehmen sollte.

Karim beendete seine Rede unter Beifall. Da erhob sich eine Stimme ganz anderer Tonart, eine gefühlsbeladene, die mir zudem nicht unbekannt war, und sagte ein kurzes Gedicht auf:

»Den Weg der Roten will ich gehen
Hoch die Fahne der Revolution
Zypresse bin ich, Adler schon
Auf seinen Schwingen mein Name weht
Zu sterben dann im Morgenrot!«

Es wurde geklatscht. Ich neigte mich nach links, um zu sehen, wer es war.

»Den musst du aber kennen«, sagte Qadir.

»Ja, den kenne ich ziemlich gut«, erwiderte ich und lachte kurz.

Aman, der sich nie für Gedichte interessiert hatte, wusste jetzt eins vor der versammelten Schule aufzusagen. Er wollte wie ein Adler leben und aufrecht wie eine Zypresse dem Tod entgegensehen. Oh, Bruder! Was hatte Amin mit dir angestellt?

Jetzt rief Aman auch noch eine Parole aus: »Es leben die Arbeiter, die Bauern und die Nationalbourgeoisie Afghanistans!«

Alle riefen ihm im Chor nach: »Sanda bád, es lebe!«

Ich rief mit und dachte dabei nur an meinen Vater, den Bauern von gestern und Nationalhändler von heute. Dass er lange lebte, lag mir sehr am Herzen.

Nach diesem ersten Schultag wurde ich bei einem Spaziergang durch unseren vorderen Garten auf eine kleine Zeitung mit dem Titel ›Schula-i Dschawid‹ aufmerksam, die neben dem Eingang der Gartentoilette auf dem Boden lag. Daraus schloss ich, dass sie Aman gehörte. Er selbst musste gerade über der Kotgrube sitzen. Ich hob die Zeitung auf und setzte mich mit dem Rücken zur Toilettentür auf eine Bank. Ich hielt zum ersten Mal eine afghanische revolutionäre Zeitung in der Hand und begann, darin zu blättern. Ein symbolträchtiges Gedicht weckte meine Aufmerksamkeit: »Ein roter Wind weht rund um die Erdkugel. Er trägt die Asche einer ermordeten Rose mit sich, verstreut sie überall, und wo die Asche auf die Erde trifft, wachsen grüne Zypressen empor.«

Es erinnerte mich an das Gedicht meines Bruders in der Schulpause. Ich las das Gedicht laut, damit er mich hören konnte, und kommentierte dann: »In unserer Schule gibt es sicher auch einige Rosen, aus deren Asche gerne grüne Zypressen wachsen würden. Die Frage ist nur, ob der Wind an ihre Asche je herankommt.«

Mit Sprüchen dieser Art wollte ich Aman ärgern, als sich plötzlich von hinten zwei Hände auf meine Augen legten.

»Oh, wie fein sich die Hände eines Revolutionssoldaten doch anfühlen können«, sagte ich. Ich hörte Malalay lachen, und sie zog ihre

Hände zurück. Es war also meine Schwester, die auf der Toilette gesessen hatte. Sie nahm mir die Zeitung weg.

Malalay war zu dieser Zeit etwa sechzehn Jahre alt. Sie war schlank, vielleicht nicht sonderlich schön, aber angesichts ihrer klugen braunen Augen, die zu einem auch dann sprachen, wenn sie nichts sagte, ihrer schönen Hände und Finger, die fantastische Formen in der Luft zeichneten, wenn sie sprach, sah sie entzückend aus. Den Kopf schüttelnd, mich anlächelnd und spielerisch langsam rückwärts schlendernd, der Blumengarten hinter ihrem Rücken, entfernte sie sich von mir; und der Wind, der durch ihren roten Rock fuhr, ließ sie mir als die schönste aller blühenden Pflanzen, eine lebendige Rose im Wind, erscheinen.

Ich blieb auf der Bank sitzen, es schien mir, dass die Welt sich über Nacht verändert hatte, und es fiel mir nicht leicht, mich darin wiederzufinden. Politik und revolutionäre Atmosphäre waren nicht meine Welt, ich hatte mir meinen ersten Tag am Gymnasium wirklich anders vorgestellt. Ich schloss meine Augen und ließ das Haupt sinken.

Ich brauchte Rat. Von meinem Vater wusste ich, dass es Menschen gab, die in der Lage waren, verstorbene Geister hervorzurufen. Er selbst hatte manchmal, wenn er einen Rat gebraucht hatte, mit geschlossenen Augen den Geist Osman Khan gerufen, woraufhin dieser ihm erschienen wäre. Auch ich hatte einige Male versucht, mit dem Geist des alten Gemüsehändlers zu kommunizieren, so sehr hatten mich die Beschreibungen und Erzählungen meines Vaters auf ihn neugierig gemacht. Aber vergeblich. Ich hatte ihn zwar vor mir gesehen, aber zu mir gesprochen hatte er nicht.

Nun erschien das fröhliche Antlitz Osman Khans mit dem spitzen, silberig-schwarzen Bart vor meinem inneren Auge, ohne dass ich nach ihm gerufen hätte.

»Die Zeiten werden sich noch weiter ändern, Sohn des Scharif Khan«, sprach Osman Khan. »Kämpfe nicht gegen das Rad, solange du es nicht musst, sondern spiele mit ihm! Und ergreife schleunigst die Flucht, wenn du siehst, dass es auf dich zurollt, um dich zu zerquetschen.«

Ich öffnete meine Augen und hob meinen Kopf. In der Ferne schien die Rose von zuvor sich in einen riesigen Schmetterling verwandelt zu haben, der neben einem zweiten seiner Art flog. Dieser war Schahrsad, die nach zwei Jahren Babypause nun wieder zur Schule und mit meiner Schwester in dieselbe Klasse ging. Die Freundinnen, umhüllt von zwei lilafarbenen Tüchern, verschwanden aus meinem Blickfeld hinter einem Gebüsch.

Eine halbe Stunde später saß ich auf dem Maulbeerbaum – betäubt von den massiven Frühlingsdüften, die vom Garten hochstiegen –, und spähte in das sonnige Idyll Malalays. Sie lag auf dem Rücken, während meine Cousine Schahrsad in Wickelrock und einem weißen Unterhemd, aus dessen tiefem Ausschnitt ihr praller Busen hervorquoll, auf dem Bauch lag und ihren Oberkörper auf die Ellbogen stützte.

Sie erzählte: »Meine Mutter sagt immer: ›Nach dem Tod geht der Körper in die Erde und der Geist in den Himmel. Ist das nicht ein handfester Beweis dafür, dass es einen Gott gibt?‹ Und ich habe ihr geantwortet: ›Ja, Nane, andersherum ist es schon rein physikalisch nicht möglich!‹«

Ihr lautes Lachen empörte mein erregtes Glied; getrieben vom Rachegefühl ließ es alle Scheu und alle Hüllen fallen und fühlte sich plötzlich wie ein Schmetterling, der aus seinem Kokon herausfliegt, um im Tal ihres Busens niederzukommen. In einem Guss schickte mein Glied Millionen potenzieller Soldaten der Revolution in den Tod. Dann schlief es wieder ein und mit ihm auch mein Drang nach Rache an ihr. Aber die andere Rache, die an ihrem Ehemann, war damit keineswegs gestillt.

3

Als Klassensprecher der Sieben B bekam ich alle Zügel in die Hand. Jeden Morgen holte ich das Anwesenheitsbuch aus dem Büro des Schulleiters und zu Beginn jeder Stunde las ich laut die Namen vor. Wer mir mit einem »Sahib!« antwortete, der bekam ein Häkchen vor seinen Namen, wer nicht, ein Kreuz. Manch kleiner Kake, der die Schule geschwänzt hatte, schmeichelte mir und bat mich um Gnade, dass ich ein Kreuzchen für ihn setze. Selbst die Lehrer waren bemüht, mit mir, dem Sohn eines Khans, Freundschaft zu schließen.

Sultan traute sich – trotz aller echten und vorgetäuschten Freundlichkeit, die ich ihm entgegenbrachte – immer weniger, mir nahezukommen. Nur Gol Agha Khan, Sultans Onkel und unser Paschtu-Lehrer, schien es einerlei zu sein, wer ich war. Von der ersten Stunde an – es war am dritten Schultag, als er unsere Klasse betrat, sich kurz vorstellte und dann erfuhr, dass ich Sprecher der Klasse war – ignorierte er mich. Er sah mir zwar in die Augen, das tat er bei den anderen auch, sein Blick glich aber einem geschlossenen Buch, aus dem man nichts herauslesen konnte. Die Namen des Anwesenheitsbuches las er lieber selbst in seinem strengen Ton vor.

Ich nahm mir vom ersten Tag an vor, in seinem Fach bestens zu sein. Zum Glück gehörte ich zu den wenigen meiner Klasse, die Paschtu durchschnittlich gut sprechen und schreiben konnten. Mein Vater hatte mir bereits während der Grundschulbesuche Nachhilfe gegeben. Er sprach die Sprache seines Freundes Talib Asis fließend, und er redete mit Gol Agha Khan, wenn sie sich überhaupt einmal über den Weg liefen, ausschließlich auf Paschtu.

Gol Agha achtete auf seine Distanz zu uns wie ein Staatsmann auf die Bügellinien seines Kaschmiranzugs. Wie er sich zu seinen Kollegen verhielt, blieb mir verborgen. Es lag aber auf der Hand, dass keiner Gol Agha mochte und alle ihn fürchteten. Er schien zu wissen, dass die Heratis sich mit seiner Sprache, Paschtu, schwertaten. Nichtsdestotrotz bestand er darauf, dass in seiner Stunde nur Paschtu gesprochen wurde.

UNSERE SCHULE BEFAND sich auf dem besten Wege, sich zu einer Bastion der Maoisten zu entwickeln. Politische Versammlungen in den Pausen verkauften sich als Konkurrenz zu dem »reaktionären« Schulunterricht als Ausflüge in eine gemeinschaftliche Traumwelt, in der sich jeder als Held vorkam. Wandzeitungen hingen überall, Bücher und handschriftlich oder mit Schreibmaschine verfasste Texte waren im Umlauf. Stalinistisch-maoistische Mützen wurden zur Mode.

Die Schula-ies waren überall auf dem Vormarsch und dabei, einen beachtlichen Teil der afghanischen Bildungsschicht für sich zu gewinnen. Gründe für die Beliebtheit der Schula-ies gab es einige. Der wichtigste war wohl, dass an der Spitze der Bewegung die beliebte Ärztefamilie Mahmudi stand. Es gab jedoch auch Gegenströmungen. Nicht nur die Khalquis – die prosowjetischen Kommunisten der Demokratischen Volkspartei – feindeten sie an, sondern auch und vor allem die neu aufkommenden Islamisten.

In diesem politischen Kosmos fand ich bald einen sicheren Platz zwischen den Stühlen – zwischen Ernst und Spiel –, wie mein Vater und nicht zuletzt auch der Geist von Osman Khan mir geraten hatten. Ich jonglierte mit dem Rad des Zeitgeistes und war bemüht, bei der Schulleitung den Eindruck des unpolitischen Sohns eines Khans zu erwecken, während ich mich bei den Revolutionären als ihr Mitläufer ausgab. Letzteres wurde insbesondere dadurch begünstigt, dass auch meine beiden Brüder, der eine mehr, der andere weniger, diesem Lager angehörten. Ich ließ meine Haare kurz schneiden, versteckte alles, was schick und schön war, für spätere Zeiten im Kleiderschrank und setzte, je nach Bedarf, meine schwarze rundliche Mütze auf, die in ihrer Form von den anderen etwas abwich und aus mir keinen Nachahmer des Genossen Stalin machte.

Nur Qadir, der versuchte, in der Klasse den Kopf der Bewegung zu spielen, schien meine Doppelrolle zu durchschauen. Der Kreis um ihn, der zum Schulbeginn auf die Dschikanis begrenzt gewesen war, erweiterte sich von Tag zu Tag. Sein Einfluss wuchs, und er war auf dem besten Wege, mich, den Klassensprecher, abzuhängen. Auch einigen Lehrern gegenüber verhielt er sich respektlos. Sultan versuchte ich weiterhin aus dem Weg zu gehen und ihm seine Unzulänglichkeiten zu verzeihen. Einmal fragte er mich in leicht ironischem Ton, ob ich auch zu den Revolutionären gehören würde.

»Nicht wirklich«, gab ich ihm ehrlich zur Antwort. »Ich höre mir an, was sie sagen, marschiere mit ihnen, um nicht der Feind der Arbeiterklasse zu sein; wenn aber aus dem Spiel einmal Ernst wird, dann nehme ich die Beine in die Hand oder bleibe einfach zu Hause.«

Es war das erste Mal, dass ich ihn herzhaft lachen sah. Er fragte: »Warum?« Und ich antwortete: »Ich werde für die Zeit nach der Revolution gebraucht.«

Sultan schien diese Antwort zu gefallen. Er selbst schien sich zu einem Außenseiter zu entwickeln, ging Qadir und dessen Genossen aus dem Weg, sah zu Boden, wenn er das Klassenzimmer betrat oder verließ, und versuchte, unsichtbar zu bleiben. Das Mitgefühl für ihn, das mein Vater zu Beginn unserer Bekanntschaft in mir erzeugt hatte, war längst verbraucht. Dann aber kam es zu einem Zwischenfall, bei dem ich mich für ihn einsetzen musste.

Wir hatten eine Freistunde, und ich hatte mir vorgenommen, ins Klassenzimmer zu gehen und in meinem Geschichtsbuch zu lesen. Die Tür war geschlossen, aber von innen war lautes Gelächter zu hören. Qadir öffnete mir. Er sah mich grimmig an, wies mich mit der linken Hand, in der er das Paschtu-Buch hielt, auf meinen Platz. Dann verzog er seinen linken Mundwinkel und sprach in einem verzerrten paschtunischen Tonfall: »Eine Unterrichtsklasse ist keine offene Karawanserei. Das sollte auch ein Keftan wissen!«

Keftan, der Klassensprecher, war ich. Alle lachten. Ich lächelte nur und ging zu meinem Platz. Ich merkte, dass hier eine Ein-Mann-Vorführung voll im Gange war, in der Qadir sich über den unbeliebten Gol Agha Khan und die Sprache, die er lehrte, lustig machte.

»Ihr Heratis seid keine echten Afghanen«, sprach er in der Tonart des Paschtu-Lehrers. »Ihr stammt allesamt aus dem Iran. Ihr habt doch noch nie etwas vom Rest des Landes gesehen! Oder kann mir jemand sagen, wo sich der Ort Kharraki befindet? Wer hat von diesem Ort gehört?«

Die Klasse grölte. Der Ausdruck ›Kharaki‹ leitete sich vom Wort ›Khar‹, der Esel, ab und ähnelte dem Namen von Taraki, dem Führer der sowjetnahen Demokratischen Volkspartei. Der Hass auf den Kommunisten, der später einmal Präsident werden und das Land in den ewigen Abgrund führen sollte, war so groß, dass alle sich an Qadirs Vorstellung ergötzten. »Ich bin Vertreter der Demokratischen Volkspartei in Herat«, imitierte er weiter mit krächzender Stimme Gol Agha Khan. »Mein Führer Kharrraki hat mich nach Herat geschickt, um es den Schula-ies in dieser Stadt zu zeigen!« Qadir richtete seinen Blick auf den leeren Platz von Sultan, deutete mit der Hand darauf und fügte hinzu: »Einer von diesen Toilettensalamandern ist mein Neffe. Wo ist er eigentlich?«

»Ihr Neffe treibt sich im Garten beim Tomatenfeld herum«, antwortete jemand und zeigte nach draußen.

›Gehören Gol Agha Khan und Sultan zur Demokratischen Volkspartei?‹, fragte ich mich entsetzt. Ich erinnerte mich an die ablehnende Haltung, die Sultan gegenüber der Religion demonstriert hatte, und mir wurde klar, dass Qadir möglicherweise recht hatte. Mir wurde bange. Von Amin wusste ich, dass die Khalqis mehrheitlich Paschtunen waren. Zwei sowjetfreundliche Kommunisten im Hause meines Vaters? Direkt vor unserer Nase? Das war eine schreckliche Vorstellung.

»Was macht ihr, wenn ihr über der Kotgrube sitzt und einen Salamander auf euch zumarschieren seht?«, fragte Qadir.

»Auf ihn spucken!«, riefen viele im Chor.

»Spucken ist gut«, sagte Qadir. »Aber warum spuckt ihr auf ihn?«

»Wenn du auf einen Klosalamander nicht spuckst, dann spuckt er auf dich, und du wirst blind«, antwortete jemand aus den hinteren Reihen.

Ich hatte genug gehört und sprang auf.

»Genug damit!«, schrie ich Qadir an. »Willst du damit sagen, dass es unter den Schula-ies keine Paschtunen gibt?« Und der Klasse zugewandt fügte ich hinzu: »Wer auch immer Gol Agha Khan ist, lasst bitte die Finger von Sultan! Er ist ein Gast in unserer Stadt und hat mit seinem Onkel nichts zu tun!«

Ich nahm meine Schultasche aus dem Tischfach und wollte das Klassenzimmer verlassen. Aber Qadir rief mich zurück und zeigte mit dem Buch in seiner Hand auf mich.

»Dein Vater hat diesen Verrätern kostenfreies Obdach gegeben. Ist das nicht ein Verrat am afghanischen Volk?«

Ich war bereits an der Tür, drehte mich aber noch einmal um und antwortete ihm mit ausgestrecktem Finger und in leisem, aber festem Ton: »Wenn du noch einmal den Namen meines Vaters in den Mund nimmst, dann wird dein Bruder Kabir dir einmal persönlich die Grenzen aufzeigen müssen. Verstanden? Beim nächsten Mal werde ich dich nicht mehr warnen, sondern handeln!«

EINE HALBE STUNDE später saß ich mit Aman auf einer Bank auf dem Schulhof und hatte ihm bereits von dem Zwischenfall erzählt. Die Glocke läutete zur letzten Schulstunde, und ich sah, wie Sultan sich von der anderen Seite auf den Weg zum Klassenzimmer machte. Mir war nicht danach, zum Unterricht zu gehen. Ich brauchte einen Menschen, mit dem ich reden konnte. Aman schaute mal nach rechts, mal nach links, dann vor sich hin und schien sich für meine Sorge nicht zu interessieren. Es schmerzte mir in der Brust, dass er mir nie eine Geste oder einen Ton der Aufmerksamkeit entgegenbringen konnte, dass er es sich nie anmerken ließ, was er in seinem Herzen für mich empfand.

»Seitdem Sultan und sein Onkel bei uns wohnen, hast du nicht ein einziges Mal mit ihnen geredet, während ich mich immer noch damit plagen muss, dass es dem Jungen hier gut geht«, warf ich ihm vor. »Die Schule hat gerade erst angefangen, und schon ist seinetwegen die halbe Klasse gegen mich. Ich habe keine Lust mehr, in diese Klasse zu gehen.«

»Warum eigentlich?«, konterte er. »Was interessiert dich Sultan? Der Bruder des Genossen Kabir hat recht. Gol Agha ist der Anführer der Khalqis in Herat. Er weiß, dass seine Partei hier in den Schulen keine Anhänger hat. Deshalb ist er auch so verbittert. Eine Universität, an der er politisch aktiv werden könnte, gibt es hier nicht. Es gibt lediglich diese kleine pädagogische Hochschule, wo er seine Leute hat. Die Studenten dort sind größtenteils Paschtunen, die aus der Umgebung von Herat kommen. Und dein Freund Sultan? Er geht jeden Tag zu den Khalqis in ihr Wohnheim. Er ist nicht das Kind von Traurigkeit, für das ihn unser Vater hält. Das musst du doch begreifen. Oder hat Hadschi Agha dich mit seinem jämmerlichen Mitleid für diese Leute angesteckt?«

»Um ehrlich zu sein, ja«, antwortete ich.

»Das sehe ich.«

»Ich mache mir Sorgen um Hadschi Agha, Aman, weil ich nicht sicher bin, dass da oben, wo er gerade steht, sein eigentlicher Platz ist …« – Aman sah mich verblüfft an, aber ich ließ mich nicht bremsen. – »… weil … weil je höher er sich befindet, desto tiefer kann er in die Abgründe hinabblicken. Er gehört nicht da oben hin …«

»Hadschi Agha ist gar nicht mehr so reich, wie du vielleicht denkst«, unterbrach er mich. »Weißt du noch nicht, wie hoch seine Verluste allein in den letzten zwei Jahren waren? Die Russen haben ihn ausbluten lassen …«

»Wen interessiert das?«, unterbrach ich ihn nun meinerseits. »Für die Leute in Herat ist und bleibt er derselbe: Hadschi Scharif Khan Dschikani! Imam Sahib der Freitagsmoschee!«

»Vater ist nichts weiter als ein Nationalhändler«, sagte Aman.

»Verschone bitte meine Ohren mit diesen Begriffen aus deinem chinesischen Büchlein!«, schrie ich ihn an und ließ mich von der Rache in mir treiben: »Du hättest auch lieber deinen Papagei behalten sollen, als selbst ein Papagei zu werden! Erinnere dich, wer du warst! Bis gestern waren nur die Vögel deine Freunde! Dein Name war Aman der Taubenspieler! Jetzt auf einmal bist du Genosse Aman. Ich weiß nicht, wer du in Wahrheit bist.« – Aman erhob sich ein wenig, aber ich schrie ihn nur umso lauter an. – »Setz dich! Sonst schreie ich, dass sich die ganze Schule um uns versammelt.«

Aman senkte seinen Hintern und starrte peinlich berührt vor sich hin.

Ich begann zu schluchzen. »Ich habe … es war vor Kurzem … eine Handleserin getroffen … so eine kleine Nomadin … sie hat mir eine furchtbare Zukunft vorausgesagt. Sie hat gesagt, ich werde nicht heiraten, und hat mir eine Liebe im Alter versprochen. Sie hat mich gewarnt, dass der Spatz …«

Aman kicherte, aber ich ließ mich nicht beirren.

»Ich versuche, sie zu vergessen. Aber sie und ihre Worte lassen mich nicht los … und jedes Mal, wenn ich über ihre Worte nachdenke, erscheint unser Vater vor meinen Augen …«

Ich wollte ihm noch von meiner Begegnung mit der Dichterin Sanawbar berichten, die mir die Geschichte von der verhängnisvollen Freundschaft zwischen dem Schakal und dem Wolfsbaby erzählt hatte, aber Aman unterbrach mich.

»Ich weiß nicht, wer dir all dieses dumme Zeug erzählt hat und seit wann du ans Handlesen glaubst. Natürlich lebt Hadschi Agha in einem Widerspruch, wenn er glaubt, dass aus einer Blume ein Frühling werden kann. Ein gerechter Mensch in einer ungerechten Welt ist immer zum Scheitern verurteilt. Daher muss man erst mal die Welt verändern. Ich kann dir jedenfalls nur davon abraten, Vaters Mitleid für diese Leute zu teilen. Ich würde ihn mit dem, was in der Schule vorgeht, gar nicht erst konfrontieren. Kein Wort mehr über Sultan.« Er stand auf und ging zwei Schritte, blieb dann stehen. »Ich werde morgen mit Qadir reden.«

Ich nickte und war beruhigt. Nicht weil er sich für meine Belange einsetzen wollte, sondern weil es mir gelungen war, zum ersten Mal meinem Bruder die Wahrheit ins Gesicht zu sagen.

An diesem Abend wollte mein Vater nach dem Essen wieder von mir wissen, wie es Sultan ging. Ich schloss die Augen und gab ihm zur Antwort: »Sultan ist kein Schaf, und ich bin nicht sein Hirte, Agha. Verschonen Sie mich künftig mit Fragen über Sultan. Bitte!«

Er nickte, ich ging in mein Zimmer und konnte vor lauter schlechtem Gewissen kaum einschlafen.

AM NÄCHSTEN TAG hatten wir in der ersten Stunde Mathematik. Nach dem Unterricht wandte ich mich an Schir Agha Khan und sagte ihm, dass ich in eine andere Klasse wechseln wolle.

»Was ist passiert?«, fragte er mich.

»Ich komme hier mit einigen Kameraden nicht zurecht.«

Ich erklärte ihm die Situation, in der ich mich befand, er willigte ein und sagte: »Ab jetzt gehst du in die Klasse Sieben E. Ich bin dort ebenfalls Klassenlehrer. Komm, die Pause ist vorbei, du gehst mit mir in deine neue Klasse.«

»Jetzt gleich?«

»Ja, jetzt gleich, wir haben jetzt Mathematikunterricht.«

Der Klassenraum, in den ich meinem Lehrer folgte, befand sich gleich rechts vom hinteren Eingang der Schule. Ich setzte mich auf den einzigen freien Platz am Fenster und war froh, dass ich sowohl Qadir als auch Sultan mit einem Schlag losgeworden war.

4

ES GIBT ERLEBNISSE aus diesem ersten Jahr am Lycée Dschami, an die ich seit meiner Auswanderung aus Afghanistan immer wieder zurückdenke. Und jedes Mal, wenn ich sie mir vor Augen führe, überkommt mich ein Gefühl der Nostalgie. Dazu gehört auch die Demonstration am ersten Mai im Jahre 1969.

Das afghanische Grundgesetz von 1965 hatte in seinem sechzehnten Artikel politische Versammlungen zugelassen, und bereits in den Jahren 1967 und 1968 hatte es auch in Herat kleinere Demonstrationen gegeben. Aber was diese Stadt an jenem internationalen Tag der Arbeit erlebte, war in ihrer bisherigen Geschichte eine Neuheit.

Zu früher Stunde zog unsere Schule unter rot beschriebenen Transparenten in die Schahr-e Now. Wir marschierten durch den Kreisverkehr vor dem Kinogelände, dann durch den Neustadt-Park, der sich wie eine grüne Insel zwischen zwei Straßen erstreckte, und wurden am anderen Ende von einer großen Menschenmenge empfangen. Es waren hauptsächlich Schüler, die sich dort auf dem Platz versammelt hatten. Die Demonstranten hatten den hohen Torbogen am westlichen Eingang des Parks zu einer Tribüne umfunktioniert. Auf ihr stand ein junger Redner, der unter einem riesigen Transparent den Zuhörern die Geschichte des internationalen Tags der Arbeit erzählte.

Ich begab mich unter die Menge und suchte nach mir bekannten Gesichtern. Der Erste, der mir auffiel, war Amin. Der Mechaniker steckte in seiner Arbeitskleidung und führte eine Gruppe mit Ordner-Armbinden über den Platz, darunter seine Gesellen, einige Mechaniker, Handwerker und Ayyars, und gab ihnen Anweisungen. Wir grüßten uns und kamen ins Gespräch. Er erzählte mir von einer Gruppe von etwa hundert Anhängern der Demokratischen Volkspartei, die sich – unter schwarz beschriebenen Transparenten – vor der pädagogischen Hochschule in der Paradiesallee versammelt hätten, um ebenso den ersten Mai zu feiern. »Wir wollen die verdammten Khalqis daran hindern, dass sie in die Stadt kommen«, sagte er.

»Wieso denn? Gilt denn der sechzehnte Artikel des Grundgesetzes nur für die Schula-ies?«, setzte ich entgegen.

»Nicht einmal die Monarchisten würden es schaffen, Afghanistan zugrunde zu richten, schon aber diese Vasallen Russlands oder die Muslimbrüder. Weder die einen noch die anderen haben hier in Herat etwas zu suchen!«, übertönte Amin die lauter werdende Menschenmenge und ging weiter zu seinen Freunden.

Hier und da traf ich einen Kameraden aus meiner alten oder neuen Klasse oder ein Gesicht, das mir bekannt vorkam. In der Nähe der Rednertribüne erkannte ich Said, den Klassenfreund von Aman, der mir vor nicht allzu langer Zeit einmal zwei Gedichtbände geschenkt hatte. Er war der Sohn des Parlamentsabgeordneten Enayat Khan und stand vor einem jungen Mann, den ich bisher nur vom Sehen her kannte, von dem ich aber schon viel gehört hatte. Er war als Ghulam der Schwarze bekannt und zählte in Herat zu den theoretischen Köpfen der maoistischen Schula-ies. Anders als sein Genosse Karim war er überaus aufgeschlossen und unterhaltsam, aber als Redner eher langweilig. Er hatte ein Lächeln aufgelegt, und während er mit der rechten Hand Saids Nacken massierte, zwirbelte er mit seiner Linken seinen langen, drahtfesten Stalin-Schnurrbart. Sein glattes Haar war nach rechts gekämmt, und seine großen Augen kullerten hin und her, als würde er jemanden erwarten.

Ich beobachtete die beiden aus einiger Entfernung und sah, wie Aman mit einem breiten Lächeln und einem dicken Bündel Flugblätter unterm Arm auf sie zuging. Sein kurz geschnittenes Haar steckte unter seiner grünen Kampfmütze, die ihm erstaunlich gut stand. Als Said ihn sah, lachte er und scherzte: »Pass auf, dass du die Geschäftspapiere deines Vaters nicht verlierst!«

Alle drei lachten.

»Wer von euch kann mir beim Verteilen helfen?«, fragte Aman.

Said lachte und scherzte wieder: »Frag doch Hadschi Agha um Hilfe! Er ist auch irgendwo hier.« Wieder lachten alle.

Ich konnte mir nicht vorstellen, dass mein Vater hier sein würde, und zog weiter. Das nächste bekannte Gesicht, auf das ich traf, war ein Mann um die vierzig, der in unserer Stadt als Straßenadler bekannt war.

Der Straßenadler war ein groß gewachsener, stets schwarz gekleideter Verrückter, der von früh bis spät – mit zu beiden Seiten ausgestreckten, sanft schwingenden Armen – durch die Straßen zog. Wenn man ihn aus der Ferne unter den Passanten sah, glaubte man, einen riesigen Adler über den Köpfen fliegen zu sehen. Über seiner Schulter trug er eine Stofftasche, in der er schöne runde Steine von der Straße sammelte. Sein Zuhause war ein Nest aus einer Matratze, einem Kissen und einigen Decken, das er sich auf den kräftigen Ästen eines uralten Baumes hergerichtet hatte. Dafür hatte er sich die schönste Straße der Neustadt ausgesucht. Die schmale, aufwärts verlaufende Allee mit üppigen Bäumen – an der unter anderem die Residenz des Herater Gouverneurs und die Pädagogische Hochschule untergebracht waren – begann an der nordöstlichen Ecke des Neustadtparkes und verlief nordwärts. Ich liebte diese Straße, die ihrer Schönheit wegen von vielen nur Paradiesallee genannt wurde.

Der Straßenadler saß im Schneidersitz und mit gesenktem Kopf mitten auf dem Platz und erweckte mit einem Plakat auf seinem Schoß Aufmerksamkeit, auf dem geschrieben stand: »Tod der Familie Saher!«. Die Parole verstieß gegen das Grundgesetz, das die Bürger zum Respekt gegenüber der königlichen Familie verpflichtete.

Dann kam der Augenblick, an dem Karim den Torbogen hinaufkletterte. Jubel und Beifall brachen aus. Er hob seine geballte Faust gen Himmel und erschien mir dabei dreimal größer als sonst. Er sagte einen revolutionären Vierzeiler auf und begann zu reden. Doch was er sagte, stand im Schatten seiner klaren, gewaltigen Stimme, welche in der Lage war, ein ganzes Volk in emotionale Erregung zu versetzen.

Es war mitten in Karims Rede, als ein lautes Geschrei am östlichen Ende des Parkes die Aufmerksamkeit aller auf sich zog. Amins Truppe, einige Kakes und abenteuerlustige Demonstranten hatten auf dem Kreisverkehr vor dem Kino die Khalqis mit Schlagstöcken und Steinen angegriffen. Wie viele andere auch, lief ich durch den Park in ihre Richtung. Antisowjetische Parolen waren zu hören. Die Khalqis flüchteten zurück in die Paradiesallee. Ihre Transparente wurden niedergerissen. Einige Anhänger wurden erbarmungslos geschlagen und getreten, sie schleppten sich nur mühsam hinter ihrer Gruppe her oder suchten Verstecke im Park.

Es war ein hässlicher Anblick, und da ich ihn nicht ungeschehen machen konnte, eilte ich zur Versammlung zurück. Auf dem Weg wurde ich auf einen Verwundeten aufmerksam. Er hockte im Gebüsch unter dem Schirm eines niedrigen Baumes, den Rücken mir zugewandt. Mit der Hand hielt er sich eine nussgroße Platzwunde am Kopf, die bereits seinen kompletten Ärmel mit Blut durchnässt hatte. Ich erkannte Sultan. Schon wollte ich zu ihm gehen und ihm helfen, hörte aber Qadir von der Straße her schreien: »Wo hat sich unser Toilettensalamander versteckt?« Er und seine Freunde waren mit Schlagstöcken aus Ästen ausgerüstet und standen, dem Park zugewandt, auf der Straße. Aus Angst, sie auf ihn aufmerksam zu machen, ließ ich Sultan bluten und ging weiter.

Am Ende des Parks stand hinter der Rednerbühne mein alter Grundschullehrer Hadschi Baba, die Hände hinter dem Rücken gekreuzt, vor zwei jungen Männern. Während Karim von oben herab von den Doktrinen des sowjetischen Parteichefs Breschnew sprach, durch die sich die Sowjetunion zu einer Expansionsmacht entwickelt hätte, sagte Hadschi Baba zu den beiden: »Warum sollen die Khalqis nicht demonstrieren dürfen? Kann mir das jemand begründen? Wollen wir vernünftige Demokraten sein, die das Land verändern, oder eine Schlägertruppe und Vorboten einer neuen Diktatur?«

Die Demonstranten und Schaulustigen hatten die Form einer halb offenen Zange angenommen, deren Gelenk der Kreis um den Torbogen darstellte und deren Greifbacken links und rechts entlang des Parks bis zur Neustädter Hauptstraße reichten. Dies war Amins Werk, der mit seiner Mütze, einer Trillerpfeifer und einem kleinen Hammer hin und her lief und den Menschen zeigte, dass dies sein Tag war. Wessen Tag sollte es auch sonst gewesen sein? In Herat gab es keine industrielle Arbeiterklasse. Amin – mit seinen wahrscheinlich bewusst schwarz verschmierten Händen und Wangen – vertrat neben anderen Mechanikern oder Handwerkern seiner Art diese Schicht der Gesellschaft.

Ich blickte mich in Richtung der Hauptstraße um und sah aus der Ferne einen Block von schwarz gekleideten Schulmädchen, einige mit, andere ohne Kopftuch und rot beschriebene Transparente schwingend, auf uns zu marschieren. Ich ging quer durch den linken Bogen der Zange, um etwas abseits einen Ort zu finden, von dem aus ich alles besser sehen konnte. Und da sah ich auf einmal meinen Vater. Um sicher zu sein, dass er es wirklich war, rieb ich meine Augen.

Hadschi Agha stand mit Jakob Khan, meinem Bruder Asis und einem anderen Mann dort an der Kreuzung. Dieser war ein Dallal, einer, der zwischen Händlern vermittelte. Wenn ich Vater mit ihm sah, dann wusste ich, dass es um eine geschäftliche Angelegenheit ging. Alle drei trugen Karakol-Hüte und usbekische Seidenmäntel und standen mit dem Rücken zu der Straße, die zur Freitagsmoschee führte und auf der sich die Sicherheitskräfte postiert hatten. Einerseits hatte ich keine Lust, mich ihnen zu zeigen, andererseits war ich neugierig, was Hadschi Agha und sein jüdischer Freund über die

Demonstration zu sagen hatten. Ich näherte mich ihnen in einem Bogen und stellte mich unbemerkt hinter meinen Vater.

Von hier aus betrachtet, erschienen mir die beiden Zangenflügel wie die ausgestreckten Arme von Karim. Dieser sprach jetzt nicht mehr über die Sowjetmacht, sondern über die Unterdrückung der afghanischen Frauen durch das Feudalsystem, sprach über ihre Tapferkeit und erzählte von Malalay, jener jungen Frau, die in der Schlacht von Maiwand gegen die Briten, allen Männern voran, die grüne Flagge der afghanischen Mudschaheddin auf der Schulter getragen hatte. Jubel und Beifall brachen aus. Die Menschen blickten auf die Hauptstraße und freuten sich über den schwarzen Block der laut schreienden Schulmädchen. Aus dem Lautsprecher eines Cafés, aus dem sonst immer indische Musik ertönte, erklang jetzt die Internationale. Karim schrie aus ganzer Kehle und begrüßte die afghanischen »Malalays«. Doch die erste »Malalay«, die in Lila und mit einer roten Flagge auf der Schulter an der Spitze rückwärts schritt, war eine, die wirklich Malalay hieß. Sie war meine Schwester.

»Ist das nicht deine Tochter, Hadschi?«, hörte ich Jakob Khan meinen Vater fragen.

»Ich fürchte, ja. Hätte ich das gewusst, hätte ich ihr den Namen Adschesa gegeben.«

Sie lachten, denn Adschesa bedeutet die Naive und Schwache – in der patriarchalischen Vorstellung ein Name, wie eine Frau eben sein sollte.

Karim breitete seine langen Arme aus – was nichts anderes bedeutete, als dass die Backen der Zange sich weiter öffneten, um den Frauen, die überraschend viele an der Zahl waren, mehr Platz zu machen. Aman, der bisher unter den Männern Flugblätter verteilt hatte, setzte seine Arbeit unter den Mädchen fort.

»Und dein Sohn Aman mischt auch ganz schön fleißig mit«, sprach Jakob Khan weiter.

»Ja, das tut er. Was denkst du, was mein Sohn dort unter den Mädchen sucht?«

Er deutete auf Aman, der ein schamhaftes Lächeln auf den Lippen hatte und zwischen den nun sitzenden Frauen seine Flugblätter verteilte.

»Die Flamme der Revolution, nehme ich an«, antwortete Jakob Khan, und alle lachten.

»Die Flamme der Revolution, oh ja!«, erwiderte mein Vater verschmitzt grinsend und schüttelte den Kopf.

Die Internationale war zu Ende. Karim war auch nicht länger auf der Tribüne zu sehen, und alle warteten gespannt, was als Nächstes geschehen würde. Da kletterte ein großer junger Mann in einer hellgrünen Jacke und mit der Mütze eines Guerillakämpfers den Torbogen hinauf, und großer Jubel und Beifall brachen aus. Mädchen, die saßen, erhoben sich unwillkürlich von ihren Plätzen, die Masse drängte sich dichter nach vorne, Tausende Blicke waren auf den Torbogen gerichtet.

»Der eben hieß Karim. Und wie heißt dieser da?«, fragte Jakob Khan.

»Er heißt Restakhis«, sagte Asis. »Heute ist er hier. Aber eigentlich studiert er in Kabul Literatur.«

»Ein außerordentlich schlauer Kopf«, fügte Vater hinzu. »Ich habe ihn einmal in Kabul reden gehört.«

Auch ich erkannte den Mann wieder. Es war im vorangegangenen Sommer gewesen, als ich noch zur Grundschule ging und ein groß gewachsener, gut aussehender junger Mann, dessen drahtiges, hellbraunes Haar nach hinten gekämmt war, an unserer Klassentür erschienen war. Während er im Flüsterton mit Hadschi Baba gesprochen hatte, waren mir seine lebendigen, großen Augen aufgefallen. Diese und sein voller, schön geformter Schnurrbart gaben ihm die Aura eines herausragenden Dichters und Denkers. Er ähnelte meinem Lehrer, sodass ich zuerst dachte, er sei sein Sohn. Erst im Winter konnte ich ihn richtig einordnen, als Malalay und Aman eines Tages von einem Genossen namens Restakhis schwärmten, der Hadschi Babas Neffe war.

Restakhis, zu dieser Zeit vornehmlich in der Hauptstadt ein bekanntes Gesicht, stand auf dem Torbogen des Neustadt-Parks und kam mir wie eine mächtige, lebendige Statue vor. Anders als sein Vorgänger sprach er nicht von einer Revolution und vermied Parolen. Seine Rede, die immer wieder von Beifall und Jubel unterbrochen wurde, war vielmehr eine Mischung aus lyrischem Zorn und rhetorischer Heiterkeit. Sein Blick glich einem Adler, der mit ausgebreiteten

Schwingen mal über die Hauptstraße flog, mal über dem überfüllten Platz kreiste, und seine mächtige Stimme schien sich mit diesem Blick emporzuschwingen.

Er hielt zwei kleine Gegenstände hoch, die ich von meiner Stelle aus nicht gut erkennen konnte, und rief: »Das hier sind eine Nadel und ein kleines Messer aus Silber. Sie sind Teil der berühmten Sammlung von Fundstücken, die vor Kurzem in Ay Khanom im Norden unseres Landes ausgegraben wurden.«

»Wie kommt er bloß in den Besitz dieser Dinge?«, fragte Jakob Khan meinen Vater.

»Ich frage mich eher, worauf er hinauswill«, antwortete dieser, während er nach oben blickend die Augen mit seiner offenen Hand vor dem Sonnenlicht abschirmte.

»Nun, passen Sie genau auf, worum es mir hier geht«, sprach Restakhis. »Man hat damals, vor über zweitausend Jahren, mit ebendiesen Instrumenten Operationen am menschlichen Körper durchgeführt.«

»Oh ja«, rief mein Vater und lachte.

Dann holte der Redner mit einem Lächeln eine kleine durchsichtige Plastiktüte hervor, hielt sie empor und fuhr fort: »Da drinnen sind auch ein kleines Messer und eine Nadel. Außerdem ein Faden, ein Knopf und ein Nagel – einfachste Dinge, die Menschen für ihr alltägliches Leben benötigen. Was meinen Sie? Sind diese Werkzeuge auch im Norden unseres Landes erzeugt worden? Oder im Osten? Im Süden? Hier in Herat? In Kabul? Oder sonst wo? Woher kommen diese Dinge?«

»Aus dem Iran«, riefen die einen. »Aus Russland«, riefen die anderen, aber die meisten wussten es genauer: »Aus Pakistan.«

»Diese einfachen Werkzeuge werden aus Pakistan importiert. Inklusive der Plastiktüte!«

Die Menge lachte bitter, und er steckte die Dinge wieder in seine Tasche. Es wurde geklatscht, und Restakhis nahm seine Mütze ab, rief mit der Kehle eines Wolfes so mächtig zum Himmel, dass ich glaubte, die Erde unter meinen Füßen beben zu spüren: »Wo warst du, armes afghanisches Volk vor zweitausend Jahren, und wo bist du jetzt?«

Jubel brach aus, und ich sah, dass sogar Jakob Khan in die Hände klatschte.

»Es gibt einige, die uns für Spinner halten oder für Ketzer. Aber ich bitte diese Mitbürger, sich einmal im Kabuler Museum umzusehen. Dort liegen nämlich auch die Reste einer Eisenbahnschiene, die Amanullah Khan in Kabul hatte verlegen lassen.«

Der Name des früheren Reformkönigs löste Jubel und Begeisterung aus.

»Wer spinnt jetzt? Wir? Oder diejenigen, die dieses Land seit vierzig Jahren im Stillstand halten?« Er deutete auf sich, dann mit seiner Mütze auf einzelne Zuhörer. »Wenn nicht ich heute aufstehe, nicht du, Bruder, du, Schwester, und du, mein Vater, dann werden diejenigen sich an die Macht putschen, die aus diesem Volk ein Sklavenvolk der Sowjetmacht machen wollen, und das wollen wir nicht zulassen!«

Wieder Jubel und Beifall. Und von allen Seiten erhoben sich Parolen gegen die Sowjets und ihre afghanischen Anhänger. Der Redner hielt nun eine Schachtel Zigaretten in der einen, eine Streichholzschachtel in der anderen Hand empor und fuhr fort: »Solange die Afghanen zwischen amerikanischen Zigaretten und russischen Streichhölzern leben, bleibt Afghanistan ein gefährliches Pulverfass!« Er fügte noch hinzu, unsere Händler würden diese Streichhölzer gegen Pistazien importieren, und rief: »Welch ein Elend, Bruder, welch ein Elend!«

Damit aber hatte er den Nagel auf den Kopf getroffen. Mein Vater hatte erst vor Kurzem ein solches Geschäft mit den Sowjets gemacht, in der Hoffnung, die Verluste der letzten zwei Jahre auszugleichen.

Nachdem Restakhis zu Ende geredet und der lange Demonstrationszug sich westwärts in Richtung Neustädter Kreuzung in Bewegung gesetzt hatte, wollten mein Vater und seine Begleiter sich in das Café auf der anderen Seite des Platzes begeben, aus dessen Lautsprecher vorher die Internationale ertönt war und jetzt wieder indische Musik klang. Ich ging davon aus, dass mich außer Asis keiner von ihnen gesehen hatte, und wollte mich heimlich davonmachen. Doch da drehte sich mein Vater um und sagte: »Ich muss noch den jungen Mann, der sich wie immer hinter mir versteckt hält, fragen, ob er mit seinem Vater geht oder mit der Revolution.«

Jakob Khan sah ihn mit zusammengekniffenen Augen an und fragte: »Sag mal, ist deine Frau am Ende auch irgendwo auf dieser Demonstration?«

»Nein«, antwortete ich. »Sie hat sich entschuldigt. Sie passt auf meine kleine Schwester auf.«

»Ein deutscher Dichter soll einmal gesagt haben, wer mit neunzehn kein Revolutionär ist, hat kein Herz; wer mit vierzig immer noch ein Revolutionär ist, hat keinen Verstand«, sagte mein Vater. Ich wusste, dass er das von Onkel Naurus hatte. Und er fügte lachend hinzu: »Meine Frau hat diese Grenze bereits überschritten.«

»Und was ist mit dir?«, fragte Jakob Khan mich.

»Ich bin noch knapp darunter.«

Wir lachten. Dann sagte ich zu meinem Vater, dass ich lieber nach Hause gehen wollte.

»Das ist dasselbe, als würdest du mit deinem Vater gehen.«

Vater zwinkerte mir zu. Dann überquerten sie die Kreuzung, und ich steuerte die entgegengesetzte Richtung an.

Ich nahm die Straße, die vom Torbogen zur Freitagsmoschee abging. Ich dachte weiter über meinen Vater nach, der mir immer vollkommen erschienen war, und fragte mich, ob ein vollkommener Mensch, der weise und ausgeglichen wirkt, nicht gerade jemand ist, der viele Gegensätze in sich vereint? Ich erinnerte mich, dass mein Vater, der unterschiedliche Identitäten gelebt hatte, manchmal sagte, er beneide das Glück des schlichten Bauern, der nur seinen Acker und sein Dorf kennt und von dem großen Weltschmerz nichts weiß. Ich dachte über seinen sozialen Aufstieg nach, über seine Geschichte, und fragte mich, warum er mir, einem kleinen Jungen, diese damals erzählt hatte. Ich hatte den Gesprächen mit ihm vieles zu verdanken, aber ich erlaubte mir zum ersten Mal auch kritische Fragen. Hatte Vater etwa meine Neigung zur Nachdenklichkeit und Schwermut mit geprägt, indem er mich seit meiner frühen Kindheit behandelte, als wäre ich schon erwachsen?

Ich hatte mir vorgenommen, nach Hause zu gehen, war aber bei der Freitagsmoschee nach rechts abgebogen und die Straße am Kleidermarkt hinaufmarschiert. Ich fand mich am Fuße der Burg wieder. Dort hatten die Demonstranten auf einem Gartengelände haltgemacht und benutzten nun die Empore der Moschee als ihr Rednerpult. Bald traf ich einen Kreis meiner Klassenkameraden und schloss mich ihnen an. Erst jetzt dachte ich wieder an Sultan und begann mir Vorwürfe zu machen, dass ich nicht in seiner Nähe geblieben war.

SULTAN HATTE SICH in Sicherheit bringen können, aber ein anderer Khalqi war infolge seiner Verletzungen ums Leben gekommen. Die Hänseleien gegen Sultan wurden fortgesetzt und erreichten einen Höhepunkt, als er eines Tages wie ein Tier durch den Gemüsegarten auf dem Schulhof gejagt wurde. Es geschah in der Pause. Ich stand mit einem Buch in der Hand vor einem Regal in der Bibliothek und konnte durch das offene Fenster alles beobachten.

Es waren nicht nur Qadir und seine Freunde, sondern auch viele andere Schüler, die Sultan mit faulen Tomaten bewarfen und von allen Seiten laut riefen: »Toilettensalamander! Toilettensalamander!« Ich rannte aus der Bibliothek auf den Schulhof und suchte Aman. Da sah ich Asis. Er stand allein an einer Ecke, blickte in Richtung des Gartens und schüttelte den Kopf.

»Was soll das, Asis? Wo ist Aman?«

»Was willst du von Aman? Er ist genauso machtlos, das zu verhindern, wie du und ich.«

»Wir müssen doch etwas dagegen unternehmen. Sprich mit Karim. Oder mit Ghulam. Mit anderen aus den höheren Klassen, die du kennst. Das ist doch unmenschlich!«

Er schwieg und schüttelte verzweifelt seinen Kopf. Die Schulglocke kündigte das Ende der Pause an.

Die Hänseleien gegen Sultan gingen weiter, selbst nachdem Ghulam meinem Bruder versprochen hatte, seinen Anhängern zu sagen, sie sollten damit aufhören. Und bald wurde auch ein anderer Schüler mit faulen Tomaten beworfen. Er hieß Kayhan und bekannte sich als Erster in unserer Schule, in unserer Stadt überhaupt, zum Islamismus. Als Anhänger der Teufelsbrüder, so wurden die Islambrüder von ihren Gegnern beschimpft, wurde er ebenso durch den Garten gejagt.

Dieses Verhalten war nicht nur mit dem, was die Schula-ies dem Volk versprachen, nicht zu vereinbaren – das Gegenteil von dem, was die Jungen erreichen wollten, trat ein. Hatte Sultan bisher seine politische Gesinnung versteckt gehalten, wurde aus ihm mit der Zeit ein hartnäckiger Khalqi. Sein Schnurrbart wurde kräftiger, sein Gesichtsausdruck grimmiger und seine Zunge schärfer. Er entwickelte sich zum Oberhaupt einer kleinen Clique, die er und sein Onkel in unserer Schule auf die Beine stellten. Fortan ging er nicht mehr mit gesenktem, sondern mit erhobenem Kopf über den Schulhof.

Wie auch Kayhan. Auch er entwickelte sich zu einem äußerst hartnäckigen Kämpfer für seine Ideologie. Er war der Sohn eines religiösen Gelehrten und bekam in Herat bald den Rufnamen »Baradar-e Schaitan«, der Bruder des Teufels. Auch ihm gelang es, einen kleinen Kreis aus überwiegend religiösen Jungen aus dem Dorf um sich zu scharen.

5

ANFANG JUNI – es war etwa sechs Wochen nach der großen Demonstration am ersten Mai 1969 – ging ich eines Tages mit fünfzehn Minuten Verspätung die Seitenstraße östlich der Schule zum Hintereingang entlang, als ich aus dem Hof Beifall und Jubel hörte. Ich betrat die Schule, und was ich dann am anderen Ende des Hofes vor dem Haupteingang sah, befremdete mich zutiefst: eine Kundgebung mit grün und rot beschriebenen Transparenten, darunter das islamische Kalima und ein Zitat aus dem Koran, welches die Muslime zum Kampf für ihre Rechte aufrief. Den Grund für die Kundgebung erfuhr ich alsbald von einem jungen Mann mit schwarzem Turban, der auf den Rednertisch stieg und zu sprechen begann.

Die Koranschüler von Herat hatten Forderungen an ihre Schulverwaltung gestellt, die unerfüllt geblieben waren. Daher hatten sie sich an die politischen Köpfe der beiden großen Männergymnasien gewandt – an das Lycée Dschami, auf das ich ging, und an das Lycée Sultan – und sie um Unterstützung gebeten. Es handelte sich also um die Protestaktion einer Religionsschule, der sich nun auch unser Gymnasium anschließen wollte. Zu diesem Zeitpunkt konnte sich noch niemand vorstellen, dass der kleine Aufmarsch bald selbst in dem Sturm untergehen würde, den er dabei war zu entfesseln.

In Herat begann ein heißer Sommer. Jeden Tag marschierten wir die breite Straße der Freitagsmoschee hoch zum Neustadt-Park. Vor dem Kinogelände schloss sich uns ein anderer Zug an, der von Osten her, vom Lycée Sultan, kam. Geschlossen ging es dann weiter durch die Neustadt und an der Burg Arg vorbei zur Altstädter Tscharsu, bis der Zug schließlich im Süden am Basar-e Kandahar endete. An jeder Kreuzung machte er für lange Kundgebungen halt. Der bekannteste Redner war Karim. Wo immer er auf die Bühne stieg, wurde er mit Begeisterung empfangen. Seine Stimme eroberte die Köpfe und Herzen, und seine Anweisungen wurden befolgt.

Der Protest wurde mit der Zeit immer stärker und entwickelte sich schließlich zu einer Massenbewegung, sodass es später nicht mehr nur um die kleinen Wünsche eines Korangymnasiums ging, sondern um umfassende soziale und politische Forderungen an den herrschenden König Saher Schah.

Am ersten Juli erreichten die Proteste ihren blutigen Höhepunkt.

Das Polizeihauptquartier befand sich an der Straße zur Freitagsmoschee, auf der Achse, die den Basar-e Khusch mit dem Neustadt-Park verband, und Wand an Wand mit unserem Gymnasium.

Am frühen Morgen, kurz bevor sich unser Demonstrationszug aus der Schule Richtung Stadt in Bewegung setzen konnte, wurde das gesamte Schulgelände von der Polizei eingekesselt. Die Protestanführer, Karim und Ghulam, hatten im Vorfeld erfahren, dass der Staat die Bewegung niederschlagen wollte. Sie waren in ihren afghanischen Nationalkleidern erschienen und auf das Schlimmste vorbereitet. Karim gab Anweisungen, wie wir auf den Haupteingang zustürmen und den Kreis der Sicherheitskräfte durchbrechen sollten.

»Habt Mut, Genossen, draußen wartet das Volk auf uns!«, so beendete er seine Rede auf dem Freigelände und zeigte mit einer ausholenden Bewegung auf den von der Polizei belagerten Ausgang.

Er sollte recht behalten. Denn bevor wir den Ansturm begannen, wurden die Polizeikräfte von einer Menschenmasse auf der Straße angegriffen. Es waren nicht nur Handwerker und Mechaniker, allen voran Amin, die den Sturm aufpeitschten, sondern auch spontane Protestanhänger aus der Bevölkerung.

Ein nie da gewesener langer und breiter Block zog daraufhin durch die Neustadt und dann südwärts in Richtung Altstadt. Bunte Transparente und Schilder schwebten über den Köpfen. Die Zahl der Schüler stand zu der kampfbereiten Menschenmasse, die von überall her zusammengekommen war, in keinem Verhältnis. Ich war erstaunt über die vielen Frauen in der Burka. Später erfuhr ich, dass es meist Schulmädchen waren, die sich verschleiert hatten, um bei einem Angriff von der Polizei verschont zu werden. Und immer wieder sah ich aus der Entfernung einen riesengroßen Adler mit ausgebreiteten Schwingen über den Köpfen hin und her fliegen.

Als der Protestzug auf die Tscharsu zusteuerte, wurde mir mulmig zumute. Gerüchte über einen Angriff der Sicherheitskräfte, an dem sich auch Einheiten der Armee und der Grenzschutzpolizei beteiligen sollten, kursierten. Das Innenministerium in Kabul sollte den Einsatz angeordnet haben. Einige Demonstranten trugen ihre blutigen Hemden an Stöcke gebunden wie Flaggen vor sich her, andere schleppten Stoffbeutel mit sich, die sie unterwegs mit faustgroßen Steinen füllten. Amin und seine Leute fuhren langsam auf Motorrädern nebenher. Doch die große Auseinandersetzung, auf die alle warteten, kam viel schneller, als wir gefürchtet hatten.

Es war zwölf Uhr mittags, als die Demonstration an der Tscharsu von allen vier Seiten eingekesselt wurde. Die abgehenden Straßen der Kreuzung, an die die vier Basare grenzten, wurden auf einmal von Einsatzwagen mit Sicherheitskräften auf den Ladeflächen abgesperrt. Auf unserer Seite, wo die Straße zum Basar-e Malek abging, konnte ich den Polizeichef von Herat mit einem Lautsprecher in seinem Fahrzeug erkennen. Während der Straßenadler mit ausgebreiteten Schwingen und einer großen Tasche voller Steine um die Schulter fröhlich hin und her lief, als wäre sein Festtag, hielt ich verängstigt den Eingang der nächsten Gasse im Blick, die ostwärts in ein Wohnviertel führte, von dem ich wusste, dass es mit seinen vielen Ecken und Gässchen einem Labyrinth glich.

Ich rückte in den Schatten eines Transparents, das von zwei Koranschülern hochgehalten wurde. Darauf stand das islamische Kalima geschrieben. Mein Glaube daran, dass mir im Schutz des Kalimas nichts Schlimmes passieren würde, war so stark, dass ich dort stehen blieb und mich nicht mehr bewegte.

Auf der erhöhten Plattform der Verkehrsinsel in der Mitte der Kreuzung stand und redete mit rauer Stimme Ghulam. Er war ein weniger begnadeter Redner als Karim. Er sprach die Gefühle der Masse mit einem rot befleckten weißen Hemd an, das er hochhielt und schüttelte: »Deine Söhne bluten für dich – das Heldenvolk von Afghanistan!«

Dann war es so weit. Die Sicherheitskräfte kamen von ihren Fahrzeugen herunter. Der Polizeichef stieg ebenso aus, tat drei Schritte nach vorne, hielt den Lautsprecher vor den Mund und erhob entschlossen seine Stimme.

»Achtung, Achtung! Hier spricht die Polizei! Ihre Demonstration ist rechtswidrig. Sie muss sofort beendet werden. Bitte gehen Sie freiwillig auseinander, sonst …«

Alles geschah in Sekunden. Karim kletterte mit einem Lautsprecher bewaffnet auf das Rednerpult, riss dabei seinen Kragen auf und schrie dem Polizeichef entgegen: »Schieß doch! Schlag doch! Du wirst bald den Zorn des Volkes spüren!«

Zeitgleich gingen die Koranschüler mit ihrem Transparent zu dem Polizeipräsidenten hinüber, um ihn inständig zu bitten, dass die Sicherheitskräfte sich doch zurückziehen sollten. Der Polizeichef aber riss das weiße Tuch herunter und trampelte darauf herum.

»Gläubiges Volk von Afghanistan!«, erklang Karims bebende Stimme, während er mit ausgestreckter Hand in unsere Richtung zeigte: »Da drüben tritt der Polizeichef das Kalima ›La ilaha illallah Mohammad al rasulullah‹ mit Füßen!«

Im Nu kam die Masse, »Allah Akbar!« rufend, in Aufruhr. Chaos brach aus, Stoffbeutel wurden ausgeleert, Steine flogen auf die Staatshüter, überall waren Rufe und Schreie zu hören. Ich floh zu der Gasse, deren Eingang ich für keinen Moment aus den Augen gelassen hatte. Doch war ich nicht der Einzige, der Rettung in den verwinkelten Gässchen des Wohnviertels suchte. Jemand traf mich hart mit dem Ellbogen. Dann stieß ich gegen ein Motorrad, das in einem Hauseingang stand. Der Mann, der darauf saß und fahrbereit Gas gab, war kein anderer als Amin. In diesem Augenblick sprang jemand von hinten auf die Maschine auf. Es war Karim in seiner Nationaltracht mit dem zerrissenen Kragen. Da erst wurde mir bewusst, welch wichtige Aufgabe Amin und seinen Ordnern zukam. Die Polizei war seit Tagen hinter Karim her. Ich hatte gehört, dass er sich nach jeder Demonstration eine Burka über den Kopf zog und sich unter die Frauen mischte. Aber das war nur eins der vielen Gerüchte, warum der Staat nicht in der Lage war, ihn in die Fänge zu bekommen. Während Karim einen Turban um seinen Kopf wickelte, raste Amin mit einem ohrenbetäubenden Geräusch wie Wind an mir vorbei. Sein schwarzes Ungetüm von Motorrad öffnete das Maul, startete auf dem Hinterrad durch die auseinanderbrechende Menschenmenge und verschwand im Gewächs der Gassen.

Erst jetzt merkte ich, dass meine Nase blutete. Auf einmal wurde mir schwindlig. Ich verlor das Gleichgewicht und ging vor einem Lebensmittelladen in die Knie. Menschen rannten an mir vorbei. Zwei Schulmädchen mit zurückgeschlagenen Vorhängen ihrer Burkas kamen mir zu Hilfe. Der Besitzer, ein schmächtiger Mann mit einem mageren, dunkel wirkendem Gesicht, der seine Ladentür bis auf einen schmalen Spalt zugezogen hatte, trat zu uns heraus und befahl: »Herein, Kinder! Die Polizisten kommen!«

VON HIER AN verlief alles so, als hätte mein Glaube von vorher, das Kalima würde mich schützen, sich am Ende erfüllt. Die Schülerinnen halfen mir, in den Laden zu springen. Der Besitzer führte uns sofort in ein Hinterzimmer, in dem eine Petroleumlampe brannte. Die Luft war stickig und heiß. Er brachte ein feuchtes weißes Tuch, das ich mir vor die Nase halten sollte, und verschwand wieder in seinem Laden.

Ich wurde auf einen kleinen Teppich gelegt und erkannte rechtzeitig, dass der liebevolle Einsatz der Genossinnen sich lohnen könne. Ich krümmte mich auf dem Teppich, atmete schwer, und aus meiner Nase tropfte spärlich Blut auf das weiße Tuch unter meinem Kopf. Ich behauptete, ein Polizist hätte mit einem Schlagstock mehrmals auf meine Schulter und meinen Rücken geschlagen.

»Er war so hart, dass ich die Sterne des Kommunismus am Himmel sehen konnte«, zitierte ich Amin.

Um Vertrauen aufzubauen, fragte ich die Schülerinnen auch gleich nach meiner Schwester, wollte von ihnen wissen, ob sie Malalay kannten, ob sie sie gesehen hätten.

»Bist du der Bruder der Genossin Malalay?«, fragte die Kleinere, die ihr schwarzes Haar kurz geschnitten trug.

»Ja, das bin ich. Ich bin Genosse Schaer«, antwortete ich.

Im Licht der Petroleumlampe konnte ich sehen, dass sie nicht nur etwas mollig war, sondern auch ein rundliches Gesicht hatte. Sie kam also für mich nicht infrage. Aber die andere: Sie war groß und schlank und hatte langes braunes Haar. Sie wandte sich an ihre Freundin und sagte: »Von dem Genossen Schaer habe ich schon mal gehört.« Dann richtete sie ihre großen Augen auf mich und fragte: »Du bist doch der Dichter …«

»Ja, liebste Genossin, so ist es!«, gab ich zur Antwort. »Einige revolutionäre Vierzeiler, die bei der Demonstration aufgesagt werden, stammen von mir.«

»Deine Schwester ist mit Genossin Schahrsad und zwei anderen entkommen«, sagte die Mollige.

›Du musst sie loswerden!‹, hörte ich da eine Stimme in mir, die ich dem verstorbenen Osman Khan zuordnete. Also wandte ich mich ihr zu und sagte: »Könntest du vielleicht den Mann fragen, ob er Vaseline-Salbe hat?«

Sie verließ das Hinterzimmer, während ihre hübsche Freundin, die ein kurzes blaues Kleid über einem hellen Pyjama trug, sich vor mich hockte und mir vorsichtig mein T-Shirt auszog. Damit man nicht sehen konnte, dass ich gar keine Kratzer auf meinem Rücken hatte, kroch ich unter Stöhnen in eine dunklere Ecke und fragte sie nach ihrem Namen.

»Setarah«, sagte sie.

Ein Stern war sie also – ein leuchtender Stern in einer stinkenden, dunklen Kammer. »Setarah Dschan«, bat ich sie, »könntest du, bitte, meinen Rücken ein bisschen massieren?«

»Ja, aber gibt es hier vielleicht ein Kissen?« Sie sah sich um.

»Ich will kein Kissen von hier. Hier stinkt alles. Lass mich nur etwas meinen Kopf auf dein Knie legen. Wir sind Kampfgenossen und keine Fremden zueinander.«

Sie kreuzte ihre Beine zum Schneidersitz und ich legte mein Gesicht, das weiße Tuch unter meiner Nase, in ihren weichen, sich unglaublich warm anfühlenden Schoß.

›Oh, flüchtiges Paradies!‹, rief da Osman Khan erneut aus dem Paradies oder vielleicht auch aus der Hölle. ›Öffne deine Tür für diesen armen Dichter ohne Werk! Das hier ist deine Chance, Junge, bevor die Welt aus dem Schlaf aufwacht!‹

Und schon spürte ich ihre heißen, elektrisierenden Hände auf meinem Rücken. Ich schloss die Augen, sog ihren Duft ein, horchte gierig auf jedes Geräusch, das ihre Eingeweide ausstießen. Mein Glied stand kurz davor, weitere Millionen potenzieller Soldaten der Revolution in den Tod zu schicken. Aber ich mahnte es zur Entspannung. Ich wollte gerade meinen Einsatz erhöhen und mich zu der süß duftenden Genossin umdrehen, da hörte ich die Mollige hinter dem Vorhang entsetzt rufen.

»… Aber er ist doch ein kleiner Junge. Das dürfen Sie mit ihm nicht anstellen.«

»Ach was, Mädchen! Du nennst diesen Gigolo einen kleinen Jungen? Er kann bei dieser Hitze demonstrieren und Steine auf den Staat werfen und soll mein Heilmittel nicht vertragen? Mal sehen, ob dieser Jammerknabe wirklich Schmerzen hat oder uns nur Theater vorspielt …«

Der Vorhang wurde aufgerissen, der Ladenbesitzer hielt mir seine Petroleumlampe über den Kopf und eine faustgroße braune Kugel vor meine Nase.

»Iss das!«, befahl er. »Dieses Zeug nimmt dir alle Schmerzen der Welt. Wenn du wirklich welche hast.«

Ich roch an der Kugel und wusste sofort, dass es genau das war, wofür ich es hielt. Ich hatte dem hageren Mann sofort angesehen, dass er Drogen nahm. Ich hatte keine Wahl. Ich schloss die Augen und biss in die Kugel. Ein Nebel umfing mich, und ich blieb auf der Seite liegen.

»Er wird bald wieder aufstehen«, hörte ich den Mann noch zu den Mädchen sagen. Er ging einige Schritte in der Kammer, dann vernahm ich erneut seine Stimme. »Passt auf, den Frauen tun sie nichts. Ich habe eine alte Burka hier, sie gehört meiner Frau.« – Eine verstaubte rote Burka landete vor meiner Nase auf dem Boden. – »Die zieht er sich über und Yallah! Ihr geht gemeinsam raus hier.«

Ich erinnere mich nur, dass ich unter einer Frauenburka aus einer Gasse auf die Straße südlich der Freitagsmoschee hinaustaumelte, auf der ein Krieg zwischen Sicherheitskräften und Demonstranten tobte, dabei mit Tante Sanawbar zusammenstieß und sie somit zu einem Zweizeiler inspirierte, in dem sie mich mit einem Esel samt einem Bücherregal auf dem Rücken verglich. Polizeifahrzeuge standen in Flammen. Steine und Schlagstöcke flogen durch die Luft. Hier und da blutete ein verletzter Bürger oder Polizist. Schreie, Jubel und Parolen waren zu hören. Ich schlängelte mich hinter den beiden Schülerinnen durch die Menge.

»Komm, wir bringen dich zu deiner Cousine Schahrsad«, sagten sie.

Ich war vollkommen berauscht, aber eine winzige Region in meinem Gehirn tickte noch richtig. Das, was die zwei mir da gerade vorgeschlagen hatten, kam für mich ganz sicher nicht infrage. Seit zwei Jahren hatte ich das Haus meines Cousins Salam nicht mehr betreten. Als wir die Freitagsmoschee erreichten, nahm ich die Mädchen beiseite und sagte ihnen unter sechs Augen, die sich hinter den Gittern unserer Burkas versteckten: »Ihr könnt zu Schahrsad gehen, Genossinnen, aber bitte ohne mich. Ich gehe lieber zu einem Freund.«

Ich verabschiedete mich von den beiden, und sie steuerten auf Schahrsads Haus nördlich der Freitagsmoschee zu, obgleich es gar nicht sicher war, dass sie meine Cousine und meine Schwester dort antreffen würden. Ich setzte – ziellos taumelnd – meinen Weg fort, während mein Gehirn einem toten Vogel glich, der in einem rauschenden Fluss schwamm. Als mein Blick am anderen Ende des Kleidermarkts auf meinen Cousin Salam fiel, blieb ich wie vom Blitz getroffen stehen. Der Mann, der meine Cousine Schahrsad erst vergewaltigt und dann geehelicht hatte, parkte gerade sein nagelneues Rennrad vor einem Laden, ohne es abzuschließen, und ging hinein. Auf einmal blitzte es in meinem Kopf auf, und ich lief geschwind zu dem Rennrad, hob den Saum meiner Burka hoch, setzte mich darauf und fuhr los.

Als ich rechts in die Hauptstraße bog, welche die Tscharsu auf der linken Seite mit dem Basar-e Malek und weiter mit der Neustadt auf der rechten verband, wurde ich sofort von allen Seiten beäugt. Gelächter, Jubel und Begeisterung brachen aus. Im Rausch des Abenteuers hatte ich mein Gleichgewicht zurückgewonnen und behielt sogar den Saum meiner Burka fest in den Händen. Ich hatte auch keine Angst vor den Sicherheitskräften und ihren Fahrzeugen, die sich entlang der gesamten Strecke postiert hatten. Denn, ob Polizisten oder Bürger – man öffnete mir den Weg, man feierte mich und leistete mir Beifall. Ich fuhr immer weiter geradeaus, bis ich die Zitadelle hinter mir gelassen hatte und schließlich die Schar-e Nau erreichte. Diese war fest in der Hand der Bevölkerung.

Es war bereits später Nachmittag, und es herrschte eine nie da gewesene Feierstimmung. Die Menschen tanzten auf den Straßen zu Musik, die aus Lautsprechern an offenen Fenstern kam, und überall stieg der Rauch der Kebabs in die Luft. Ich hielt kurz an, um mir die Burka vom Kopf zu ziehen, und fuhr weiter in Richtung Neustadt-Park, als mir der Straßenadler entgegenkam. War er heute Mittag noch wie gewohnt schwarz gekleidet gewesen, war sein Gefieder jetzt komplett rot. Er lief auch nicht mehr mit ausgestreckten, schwingenden Armen, sondern trug mit beiden Händen sein Plakat, auf dem er den Tod der Familie Saher forderte. Glücklich lachend streckte er es mir entgegen. Ich stieg ab und grüßte ihn: »Glückwunsch, mein Freund. Du hast es heute geschafft, die königliche Familie bis auf den Friedhof zu jagen.«

Der Straßenadler lachte. »Einen Herrscher bis auf den Friedhof zu jagen, ist kein großes Ding. Ihn ans Grab zu führen dagegen schon.«

»Das hast du schön gesagt, mein Freund. Hauptsache, es sitzt, bis wir von der Beerdigung zurückkommen, kein Neuer auf dem Thron!«

»Den werden wir auch herunterholen«, sagte er und lachte.

»Das ist gut«, erwiderte ich. »Und dafür schenke ich dir dieses Rennrad.«

Der Straßenadler warf einen prüfenden Blick auf das Rad und fragte: »Funktioniert die Bremse?«

»Eine Revolution braucht keine Bremse, sondern Diskretion, Genosse!«, entgegnete ich. »Und der rote Stoff, den du hier im Korb siehst, ist der beste Schutz für einen Genossen, der ein Plakat vor sich herträgt, das offensichtlich gegen das Grundgesetz verstößt.«

Der Straßenadler nickte und lachte. Ich drückte ihm das Rad in die Hand und ging weiter. Hinter mir hörte ich ihn rufen: »Danke, Sohn des Imams Sahib!«

Es war spät am Abend, als ich mit einem Taxi nach Hause kam. Alle, außer Aman, saßen im Salon beim Essen, und es wurde heiß diskutiert. Malalay sprach gerade mit Asis und sah mich, als ich eintrat, belustigt an.

»Wo warst du denn?«, fragte als Erste meine Mutter.

»Wo? Ich … ich habe geschlafen.«

»Geschlafen? Wo hast du geschlafen?«

»In meinem Zimmer. Wo denn sonst? Stell mir bitte keine Fragen, sondern gib mir was zu essen.«

Ich setzte mich neben Awesta und stürzte mich auf das Hühnerbein auf dem Teller der Fünfjährigen. Endlich, als Hadschi Agha das Gespräch von Asis und Malalay übernahm, erwiderte ich deren seltsam neugieriges Lächeln und fragte: »Was ist?«

»Nichts. Geht es dir gut?«

»Ja. Warum sollte es mir nicht gut gehen?«

Ich verstand sofort, dass ihre Genossinnen geplaudert hatten. Das war mir aber jetzt alles egal. Hauptsache, ich konnte mich auf Malalay und Schahrsad verlassen, dass sie aus meinem Geheimnis keine Geschichte machen würden.

»Wenn die Revolution scheitert, dann scheitert sie nur am Verrat der Frauen«, fiel ich laut und ohne Zusammenhang meinem Vater ins Wort. Nur Malalay lachte. Alle anderen blickten mich verblüfft an.

»Du hast mein Hühnerbein weggegessen, und jetzt schimpfst du auf die Frauen?«, fragte Awesta.

»Dich habe ich nicht gemeint, Süße.«

»Junge Menschen wie Karim oder Restakhis vermögen zwar in das Bewusstsein des Volkes einzudringen, aber ihre Vision ist zum Scheitern verurteilt. Langfristig betrachtet, sind diese Jungs tragische Helden«, sprach Vater.

»Warum tragische?«, unterbrach Malalay. Sie wollte immer alles genau wissen und widersprach oft unserem Vater, wenn politisch diskutiert wurde.

»Weil sie für eine gute Sache mit falschem Etikett kämpfen.«

»Wie bitte?«

»Schau mal, mein Kind«, erklärte Vater. »Es gibt Worte, die in jeder Sprache der Welt schön, sogar romantisch klingen. Vielleicht ist das Wort Revolution eines davon. Ich sage es dir aber, und du wirst es eines Tages begreifen: Jede blutige Revolution ist eine Form des Bürgerkriegs und daher eine schmutzige Sache, die ihren schönen Ruf gar nicht verdient hat. Ich hätte auch nichts gegen euer revolutionäres Fieber – tatsächlich habe ich es neulich selbst gespürt –, wenn ihr denn eure Landsleute zum Vorbild nehmen würdet und nicht die Russen oder die Chinesen. Ich sage euch: Finger weg von fremden Ideologien! Eine nationalafghanische Bewegung würde beim Volk tausendmal besser ankommen als all diese Ismen!«

Während Vater erklärte, hörte Asis aufmerksam zu. Im Gegensatz zu Malalay, die schien, als nähme sie alles, was unser Vater sagte, nur mit halbem Ohr auf. Und ich? Ich dachte über meine eigene Revolution nach und setzte mein Gehirn, in dem der Rausch inzwischen abgeklungen war, unter Druck, sich zu erinnern: Was war da mit mir geschehen? Wie war es so weit gekommen, dass ich unter einer stinkenden Burka auf der Straße gelandet war?

Diese Fragen sollten sich später nie vollständig beantworten lassen. Aber die süße Rache gegen meinen Cousin Salam, die mir so sehr am Herzen gelegen hatte, ging an diesem denkwürdigen ersten Juli in Erfüllung.

6

Am Tag nach der Straßenschlacht bekamen die Sicherheitskräfte mit der Unterstützung der Armee die Stadt wieder unter ihre Kontrolle. Aber die Proteste gingen weiter. Die Demonstranten forderten jetzt einen öffentlichen Prozess gegen den Polizeichef sowie den Rücktritt des Gouverneurs und etlicher Regierungsvertreter. Nun stand auch die halbe Geistlichkeit auf der Protestseite.

König Saher Schah ordnete eine Kommission an, die in mehreren Sitzungen mit den Schülern in Dialog trat und sich mit ihnen über ihre Forderungen unterhielt. Zur Kommission gehörten zwei Vertreter des Schulministeriums, zwei Mitglieder des afghanischen Parlaments sowie zwei einflussreiche Männer der Stadt, darunter auch mein Vater.

Es fanden gemeinsame Sitzungen im Garten des Lycée Sultan statt. Die Liste der Forderungen, die Karim auf der Versammlung vorlas, war lang und größtenteils schwer erfüllbar. Wie mein Vater erkannt hatte, waren es Stolpersteine, die man dem Staat vor die Füße legte. Vater sprach die Schüler als Imam der Freitagsmoschee an und bezeichnete sie als seine Kinder. Er zeigte sich empört darüber, dass der Polizeichef das Kalima beleidigt hatte. Man solle aber auch diesem Sündiger eine Chance geben, sich für seinen Fehler zu entschuldigen.

Als Nächstes betrat ein Mann die Bühne, den ich als den Vater von Amans Schulfreund Said wiedererkannte. Enayat Khan war Abgeordneter eines Herater Wahlkreises im afghanischen Parlament und war aus Kabul angereist. Er unterstrich die Worte meines Vaters und warnte: »Wenn unsere Mission scheitert, dann wird es, so fürchte ich, auch keine Gespräche mehr mit euch geben. Lasst uns Frieden schließen. Sonst wird der Staat hart zurückschlagen. Und das wollen wir uns allen ersparen.«

Die Arroganz der Jugend ließ die Gespräche trotz der warnenden Worte meines Vaters und Enayat Khans scheitern, und der Staat schlug hart zurück. Die folgenden Wochen waren von Verfolgungen, Hausdurchsuchungen und Festnahmen gezeichnet. Die Luft für die Genossen Karim und Ghulam wurde immer dünner. Sie schliefen jede Nacht an einem anderen Ort, meist in den umliegenden Dörfern. Amins Werkstatt blieb für lange Zeit geschlossen. Seine Motorräder und seine revolutionäre Sicherheitstruppe waren aber Tag und Nacht im Einsatz. Nachmittags, wenn die Demonstrationen zu Ende gingen, waren Polizei und Spione auf den Straßen unterwegs, überwachten Häuser und Menschen.

Die Neustadt war dann nahezu menschenleer. Niemand ging mehr im Park spazieren oder ins Kino. Es lastete ein unheimliches Gespenst über der Stadt und den umliegenden Vierteln und Dörfern. Karims Geist war überall spürbar, seine Stimme war zu hören, aber die Gesichter der Menschen, die erschöpft und hoffnungslos wirkten, schienen allmählich gehemmt von dieser Stimme. Hadschi Agha verbot uns allen, das Haus zu verlassen, und zeigte uns zum ersten Mal, dass er auch streng sein konnte.

Eines Nachmittags begleitete ich meinen Vater zu Hadschi Baba. Er empfing uns in seinem Garten mit Tee und wirkte von seinen einstigen Schülern enttäuscht.

»Das ist eine sehr unglückliche Entwicklung, Hadschi. Diese Jungs sind von ihrer Ideologie verblendet. Ich kann sie nicht mehr erreichen.«

»Was ist mit Kabir Khan? Könnte ihm vielleicht das Wunder gelingen?«, wollte mein Vater wissen.

Hadschi Baba strich über sein silbern-dunkelblondes Haar und antwortete: »Wenn er hier sein würde, bestimmt. Der arme Kabir ist aber krank und liegt im Krankenhaus in Kabul.«

Die Nachricht schockierte meinen Vater und mich.

»Wir müssen unbedingt mit Karim und mit Ghulam sprechen, Baba«, sagte mein Vater. »Das ist doch purer Selbstmord, was diese Jungs betreiben.«

Hadschi Baba blickte meinen Vater mit seinen grünen Tigeraugen an und scherzte: »Wenn diese Jungs einmal zu Ihnen oder zu mir zur Übernachtung kämen, dann könnten wir beide doch für ein letztes Mal mit ihnen reden. Oder?«

»Das ist … eine gute Idee, Ustad«, erwiderte Vater.

Gesagt, getan. Als wir nach Hause kamen, beauftragte Hadschi Agha Aman, am folgenden Tag auf die Demonstration zu gehen und am Abend die beiden Anführer mit nach Hause zu bringen. Er mahnte Aman jedoch zur Vorsicht, dass die Aktion niemandem auffiel und auch kein Dritter von ihr erfuhr. »Sonst verliere ich meinen Kopf«, warnte er mehrmals.

Für den Mittwochabend hatten meine Mutter, meine Schwester und die Dienerin ein üppiges Essen zubereitet. Kurz nachdem die Sonne untergegangen war, traf Hadschi Baba ein. Ich stand mit Vater auf der Nordterrasse, als mein alter Lehrer in Begleitung von Khudscha Morad sein Fahrrad den Kiesweg heraufschob. Dabei drehte er seinen Kopf hin und her, beugte sich nach vorne und schaute sich einzelne Bäume und Pflanzen an. Als mein Vater ihn an der Treppe empfing, sagte Hadschi Baba: »Am Tor des Paradieses werde ich sagen: ›Ich war schon mal da drinnen, Hadschi!‹«

Wenig später – die meisten Geschäfte in unserer Straße hatten bereits geschlossen – fuhren Aman, Amin, Ghulam und Karim auf zwei Motorrädern vor unserem Haus vor. Die beiden Letzteren hatten sich als zwei schicke Kakes verkleidet. Vater empfing sie sehr herzlich. Es wurde dann im Gästezimmer zu Abend gegessen, viel gescherzt, gelacht und sich über alles Mögliche unterhalten, nur nicht über Politik. Ich wunderte mich über den respektvollen Ton der beiden Anführer gegenüber meinem Vater und Hadschi Baba. Karim, sonst ein großer Redner auf politischen Bühnen, sprach weniger, aber sein durchdringender Blick gepaart mit seinem sanften Lächeln verrieten einen scharfen Verstand. Ghulam dagegen scherzte und lachte viel mit meinem Vater.

Dann aber wurde die ganze Nacht diskutiert, und die Jungen legten wieder einmal ein hartes Gesicht an den Tag. Zwei lebenserfahrene, weise Männer kämpften stundenlang unermüdlich, um die Anführer kurz vor der Niederlage ihres Protestes zum Umdenken zu bewegen. Aber für diese schien jede Niederlage als Mutter des Erfolgs willkommen. Ich verlor allmählich meine Hoffnung und biss so oft und so heftig in meine Unterlippe, dass sie anfing zu bluten.

Amin überraschte auf andere Weise als seine Genossen. Er hörte zu, wie wir drei Brüder auch, und mischte sich kaum in die Diskussion ein. Meine Brüder und ich blieben die ganze Nacht wach und servierten immer wieder Tee, Nüsse und Obst, bis sich am Morgen die Gebetsrufe der Mullahs einer nach dem anderen aus allen Richtungen erhoben. Hadschi Babas große Tigeraugen waren klein geworden, er gähnte, kratzte sich kräftig am grauen Schopf und sagte zu meinem Vater: »Man lernt nie aus. Heute Nacht haben mich diese Jungs wieder einmal überzeugt.«

»Wovon, Ustad?«, fragte Vater, als wüsste er die Antwort nicht.

»Ideologien jeglicher Art kennen weder Gnade noch Vernunft.«

»Daher sind sie langfristig gesehen zum Scheitern verurteilt«, fügte Vater hinzu.

Ghulam lachte herzhaft. Aber die beiden Männer, erschöpft und enttäuscht, gaben auf und erhoben sich zum Gebet. Jetzt konnte ich die Enttäuschung auch auf dem müden Gesicht Amans erkennen.

Am frühen Morgen dieses elften Septembers 1969 saß ich mit schwerem Kopf auf der Terrassenkante. Meine Brüder und die drei anderen hatten sich im Gästezimmer nebenan auf Matratzen und Sofas hingelegt. Khudscha Morad war bereits auf den Beinen und arbeitete im Garten. Die Dienerin sowie ihre Tochter Golbu kamen mit zwei Eimern aus ihrem Häuschen und schlenderten durch das Melonenfeld und den Blumenpark zum Eingang des Viehhofes neben der Garage, um die Kühe zu melken. Und schließlich saßen Vater und Hadschi Baba mit gesenkten Köpfen im Blumenpark und wechselten ab und zu ein Wort.

Was wir alle zu dieser Stunde nicht wussten, war, dass das Haus von Sicherheitskräften umzingelt war. Hadschi Agha schickte Khudscha Morad, um frisch gebackenes Brot zu besorgen. Kaum hinter der langen Hecke beim Hauseingang aus dem Blick verschwunden, lief der große, magere Mann schnellen Schrittes zurück, während er mit seinen langen Armen aufgeregt in Richtung meines Vaters gestikulierte. Ich sprang von der Terrasse und lief zu Hadschi Agha und Hadschi Baba. Der Gärtner war so aufgeregt, dass er, als er zu uns kam, nur schwer ein Wort aus seinem trockenen Mund hervorbringen konnte: »Die Polizei!«

»Wie viele?«

Er zeichnete mit seinem Zeigefinger schnell einen Kreis um seinen Kopf und antwortete: »Viele.« Ich glaubte, sein Herz klopfen zu hören. Vater legte seine Hand auf Khudscha Morads Schulter, um ihn zu beruhigen, und sagte zu mir: »Bring mein geistliches Gewand aus dem Salon!«

Ich lief ins Haus und stand eine Weile später vor einer ganzen Sammlung von eleganten Mänteln und Hutturbanen in Weiß, Grau, Braun und Schwarz, die an der Wand hingen. Wenn Vater in einem dieser Mäntel und mit einem dieser Turbane draußen erscheinen wollte, dann um als Imam der Freitagsmoschee angesehen zu werden und nicht als privater Geschäftsmann. Ich entschied mich für das weiße Gewand, auf dessen rechter Hälfte mit grünem Seidenfaden das Wort »Allah« und auf der linken »Mohammad« gestickt stand. Ich nahm auch seine teure Gebetskette mit, deren neunundneunzig Perlen abwechselnd aus Gold und Silber bestanden.

Khudscha Morad und ich begleiteten Vater zur Straße, und ich merkte sofort, dass der Gärtner nicht übertrieben hatte. An der

Straße parkten mehrere Polizeiwagen, und auf dem langen Bürgersteig vor unserem Haus standen Dutzende Beamte. Ein Glück, dass außer dem Bäcker alle anderen Läden ringsum geschlossen waren und sich zu solch früher Stunde nur wenige Schaulustige versammelt hatten.

Vater ließ sich nicht beeindrucken und kam gleich mit dem Einsatzleiter ins Gespräch. Er bestritt, dass die Anführer der Demonstrationen sich in seinem Haus aufhielten, und behauptete, dies sei eine völlig falsche Meldung, die an die Polizei gegangen sei. Er stellte dem Mann in Uniform sowohl Zuckerbrot als auch Peitsche in Aussicht: »Ich spreche jetzt mit Ihnen als Imam der Freitagsmoschee. Wenn Sie meinem Wort Glauben schenken möchten und Ihre Einheiten aus meinem Viertel zurückziehen, dann komme ich morgen persönlich in Ihr Büro und erweise Ihnen meine Dankbarkeit. Wenn nicht, dann muss ich leider den Innenminister in Kabul anrufen. Ich habe gestern Abend mit ihm telefoniert. Schließlich spiele ich eine Vermittlerrolle zwischen den Demonstranten und der Regierung.«

»Ich glaube Ihnen alles, Imam Sahib. Aber könnten Sie mir Ihre Aussage schriftlich geben? Sie wissen, dass ich …«

Hadschi Agha unterbrach ihn, während er seinen Füller aus der Tasche holte: »Haben Sie eine schriftliche Erlaubnis für Ihre Aktion? Vom Staatsanwalt? Vom Richter? Ein Blatt weißes Papier vielleicht?«

Der Einsatzleiter, der weder das eine noch das andere hatte, suchte in seinen Taschen und holte ein kleines, altes Notizbuch hervor. Er schlug eine vergilbte Seite auf und hielt sie mit beiden Händen meinem Vater hin. Und dieser schrieb: »Als Imam der Freitagsmoschee von Herat und Vermittler zwischen den Schülern und dem Staat erkläre ich, dass ich zwar mein Bestes tue, die Demonstranten zum Einlenken zu bewegen, aber ihnen einen Unterschlupf in meinem Haus geben – das würde ich keinesfalls tun!«

Er unterschrieb. Auf Befehl des Einsatzleiters stiegen die Polizisten in ihre Wagen und verließen unser Viertel. Vater und ich kehrten ins Haus zurück, Khudscha Morad ging zum Bäcker. Als er aber später wieder aufgeregt vor uns stand, berichtete er von zwei Polizeiautos, die auf der anderen Straßenseite vor Hussain Khans Mühle ständen und aus der Entfernung unseren Hauseingang im Blick behielten.

Nach frühstücken war mir nicht. Gegen halb zehn saß ich müde und in mich gekehrt erneut auf dem Treppenabsatz zur Nordterrasse. Mit meinem Blick verfolgte ich Khudscha Morad, der den langen Gartenweg hinunter zum Tor lief, um Fleisch und Gemüse zu kaufen. Kaum war er hinter der Hecke verschwunden, kam er zurückgerannt, wobei er sich um die Ohren schlug, als würde er vor einem Schwarm Heuschrecken fliehen. Beinahe hätte ich gelacht, aber als ich sah, dass er von einer Meute jubelnder und klatschender Schüler verfolgt wurde, wurde mir schwindlig.

Die Demonstranten hatten die beiden Flügel des Tors weit geöffnet und stürmten mit ihren Transparenten in zwei Scharen in den Garten, die eine lief den Kiesweg herauf, die andere kam über die Sportwiese.

Ich sprang auf, lief ins Gästezimmer und schrie: »Die Heuschrecken!«

Alle, die dort beim Frühstück saßen, kamen auf die Terrasse und blieben dort mit aufgerissenen Augen und Mündern stehen. Hadschi Agha und Lehrer Hadschi Baba sahen aus, als hätten sie sich in zwei alte Statuen verwandelt, und Asis' Mund schien infolge eines Schlaganfalls schief geworden zu sein. Khudscha Morad lief auf seinen dürren, langen Beinen durch den Blumenpark zur Terrasse, die jubelnde Menge hinter ihm her, während die andere Schülerschar sich im Garten über die Melonen hermachte.

Endlich erwachte Vater aus seiner Starre und drehte sich zu seinem Gast. »Lassen Sie uns unseren Tee zu Ende trinken, Baba.«

NACHDEM DIE SCHÜLERHORDE ihre beiden Anführer hinausgeschleust hatte und auch Hadschi Baba gegangen war, kehrte im Haus keineswegs Ruhe ein. Meine Eltern waren entsetzt, dass auch Aman unbemerkt mitgegangen war. Vater blieb den ganzen Tag zu Hause, ging im Garten auf und ab und sprach mit sich selbst, während ich versuchte, mich mit der kleinen Awesta abzulenken. Am Abend spielte ich mit ihr im Lustgarten Seilspringen. Vater saß auf der Bank und beobachtete uns, und jedes Mal, wenn Awesta über ihr Seil stolperte, lachte er sanft und sagte: »Bloß nicht aufgeben!«

Da erschien meine Mutter auf der Terrasse und rief ihm zu, Radscha Khan sei am Telefon und wolle ihn sprechen. Ich folgte ihm ins Zimmer.

»Geht's dir gut, Hadschi?«, klang Radscha Khans Stimme gut vernehmbar aus dem Hörer.

»Es geht so. Was gibt's, Radscha Khan?«

»Ich habe soeben von einem meiner Angestellten im Basar-e Irak erfahren, dass dein Sohn Aman vor zwei Stunden festgenommen wurde. Gemeinsam mit Ghulam. Es tut mir leid, Hadschi.«

Vater seufzte. »Es geschieht, was Allahs Wille ist, Radscha Khan. Vielleicht besteht darin eine Chance für meinen Sohn, dass er zur Besinnung kommt. Wo wurde er festgenommen?«

»Im Hause meines Angestellten in der Schuhmachergasse. Sie hatten sich bei ihm versteckt. Auch Isaak Khan soll dabei gewesen sein.«

»Wurde Isaak Khan auch festgenommen?«

»Nein. Was sollten sie auch von einem alten Mann wollen, Hadschi?«

Ich drehte mich um und sah Mutter Khurschid mit Tränen in den Augen hinter uns stehen.

Wir alle erwarteten, dass Hadschi Agha jetzt etwas unternehmen würde. Er aber ging in seinen kleinen Gebetsraum, schloss die Tür hinter sich und ließ sich bis spät in der Nacht nicht blicken. Wie immer, wenn er sich zum Beten zurückzog, traute sich niemand, ihn zu stören. Irgendwann gab ich meiner Neugier und meiner Sorge um ihn nach, legte mein Gesicht auf die Glasscheibe und sah: Vater saß mit dem Gesicht zur Tür nach Westen, hielt die offenen Hände vor das Gesicht, Tränen flossen aus seinen Augen, und auf seiner hohen, breiten Stirn saß eine dunkle Wolke aus Falten.

Und so geschah es, dass mein Bruder, der gern ein Held sein wollte, mit etwa fünfzehn Jahren im Gefängnis landete und von der Schule verwiesen wurde. Aus dem Papa-Söhnchen, wie Amin ihn einst genannt hatte, war das Sorgenkind geworden. Und das war erst der Anfang.

7

Mitte September saß die Hälfte der Anführer des Protestes, ob Koranschüler oder Schula-ies, im Gefängnis, die andere Hälfte wurde verfolgt. Eine zweite Generation der Wortführer versuchte noch einige Tage, die geschwächte Flamme des Widerstandes am Leben zu halten. Und irgendwann, als ich eines frühen Vormittags zur Schule ging, gab es niemanden mehr, der im Hof auf einen Schultisch stieg und mit einem revolutionären Vierzeiler den Tag eröffnete. Keiner hielt mehr ein Transparent hoch, keiner blies in eine Trillerpfeife. Stattdessen erklang, nach dreieinhalb Monaten Pause, die Schulglocke wieder und schickte uns in unsere Klassenzimmer. Mit den täglichen Protestmärschen durch die Stadt war nun endgültig Schluss.

Rund hundertzwanzig Schülerinnen und Schüler wurden von der Schule verwiesen. Außer Aman traf es auch meine Schwester Malalay. Gegen viele lief ein Haftbefehl. Ein farbloser, einsamer Herbst nahm Einzug, und eine bedrückende Atmosphäre breitete sich in den Schulen aus. Unser Direktor und viele Lehrer, die sich die ganze Zeit über vor den Schülern gefürchtet und den Mund gehalten hatten, zeigten uns jetzt ihre scharfen Rachezähne. Sie verfluchten und bedrohten offen jeden, der den »Chaoten« nahegestanden hatte – allen voran der Paschtu-Lehrer Gol Agha Khan. Er hatte sich nie in die Karten schauen lassen. Jetzt aber wetterte er gegen die Anführer und beschimpfte sie als Hitzköpfe und Hetzer. Kein Schüler traute sich, seine Stimme zu erheben.

Mein Vater bekam Fieber, als er erfuhr, dass zwei seiner Kinder nicht mehr zur Schule durften. Nicht einmal die Nachricht über Amans Festnahme hatte ihn so schockiert. Zu seinem Ärger tauchten auch noch die Mutter und die Tante eines Heiratswilligen auf, der Sohn einer Händlerfamilie, um um die Hand Malalays anzuhalten.

Als sie davon erfuhr, wollte sie selbst mit den Frauen sprechen. Das war in Afghanistan nicht üblich. Die Mädchen servierten bei solchen Anlässen den Gästen Tee und Süßigkeiten, zeigten sich von ihrer vorzüglichen Seite und verschwanden dann im Nebenzimmer. Malalay aber setzte sich selbstbewusst zu den beiden Besucherinnen ins Gästezimmer. Ich hatte im Nebenraum mein Gesicht auf das Glas der Zwischentür gedrückt und beobachtete hinter dem Rücken der Gäste alles. Malalay hieß sie willkommen, während Mutter Khurschid stumm und erstaunt beobachtete, wie ihre Tochter sich benahm.

»Ihr Sohn geht also aufs Lycée Sultan, haben Sie gesagt. Richtig?«

»Ja, Malalay Dschan.«

»In die elfte Klasse«, sagte die zweite Frau.

»Nein, in die zwölfte«, korrigierte die Mutter des Heiratswilligen stolz.

»Wo hat er mich gesehen?«

»Er hat dich zwei Mal gesehen. Das erste Mal war am Ersten Mai. Und das zweite Mal ... jetzt muss ich überlegen ... auch auf einer Demonstration.«

»Ihr Sohn geht also lieber auf Demonstrationen als vor die Mädchenschule«, bemerkte Malalay sanft lächelnd und zog dabei ihre schmalen, halbmondförmigen Augenbrauen hoch.

»Unser Sohn gehört nicht zu den Jungs, die vor die Mädchenschule gehen.«

»Er ist aber politisch nicht so aktiv wie du, Malalay Dschan«, fiel die zweite Frau der Mutter ins Wort. »Wir denken, die Gründung einer Familie wird euch beide etwas zur Ruhe bringen.«

Malalay kratzte sich an der rechten Wange, wie immer, wenn sie etwas klarstellen wollte. Sie blickte der Mutter des Heiratswilligen in die Augen und sagte in freundlichem, aber festem Ton, während ihre Hände ein gekonntes Formenspiel in der Luft vollführten: »Es ist bedauerlich, meine Liebe, dass andere Menschen für Ihren Sohn sprechen. Wie sieht es stattdessen mit einem Studium an der Universität aus, damit er ein richtiger Mann wird? Heiraten kann er doch auch später. Und um meine Zukunft machen Sie sich bitte keine Sorgen.«

Später setzte Mutter Khurschid sich auf die sonnige Südterrasse zu mir und meinem Vater und erzählte ihm, wie Malalay die werbenden Damen mit leeren Händen nach Hause geschickt hatte.

»Gut gemacht«, sagte Hadschi Agha, stolz auf seine Tochter. »Sie hat etwas anderes vor, als in diesem Alter Hausfrau zu werden. Sie will nach der Schule zum Studieren nach Kabul gehen.«

»Welche Schule? Sie ist doch rausgeschmissen worden«, erwiderte Mutter Khurschid.

»Ja, und ich lasse mir das auch noch gefallen!«, sagte Hadschi Agha in ironisch-entschlossenem Ton.

»Was willst du machen? Deine Bemühungen bei den Behörden haben keinen Erfolg gebracht.«

Mutter Khurschid begann wieder zu weinen. Weniger Malalays wegen, die nicht mehr zur Schule gehen durfte, sondern wegen Aman, der im Gefängnis saß. Sie hatte ihn bereits einige Male dort besucht und gesehen, dass es ihm gut ging, aber Mutter ist eben Mutter, und unsere war besonders zerbrechlich.

VATER HATTE SICH am Ende seiner Überlegungen an diesem Tag in den Kopf gesetzt, sich an die höchste Stelle des Landes zu wenden. An König Saher Schah.

Anfang Winter reiste er nach Kabul und suchte dort Enayat Khan, den parlamentarischen Abgeordneten aus Herat, auf, dessen Sohn Said, der Klassenkamerad meines Bruders, ebenso von der Schule verwiesen worden war. Und tatsächlich: Saher Schah empfing die beiden im Gästesalon seines Palasts und erfuhr, was sie von ihm ersuchten: Gnade für die sündigen Kinder von Herat. Und zwar für alle, ob sie im Gefängnis saßen oder zu Hause oder sich auf der Flucht befanden.

Enayat Khan rang zunächst nach schmeichelnden Worten für den Monarchen und versuchte, bei ihm väterliche Gefühle zu wecken. Saher Schah saß auf seiner Couch und hörte aufmerksam zu. Dann kratzte er sich seinen kahlen Kopf und sagte: »Herr Enayat Khan, Sie sitzen im Parlament, und wir beide kennen uns schon persönlich. Auch Imam Sahib aus der Freitagsmoschee habe ich vor einigen Jahren kennengelernt.« – Er richtete seinen Blick auf meinen Vater. – »Imam Sahib war so gnädig, seinen Buskaschi-Titel als Nationalheld des Jahres seinem verletzten Rivalen zu schenken. So habe ich jedenfalls gehört.«

Vater erwiderte den fragenden Blick des Schahs mit einem leichten Kopfnicken und sagte: »Er ist leider gestorben, Ihre Majestät.«

»Ja, das war ein trauriger Zwischenfall. Ich habe angeordnet, dass diese Spiele an meinem Geburtstag nicht mehr ausgetragen werden.«

»Sie sind sehr gnädig, Ihre Majestät«, nickte Vater.

»Wie geht es Ihrem Freund, Herrn Moschk-i Allam?«

»Maulana Asis geht es gut. Er fühlt sich Ihnen sehr verbunden, Ihre Majestät. Er lebt in der Türkei und arbeitet als Imam in der Freitagsmoschee von Konya.«

»Schön! Sehr schön! Die afghanische Geschichte ist stolz auf den Namen seines Großvaters.«

Saher Schah wandte sich jetzt an beide Herren. »Glauben Sie mir, allein der Gedanke daran, dass Kinder unseres Landes im Gefängnis sitzen, anstatt in die Schule zu gehen, ist für mich unerträglich. Nichtsdestotrotz haben diese Kinder es mit der Sünde etwas weit getrieben. Sie beide haben doch in der Vermittlungskommission gesessen und mit ihnen etliche Gespräche geführt. Haben Sie auch versucht, mit den Vätern dieser Schüler zu reden?«

Vater lächelte. »Mit Verlaub, Ihre Majestät, einer der Väter bin ich selbst. Mein Sohn ging in die neunte Klasse, jetzt sitzt er im Gefängnis. Meine Tochter wurde von der Schule verwiesen. Sie ging bereits in die zehnte Klasse. Sie wollte Medizin studieren und diesem Land als Ärztin dienen.«

Saher Schah kratzte verblüfft seinen Hinterkopf und gab einen leisen Laut von sich.

»Und ein anderer Vater, Ihre Majestät, bin ich«, sprach Enayat Khan. »Auch mein Sohn ging erst in die neunte Klasse. Jetzt vergeudet er seine Zeit zu Hause oder weiß der Geier wo. Ich fürchte, aus ihm wird kein Jurist mehr, sondern ein Kake.«

Saher Schah schüttelte seinen kahlen Kopf und erhob seine Stimme: »Wieso? Wie kommt das? Sie vertreten die Bürger im Parlament, Enayat Khan. Und Sie, Hadschi Sahib? Sie sind Imam der Freitagsmoschee! Wie kann es möglich sein, dass ausgerechnet Ihre Kinder so weit gegangen sind?«

»Wir haben alles, was in unserer Macht stand, versucht«, antwortete Vater. »Aber mit Verlaub, Ihre Majestät, es waren nicht nur die Schüler, die demonstriert haben, sondern die Bevölkerung von Herat, sodass unsere Kinder nichts weiter als Mitläufer waren.«

»Genau so ist es, Ihre Majestät. Mein Sohn ist ein vierbeiniger Mitläufer«, bestätigte Enayat Khan. »Es heißt zwar, man erkenne am Frühling, wie das ganze Jahr sein wird. Ich hoffe aber, dass er sich mit der Zeit bessert.«

Hadschi Agha begann nun mit milden Worten dem Monarchen die Ursachen der allgemeinen Unzufriedenheit der Bevölkerung in Herat und der Provinz nahezubringen. Und da der König nickte und ihm interessiert zuhörte, gelang es ihm, Fakten und Zahlen aufzutischen und ihm ein genaues Bild von der sozialen Lage zu vermitteln.

Saher Schah wischte sich die Schweißperlen von seiner hohen Stirn und sagte: »Vielen Dank, Hadschi Sahib, für diese offenen Worte. Stellen Sie sich vor, wie einsam man als König ist, wenn seine Untergeordneten einem ständig die Wahrheit verschweigen.«

»Im Parlament wird aber offen über die Missstände geredet, Ihre Majestät, so ist das nicht«, fiel Enayat Khan ihm ins Wort.

»Das bestreite ich nicht, Enayat Khan. Dafür gibt es das Haus des Volkes. Dafür haben wir unsere Demokratie. Aber das Wissen, mit dem Imam Sahib von den Lebensumständen der Bauern spricht, als wäre er selbst einer von ihnen, gibt mir zu denken und verdient meinen Respekt.«

Saher Schah trank das halbe Glas Tee, das vor ihm stand, aus und fuhr dann in hoffnungsvollem Ton fort: »Allah ist groß und gnädig. Mit seiner Hilfe werden wir, inscha-allah, die Schwierigkeiten meistern. Herat mit seiner Kultur und seiner Geschichte ist der Stolz unseres Landes. Ich werde veranlassen, dass eine Kommission sich den Beschwerden der dortigen Bevölkerung annimmt. Und« – er senkte seinen Kopf und massierte eine Weile den Bereich zwischen seinen Augenbrauen – »ich werde anordnen, dass Ihr Sohn, Hadschi Sahib, bald nach Hause kommt und nächstes Jahr die neunte Klasse wiederholen darf.«

»Danke, Ihre Majestät!«

»Auch alle anderen sollen ihre Schule zum Abschluss bringen dürfen. Die weiteren Festgenommenen werden, je nach der Schwere ihrer Tat, milde Strafe bekommen.«

»Gott schütze Ihren langen Schatten über uns, Schah Sahib!«, sagte Enayat Khan und erhob sich.

NUR VIER WOCHEN später, an einem kalten Schneetag im Jahr 1970, brachten Asis und ich Aman aus dem Gefängnis nach Hause. Auch ein Dutzend weitere Schüler wurde freigelassen und durfte das Schuljahr wiederholen. Andere, die während der Proteste schwere Straftaten begangen hatten, wurden in das Zentralgefängnis in die Hauptstadt verlegt. Aus den königlichen Versprechungen, der großen Provinz an der westlichen Landesgrenze mehr Aufmerksamkeit zu widmen, wurde jedoch nichts. Es kam nicht einmal zur Berufung einer Kommission, die den Beschwerden der Bevölkerung Gehör geschenkt hätte. So kam es, dass es nur achtzehn Monate nach der Niederschlagung der Bewegung in Herat erneut zu Protesten kam. Dieses Mal gingen sie nicht von den Schülern, nicht von der städtischen Bevölkerung aus, sondern von den Bauern.

Am dreißigsten März des Jahres 1971 marschierten etwa zwanzigtausend hungernde Menschen aus fernen und nahen Dörfern mit ihrem Vieh und Werkzeug in Herat ein und demonstrierten. Viele Schüler und Bürger der Stadt schlossen sich ihnen an. Dem folgte noch im selben Jahr ein großer Sommerstreik der Lehrer, der vier Monate andauerte. Jeden Tag versammelten sie und ihre Schüler sich am Neustadt-Park, um für die Erhöhung ihrer Löhne zu demonstrieren. Die Redner waren ausschließlich Lehrer, unabhängig davon, welcher politischen Gruppe sie angehörten. Gol Agha Khan und einige andere Anhänger der Demokratischen Volkspartei durften nun auch zu Wort kommen und hielten flammende Reden. Doch die Wünsche der Lehrer blieben ebenso unerfüllt wie die Forderungen der Bauern und aller anderen.

Im Jahre 1972 verlor das Volk nach und nach jegliche Hoffnung auf Besserung und wurde des Protestierens müde. Die maoistische Bewegung der Schula-ies begann, allmählich auseinanderzufallen. Die sowjettreue Demokratische Volkspartei war ohnehin seit ihrer Gründung in zwei verfeindete Flügel gespalten. Der eine hatte sich um den Paschtunen Taraki versammelt, dessen Anhänger sich – abgeleitet vom Wort ›Volk‹ – Khalqis nannten. Der andere folgte dem tadschikischen Parlamentsabgeordneten Karmal, dessen Anhänger als Partschamis bekannt waren. Und schließlich steuerten auch die Muslimbrüder auf eine Spaltung zu.

8

Das Schönste an der Jugend ist das unbefangene und sichere Gefühl des Seins, und solange dieses den Menschen begleitet, kann er sich den Luxus vieler Sinnkrisen leisten. Sobald aber die Krisen überhandnehmen, schlafen die Fragen nach dem Sinn ein. Wenn nicht, dann ist man jemand, der sich vor dem Leben in die Krisen geflüchtet hat. Auch ich leistete mir in meiner Jugend schwermütige Stunden. Es gab Abende, an denen ich traurig war und diffuse Ängste hatte, ohne zu wissen, warum und woher. Doch meine Sorgen waren letztendlich die der Jugend und konnten kaum schwer genug sein, um die Waage meines Seins aus dem Gleichgewicht zu bringen. Sie waren eher da, um mir die Leichtigkeit des Lebens erträglicher zu machen.

Nachdem das revolutionäre Fieber der jungen Generation Anfang der Siebzigerjahre abgeklungen war, gaben sich viele junge Menschen der bürgerlichen Lebensfreude hin. Auch ich gehörte dazu und änderte mein Erscheinungsbild: Wie viele andere trug ich jetzt bunte Schlaghosen, eng anliegende Hemden mit langem, spitz zulaufendem Kragen und Schuhe mit hohen Absätzen. Mein langes schwarzes Haar, stets gegelt und nach hinten gekämmt, glänzte sogar im Schatten. Dies alles, und meine langen Koteletten, störten niemanden mehr. In der Schule und in dem bunten Kosmos der Stadt hatte ich – ein blutjunger, schicker Flaneur mit sportlicher Figur und erhobenem Kopf – meinen sicheren Platz.

Nach der Schule spazierte ich – die Hände hinter dem Rücken gekreuzt – jeden Tag zur Schahr-e Nau. Wenn das Grün des Parks in Aussicht kam und ich den verführerischen Geruch der Neustadt wahrnahm, beschleunigte ich meine Schritte. Vor dem Kino am Kreisverkehr hielt ich inne, blickte hinüber zu dem golden-grün schimmernden Park, über den die Sonne eine riesige Lichtkrone gelegt hatte. Dies war mein Ritual, und es hatte keinen anderen Sinn als den der Gewinnung eines schönen sinnlichen Gefühls, welches der Anblick in mir auslöste.

Dann betrat ich das Gelände des Cinema Herat und verweilte vor den Postern. Im Kino liefen meist indische oder iranische Filme, manchmal auch amerikanische, aber selten einheimische, weil es davon damals nicht viele gab. Es dauerte nicht lange, bis ich mich im Park oder im Gedränge des Neustädter Basars wiederfand. Meine Situation begünstigte besonders, dass ich seit dem achten Jahrgang Klassensprecher und der Beste in meiner Klasse war. So war ich immer und überall von Schulfreunden umgeben. Zu ihrem bunten Kreis gehörten Jungen, die immer noch ein wenig politisch interessiert, welche, die sportlich aktiv waren oder sich für Dichtung interessierten, andere, die fleißig lernten. Es waren Söhne aus den reichen, städtischen Familien und solche, die jeden Tag auf einem alten Fahrrad von ihrem Dorf in die Stadt fuhren.

In der heißen Jahreszeit verbrachte ich einige Nachmittage in der Freitagsmoschee. Sie wurde von den Menschen nicht nur zum Beten aufgesucht, sondern auch, um Ruhe und Besinnung zu finden. Mit meinen Büchern und Heften saß ich dort in dem riesigen Garten oder lief barfuß durch die weiten Gebetshallen und lernte für die Schule. Unter den Arkaden und in den kühlen Ecken traf ich mich mit meinen Schulkameraden. Und wenn ich müde wurde, zog ich mich in die dunklen Hinterhallen zurück und schlief. Sobald der Abend anbrach und die Sonne hinter den Dächern verschwand, versank die ganze Neustadt in bunten Lichtern und im Duft des Kebabs. Vor dem Cinema Herat standen die Leute in Schlangen. Im Kinogarten tobte es laut. Überall wurde Hasch geraucht und vereinzelt auch Wein getrunken.

SELTEN TRAUTE ICH mich, auf offener Straße einem Mädchen nachzugehen. Das erste Mal war es im März 1969 mit Sultan gewesen, das zweite Mal Anfang September desselben Jahres. Mein Vater, Asis und ich waren an jenem Nachmittag auf dem Weg zum Viehmarkt, als dieselbe junge Frau, diesmal in einem hellbraunen Tschador, plötzlich aus einer Gasse kam und vor unseren weißen Mercedes lief. Asis bremste sofort und ließ sie die Straße überqueren. Sie drehte sich mit einem überheblichen Blick zu uns um, und Vater bewunderte sie mit den Worten: »Was für ein biblisch hübsches Reh mitten auf der Straße!«

Zu einer Zeit, als es aussah, dass die Flamme des Protestes bald ersticken würde, machte ich mich nun auf die Jagd nach einer ganz anderen, persönlichen Flamme. Ich trieb mich eine ganze Woche lang im Basar-e Irak herum, bis mich eines frühen Nachmittags erneut das Glück anlächelte. Sie kam nicht allein, sondern mit einem anderen, etwas kleineren Mädchen aus der Gasse, die von der Hauptstraße abging, in der sich die Synagoge befand. Sie überquerten die Straße und verabschiedeten sich voneinander. Ihre Freundin ging weiter, und sie, das Reh, verschwand in der gegenüberliegenden Gasse. Ich beschleunigte meine Schritte und nahm die Verfolgung auf. Doch kurz nach dem jüdischen Männerhamam drehte sie sich um und warf mir einen bösen Blick zu, der mir Angst einjagte. Ich ging zurück und war fassungslos, als ich Sultan auf dem Gelände vor dem Hamam sah. Er stand vor dem Eingang mit dem Rücken zu mir und einem Fuß auf dem Treppenabsatz, als würde er in das jüdische Bad eintreten wollen.

Mit meinem Bartwuchs ging auch ein anderes Wachsen einher, welches mir keine Ruhe gab und mich zu wildesten Fantasien animierte. Im Sommer 1971, während des Lehrerstreiks, hatte ich viel Zeit zu albern. Jeden Tag stellte ich mich mit einem schwarzen Pinsel vor den Spiegel und gab meinem Schnurrbart, der sich noch im Ansatz befand, Form und Sichtbarkeit. Nicht selten verkroch ich mich nachmittags auch in den Schatten des leer stehenden Taubenschlags auf der Dachterrasse unseres Hauses und griff auf meine Erinnerungen aus der Badekabine des Frauenhamams oder auf jene Bilder zurück, die ich in Amins schwedischem Magazin gesehen und mir eingeprägt hatte.

Wie immer im Sommer standen zu dieser Zeit unsere Betten im Blumenpark im vorderen Garten, und wir schliefen im Freien. Ich erinnere mich an jene weiße Sternennacht, in der der volle Mond über meinem Kopf stand und mir wie eine mächtige weiße Lampe erschien, die von der blauen Dachkugel des Universums hing. Eine Milchstraße mit so vielen Leuchtkörpern, in dieser Länge und Breite, in dieser Leuchtkraft hatte ich noch nie gesehen. Ich schlief ein, und der Traum, der mich bald in eine andere Welt entführte, war mit Abstand der süßeste, den ich bis dahin in meinem Leben hatte:

Ich war als Postbote in diversen schwedischen Dörfern entlang der Küste unterwegs. Ich trug eine bunte Schlaghose und ein eng anliegendes weißes Hemd, und meine Aufgabe war es, den Frauen die Briefe ihrer Männer, Väter und anderer Verwandter zuzustellen. Ich ging von Tür zu Tür, lockte die jungen Damen aus ihren Häusern, gab ihnen jedoch ihre Briefe nicht. Stattdessen lief ich vor ihnen davon und winkte lachend mit den Briefen über meinem Kopf. Die Schwedinnen, alle blond und alle mit blauen, grünen oder grauen Augen, liefen hinter mir her, ihre Hände nach mir ausgestreckt, bis sie mich zu fassen bekamen, mir meine blaue Mütze abnahmen, sie ins Wasser warfen und mich in ihren engen Kreis schlossen und beglückten.

Als ich aufwachte, begriff ich genauer, was mein Vater an manchen frühen Morgen gemeint hatte, wenn er sagte, ihn hätte der Schaitan verführt und er müsse sich gründlich waschen, bevor er zum Gebet gehe.

ENDE FRÜHJAHR 1972, als ich in die zehnte Klasse ging, beglückte mich der Zufall mit der Gelegenheit, einer jungen Dame ein rechtes Bild von mir zu bieten. Mein Vater ging in all den Jahren einmal im Monat zum Postamt, um mit Maulana Asis in der Türkei zu telefonieren. Eines Tages saß ich mit ihm im Hof des Postamtes auf einer Bank – wir warteten auf eine Telefonverbindung nach Konya –, als eine elegante Dame an uns vorbeiging und uns mit einem Lächeln grüßte. Sie war groß und schlank, trug einen schwarzen Rock, Schuhe mit hohen Absätzen, und ihr Haar, das unter ihrem weißen Kopftuch hervorquoll, strahlte im Sonnenlicht wie eine Krone aus rotem Gold. Sie kam aus dem Hinterhaus und verschwand dann im vorderen Teil des Postgebäudes.

»Hat sie dich angelächelt oder mich?«, fragte Vater.

»Sie hat Sie angelächelt, Agha. Sie wollte mit ihrem Lächeln den Imam Sahib dafür loben, dass er so einen tollen Sohn hat wie mich!«

»Dann bin ich ja beruhigt. Besser als umgekehrt«, sagte Vater, und wir lachten.

Einige Tage später, als ich auf meiner Nachmittagsroute am Haupteingang der Post vorbeilief, sah ich dieselbe Dame mit ihrer Tasche das Gebäude verlassen, auf der oberen Stufe innehalten und zum blauen Himmel hinaufblicken. Es war genau vier Uhr, und ich hatte alle Gründe anzunehmen, dass sie bei der Post beschäftigt war.

Seit diesem Tag richtete ich, soweit es mir möglich war, meine Ausgänge so ein, dass ich ihr zu Dienstschluss begegnen konnte. Da ich wusste, dass sie die Poststraße an deren Ende überqueren würde, schritt ich mit der passenden Geschwindigkeit, sodass unsere Begegnung jedes Mal an derselben Straßenecke stattfand. Und jedes Mal sah die Dame einen gepflegten Schuljungen, der seinen Blick aus seinem aufgeschlagenen Schulbuch erhob und ihr mit einem schüchternen Lächeln begegnete: »Gruß an die Morgensonne!« Und das einige Wochen lang.

Doch meinen Wunsch, dass sie ein einziges Mal meinen Blick und mein Lächeln erwidern oder mich auch nur zurechtweisen würde, dass es bereits Nachmittag sei, blieb unerfüllt. An dieser Stelle ging mein Auftritt zu Ende. Ich machte mich aus dem Staub und gab meine Rolle an jemand anderen weiter, der kein Geringerer war als mein Literaturlehrer Rahim Khan, der offenbar auch ein Auge auf die Schönheit geworfen hatte und regelmäßig vor dem Kinogarten auf sie wartete.

Rahim Khan trug sein langes, mit Öl geschmiertes Haar ordentlich nach hinten gekämmt und hielt stets ein Buch – wahrscheinlich den Diwan von Hafes – in der Hand, um bei der schönen Beamtin einen kultivierten Eindruck zu hinterlassen.

Wenn Rahim Khan vor unserer Klasse stand und mit sanftem Körperschwung seine eigenen Liebesverse vortrug, ahnte ich, dass sie an unsere gemeinsame Verehrte gerichtet waren. Rahim Khan wusste, dass ich in seinem Fach der Beste war. Ja, der Beste in der Schule. Daher mochte er mich. Was ich aber nicht ahnte, war, dass er irgendwann erfahren haben musste, dass er in mir einen Nebenbuhler hatte.

Es war zwei Monate vor den Abschlussprüfungen des Schuljahres, als er mich eines Tages nach dem Unterricht zu einem Gespräch unter vier Augen einlud. Ich begleitete ihn in Richtung der Schulverwaltung.

»Schaer«, begann er. »Du bist ein anständiger, talentierter Junge. Und du kommst aus einem guten Hause. Ich mag dich. Wir stehen kurz vor den Prüfungen, und ich bin sicher, dass du deine Stellung als bester Klassenschüler behaupten wirst. Ich hoffe aber, dass du keine Dummheiten anstellst, die dein Ansehen gefährden könnten.«

»Welche Dummheiten habe ich denn angestellt, Ustad?«, fragte ich beängstigt.

»Wenn du mich so direkt fragst, dann sage ich es dir. Meine Cousine, die bei der Post arbeitet, hat sich bei mir über dich beschwert, dass du sie belästigst.«

Ganz gleich ob er annahm, dass ich ihn bei der Verfolgung derselben Dame nicht gesehen hätte, musste es seiner Wahrnehmung nach offenbar so gewesen sein. Ganz in der Manier der Diktatoren konnte ich ihn vor dem städtischen Kino gar nicht gesehen haben. Damit offenbarte er mir nicht nur eine tiefere Schicht seines Charakters, sondern auch eine Erkenntnis: Naivität, Arroganz und Ignoranz – die drei Grundsäulen des menschlichen Irrtums – können einander zum Verwechseln ähnlich sein. Daher antwortete ich ihm mit derselben Logik und blieb dabei trotzdem vorsichtig, denn es kam erschwerend hinzu, dass er auch unser Klassenlehrer war.

»Unser Vater hat uns beigebracht, den Frauen Respekt zu erweisen, ihnen Vorrang zu gewähren und an ihnen nicht ohne Gruß oder ein brüderliches, humorvolles Lächeln vorbeizugehen.«

Rahim Khan sah mich mit ernster Miene an und ließ mich ausreden. Um ihm zu signalisieren, dass ich nicht beabsichtigte, sein Nebenbuhler zu sein, fügte ich hinzu: »Es liegt bestimmt eine Verwechselung oder ein Missverständnis vor, Ustad. Sie können mir glauben, dass ich ein harmloser Junge bin.«

Ich war sicher, dass er log und in keinerlei verwandtschaftlichem Verhältnis zu der jungen Postbeamtin stand. Er achtete auf ein gepflegtes Äußeres, man sah ihm an, dass er ständig darauf bedacht war, den Frauen zu gefallen. Und zu den Schülern, von denen er wusste, dass sie eine schöne Schwester hatten, war er besonders freundlich. Nur ein Makel machte Rahim Khan zu schaffen: eine große, rötlich schimmernde Narbe, eine Folge der Windpocken, die seine linke Gesichtshälfte verunstaltete und die er mit allerlei Gesichtscreme zu vertuschen suchte. Und so hieß er bei den Schülern nicht nur »Gigolo«, sondern auch »Blutorangenscheibe«. Dennoch hatten wir aus meiner Sicht alle Gründe, Rahim Khan dankbar zu sein. Denn er war streng, verlor keine Minute und fütterte uns mit kulturgeschichtlichen und literarischen Werken.

Nach dem für mich peinlichen Gespräch mit Rahim Khan ließ ich die Finger von der Postbeamtin.

In meinem Umgang mit der Dame aus dem Postamt war ich anständig geblieben. Ich denke aber, wenn ein Mensch es mit der Dreistigkeit so weit treibt, dass er anderen von seinem Leben berichtet, sollte er auch den Mut haben, sich vor der ganzen Wahrheit nicht zu scheuen. In diesem Zusammenhang fällt mir mein Erlebnis mit der jungen Tochter unserer Dienerin ein. Und ich empfinde dabei Scham. Scham vor meinen toten Eltern. Scham vor mir selbst.

Golbu fütterte das Vieh, melkte die Kühe, putzte im Haus und hielt sich dabei – den Blick zu Boden gerichtet – immer unter ihrem schwarzen Tschador versteckt. Und sie ging mir aus dem Weg. Nicht meinen älteren Brüdern. Nur mir. Bis zu jenem Tag Anfang Sommer des Jahres 1973, als ich ihr beim Pflücken der Melonen behilflich sein sollte.

Hadschi Agha hatte für den Abend viele Gäste eingeladen und schickte uns zusammen in den vorderen Garten, um die reifsten und süßesten Wasser- und Honigmelonen auszusuchen. Der Acker war in parallel laufenden, schmalen Tiefen und Höhen geformt, auf denen die Melonenpflanzen wuchsen. Es war ein heißer Nachmittag. Golbu legte nach einer Weile ihren Tschador ab und öffnete ihr fest gewickeltes Kopftuch, sodass ich die Formungen und Linien ihres Körpers zum ersten Mal beobachten konnte. Ihr Gesicht war oval, ihr Haar lang und dicht, und ihre glatte Haut glänzte braun. Sie wirkte um kein bisschen weniger schön als das andere Nomadenmädchen, welches mir knapp viereinhalb Jahre zuvor die Hand gelesen hatte. Zudem hinkte sie nicht, sondern hatte den Lauf eines flinken Vogels.

Als Golbu sich vornüberbeugte und ich aus der mäßigen Anhöhe, auf der ich saß, ihre runden Brüste tanzen sah, hörte ich meinen inneren Schaitan rufen: ›Entweder jetzt oder nie!‹

»Du hast aber die süßesten Honigmelonen in deinem Hemd versteckt, Golbu. Willst du sie allein essen?«, fragte ich.

Ich hatte reflexartig im Sinne des Ratschlages gehandelt, den Osman Khans Geist mir gegeben hatte, und war nun darauf gefasst, von ihr beschimpft und blamiert zu werden. Ich erwartete sogar, dass sie – verletzt in ihrer paschtunischen Ehre – mir eine Ohrfeige verpassen könnte. Aber es geschah nichts. Sie lief nicht einmal weg, sondern schwieg, weiterhin vornübergebeugt, und wühlte im Gestrüpp der Pflanzen herum. »Dein Name gefällt mir sehr. Er bedeutet: der Duft der Blumen«, fügte ich hinzu.

»Gefallen sie dir?«, fragte sie in ihrer Haltung.

Ich traute meinen Ohren nicht. Mein Vater hatte einmal gesagt, eine schöne Frau sei in der Lage, mit einem einzigen Blick den Regierungssitz des Denkens eines Mannes von seinem Kopf in seine Hoden zu verlegen. Wie recht er doch hatte.

»Ja, Golbu. Ich liebe deine Brüste! Ich habe für sie bereits viele Gedichte geschrieben.«

»Welche denn? Sag mir eins auf!«

»Ich habe sie in einem Heft in meinem Zimmer. Wenn du einmal heimlich zu mir kommst, lese ich sie dir vor«, log ich. »Ich träume jede Nacht von dir, Golbu. Glaub mir! Darf ich sie mal anfassen?«

»Nur, nachdem du mich geheiratet hast«, sagte sie und richtete sich mit einer großen Melone in beiden Händen auf.

»Ich heirate dich später, wenn ich die Schule abgeschlossen habe. Aber ich muss mich vorher richtig in dich verliebt haben. Um mich in dich zu verlieben, muss ich dich aber zunächst anfassen.«

Sie legte die große Frucht auf den Boden, hockte sich vor mich, blickte mir zum ersten Mal in all den Jahren direkt in die Augen und sagte, während sie ihren Kopf schüttelte: »Ja. Du weißt, was du willst. Aber heiraten willst du mich niemals.«

Ihr Ton klang fest und entschlossen. Und ich sah auf einmal so viel Bitterkeit und Traurigkeit in ihren großen braunen Augen, dass mir bange wurde. Ich kam mir wie ein Verbrecher vor, und doch fühlte ich mich meinem Begehren hilflos ausgeliefert. Ich nahm ihre Hände in meine, ohne ihr richtig in die Augen sehen zu können.

»Warum denn nicht, Golbu? Ich liebe dich, und ich meine es ernst. Hast du … hast du auch an mich gedacht?«

»Ja, seitdem du angefangen hast, Gedichte aufzusagen. Ich hatte dich verwünscht, sodass du in die Kotgrube gefallen bist.«

»Oh, kannst du auch die Hände lesen?«

Sie gab mir keine Antwort, sondern ließ ihre heißen Tränen auf meine Hände tropfen. Peinlich berührt blickte ich nach rechts, dann nach links und sah am Rande des Weges zum Gästehäuschen Sultan, der uns durch eine Lücke zwischen zwei Bäumen beobachtete. Dann verschwand er sofort. Ich ließ die Hände des Mädchens los und sagte: »Sultan beobachtet uns.«

»Ich weiß.«

Golbu nahm die Melone, warf sie in den halb vollen Sack, wickelte schnell ihr Kopftuch, zog ihren Tschador über den Kopf und sprach: »Er will mich haben und späht von seinem Hausdach aus den ganzen Abend nach mir, wenn ich bei mir im Hof sitze und stricke. Wenn du dich nicht beeilst, wird er bei meiner Mutter um meine Hand anhalten. Meine Mutter wird nicht Nein sagen. Er kommt aus derselben Gegend wie wir. Für ihn spielt es keine Rolle, dass ich arm und ungebildet bin. Aber für dich schon.«

Dann klammerte sie ihre Arme um den schweren Sack, hob ihn hoch und lief flink über das Feld zum Haus. Ich schloss meine Augen und verwandelte mich in eine sitzende Statue aus schwerem, schmutzigem Stein, die vom Einstürzen bedroht war.

Nur drei Tage später, als ich von der Schule nach Hause kam, hörte ich, dass die Nomadin, die uns achtzehn Jahre lang gedient hatte, mit ihrer Tochter über Nacht fortgegangen sei. Das Verschwinden der Nomadenfamilie beschäftigte mich eine lange Zeit. Ich sah die Wunden, die mein Begehren in meiner Seele angerichtet hatte, und begriff endlich, was mein Vater mit diesen Worten gemeint hatte:

»Die Schönheit einer Frau ist die größte Herausforderung für die Würde eines Mannes.«

Dieses Mal war ich entschlossen, meine Würde künftig vor dem Mann in mir besser zu schützen.

9

Am Morgen des siebzehnten Juli 1973 saßen wir, die drei Klassen des elften Jahrganges, bei der Halbjahresprüfung im Fach Geschichte an langen Tischreihen im Freien auf dem Schulhof. Die Unterarme auf den Tisch gelegt, das schläfrige Haupt auf die Hände gesenkt, suchte ich mit geschlossenen Augen nach einem ersten Satz zur Antwort auf die zweite Blockfrage. Mein Banknachbar stach mir mit seinem Kugelschreiber unentwegt in den linken Arm und stellte mir eine Frage nach der anderen. Schließlich wollte er wissen, ob es richtig sei, Saher Schah als einen demokratischen Herrscher zu bezeichnen. Doch bevor ich den Mund öffnen konnte, dröhnte eine Stimme aus einem Lautsprecher zu uns herüber.

»Achtung, Achtung! Liebe Kollegen, liebe Schüler! Die Stimme, die ihr gerade am Prüfungstisch hört, ist die Stimme des afghanischen Volkes, sie ist die Stimme der Zukunft! Hier spricht die Zukunft eures Landes zu euch!«

Ich hob den Kopf und richtete meinen müden Blick nach vorne. Die glückliche Stimme, die ich hörte, und das Bild, das ich da sah, sollten mich in den darauffolgenden Jahren und Jahrzehnten sogar im Schlaf verfolgen: Nicht weit entfernt von uns, vor der Bibliothek, stand Gol Agha Khan in einem hellblauen alten Anzug mit einem Lautsprecher auf einem Tisch. Um ihn standen der Schuldirektor, dessen Stellvertreter sowie Rahim Khan, dessen Blutorangenscheibe auf der linken Gesichtshälfte im Sonnenlicht schimmerte.

»Warte kurz. Das wird sich gleich herausstellen«, antwortete ich meinem Banknachbarn.

Nachdem alle ihre Blicke auf ihn gerichtet hatten, fuhr Gol Agha fort: »In der Geschichte dieses Landes wurde heute ein neues Kapitel aufgeschlagen, was die Geschichtsschreiber vor eine neue, große Aufgabe stellt. Revolutionäre Offiziere, wachsame Söhne des afghanischen Volkes, haben seit mehreren Jahren hart daran gearbeitet, einen großen Traum zu realisieren. Heute Nacht hat sich dieser Traum verwirklicht.«

Die um ihn stehenden Kollegen schenkten ihm einen langen Beifall, während wir, Prüflinge aller Schulklassen und Fächer sowie unsere Prüfer, mit verblüfften Gesichtern in ihre Richtung schauten und nicht wussten, wozu Gol Agha Khan uns gratulierte.

»Unsere Offiziere haben heute Nacht die Grundsäule der verfallenen, reaktionären Monarchie gestürmt und Saher Schah und seine Räuberbande auf den Misthaufen der Geschichte geschickt. Ab heute gibt es eine Republik in Afghanistan, die demokratisch ist und sozialistisch orientiert! Dieser Wechsel soll als die erste Etappe der Revolution in die Geschichte eingehen!«

Nicht nur den Schulgruppen, die an den Tischreihen im und rund um den Garten saßen, standen jetzt im Angesicht dieses absurden Traums die Münder weit offen, sondern auch allen anderen, die bei den Eingängen ihrer Klassenzimmer standen oder aus den offenen

Fenstern herausschauten. Nur die Faulen nutzten die Gelegenheit und schrieben fleißig ab. Und da ich glaubte, meinem Banknachbarn eine Antwort zu schulden, sagte ich zu ihm:

»Pass auf, mein Freund. Saher Schah war ein halbwegs demokratischer Herrscher. Aber angesichts dessen, was nach ihm kommen wird, könnte man ihn als volldemokratisch und womöglich den besten Herrscher in der Geschichte des Landes nach Amanullah bezeichnen.«

Er sah mich an, als würde ich spinnen. Ich richtete meine Aufmerksamkeit erneut auf Gol Agha Khan. Er hatte uns lange warten lassen, ja, er hatte uns bewusst in die Irre geführt, bis er uns endlich den Namen des neuen Mannes an der Spitze des Landes verriet: Prinz Daoud Khan.

Gol Agha Khan stieg vom Tisch herunter. Nun waren es nicht mehr nur seine drei Kollegen, die klatschten, sondern auch viele andere Lehrer und Schüler. Der Name Daoud Khan war von allen Seiten zu hören. Die meisten Lehrer, die unsere Prüfung beaufsichtigen sollten, schien es nicht mehr zu interessieren, ob jemand abschrieb oder nicht. Nur mein ehemaliger Mathematiklehrer Schir Agha Khan kam zu mir an den Tisch, blickte auf mein Antwortblatt und sagte: »Ich dachte schon, es wären die Khalqis, die sich an die Macht geputscht haben.«

»Ich auch, Ustad«, erwiderte ich.

»Aber Daoud Khan … na ja … mal sehen, Sohn des Hadschi Sahib.«

Ich deutete auf eine Stelle auf meinem Antwortblatt und sagte: »Über Daoud Khan habe ich leider hier nichts Gutes geschrieben.«

»Streichen!«, sagte er, ging zwei Schritte, kam zurück und legte seine Hand, in der er seine Tessbih hielt, auf den Tisch und fügte hinzu: »Aber zu viel Gutes solltest du auch nicht schreiben.«

Wir sahen uns an und lachten.

Zur Mittagszeit hatten sich einige Schüler vor dem Büro der Schulleitung versammelt und hörten die Rede des neuen Präsidenten aus dem Radio. Daoud Khan sprach zum Volk und er sprach ihm aus der Seele. Er wollte Afghanistan von Armut und Stillstand befreien und aus der Isolation herausführen. Er versprach Reformen, Bildung und demokratische Verhältnisse. Ich eilte nach Hause und war gespannt, was Vater zu dem Militärputsch sagen würde. Hadschi Agha, der Daoud Khan aus dessen Zeit als Premierminister einiges nicht verzeihen konnte, hatte ihn wiederholt als einen despotischen Patrioten bezeichnet. Prinz Daoud hatte seinerzeit den inhaftierten Arzt Mahmudi mehrmals prügeln lassen. Das konnte Vater schwer vergessen.

Zu Hause saßen Hadschi Agha und Asis im Salon vor dem Radio und hörten die Rede des Präsidenten, die an diesem Tag zwischen militärischen Musikstücken immer wieder gesendet wurde.

»Die Kuh hat ein Kalb geboren, Agha!«, rief ich.

Hadschi Agha machte das Radio leiser und sagte: »An zwei Stellen betont er, dass Afghanistan ein neutrales Land bleiben werde.«

»Und? Beruhigt Sie das?«, fragte ich.

»Na ja, du sagst es ja selbst. Die Kuh hat ein Kalb geboren. Jetzt wollen wir beten, dass das Kalb keine Kuh gebärt.«

»Inscha-allah!«, rief ich. »So Gott will.«

Fünftes Buch

Sprünge unter den Regenbogen

Teil eins

1

Die Altstadt von Herat mit ihren vier Basaren und den verschlungenen Gassen der Händlerviertel steckt voller Geschichten. Eine dieser Geschichten rankt sich um einen Jungen mit ölig rundlichem Gesicht und großen, lebendigen Augen, dessen Name allen bekannt war: Ali der Pfeifer.

Ali war im Basar-e Irak zu Hause, in jenem Stadtteil der Handwerker, Geschäftsleute und Kleinkramverkäufer, in dem seit Jahrzehnten eine jüdische Minderheit und eine schiitische Mehrheit friedlich nebeneinanderlebten. Die Wohnhäuser und Geschäfte lagen zu beiden Seiten der Hauptstraße, jener langen Achse, die vor Dschikan im Osten begann und am Viehmarkt im Westen endete.

Die afghanischen Juden unterschieden sich in ihrem Aussehen und ihrer Bekleidung kaum von den Muslimen. Sie betrieben Geschäfte im Basar, handelten auf dem Geldmarkt und wurden nicht weniger respektiert als andere religiöse Minderheiten. Sie neigten zwar dazu, sich abzusondern – während die Sikhs oder die Hindus ihre Kinder in die staatlichen Schulen schickten, unterhielt die jüdische Gemeinde in Herat ihre eigenen Lehranstalten –, aber ihre Synagoge und ihre Badehäuser befanden sich im Basar-e Irak, und ihr Friedhof lag in der Altstadt nahe der Grabstätte eines muslimischen Heiligen.

Dieses Nebeneinander der Volksgruppen im Leben wie im Tode bedeutete natürlich nicht, dass man von gegenseitigen Vorurteilen frei war. Einem alten Gerücht unter den Muslimen zufolge war zum Beispiel der Keller der Synagoge mit denen der jüdischen Häuser verbunden und führte durch schmale, unterirdische Gänge weiter zu anderen Wohnvierteln. Es hieß, die Juden würden muslimische Kinder, die sich laut in den Gassen balgten, durch versteckte Öffnungen in ihre unterirdischen Kanäle zerren, um sie zu töten und ihr Blut zu trinken. Doch solche bösartigen, furchterregenden Anekdoten erzählten die Älteren den Kindern nur, um sie von der Straße fernzuhalten.

Die meisten Menschen in der Altstadt kannten sich. Man wusste vom anderen, ob er ein Schiit war oder ein Sunnit, ob er reich oder arm war und welchem Beruf er nachging. Man wusste, wer in einem der vier Basare wohnte und wer aus den abgelegenen Dörfern herkam, um sein tägliches Brot zu verdienen. Und nicht zuletzt gab es die vielen bunten Hunde und schwarzen Schafe, die nur unter ihren Beinamen bekannt waren, wie zum Beispiel der Straßenadler, den man auch Malang Dschan, geliebter Einsiedler, rief, oder die Stegreifdichterin Sanawbar, die ihren Namen der Pappel verdankte, aus deren Holz ihr Gehstock geschnitzt war.

ALI WOHNTE MIT seinen Eltern im nördlichen Teil des Basar-e Iraks in einer kleinen Gasse, die am Ende der immer lebhaften Schuhmachergasse von dieser abging. Sein Vater schuftete, seinen höllischen Rückenschmerzen zum Trotz, als Tagelöhner auf den umliegenden Baustellen, seine Mutter war fast erblindet. Nachdem Ali ein Jahr lang die Koranschule in der Moschee besucht und ein wenig das Lesen und Schreiben gelernt hatte, fing er an, bei seinem Vater zu arbeiten.

An den Abenden sah man ihn stets auf der Hauptstraße des Viertels schlendern – singend, pfeifend und trällernd. Die Lieder, die er von sich gab, klangen mal fröhlich, mal traurig. Seine Gesangstexte bastelte er aus Zitaten indischer Filme sowie einzelnen persischen oder auch selbst erschaffenen Worten und Lauten zusammen. Hin und wieder mischte er auch Töne von unterschiedlichen Musikinstrumenten mit hinein.

Der Dreizehnjährige war sich der Wirkung seiner Kunst bewusst und freute sich insgeheim, wenn jemand ihn anlächelte, ihm bestätigend zunickte oder ihm zurief: »Bah, bah, Ali Dschan, bah, bah!«

Er lebte von Tag zu Tag vor sich hin, und Sorgen machte sich Ali kaum, bis zu jenem Schlag des Schicksals, der ihn von den Beinen riss. Dann war auf einmal Schluss. Mit dem Streunen und Pfeifen. Mit der Fröhlichkeit.

Es war ein eisiger Schneetag im Januar 1967, als Alis Vater von einem hohen Arbeitsgerüst stürzte, vor Alis Füßen auf einen Steinhaufen fiel und um Mitternacht verstarb.

ALI MUSSTE NUN allein für sich und seine Mutter sorgen. Er zog jeden Morgen bei Sonnenaufgang zur großen Kreuzung im Basar-e Kandahar und wartete dort neben anderen Lohnarbeitern, bis jemand kam und ihn zu irgendeiner nahen oder fern liegenden Baustelle mitnahm. Um ihn herum war es still geworden. Die Menschen, die ihn und seinen Vater gut kannten, fühlten mit ihm, aber Ali ließ sich nicht bedauern. Immer, wenn ihn die Trauer zu überwältigen drohte, sagte er sich: »Jedem wird mit seiner Geburt ein Schicksal vorgeschrieben, dem er nicht entrinnen kann. Unsere Schicksalsblätter liegen nicht in unserer Hand, sondern weit oben in der Werkstatt des Schöpfers.«

Eines Nachmittags, knapp fünf Monate nach dem Tod seines Vaters, hatte die Hand des Schicksals in Alis Leben eine neue Wendung vorgesehen. Er hatte an diesem Tag keine Arbeit gefunden und war ohne etwas in den Taschen zurückgekehrt. Es war so heiß, dass er am Anfang seiner Gasse stehen blieb und den Wasserhahn einer öffentlichen Wasserleitung, die an der Mauer des Eckhauses entlanglief, aufdrehte. Er zog sein Hemd aus und warf es zur Seite, beugte sich tief, hielt seinen Kopf unter das Wasser und begann, mit lauter Stimme ein indisches Lied zu singen. Es kümmerte ihn nicht, dass dabei seine afghanische Pluderhose nass wurde, und auch nicht, dass jemand ihn beobachtete.

Es war Radscha Khan, der drei Schritte von ihm entfernt in einem gelben Gewand auf dem Vorsprung seines Ladens in der Schuhmachergasse saß und in seinen Geschäftspapieren blätterte.

»Hey, du! Kleiner Malang! Komm mal her!«

Ali richtete sich auf und sah hinüber. Es gefiel ihm nicht, dass der Schuhhändler ihn als kleinen Einsiedler bezeichnete. Also schüttelte er bloß seinen Kopf und beugte sich erneut unter den Wasserhahn, um davon zu trinken.

»Komm mal her, Ali Khan«, bat daraufhin Radscha Khan. Der Junge trat halb durchnässt, wie er war, vor den Händler. »Womit kann ich Ihnen behilflich sein?«

»Entschuldige, mein Freund«, sprach der Hindu. »Ich wollte dich nicht kränken. Und das mit deinem Vater tut mir sehr leid. Aber du musst wissen, dass ein Malang nicht irgendein armer Bettler ist, wie man vielleicht denken mag. Viele große Dichter und Künstler wollten gern ein Malang sein. Schon der alte Rumi sagte:

Dein äußeres Auge ist wie die Handfläche
Sie erfasst nicht das Ganze.
Ach Du, der Du im Boot Deines Körpers liegst
Du siehst nur das Wasser
Schau doch das Wasser unter den Wassern!

Was ich dir damit sagen will, ist: Es gibt etwas, was tiefer reicht als die Tatsache, dass ich ein Khan und ein Hindu bin und du ein Tagelöhner und ein Muslim. Dieses Tiefere verbindet uns miteinander wie die Schwerkraft der Erde ihre beiden Pole.«

Ali blickte in die Schuhmachergasse, die zu dieser Stunde fast menschenleer war. Das Gedicht, das ihm der Khan vorgetragen hatte, gefiel ihm sehr.

»Komm, setz dich auf meine Treppe, kleiner Künstler. Ich will dir zeigen, was ich meine.«

Noch nie hatte ihn jemand einen Künstler genannt. Ali schüttelte irritiert den Kopf, lächelte und folgte der Einladung des Händlers. Dieser brachte aus seinem Laden eine Tabla. Nachdem er mit den Fingern mehrfach auf die Felle der indischen Trommel geklopft hatte, um sie einzustimmen, sprach er: »So. Jetzt sing bitte dasselbe Lied noch einmal. Die Melodie klingt bereits sehr schön, aber der Text. Du singst nicht, du malst mit Lauten, und das ist gut so. Stell dir vor, deine Zunge ist ein Pinsel und dein Herz eine Flasche mit Tinte in allen Farben.«

»Mein Herz ist keine Flasche«, protestierte Ali.

»Das stimmt«, lachte Radscha Khan. »Aber deine Gefühle erhalten durch die Töne, die du erzeugst, erst eine Form. Die Musik verwandelt sie in eine akustische Wirklichkeit. Stell dir diese Wirklichkeit wie ein Gemälde vor. Wie ein eigenes Universum, das du mit deinen Tönen und Lauten erschaffst.«

Radscha Khan begann zu spielen; und Ali schloss seine Augen und erhob seine Stimme. Er ließ sich von den Klangwellen, die Radscha Khans Hände auf dem Ziegenfell der Tabla hervorzauberten, tragen. Als er nach einer Weile seine Augen öffnete, sah er Passanten und Ladenbesitzer um sich und Radscha Khan in einem Halbkreis versammelt. Radscha Khan schob seine Trommel zur Seite und klatschte in die Hände, um die Schaulustigen zu vertreiben.

»Ich fühle mich geehrt, Khan Sahib«, sagte Ali, »aber ich frage mich, warum Sie mich wirklich gerufen haben. Ein angesehener Mann wie Sie ruft nicht einen kleinen Tagelöhner zu sich, nur um mit ihm vor aller Augen zu musizieren.«

Radscha Khan grinste. »Um ehrlich zu sein, Ali, schlagen zwei Herzen in meiner Brust, das eines Künstlers und das eines Händlers. Ich habe dich mit beiden Stimmen zu mir gerufen. Es ist nämlich so, dass ich niemanden mehr habe, der mein Ladengeschäft hier betreibt. Ich habe den Angestellten, der für mich den Laden betreibt, vor einer Stunde zum Teufel geschickt, nachdem er mal wieder fünfhundert Afghani aus der Kasse gestohlen hat.«

»Oh«, stieß Ali hervor. »Aber gut, fürs Klauen gibt es keine Entschuldigung.«

»Eine gute Einstellung! Was würdest du sagen, wenn ich dir anbiete, den Laden zu übernehmen?«

Ali hob seine Augenbrauen und lachte. »Schuhe verkaufen? Schuhe reparieren? Ich bitte Sie, Khan Sahib! Wenn überhaupt etwas, bin ich Bauarbeiter. Ich habe von Ihrem Handwerk keine Ahnung!«

Der Khan fasste Ali bei der Hand. »Für diese kräftige Hand, die Häuser baut, sollte ein Schuh nicht mehr als ein leichtes Spielzeug sein. Ich lasse dich bei meinen Leuten einarbeiten. Wenn du zwei Wochen in einem meiner Läden gearbeitet hast, dann hast du alles erlernt. Der nächstgelegene befindet sich im Basar-e Kandahar.«

Alis Augen weiteten sich, und als er nichts erwiderte, fügte Radscha Khan hinzu: »Und darüber hinaus bringe ich dir Takt für Takt die Kunst des Trommelns bei. Du wirst sehen, in ein paar Jahren wirst du der zweitbeste Tabla-Spieler der Stadt sein.«

Ali lachte. »Abgemacht!«

»Wunderbar.« Radscha Khan brachte seinen Ladenschlüssel aus seinem gelben Gewand hervor und hielt ihn Ali vor die Augen, der ihn vorsichtig entgegennahm. »Vergiss nie, dass unsere Beziehung auf absolutem, gegenseitigem Vertrauen fußt.«

Ein breites Lächeln umspielte Alis Gesicht. »Das Wasser unter den Wassern, richtig?«

»Ja, mein Junge. Ich muss mich auf dich verlassen können.«

»Heißt das, dass auch Sie mich nicht im Stich lassen werden?«

»Wenn es eines Tages sein muss, dann ja.«

Er lachte. Und Ali lachte mit ihm.

Zu hause legte Ali sich neben seine schlafende Mutter und starrte mit unter dem Kopf verschränkten Händen lange zur Decke. Er konnte sein Glück kaum fassen. Als Bauarbeiter hatte er bei jedem Wetter mit Schlamm, Gips und schweren Ziegelsteinen hantieren müssen. Dass dies alles auf einmal vorbei sein sollte, schien ihm unvorstellbar. Ein Lächeln erschien auf seinem Gesicht, als er die Hand seiner Mutter auf seinem Kopf spürte und sie fragen hörte: »Bist du hier, mein Sohn?«

»Nane!«, rief er. »Ich werde nicht mehr auf der Baustelle arbeiten.«

»Wieso? Hast du in der Lotterie gewonnen?«

»Ja. Anders kann man das kaum bezeichnen, Nane. Ich habe gerade Radscha Khan getroffen. Er ist der größte Schuhhändler der Stadt. Außerdem ist er ein großer Musiker. Du kennst doch seinen Schuhladen schräg gegenüber unserer Gasse, nicht wahr?«

»Ich sehe doch alles nur schemenhaft.«

»Das reicht doch, Nane. Allah hat diesen gütigen Hindu zu mir geschickt. Ab morgen werde ich für ihn arbeiten. Ich werde nur noch einen Katzensprung von dir entfernt sein und dreimal so viel verdienen wie bisher.«

Er drehte sich zu seiner Mutter und blickte ihr direkt in die Augen.

»Allah möge, dass der gütige Hindu seine Hand lange über deinem Kopf hält«, flüsterte sie.

Ob es von Allah geschickt wird oder von blinden Mächten, die wir nie erfassen können, klopft im Leben eines jeden Menschen mindestens einmal das große Glück an die Tür. Tragisch nur, dass viele ausgerechnet in diesem Moment entweder in tiefem Schlaf liegen oder sich im grellen Licht ihres Wachseins befinden, sodass sie keine Farben erkennen und keine Töne wahrnehmen können, die ihren Sinnen fremd sind. Sie öffnen nicht oder schlagen gar dem Klopfenden die Tür vor der Nase zu und dann jammern sie ihr Leben lang, sie seien Pechvögel.

Ali war anders. Und Radscha Khan hielt in jeder Hinsicht sein Wort. Nachdem Ali in kurzer Zeit das Schuhmacherhandwerk erlernt und dessen Laden übernommen hatte, machte der Khan ihn mit den Grundlagen des Tablaspielens vertraut. Und nicht nur das. Nachdem

Radscha Khan gemerkt hatte, dass Ali im Lesen und Schreiben schwach war, beauftragte er einen Talib, täglich einmal in den Laden zu kommen und ihm Nachhilfe zu geben. Ali lernte die Tugend des Sitzens kennen und vermisste sein tägliches Streunen durch die Gassen überhaupt nicht mehr. Er saß den ganzen Tag auf seinem Arbeitspodest, bürstete und färbte Schuhe, nähte mit dicker Nadel, schnitt mit Schere, schlug mit Hammer, schliff, oder er verkaufte neue, preiswerte Ware aus Indien. Dabei bewegte er seinen Oberkörper hin und her und übte verschiedene Trommeltakte mit seiner Stimme: »Na, Den, Den, Na, Na, Den, Den, Na«; »Kat, Ta, Ta, Den, Ta, Ta«. Seine Arme, Hände und Finger wurden durch das harte Handwerk immer kräftiger und gelenkiger, was seiner Trommelkunst zugutekam. Nach der Arbeit und an Feiertagen zog er sich zurück, setzte sich an seine Tabla und spielte Rhythmen darauf, die Radscha Khan ihm beigebracht hatte.

Um seiner neuen Leidenschaft besser nachgehen zu können, beschloss Ali, das Häuschen, in dem er mit seiner Mutter wohnte, zu erweitern. Das Haus lag zwischen dem eines jüdischen Apothekers und dem eines muslimischen Kleinhändlers. Rechts vom Eingang befanden sich die Wohnräume. Auf der Rückseite lag ein kleiner Garten, der durch eine Mauer von einem brachliegenden Stück Land am Ende eines Sportplatzes abgetrennt war. Er fertigte einen Bauplan an, und als er eines Tages mit seiner Mutter beim Tee auf der Terrasse saß, zeigte er ihr diesen.

»Dort drüben an der Mauer will ich ein separates Zimmer anbauen, zum Haus hin und an den Seiten zu den Nachbarn soll aber noch Raum bleiben.«

»Wozu ein Zimmer?«, wollte die Mutter wissen.

»Zum Musizieren. Und um gelegentlich meine Gäste zu empfangen. Wir haben kein Gästezimmer, Nane.«

»Mach, was dir lieb ist, mein Sohn«, erwiderte seine Mutter.

Innerhalb einiger Wochen entstand so auf der Rückseite des Hauses ein kleines Gartenzimmer, welches zu drei Seiten von einer schmalen Terrasse umgeben war. Zwei Fenster öffneten sich zum Garten hin, der mit vier Apfelbäumen sowie Gemüse und Blumen bepflanzt war, ein drittes zu dem muslimischen Nachbarn. Die Eingangstür befand sich auf der Seite zur jüdischen Familie.

Die Innenwände des Zimmers bemalte Ali – der nicht nur musisch, sondern auch mit dem Pinsel sehr begabt war – vom Boden bis zur Decke mit prächtigen Landschaften in allen vier Jahreszeiten – Berge und Täler, die von Nomaden, Tieren und Hirten bevölkert waren. Den Boden bedeckte er mit handgeknüpften Teppichen, Sitzmatratzen und Lehnkissen. Bunt bemalte er auch Außenwände zum Garten: wilde Landschaften, bevölkert von mehrköpfigen Fabelwesen, Paradiesvögeln, speienden Vulkanen und schwarzen Schlangen mit ausgestreckten roten Zungen. In die Eingangstür hängte er einen schwarzen gerafften Vorhang, der aussah, als böte er Einlass in ein Theatergebäude.

2

Mit der Zeit wurde aus Ali dem Pfeifer, einem im ganzen Viertel bekannten Streuner, ein junger Mann und Schuhhändler, der ein herzliches Verhältnis zu jedermann pflegte. Eine Aufmerksamkeit besonderer Art widmete er jedoch der Tochter seines jüdischen Nachbarn Adam Khan.

Mit Sarah, so hieß das Mädchen, war Ali in derselben Gasse aufgewachsen. Oft hatte er mit ihr, ihrer Freundin und einigen anderen Kindern aus der Gegend hinter den Häusern auf dem Sportplatz gespielt. Später, mit acht oder neun Jahren, hatten beide miteinander nichts mehr zu tun gehabt. Für Ali hatte die Kindheit da schon aufgehört, und die Spielkameradin von gestern hatte ihn nur noch mit schüchternem Lächeln angestarrt und gelauscht, wenn sie ihn beim Pfeifen und Singen in der Gasse hörte.

Doch mit der Zeit begann Ali, in Sarahs schwarzen Augen Bilder seiner fröhlichen Kindheitstage wiederzuerkennen. Es tat ihm gut, wenn er sie jeden Morgen – auf dem Weg zur Synagoge, wo sie die Mädchenschule besuchte – an seinem Laden vorbeigehen sah. Die Art, wie er sie grüßte, war immer dieselbe. Er legte die rechte Hand auf das Herz, die drei mittleren Finger der linken Hand auf seine linke Augenbraue, lachte sanft und rief: »Einen schönen guten Morgen, Sarah Dschan!«

Sie erwiderte den Gruß, indem sie unter ihrem Tschador die Nase rümpfte und den Mundwinkel zu einem Lächeln verzog. Wenn sie jedoch am frühen Nachmittag aus der Schule kam und ihre Freundin dabei war, kicherte sie gemeinsam mit ihr und erwiderte seinen Gruß nur mit einem flüchtigen Blick. Ihr Verhalten entsprach dem Bild, das er sich in früheren Tagen von ihr gemacht hatte: eine Schale der Schüchternheit um einen frechen Kern.

Sarahs Mitschülerin und einzige Freundin hieß Schira. Sie war die Tochter eines jüdischen Schneiders und wohnte auf der anderen Seite der Hauptstraße. Sie war einen Kopf größer als Sarah, und ihre Augen erschienen je nach Lichtverhältnis in einer Tönung aus Grau, Grün und Blau. Ihre langen dunkelbraunen Locken, ihre stattliche Figur und ihre glatte schimmernd braune Haut machten sie zu einem außergewöhnlichen Juwel, das einige Räuber aus allen vier Basaren auf den Plan rief, sie sich zur Beute zu nehmen. Meist waren es muslimische Jungen, die hinter ihr her waren. Doch Schira ignorierte sie alle und gab keinem von ihnen die Gelegenheit, ihr nahezukommen, sie anzulächeln oder anzusprechen. Zwei- oder dreimal in der Woche ging sie nach der Schule zu ihrer Freundin Sarah nach Hause und blieb bis abends bei ihr.

ALIS KUNDSCHAFT WUCHS von Tag zu Tag. Mit der Zeit fand er viele Freunde, die in seinem Laden mit ihm plauderten und Tee tranken. Einer von ihnen stand ihm besonders nahe, und dieser war kein Geringerer als Isaak Khan Taraqi.

Seitdem er im Sommer 1965 aus Gesundheitsgründen seinen Buchladen in Basar-e Malek aufgegeben hatte, flanierte Isaak Khan jeden Nachmittag mit seinem Gehstock durch die Altstadt und trank bei dem einen oder anderen Bekannten einen Tee. Er nahm an den Feierlichkeiten der Muslime sowie der Juden teil, betete sowohl in der Moschee der Schiiten als auch bei den Sunniten und ging dann und wann auch in die Synagoge. Daher scherzte man über ihn und meinte, er sei nur zur Hälfte ein Muslim. Und dennoch: Niemand wäre je auf die Idee verfallen, den geselligen Mann mit den hellgrauen Augen als einen ›Moschrek‹, einen Zweifler und Halbgläubigen, zu bezeichnen.

Der Grund für seine Beliebtheit lag auf der Hand. Er liebte die Menschen und war für sie da, wenn sie ihn brauchten. Er hatte ein Herz für Kinder und Jugendliche, für die er in Basar-e Irak einen Sportverein gegründet hatte und spendete seitdem großzügig dafür, dass Jungen und Mädchen aller Glaubensrichtungen in gemischten Mannschaften Fußball spielten. Die von ihm gestiftete Sportwiese befand sich direkt hinter Alis Elternhaus. Wenn dieser ihn mit seinem Gehstock in die Gasse kommen sah, bestellte er auf Zuruf beim Samowartschi auf der gegenüberliegenden Seite grünen Tee mit Kardamom. Dann ließ er Isaak Khan neben sich Platz nehmen und hörte sich seine wunderbaren Geschichten an.

Eines Tages konfrontierte Ali seinen Gast mit dem Rätsel der unterirdischen Gänge, die angeblich die jüdische Synagoge mit den Gassen und Hinterhöfen der muslimischen Wohnviertel verbanden.

»Das ist reiner Blödsinn!«, lachte Isaak Khan. »Ich war noch nie im Keller der Synagoge. Aber gesetzt den Fall, dass man ihn in den alten Zeiten etwas geräumiger angelegt hat, dann darfst du dreimal raten, zu welchem Zweck.«

»Um sich darin vor feindlichen Angriffen zu verstecken?«, riet Ali.

»So kann es gewesen sein. So wie die Muslime heute ihren Kindern vor den Juden Angst machen, hatten früher die Juden Angst vor den Muslimen.«

Ein anderes Mal stellte Ali seinem Freund eine persönliche Frage, mit der ihn wahrscheinlich keiner so direkt konfrontiert hatte. »Wie halten Sie es eigentlich mit der Religion, Onkel Isaak?«

»Was denkst du darüber?«, fragte Isaak Khan zurück und hob sein Teeglas.

»Ich denke, Sie müssen religiös sein. Sonst wären Sie nicht so ein guter Mensch.«

»Du meinst also, jeder gute Mensch ist zwingend religiös und jeder religiöse Mensch ist gut?«

»Nein. Ich will wissen, ob Sie in Ihrem Herzen an Allah glauben. An den Gott der Muslime.«

Isaak Khan stellte sein Teeglas hin und holte ein Taschentuch hervor, um sich den Schweiß abzuwischen. Gezeichnet vom Übergewicht und von Gliederschmerzen sah er älter aus, als er in Wirklichkeit war.

»Religiös sein und gläubig sein sind nicht immer dasselbe. Und es ist immer derselbe Gott, Junge, an den alle Religionen als Schöpfer der Welt glauben. Alle religiösen Richtungen führen zu demselben Zentrum, wie alle vier Basare in Herat zur Tscharsu.«

Ali dachte daran, wie Isaak Khan ihm einmal erzählt hatte, dass er als junger Mann zum Islam konvertiert war, um ein Mädchen aus Kandahar heiraten zu können, und lächelte. »Vielleicht werde ich eines Tages eine Jüdin heiraten, so wie Sie Ihrerzeit eine Muslimin.«

3

Dank Radscha Khan sowie dank der eigenen Gabe und seiner großen Leidenschaft war Ali nach zwei Jahren als Schuster der Kunst des Trommelns so mächtig, dass er jede musikalische Weise, ob klassische oder folkloristische, mit seiner Tabla begleiten konnte. Er spielte das Zwitschern der Vögel, das Plätschern des Wasserfalls, das Sausen des Windes, das Donnern des Gewitters und vieles mehr und ließ diese Töne sich mit denen einer Nachtigall oder eines Wolfes paaren, die er mit seinem Mund nachahmte. Er wurde, wie er es sich gewünscht hatte, häufig zu Festen und Hochzeiten eingeladen und bald überflügelte sein Name als Künstler den des Schuhmachers und -händlers. Seinen Gönner störte dies kaum – im Gegenteil, der Hindu hatte einen Gesellen angestellt, um es Ali zu ermöglichen, seinem Hobby leichter nachzugehen.

Von ›Ali dem Trommler‹ oder ›Ali der Nachtigall‹ hatte auch Aman gehört, zu einer Zeit, als er für die Revolution Anhänger aus den Reihen des Volkes suchte. Amin, der Mechaniker und Amans politischer Ziehvater, hatte ihm zu Beginn des Jahres 1969 ein Motorrad geschenkt, und er fuhr damit, mal allein, mal in Begleitung eines Genossen, in die Dörfer und Handwerkerviertel der Stadt. Er warb für seine politischen Ideale und rief Menschen auf, sich gegen die Monarchie zu erheben.

Es war Anfang Mai, kurz nach der Demonstration zum internationalen Tag der Arbeit, als Aman zum ersten Mal die Schuhmachergasse herunterfuhr, um Ali aufzusuchen. Dieser saß gerade im Laden auf seinem Arbeitspodest, als ein heranbrausendes Motorrad mit quietschenden Reifen vor seinem Laden zum Stehen kam und – nachdem die Staubwolke um ihn herum sich gelegt hatte – ein junger, gut gekleideter Motorradfahrer mit Sonnenbrille sich an ihn wandte und fragte: »Ali?«

»Welchen Ali meinst du? Ali den Einäugigen? Ali den Vierbeinigen? Ali den Drachenläufer? Oder Ali den Taubenzüchter? In diesem Viertel gibt es vierzehn Alis.«

»Ali den Trommler«, sagte der Besucher und nahm seine Sonnenbrille ab.

»Dann bist du bei mir richtig«, antwortete der Schuster.

»Salam Aleikum, Ali Dschan.«

»Salam Aleikum«, grüßte Ali zurück. »Wolltest du mich zu deiner Hochzeit einladen?«

Der Besucher lachte, erwiderte aber nichts. Er parkte sein Motorrad an der gegenüberliegenden Hauswand und kam, während er den Staub von seinem Haar abwischte, mit einer Schultasche in der Hand herüber. Ali deutete auf die verstaubten Schuhe des Besuchers und bemerkte: »Englische Marke! So teure Schuhe und so lange nicht gepflegt!«

»Willst du sie eincremen?«, fragte der Besucher grinsend.

»Dafür müsstest du sie erst einmal ausziehen.«

Der junge Mann bedankte sich und stellte sich vor: »Mein Name ist Aman.«

Nachdem er sich die Schuhe ausgezogen und Ali übergeben hatte, setzte er sich auf die schmale Matratze, die Ali für seine Gäste neben seinem Podest ausgebreitet hatte. Ali begann, die Schuhe sauber zu bürsten, und fragte, wann die Hochzeit sei.

»Es gibt keine Hochzeit, Ali Khan. Ich bin nur gekommen, um dich kennenzulernen und mich mit dir zu unterhalten.«

»Oh, was für eine Ehre!«, lachte Ali. Im Glauben, dass der Besucher möglicherweise mit Musik zu tun hatte, wollte er wissen, ob dieser ein Instrument spielte.

»Nein«, antwortete Aman. »Von Musik habe ich wenig Ahnung. Abgesehen davon, dass Ahmad Saher mir gefällt.«

Ali griff zu der Dose mit Schuhcreme. »Dann haben wir zumindest einen gemeinsamen Lieblingssänger. Aber worüber wolltest du dich dann mit mir unterhalten? Was führt dich zu mir?«

»Mein Gewissen«, antwortete Aman. »Ich habe kein persönliches Anliegen. Es geht nicht nur um mich oder um dich, Ali Dschan. Es geht um unser Khalq.«

Jetzt hatte Aman den Faden gefunden. Khalq, das Volk – damit seien die untere und mittlere Klasse der Gesellschaft gemeint, die unter der Last der ersten Klasse leiden …

Ali hörte zu, während er die schwarze Creme auf den einen Schuh schmierte. Doch er ersparte dem jungen Mann allzu viele Sätze, indem er ihm ins Wort fiel und fragte: »Du bist also gekommen, um mir von der Armut der Bevölkerung zu erzählen? Darf ich fragen, wessen Sohn du bist?«

»Der Sohn meines Vaters. Was spielt das für eine Rolle?«

»Eines dieser reichen Geschäftsmänner?«

Aman schüttelte den Kopf. »Mein Vater war früher einmal reich. Jetzt nicht mehr. Er ist ein Vertreter der Nationalbourgeoisie, um genau zu sein.«

»Vertreter von was?«, Ali kniff seine Augen zusammen.

»Wie soll ich dir diesen Begriff erklären? Mein Vater ist ein Nationalhändler. Mit anderen Worten, er gehört der mittleren Klasse der Gesellschaft an.«

Ali legte den eingecremten Schuh zur Seite und nahm den anderen an sich. »Sag mal, Aman Dschan, reden alle Schuljungs so geschwollen wie du?«

Aman lachte und holte seine schwarze Mütze aus seiner Tasche hervor, um mit dem Finger auf sie zu klopfen und sie abzuputzen.

»Wenn du dein Khalq für deine Revolution gewinnen willst, musst du auch in seiner Sprache reden. Sonst versteht es dich nicht«, fügte Ali hinzu. »Nebenbei bemerkt, dieses Wort ›Khalq‹ gefällt mir überhaupt nicht. Da denke ich an diese Khalqis, die da ihre Revolution machen wollen.«

Während Ali dies sagte, setzte Aman seine Mütze auf, und Ali erkannte auf einmal, wer vor ihm saß.

»Jetzt weiß ich, wer du bist, mein Freund«, sprach er weiter. »Du hast mich letzte Woche ganz schön neidisch gemacht.«

»Wie neidisch gemacht? Hast du mich irgendwo gesehen?«

»Ja. Am Neustadt-Park. Du hast Flugblätter verteilt. Unter den Schulmädchen.«

»Das stimmt. Warst du auch auf der Demonstration?«

»Ja, ich war dabei.«

Für eine Weile schwiegen beide. Ali bürstete das Schuhpaar zum letzten Mal und mit rascher Handbewegung. Aman beobachtete ihn dabei. Und als die Schuhe schön glänzten, stellte Ali sie vor den Besucher und sprach: »Stabil genug, um in ihnen bis zum Ende zu marschieren.«

»Gemeinsam mit dir, Genosse!«, sprach Aman freundlich lachend und zog seine Schuhe an.

»Ich bin kein Genosse«, entgegnete Ali. »Und um ehrlich zu sein, finde ich es bemerkenswert, dass ausgerechnet die Kinder der Reichen so sehr von der Gleichmacherei in der Gesellschaft träumen. Wollen sie sich an ihren Vätern rächen?«

»Niemand will sich an seinem Vater rächen, Ali Dschan. Was meinen Vater angeht, hat er im Gegenteil für die Armen dieser Stadt sehr viel getan.«

Ali sah seinen Besucher an, und es blitzte in seinem Kopf. »Imam der Barmherzige? Bist du nicht der Sohn von Hadschi Scharif Khan?«

»Ja, bin ich«, antwortete Aman lächelnd. »Und ich wäre nicht zu dir gekommen, wenn Isaak Khan mich nicht auf dich aufmerksam gemacht hätte.«

»Na, sieh mal einer an.« Ali wandte sein Gesicht in Richtung der Kammer um und rief: »Abbas!«

»Ja!«, antwortete sein Geselle hinter dem schwarzen Vorhang.

»Wie lange dauert dein Mittagsschlaf noch? Lauf und bring Tee mit Kardamom und Rohrzucker!«

Der Geselle ging grüßend an dem Gast vorbei zum Teeladen.

»Ich hätte gleich darauf kommen sollen«, sagte Ali. »Ich war gemeinsam mit Isaak Khan auf der Demonstration. Er hat mir von euch, ich meine von dir und deinen Geschwistern, erzählt, als deine Schwester mit einer roten Flagge an der Spitze des Mädchenblocks zur Demonstration kam.«

»Ja, stimmt«, lachte Aman.

»Es wäre aber besser gewesen, Aman Dschan, wenn du dich gleich vorgestellt hättest«, sagte Ali. »Sag mir, wer dein Vater ist, ich sage dir, wer du bist.«

Der Geselle brachte den Tee und Ali schenkte ein. Erst jetzt kam ihm in den Sinn, dass sein Gast auch Hunger haben könnte. »Wie wäre es mit Kebab, Aman Dschan? Ich nehme an, du kommst gerade von der Schule und hast bestimmt Hunger.«

»Ein anderes Mal gern, Genosse. Ich bleibe nicht lange«, sagte Aman und griff zu seinem Teeglas.

»Nenn mich, bitte, nicht Genosse!«

»Gut, dann Freund, Bruder! In dieser Stadt gibt es keine Fabriken. Die Arbeiterklasse wird hier durch Handwerker wie dich vertreten. Ohne dich, ohne euch läuft gar nichts. Eine Volksbewegung in Herat ohne die Altstadt gleicht einer Kanone ohne Kugel. Wenn du mitmachst, macht der ganze Basar mit. Hier!«

Ali lachte und schüttelte den Kopf. Aman holte ein altes Buch aus seiner Schultasche hervor und legte es vor ihn auf das Podest. »In diesem Buch stehen schwarz auf weiß deine politischen Aufgaben. Lesen kannst du doch. Oder?«

Ali starrte das dicke Werk vor sich an. Er grinste und war zugleich entsetzt, in welchem Zustand es sich befand. Der Einband war völlig zerfleddert, der Blätterblock war auseinandergefallen, und der abgerissene Deckel lag zwischen zwei Seiten. Er zog ihn hervor und las den Titel, der darauf stand: ›Die Mutter‹.

Nun war er erstaunt. Noch am Tag zuvor hatte Isaak Khan vor ihm von diesem Werk geschwärmt. Kopfschüttelnd nahm er das vernachlässigte Buch an sich und bemerkte: »Dieses Buch muss durch viele Hände gegangen sein, aber keiner deiner Genossen ist auf den Gedanken gekommen, es wiederherzurichten.«

»Das stimmt«, bestätigte Aman grinsend. »So sind die Intellektuellen eben!«

»Wie heißt es noch? An dem Frühling erkennt man, wie das Jahr sein wird«, sagte Ali. »Ich fürchte, die Intellektuellen werden ihre Revolution nicht besser pflegen als dieses arme Buch hier.«

»Siehst du, Genosse? Genau deshalb wirst du gebraucht! Jemand, der es nicht zulässt, dass eines Tages die Revolution so zerrissen aussieht wie dieses großartige Werk!«

Dann trank Aman den Rest seines Tees aus und erhob sich.

Als erstes richtete Ali das Buch wieder her. Am selben Abend dann machte er es sich auf seiner Terrasse bequem und fing an, darin zu lesen. Und von der ersten Seite an fühlte er sich hingerissen, ja er tauchte in eine geheimnisvolle Welt ein, die ihn nicht mehr loslassen wollte. Es war die aufregende Welt des jungen Arbeiters und Revolutionärs Pavel, des Kreises um ihn und seine Mutter im Russland des beginnenden Jahrhunderts.

An diesem und den darauffolgenden sechs Abenden war Ali wie an das Buch gefesselt, er las zunächst auf der Terrasse, dann, wenn die Nacht anbrach, in seinem Bett. Bis nach Mitternacht. Und als er das Ende erreichte, war er traurig, dass die Erzählung nicht weiterging.

Der Junge hatte eine neue Leidenschaft für sich entdeckt – ein willkommener Anlass für Aman, alle drei oder vier Tage vor seinem Laden zu erscheinen. Er machte es sich dann neben dem Podest bequem, trank Tee und hielt Vorträge. Manchmal war auch Isaak Khan dabei, der von den Demokratiebewegungen vergangener Zeiten zu berichten wusste. Auf diese Weise fand auch Ali nach und nach an den revolutionären Gedanken Gefallen.

4

Es gibt Begebenheiten mit weitreichenden Konsequenzen, bei denen der Mensch bis ans Ende seiner Tage nicht sicher sein kann, ob sie ein Ruf des Glücks sind, des Unglücks oder beides zusammen. Und so bleiben auch viele Schlachten zwischen Verstand und Gefühl um die Antwort dieses Rätsels unentschieden. Nur eine Woche nach seiner ersten Begegnung mit Aman klopfte auch bei Ali eine Begebenheit dieser Art an die Tür. Es war spät am Nachmittag. Er saß bei seiner Mutter in der Küche und las die letzten Seiten des Romans ›Die Mutter‹, als es an der Tür pochte.

»Wer könnte das sein?«, fragte seine Mutter.

»Bestimmt jemand, der mich zu seiner Hochzeit einladen möchte.«

Ali ging zur Tür, öffnete und sah seinen jüdischen Nachbarn vor sich stehen. Adam Khan hatte noch nie zuvor an seiner Tür geklopft. Sie hatten sich bisher immer nur gegrüßt und höchstens einige Worte miteinander gewechselt, wenn Ali bei ihm in der Apotheke für seinen Vater Medikamente gekauft hatte. Erfreut über den Besuch bat er Adam Khan zum Tee hinein. Der Apotheker aber lehnte ab. Er warf einen neugierigen Blick auf die Wandmalereien im Haus und fragte, ob Ali Zeit und Lust hätte, am Freitag bei ihm die Zimmer zu streichen.

»Gern, Adam Khan!«, antwortete Ali. »Aber wäre dies auch am Donnerstag möglich? Freitag passt mir nicht so gut.«

Er wusste, dass Adam Khan freitags nicht arbeitete, an den Donnerstagen hingegen erst sehr spät nach Hause kam. Er hoffte, sich in dessen Abwesenheit mit seiner Tochter Sarah unterhalten zu können.

»Sie müssen nicht da sein, Adam Khan. Irgendjemand ... Ihre Frau ist doch bestimmt zu Hause.«

»Ja, meine Frau ist den ganzen Tag zu Hause«, sagte der Mann. »Meine Tochter kommt auch donnerstags etwas früher von der Schule.«

»Dann ist es gut«, erwiderte Ali. »Es reicht, wenn Sie mir die nötigen Farben besorgen.«

»Gut. Dann komm am Donnerstag gegen zehn Uhr zu uns«, sagte Adam Khan und verabschiedete sich.

Ali kam in die Küche und erzählte seiner Mutter, dass er für den jüdischen Nachbarn das Haus streichen wolle. »Ich werde aber von ihm kein Geld annehmen, Nane«, sagte er.

»Wieso kein Geld?«

»Seiner süßen Tochter zuliebe«, antwortete Ali. »Ich will sie eines Tages heiraten.«

»Heiraten?« Die Mutter war verwundert. »Das sind doch Juden, mein Sohn.«

»Was heißt Juden, Nane? Wir alle sind ewige Juden. Unser Prophet Mohammad wurde erst mit vierzig Jahren von Allah zum Verkünder des Islams auserwählt. Irgendeiner Religion musste auch er bis dahin angehört haben. Oder sehe ich das falsch?«

»Sag so etwas nicht, Ali. Das ist Sünde. Unser Prophet ist schon immer ein Muslim gewesen.«

»Auch ich bleibe ein Muslim, Nane!«, sagte Ali. »Aber ein guter!«

Zur abgemachten Stunde klopfte Ali an Adam Khans Tür. Als Kleinkind hatte er oft in diesem Haus mit Sarah und anderen Kindern gespielt. Jetzt betrat er es nach vielen Jahren wieder. Der Apotheker zeigte ihm die leer geräumten Zimmer, die gestrichen werden sollten, verließ das Haus, und Ali machte sich an die Arbeit.

Als Sarah und ihre Freundin Schira am frühen Nachmittag von der Schule kamen, fand er immer wieder den ein oder anderen Vorwand, um ihre Hilfe zu beanspruchen. Adam Khans Frau war in der Küche beschäftigt, und es war seine Absicht, die Mädchen zu unterhalten und bei guter Laune zu halten. Er ließ sich von ihnen das Werkzeug reichen oder den Eimer halten, wenn er oben auf der Leiter stand. Er schickte sie wegen einer Werkzeugkiste zu sich nach Hause, als er einige Nägel von der Wand entfernen wollte. Als die Mädchen mit der Kiste zurückkamen, stand ihnen die Begeisterung ins Gesicht geschrieben. Sie hatten sich seine Wandmalereien angeschaut. Sie sagten auch, sie könnten ihn hören, wenn er zu Hause trommelte und sang. Er lud sie daraufhin ein, ihn beim nächsten Mal, wenn er spielte, zu besuchen. Er würde für sie die Haustür offen stehen lassen.

Als Adam Khan spät am Nachmittag nach Hause kam, zeigte er sich mit der Arbeit sehr zufrieden. Doch zum Bezahlen kam er nicht. »Sie sind mein Nachbar, Adam Khan«, begründete Ali seine Ablehnung. »Als Nachbar haben Sie ein Recht darauf, dass ich Ihnen einmal einen Gefallen tue.«

Ali genoss die Stunden, die er täglich in seinem Gartenzimmer verbrachte. Hinter dem zugezogenen Vorhang konnte er sein, was er schon immer sein wollte: ein Schöpfer von Klängen aus der Stille der Einsamkeit. Während einer dieser Stunden geschah es, dass er eines Tages unerwarteten Besuch bekam. Und dieser Besuch war kein anderer als die Liebe.

Es war an einem Donnerstagnachmittag. Ali stimmte gerade mit einem kleinen Hammer sein Trommelpaar, als er im Garten ein leises Kichern hörte. Er ging zur Tür und lugte durch einen Spalt im Vorhang. Dort sah er, wie Schira mit dem Rücken zu ihm an der Mauer stand und Sarah von hinten festhielt, die auf der Mauer hing und herunterspringen wollte. Ali wollte sie schon rufen und willkommen heißen. Doch er entschied sich anders. Er wusste, wie verspielt und abenteuerlustig die beiden waren. Dafür sprach auch, dass sie über die Mauer sprangen, anstatt durch die offen stehende Haustür zu ihm zu kommen. Bestimmt wollten sie sich hinter dem Vorhang verstecken und heimlich lauschen. Er setzte sich zurück an seinen Platz am offenen Fenster und begann, auf seiner Tabla zu spielen. Während seine Finger im Takt auf die Felle klopften und er seine Stimme erklingen ließ, spürte er ihre heimlichen Blicke im Rücken.

Wann die beiden Mädchen das Haus verlassen hatten und ob durch die Eingangstür oder über die Mauer, erfuhr er nicht. Er musizierte so lange, bis seine Mutter ihn irgendwann aus dem Garten rief.

5

Der heisse Sommer von 1969 hielt die Stadt in Atem. Radscha Khan, der sich wie alle anderen für die Proteste begeisterte, hatte nichts dagegen, dass Ali das Geschäft an vielen Tagen dem Gesellen Abbas überließ, um an den Demonstrationen teilzunehmen. Und doch, während die Liebe zur Revolution ein Plätzchen in seinem Kopf gefunden hatte, saß stets noch eine andere Liebe tief in seinem Herzen.

Sarah und Schira kamen von nun an jeden Donnerstag in seinen Garten. Er spürte es, wenn die Mädchen hinter dem Vorhang lauschten. Isaak Khan hatte ihm eine Musikkassette mit jüdischen Liedern geschenkt, die er nachspielte und variierte. Er war sicher, dass sie ihre Wirkung nicht verfehlten, und glaubte, in Sarahs Blicken eindeutige Zeichen wahrzunehmen.

Und die Zeichen mehrten sich: Wenn Sarah jetzt mit ihrem Eimer an der Wasserleitung erschien und Ali gerade im Laden war, trieb sie ein Spielchen mit ihm. Während sie die Hand auf dem geöffneten Wasserhahn hielt und wartete, bis der Eimer sich gefüllt hatte, schenkte sie ihm ein verführerisches Lächeln, und Ali erwiderte ihre Pose mit dem Blick eines Filmstars. Wenn Sarah aber mit zwei Eimern kam, vermieden sie jeglichen Blickkontakt. Sobald nun der erste Behälter voll war, kam er von seinem Podest herunter, ging zu ihr, hob den einen Eimer vom Boden und trug ihn bis zu ihrer Haustür. Dann schlenderte er langsam zurück zur Wasserstelle, um sie, während sie den zweiten Wassereimer vom Boden hob, zu grüßen, als wäre nichts geschehen: »Schalom, Sarah Schekar!«, sei gegrüßt, zuckersüße Sarah!

Er gab sich dem bittersüßen Rausch der Verliebtheit hin, und sein Bedürfnis, sein Herz vor jemandem auszuschütten, wuchs von Tag zu Tag. Diese Gelegenheit ergab sich für ihn ausgerechnet an jenem Tag, an dem der Protest in Herat seinen blutigen Höhepunkt erreichte.

Ali hatte an diesem ersten Juli, wie viele andere in der Altstadt, von der Auseinandersetzung zwischen der Polizei und den Demonstranten vor der Schule Dschami gehört. Gegen Mittag war er in Richtung der Neustadt unterwegs, um sich der Menschenmasse anzuschließen. Als er an der Tscharsu ankam, begegnete er Isaak Khan. Der alte Mann saß vor dem Vorsprung eines Hauseingangs und schien von der Hitze erschöpft zu sein. Er deutete mit seinem Stock nach links – auf die Hauptstraße des Basar-e Maleks, die nordwärts und an der alten Zitadelle vorbei zur Neustadt führte – und sagte, er würde auf den Protestzug warten, der jeden Augenblick an der Tscharsu ankommen würde. An der ältesten Kreuzung der Stadt herrschte Unruhe. Menschen standen hier und da und warteten auf die Demonstranten. Wie man hörte, hatten sich Polizeifahrzeuge rund um die Tscharsu postiert.

»Es wird zur Schlägerei mit der Polizei kommen, Onkel Isaak«, sagte Ali. »Wollen Sie das wirklich erleben?«

Der alte Mann lachte auf. »Ich habe nicht einmal die Kraft zum Sitzen. Ich habe Hunger und Durst, und mir ist auch etwas schwindlig.«

»Dann stehen Sie auf, Isaak Khan«, sagte Ali. »Die Revolution kann heute auf uns beide verzichten. Wir gehen in meinen Laden und essen Fleischsuppe mit frisch gebackenem Brot.«

»Das klingt verlockend«, erwiderte Isaak Khan und erhob sich.

Nachdem sie gemeinsam gegessen hatten, beichtete Ali beim Tee, er würde die Tochter von Adam Khan verehren. Er erzählte von den

Blicken, die er mit Sarah ausgetauscht hatte, von dem Tag, als er Adam Khans Haus gestrichen hatte, und von den heimlichen Besuchen der beiden Mädchen in seinem Garten. Isaak Khan hörte ihm geduldig zu. Als der Junge dann aber von Liebe sprach und von dem Wunsch, Sarah eines Tages zur Frau zu nehmen, seufzte er.

»Junge, Junge! Ein dünnes Eis mag einen halten, solange man nicht beginnt, darauf zu tanzen. Komm gar nicht erst auf den Gedanken, darauf ein Haus zu bauen.«

»Was meinen Sie damit?«, fragte Ali.

»Ich meine damit, die Religion ist eine Hürde, die man nicht leicht überspringen kann.«

»Haben Sie nicht gesagt, dass alle Religionen zur selben Kreuzung führen? Wie die vier Basare in Herat?«

»Das ist richtig, aber jetzt möchte ich hinzufügen: Mag sein, dass alle Religionen an ein und denselben Gott glauben, aber genau dieser Gott ist gleichzeitig der Grund für ihre Zerrissenheit. Wenn die Menschheit eines Tages an irgendetwas zugrunde geht – dann nur an dieser Schizophrenie.«

Isaak Khans Worte klangen hart. Ali seufzte.

»Adam Khan mag dir vertrauen oder dich mögen«, fuhr Isaak Khan fort, »aber er würde dich niemals zu seinem Schwiegersohn machen. Selbst wenn du ihm zehn Apotheken in Kabul schenken würdest.«

Und als wäre es damit nicht genug, fügte er, während Ali die Teegläser neu füllte, hinzu: »Außerdem, Ali Dschan, ist, wie ich gehört habe, Adam Khans Neffe an dem Mädchen interessiert.«

Fast wäre Ali die Teekanne aus der Hand gerutscht. »Wie bitte? Was für ein Neffe?«

»Der Sohn des älteren Bruders von Adam Khan. Sie besitzen drei große Apotheken in Kabul und haben Adam Khan eine davon in Aussicht gestellt.«

»Ich habe aber gemerkt, dass Sarah auf ihren Vater nicht gut zu sprechen ist, und ich bin sicher, dass sie mich liebt.«

»Das bezweifle ich nicht, Ali. Zumal ich gehört habe, dass auch ihre Mutter dagegen ist.«

Isaak Khans bestätigende Worte machten Ali Mut. »Ich kann mir gut vorstellen, dass sie sogar bereit wäre, wie Sie Ihrerzeit, zum Islam überzutreten.«

Isaak Khan lachte, schüttelte – ob bedauernd oder amüsiert – den Kopf und wandte ein: »Es gab einmal einen Mann, dem überall der Zutritt verwehrt wurde, weil sein Angesicht Unglück brachte. Dieser Mann ritt einmal auf einem Esel auf ein Nachbardorf zu. Als der Dorfverwalter ihm beim Dorftor den Einlass verweigerte, sagte er: ›Ich will doch nur meinen Esel an den Baum auf dem Marktplatz anbinden, mehr nicht.‹ Und seitdem gibt es diesen Spruch, den du bestimmt kennst: ›Man lässt nicht einmal dich selbst ins Dorf rein, und du willst deinen Esel auf dem Marktplatz anbinden?‹«

»Haben Sie nicht einmal selbst gesagt, der Liebe müsse man alles geben?«, warf Ali ein.

Isaak Khan stellte das Teeglas, das er gehoben hatte, wieder hin und zog seine Augenbrauen hoch. »Das ist richtig. Aber dabei habe ich an Dinge gedacht, die man geben kann, weil man sie fest im Besitz hat, und nicht an welche, die man ohnehin nicht hat und daher auch nicht den anderen geben kann.«

»Sie meinen also, Sarah und ich sollten uns gegenseitig vergessen, obwohl wir uns lieben?«

Alis Blick sank tief, und seine linke Wange zuckte. Ihm war, als hinge sein Kopf wie eine schwere Glocke über seinem Schoß, und Tränen sammelten sich in seinen Augen.

»Wann kommen die Mädchen immer zu dir?«

Ali blickte auf und antwortete: »Jeden Donnerstag.«

Isaak Khan legte seine Hand auf Alis Schulter und lächelte ihn an. »Gut. Weißt du, Junge, ich glaube, ich habe da eine ganz lustige Idee.«

Isaak Khan gab ihm einen leichten Stoß und setzte fort: »Jetzt weiß ich wenigstens, warum du so eifrig jüdische Lieder lernen wolltest. Du bist ein ganz schlauer Teufel!«

Er lachte heftig und schlug Ali auf den Arm. Da erschien auch auf Alis Gesicht ein Lächeln, aus dem bald ein Lachen wurde.

Genau in diesem Augenblick hörten sie Schreie aus Richtung der Tscharsu.

Am nächsten Donnerstagnachmittag kam Ali rechtzeitig mit einer Kiste Obst, trockenen Nüssen und Süßigkeiten nach Hause. Seiner Mutter sagte er, dass Isaak Khan und zwei weitere Freunde ihn besuchen wollten. Die Haustür ließ er weit offen. Er duschte, zog sein weißes Gewand an und setzte sich im Gartenzimmer an seine Tabla, konnte aber nicht ruhig bleiben. Er brach sein Spiel immer wieder ab, lief zur Tür, spähte hinter den Vorhang und betete zu Gott, die Mädchen mögen heute kommen; und sie mögen früher über die Mauer zu ihm kommen als Isaak Khan durch die Haustür. Sonst würde der Plan, den sein Freund und er sich zurechtgelegt hatten, nicht aufgehen.

Schließlich war es so weit. Er sah zwei Mädchenköpfe hinter der Mauer hochsteigen. Sofort lief er zu seinem Platz zurück und erhob seine Stimme zu einem Lied. Während er sang, behielt er durch das Fenster den Garten im Blick. Voller Erleichterung sah er seinen Freund nach einer Weile aus dem Haus in den Garten treten. Isaak Khan blickte sich nach rechts und links um, bewunderte die Malereien an der Fassade des Gartenhäuschens, während er mit seinem Gehstock durch den Garten schritt. Es vergingen etwa zwei Minuten, in denen Ali lauter trommelte und trillerte als zuvor, bis er Isaak Khans Stimme und das Kichern der Mädchen hinter sich hörte. Er blickte sich um, sprang auf und öffnete weit seine Arme.

»Na, was macht ihr denn hier?«

»Lass dich nicht aus der Ruhe bringen, Künstler!«, rief Isaak Khan, der sich behäbig im Zimmer niederließ, um seine Schuhe auszuziehen. »Wir hatten uns verabredet, dich heute gemeinsam zu überraschen.«

Nachdem die Gäste nebeneinander auf einer Matratze Platz genommen hatten, ging Ali zur Tür und sagte: »Ich bin sofort wieder da.«

In seinem weissen Gewand saß Ali seinen Gästen gegenüber, sein Schlagzeug stand schräg auf zwei Ringen vor ihm. Er deutete auf die zylindrische Trommel aus Holz, die zu seiner Rechten positioniert war, und während er sich hauptsächlich an Isaak Khan gewandt hielt, erklärte er: »Wie Sie sehen, ist diese eine höher und schlanker als die andere, und das Ziegenfell, das darauf angebracht ist, ist härter gespannt.« Mit dem Zeige- und Mittelfinger seiner rechten Hand klopfte er einige Male auf das Fell und setzte fort: »Hören Sie, wie klar und scharf sie klingt? Jede der Trommeln hat ihren eigenen Namen. Diese heißt Bayan.«

Isaak Khan, der sich höchst aufmerksam nach vorne gebeugt hatte, als würde er zum ersten Mal eine Tabla aus der Nähe betrachten, richtete sich auf und korrigierte: »Nein, Künstler! Sie heißt nicht Bayan. Sie heißt Dayan.« – Er deutete auf die zweite Trommel, einen bauchigen Kessel aus Kupfer, der links vor Ali stand. – »Bayan ist diese dicke, niedrige.«

Ali lachte etwas verlegen. »Entschuldigung. Ich habe ihre Namen verwechselt.«

»Solange es bei den Namen bleibt, ist es nicht schlimm. Hauptsache, du verwechselst nicht ihre Geschlechter. Dayan« – er deutete auf die zylindrische Holztrommel –, »ist die Dame.«

Ali nickte und lächelte. Er klopfte ein paarmal mit Zeige- und Mittelfinger auf das Fell des männlichen Trommelteils und fragte: »Hören Sie den Unterschied?«

»Ja, ja, sehr deutlich sogar«, antwortete Isaak Khan mit dem Blick auf die immer wieder kichernden Mädchen. »Und dennoch gehören sie zusammen!« Er hob seinen Zeigefinger und brachte alle zum Lachen. »Manchmal in Harmonie miteinander, manchmal im Streit. Wie meine Frau und ich!«

Ali deutete auf die schwarz bemalten Kreise in der Mitte der Felle und sagte: »Diese schwarzen Kreise nennt man auch die Augen der Tabla.«

Isaak Khan nickte zustimmend und ergänzte, sich wieder an die Mädchen richtend: »Jede der beiden Trommeln hat ein Auge. Die Augen treten aus der Mitte des Ziegenfells hervor. Stellt euch nun Folgendes vor: Aus ihnen schaut eine tote Ziege in die Welt. Oder, besser gesagt, sie spricht zur Welt!«

Das war natürlich weit hergeholt. Aber witzig genug, um den Mädchen, und mit ihnen Ali, wieder ein Lachen zu entlocken.

»Dann zeig uns, Künstler«, wandte sich Isaak Khan an Ali, »welche Klänge du dieser Trommel zu entlocken vermagst.«

Ali spielte einige Einzelsilben mit der rechten Hand auf dem weiblichen Teil Dayan und legte dann seine Handballen fest auf die Fellränder, räusperte sich und ließ seine Finger in Schwung kommen. Er spielte die verschiedenen Talas, jene zyklischen Grundmuster des Tabla-Spieles, die er mit seinen kräftigen Händen inzwischen meisterhaft beherrschte, und zerstörte den harmonischen Klang, den er damit erzeugte, durch Gegenanschläge und Kreuzrhythmen aller Art.

Isaak Khan hob erneut seinen Zeigefinger und sprach, den Mädchen zugewandt: »Wie Ihr hört, Kinder, entsteht der harmonische Rhythmus immer aus der Vielfalt der Klänge, die sich widersprechen und sich gegenseitig unterbrechen, um sich zu vereinen. Wie meine Frau und ich!«

Damit brachte er die Mädchen und Ali wieder zum Lachen. »Ja, so ist es, Kinder! So wie der Regenbogen, der sich erst aus der Vereinigung verschiedener Farben ergibt. Glaubt mir, Kinder, die Welt wäre viel aufregender, wenn sie so aussehen würde, wie dieser Künstler es uns vormacht!«

6

Von nun an sprangen die Mädchen nicht mehr wie zwei Einbrecher über die Mauer, sondern kamen durch die offene Haustür. Sie tranken Tee, aßen Nüsse, Süßigkeiten, ließen es sich gut gehen, und ihr Umgang mit Ali wurde immer herzlicher und offener. Eines Nachmittags, es war an einem Donnerstag, saßen Sarah und Schira wieder bei ihm im Gartenzimmer, als ein denkwürdiges Ereignis Alis – und nicht nur sein – Leben in eine neue Bahn lenkte.

Er sang und trommelte, und die Mädchen klatschten zu seinem Rhythmus in die Hände – als es plötzlich laut an der Haustür klopfte. Ali ging und öffnete, er sah Isaak Khan und zwei weitere Männer vor sich stehen, die er erst auf den zweiten Blick erkannte, weil ihre Gesichter zur Hälfte mit Turbanen verhüllt waren. Einer der beiden war Ghulam der Schwarze, und der andere war Aman, der gerade von seinem Motorrad abstieg. Beide trugen dunkle Nationalkleider und waren von oben bis unten verstaubt. Ali begrüßte sie und öffnete den zweiten Türflügel.

»Schließ die Tür, Ali Khan«, befahl Isaak Khan, nachdem alle eingetreten waren, und fasste sich kurz: »Pass auf, mein Freund. Die Genossen brauchen Unterschlupf.« Die Anspannung war ihm ins Gesicht geschrieben.

»Ich verstehe«, sagte Ali unbeirrt und schloss die Tür. »Die Genossen sind bei mir bestens aufgehoben.«

Beide nahmen ihre Kopfbedeckungen ab. Aman schien am Ende seiner physischen und mentalen Kräfte, während Ghulam, den Ali bisher nur als Redner auf den Demonstrationen erlebt hatte, überaus munter wirkte.

»Ich sage es dir aber gleich«, sagte Isaak Khan, »die Polizei ist hinter den Genossen her.«

»Ich denke, wir haben sie abgeschüttelt, Onkel«, sagte Ghulam und grinste. »Es ist ausgeschlossen, dass sie uns hier finden.«

»Das hoffen wir«, sagte Isaak Khan und erklärte: »Ghulam Dschan hat zuerst zwei Nächte bei mir geschlafen. Dann war er die letzte Nacht bei Aman Dschan. Heute wollte er wieder zu mir, aber ich habe leider seit gestern Besuch. Unsere Tochter und ihre Kinder sind aus Kandahar angereist.«

»Onkel Isaak, die Genossen können gern ein paar Nächte bei mir verbringen«, sagte Ali.

Ghulam legte seinen rechten Arm auf Alis Schulter. »Wir sind stolz auf dich, Genosse. Du bist unser Pavel.«

»Der Stolz ist ganz meinerseits, Genosse!«

Isaak Khan blickte durch das Fenster hinüber zum Gartenzimmer, wo die Mädchen hinter dem Vorhang hervorlugten. »Du hast Besuch?«

»Ja. Soll ich sie wegschicken?«

Isaak Khan wandte sich an Ghulam und fragte: »Was meinst du, Ghulam Dschan? Ali Dschan musiziert gerade für seine Nachbarinnen.«

»Wir wollen Ali Dschan doch nicht stören.« Ghulam strich mit seiner Linken über seinen dichten Stalin-Schnurrbart. »Und außerdem: Musik ist doch die beste Tarnung!«

»Ihr stört nicht, Ghulam Dschan. Lasst uns zusammen hinübergehen«, sagte Ali.

Als sie durch den Vorhang in das Zimmer traten, sprangen Sarah und Schira auf, legten ihre rechten Hände zum Gruß auf die Brust und ließen ihre Blicke auf den Teppich sinken.

»Sarah Dschan und Schira Dschan sind meine Nachbarinnen«, stellte Ali sie vor.

»Salam Aleikum, Schwestern«, grüßte Ghulam und öffnete seine Arme, als würde er sie umarmen wollen, während Aman sich im Hintergrund hielt.

»Setzt euch, Kinder, und habt keine Angst. Das sind keine Fremden«, beruhigte Isaak Khan die Mädchen und nahm neben ihnen Platz.

Ali stellte die Neuankömmlinge wie gute Freunde vor, die einfach vorbeigekommen waren, um ihn trommeln zu hören. Ghulam setzte sich auf die Matratze rechts der Eingangstür an das offene Fenster. Aman nahm neben ihm Platz. Ali verließ das Gartenzimmer, um Tee zu holen und seiner Mutter zu sagen, sie möge für die Gäste zu Abend kochen.

Auf dem Rückweg kam ihm Isaak Khan entgegen, der sich bei Ali entschuldigte und sagte, er werde zu Hause erwartet. Zurück im Gartenzimmer sah Ali, wie Ghulam mit den Mädchen scherzte: »Wir Männer haben in der Geschichte der Menschheit immer nur Mist gebaut. Die Zukunft des Landes liegt in den Händen der Frauen. Sie werden uns Männer regieren und für Gerechtigkeit und Gleichheit sorgen.«

Aman bot hingegen einen jämmerlichen Anblick.

WAS ALI NICHT wissen konnte, war, dass Aman eine schlaflose Nacht und einen ausgesprochen anstrengenden Tag hinter sich hatte. Am Nachmittag dieses elften Septembers, als Aman nach Beendigung der Demonstration im Begriff war, nach Hause zu gehen, um seine Eltern nicht länger auf sich warten zu lassen, fing Amin ihn ab und stellte eine Bitte an ihn. Er möge mit einem seiner Motorräder den Genossen Ghulam in die nördlich gelegene Bergregion Gosargah fahren und mit diesem die kommende Nacht in einem Nomadenzelt verbringen. Aman erklärte sich dazu bereit und willigte sogar ein, sich für diese Reise zum ersten Mal im Leben einen Turban um seinen Kopf zu wickeln.

Kurz bevor sie die Stadtgrenze passierten, schrie Ghulam, der hinter ihm saß, ihm ins Ohr, ein grüner Jeep der Geheimpolizei sei ihnen auf den Fersen. Aman änderte die Fahrtrichtung, und es folgte eine wilde Jagd durch die Schahr-e Nar und die Altstadt. Die Flucht führte sie in den Basar-e Kandahar im Süden und von dort aus – durch verwinkelte Gassen und am jüdischen Männerhamam vorbei – in den Basar-e Irak. Aman überquerte die Hauptstraße diagonal und bog gleich vor der Synagoge links in die kurvige Gasse ein, in der sich das Haus von Isaak Khan befand.

JETZT SANG ALI ein jüdisches Liebeslied. Genosse Ghulam hatte sich zu ihm gesetzt und schlug dazu mit einem Löffel auf eine leere Kupferschüssel, was den Rhythmus eher störte als bereicherte. Sarahs Augen waren geschlossen, und ihr Oberkörper schwang zum Klang der Tabla.

Aman saß im Schneidersitz und war kurz davor, in sich zusammenzusinken. Er hatte Hunger und Durst, doch er starrte das Teeglas vor sich auf dem Teppich bloß an und tat sich schwer, seine Hand nach ihm auszustrecken. Denn jedes Mal, wenn er den Kopf hob, um den süßen Tee an seine Lippen zu führen, fühlte er sich dem Anblick einer Schönheit ausgesetzt, die in einem blauen Hemd und mit gebundenem Haar ihm gegenübersaß. Als er es nach langem Zögern noch einmal versuchte, traf sein müder Blick auf ihre großen Augen, die ihn beobachteten und die ihm wie grau, grün und blau glitzernde Edelsteine erschienen.

Im selben Moment wurden Männerschreie im Garten laut. Es waren Polizisten, die gekommen waren, um ihn und Ghulam zu verhaften.

Teil zwei

1

GHULAM UND AMAN wurden in Handschellen in Untersuchungshaft gebracht und nach einigen Tagen in das Stadtgefängnis von Herat verlegt, wo die politischen Häftlinge in einem gesonderten Trakt untergebracht waren.

Die Zellen befanden sich auf beiden Seiten eines langen Flurs, an dessen Ende ein großer Raum mit einem breiten, vergitterten Fenster den zumeist jugendlichen Gefangenen als Besucherraum diente. In diesem Zimmer saßen sie den ganzen Tag mit ihren Familien und Freunden von draußen auf schmalen Matratzen, tranken kannenweise Tee, führten politische Gespräche oder spielten Karten und Schach. Im Flur standen sogar Musikinstrumente zur freien Benutzung. Den Staat schien es wenig zu interessieren, was die jungen Menschen innerhalb der Gefängnismauern trieben – Hauptsache, sie waren von der Straße weg.

Als ich Aman zusammen mit meinem Bruder Asis besuchte, war der Besucherraum brechend voll von jungen Leuten. Genosse Ghulam saß in einer Ecke und predigte von einem – in meinen Augen – zweifelhaften Glück. Wer im Namen des Volkes einige Jahre im Gefängnis verbracht habe, ohne seine Kampfgenossen zu verraten, der könne mit Stolz von sich sagen, er hätte die Elementarschule der Revolution abgeschlossen!

Asis verschaffte sich in dessen Nähe einen Sitzplatz, ich blieb zunächst beim Eingang stehen und beobachtete Aman, der neben einem Jungen saß, den ich als Ali den Trommler einmal auf einem Volksfest gesehen, aber noch nie zusammen mit Aman erlebt hatte. Daher irritierte es mich ein wenig, dass Aman seine Hand um dessen Schulter gelegt hatte und beide sich unentwegt etwas ins Ohr flüsterten, während Genosse Ghulam seine Lektion vortrug. Als dieser geendet hatte und den Raum in Richtung Flurtoilette verließ, wurde es laut. Kreuz und quer unterhielt sich jeder mit jedem. Und die meisten gingen nach und nach in den Gefängnishof. Aman ging hinüber zu Asis, und ich übernahm seinen Platz neben Ali, nachdem dieser mich zu sich gewinkt hatte.

Er sagte, Aman habe mich eben als dessen Bruder vorgestellt, und fragte mich, ob ich wie er ein Revolutionär sei.

»Eher ein Mitläufer«, antwortete ich lachend.

»Ich auch!« Er grinste. »Aber ich konnte leider nicht verhindern, dass zwei unserer Genossen in meinem Zuhause festgenommen worden sind. Ich habe nicht einmal daran gedacht, meiner Mutter zu sagen, sie solle niemand die Tür öffnen. Und so hat sie – im Glauben, es seien meine Freunde – für die Polizei aufgemacht.«

»Dann bist du es also«, rief ich.

»Wer?«

»Radscha Khans Angestellter, bei dem sich die beiden versteckt hatten.«

»Ja, das bin ich.«

Auf diese Weise lernte ich das bekannteste Gesicht des Basar-e Iraks kennen. Ali erzählte mir, wo er wohnte und unter welchen Umständen Aman verhaftet worden war. Als er erwähnte, dass an jenem Nachmittag auch zwei jüdische Mädchen aus der Nachbarschaft in seinem Gartenzimmer gesessen hatten, wurde ich hellhörig und ließ mir von Ali ihr Aussehen beschreiben. Da wurde ich zuerst totenblass, und im nächsten Augenblick schoss mir das Blut in den Kopf. Eines der beiden Mädchen war unzweifelhaft das, welchem ich zuletzt Anfang des Monats nachgegangen war! Doch viel Zeit zum Reden hatten wir bei diesem ersten Treffen nicht. Wir verabredeten, dass ich ihn bald in seinem Laden in der Schuhmachergasse besuchte.

Ein paar Tage später saß ich zuerst bei ihm im Laden, dann in seinem Gartenzimmer, wo er ein wenig für mich trommelte und mir von seinem Leben erzählte. Nur wenn es um seine jüdischen Freundinnen und um sein Verhältnis zu ihnen ging, war er wortkarg. Ich erfuhr lediglich ihre Namen, dass sie gemeinsam die Schule in der Synagoge besuchten und die kleinere, Sarah, mit Ali Wand an Wand wohnte, und die größere, Schira, in der Hamamgasse – was ich allerdings bereits wusste. Bei dieser Gelegenheit konnte ich mir einen Seitenhieb auf Sultan nicht verkneifen.

»Soweit ich weiß, ist mein Nachbar und Mitschüler, er heißt Sultan, an Schira interessiert und stellt ihr regelmäßig nach.«

Doch Ali lachte bloß und sagte: »Viele Jungs sind hinter ihr her, aber Schira schickt sie alle zum Teufel.«

Dies beruhigte mich ein wenig. Dennoch besuchte ich Ali danach für eine Weile nicht mehr. Die Schule, die nach langer Unterbrechung wieder losging, ließ mir keine Zeit, an etwas anderes zu denken.

2

WIE MEIN BRUDER innerhalb von viereinhalb Monaten im Gefängnis so gut das Harmonium-Spiel gelernt hatte, war für uns alle ein Rätsel, bis wir erfuhren, dass er dort bei einem Musiker-Genossen – angeblich aus reiner Langerweile – Unterricht genommen hätte.

Darüber freute sich am meisten Hadschi Agha. Als Aman Anfang Februar 1970 nach Hause kam, ging er mit ihm in die Stadt und kaufte für ihn ein Harmonium und eine Tabla. Radscha Khan, der sie dabei beriet, empfahl ihnen einen Musiklehrer, den Vater noch am selben Tag beauftragte, seinen Sohn in dieser Kunst weiterzubilden. Dieser kam dann dreimal in der Woche zu uns und saß mit Aman in dessen Zimmer. Manchmal war auch Ali dabei. Es wurde dann musiziert, und Aman traute sich hin und wieder, seine Stimme zu einem Lied zu erheben.

»Siehst du?«, triumphierte Vater vor Mutter, die wegen Aman reichlich Tränen vergossen hatte. »Das Gefängnis kann doch manchmal die richtige Schule sein. Und, langfristig betrachtet, vertragen Politik und Kunst sich sogar schlechter als Milch und Essig.«

VATER SOLLTE RECHT behalten. Aman verließ kaum noch das Haus und las bald überhaupt keine politischen Schriften mehr, sondern nur noch Notenfolgen und Lieder, die er in einem Heft sammelte.

Einen Monat nach dem Beginn des neuen Schuljahres, gegen Ende April, vermisste ich in meinem Bücherregal die Gedichtbände der beiden großen Liebesdichter Hafes und Saadi. Ich suchte sie zuerst bei meiner Schwester und meinem Vater. Obwohl ich es mir kaum vorstellen konnte, sie bei Aman zu finden, betrat ich schließlich auch sein Zimmer. Und siehe da: In seinem Regal standen meine Bücher!

Als ich in ihnen blätterte, sah ich, dass Aman die schönsten Liebesgedichte markiert hatte. Nicht nur das. Unter seiner Bettdecke entdeckte ich ein aufgeschlagenes Notizbuch, einen Füller und eine halb volle Flasche Rotwein. Ich setzte mich auf die Bettkante, und während ich in seinen verworrenen Schriften blätterte, trank ich einige kräftige Schlucke aus der Flasche. Es war meine erste Erfahrung mit Alkohol, und ich spürte bald ein brennendes Feuer in mir.

Beim Lesen der Liebesverse, die Aman aus eigenen und gestohlenen Versatzstücken zusammengefügt hatte, musste ich lachen. Es befremdete mich, das er seine Geliebte mal als Flamme, mal als seine Fahne auf dem Schlachtfeld der Revolution bezeichnete. Einige seiner Texte waren offenbar Lieder, die er selbst komponiert hatte. Noch aufschlussreicher fand ich jedoch Amans zahlreiche Tagebuchaufzeichnungen, die mit dem denkwürdigsten Tag seines bisherigen Lebens, dem Tag seiner Verhaftung, begannen und mit dem heutigen Tag aufhörten. Ich las sie Zeile für Zeile, bis mir klar wurde, dass Aman sich tatsächlich verliebt hatte. Als ich jedoch las, um wen es sich handelte, ging mein Herz in Flammen auf, die es mit jedem weiteren Wort, das ich las, zu verzehren schienen. Aman hatte sich in ebenjenes Mädchen verliebt, das mir zwar aus dem Kopf, aber nie aus dem Herzen gegangen war.

Er hatte Ali erfolgreich für sich eingenommen und die Gelegenheit ergriffen, sich vor Schira, meinem wilden Reh, in der Pose eines Musikers zu gebärden und ihr schöne Lieder vorzusingen. Und auch wenn ich es nicht wahrhaben wollte, es schien, als hätte er Schiras Herz bereits auf seiner Seite. Schließlich gelangte ich zu Amans letztem Eintrag aus der Nacht zuvor. Daraus entnahm ich, dass Ali und Sarah sich für den heutigen Nachmittag zu einem Ausflug in die Natur verabredet hatten. Da unser Vater verreist war, hatte Aman zu diesem Zweck das Auto mitgenommen. Er besaß zwar keinen Führerschein, aber er hatte das Fahren gelernt.

Ich klappte Amans Tagebuch zu, verließ sein Zimmer in dem Zustand, in dem ich es vorgefunden hatte, und nahm mir vor, über das Erfahrene mit niemandem zu sprechen, aber meine heimlichen Besuche künftig fortzusetzen.

DIE SONNE STAND noch hoch am Himmel, als Aman die holprige, staubige Straße vom Basar-e Kandahar stadtauswärts fuhr. Der Weg zum Fluss Harirud im Süden führte an grünen Dörfern und Oasen vorbei. Ab und zu sah man Bauern auf ihren Maultieren oder beim Pflügen ihrer Äcker, und ein frischer Westwind brachte viele Düfte mit sich. Ali saß auf der Beifahrerseite, die beiden Mädchen auf der Rückbank. Im Kofferraum hatten sie Decken, Kissen, Esswaren, Getränke und Musikinstrumente geladen, und aus dem Kassettenrekorder ertönte heitere Musik. Zwischen Alis Füßen stand eine große Thermosflasche – gefüllt mit Tee, Wodka, Kardamom, Rosenwasser und anderen Zutaten. Er nannte den selbst kreierten Trunk »Spezialtee nach indischer Art« und versorgte hauptsächlich seine Mitfahrerinnen damit. Die vorbeirauschende Landschaft mit ihren Farben und Düften, die fröhliche Musik und der Alkohol im Tee zeigten Wirkung. Als der Fluss in Sicht kam, begannen Ali und Aman zu singen und zu jauchzen. Die Mädchen auf dem Rücksitz lachten laut und klatschten in die Hände.

Aman passierte die Brücke über den Fluss und steuerte auf einen Wald zu. Er kannte ihn gut, dorthin hatte sein Vater ihn oft zum Jagen nach Rehen mitgenommen. Nach einer abenteuerlichen Fahrt auf schmalen, holprigen Waldwegen gelangten sie schließlich zu einer grün bewachsenen Lichtung, die sich in hellem Sonnenlicht vor ihnen erstreckte und von der – darüber waren sie sich sofort einig – etwas Magisches ausging.

ERST GEGEN ABEND machten sie sich, berauscht von Alkohol und Cannabis, auf den Rückweg. Schira saß vorne neben Aman. Sie konnten kaum voneinander lassen. Ali und Sarah lagen Arm in Arm auf der Rückbank. Als sie die Kreuzung am Basar-e Kandahar erreichten, war es bereits dunkel.

»Schade, dass wir nicht länger bleiben konnten«, sagte Aman und blickte zu dem meerblauen Himmel hinauf. »Heute ist Vollmond.«

»Was macht man denn bei so einem Vollmond?«, fragte Ali.

»Mit dem Blick zum Himmel schlafen«, antwortete Sarah, und alle lachten.

Ali hatte bis jetzt, wie alle anderen auch, seinen Verstand ausschalten können. Jetzt aber, nachdem die Mädchen an der Tscharsu ausgestiegen waren, kehrte auf einmal die Vernunft zurück. Und mit ihr ein unbehagliches Gefühl. Den Abschied von Aman machte er kurz, ohne mit ihm Weiteres zu vereinbaren.

Schira hatte Glück. Als sie nach Hause kam, fand sie es leer vor. Ihre Eltern und ihre zwei jüngeren Geschwister waren bei Verwandten zu Besuch. Auch Aman gelangte sorgenfrei nach Hause. Unglücklich dagegen endete der Tag für Ali und Sarah.

3

Taumelnd erreichte Sarah ihre Gasse. In ihrer Aufregung merkte sie nicht, dass die Tür offen stand. Sie setzte sich an die Wand neben dem Hauseingang und suchte im Dunkeln in ihrer Tasche nach dem Schlüssel. Da traf sie ein Schlag von hinten. Sie sprang schreiend auf und erkannte ihren Vater, der sofort begann, mit seinem Hosengürtel auf sie einzuschlagen.

Ali, der in eben diesem Augenblick ebenso taumelnd aus der Schuhmachergasse kam, drehte sich um und versteckte sich hinter der Mauer. Er zitterte. Die Wehschreie der Geliebten gingen ihm unter die Haut.

Sarahs Mutter kam kreischend aus dem Haus und stellte sich zwischen ihren Mann und Sarah, die heulend ins Haus rannte und sich in ihr Zimmer einschloss.

Ali wartete an die Wand gelehnt, bis es ruhig wurde. Dann ging er nach Hause. Seine Mutter stand auf der Terrasse und fragte ihn, wo er gewesen sei.

»Ich habe ein paar Freunde getroffen. Ich habe viel gegessen, Nane, und bin müde«, antwortete er und ging in sein Schlafzimmer.

SPÄT IN DER Nacht lag Ali auf der Terrasse und starrte in den Himmel hinauf. Nachdem er eine Zeit lang ohne klare Gedanken und Gefühle auf der Matratze geruht hatte, richtete er sich auf, ging taumelnd bis ans andere Ende des Gärtchens und stieg auf den Tisch, den er an Adam Khans Hauswand aufgestellt hatte. Im Nachbarhaus brannte kein Licht. Er sprang aufs Dach des Taubenschlags, von dort in den Garten und lief entlang der Hauswand zu Sarahs Zimmerfenster, das sich neben dem Eingang befand.

Der Vorhang war zurückgezogen, und er konnte die Geliebte in ihrem rosafarbenen Nachthemd auf ihrem Bett am Fenster liegend beobachten. Ihr Gesicht war der Zimmerdecke zugewandt. Er konnte dunkle Flecken auf ihrem Gesicht und Striemen von Gürtelhieben auf ihrem Bein sehen. Im vollen Schein des Mondes erschien sie ihm wie eine zerdrückte Rose.

Er wollte sie nicht auf sich aufmerksam machen, doch sie drehte sich von selbst zum Fenster und blickte ihn bloß starr und ausdruckslos an. Ali konnte auf ihrem Gesicht dunkle Flecken erkennen und winzige, blutunterlaufene Streifen unter ihren Augen. Diese waren die Spuren ihres Weinens. Kein Lächeln auf den beiden Gesichtern. Keine Regung. Nur starre Blicke. Bis Sarah sich erhob und für ihn öffnete.

DAS UNBÄNDIGE SCHNARCHEN, das aus einem der anderen Zimmer drang und die Stille der Mitternacht störte, klang, als käme es aus einem fernen Wald. Sarah löste sich aus Alis Umarmung und drehte sich zum Fenster. Ihr Blick flog zum vollen Mond hinauf. »Willst du meinen Plan wissen?«, flüsterte sie.

»Ja. Was hast du vor?«

»Morgen früh kommt die Familie meines Onkels aus Kabul, um für meinen Cousin um meine Hand anzuhalten.«

Für Ali brach eine Welt zusammen. Sarahs Stimme schien plötzlich unwirklich und weit entfernt.

»Das ist etwas, was ich dir bisher verschwiegen habe, Ali. Mein Vater will unser Haus hier verkaufen, er will, dass wir nach Kabul ziehen, wo seine gesamte Familie lebt. Seit Monaten streiten sich meine Eltern deswegen.«

»Und wie sieht dein Plan jetzt aus?«, fragte Ali.

»Ich will nicht nach Kabul. Bevor sie bei uns eintreffen, verschwinde ich von hier. Ich gehe zur Schwester meiner Mutter. Sie mag meinen Vater und seinen Bruder nicht. Ihr Mann starb vor vier Jahren, und sie glaubt, die Medikamente meines Vaters haben ihn getötet. «

»Willst du dich bei ihr verstecken?«

»Ja. Das habe ich mit ihr so vereinbart. Meine Mutter weiß das auch.«

Sie hob ihren Kopf und fragte: »Hörst du meinen Vater?«

»Ja, die ganze Zeit.«

»Sein Zimmer ist auf der anderen Hausseite, aber wir können ihn bis hier hören. Keiner hält es nachts in seiner Nähe aus. Du kannst das Haus in Brand setzen, und er würde weiterschnarchen.«

»Es hört sich an, als würde jemand in einem Wald einen Baum absägen.«

»Wahrscheinlich träumt er gerade davon, mich seinem geliebten Neffen zu vermachen.«

»Du redest so, als würdest du ihn hassen. Ich meine deinen Cousin.«

»Wenn ich jemanden hassen könnte, dann würde ich Leute hassen, die nicht zulassen, dass ich so lebe, wie ich es will.«

»Ich verstehe, was du meinst.«

Sarah drehte sich zu ihm und blickte ihn an. »Ali!«

»Was ist?«

»Es gibt kleine Steinchen, die verwünscht sind. Es heißt, wenn jemand dir eins von diesen Steinchen im Schlaf unter das Kissen schiebt, dann wird der Wunsch, den du gerade in deinem Herzen hegst, nicht in Erfüllung gehen.«

»Davon habe ich noch nie etwas gehört.«

»Du bist auch kein Jude. Mein Vater hat eins davon in seinem Laden.«

»Aha?«

»Ich will es holen und unter sein Kissen schieben.«

»Wann, jetzt?«

»Ja. Jetzt. Bevor ich mich bei meiner Tante verstecke und mein Onkel hier auftaucht. «

»Glaubst du wirklich, dass das wirkt?«

»Ganz sicher. Ich habe einen Schlüssel von seiner Apotheke. Willst du mich dorthin begleiten? Anschließend müssen wir in die Synagoge. Von der habe ich auch einen Schlüssel.«

»Weshalb in die Synagoge?«

»Das Steinchen wirkt nur, wenn man es vom Keller der Synagoge aus direkt in das Schlafzimmer der Person befördert, deren böser Plan nicht erfüllt werden soll.«

»So eine Alberei!«, stieß Ali hervor.

»Dann eben nicht.« Sarah drehte sich gekränkt zum Mond.

»Warte mal.« – Er zog an ihrer Schulter. – »Das musst du mir erklären. Vom Keller der Synagoge aus direkt ins Schlafzimmer einer Person? Was heißt das? Ich weiß, dass wir seit gestern Nachmittag alle nicht mehr ganz bei Sinnen sind. Aber diese Geschichte …«

Sie drehte sich zurück zu ihm. »Als du letztes Jahr bei uns die Wände gestrichen hast, ist dir im Schlafzimmer meines Vaters gar nichts Ungewöhnliches aufgefallen? Am Boden?«

»Nein. Was gibt es dort? Die Zimmerböden waren mit einer schwarzen Folie bedeckt.«

»Deshalb hast du es nicht gesehen. Unter seinem Bett öffnet sich eine Luke zu unserem Keller. Und unser Keller ist durch ein unterirdisches Netz mit dem Keller der Synagoge verbunden.«

Den Ellbogen auf das Kissen und den Kopf auf die Hand gestützt, fixierte Ali ein Weilchen ihre Augen. Dann sagte er: »Ich will dich jetzt nicht wieder kränken, Sarah, aber das ist doch bloß ein Märchen, das alte muslimische Frauen ihren Enkelkindern erzählen.«

»Mit solchen Luken sind viele jüdische Häuser ausgestattet, Ali«, erwiderte sie. »Bei meiner Tante befindet es sich im Boden ihrer Putzkammer. Sie führen alle zu einem Tunnelnetz hier unter dem Basar-e Irak.«

»Und diese unterirdischen Gänge führen alle zum Keller der Synagoge?«, fragte Ali mit Zweifel in den Augen.

»Hast du die Synagoge schon einmal von innen gesehen?«

»Nur im Vorbeigehen, wenn man so will.«

»Dort gibt es im Korridor einen versteckten Eingang zum Keller.«

Ali sah sie noch befremdeter als zuvor an. Ihre Flecken kamen ihm dunkler vor als noch gerade eben, und ihre Augen rötlicher. Er dachte wieder an den Alkohol, den sie getrunken, und an das Haschisch, das sie mitgeraucht hatte.

»Sieh mich nicht so glotzäugig an, Ali!«, holte sie ihn zurück. »Die unterirdischen Gänge reichen keinen Meter über den Basar-e Irak hinaus. Man hat sie in alten Zeiten gebaut, und zu einem anderen Zweck, als es deine Muslime erzählen.«

»Wie sieht denn diese Strecke zwischen den beiden Kellern aus?«, fragte er.

»Es ist ein gerader Gang«, antwortete sie. »Ich kenne ihn seit meiner Kindheit. Du kannst mich bis in die Apotheke und dann in die Synagoge begleiten. In den Keller muss ich aber allein gehen.«

Ali war entsetzt. »Du willst jetzt, zu dieser Stunde, allein in diesen Keller unter der Synagoge gehen? Soll das ein Witz sein?«

»Nein, Ali. Es ist kein Witz. Ich muss dieses Steinchen allein in das Schlafzimmer meines Vaters bringen. Sonst wirkt es nicht. Und noch etwas: Du darfst niemandem etwas davon erzählen, Ali. Auch Isaak Khan nicht. Versprichst du es mir?«

Ali hatte nur zwei Möglichkeiten: Entweder erfüllte er ihren Wunsch, oder er konnte gleich zu sich nach Hause gehen.

Rund drei Stunden nach Mitternacht war die Hauptstraße des Basar-e Iraks allein vom Mond und den Sternen beleuchtet. Weit und breit war kein Mensch zu sehen, nur hier und da streunten ein paar herrenlose Hunde. Ali und Sarah gingen Schulter an Schulter den Bürgersteig entlang. Vor der Apotheke holte sie eine Taschenlampe hervor und sagte, er solle draußen warten. Sie öffnete den kleineren Flügel der zweiteiligen Tür und verschwand im Laden. Nach einigen Minuten kam sie wieder heraus, legte beide Hände auf ihre Handtasche, die von ihrer Schulter hing, und sagte: »Ich habe es. Jetzt müssen wir uns beeilen.«

Sie wechselten die Straßenseite und liefen den Weg zurück.

»Ich weiß, dass das alles dumm und verrückt ist«, sagte sie. »Du würdest mich am liebsten daran hindern. Ich tue dir unrecht. Ich missbrauche dich, und ich tue dir weh.«

»Nein, nein, du tust mir nicht weh, du tust mir auch kein unrecht …«

»Doch, doch!« Sie blieb stehen, er auch, und sie sahen sich an. »Ich ziehe dich in ein Spiel hinein, das dir weder gefällt noch guttut. Ich denke, alles, was ein Mensch tut, hat immer und vor allem mit ihm selbst zu tun. Das zu begreifen ist für die anderen nicht immer leicht, aber außerordentlich wichtig. Ich meine für die anderen, die gegen ihren eigenen Willen, aber aus Liebe zu ihm mitmachen. Wenn etwas schiefgeht, dann dürfen diese anderen kein schlechtes Gewissen haben.«

»Warum sollte man etwas tun, bei dem man Zweifel hat, dass es schiefgehen könnte?«, fragte Ali. »Du kannst auch so zu deiner Tante gehen und an ihre Tür klopfen. Jetzt direkt. Ich habe Angst, dass du dich in den dunklen Gängen verläufst. Dass Mäuse, Ratten oder sonst was für Ungeziefer dir über den Weg laufen …«

»Es gibt kein Ungeziefer, dem ich begegnen könnte. Mein Vater besprüht diese Gänge jedes Jahr mit Rattengift.«

Sie erreichten die blaue Eisentür der Synagoge, an der ein schweres Schloss hing. Sarahs Finger zitterten ein wenig, als sie es öffnete. Dann trat sie ein, und Ali folgte ihr. Sie schritten durch den Hof auf die breite Terrasse zu, auf der Ali schon oft im Vorbeigehen die Juden beisammensitzen gesehen hatte. Dann öffnete Sarah die Tür zum Gebäude, betrat einen schmalen Korridor und legte die beiden Schlösser auf den Boden. Sie machte Licht an. Links von ihnen war der Eingang zum Gebetsraum und gegenüber, eingebaut in die Wand, stand ein in viele kleine Fächer aufgeteiltes, leer stehendes, altes Holzregal. Sarah zeigte darauf und fragte: »Siehst du dieses Regal?«

»Was ist damit?«

»In die Fächer legen die Gläubigen ihre Schuhe und sonstigen Sachen, bevor sie den Gebetsraum betreten. Es steht aber einfach lose in der Wandvertiefung. Wenn man es hervorzieht, öffnet sich dahinter ein Raum mit einer Treppe nach unten.« Sie legte ihre Handtasche auf den Boden und ging zu dem Regal. »Versuchen wir es gemeinsam?«

»Tritt beiseite, bitte«, sagte Ali und wollte es allein versuchen. Er stellte sich vor das Fächerregal, umschloss es mit seinen Armen und zog es in einem Schwung aus der Wandvertiefung.

»Danke, Ali Dschan! Ich gehe jetzt hier rein, und du tust, was ich dir sage.«

»Ich weiß, was du mir sagen willst, Sarah. Alles soll wieder aussehen, als wäre hier nichts geschehen.«

Ali hatte in seinem Leben bereits schlimme Dinge überstanden, aber jetzt, als er sie zum Abschied in seine Arme schloss, wurden ihm die Knie weich. Zudem schien sie eine Umarmung vermeiden zu wollen. Wortlos trat sie in den Kammerbereich, knipste ihre Taschenlampe an und stieg hinab.

»Ali Dschan!«, hört er sie rufen.

»Ja?« Reflexartig reckte er sich nach vorn und konnte schemenhaft ihren Kopf und ihre Schultern sehen.

»Hast du deinen Hausschlüssel bei dir?«

»Nein.«

»Nicht schlimm. Du bist ein Artist. Du weißt, wie du über jedes Dach und jede Mauer springen kannst.«

»Nicht über die Mauer der Religion, Sarah. Aber du auch, Sarah. Oder?«

»Ja. Vor allem wenn man mir beim Springen einen Tisch unter die Füße stellt.«

Er sah nicht mehr, wie sie lachte, konnte es aber hören. Er stand über der Kelleröffnung und sah, wie sich ihr Schatten hinter dem schmalen Lichtkegel in einer großen Finsternis auflöste.

TAGESLICHT FIEL IN Alis Schlafzimmer, auf sein Gesicht. Seine Mutter stand an der Tür. »Isaak Khan will mit dir sprechen.«

Er sprang auf und stand taumelnd vor seinem Bett. Sein Kopf war schwer wie ein Berg, sein Mund war trocken, sein Herz klopfte ihm bis zum Hals. Der Traum von letzter Nacht war noch nicht ganz verblasst. Er hatte in einem abgeschlossenen, engen, finsteren Keller voller Ratten und Mäuse gelegen. Er hatte versucht zu schreien, um Hilfe zu rufen, aber keinen Ton hervorbringen können. Als Schlangen von allen Seiten ihre langen Zungen nach ihm ausstreckten, war es ihm gelungen, sich zu erheben. Mit Flügeln, die er im Nu bekam, stieg er zur Decke auf, in der ein eisernes Türchen eingebaut war. Mit seinen Fäusten schlug er gegen dieses Türchen, bis es sich öffnete …

»Was ist mit dir los, mein Sohn? Es ist bald Mittag.«

»Was? Wo? Wer?«, rief Ali und schlug sich reflexartig mit beiden Händen auf die Wangen.

»Was ist heute bloß los? Seit dem frühen Morgen höre ich die Nachbarin weinen und schreien.«

»Was ist heute für ein Tag, Nane?«

»Freitag.«

Verstört und verwirrt ging er auf die Terrasse, vernahm den Jubel der spielenden Jungen auf dem Sportplatz hinter der Mauer und sah Isaak Khan, der an der Wand des Gartenhäuschens hockte.

»Onkel Isaak! Was machen Sie denn hier?« Ali sprang die Treppenstufen hinunter und blieb vor dem alten Mann stehen. Dieser blickte auf und deutete auf das Nachbarhaus, aus dem Weinen und Wehrufe herüberdrangen. »Ist sie bei dir?«, fragte er.

»Nein. Was ist mit ihr?«

»Sie ist letzte Nacht verschwunden.«

»Verschwunden?«

»Ihre Freundin Schira war gerade bei mir. Sie hat mir alles erzählt, Ali. Ihr wart gestern Nacht gemeinsam draußen.«

»Ja. Ja … das ja.«

»Schira hat sehr böse Ahnungen, Ali. Setz dich.«

Die Worte »sehr böse Ahnungen« empfand Ali wie Hammerschläge auf seinem Kopf. Er setzte sich, am ganzen Körper zitternd.

»Wenn du sie bei dir versteckt hast oder irgendetwas über ihr Verschwinden weißt, dann möchte ich es sofort wissen.«

»O… Onkel Isaak …«, stotterte Ali.

»Sprich es aus! Yallah!«

»Gibt es … diese … unterirdischen … Gänge?«

Isaak Khan sah ihn entrüstet an, hämmerte voller Wut mit seinem Gehstock auf den Boden und befahl: »Lauf! Lauf und wasche deinen Kopf mit kaltem Wasser und trinke, damit deine Zunge in Regung kommt. Yallah!«

Ali sprang auf und lief ins Haus.

ZUR MITTAGSZEIT STAND Isaak Khan mit dem Rabbiner auf dem Flur der Synagoge. Er berichtete ihm von Adam Khans Absicht, seine Tochter mit seinem Neffen zu vermählen, und meinte, Sarah hätte sich, um dem zu entkommen, im Keller der Synagoge versteckt.

Der Rabbi konnte sich dies aber nicht vorstellen. »Ausgerechnet hier? Wie kommst du denn darauf?«

»Ganz einfach«, sagte Isaak Khan. »Sie hat mir einmal gesagt, wenn es so weit wäre, würde sie sich hier im Keller verstecken. Und wie es der Zufall will, sind ihr Onkel und seine Familie heute aus Kabul angereist.«

»Und woher hatte sie die Schlüssel?«

»Adam Khan hat doch die Schlüssel von hier.«

»Bitte schön. Aber wie hat sie dann die Türen von außen hinter sich geschlossen? Wie hat sie das Wandregal hinter sich zurückgestellt?« Der Rabbi sah Isaak Khan grinsend an.

»Sie könnte eine Gehilfin oder einen Gehilfen gehabt haben«, erwiderte Isaak Khan ungerührt. Der Rabbi seufzte, ging in den Gebetsraum, legte dort seinen Mantel und seine Kippa ab und kam dann mit einer Taschenlampe zurück. Gemeinsam mit Isaak Khan machte er sich daran, das gefächerte Holzregal aus der Wandlücke herauszuziehen. Dann betrat der Rabbiner als Erster das Kämmerchen und machte dort Licht an.

»Glaubst du wirklich, dass sie in einem dunklen Keller sitzt, ohne sich Licht zu machen?«, fragte er und stieg die Treppe hinab.

Isaak Khan wusste darauf keine Antwort. Er folgte dem Mann langsam und mithilfe seines Gehstocks. Unten angekommen, fand er sich in einem fensterlosen, stickigen Keller wieder. Der Rabbi durchleuchtete nach und nach den Raum, und wo der Lichtkegel hinfiel, brachte er Staub und Spinnennester zum Vorschein. Isaak Khan trat an ihm vorbei und steuerte auf den hinteren Bereich des Kellers zu.

»Sarah! Sarah Dschan!«, rief er.

Er drängte weiter nach hinten und rief wiederholt den Namen des Mädchens. Bis er an der hintersten Ecke die Umrisse eines liegenden Menschen erkannte.

»Sie ist hier. Sie schläft«, rief er dem Rabbi hinter sich zu, der nun zu ihm aufschloss und seine Taschenlampe auf sie richtete.

Sarah lag mit dem Kopf auf ihrer Handtasche, ihr Gesicht war zur Wand gerichtet. Isaak Khan beugte sich über sie und schüttelte sie leicht.

»Wach auf, Sarah!«

Aber Sarah regte sich nicht. Er drehte sie auf den Rücken. Ihre Augen waren weit geöffnet, ihre Gesichtshaut und ihre Lippen waren schwarz angelaufen. Man sah, dass viel schaumiger Speichel aus ihrem Mund geflossen war.

»Rattengift?«, flüsterte Isaak Khan vor sich hin, und es wurde ihm schwindlig.

Teil drei

1

Ende April waren die Nächte so heiß, dass die Singzikaden die Gärten in der Stadt auf den Kopf stellten. Das brummende, zischende Kratzen, das sie mit ihren Trommelorganen von abends bis nach Mitternacht erzeugten, war schwer erträglich – und die Frösche mischten mit.

In jener Nacht stand ich im Unterhemd in der Tür zwischen dem nördlichen Zimmer, das wir lediglich im Sommer bewohnten, und der vorderen Terrasse unseres Hauses. Im hinteren Teil des Zimmers lag Aman mit nacktem Oberkörper auf einer Matratze, jammerte kraftlos und kochte in hohem Fieber. Alle außer mir waren besorgt, dass er die Nacht nicht überleben könnte. Zwei Ärzte saßen zu seiner linken Seite, Hadschi Agha zu seiner rechten, und Mutter Khurschid stand am Kopfende über ihn gebeugt. Ein Ventilator blies kühlen Wind in sein Gesicht, zugleich waren unsere Eltern dabei, mit Eis und kalten Umschlägen die Hitze seines Körpers zu senken, während sie unentwegt Gebetsworte flüsterten.

Drei Tage lag Aman nun schon geschwächt und schwer schwitzend im Bett und war nicht zur Schule gegangen. Die beiden Ärzte hatten viele Ursachen in Betracht gezogen. Sie hatten sein Blut, seinen Urin, seinen Stuhlgang untersuchen lassen und unterschiedliche Medikamente an ihm getestet. Sie waren immer wieder auf Scharlach zurückgekommen, aber helfen konnten sie ihm mit keinem Mittel. Was war also mit Aman los?

Von seinem Ausflug mit Ali und den beiden Mädchen wusste ich zu dieser Zeit lediglich das, was ich in seinem Tagebuch gelesen hatte. Am Tag darauf hatte ich erwartet, ihn in einem glücklichen Zustand anzutreffen. Doch als er am Abend nach Hause kam, hatte er traurig, sogar krank ausgesehen. Er hatte sich in seinem Zimmer eingeschlossen und war nicht beim Abendessen erschienen. Ich hatte vermutet, dass irgendetwas zwischen ihm und Schira schiefgegangen war oder dass er sie aus irgendeinem Grund nicht mehr treffen durfte.

Amans Lärmempfindlichkeit hatte seit dem Vortag solch dramatische Züge angenommen, dass Töne und Geräusche jeglicher Art ihn schwer störten. »Die Zikaden bringen mich um!«, hatte er seit dem Abend immer wieder gejammert. Und so liefen meine Geschwister, die Nomadin und ihre Tochter Golbu, die zu jener Zeit noch bei uns wohnten, der Fahrer und der Gärtner Khudscha Morad zu nächtlicher Stunde mit Holzstöcken im Garten hin und her und versuchten, die vielen männlichen Zikaden, die im Chor sangen, zum Schweigen zu bringen. Sogar Sardar, der Jagdhund, war unter ihnen.

Ich beobachtete das alles, und ich wusste nicht, ob ich weinen oder lachen sollte. Mutter Khurschid und Hadschi Agha taten mir leid. Noch nie hatte ich die beiden so verzweifelt gesehen. Auch damals nicht, als Aman verhaftet worden war. Demzufolge fühlte ich mich einem schweren Gewissenskampf ausgesetzt und war ratlos, ob ich ihnen die geheime Ursache von Amans Krankheit erzählen sollte oder nicht.

Befremdlich klang Amans Jammern in meinem Ohr auch aus einem anderen Grunde. Zwei Tage vor dem internationalen Tag der Arbeit kochten seine politischen Freunde in einem völlig anderen Fieber als er. Da in diesem Jahr, 1970, der erste Mai ein Freitag war und die Schulen geschlossen blieben, bereiteten sich alle für eine große Versammlung an der Tscharsu vor.

Mein Vater blickte verwundert zu mir herüber und erhob sich. Dann steuerte er auf mich zu, wobei er mir wie ein schiffbrüchiger Kapitän vorkam. Er fragte mich in leisem Ton, warum ich so tatenlos an der Tür stünde. Und ich gab ihm zur Antwort: »Was soll ich sonst machen, Agha? Schlafen gehen?«

»Wieso schlafen gehen?« – Er deutete auf den Garten. – »Nimm ein Stück Holz und hilf den anderen, diese verdammten Tiere zur Ruhe zu bringen.«

Ich hatte ihn gereizt, das war mir bewusst, aber ich konnte jetzt mein belustigtes Lachen nicht unterdrücken. Die Hand vor den Mund haltend, ging ich zwei Schritte weiter auf die Terrasse, damit niemand hören konnte, dass ich lachte. Vater kam, sichtlich entsetzt, hinter mir her und fragte nach dem Grund für meine Belustigung.

Ich nahm mich zusammen und sagte: »Mit Verlaub, Agha. Auch diese verdammten Tiere haben ein Recht auf das Leben und darauf, sich dessen zu erfreuen.«

»Ja«, bestätigte er und deutete auf Aman. »Er aber auch! Wenn er ruft, dass diese Ungeheuer ihn töten, dann kann ich doch nicht tatenlos hier an der Tür stehen und lachen!«

Der Zorn meines Vaters, eines einstigen Bauernsohns, auf kleine Insekten bestürzte mich. So konnte es nicht weitergehen. Also erhob ich meine Stimme.

»Das Ungeheuer, das ihn töten will, woran ich jedoch nicht glaube, sitzt in seinem Herzen, Agha!«

Er sah mich mit fragendem Blick und offenem Mund an.

»Ich habe Ihnen etwas Wichtiges zu sagen, Agha. In Anwesenheit von meiner Mutter.«

»Ja, sofort!«, erwiderte er. »Ruf deine Mutter her!«

Meine Eltern und ich saßen eng nebeneinander auf der Terrassenkante, und ich begann mit einer Frage an meinen Vater: »Haben Sie, Agha, nicht oft gesagt, es gäbe keinen Schmerz? Dass es nur das Gefühl des Schmerzes gäbe und jede Krankheit ihre Ursache in der Seele habe?«

Er antwortete mit einem Nicken.

»Gut, Agha. Die beiden Ärzte, die seit drei Tagen kommen und gehen, sind zwar die besten in der Stadt, aber verstehen sie eigentlich auch etwas von der Seele, Agha?«

Er legte seine Hände flach auf die Knie und sagte: »Das ist eine gute Frage, Junge. Gerade habe ich beim Beten darüber nachgedacht. Deine Mutter hat mir erzählt, dass sie Aman, bevor er Fieber bekam, weinen gehört hat.« Er sah meine Mutter fragend an.

Und Mutter Khurschid erzählte: »Es war einen Tag, bevor dein Vater aus Indien zurückkam …«

»Am Samstag?«

»Ja, es war am Samstagabend. Ich stand hinter seiner geschlossenen Tür, aber er wollte mir nicht aufmachen.«

»Das sagt doch alles, Nane«, sagte ich. »Dein Sohn leidet an einer Krankheit, für die es nur eine Medizin auf der Welt gibt.«

»Welche Medizin?«, fragten meine Eltern im Chor.

»Die Milch aus der Brust eines ganz besonderen Rehs.«

»Welches Reh?«, fragte Mutter Khurschid eilig, während Vaters Blick mich ins Visier nahm.

»Es ist ein Reh, das im Dschungel des Basar-e Iraks zu Hause ist.«

»Spinner!«, schimpfte meine Mutter. Hadschi Agha aber hob seine Augenbrauen.

»Wollen Sie es genauer wissen, Agha?«

»Sprichst du von jenem schönen Wild, das letztes Jahr vor unser Auto lief?«

»Von wem denn sonst, Agha?«

Vater wandte sich an seine Frau und erklärte: »Schaer meint, dass Aman sich in ein jüdisches Mädchen verliebt habe, das im Basar-e Irak wohnt.«

»Eh!« Mutter Khurschid verzog ihr Gesicht und sah mich leicht angewidert an.

Ungeachtet dessen begann ich alles zu erzählen, was mir von Amans Affäre bekannt war und was ich darüber mutmaßte. Ich nannte auch die Namen aller anderen, die darin verwickelt waren. Nur mich selbst und meine eigenen Bestrebungen ließ ich außen vor. Ich schloss meinen Bericht mit den Worten: »Amans Begeisterung für das Musizieren diente von Anfang an nur einem einzigen Zweck: das jüdische Mädchen wiederzusehen und ihr Herz zu gewinnen!«

Mein Vater hob den Kopf. »Könntest du uns bitte schön sagen, woher du das alles weißt?«

Ich sah ihm in die Augen. »Von Ihnen, Agha, habe ich gelernt, dass es Geheimnisse gibt, die man besser mit ins Grab nimmt.«

Ihm gefiel das, Mutter Khurschid schüttelte jedoch bloß den Kopf, stand auf und ging geradeaus durch die Tür in den Salon.

»So ist das also«, sagte Vater. »Die Liebe hat aus unserem Traumtänzer einen Sänger gemacht.«

»Sie haben es selbst einmal gesagt, Agha. Die Liebe ist eine Zauberin, die das Göttliche sowie das Teuflische auf solch wundersame Weise miteinander verbindet, dass sie kaum mehr auseinanderzuhalten sind.«

Er nickte und blickte in den Garten, wo sieben Leute, die kleine Awesta und Sardar eingeschlossen, dabei waren, das Konzert der Zikaden zu zerschlagen. Sein Gesicht lag im Halbdunkel, aber ich glaubte zu erkennen, wie er in sich hineinlachte. Dann drehte er sich um, legte seine Hand auf mein Knie und sagte: »Schon damals, als das Mädchen vor unser Auto lief, ahnte ich, dass du es irgendwoher gekannt hast. Ich habe dich genau beobachtet.«

Ich lachte. »Das kann ich Ihnen sagen, Agha. Aber vorher habe ich eine ganz andere Frage an Sie.«

»Bitte.«

»Haben Sie gewusst, dass Sultan und sein Onkel Kommunisten sind?«

Ich hatte schon seit einiger Zeit auf eine Gelegenheit gewartet, ihm diese Frage zu stellen. Ich war zu der Ansicht gekommen, dass es von uns Kindern nicht fair war, Vater die politische Ausrichtung seiner Schützlinge aus Kabul auf Dauer zu verschweigen.

»Sind sie auch Schula-ies?«, fragte er.

»Nein, Agha. Die Schula-ies sind Maoisten und nennen sich Neue Demokraten. Gol Agha und Sultan gehören dem Khalq-Flügel der Demokratischen Volkspartei an und stehen für den Sowjet-Kommunismus.«

»Das habe ich nicht gewusst«, sagte er. »Aber ehrlich gesagt, interessiert mich das nicht sonderlich.«

»Gut. Das muss Sie auch nicht weiter interessieren. Nur eines sollten Sie noch wissen, Agha. Viele Jungs waren oder sind hinter diesem Mädchen her. Und Sultan gehört zu den hartnäckigsten.«

»Du nicht?«

»Sagen wir mal so: Ohne Sultan würde ich jetzt wahrscheinlich wie die anderen im Garten den Zikaden auf den Kopf hauen, ohne zu wissen, was eigentlich los ist.«

Ich erzählte Hadschi Agha von meiner allerersten Begegnung mit Schira und schloss mit den Worten: »Sultan stellt ihr immer noch nach, ich schon lange nicht mehr.«

Er hatte mir zugehört, jetzt aber wirkte er etwas unruhig. »Lass uns über das alles später reden. Jetzt wollen wir uns auf Amans vierzig Grad Fieber konzentrieren. Hast du einen Vorschlag?«

»Einen Vorschlag?« Ich musste nicht lange überlegen. »Ich würde alles tun, um dieses Mädchen an sein Bett zu bringen.«

»Du willst sie herholen?«

»Ich versuche es. Geben Sie mir bis morgen Abend Zeit.«

»Gut. Gut.« Er nickte mir zu.

»Übermorgen ist der Tag der Arbeit und zugleich der Tag der Liebe.« Ich grinste. »Bis dahin wird er noch eine Menge schwitzen und viel jammern. Aber sterben …«

»Wird er nicht«, führte Vater meinen Satz zu Ende. »Das ist mir nun auch klar.«

Doch für mich war die Angelegenheit noch nicht beendet. »Aman ist ein viel besserer Schauspieler als Sie oder ich«, fügte ich hinzu. »Er weiß, wie er das bekommt, was er haben will. Aman würde eher anderen das Todesglas zum Trinken geben, als es selbst an seine Lippen zu führen.«

Da schüttelte Hadschi Agha den Kopf und erhob sich. »Das geht jetzt zu weit! So anmaßend über den eigenen Bruder zu urteilen! Wie kommst du dazu …«

»So habe ich es nicht gemeint, Agha«, rief ich und sprang auf. »Es tut mir leid. Ich hätte nicht …«

Da schlug er sich mit der rechten Hand auf die Stirn und rief: »Nein! Jetzt erinnere ich mich! Aber das kann doch nicht …«

»Was ist?«, fragte ich erschrocken.

In Kürze erzählte Vater, dass er am Tag zuvor in einem Händlerhof vom Selbstmord eines jüdischen Mädchens gehört hatte. Mich ergriff ein Schauder, und wir blickten uns wortlos in die Augen.

»Ich bin sicher, das Reh, über das wir sprechen, würde so etwas niemals tun«, sagte ich nach einer Weile, obwohl ich mir dessen weniger sicher war als behauptet.

Hadschi Agha nickte. »Lass uns nicht den Teufel an die Wand malen. Stell dir vor, wenn jeder sich aus Liebeskummer töten würde, dann gäbe es in der Menschheitsgeschichte mehr Tote durch Liebe als durch Hass. Das wäre zwar schöner, aber auch ein erheblicher Verstoß gegen das Naturgesetz.«

GEGEN NEUN UHR am frühen Morgen saß ich nach über sieben Monaten wieder bei Ali. Wir waren unter uns. Er war abgemagert, seine Augen saßen tiefer als sonst und erschienen mir kleiner. Er sagte, er sei etwas krank, aber ich ahnte sofort, dass etwas Schlimmeres mit ihm passiert war.

Ich berichtete ihm von Amans Krankheit und sagte: »Wir Brüder und Schwestern wissen alles voneinander. Wundere dich bitte nicht, dass ich von Amans Beziehung mit Schira weiß. Mich beunruhigt aber der Selbstmord eines jüdischen Mädchens, von dem ich gehört habe. War sie es? War es Schira?«

Ali schüttelte den Kopf. Welch eine Erleichterung! Doch dann sagte er: »Es war ihre Freundin. Sarah.«

»Deine Freundin?«

Er nickte.

»Es tut mir leid, Ali Dschan! Es tut mir schrecklich leid. Ich bin entsetzt! Ich bin …«

Wo es keinen Trost gibt, gibt es auch keine Trost spendenden Worte – höchstens eine klägliche Heuchelei. Und dennoch. Die Erkenntnis des einzig wahren Trostes, welche allein darin besteht, dass es eben keinen Trost gibt – dem widersetzt sich das menschliche Herz im Angesicht des Abgrunds vehement. Ist das nicht ein maßgeblicher Grund, warum der Mensch einen Gott braucht? Mein Vater hatte einmal gemeint, Selbsttötung sei das Schlimmste, was man seinen Nächsten antun könne. Man raube ihnen ihre gesamte Lebenskraft und Lebensfreude, man nehme ihnen die Seelen, ohne sie um ihr Einverständnis gefragt zu haben. Man nehme ihre Körper, ihre Köpfe, ihre Herzen als Geisel und führe sie an einen Abgrund, um ihnen ihren eigenen Untergang darin vor Augen zu führen.

An diese Worte musste ich denken, aber ich empfand sie als ein hartes Urteil für einen Verzweifelten, der gehen will. Ich schwieg, in der Hoffnung, in meiner Ratlosigkeit Halt darin zu finden. Aber kann der Mensch im Angesicht eines Abgrunds schweigen, solange er noch etwas sagen, etwas rufen kann? Wäre er so geschaffen, würde er auch keinen Gott brauchen.

Ich räusperte mich, um noch etwas zu sagen, da brach Ali zum Glück das Schweigen. »Auch ich war krank gewesen. Seit Beginn der Woche bin ich heute zum ersten Mal wieder im Laden. Gestern Abend waren Schira Dschan und Isaak Khan bei mir. Wir haben zwei Stunden lang geredet und gemeinsam getrauert. Isaak Khan hat uns viel Mut gemacht.«

Ob es seine eigenen waren oder sie von Isaak Khan stammten – er brachte Sätze über die Lippen, für die ich ihn bewundern musste. Ich verstand, dass er entschlossen war, Sarahs Entscheidung zu akzeptieren und ihrer Seele Ruhe zu geben. Er sagte auch, dass Sarahs Vater sein Haus verkauft hätte und in zwei Tagen mit seiner Frau nach Kabul ziehen wolle. Nach und nach – zunächst beim Teetrinken, dann beim gemeinsamen Mittagessen – erzählte er mir auch von seinem letzten Abend und seiner letzten Nacht mit seiner Geliebten. Er sprach von »Glück im Unglück«, da noch niemand von ihrer Liebe zu ihm Wind bekommen hatte. Dann kamen wir auf Amans kritische Lage zurück. Ich sagte, ich wolle Schira an sein Bett holen.

»Kennst du sie?«, fragte er.

»Ja«, sagte ich. »Ich habe sie einmal auf der Straße gesehen. Da war sie mit Sarah zusammen.«

»Schira ist heute nach vielen Tagen das erste Mal wieder zur Schule gegangen.« Er sah auf die Uhr. »Sie dürfte bald Schluss haben. Wenn du möchtest, kann ich sie gleich aufsuchen.«

»Aber gern!«, antwortete ich und wir erhoben uns.

2

Asis und ich hatten Vaters Auto an der Kreuzung und einige Meter entfernt von der Gasse geparkt, die sich nordwärts durch das schiitisch-jüdische Viertel schlängelte und am jüdischen Männerhamam vorbei zum Basar-e Irak führte. Schon früh am Morgen war hier, im Basar-e Kandahar, der Freitagsmarkt voll im Gange. Kleinhändler breiteten ihre Waren aus, die letzten Tagelöhner, die keine Arbeit gefunden hatten, verließen mit hängenden Köpfen den Park in der Mitte des Kreisverkehrs, und Bauern trieben ihre beladenen Maultiere aus den südlichen und westlichen Dörfern zur Altstadt.

Ich saß neben Asis und behielt vom Beifahrersitz aus die Gasse im Blick. Wir warteten seit einer Dreiviertelstunde auf Schira. Um Punkt neun Uhr trat sie in einem schwarzen Tschador aus der Gasse heraus.

»Da kommt sie«, sagte ich.

Asis reckte seinen Kopf, schien sie ebenfalls wiederzuerkennen und nickte mir zu. Ich stieg aus und öffnete für sie die Hintertür. Sie war vor der Gasse stehen geblieben und sah sich in der Ferne um, als würde sie den großen weißen Mercedes und mich neben der offenen Tür nicht sehen. Dann steuerte sie auf einmal auf unser Auto zu – ohne meinen freundlichen Blick zu erwidern.

»Salam Aleikum, Schira Dschan.« Ich legte meine linke Hand zum Zeichen des Respekts auf meine Brust und hieß sie willkommen: »Khusch amadid!«

»Schoma Schaer hastid?«

Ich lachte auf, da man dies auch als Frage deuten konnte, ob ich ein Dichter sei.

»Bali, Schaer hastam.« Ja, ich bin Dichter oder ich bin Schaer.

»Und ich bin Schira.« Sie streckte mir ihre Hand entgegen.

Soweit ich wusste, war Schira das hebräische Pendant für das arabisch-persische Wort Scher, welches Gedicht bedeutet.

»Das passt ja gut zusammen«, erwiderte ich und nahm lächelnd ihre Hand. Dann ließ ich sie einsteigen.

Asis fuhr sofort los. Nachdem er einmal rund um die große Kreuzung gefahren und in die Straße zur Tscharsu eingebogen war, fiel mir ein, dass die Demonstranten sich dort genau zu dieser Stunde versammeln wollten. Es dauerte nicht lange, da befanden wir uns in einem Chaos von jubelnden und klatschenden Schülern. Ich nahm die neugierigen Blicke wahr, die sich auf uns und unser Auto richteten – darunter viele bekannte Gesichter aus der Schule –, und wartete auf eine Lücke, die sich in der Menschenmenge für uns öffnen würde. Als dies nicht geschah, verlor Asis die Geduld und hupte – nicht einmal, sondern dreimal hintereinander.

Ich brüllte ihn an: »Was tust du da? Du hast die Schule vielleicht hinter dir, aber ich und Aman sehen diese Leute morgen wieder!«

Da geschah etwas Überraschendes und Furchtbares. Qadir, mein alter Klassenkamerad und Rivale, und zwei andere kamen mit hasserfüllten Blicken auf unseren Wagen zu. Erst vor Kurzem war sein Bruder Kabir Khan nach langer Krankheit verstorben, und ich hatte noch nicht die Gelegenheit gehabt, ihm mein Beileid auszusprechen.

Qadir und seine Freunde hatten in meinem Vater schon immer einen Feudalherrn und Kapitalisten gesehen, und wir, seine Söhne, waren in ihren Augen nichts weiter als politische Gesinnungslumpen. Qadir hatte lange auf eine Gelegenheit gewartet, sich an mir rächen zu können. Ohne die geringste Scham begannen seine Freunde und er, mit ihren Fäusten gegen unser Fensterglas zu schlagen und laut zu rufen: »Tod den Verrätern!«

Ich musste an die Worte meines Vaters denken: »Jeder Mensch rastet im Laufe seines Lebens mindestens einmal so aus, dass er etwas Übles anrichten muss, um sich wieder beruhigen zu können.« An diesen Satz wollte ich aber in diesem Augenblick nicht denken. Sonst hätte ich möglicherweise auch an seinen nächsten Satz gedacht: »Selbst in diesem Augenblick sollst du Herr deiner Gefühle bleiben!« Vielmehr ließ ich mich von einer älteren Lehre von ihm leiten: »Wenn du jemanden schlägst, dann gezielt und wirkungsvoll!«

Bustan, der jüngere Sohn meines Onkels Naurus Khan, der sich in den Kampfkünsten meisterlich auskannte, hatte mir einige Tricks beigebracht. Einen, den ich besonders gut beherrschen gelernt hatte, hieß »Der Hodenschlag«. »Der Einsatz des Hodenschlags kann gefährlich sein«, hatte Bustan gewarnt. »Nur für den Tag X, Cousin!«

»Der Tag X« schien für mich nun gekommen zu sein. Denn auch ich hatte mit Qadir eine offene Rechnung, die beglichen werden musste. Von einem gewaltigen Zorn ergriffen, sprang ich aus dem Auto, trat Qadir in die Beine, sodass er zu Boden ging, und schlug ihm mit aller Kraft in die Genitalien. Er heulte vor Schmerz auf und krümmte sich auf dem Asphalt. Schnell sprang ich auf und verpasste den beiden anderen links und rechts je einen Tritt in dieselbe Stelle.

Inzwischen hatten sich viele um uns versammelt und auch Asis war ausgestiegen. Schira saß im Auto und beobachtete mich mit aufgerissenen Augen. Sofort war Amin zur Stelle. Ich erwartete, dass er sich auf die Seite seiner Genossen stellen würde, die sich aufgerichtet hatten und sich – wenn auch mit den Händen ihre Hoden haltend – immer noch kämpferisch gaben. Zu meiner Überraschung stellte er sich aber auf meine Seite und beschimpfte die drei: »Wie könnt ihr unsere eigenen Genossen angreifen, und dazu noch meine langjährigen Freunde?«

Zum Glück erhob gerade ein Redner aus der Mitte der Verkehrsinsel seine Stimme, und die Menge richtete ihre Aufmerksamkeit auf ihn. Asis setzte sich wieder ans Steuer. Amin, der eine Schneise für ihn öffnen wollte, griff nach meinem Handgelenk und rief ihm zu: »Dieser Schläger bleibt besser noch eine Weile hier bei uns.«

Ich fand Amins Geste klug, er zeigte sich mit mir in der Menge und seine Hand auf meiner Schulter beruhigte mich. Asis nickte ihm zu und hob, als Zeichen, dass er verstanden hatte, lächelnd die Hand zum Gruß. Und während ich Amin folgte, der das Fahrzeug durch die Masse führte, erwiderte ich Schiras Blick aus dem Inneren des Wagens. Aus ihm konnte ich deutlicher als vorher eines ablesen: Ich weiß, wer du bist. Ich habe dich erkannt!

Mehr wollte ich auch nicht von ihr.

Zu Hause angekommen, bot sich mir ein magischer Anblick: Awesta, fünfeinhalb Jahre alt, stand in einem weißen Kleid vor unserem Viehstall und hielt ein ebenso weißes Ziegenkind in ihren Armen; ihre Stirn zärtlich gegen dessen Kopf drückend sprach sie zu dem Tierchen liebliche Worte.

Ich ging zum Maulbeerbaum am südwestlichen Rand des Lustgartens und kletterte hinauf in mein magisches Nest, musste aber dort für eine Weile eingeschlafen sein. Als ich aufwachte, wusste ich zunächst nicht, wo ich mich befand. Ein Vogel sang über meinem Kopf. Ich glaubte, im Schlaf ein lautes Heulen gehört zu haben; schemenhaft gesehen zu haben, wie Aman eine Flamme aus Fleisch und Blut durch das Tomatenfeld vor sich hergetragen hatte, ein regungsloses, schönes Geschöpf, dessen offenes langes Haar das Wiesengras gestreichelt hatte. Ich klettere den Baum hinunter und lief zur Terrasse.

Dort saß Asis in einem Gartenstuhl in der Mittagssonne und schlief mit schief offenem Mund. Im Salon war Mutter Khurschid im Begriff, heiße Ziegenmilch und frisch gebackenes Brot aufzutischen. Sie fragte mich nach Aman.

»Er liegt im Schatten der Apfelbäume im Bagh«, antwortete ich. »Ich glaube, er ist gerade dabei, einen künftigen Soldaten der Revolution zu zeugen. Heute ist der internationale Arbeitertag, Nane!«

»Was?« Sie riss ihre Augen auf und starrte mich an.

»Nichts«, lachte ich und winkte ab. »Ich bin zum Mittagessen in der Stadt eingeladen.«

In meinem Zimmer packte ich mein Badezeug in eine Tasche, und während ich durch die offene Tür den Salon verließ, hörte ich aus dem

Wohnzimmer Mutter Khurschid Asis fragen: »Ein künftiger Soldat der Revolution – was soll das heißen?«

Im Blumenpark begegnete ich meinem Vater. Er hockte mit einer kleinen Sichel auf einem Blumenbeet und schien über etwas nachzudenken. Nicht fern von ihm lag unser Jagdhund Sardar im Schatten. Aus der Ferne konnte ich einen Imam hören. Es war die Zeit des Freitagsgebets. Ich ging zu ihm hinüber und sagte: »Zu dieser Stunde hätte ich Sie nicht hier erwartet.«

»Ich mich auch nicht.« Er blickte kurz auf. »Hat Aman sich bei dir bedankt?«

»Ich habe noch nicht mit ihm gesprochen.«

»Dann sage ich es an seiner Stelle.« Er blickte erneut auf. »Danke.«

»Wofür denn?« Ich lachte.

»Bestimmt nicht dafür, dass du heute in der Stadt vor aller Augen die Fassung verloren hast«, sagte er.

»Ich habe nicht die Fassung verloren, ich habe bewusst und gezielt gehandelt, Agha.«

Ich hockte mich neben ihn an den Rand des Blumenbeetes. Er sprach zu mir, ohne mich anzusehen: »Jeder Mensch fühlt sich durch irgendeine Geschichte mit einem anderen verbunden. Oder auch von ihm getrennt. In beiden Fällen geht es aber darum, zu einem guten Ende zu finden und keinem schlechten.«

»Ja, Agha. Ein Ende, das nicht gut ist, ist auch kein Ende.«

»Eben. Asis hat mir von deinem Konflikt mit Qabir, dem Enkelsohn des verstorbenen Homayun Khans berichtet. Er hat vor Kurzem seinen Bruder verloren.«

»Das ist ein Verlust für das ganze Land, Agha. Am liebsten hätte ich ihm bei der heutigen Begegnung mein Beileid ausgesprochen.«

Er sah mich an und nickte. »Dafür ist es noch nicht zu spät. Lass uns nächste Woche gemeinsam ihn und seine Familie besuchen.«

»Gern, Agha.«

»Ich wollte mich trotzdem bei dir bedanken, dass du für deinen kranken Bruder die richtige Medizin besorgt hast«, sagte er.

»Ja. Aman hat inzwischen sein Bett in den Garten verlegt und ist gerade dabei, einen künftigen Soldaten der Revolution zu zeugen.«

Er lachte und schnitt mit seiner Sichel den Stängel einer Glockenblume ab. »Ich werde mir dieses Mädchen jedenfalls beim Mittagessen genauer angucken. Ihretwegen bin ich heute nicht zum Freitagsgebet gegangen.«

Da erschien Mutter Khurschid auf der Terrasse und rief uns zu Tisch.

»Ich bin bis zum Hals voll mit Ziegenmilch und Brot, Agha. Ich gehe jetzt mit meinen Freunden schwimmen.«

Er schien zu verstehen, warum ich zum Mittagsessen nicht mitkommen wollte, und nickte mir zum Abschied zu.

3

Meine Eltern waren sehr angetan von Schira. »Sie ist schön und hat Benehmen«, war die Meinung von Mutter Khurschid. Und dennoch beäugten beide die Affäre kritisch. Aman war jedoch fest entschlossen, Schira zu heiraten, und meine Eltern konnten sich gegen ihn nicht durchsetzen.

Asis und ich waren zugegen, als Vater einige Tage später Jakob Khan in seinem Büro begrüßte. Aman hielt sich hinter dem Vorhang am Terrassenfenster verborgen und war nur an seinem Schatten zu erkennen.

Der Leiter der jüdischen Gmeinde saß auf einem Sessel mit dem Rücken zum Fenster. Er hatte seinen schwarzen zweispitzigen Hut abgelegt und lehnte sich bequem zurück. Er kam mir wie ein fleischiges Maultier mit niedriger Schnauze und bauchigem Hinterkopf vor. Ich fixierte den rötlichen Fleck auf seiner fast kahlen Kopfhaut, über den böse Zungen sich lustig machten, er habe die Form der israelischen Landkarte, die sich in alle Richtungen ausdehnen wollte. Während Jakob Khan nach seinem Teeglas griff, kam mein Vater auf Amans Liebschaft zu sprechen.

»Ich erinnere mich«, sagte Jakob Khan, »du hattest noch vor Kurzem behauptet, dass dein Sohn lieber mit einer Flamme aus Fleisch und Blut durchbrennen würde, als dich mit einer Hure namens Revolution zu betrügen.«

Amans Schatten ging in die Knie, dann verschränkte er seine Arme auf ihnen und stützte sein Kinn darauf.

»Durchbrennen habe ich nicht gesagt«, berichtigte Hadschi Agha.

Jakob Khan schlug mit der Handfläche auf die Armlehne seines Sessels und rief: »Dann stimmt es also! Und du hast mich heute herbestellt, um mir das zu sagen? Herzlichen Glückwunsch! Wessen Tochter ist es?«

»Ihren Vater kenne ich nicht. Er gehört deinem Stamm an …«

»Die Tochter eines Juden?« Jakob Khan fuhr in seinem Sessel auf und starrte meinen Vater an. »Oh ja. Ja, das klingt schön, nicht wahr? Der Imam der Freitagsmoschee islamisiert ein jüdisches Mädchen und macht es seinem Sohn zur Braut! Ha ha ha!«

»So weit habe ich, ehrlich gesagt, noch gar nicht gedacht.«

»Nun sag schon, mein Freund, wer ist das glückliche Mädchen?«, hakte Jakob Khan nach.

»Sie wohnt …« Vater stockte und warf mir einen Blick zu. »Sie wohnt in der Nähe der Hamamgasse, glaube ich.«

Jakob Khan schlug erneut mit seiner Hand auf die Armlehne und lachte laut auf, als hätte er einen unglaublichen Witz gehört.

»Kann es sein, Jakob Khan, dass dieses wilde Reh die Tochter deines Schneiders ist? Ich meine … die, die letztes Jahr deinen Sohn und alle anderen Heiratswilligen in die Wüste geschickt hat?«

Jakob Khan, dessen Gesicht vor Lachen rot angelaufen war, nickte meinem Vater zu und holte ein Taschentuch hervor, um seine Tränen abzuwischen.

»Wie hieß dieser Schneider noch mal?«, fragte Vater und deutete auf Jakob Khans schwarzen Anzug.

»Salman Khan, Hadschi, er heißt Salman Khan.«

»Hast du nicht gesagt, Salman Khan sei ein sturer Mann, der die anderen mit den schönsten Anzügen versorgt und selbst keinen anziehen würde, den ein anderer geschneidert hat?«

Jakob Khan nickte und sagte, nachdem er seinen Tee getrunken hatte: »Mein Sohn ist eine Zeit lang seiner Tochter, diesem, wie du zutreffend sagst, wilden Reh nachgelaufen. Ihm sind dabei auch einige Nebenbuhler in die Quere gekommen, Hadschi. Soll ich dir verraten, wer am häufigsten?«

Mir stockte der Atem. Gleich, fürchtete ich, würde der Mann seinen fleischigen Finger auf mich richten.

»Dieser Junge, der mit seinem Onkel auf eurem Grundstück wohnt.«

Amans Umriss richtete sich auf, dann krümmte er sich und wurde wieder klein. Hadschi Agha wollte sich zu Sultan nicht äußern. Aman, sagte er, würde die junge Frau bereits seit vielen Jahren kennen. Ein alter Schulfreund, den Aman seit seiner Grundschulzeit regelmäßig besuche, sei mit dem Mädchen benachbart. Und er fügte noch etwas hinzu, was er von mir und ich von Ali wusste: Schira liebte Fußball. »Sie haben sogar einige Male im Sportverein von Isaak Khan gemeinsam Fußball gespielt.«

›Wie schön Muslime doch lügen können, obwohl ihre Religion dies streng verbietet‹, dachte ich bei mir, als wäre mein Vater – wenn auch ein bekannter Händler und Imam – Vertreter aller Muslime. Dass er gelegentlich log, überraschte mich kaum. Ich erinnerte mich noch gut an die Worte Osman Khans, der ihn belehrt hatte: »Ein aufrichtiger Mensch ist jemand, der auch aufrichtig lügen kann. ›Aufrichtig‹ heißt: nur für eine gute Sache und ohne ein Unrecht zu verursachen.« Ein anderes Sprichwort Osman Khans lautete: »Schöne Märchen kommen bei Menschen besser an als farblose Wahrheiten.« Und auch ich fand schließlich das schöne Märchen, Aman hätte das jüdische Mädchen durch irgendeinen Schulkameraden kennengelernt, nicht nur schöner als die farblose Wahrheit, sondern auch überaus durchdacht und schlau. Es kam mir wie ein Schutzschild vor, der zugleich mehrere Parteien in Obhut nahm, ohne jemandem zu schaden: Ali, Isaak Khan, Aman und mit ihm den guten Ruf unserer Familie.

»Aha«, stieß Jakob Khan hervor, nachdem mein Vater ihm erklärt hatte, dass es sich um ernst zu nehmende Gefühle handelte, die zwei junge Menschen seit ihrer Kindheit füreinander entwickelt hätten. »Und jetzt erwartest du, dass ich dir einen Gefallen tue, richtig?«

»Was heißt erwarten? Ich bitte dich darum«, sagte Vater.

»Lassen wir erst einmal alles andere außen vor, Hadschi«, sagte Jakob Khan. »Ich will jetzt nicht den Teufel an die Wand malen, was für ein waghalsiger Gedanke das ist, den du dir da wieder in den Kopf gesetzt hast. Ich will auch nicht wissen, welche schöne Konvertierungsszene du dir bereits ausgemalt hast. Solch einer biblischen Schönheit das islamische Kalima in den Mund zu legen! Ich kenne dich doch, dir geht es doch nur um die siebzig Huris, die man dir im Paradies versprochen hat.«

Die letzten Sätze und die Art, wie er diese aussprach, lösten ein heftiges Gelächter aus. Hadschi Agha aber wusste gleich entgegenzusetzen: »Die siebzig Huris können mir gestohlen bleiben, wenn ich ihretwegen ein unmündiges Mädchen in die Verlegenheit bringen soll, ohne eigene Überzeugung meine Religion anzunehmen. Außerdem habe ich eine Frau, der ich auch im Jenseits treu bleiben und sie auf keinen Fall als Huri in den Armen anderer sehen möchte.«

Wir lachten.

Dann wandte Jakob Khan sich an Asis und mich: »Weiß sie, dass euer Vater zu ihrer Familie kommt, um für Aman um ihre Hand anzuhalten?«

»Aber natürlich, Jakob Khan«, schoss ich drauflos. »Sie hat Aman gebeten, seinen Vater zu ihr zu schicken.«

»Aha?«, sagte Jakob Khan.

Und da ich wusste, dass schöne Märchen immer vor tragischen Hintergründen spielen, sattelte ich noch einen drauf: »Es ist nämlich so, Khan Sahib. Sie hat gedroht, sich das Leben zu nehmen, sollten sie und Aman nicht zusammenkommen.«

Auf dem Fenstervorhang machte Amans Silhouette eine Siegerfaust, während Jakob Khan und auch mein Vater sich in zwei Statuen in entsetzter Pose zu verwandeln schienen.

»Wenn es so ist, wie dieser junge Dichter sagt oder vorausahnt«, sprach Jakob Khan nach einer Weile des Schweigens, »dann wollen wir unser Bestes tun. Du solltest dir allerdings keine allzu großen Hoffnungen machen, Hadschi. Es sei denn, Salman Khan stirbt an Herzversagen.«

Bis zu dem Augenblick, da ich für Aman lügen musste, hatte ich mir über das Feuer, mit dem er und mit ihm wir alle spielten, wenig Gedanken gemacht. Jetzt aber wurde mein Kopf nach und nach schwer und heiß. Ich verließ Vaters Büro und ging an Aman vorbei zum hinteren Teil der Terrasse. Er folgte mir und bedankte sich.

»Wenn du dich für die haarsträubende Lüge bedankst, die ich Jakob Khan deinetwegen aufgetischt habe, dann solltest du dich zuerst bei Hadschi Agha bedanken«, sagte ich. »Wir haben beide für dich gelogen – und das ohne zu wissen, ob das Mädchen überhaupt mitspielt.«

»Ich werde Schira sagen, wie sie mit ihren Eltern sprechen soll, wenn es so weit ist. Mit der Heirat aber will sie sich Zeit lassen. Das hat sie mir bereits gesagt. Ihr Vater ist herzkrank, und sie will ihn nicht unter Druck setzen. Außerdem sind wir beide noch etwas jung dafür.«

Ich nickte und drehte mich zur Bürotür um. Aman hielt mich an der Schulter und fragte: »Was denkst du, Schaer? Stimmt das mit Sultan?«

»Ob Sultan oder ich oder beide gemeinsam – wenn die halbe Stadt hinter ihr her ist, dann fällt auch das nicht ins Gewicht.«

Ich ging zurück ins Büro.

4

ZWEI JAHRE LANG kam Schira zwei- oder dreimal im Monat heimlich in unser Haus und blieb für einige Stunden. Dann war unsere Tür für andere geschlossen, und wir taten unser Bestes, damit sie sich aufgehoben fühlte. Dieses Zögern geschah auf ihren Wunsch hin, ihren herzkranken Vater nicht herauszufordern und auf bessere Zeiten zu hoffen.

Im Frühjahr 1972 war es endlich so weit. Eine gut betuchte jüdische Familie, deren Sohn um die Hand von Schira warb, kam mit reichen Geschenken und verlockenden Versprechungen und beeindruckte ihre Eltern. Selbst Schira fühlte sich von diesen unter Druck gesetzt. Es war nun höchste Zeit, dass auch unsere Familie handelte.

Zu dieser Zeit waren Onkel Naurus und seine Familie aus Kabul zu Besuch, um ihre Tochter Rabea mit meinem Bruder Asis zu vermählen. Naurus Khan war im Jahr zuvor zum Schuldirektor aufgestiegen, und Schampon arbeitete als Lehrerin. Ihren Namen verdankte sie übrigens einer Anekdote, die man ihr zuschrieb: Als das Schampoo zum ersten Mal ins Land kam – aus dem Iran, wie mein Vater zu wissen glaubte –, hatte sie als kleines Mädchen alle dazu überreden wollen, ihre Haare nicht mehr mit Seife, sondern mit Schampoo zu waschen. Sie beriet Vater und Onkel Naurus, wie sie sich in Salman Khans Haus verhalten, was sie sagen sollten und was nicht. Und sie beriet Schira, mit welchen Worten sie ihren Eltern verständigen sollte, dass sie Aman gut kannte und ihn gern heiraten würde.

Jakob Khan und Isaak Khan, die meinem Vater ihre Unterstützung zugesagt hatten, begleiteten ihn und Onkel Naurus an diesem Freitagvormittag zu Schiras Vater. Meine Brüder und ich warteten in einem Teeladen an der Hauptstraße. Auch Ali und – er hatte inzwischen die Enkeltochter Isaak Khans geheiratet – seine Frau schlossen sich uns an. Doch die Männer kamen mit leeren Händen zurück. Salman Khan hatte gesagt, er hätte seine Tochter bereits einem anderen versprochen.

SPÄTER AN DIESEM langen Nachmittag spielten wir Fußball. Die Frische und die Frühlingsdüfte des Gartens hatten uns alle auf die Sportwiese gelockt. Sogar die siebeneinhalbjährige Awesta lief mit. Malalay hütete das Tor für unsere Mannschaft, in der auch Vater spielte. Rabea verteidigte die Gegenseite, für die Onkel Naurus den Kapitän gab. Einige Minuten nach dem Beginn schlossen sich auch Said und ein weiterer Schulfreund von Aman dem Spiel an. Es ging auf beiden Seiten sehr kämpferisch und gesellig zu. Insbesondere die Zweikämpfe, die sich Hadschi Agha und Onkel Naurus lieferten, amüsierten uns alle.

Es stand vier zu drei. Wir hatten die Nase vorn, und ich hatte Vater gerade einen Pass in Richtung des gegnerischen Tors gespielt, als dieser plötzlich das Spiel unterbrach und das Feld verließ, um zu beten. Unser einziger Zuschauer, Sardar, folgte ihm. Während ich dem Ball nachlief, sah ich aus dem Augenwinkel, wie Malalay eine junge Frau zur Begrüßung in ihre Arme schloss und drückte. Ich dachte, es sei eine ihrer Schulfreundinnen, und konzentrierte mich wieder auf das Spiel. Doch keine Minute später, als Said, der auf unserer Seite spielte, und Aman von der Gegenseite in einen heftigen Zweikampf gerieten, hatte die Besucherin sich aus Malalays Armen befreit und begann, in Richtung des Balls zu rennen. Es war sie.

Schira war inzwischen zu einer jungen Dame herangewachsen, und ihre Reife hatte sich in ihren Rundungen ausgeprägt. Sie hatte ein schmales Tuch um ihren Kopf gebunden, und an ihrem Körper trug sie eine mit Stickereien verzierte, dunkle afghanische Bluse aus Seide und eine pinke Kaschmirpluderhose. Das Reh hatte sich in einen Adler verwandelt, der im Nu am Ziel war und von Aman den Ball eroberte.

»Zu mir, Schira!«, rief ich, und Schira spielte mir einen Pass zu.

Ich hätte jetzt dem Kampfsportler Bustan, der mir in die Quere kam, ausweichen und weiter auf das gegnerische Tor zustürmen können, aber der Wunsch, diesen Sturm Schira zu überlassen, mit ihr gemeinsame Sache zu machen, war so groß, dass ich ihr, die mitgelaufen war, den Ball sofort zurückpasste. Ob aus Staunen, woher sie auf einmal aufgetaucht war und meinen Vater ersetzt hatte, oder aus Scham – keiner traute sich an sie heran. Und sie zögerte nicht, das Beste daraus zu machen. Blitzschnell lief sie vor und schoss. Rabea hatte keine Chance, als der Ball über die Torlinie flog.

Unsere Mannschaft jubelte, allen voran ich, und Schira jubelte mit, hielt ihre nackten Arme hoch über ihren Kopf und klatschte. Ich sah ihre Tasche und ihren Tschador bei Malalay liegen und war mir plötzlich sicher, dass sie gekommen war, um für alle Ewigkeit bei uns zu bleiben.

Das Spiel ging weiter. Ich hörte Asis unseren Onkel fragen, wo das Mädchen plötzlich hergekommen sei, und ich hörte diesen zurückrufen: »Lauf weiter, Asis! Tue so, als wäre sie gerade eingewechselt worden« – was gewissermaßen ja auch stimmte –, als erneut etwas Unvorhergesehenes geschah. Zuerst sah es so aus, als ob ein weiterer Spieler sich vom Feld machte. Kurz darauf nahm ich im Buschwerk neben der Wiese eine dunkle Gestalt und die linke Hälfte eines Gesichts wahr. Ich vergaß den hockenden Jungen dort, bis ich irgendwann Aman vermisste und wieder hinübersah. Was ich dort erblickte, und mit mir zeitgleich alle anderen, brachte uns aus dem Spiel. Aman stand am Rand der Wiese, warf kleine Steine in das Buschwerk und schimpfte laut: »Komm raus, du dreckiger Khalqi!«

Da sah ich durch eine Lücke zwischen der Heckenreihe und der Mauer des Gästehauses Sultan aus dem Garten flüchten. Meine unwillkürliche Reaktion war, mich zur Terrasse umzuschauen, ob Hadschi Agha das Geschehen mitbekommen hatte. Er hatte sein Gebet soeben beendet und blickte zu uns herüber. Onkel Naurus handelte schnell, um die Bedeutung des Geschehens herunterzuschrauben, er klatschte in die Hände und rief: »Das Spiel geht weiter! Yallah! Yallah! Beeile dich, Aman, sonst wirst du auch noch ausgewechselt!«

Mein Bruder, der seinen Rivalen – wenn auch nicht gerade auf geschickte Weise – vertrieben hatte, kam mit hängenden Schultern zurück, und das Spiel ging weiter. Schira schaffte noch ein zweites Tor, und wir gewannen.

Das andere Spiel aber, welches sich im Kreis unserer Familie ereignete, ging weiter. Schira wurde aufgenommen, als hätte sie schon immer dazugehört. Aman konnte sich jetzt freuen. Mehr noch als er aber freute sich Awesta, die unbedingt wollte, dass Schira nachts neben ihr schlief.

Schira war heimlich von zu Hause abgehauen, nachdem ihre Eltern sich über Jakob Khan, den Leiter ihrer Gemeinde, aufgeregt hatten, einen muslimischen Jungen darin zu unterstützen, um die Hand ihrer Tochter anzuhalten. Ich war gespannt, wie das Spiel weiterging.

AM FRÜHEN MORGEN saß Jakob Khan vor meinem Vater und Onkel Naurus im Blumenpark des Vordergartens. Asis und ich, in meinem Schulanzug, saßen mit am Tisch. Jakob Khan berichtete von Schiras Verschwinden. Ihr erboster Vater hatte ihm unterstellt, mit dem Imam unter einer Decke zu stecken und seine Tochter entführt zu haben.

»Kann es sein«, fragte Jakob Khan meinen Vater, »dass seine Tochter zu dir geflüchtet ist?«

»Ja, sie ist hier«, antwortete Vater und drehte sich zu mir. »Ruf sie mal her.«

An Asis' irritiertem Blick, der zuerst auf Hadschi Agha und dann auf mich fiel, erkannte ich abermals, dass aus meinem älteren Bruder kein guter Händler werden konnte. Mich dagegen hätte es irritiert, wenn Vater auf die Frage Jakob Khans anders reagiert hätte. Er verlor kein Wort darüber, wie selbstgefährdet Salman Khans Tochter in Wirklichkeit war.

Doch bevor ich mich erheben konnte, warf Jakob Khan seine Hand ablehnend in die Luft und sagte: »Nicht nötig, mein Freund.«

Vater schenkte dem Gast Tee ein und fuhr fort: »Eine Frau weiß nie genau, was sie will, sie weiß aber immer, was sie nicht will. Das ist unter anderem einer der Gründe, warum wir so viele Kriege haben.« – Die Männer sahen sich in die Augen und nickten. – »Im Falle dieses Mädchens verhält es sich allerdings so, dass selbst die weisesten Sprüche nur zur Hälfte zutreffen. Was würdest du machen, wenn so ein dummes Ding zu dir kommen und dir die Pistole auf die Brust setzen würde?«

Jakob Khans dichte Brauen flogen in die Höhe. »War sie bewaffnet?«

»Nein. Aber anders gefragt, welche Waffe ist schärfer als das menschliche Herz?«

»Ich verstehe.« Jakob Khans Brauen senkten sich wieder. Eine zweite Tragödie und ein weiterer Skandal in seiner Gemeinde standen ganz bestimmt nicht auf seiner Wunschliste. »Ich will gar nicht wissen, wie sie hierhergefunden hat oder ob sie zum ersten Mal in deinem Haus ist, ich will nur eins wissen, ohne Wladimir Lenin zitieren zu wollen: Was tun?«

Jakob Khan legte seine verschränkten Unterarme auf den Tisch und stützte seine Stirn darauf. Asis und ich grinsten belustigt. Er blieb eine Minute lang in dieser Haltung, hob dann seinen Kopf und sprach zu Onkel Naurus: »Ich habe eine Idee, Ustad.«

»Ich bin sehr gespannt, Jakob Khan«, sagte Onkel Naurus und grinste meinem Vater zu.

»Die Muslime können meinetwegen im siebten Jahrhundert stehen bleiben, bis die Zeit sie völlig überrennt«, sprach Jakob Khan. »Das ist mir schnuppe. Aber wir, die afghanischen Juden, wir werden im zwanzigsten Jahrhundert ankommen! Unsere Mädchen sollen heiraten, wann und wen sie wollen. Ich meine es ernst, und ich werde darüber auch mit unseren Gemeinden in Kabul und Kandahar diskutieren.«

Auf den Gesichtern meines Vaters und meines Onkels saß Erleichterung, aber Jakob Khan war ins Schwitzen gekommen.

»Die Affäre verlangt von uns allen einige Opfer«, fügte er hinzu. »Ich will dir, Scharif Khan, heute beweisen, dass ich dein Freund bin. Ich habe Respekt vor deinem Glauben, und du hast Respekt vor meinem, hoffe ich.«

»Aber natürlich«, sagte mein Vater und holte seine Gebetskette hervor.

»Ich wäre bereit, das erste Opfer zu bringen, Hadschi«, sagte Jakob Khan und legte seinen rechten Zeigefinger auf die Brust.

Wir vier wurden ganz Ohr. Jakob Khan aber ließ sich Zeit. Er süßte seinen Massalatee mit Honig, trank einen Schluck und lobte ihn. Dann hob er seinen Kopf und sprach, mit dem Zeigefinger gestikulierend, in einem Ton, als würde er eine öffentliche Verlautbarung abgeben:

»Ich werde Salman Khan und allen anderen sagen, dass das Mädchen sich in meinem Haus befindet! Dass sie bei mir Zuflucht gesucht und mich bedroht hat, sich das Leben zu nehmen, falls ich sie vor die Tür setze!«

Diese Worte überraschten auch die anderen, wie ich in ihren Gesichtern lesen konnte. Hadschi Agha hob seine Hände, auf denen seine islamische Gebetskette lag, vors Gesicht, blickte zum Himmel auf und rief: »Allah möge dich dafür belohnen, guter Mann!«

Der Gedanke, dass Allah den jüdischen Gemeindeführer für eine Doppellüge belohnen würde, amüsierte mich sehr. Doch Jakob Khan knüpfte seine Opferbereitschaft an Bedingungen.

»Doch ohne die Zustimmung der Eltern darf das Mädchen deinen Sohn nicht heiraten, Hadschi«, sprach er mit erhobenem Finger. »Zumal ich auch zuerst die Unterstützung meiner Gemeinde für meine Revolution gewinnen muss.«

»Natürlich, natürlich«, sagte Hadschi Agha und nickte ununterbrochen, wobei er unentwegt mit seiner Tessbih hantierte.

»Du musst mir auch versprechen, dass das Mädchen in deinem Haus bis auf Weiteres das bleibt, was es ist.«

»Aber selbstverständlich, eine Jungfrau!«

»Ja, auch Jungfrau.«

»Wir beide sitzen in demselben Boot, Jakob Khan. Wenn ich dich in Schwierigkeiten bringe, schade ich meinem eigenen Ansehen. Und ich mag keine Skandale.«

»Dann verstehen wir uns, Hadschi«, sagte Jakob Khan.

Mein Vater sah zu Onkel Naurus und wollte etwas sagen, doch dieser – als würde er seine Gedanken lesen – erhob seinen Finger und meldete sich zu Wort.

»Mit Verlaub, Hadschi Agha und Khan Sahib. Ich schlage vor, dass Schira Dschan so lange in Kabul bleibt, bei mir. Meine Frau ist Lehrerin. Sie kann dort bei ihr die Schule besuchen und einen ordentlichen Abschluss machen.«

»Oh ja«, rief Jakob Khan begeistert. »Das ist eine noch bessere Idee. Sie muss natürlich jederzeit sofort nach Herat kommen, wenn ich es für notwendig halte.«

»Zweifelsohne«, riefen Vater und Onkel Naurus im Chor.

Da hob Jakob Khan seine dichten Augenbrauen und hatte eine weitere Idee. »Noch ein Opfer, das ich bringen möchte. In diesem Fall werde ich allen erzählen, dass das Mädchen gestern Abend mit der Frau meines Bruders nach Kabul gereist ist.«

»Besser geht's nicht«, sagte Vater, legte seine Tessbih auf den Tisch und klatschte in die Hände.

Ein Blick auf die Uhr sagte mir, dass es für mich Zeit war, zur Schule zu gehen. Unterwegs dachte ich über Jakob Khans große Opferbereitschaft nach. Ich hatte gehört, dass er ein Auge auf Vaters neuen Handelsvertrag mit den Chinesen geworfen hatte. Es ging um sehr begehrte landwirtschaftliche Apparate, die Hadschi Agha gegen Rohstoffe aus China importieren wollte. Der Vertrag lag in seiner Schublade, und Jakob Khan hatte signalisiert, dass er sich gern an diesem Geschäft beteiligen wollte. Doch dem gütigen Mann Spekulationen dieser Art zu unterstellen, erschien mir ungerecht.

5

Die Nachrichten, die uns in den darauffolgenden Monaten aus Kabul erreichten, waren erfreulich. Schira ging zur Schule, sie benahm sich vornehm, half im Haushalt, hatte sich mit Rabea angefreundet, und Bustan und Dastan, die Söhne unseres Onkel Naurus, behandelten sie wie ihre Schwester. Aman rief sie regelmäßig an, und als Mitte März 1973 Malalay zum Medizinstudium nach Kabul ging, füllte er ihren Koffer mit vielen Geschenken für seine Geliebte.

Jakob Khan, der jüdische Gemeindeführer, hielt Schiras Vater Salman Khan in Schach und behauptete, das Mädchen würde in Kabul eine staatliche Schule besuchen. Schira bestätigte dies in den Briefen, die sie nach Hause schickte. Und schließlich hatte der Handel mit den Chinesen meinem Vater, der bei den letzten Geschäften mit den Russen eher Verluste verbucht hatte, Ende des Jahres 1972 einen guten Gewinn gebracht, an dem Jakob Khan beteiligt wurde.

Die Ausrufung der Republik durch Daoud Khan im Juli 1973 hatte für die große Masse des Volkes keinerlei Folgen, für die Minderheit schon. Für einige war sie ein Segen, für andere ein Unglück. Naurus Khan, der mit dem Bürosekretär des Präsidenten befreundet war, gehörte zu den Ersteren. Knapp zwei Monate später wurde er zum Professor für Literatur an der Universität befördert. Nun wollte er, dass der Wechsel der gesamten Familie Glück brachte. Also kam er eines Morgens unangekündigt nach Herat und sagte, er bringe einige »Geschenke« mit sich.

Naurus Khans Freund, der Hofsekretär der Republik, hatte dem Präsidenten die Geschichte zweier junger Menschen aus Herat erzählt, die sich liebten, sich aber aus religiösen Gründen nicht verheiraten durften. Daoud Khan hatte sich dafür brennend interessiert. Und da er nach aussagekräftigen Symbolen für seinen Reformwillen suchte, wollte er diese Angelegenheit zum Anlass nehmen und landesweit ein starkes Zeichen setzen. Daher hatte er angeordnet, alle Beteiligten sowie einige Vertreter unterschiedlicher Volksgruppen in sein Schloss einzuladen.

Naurus Khans Geschenke befanden sich in drei Umschlägen, die er aus seiner Tasche hervorholte und auf den Teppich meiner Mutter legte:

»Der eine ist für Sie, Hadschi Agha, der andere für Salman Khan und der dritte ist an die jüdische Gemeinde adressiert.«

Hadschi Agha streckte seine Hand aus und nahm sein Kuvert entgegen. Er öffnete es, holte ein weiß glänzendes, ordentlich gefaltetes Blatt – ein Büropapier des Präsidenten mit Signet und allem, was dazugehörte – hervor, und las laut vor: »Die Vermählung zwischen Schira Dschan, Tochter des Herrn Salman Khan, und Aman Dschan, Sohn des Imam Sahibs Hadschi Scharif Khan, wird am Freitag, dem 19. September, um 11 Uhr im Gästesalon des Präsidenten stattfinden.«

Wir alle jubelten und applaudierten – am lautesten die knapp neunjährige Awesta, die nicht nur Schira mochte und sie die ganze Zeit vermisste, sondern auch Vermählungen und Hochzeiten.

»Die zwei anderen Briefe sind etwas ausführlicher«, bemerkte Onkel Naurus. »Ich habe gestern mit Jakob Khan telefoniert. Er ist dabei.«

»Das klingt gut«, sagte Vater. »Ich denke, ich werde Salman Khan in seinem Laden besuchen und ihn bitten, mir schleunigst einen Anzug zu nähen, in dem ich beim Präsidenten erscheinen kann.«

6

Vater liess einige seiner Aussagen und Urteile gern in einer geschützten Grauzone stehen. Trafen sie zu, waren sie als Ernst anzunehmen, trafen sie nicht zu, als Scherz. Im Falle des großen, stets glatt rasierten Kopfes von Daoud Khan, den er als Zeichen von dessen Eigensinnigkeit deutete, waren Vaters Worte als Ernst zu verstehen. Man pflegte von ihm zu sagen, er sei ein Mann, in dessen Anwesenheit man sich kaum traute, sich an der Nase zu kratzen, wenn gerade eine Mücke dabei war, einem das Blut auszusaugen.

Und tatsächlich. Als ich im Präsidentenpalast in Kabul die Gelegenheit erhielt, diesen Mann aus der Nähe zu erleben, sah er genauso aus, wie Onkel Naurus und Schampon ihn beschrieben hatten. Er trug ein glatt gebügeltes schneeweißes Hemd und saß in einem Drehsessel. Dabei sah er mindestens um einen Kopf größer aus als alle Gäste und Hofleute, die in den Reihen vor ihm Platz genommen hatten.

Rechts vor ihm saßen der Reihe nach Jakob Khan und sein Bruder, Isaak Khan, Onkel Naurus, mein Vater in einem schwarzen Anzug, den Salman Khan für ihn geschneidert hatte, dann ich und meine Brüder ebenso in schicken Anzügen, Ali und seine Frau, dann Mutter Khurschid und Schampon und zwischen den beiden Schira.

Links hatten in der ersten Reihe der Rabbiner der Kabuler Synagoge, einige jüdische Khans, allesamt in dunklen Anzügen, und schließlich Schiras Eltern Platz genommen, die, ob Zufall oder beabsichtigt, ihrer Tochter direkt gegenübersaßen. Schira saß, die linke Hand auf dem Schoß, die rechte auf die linke gelegt, kerzengerade. Sie sah in ihrem weißen Kleid hinreißend aus, und wie schon oft, hatte sie ein schmales buntes Tuch um ihr offenes Haar gebunden. Jedes Mal, wenn ihr Blick den ihrer Mutter traf oder gelegentlich den ihres Vaters, lächelte sie diese freundlich an.

Ich fragte mich, ob Salman Khan wirklich so schlimm, so eigensinnig war oder ob man einfach zu viel von ihm verlangt hatte. Salman Khan war ein mittelgroßer Mann in mittleren Jahren, dessen selbst genähter blau und weiß karierter Anzug ihm eine elegante Erscheinung verlieh, wobei der teure schwarze Hut aus edlem Karakol und der gestutzte grau-schwarze Bart seine Aura unterstrichen. Nein.

Bösartig wirkte dieser Mann auf mich nicht, vielmehr mild und sympathisch. Die Hände vor der Brust verschränkt, die rechte auf das kranke Herz gelegt, blickte er auf das runde Muster in der Mitte des großen Seidenteppichs zu seinen Füßen und wirkte ein wenig unsicher. In der zweiten Reihe links saßen weitere Volksvertreter aus Kabul. Ein dunkelhäutiger Paschtune mit großen schwarzen Augen und einem ebenso schwarzen, in Stufen in die Höhe ragenden Turban, ein Usbeke in einem Seidenmantel in den drei Farben der afghanischen Flagge, ein Hindu, ein Sikh und einige andere.

Zu beiden Seiten des Präsidenten, etwas versetzt hinter ihm, saßen sein Büroleiter und einige Minister sowie der Hofmullah mit langem weißem Bart. Die Anwesenheit von zwei männlichen Berichterstattern und zwei weiblichen Fotografen deutete darauf hin, dass Daoud Khan tatsächlich ein Zeichen für das ganze Land setzen wollte.

Bevor er auf das Eigentliche, die Vermählung von Aman und Schira, zu sprechen kam, spannte der Präsident einen großen Bogen. Im künftigen Afghanistan solle es keine Mehrheiten und keine Minderheiten mehr geben, seien es religiöse oder ethnische, sondern nur noch Afghanen. Die Zeit für solche Trennungen müsse ein für alle Mal vorbei sein. Geschlechtliche Ungleichheiten müssten schleunigst beseitigt werden. Armut müsse bekämpft werden und vieles mehr. Sein Ton war klar und bestimmend. Die Pressevertreter schrieben fleißig alles mit und machten Fotos.

Dann aber richtete sich das Staatsoberhaupt an seine Gäste und legte ihnen ans Herz, sich ebenso frei zu äußern. Ein Volksvertreter aus der zweiten Reihe meldete sich zu Wort. Er lobte die Ansichten des Präsidenten, fügte aber hinzu: »Wir wollen nur hoffen, dass die Kommunisten nicht allzu frech werden.«

Mit diesem kurzen Satz war viel gesagt. Und da dies alle wussten, nickten die Gäste, Muslime sowie Juden und Hindus, zustimmend. Das Oberhaupt der Kabuler Synagoge erhob als Nächster seine Stimme: »Oh ja! Einige von den Khalqis machen kein Hehl daraus, dass sie Afghanistan gerne als die sechzehnte Republik der Sowjetunion hätten.«

Schließlich erhob sich auch mein Vater und sprach: »Wir in Herat haben gehört, dass einige dieser Landesverräter das großartige und friedliche Ereignis vom Juli als ›die kleine Revolution‹ herunterreden«, woraufhin Isaak Khan zu bedenken gab: »Es würde mich nicht wundern, wenn sie mit ihrer ›großen Revolution‹ ein großes Morden meinen.«

Daoud Khan hatte in Ruhe zugehört, jetzt nickte er in die Runde und sprach: »Ob dieses Land Afghanistan ein freies und unabhängiges Land bleiben wird oder ein Anhängsel von Pakistan oder einem anderen Nachbarn, liegt in Ihren Händen, meine Damen und Herren.« Und gleich fand Daoud Khan den passenden Übergang zu einem engeren Bogen, den er schlagen musste, um auf den eigentlichen Grund der Versammlung zu sprechen zu kommen: »Und es liegt in den Händen ihrer Kinder« – er zeigte mit der ausgestreckten Hand zunächst auf mich, dann auf Schira –, »ob dieses Land eine Zukunft hat oder nicht.«

Er kam auf sein Lieblingsthema zu sprechen, und das waren wir, die Generation von heute. Und zu meiner großen Verunsicherung sah er immer wieder mich oder Schira an oder deutete mit der Hand auf uns. Wieso ich und nicht Asis, der der Älteste von uns war, oder Aman, um den es eigentlich ging? Aman saß neben mir, und es war nicht zu übersehen, dass er größer und – angesichts seines Schnurrbarts – auch älter als ich war. »Man muss der jungen Generation daher auch das Recht einräumen, ihre Zukunft selbst zu bestimmen.« Daoud Khan richtete sich auf. Er beklagte die alte Sitte, Mädchen unter achtzehn zwangszuverheiraten oder gar zu verkaufen. »Warum sollte es nicht möglich sein, dass eine junge Dame einen jungen Mann ihrer Wahl, der einer anderen Volksgruppe zugehört als sie, heiratet?«

Die Frage war seltsamerweise nicht mehr an die Gäste gerichtet, sondern an seinen Innenminister, seinen Justizminister und alle anderen Hofleute zu seinen beiden Seiten. Dann aber drehte er sich wieder zu uns und sah mich mit bohrendem Blick an. Ich war irritiert. Was wollte er von mir? Mein Vater regte sich kurz und sah ein wenig unruhig zu mir herüber. Und auf einmal zeigte der Präsident mit beiden Händen auf mich und auf Schira – die rechte richtete er auf mich, die linke auf sie – und wandte sein Gesicht wieder zu seinen Leuten: »Hier sitzen zwei junge Menschen. Sie lieben sich, und sie wollen sich heiraten. Sie haben eine gemeinsame Heimat, sie haben ein gemeinsames Ziel, gemeinsame Träume, und sie wollen eine gemeinsame Zukunft haben!«

Schöner konnte es nicht werden. Das Staatsoberhaupt hatte mich für den angehenden Bräutigam erklärt, und, soweit ich mich erinnern konnte, hatte ihm bisher keiner den richtigen vorgestellt. Und niemand traute sich, ihn zu berichtigen. Jetzt drehte er sich schon wieder zu mir und lächelte mich sogar an!

»Mit Verlaub, Ihre Majestät«, brach es aus mir heraus: »Der Dichter Rumi sagt, diejenigen, die Liebe suchen, können sie sowohl in der Moschee finden als auch in der Synagoge oder in einem Tempel.« Und ich rezitierte gleich auch das Gedicht des großen Mystikers.

Daoud Khan klatschte lobend in die Hände, alle anderen folgten ihm. Dann deutete er auf Schira und sagte: »Vielleicht möchte die junge Dame dort drüben auch etwas Schönes sagen.«

Schira bedankte sich beim Präsidenten und klang dabei sehr gefasst und selbstbewusst. »Gott möge Ihre Hand für immer über uns halten.«

Etwas Schöneres konnte ein junges, schönes Blut einem alten, kahlköpfigen Herrscher nicht sagen. Und nachdem sie sich auch mit lebendigen Worten bei ihren Eltern bedankt hatte, setzte sie damit fort, dass niemand sie entführt oder auch nur verführt hätte. Dann aber zeigte sie unmissverständlich auf Aman. »Das hier ist Aman Dschan. Ich bin heute hier, um ihn zu heiraten. Ein anderer Mann kommt für mich nicht infrage.«

Auf dem Gesicht Salman Khans konnte ich keine Reaktion erkennen, nur ihre Mutter blickte sie mit Tränen in den Augen an. Der Präsident sah auf seine Uhr, dann wandte er sich an seinen Hofmullah und flüsterte ihm etwas zu. Dieser räusperte sich und erhob seine Stimme: »Wenn alle Seiten einverstanden sind, Präsident Sahib, dann wollen wir die beiden jungen Menschen miteinander vermählen.«

Das Staatsoberhaupt wandte sich an die Gäste auf beiden Seiten und fragte: »Sind alle Damen und Herren damit einverstanden?«

Sein Blick machte die Runde und traf auf keinen Widerstand, bis er bei Salman Khan anlangte, der sich räusperte und sich erhob. Alle waren gespannt, wie er jetzt reagieren würde. Er sagte aber nur einen Satz, und das reichte. »Mit Respekt an den Herrn Präsidenten, ich will nur, dass meine Tochter glücklich ist.«

Da hob Onkel Naurus seine Hände und klatschte. Alle anderen im Saal, auch der Präsident, folgten ihm. Dann wandte der Hofmullah sich mit seiner berühmten Frage an Schira und Aman, und sie wurden zu Mann und Frau erklärt.

Alles, was danach kam, erinnerte eher an einen Traum. Alle standen auf und klatschten und unter den Blitzlichtern der Fotografen gingen Vater, Onkel Naurus und Aman als Erste zum Präsidenten, sie schüttelten ihm die Hand und bedankten sich für seinen großen Einsatz. Dann gingen alle drei zu Salman Khan und nahmen ihn in ihre Arme. Die Frauen von unserer Seite gingen zu Schiras Mutter. Diese nahm ihre Tochter in die Arme und weinte Tränen der Freude.

Kurz darauf saßen wir alle mit Daoud Khan und seinen Ministern an einem langen, breiten Mittagstisch. Es gab viele Arten von Kebab und Gemüse, und es gab Kabuli – einen knusprigen Reis, gemischt mit Rosinen, Mandeln, dünn geschnittenen Karotten und Safranblättchen, den die Afghanen in mit feuchten Tüchern zugedeckten Töpfen und in eigenem Dampf zubereiten.

Hadschi Agha, Onkel Naurus und Jakob Khan saßen mit dem Präsidenten und seinem Handelsminister am Kopf der Tafel. Ich hatte mich zwischen meinen Vater und Isaak Khan gedrängt und lauschte jedem Wort, das in der kleinen Runde gesprochen wurde. Mein Vater sprach wenig, an seiner Stelle sagte Jakob Khan alles, was er und viele andere Händler auf dem Herzen hatten.

»Die sowjetische Seite lässt uns Händler bluten. Unsere Früchte, unsere Lal-Rosinen, unsere Karakol-Wolle, unsere Pistazien sind weltweit auf keinem anderen Boden zu finden. Aber die Sowjets wollen das alles für einen Spottpreis haben. Sie behandeln uns, als wäre wir Bettler.«

Daoud Khan schien der Appetit vergangen zu sein, wohingegen sein Handelsminister, von dem Naurus Khan zu wissen glaubte, dass er ein Mitglied des sowjetischen Geheimdienstes KGB sei, sich einen Löffel nach dem anderen in den Mund steckte und grinste.

Die anschließende Hochzeitsfeier fand in einem großen Kabuler Hotelsalon statt, und viele namhafte Menschen der Stadt nahmen daran teil. Für Aman war das eine doppelte Freude. Er durfte auf seiner eigenen Hochzeit gemeinsam mit Ali und Ahmad Saher, seinem Lieblingssänger aus der Hauptstadt, musizieren.

Die Nachricht über die erste Ehe zwischen einem Muslimen und der Tochter einer jüdischen Familie verbreitete sich landesweit und wurde von vielen Menschen begrüßt. Auf den Titelbildern der Zeitungen war der Präsident zwischen den beiden Vätern zu sehen. Aman zog nach Kabul und lebte fortan mit Schira im Haus von Naurus Khan. In der Gerüchteküche von Herat hieß es, dass das jüdische Mädchen den Islam angenommen hatte. Nur bei uns zu Hause schien dies kein Thema mehr zu sein.

Meinen Vater und mich beschäftigte ein anderer Gedanke, in dem wir uns vollends einig waren: Aman und Schira hatten nicht nur etwas Unmögliches gewagt, sondern auch etwas Verbotenes. Wir saßen zu zweit im Lustgarten und hatten genug Zeit zum Reden. Mein Vater bezeichnete Grenzüberschreitungen dieser Art als »Sprünge unter den Regenbogen« und meinte, beide wären in doppelter Hinsicht unter den Regenbogen gesprungen.

Der seltsame Spruch aus dem Mund meines Vaters kam mir bekannt vor. Ich erinnerte ihn daran, dass er dieses Bild bereits einmal benutzt hatte: »Einmal, als wir – auch Asis und Aman waren dabei – auf unserem Grundstück in Dschikan standen und hoch über dem Fluss zwei halbkreisförmige Regenbögen dicht nebeneinander bewundert haben, haben Sie zu uns gesagt: ›Mein Leben war ein ständiges Springen unter diese Bögen, die ich jedes Mal im Nu passieren musste, ohne mir das Bein brechen zu dürfen.‹ Und Sie haben als Beispiel Awesta erwähnt. Awesta beim Seilspringen, weil sie oft über ihr Seil gestolpert ist, aber nie aufgegeben hat. Wenn ich Sie richtig verstanden habe, besteht unser Leben aus vielen kleinen und großen Sprüngen unter die Regenbögen, bei denen wir uns entweder das Bein oder den Hals brechen könnten. Nicht wahr?«

Er nickte. »So ist es.«

»Das alles leuchtet mir ein, Agha«, sagte ich. »Aber mir fällt gerade eine andere Vorstellung vom Leben ein, die Sie uns ebenso manchmal vermitteln. Einmal haben Sie gesagt, das Leben sei eine Reise entlang der Milchstraße. Mir ist nicht ganz klar geworden, welcher Gedanke dahintersteckt.«

Er lachte kurz auf. »Dieser Vorstellung vom Leben liegt ein Gedanke zugrunde, ohne den wir unmöglich leben können. Der Mensch lebt von seiner frühen Kindheit bis zu seinem letzten Tag mit dem Grundgefühl, er sitze unter der Gotteshand auf den Flügeln der Engel und werde von ihnen getragen. Sogar in der schwersten Zeit hofft man darauf, dass ein Wunder geschieht und eine Wende zum Guten eintritt. Der Tod ist in unserem Alltagsleben weit von uns entfernt, wie das Meer vom Kernland einer großen Insel. Mit dem Unterschied, dass das Meer schön blau ist und der Tod hässlich und grau. Das Leben ist das runde Kernland einer schönen, großen Insel, auf der wir uns sicher fühlen. Das Meer rückt immer dann in unser Bewusstsein, wenn wir uns auf die Ufer zubewegen.«

»Auch das leuchtet mir ein, Agha«, sprach ich. »Wie erklären Sie sich dann aber diesen Widerspruch? Die beiden Bilder stehen in totalem Gegensatz zueinander. Hier halsbrecherische Sprünge und ein ständiges Springen über Hürden, mit anderen Worten, ein gefahrvoller Kampf ums Überleben; dort die erhabene, die traumschöne Reise entlang der mächtigen Milchstraße. Ha, ha! Ist diese Milchstraße nicht ein verdammt dünner Faden im All, auf dem wir alle tanzen?«

Vater sah keinen Grund, sich über diesen Gegensatz zu belustigen.

»Beide Vorstellungen bilden die Dualität unseres Daseins und gehören genauso zusammen wie Tag und Nacht, oder besser gesagt, wie das Kernland einer Insel und deren Ufer, die sie zu einer Insel machen. Ich denke an zwei Linien, die unser Leben überkreuzen. Die Karawane des Lebens ist geschützt und zugleich stets gefährdet. Das Bild vom dünnen Faden gefällt mir und erschreckt mich zugleich. Ein Zeichen dafür, wie wahr es ist. Ein harmloser Beinbruch kann manchmal Glück im Unglück bedeuten. Aber Gott schütze die Karawane unseres Lebens vor den großen Wirbelstürmen.«

»Inscha-allah, Agha! Inscha-allah!«, erwiderte ich.

Teil vier

1

Der erste März 1975 gehörte zu jenen Tagen, die mein Vater als kleine oder große Mausoleen auf dem Friedhof der gelebten Zeiten bezeichnete und er meinte, sie würden in unserem Gedächtnis erhalten bleiben, selbst wenn das Unwetter der Jahre alle anderen Gräber dem Erdboden gleichmacht.

Es war ein sonniger, goldener Tag nach langem Regen. Ich hatte das Gymnasium abgeschlossen, die Aufnahmeprüfung für das Medizinstudium an der Kabuler Universität mit bestmöglichem Ergebnis bestanden, und ich stand kurz davor, dorthin aufzubrechen. Mein Vater und ich wanderten für ein letztes Mal gemeinsam durch die Stadt. Zur Mittagszeit waren wir auf dem Kleidermarkt westlich der Freitagsmoschee. Die Geschäfte auf beiden Seiten der Straße, auf der ein reger Verkehr herrschte, waren voller Importwaren – alles zweiter Hand aus der Türkei und Europa.

Während wir auf der Suche nach geeigneten Kleidungsstücken von einem Laden zum nächsten zogen, hatte ich zunehmend das Gefühl, dass mein Vater etwas auf dem Herzen hatte. Auch mir war mit dem Heranrücken meines Abschieds von Herat schwer ums Herz. Ich hatte Kabul, in das ich bald ziehen sollte, bei meinen insgesamt drei Besuchen bereits etwas kennengelernt. Das Leben dort war sicherlich viel aufregender als in der Provinz, und dennoch fiel mir die Vorstellung, dass ich mich bald von meinem Elternhaus mit seinen schönen Gärten und meiner Stadt verabschieden würde, schwer. Eine dumpfe Angst schnürte mir die Kehle zu. Die Angst davor, etwas den Rücken zu kehren, ohne das ich unmöglich leben könnte, dass nichts wieder so sein würde, wie es einst gewesen war. Die Angst davor, erwachsen werden zu müssen.

Bei all dem hatte ich den ganzen Winter versucht, mich damit zu trösten, dass ich in der Hauptstadt meine Geschwister Malalay und

Aman um mich haben würde, die dort studierten, und einen Onkel, in dessen schönem Haus ich wohnen durfte. Ich hatte meinen Eltern und der kleinen Awesta vorgegaukelt, wie sehr ich mich auf meinen neuen Lebensabschnitt freute. Was ich meinem Vater und allen anderen vorenthielt, war jedoch, dass ich keinerlei wahres Interesse daran hatte, ein Mediziner zu werden. Allerdings kam auch kein anderes Fach für mich infrage. Oft hatte mich mein Vater, der mich bereits in meiner Schulzeit zum Medizinstudium motiviert hatte, mit der Frage konfrontiert, ob ich doch lieber, wie mein Bruder Aman, Jura studieren wollte oder ein geisteswissenschaftliches Fach, um später Richter oder Lehrer oder gar Professor an der Universität zu werden. Aber ich hatte das alles stets abgelehnt. Als Arzt, dachte ich mir, würde ich mich später zumindest um die Gesundheit meiner Eltern kümmern können.

Obwohl ich selbst einiges auf dem Herzen hatte, ohne es genau zu kennen, lag mir an diesem Tag viel daran, meinen Vater von seiner Wehmut zu befreien. Ohne fündig geworden zu sein, kehrten wir in ein Restaurant am östlichen Ende des Kleidermarktes ein und nahmen an einem Tisch mit Blick auf die belebte Straße Platz. Mein Vater setzte seinen Karakol-Hut ab. Auf seine Stirn hatte sich eine dunkle Wolke aus Falten gelegt. Er bestellte eine Kanne Massalatee, und wir begannen ein Gespräch. Doch es kam anders, als ich erwartet hatte.

VATER BEGANN MIT einer Anekdote über den alten König Amanullah, der vor über vierzig Jahren auf dem Rückweg von einer langen Reise durch Europa auch für ein paar Tage in Herat haltgemacht hatte.

»Der Gouverneur der Stadt hatte im Vorfeld erfahren, dass der König und seine Frau es sich abgewöhnt hätten, nach afghanischer Sitte mit der Hand zu essen«, erzählte Vater. »Da es in Herat noch kein Besteck gab, bestellte er den berühmtesten Kupferschmied der Stadt zu sich und beauftragte ihn, für zwei Leute Besteck zu schmieden. Der König fuhr in die Stadt ein, und gleich am ersten Tag fiel ihm bei einem Spaziergang durch den Tschar-Bagh, den Vier-Garten, der sich früher an der Stelle des Kleidermarktes befand, ein Klagegedicht an einer Wand auf, das die Handwerker dort niedergeschrieben hatten. Sie beklagten, dass sie jeden Tag schuften würden und doch zu Hause nichts zu essen hätten. Also bestellte der König die Handwerker zu sich und sagte ihnen: ›Solange ich in der Stadt bin, sollt ihr mit mir an einem Tisch essen.‹ Und so geschah es. Die Handwerker folgten der Einladung, aber sie nahmen ihre Mahlzeit, wie gewohnt, mit der Hand zu sich. Der König und seine Dame aber aßen, wie es in Europa üblich war und man es ihnen bereitgelegt hatte, mit Besteck.«

Ich bewunderte meinen Vater für seine Gabe, seine Sicht auf die Dinge in Erzählungen und philosophische Gedanken zu verpacken. Diesmal allerdings wurde ich aus ihm nicht so recht schlau. Bevor ich jedoch zu einer Frage ansetzen konnte, fuhr er fort.

»Diese Geschichte ist typisch für Amanullah. Er hatte ein großes Herz für die Armen, betrachtete sie aber durch eine europäische Brille. Er erwachte erst in dem Moment, als sich bereits alle feindlichen Kräfte gebündelt hatten, um ihn als ungläubigen Bolschewiken von seinem Thron zu stürzen. Er hat die Folgen seines Eifers übersehen und ist in eine Falle getappt, die er sich selbst gestellt hatte. Weißt du, was das bedeutet?«

Ich schüttelte den Kopf. »Worauf wollen Sie hinaus, Agha?«

Er trank seinen Tee aus.

»Unsere Taten – gute, böse, kluge, dumme, kleine, große, bewusste ebenso wie unbewusste, solche, die wir vergessen oder schon längst bereut haben – sie ziehen ihre Folgen nach sich und diese wiederum neue Taten. Unser Leben vollzieht sich entlang einer Kette, an die wir gebunden sind und deren Glieder wir jeweils nur einmal beschreiben können. Wir müssen uns ständig für oder gegen etwas entscheiden und können das Geschehene nicht rückgängig machen. Dies ist die größte Falle, die das Leben für uns bereithält.«

Der Kellner brachte eine volle Kanne, und während mein Vater darin mit dem Löffel rührte, fragte er mich, was mir gerade durch den Kopf ginge. Ich nutzte die Gelegenheit und sprach endlich ein Thema an, das mich während der letzten drei Jahre immer wieder beschäftigt hatte.

»Sie waren damals Zeuge, wie Aman in unserem Garten auf Sultan losging, Steine auf ihn warf und ihn vor aller Augen erniedrigte. Haben Sie je daran gedacht, dass Sultan deshalb Rachegedanken haben könnte?«

»Anfangs schon ein wenig«, antwortete er, »später nicht mehr. Es ist auch schon drei Jahre her, und Aman lebt längst in Kabul.«

Er erhob sich, um auf die Toilette zu gehen. Sein Blick fiel auf einen Bettler draußen. Der bucklige Mann mit dünnen, schrägen Beinen lag auf dem Bürgersteig und bat Passanten um Almosen. Vater verließ das Restaurant, ging zu ihm und gab ihm einen Geldschein, bevor er auf die Toilette ging.

Ich legte meine Ellbogen auf den Tisch, stützte mein Kinn auf meine Fäuste, und während ich Vaters steifen Lammfellhut vor mir anstarrte, trat vor mein inneres Auge ein ganz anderes Szenario: die entsetzlichen letzten Momente des Buskaschi-Wettkampfes vom Herbst 1960. Der Hengst meines Vaters und der Fuchs seines Rivalen jagten von links in unsere Richtung. Mein Vater hatte sich mit dem ganzen Körper nach rechts gebeugt und seine Hand weit nach der Ziege auf dem Schoß des Mannes ausgestreckt; die Zuschauer der unteren Reihen flüchteten schreiend nach oben; der Fuchs, den mein Vater und sein Pferd nach rechts abgedrängt hatten, scheute und bäumte sich auf. Ich öffnete meine Augen, um nicht sehen zu müssen, wie der Rivale meines Vaters auf den harten Felsen aufschlug.

»Und?«, hörte ich die Stimme meines Vaters über meinem Kopf. »Gibt es noch etwas, was du mich fragen willst?«

Ich richtete mich auf, griff nach meinem Glas, und nachdem er sich gesetzt hatte, sagte ich: »Sie haben einmal gesagt, wenn man einem anderen einen Tritt verpasst, dann sollte dies ein gezielter Akt sein, für den man geradesteht, und nicht eine versehentliche Handlung, die man später bereut. Offenbar hatte Aman Ihnen gut zugehört, bevor er Sultan mit Steinen beworfen hat.«

»Ja, er hat ganz bestimmt danach gehandelt«, sagte Vater.

»Ich möchte von Ihnen wissen, Agha, wie Sie den Ausgang des Buskaschi-Wettkampfes von damals beurteilen. Glauben Sie, dass es ein bewusstes und gezieltes Handeln Ihrerseits war, das zum Tod Ihres Rivalen geführt hat?«

Er führte seine Handflächen über Nase und Mund zusammen, stieß pfeifend etwas Luft aus und legte sie dann auf die Tischplatte.

»Ich hätte an ihn denken sollen, daran, dass ich ihn mit meinem Handeln in Gefahr brachte, aber ich habe in meiner Aufregung versagt«, sprach er. »Als gläubiger Mann könnte ich es meinem Gewissen einfach machen und sagen, es war göttliche Bestimmung, dass der arme Mann sterben musste. Aber nein, mein Sohn. So verantwortungslos mit dem Leben eines anderen umgehen und dann behaupten, man sei gläubig – das wäre zynisch. Es gibt zwei innere Höllen, denen jeder entfliehen will. Die eine ist die der Angst und die andere die des schlechten Gewissens. Der ersten darfst du entfliehen, musst es sogar, wenn du nicht willst, dass ihre Flammen deine Seele fressen. Was machst du aber mit der Hölle des Gewissens?«

Ich grinste leicht und erwiderte kleinlaut: »Offenbar bemühe ich mich gerade, sie so heiß wie möglich zu halten.«

»Ich jedenfalls habe mich für den Tod dieses Mannes nicht weniger verantwortlich gefühlt als damals für den Tod meiner Mutter.«

»Bestimmt hatten Sie auch Albträume, von denen Sie uns nichts erzählt haben.«

»Ob ich Albträume hatte?« Er lachte kurz auf. »Immer und immer wieder. Von den tödlichen Momenten des Wettkampfes. Ich habe sie aber niemandem erzählt. Nicht einmal Maulana Asis. Nach solchen Träumen habe ich versucht, mir alles noch einmal klar zu vergegenwärtigen. Und dabei habe ich erkannt, dass ich die Gefahr erahnt hatte, aber eher instinktiv, ohne sie in dieser Raschheit reflektieren zu können. Ich habe rein reflexartig reagiert und durch meine übertriebene, unbiegsame Handlung meinen Rivalen aufs Äußerste bedrängt. Ja, ich habe ihm diesen ungewollten Schlag verpasst, vor dem ich dich später gewarnt habe.«

Ich seufzte. »Was hätte es ihm aber genutzt, wenn Sie von Ihrem Pferd abgestiegen wären, Agha? Gar nichts!«

»Ja, gar nichts«, bestätigte er. »Ich hätte es so weit nicht kommen lassen.«

»Sie hatten einen durchaus logischen Grund dafür, so zu handeln, wie Sie gehandelt haben, Agha; es gab viele weitere Rivalen hinter Ihnen; und Sie mussten das Spiel gewinnen. Das Schicksal Ihres Freundes stand auf dem Spiel. Das Schicksal von Maulana Asis!«

Das alles sagte ich, obwohl ich wusste, dass ihm das alles viel klarer war als mir. Mein Vater aber, während er die Gläser nachfüllte und bestätigend nickte, setzte entgegen: »Und dennoch. Böse Zungen würden meinen, ich hätte das eine Menschenleben dem anderen vorgezogen und es mit diesem anderen gekauft.«

»Das stimmt aber nicht, Agha.«

»Das alles weiß ich«, lachte er.

Nachdem er für uns beide Nudelsuppe bestellt hatte, setzte er seinen Hut wieder auf und sprach zu mir: »Ich hatte schon immer das Gefühl, dass du alles bestens verstehst, aber es gibt auch Dinge in meinem Leben, die ich euch vorenthalten habe, weil ich euch nicht belasten wollte. Aber du bist jetzt ein junger Mann und gehst bald von uns weg. Was ich dir sagen will, ist, dass ich in all den Jahren viel für dieses andere Leben bezahlt habe. So viel, wie du dir kaum vorstellen kannst.«

Ich wurde hellhörig. »Was und wem haben Sie gezahlt? Davon weiß ich nichts, Agha.«

»Gut.« Er trank einen Schluck Tee und stellte sein Glas mit einem dumpfen Aufschlag auf den Tisch. »Der Mann stammte aus armen nomadischen Verhältnissen aus Ghasni, woher auch Maulana Asis kommt und unsere frühere Dienerin, die uns – aus für mich immer noch unbekannten Gründen, übrigens – verlassen hat …«

»Ja, kurz vor dem Putsch vom Juli 1973«, fiel ich ihm ins Wort.

»Ja«, nickte er. »Jedenfalls war mein Rivale viel jünger, als er vielleicht – in seinem braunen Mantel und seiner bunt gestrickten Kopfbedeckung – von euch aus der Entfernung wahrgenommen wurde. Um die dreißig, aber bereits verwitwet. Er hat einen kleinen Sohn hinterlassen und einen Bruder. Dieser war ein junger Hitzkopf, mit dem dein Onkel und ich es von unserer ersten Begegnung im Krankenhaus an schwer hatten. Er hat mich als Mörder beschimpft und behauptet, ich würde über Leichen gehen.«

Langsam wurde mein Kopf heiß. Ich erinnerte mich an die langen Tage damals in Kabul, als er und Onkel Naurus am frühen Morgen das Haus verließen und erst spät am Abend zurückkamen. Ich kreuzte meine Arme über der Tischplatte, legte mein Kinn darauf und starrte ihn an.

»Nach der Trauerfeier seines Bruders haben wir diesen Hitzkopf zu dritt besucht. Maulana Asis, der frisch aus dem Gefängnis entlassen worden war, hat vermittelt und alles getan, um den zornigen jungen Mann zu besänftigen. Dieser ging aufs Gymnasium und hatte den Wunsch zu studieren. Also habe ich ihm angeboten, sein Studium zu finanzieren. Abgesehen davon, dass ich ihm an diesem Tag aus eigenem Interesse eine beachtliche Summe bezahlt habe, habe ich ihn und seine Familie in den darauffolgenden Jahren großzügig unterstützt. Stell dir vor, zu alldem war ich gar nicht verpflichtet.

Wir hätten ihn nicht einmal besuchen müssen. Aber was soll ich dir Kopfschmerzen bereiten? Den Rest dieser Geschichte kennst du ja.«

Erstaunt und ergriffen, wie ich war, hob ich meinen Kopf und schüttelte ihn. »Nein, Agha. Ich weiß von nichts!«

Doch sein Blick sprach zu mir und sagte mir etwas, was ich mir nicht einmal in einem bösen Traum hätte vorstellen können.

»Sie meinen doch nicht etwa … Gol Agha Khan und Sultan?«

Er nickte.

Ein Schwindelgefühl ergriff mich, und ein grauer Schleier zog vor meine Augen. Ich schloss sie, legte meine Stirn auf meine überkreuzten Arme, und in dieser Haltung hörte ich meinen Vater sagen:

»Das ist ein Geheimnis, von dem bisher nur vier Menschen wissen. Das sind deine Mutter, dein Bruder Asis, dein Onkel Naurus und natürlich Maulana Asis. Naurus Khan fiel es von Beginn an schwer, sich mit meiner Haltung abzufinden. Aus seiner Sicht hatte ich mir nichts vorzuwerfen. Und Maulana Asis … ha, ha … anfänglich war er begeistert, aber vor Kurzem, als ich ihm am Telefon gesagt habe, dass Gol Agha Khan und sein Neffe nicht nur unanständig, sondern auch schlimme Kommunisten sind, hat er gemeint, ich solle mir langsam Gedanken machen, ob ich auf diesem Planeten überhaupt richtig sei. Ich verstehe all diese Einwände. Ich habe auch dich verstanden, als du mit Sultan kaum zurechtgekommen bist. Du hast dich für eine Sache geopfert, die dir nicht einmal bekannt war. Dafür möchte ich mich heute bei dir entschuldigen und bedanken. Dass diese Leute Schmarotzer sind und dass sie sich nicht zu benehmen wissen – das alles ist das kleinste Übel. Das eigentliche Problem ist, dass diese Menschen dumm sind. Dummheit ist die Großmutter allen Übels, zu ihren zahlreichen Kindern und Enkelkindern gehören Feindseligkeit und Grausamkeit. Du kannst, wenn es sein muss, bei deinem klugen Feind Zuflucht suchen, aber mach einen Bogen um dumme Menschen. Das ist die Lehre, die ich aus meiner langjährigen Beziehung zu Gol Agha gezogen habe. Diese Leute fühlen sich von Haus aus durch vieles mit mir, mit uns verfeindet.«

Ich blickte auf, sah meinen Vater durch den grauen Nebelschleier vor meinen Augen und fragte: »Was ist Ihr Ziel, Agha? Streben Sie danach, ein vollkommen gerechter Mensch zu sein?«

Ich meinte es ernst, aber er antwortete, vollkommen gerecht sei nur der Schöpfer dieser Welt.

»Meinen Sie, Agha?«, fragte ich und deutete auf den Bettler draußen. »Und was ist mit ihm? Wie wäre es, wenn er nur Hunger hätte? Das hätte doch vollends gereicht, ihn dafür zu bestrafen, dass er in schlechte Verhältnisse hineingeboren wurde. Warum sollte er darüber hinaus auch einen Buckel haben und behindert sein? Soweit der Blick reicht, sieht man diese grausame Ungleichheit und Ungerechtigkeit. Die Natur um uns herum lebt sie uns vor, die Natur in uns schreibt sie uns vor, und die Verhältnisse, in die wir hineingeboren werden, bestimmen sie uns vor. Warum gibt es dann so viele Religionen, die sich gegenseitig um Gott zerfleischen? Und warum musste man die Botschaft Gottes, die Liebe heißen soll, durch Mittel der politischen und wirtschaftlichen Macht an die Menschheit bringen, durch Hass und Gewalt? Ha, ha! ... Nein, Agha! Diese perverse, ehrenlose Welt hat es nicht verdient, uns als die beste aller Welten verkauft zu werden! Ich preise ihre Schönheiten, Agha, aber ich bewerte sie in Anbetracht ihrer grausamsten Hässlichkeiten auch als zynisch und abgründig.«

Ich spürte diese Hitze in meinem Kopf und ein rasches Beben in meiner Brust. Aber mir brach auch das Herz, als ich Tränen in den Augen meines Vaters sah. Zum Glück kam der Kellner mit zwei großen Schüsseln Nudelsuppe auf dem Tablett zu uns. Ich erhob mich, um mir auf der Toilette Hände und Gesicht zu waschen. Doch es war mir am ganzen Körper heiß, und mir war übel. Ich taumelte zum hintersten Bereich des Ladens, öffnete dort die Tür, und bevor ich das Waschbecken erreicht hatte, erbrach ich mich.

Nachdem ich meinen Kopf unter Wasser gehalten hatte, sah ich mich im Spiegel an. Mir ging der Gedanke durch den Kopf, dass ich in zwanzig oder dreißig Jahren meinem Vater zum Verwechseln ähnlich sehen würde. Erst jetzt wurde mir bewusst, dass ich eine von Hadschi Agha gesetzte Grenze überschritten hatte. Er hatte uns Kinder immer gewarnt: »Wenn eines Tages einer von euch ernsthaft den Glauben verliert, dann werde ich mich im Grab umdrehen.« Ich dachte an diese Worte und konnte mich nicht mehr im Spiegel ansehen.

Noch auf dem Rückweg zum Tisch konnte ich aus dem Blick und

aus dem Lächeln meines Vaters lesen, dass er genau wusste, was mit mir geschehen war und was in mir vorging.

»Salam Aleikum, Agha«, grüßte ich, als hätten wir uns eine längere Zeit nicht gesehen, und setzte mich.

»Wa Aleikum Salam, Batschim. Geht's dir gut?«

»Bali, Agha Dschan«, antwortete ich übertrieben höflich und räusperte mich. »Ich wollte mich entschuldigen, Agha, und Ihnen sagen, dass ich meinen Glauben nicht verloren habe.«

»Das weiß ich, Batschim. Und ich bete für dich, dass Gott dir die eine oder andere sündige Frage verzeiht.«

»Alles, was ich von Ihnen will, Agha, ist, dass Sie diesen verdammten Kommunisten aus unserem Haus werfen. Sie haben es mit Ihrem Gewissen übertrieben, Agha!«

»Das ist mir inzwischen klar geworden«, sagte er. »Seit zwei Jahren arbeite ich daran. Jetzt hat er mir versprochen, im nächsten Monat auszuziehen.«

»Gott sei Dank!«, rief ich, hob meine offenen Hände vors Gesicht und sah zur Decke.

Ich war erleichtert, und beim Essen sagte ich zu meinem Vater, dass ich heute eigentlich vorhatte, ihn aufzuheitern.

»Das kannst du immer noch«, erwiderte er.

»Wissen Sie, wie es in einem christlichen Paradies aussieht?«, fragte ich.

»Ist das nicht dasselbe Paradies, von dem alle träumen?«

»Nein, Agha. Ich habe über die Vorstellung der Christen vom Paradies in einem Buch gelesen, und ich muss sagen, es soll dort reichlich seltsam aussehen.«

»Wie sieht es denn dort aus?«

»Die Christen sitzen rund um einen alten Herrn mit einem langen weißen Bart und singen im Chor: ›Halleluja! Halleluja!‹. Und das die ganze Zeit, für alle Ewigkeit.«

»Nur das?«

»Ja, Agha. Da muss es langweiliger zugehen als in der Hölle. Wir Muslime dürfen uns dagegen bis aufs Äußerste vergnügen: essen, trinken, tanzen, schlafen und schöne Frauen beglücken. Wer will das alles aufs Spiel setzen wollen?«

Er nickte, und wir lachten. Und es war gut so.

2

Mutter Khurschid stand, den Koran mit beiden Händen über meinem Kopf haltend, vor mir auf der Terrasse und murmelte arabische Worte. Die Angst, dass ihre Tränen mich mitrissen, erschwerte es mir, ihren Blick zu erwidern. Ich sah lieber zu meiner zehnjährigen Schwester Awesta, die neben mir stand, und zwinkerte ihr lächelnd zu.

Die neue Dienerin, die seit dem Verschwinden der Nomadin bei uns arbeitete, hielt einen kleinen Eimer Wasser in ihren Händen und wartete, dass meine Mutter mich segnete, ich unter dem Bogen ihrer Arme ging und sie das Wasser hinter mir ausschütten konnte.

Unten an der Straße warteten Aman und Schira sowie meine ältere Schwester Malalay im Auto auf mich. Alle drei lebten in Kabul und hatten die Winterferien bei uns verbracht. Malalay hatte das zweite Jahr im Medizinstudium hinter sich, Aman sein erstes in Jura, und Schira ging noch zur Schule. Vor der Terrassentreppe standen mein Vater, Asis und seine hochschwangere Frau Rabea, die nach ihrer Hochzeit im Jahr zuvor auch bei uns lebte, Khudscha Morad, der sich in den Jahren kaum verändert hatte, und schließlich Sardar. Unser treuer Windhund war inzwischen zwölfeinhalb Jahre alt und wog über dreißig Kilo. Doch hatte er nichts von seinem Stolz und seiner Würde verloren, nichts von seinem eleganten, federnden Gang, und sein seidiges Fell glänzte im Sonnenschein immer noch golden-braun. Am Abend waren Khudscha Morad, Awesta und ich mit ihm über die Wiesen und Hügel hinter unserem Haus gezogen. Nun stand er vor der Treppe, blickte zu mir auf und wusste ganz genau, was hier vor sich ging.

Meine Mutter atmete tief ein, rundete ihren Mund und blies einen Hauch warme Luft gegen mein Gesicht. Sie küsste mich auf die Stirn, ich ihre Hand und den Koran. Dann nahm ich ein letztes Mal Awesta in meine Arme, ließ sie schweren Herzens los und lief die Treppe hinunter. Die Dienerin schüttete das Wasser hinter mir her und machte mich von oben bis unten nass. Das sollte mir, dem Reisenden, Glück bringen. Ich lachte und flüchtete ins Auto.

Es war früh am Morgen, kurz vor dem Beginn des Frühjahrs 1975. Es war die Stunde meines Abschieds von Zuhause, vom Garten Eden meines Vaters, in dem ich eine behütete Kindheit und Jugend verbracht hatte, ein Abschied von meiner Heimatstadt, von der ich zu dieser Zeit nicht ahnen konnte, dass sie später niemals wieder so friedlich und lebendig sein würde.

Hadschi Agha hatte sich in den Kopf gesetzt, die rund tausend Kilometer lange Strecke nach Kabul unbedingt mitzufahren und abwechselnd mit Aman am Steuer zu sitzen. Das war für mich ein weiterer Trost.

SELTEN HATTE ICH eine Frühlingslandschaft so frisch und bezaubernd erlebt wie die Steppe vor Kandahar nach einem Regenfall mit Hagelschauer an diesem Nachmittag. Wir hatten auf unserer langen Fahrt nach Kabul das Auto an der Einfahrt eines Bergtales links von der Straße geparkt und uns eine längere Pause gegönnt. Aman hatte seine Lieblingsmusik aufgelegt, alle vier Türen weit offen gelassen und putzte das Fahrzeug. Malalay und Schira spazierten Arm in Arm auf der weiten Steppe oder rauften, spielten und lachten laut. Malalay hatte einst ihre Cousine Schahrsad mit ihrer Lieblingsfarbe angesteckt, jetzt die Frau ihres Bruders: sie beide trugen das gleiche Kleid in Lila.

Mein Vater und ich hatten es uns auf der grünen Bergkuppe bequem gemacht. Er lag auf einer Decke, die ich auf dem feuchten Boden ausgebreitet hatte, sein Kopf ruhte auf einem Kissen, und ich saß neben ihm. Von oben betrachtet, wirkten das Gras und die lilafarbenen, roten und gelben Blümchen wie ein Seidenteppich mit wilden Mustern, dessen andere Enden an weitesten Ufern zu liegen schienen.

»Nun gehst du also von uns weg«, sagte mein Vater nach einer Weile und richtete sich neben mir auf. »Weißt du, dass die Mädchen in Kabul viel freier sind und schicker herumlaufen als in Herat? Sie sind auch viel schöner und frecher als unsere. Und wenn du dich in eines von ihnen richtig verliebt hast, dann hast du uns ganz schnell vergessen. Wie dein Bruder bereits.«

Ich lächelte verlegen. »Im Ernst, Agha. Es ist über eineinhalb Jahre her, dass ich mich innerlich von den Frauen verabschiedet habe. Ich will sie weder begehren noch mich in sie verlieben.«

Er lachte. »Erzähl das jemand anders, Junge.«

Ich traute mich nicht, vor ihm meine kleine Affäre mit der Tochter unserer Dienerin zu beichten, die kurz danach mit ihrer Mutter verschwunden war. Daher versuchte ich mich herauszureden.

»Es gibt Dinge, die man mit ins Grab nimmt«, zitierte ich ihn selbst, »und Dinge, für die es im Herzen zu eng ist.«

»Dann wollen wir sie loswerden!«, ermutigte er mich.

»Gut! Ich erzähle Ihnen etwas, was ich bisher für mich behalten habe.«

Ich berichtete ihm ausführlich von der Begegnung, die Sultan und ich am Mausoleum von Ansari mit einer nomadischen Handleserin hatten. Diese hatte mir unter anderem vorausgesagt, dass ich kein Glück bei den Frauen haben würde. »Sie hat gesagt, ich solle auf meine Träume achten, denn sie könnten mir die Augen auf manch Abgründe des Lebens öffnen.«

Vaters Gesicht geriet in den Schatten einer Wolke. So wie er mich ansah, hatte ich das Gefühl, dass meine Geschichte ihn berührt hatte und er überlegte, wie er mich beruhigen könnte. Spärliche Regentropfen, die ins Tal herabfielen, glänzten im Sonnenschein wie bunte Perlen. Und bevor ich es mich versah, hatte sich zwischen der milchweißen Wolkenlandschaft und dem grünen Teppich der Steppe am Himmel ein bogenförmiges Lichtband in vielen Farben gebildet, es schien in den Bauch der Steppe eindringen zu wollen. »Der Regenbogen, Agha. Was bedeutet er für Sie?«

Er hatte sich auf seine linke Körperseite gelegt und blickte – auf den Ellbogen gestützt – verzaubert auf das Lichterspiel.

»Versuche, dir ein Tor vorzustellen, das den Himmelsraum in zwei Bereiche aufteilt: einen äußeren, das ist hier unsere Seite, und einen inneren, das ist der Bereich hinter dem Tor. Auf unserer Seite regnet es, da drinnen, hinter dem Tor, regnet es nicht.«

Ich versuchte seine Darstellung nachzuvollziehen und fragte: »Woher wissen Sie, dass es dort drüben nicht regnet?«

Er lachte. »Ich komme aus dem Dorf. Das weiß ich. Ohne diesen Kontrast gäbe es keinen Regenbogen!«

»Wahrlich, Agha«, rief ich. »Es ist wirklich schwer, von hier draußen ins Innere zu springen.«

»Sag ich doch! Der Regenbogen sieht wie das Tor eines Palastes aus. Nimm zum Beispiel den Präsidenten des Landes, den guten, alten Daoud Khan. Er hat viele Jahre hier draußen im Regen gesessen, und eines Nachts sprang er hindurch ins Innere.«

Ich lachte. Von unten klang Ahmad Sahers Stimme aus dem Autoradio hinauf. Der Sänger pries in einem Atemzug den Frühling und die Lippen seiner Geliebten, die ihm die ewige Jugend bescherten, und Aman sang mit. Es störte mich nicht mehr, dass er mitsang, im Gegenteil. Immer wieder hatte ich geglaubt, ich würde meinen Bruder kennen, und ihn dabei unterschätzt. Stattdessen hatte er mich immer wieder überrascht. Er war nach seiner Hochzeit in die Hauptstadt gewechselt, und seitdem hatte ich ihn oft vermisst.

»Der Regenbogen ist dabei, sich aufzulösen, Agha«, sagte ich, als das Lichtband am Himmel langsam verblasste.

»Ja. Der Regenbogen ist auch ein Sinnbild für das, was in uns im Augenblick des Abschieds vorgeht.« Er legte sich wieder auf den Rücken. »Im Augenblick des Abschieds entschleiert uns das ewig Erscheinende sein wahres Wesen, und wir sehen, was die Welt im Innersten zusammenhält: die gute, alte Vergänglichkeit.«

Ich lachte und schüttelte den Kopf. »Mir scheint, Sie haben heute wieder den Händler zu Hause gelassen und den Dichter mitgenommen, Agha.«

Er lachte mit. »Ja, aber sieh dich vor, mein Junge. Es ist gefährlich, in Metaphern zu leben. Deshalb habe ich dich überredet, Mediziner zu werden und nicht Dichter.«

Wir lachten.

»Ein Dichter bist du bereits, ohne etwas dafür tun zu müssen«, sprach er in einem ernsten Ton weiter. »Wahre Künstler sind wie schwangere Frauen, und diese sind eher Mütter im Sein als Mütter im Haben. Mit anderen Worten ist es der Zustand, der dich zum Dichter macht und nicht das geschriebene Blatt.«

Ich dachte über seine Worte nach, über das Hier und Jetzt, über unsere gemeinsame Vergangenheit und meine Zukunft, die mich in Kabul erwartete. Ein Gefühl großer Dankbarkeit überkam mich, und eine Weile saßen wir schweigend nebeneinander.

Unten im Tal tanzten Schira und Aman in einem Kreis von Schmetterlingen zur Musik von Ahmad Saher.

»Vor Kurzem habe ich geträumt«, nahm Vater das Gespräch wieder auf, »dass ich meinen Glücksbringer wiedergefunden habe. Er hatte sich im Herzen einer Schmetterlingsblume versteckt, im Lustgarten. Ich habe ihn gesehen, als ich im Blumenbeet Unkraut gejätet habe. Ich bin dann mit dem Schlüssel zu dir gekommen. Auch du hast dich in meinem Traum im Lustgarten aufgehalten, du hast oben auf deinem Maulbeerbaum gelegen. Ich wollte ihn dir schenken, aber du hast in deinem Nest geschlafen.«

Es war nicht das erste Mal, dass er von seinem verschwundenen Erbstück geträumt hatte.

»Wieso mir und nicht einem Ihrer anderen Kinder?«, fragte ich.

»Das hätte ich dir im Traum sicher beantworten können, aber ich bin aufgewacht.«

»Dann machen Sie es so, Agha«, schlug ich vor. »Gehen Sie zu einem Goldschmied und lassen Sie sich von ihm fünf Schlüssel aus Gold machen, die Ihrem verlorenen Schlüssel zum Verwechseln ähneln.«

Er lachte und sagte: »Mein Glücksbringer ist nicht verloren. Er hat sich lediglich vor uns versteckt. Aber ich werde deinen Vorschlag zu Herzen nehmen und die fünf nachgemachten Schlüssel an einem sicheren Ort im Haus verstecken. Unabhängig davon, ob und wann unser echtes Juwel wieder zum Vorschein kommt, sollt Ihr nach meinem Tod diese suchen ...«

»Erstens, von Ihrem Tod wollen wir nichts wissen«, unterbrach ich und lachte dann. »Zweitens haben Sie auch den richtigen Schlüssel an einem sicheren Ort versteckt. Es ist bereits sieben oder acht Jahre her, und Sie sind immer noch nicht auf den Ort gekommen, wo Sie ihn versteckt haben. Ha, ha, ha!«

»Keine Sorge«, sagte er. »Wenn jemand diese fünf Schlüssel findet, dann wirst du es sein, deine Geschwister eher nicht. Ich hoffe, den echten auch, inscha-allah, eines Tages!«

Ich deutete auf Aman, der sich jetzt auf dem taufrischen Gras ausruhte.

»Schauen Sie, Agha. Aman hat geheiratet. War es einfach? Nein. Haben Sie aus Ihrem letzten Geschäft mit den Chinesen einen guten Gewinn erzielt? Ja. Hat Daoud Khan Ihren Bruder zum Professor an der Universität befördert? Ja. Also, sind das nicht Erfolge, die Sie in den letzten Jahren erzielt haben, ohne einen Glücksbringer um Ihren Hals zu tragen?«

»Das alles bezweifle ich nicht«, erwiderte Hadschi Agha. »Mein Pir hat es mir ja auch so prophezeit. Es kann sein, dass er sich im Garten zwischen den Blättern versteckt hat und insgeheim Wirkung zeigt.«

Da rief Aman zu uns herauf, er wolle weiterfahren. Auf dem Weg zum Auto fügte mein Vater hinzu: »Wir haben Daoud Khan übrigens viel zu verdanken. Ich bete jeden Tag für ihn. Er war schon immer ein mutiger Mann, der unter viele Regenbögen springen wollte. Allein die Vorstellung, dass ihm etwas passieren könnte, erschreckt mich. Ohne ihn würde in diesem Land die Hölle ausbrechen.«

Vater hatte nicht immer recht. Aber auch sein Beten wirkte leider nicht immer.

Sechstes Buch

Erinnerungen an die Karawane im Sturm der Zeit

Teil eins

1

Mit dem Umzug in die Hauptstadt veränderte sich mein Leben über Nacht.

Das Haus meines Onkels in der Kabuler Neustadt, insbesondere ein kleines Eckzimmer darin auf der oberen Etage, wurde mein neues Zuhause. Mein Vater hatte mich davor gewarnt, schlechte Gedanken bei einem neuen Anfang zuzulassen, und ich beherzigte diesen Rat. Ich öffnete mein Fenster zu dem Garten, der mir seit dem Herbst 1960 – als mein Vater an einem Buskaschi-Wettkampf teilgenommen hatte – vertraut war und in dem jetzt alle vergnügt in einer Runde saßen: mein Vater, Malalay, das Ehepaar Aman und Schira und die Familie meines Onkels, zu der auch die Ehefrauen und Kinder der beiden Söhne Bustan und Dastan gehörten.

Das Haus meines Onkels bestand aus grauem Stein und befand sich an einer langen, belebten Straße. Es war sein ganzer Stolz, da er es Ende der Fünfzigerjahre, wie er gern sagte, mit eigenen Händen erbaut hatte. Das Haus war zwar viel kleiner als unseres in Herat, aber es war mit zahlreichen Räumen ausgestattet. Onkel Naurus pflegte immer zu sagen: »Wenn es euch da drüben in Herat eng wird, dann gibt es für euch alle hier genug Platz.«

Den gab es tatsächlich. Das Zimmer neben mir bewohnte Malalay, die im dritten Jahr Medizin studierte. Uns gegenüber hatten sich Aman und Schira einquartiert. Er studierte im zweiten Jahr Jura, sie besuchte das Gymnasium. Die zwei weiteren Zimmer auf der Etage gehörten der Familie unseres Cousins Dastan. Onkel Naurus und seine Frau Schampon wohnten im Erdgeschoss. Nur Bustan, mein jüngerer Cousin, der Architekt war, hatte sich ein eigenes Haus gebaut. In der großen Küche wurde für alle gekocht, und da es Frühling war, wurde auf der Terrasse oder im Garten gegessen.

An meinem zweiten Tag in Kabul, es war ein Donnerstag, machten wir alle einen Ausflug in einem kleinen Bus nach Paghman, wo die halbe Stadt zusammengekommen war, um den Naurus zu feiern. Die Erholungsoase westlich von Kabul bestand aus Hügeln, Tälern und ausgedehnten Gärten. Die Frühjahrsluft an jenem Nachmittag war frisch und rein, die Sonne war angenehm warm, und so weit der Blick reichte, sah man grüne Bäume und Blumen, die im Wind wiegten.

Wir suchten uns ein Plätzchen in einem Tal abseits des Trubels, breiteten unsere Teppiche und Matratzen aus, tranken Tee, aßen frischen Kebab, und dann setzten sich meine Cousins an ihre Instrumente. Dastan, der Ältere, war bereits ein landesweit beliebter Sänger, er leitete die Abteilung Musik des staatlichen Rundfunks und war für viele ein bekanntes Gesicht. Der Jüngere, Bustan, begleitete ihn bei jedem Auftritt außerhalb vom Radio auf seiner Tabla. Als Dastan seinen Arm nach dem halb vollen Mond ausstreckte, der sich bleich am hellen Nachmittagshimmel abzeichnete, und seine Stimme aus der Tiefe des Tals emporsteigen ließ, klatschten wir in die Hände. Auch Aman sang und spielte mit. Wir vergaßen die Welt um uns herum und blieben, bis die Sonne hinter den Hügeln verschwunden war.

Es schien ein besonderes Anliegen meines Vaters zu sein, dass ich Kabul besser kennenlernte. Daher machten wir uns mit dem Beginn der neuen Woche auf den Weg, um weitere Erholungsorte und einige bedeutende Schauplätze zu besichtigen.

Über die Hauptstadt wusste ich bereits einiges. Ich wusste, dass die Stadt an zwei Bergen lag und an einem Fluss, dessen Namen sie trug, dass sie reich an Gärten, Hügeln und Tälern war sowie an Sagen, die sich um ihre Schönheit rankten. Das meiste, was ich über Kabul wusste, kannte ich jedoch nur aus Büchern. Nun, da mir mit Vater und Onkel Naurus zwei Kenner der Stadt zur Seite standen, nutzte ich die Gelegenheit, sie so zu erleben, wie sie wirklich war. Wir zogen von Museum zu Museum, von Moschee zu Moschee, spazierten durch Basare und Märkte, aßen in den Restaurants und Cafés der Stadt, und Vater kaufte mir neue Kleider und ein nagelneues holländisches Fahrrad.

Mein Vater blieb eine ganze Woche in Kabul. An seinem vorletzten Tag besuchten wir den Campus der Universität, der in eine ausgedehnte Parkanlage eingebettet war. Blumenbeete und Buschwerk aller Art teilten den Park in kleinere, abgegrenzte Bereiche und schattenspendende Bäume säumten die Wiesen und Wege. In einem der hinteren Winkel des Parks standen am Ende eines großen Rasenstücks eine Eiche und eine Kastanie nah beieinander. Von beiden Seiten hielten sie eine kleine Birke in ihrer Mitte. Mein Vater zeigte auf die drei Bäume, deren Äste ineinander verschlungen waren, und sagte: »Schau dir das hier an. Stell dir vor, die Kastanie wäre eine Frau und die Eiche ein Mann. Und von beiden Seiten hielten sie ein gemeinsames Kind in ihren Armen. Diese Idylle hier wird hoffentlich deine freien Stunden mit Seligkeit füllen.«

Wir steuerten auf eine Sitzbank unter der Baumgruppe zu und setzten uns. Hadschi Agha deutete auf das Universitätsgelände vor uns und fügte hinzu: »Das hier wird dein geistiges Zuhause sein und dein neuer Garten Eden auf Erden, den du hoffentlich genauso lieben lernst wie dein Zuhause in Herat.«

»Ich tue mein Bestes, Agha«, erwiderte ich.

Er klopfte fest auf die Bank unter uns und sagte: »Auf dieser Bank kannst du meinetwegen auch scharenweise die Mädchen verführen.«

»Nicht doch, Agha! Schon wieder?«

»Was heißt schon wieder? Ich kenne dich doch. Jemand, der mit zwei Jahren den Busen seiner Tante und den Arsch seiner Cousine beäugt und mit sechs oder sieben Jahren die nackte Frau eines Mühlenbetreibers in einem Frauenhamam verführt – in dem muss der Geist eines Jagdtiers stecken. Warum auch nicht?«

»Das alles waren doch harmlose Kinderspiele, Agha.«

»Wie auch immer.«

Er umklammerte mit beiden Händen die Bankkante und sah mich mit ernster Miene an. »Was auch immer du auf dem Minenfeld der Liebe anstellst, lass nicht zu, dass dein Herz deinen Kopf um den Verstand bringt.«

Am ersten Tag meines Studiums irrte ich in einem Labyrinth aus kleineren und größeren Häusern in unterschiedlichen Baustilen umher, die hinter-, neben- und ineinander verschachtelt in Blocks auf dem Gelände verteilt standen, einige von ihnen mitten in kleinen Gärten. Ich suchte einen Vorlesungssaal mit dem abgekürzten Namen »PCB«. Dabei begegnete ich immer wieder denselben Gesichtern – ich nahm an, dass sie alle Erstsemester waren so wie ich. Eine überaus hübsche und schick gekleidete Studentin – allem Anschein nach eine Paschtunin – kreuzte zweimal meinen Weg. Sie hatte große, dunkle Augen, und zwei lange Zöpfe hingen wie ein Schlangenpaar über ihre Schultern, die in einer hellen Bluse steckten. Ein lilafarbener Kaschmirschal schmückte ihren Hals, zwei glitzernde Kreolen hingen von ihren Ohren, und eine eng anliegende Jeans unterstrich ihre langen Beine. Bei unserer dritten Begegnung gingen wir eine Weile nebeneinanderher, und sie fragte mich nach dem Vorlesungssaal, den auch ich suchte.

»Wie es scheint, haben wir das gleiche Ziel«, sagte ich. »Wir müssten uns hier im medizinischen Bereich befinden. Der PCB-Raum dürfte nicht weit entfernt liegen.«

»Das denke ich auch.«

Anscheinend war sie an einer Fortsetzung des Gesprächs nicht interessiert, denn sie ging mit schnellem Schritt voraus. Ich folgte ihr um das Gebäude rechts von uns, und auf einmal waren es viele, die vor und neben uns auf einen langen Saal mit gewölbtem Dach zuströmten. Das war der Saal, den wir suchten. Als wir ihn betraten, war er bereits brechend voll, und ich verlor das Mädchen aus dem Blick.

An Lebendigkeit mangelte es meinem neuen »geistigen Zuhause«, wie mein Vater die Universität bezeichnet hatte, nicht. Es wurde an jeder Ecke viel geredet und gelacht, und die Cafeteria mit ihrer großen, sonnigen Terrasse war sowohl von den Studenten als auch Dozenten ein gern besuchter Ort. Hier konnte man sich ausruhen, essen und trinken und Leute treffen. Die Heratis blieben meist unter sich. Daher traf ich oft auf alte Freunde und Bekannte aus der Schulzeit und hatte kaum das Bedürfnis, neue Freunde unter meinen Studienkollegen zu finden. In der Cafeteria traf ich mich zur Mittagszeit oft mit Aman und seinem alten sowie neuen Klassen- und Studienfreund Said, mit meiner Schwester oder auch mit Onkel Naurus, der an der Fakultät für Literatur unterrichtete. Den Großteil des Tages verbrachte ich auf dem Campus, und wenn mich die Schwermut packte, ging ich zum Spazieren in den Garten oder zog mich auf die Bank unter den drei Bäumen zurück.

Doch bei aller Lebendigkeit erlebte ich die Kabuler Universität als politisch eher stillstehend. Mir kam selten ein Gespräch zu Ohren, in dem es um nationale oder weltpolitische Themen ging. Dabei waren der Campus sowie die nahe gelegene technische Hochschule nur einige Jahre zuvor Schauplätze revolutionärer Veranstaltungen und Protestbewegungen gewesen. Auf dem Boden ihrer Gärten, in ihren Sälen und in den Räumen ihrer Studentenwohnheime hatten unterschiedlichste politische Gruppierungen ihre Kontroversen ausgetragen. Von dem Schlagabtausch zwischen den chinafreundlichen Schula-ies und den Anhängern der sowjettreuen Demokratischen Volkspartei bis zum tödlichen Übergriff der Muslimbrüder auf die Ersteren – vieles hatte hier seinen Anfang genommen. Kabul hatte damals zu den lebendigsten politischen sowie kulturellen Metropolen Asiens gehört.

Der Grund für diese Stille lag einerseits darin, dass zwei Jahre nachdem Daoud Khan sich an die Macht geputscht hatte, viele junge Menschen immer noch auf die Erfüllung seiner Versprechungen hofften und darauf warteten, dass das Land sich zum Besseren verändern würde. Allerdings war es anstatt eines Abgeordnetenhauses immer noch das ›Zentralkomitee der Revolution‹, welches die Gesetze erließ. Das allgemeine Schweigen lag sicher auch an dem Umstand, dass die neue Regierung keine freie Meinungsäußerung duldete und ihr Geheimdienst überall anwesend war. In diesem politischen Klima vermied man es nach Möglichkeit, über politische Themen zu reden.

Mich beschäftigten zu dieser Zeit die Belange des Landes wenig. Ich konzentrierte mich auf mein Studium und mein eigenes Wohlbefinden. Kabul war eine moderne Stadt mit schicken Hotels, Restaurants, Kinos und Theatersälen. Hier gingen nicht nur Touristenpärchen Hand in Hand, sondern hie und da auch Einheimische. Jeden Wochentag fuhr ich die Strecke zwischen meinem Zuhause und der Universität entweder mit dem Fahrrad oder mit dem Linienbus. Die Nachmittage verbrachte ich oft im Neustädter Park. Dieser befand sich am Rande einer belebten Straße zwischen zwei Kinos. Ich beobachtete die schick gekleideten Mädchen, die dort flanierten, aber hatte Hemmungen, ihnen nahezukommen. Ich hatte Angst vor mir selbst, Angst davor, dass ich mich in meinem Begehren selbst verlieren würde. Jedes Mal, wenn ich mich beim Versuch erwischte, einem Mädchen nachzugehen, erinnerte ich mich an meine unglücklichen Erfahrungen aus der Vergangenheit. Oft kam mir auch das Nomadenmädchen vom Ansari-Mausoleum in den Sinn, das mich vor meinem inneren Satan, vor den Verwüstungen, die dieser in meiner Seele anrichten könnte, gewarnt hatte. Um nicht in Versuchung zu kommen, ging ich meist nicht allein in den Neustädter Park, sondern mit meinem Bruder.

Mein Verhältnis zu Aman hatte sich inzwischen grundlegend geändert. Hatte er mich in der Neustadt von Herat ignoriert, spazierte ich jetzt Schulter an Schulter neben ihm und seinen Freunden, häufig war auch Said dabei, der sich mit mir über Literatur und Poesie austauschte. Manchmal kam auch Schira mit in den Park. Sie war eine bescheidene Naturschönheit, mit der sich Aman gerne zeigte.

Zu Hause ging es nicht weniger lebendig zu. An den Abenden und Feiertagen musizierten Dastan, Bustan und Aman oft im Garten oder auf der breiten Terrasse. Dastan hatte zwei Kinder, mit denen es nie langweilig wurde: eine neunjährige Tochter und einen Sohn von fünf Jahren. Nilufar war ein fröhliches Mädchen, das sehr schön tanzte, wenn musiziert wurde, und ich tanzte mit. Doch die Stunden, die ich mit Dastan allein verbrachte, waren am spannendsten. Er träumte von Zeit zu Zeit von Melodien, die er nach dem Aufwachen weitersang. Er zog sich dann noch vor dem Frühstück mit seinem kleinen Kassettenrekorder in den Garten zurück und arbeitete so lange an der neuen Melodie, bis er das Gefühl hatte, dass sie ausgereift war. Und er zeichnete sie auf. Früher hatte sein Vater ihn darin unterstützt, Texte für seine Melodien zu verfassen. Nach meinem Umzug nach Kabul hatte mein Onkel diese Aufgabe mir übertragen. »Ich hoffe, du findest in der Zusammenarbeit mit Dastan einen künstlerischen Ausgleich zu deinem Medizinstudium. Schließlich bist du der Dichter und nicht ich.« – Und ich fand große Freude daran.

2

Die Winterferien nach dem Abschluss meines ersten Studienjahrs verbrachte ich in Herat. Mir fiel auf, dass Hadschi Agha nicht mehr so heiter und fröhlich war wie früher. Den Grund dafür erfuhr ich eines Tages, als draußen schwerer Schnee lag und wir alle im Salon rund um unseren Sandali-Ofen saßen. In meinem Schoß schlief der neunmonatige Sohn meines Bruders Asis, der Dschamal hieß. Mein Vater blätterte in einer Zeitung, aber in Gedanken schien er anderswo zu sein, und er seufzte vermehrt vor sich hin. Ich fragte, was ihn so bedrücken würde. Er legte das Blatt auf den Sandali-Tisch und lächelte bitter.

»Um die Sowjets zu befriedigen, duldet Daoud Khan diese Schlangen in seinem Ärmel, und er lässt sich von ihnen erpressen. Man könnte meinen, er tanzt schon nach der Pfeife der Russen. Das ist meine Sorge: Die Kommunisten mögen ihr wahres Gesicht noch nicht offen zeigen, aber insgeheim planen sie einen Königsmord.«

Ich verstand die Sorge meines Vaters. Inzwischen war es ein offenes Geheimnis, dass Daoud Khan sich mit der Unterstützung von Offizieren an die Macht geputscht hatte, die in der Sowjetunion durch die Schule des Kommunismus gegangen waren.

»Jeder weiß, dass Daoud Khans Hände gebunden sind, Agha«, sagte ich. »Stellen Sie sich vor: Was würde morgen passieren, wenn Daoud Khan heute Nacht sterben würde?«

»Du sagst es, Batschim«, seufzte mein Vater wieder.

Ich wollte von ihm wissen, welche der beiden kommunistischen Gruppierungen er für gefährlicher hielt: die als gemäßigt geltenden Partschamis oder die radikalen Khalqis.

»Beide sind gleich gefährlich«, meinte Vater. »Karmal, der Führer der Partschamis, hat beste Verbindungen zur sowjetischen Botschaft und dem KGB. Seine Leute sitzen in den Ministerien. Die Khalqis hingegen sind wie das Feuer unter der Asche. Sie organisieren sich heimlich in der Armee. Und was macht Daoud Khan? Er unterschätzt diese Schlangen, weil er an einer Krankheit leidet, die man Selbstüberschätzung nennt.«

Die Sorgen meines Vaters steckten auch mich an und begleiteten mich während meines zweiten Studienjahrs in Kabul. Im Jahr 1976 mehrten sich allmählich die Anzeichen, dass die neue Republik in einer Krise steckte. Der große Daoud Khan hatte an Zauberkraft verloren. Die Euphorie der ersten Jahre war verflossen, und Enttäuschung machte sich unter dem Volk breit. Die Flugblätter, die in der Universität, an den Schulen und in den Studentenwohnheimen kursierten, wiesen darauf hin, dass es politische Organisationen gab, die das Regime bekämpfen wollten. Ob gemäßigte, demokratische Kreise oder Splittergruppen der ehemaligen Schula-ies – sie alle warnten vor den Russen und ihren Verbündeten im Land. Auch die Muslimbrüder waren am Werke, obwohl die Regierung ihren bewaffneten Aufstand im Norden niedergeschlagen und ihre Anführer nach Pakistan vertrieben hatte.

Gleichzeitig machten Gerüchte die Runde, Daoud Khan habe sich von den Russen abgewandt und suche nun Anschluss an die blockfreien und westlich orientierten Länder. Er hatte eine Reihe von Reisen ins Ausland unternommen, zu denen Saudi-Arabien, Ägypten, Iran und sogar das Land des Erzfeindes, Pakistan, gehörten. Und er hatte sich während eines Interviews mit der BBC eine Zigarette angezündet und gesagt: »Wir Afghanen zünden unsere amerikanischen Zigaretten mit russischen Streichhölzern an.«

Nun wurde auch im Hause meines Onkels heftiger als zuvor diskutiert. Onkel Naurus war Daoud Khan nach wie vor treu geblieben. Aus Aman jedoch, der ebenso die Gunst des Präsidenten genossen hatte, sprach wieder der Revolutionär – wenn auch ein gemäßigterer als damals. Ich äußerte mich zu alldem nicht und war bemüht, über diese Themen nicht nachzudenken. Im Vergleich zu meinem ersten Studienjahr, als für mich alles noch frisch und neu gewesen war, verliefen meine Tage relativ eintönig. Ich war weiterhin streng zu mir, wenn der Anblick einer reizvollen Frau mich schwach zu machen drohte. Auch meiner Studienkollegin vom ersten Universitätstag kam ich nicht näher. Wir lernten zwar in verschiedenen Gruppen, hatten aber häufig gemeinsame Vorlesungen. Inzwischen hatte ich mitbekommen, dass sie Soraya hieß. Sie setzte sich oft an den rechten Rand der vorletzten Reihe zu einigen anderen Mädchen, mit denen sie sich unterhielt, aber nicht eng befreundet zu sein schien. Sie schien eher eine Einzelgängerin zu sein, die den großen Vorlesungssaal allein betrat und auch allein wieder verließ. Auf mich und vielleicht auch auf andere Jungen machte sie einen unnahbaren Eindruck – keiner traute sich, ein Gespräch mit ihr zu beginnen. Es kam vor, dass ich den Raum betrat und der Platz neben ihr frei war, ich traf sie sogar einige Male im Linienbus oder in der Cafeteria, aber jedes Mal hielt ich Abstand und begnügte mich damit, sie anzulächeln und zu grüßen. Soraya erwiderte dann meinen Gruß, aber wandte ihr Gesicht gleich wieder von mir ab. Sie schien immer in Eile zu sein, ihre Schritte waren flink, ihre Körperhaltung aufrecht, und ihr Blick war beim Gehen in die Ferne gerichtet. Darin ähnelte sie Schira. Wahrscheinlich war es auch diese Ähnlichkeit, die mich zu ihr hinzog und zugleich von ihr fernhielt.

3

In der zweiten Hälfte meines dritten Studienjahrs, im Sommer 1977, geschah etwas Aufregendes, das mein Leben aus seiner eintönigen Bahn werfen sollte. Ich lernte endlich Soraya kennen.

An diesem Nachmittag lag ich allein im Schatten der Bäume im Neustädter Park und wartete auf die erste Tagesvorstellung des nahe gelegenen Kinos. Da sah ich Soraya am Ende der Wiese allein auf einer Bank unter einem Baum sitzen. Dieses Mal zögerte ich nicht. Ich stand auf, ging mit einem Lächeln auf sie zu und sprach sie an.

»Du hast dir den Platz mit dem kühlsten Schatten ausgewählt. Heute ist auch ein besonders heißer Tag.«

Sie sah mich zuerst mit Befremden an, dann lächelte sie, grüßte zurück und erhob sich schließlich von der Bank und klappte die aufgeschlagene iranische Frauenzeitschrift in ihren Händen zu.

»Ich hoffe, ich störe nicht«, fügte ich hinzu.

»Nein, du störst nicht«, erwiderte sie und schüttelte meine ausgestreckte Hand.

Sie klagte über die Hitze, und so traute ich mich, sie zu fragen, ob sie Lust hätte, mit mir ein Eis essen zu gehen.

»Ja, gern«, sagte sie.

Sie steckte die Zeitschrift in ihre Tasche, und wir machten uns auf den Weg zum vorderen Bereich des Parks, wo sich an der Straße vor dem Kino eine Eisdiele befand.

»Was machst du um diese Zeit hier?«, fragte sie.

»Wenn ich zu Hause bleibe, dann schlafe ich den ganzen Nachmittag«, antwortete ich und lachte.

»Kommst du aus Herat?«

»Ja.« Ich musste schmunzeln. »Die Heratis verraten sich schnell durch ihren Akzent. Und du kommst aus Kandahar, nehme ich an.«

Sie kicherte. »Woran erkennt man das?«

»An deinen Augen«, antwortete ich.

»An meinen Augen?«, lachte sie. »Ich bin in Kandahar geboren, aber ich lebe seit der zehnten Schulklasse in Kabul.«

»Dann lebst du schon länger in Kabul als ich, Soraya Dschan.«

»Woher kennst du meinen Namen?«

»Heißt du wirklich Soraya? Ich habe einfach geraten.«

»Ach wirklich? Das kannst du deiner Großmutter erzählen.«

Wir lachten, und ich sagte: »Soraya ist ein königlicher Name, weißt du? Die Frau von König Amanullah hieß Soraya.«

»Und wie heißt du?«, wollte sie wissen.

»Schaer«, antwortete ich.

»Schaer?«

»Ja, ich heiße Schaer, aber ich bin kein Dichter. Ich habe nur fleißig Gedichte von anderen auswendig gelernt.«

»Ach ja? Trägst du mir eins vor?«

Ich räusperte mich und trug ihr einen Liebesvierzeiler vor, in dem mit schönen Vergleichen die Augen, Augenbrauen und Lippen der Geliebten gepriesen werden.

»Wie schön!«, rief sie. »Du hast eine schöne Stimme.«

Als wir aus dem Park herauskamen, fiel mein Blick auf das Kinoplakat für einen neuen Western mit Clint Eastwood – »Der Texaner« –, und eine Idee blitzte in meinem Kopf auf. Als wir mit unseren Eisbechern vor dem Kino standen, zeigte ich auf die Schlange vor dem Ticketschalter und fragte: »Hättest du Lust, ins Kino zu gehen? Der Film beginnt in einer Dreiviertelstunde. Ich lade dich ein.«

Es war mir bewusst, dass es ein kühnes Wagnis war, sie ins Kino einzuladen, und ich rechnete nicht im Geringsten mit einer Zusage.

Sie sah jedoch bloß auf ihre Uhr und sagte: »Ich wollte mit meinem Bruder ins Kino. Er wartet auf mich im Park. Vielleicht können wir gemeinsam gehen.«

Ich war über Sorayas Offenheit überrascht, sie passte nicht in das Bild, das ich mir von ihr gemacht hatte. Ich fragte mich, ob es eine gute Idee wäre, mit ihrem Bruder ins Kino zu gehen. Da ich jedoch schlecht Nein sagen konnte, fragte ich sie, was ihr Bruder machte.

»Er studiert an der Technischen Hochschule Elektrotechnik«, antwortete sie. »Er heißt Solaiman.«

Wir warfen die leeren Eisbecher in den Abfalleimer und betraten die lange Wiese, an deren anderem Ende auf der Bank nun drei junge Männer in weißen Sommerhemden und schwarzen Hosen saßen.

»Da sind sie ja«, rief sie.

Es war mir gar nicht recht, mit drei unbekannten Typen ins Kino zu gehen.

»Rate mal, wer von den dreien mein Bruder ist«, sagte Soraya, während wir auf sie zugingen.

Der in der Mitte saß kerzengerade und war schlanker als die beiden anderen, die sich mit verschränkten Armen zurückgelehnt hatten.

»Ich vermute, dass es der mittlere ist.«

»Richtig!«

Ich bemühte mich, den dreien auf der Bank mit einem Lächeln entgegenzugehen. Doch mit jedem Schritt, den wir näherkamen, wirkten ihre Gesichter düsterer und ihre Blicke kälter. Alle drei trugen dichte schwarze Schnurrbärte. Rechts von Solaiman saß der älteste und stämmigste von ihnen. Ich schätzte ihn auf Mitte dreißig, und seine Augenbrauen verliehen ihm den Anschein eines Bären. Ich strengte meine Gesichtsmuskeln an, um mein Lächeln deutlicher zur Schau zu stellen. Als wir nur noch einige Schritte entfernt waren, deutete Soraya auf mich und stellte mich vor: »Schaer Dschan ist ein Studienkamerad, er kommt aus Herat.«

»Salam Aleikum, Freunde!«, rief ich und ging mit ausgestreckten Armen auf die drei zu. Sie erhoben sich. Der Erste, dem ich die Hand schüttelte, war Sorayas Bruder. Er fragte mich – anstatt mir seinen Namen zu sagen –, ob ich aus Herat käme, obwohl seine Schwester dies gerade eben erwähnt hatte. In seinem Blick lag keine Herzlichkeit, dafür umso größere Neugier.

Für einen Moment herrschte Stille, und es war nur das schwere Atmen des stämmigen Mannes rechts von Solaiman zu hören, was meinen ersten Eindruck von ihm bestätigte. Er zog die Luft durch seine weiten Nasenlöcher ein und blies sie dann aus der Lungentiefe in die Mundhöhle, sodass seine Lippen beim Ausatmen vibrierten. Sein Blick schien mich zu durchbohren, als er mir die Hand entgegenstreckte. »Baryalai«, sagte er – offenbar sein Name.

Ich wandte mich dem Dritten zu, der bisher geschwiegen und mich nur schief angegrinst hatte. Er stellte sich als Turyalai vor.

Solaiman brachte eine kleine Metallkette hervor. Er begann, sie um seinen Zeigefinger kreisen zu lassen, indem er seine Hand rasch drehte, abwechselnd viermal rechtsrum, viermal linksrum. Er wollte wissen, seit wann ich in Kabul und in welchem Stadtteil ich wohnte, ob ich allein oder mit meiner Familie lebte, ob in einem Mietshaus oder in einem eigenen. Ich gab ihm kurze, freundliche Antworten. Solaiman fragte aber weiter. Er wollte wissen, was meine beiden Geschwister studierten, was mein Vater arbeitete und Ähnliches. Es waren weniger die Fragen an sich, die mich störten. Mir missfiel vielmehr die Art, wie Solaiman mich ausfragte, und sein trockener Ton, kurzum die ganze Situation, der ich unerwartet ausgesetzt war. »Du bist also in Herat aufs Gymnasium gegangen?«, fragte schließlich Baryalai, der Bär.

»Ja, bin ich«, antwortete ich und sah ihm in die kleinen, wässrigen Augen, die aus ihren tiefen Höhlen wie gebannt auf mich gerichtet waren. Wahrscheinlich merkte Soraya, dass ich mich nicht wohlfühlte. Sie trat von einem Bein aufs andere und sagte schließlich zu ihrem Bruder: »Ich habe Schaer Dschan zufällig getroffen. Er wollte ins Kino gehen. Und ich habe ihm vorgeschlagen, den Film gemeinsam mit uns anzuschauen.«

Solaiman gab uns mit einer Geste seiner beiden Hände zu verstehen, dass er sein Verhör noch nicht beendet hatte. Er wollte noch genauer wissen, wo ich wohnte, und nachdem ich ihm den Namen des Viertels verraten hatte, musste ich noch sagen, in welcher Gasse.

»In welchem Haus?«, fragte er weiter.

»Im Haus mit der grünen Holztür auf der linken Seite.«

»Ist das nicht das Haus vom Sänger Dastan?«

»Ja. Er ist mein Cousin.«

Die Blicke der drei Männer entspannten sich im Nu. Solaiman lächelte, steckte seine Kette in die Hosentasche und schlug mir auf die Schulter. »Wir wohnen nur zwei Gassen von dir entfernt!«

Endlich kamen wir in Bewegung und gingen – Soraya zwischen mir und ihrem Bruder – gemeinsam die Wiese hinauf. Ich hatte das unbestimmte Gefühl, dass Solaiman etwas auf dem Herzen hatte. Und es dauerte nur wenige Sekunden, bis er mit der Sprache herausrückte.

»Ich heirate in drei Wochen. Meinst du, es wäre möglich, dass Dastan auf meiner Hochzeit musiziert?«

»Aber gern, Solaiman Dschan«, antwortete ich. »Ich werde gleich heute Abend mit ihm darüber sprechen.«

»Das wäre sehr schön.«

Nun wurden die Blicke und die Töne freundlicher. Wir gingen ins Kino. Solaiman bezahlte für alle, auch für mich.

NACH DER KINOVORSTELLUNG machte ich mich aus dem Staub und auf den Heimweg. Die anfängliche Begegnung mit Solaiman und seinen Freunden hatte in mir einen bitteren Nachgeschmack hinterlassen, und ihre spätere Freundlichkeit kam mir berechnend und unecht vor. Außerdem hatte ich ein schlechtes Gewissen, weil ich Solaiman in Aussicht gestellt hatte, Dastan könnte auf seiner Hochzeit musizieren. Als ich nach Hause kam, saß dieser mit seinem Liederheft und seinem Kassettenrekorder auf der Terrasse. Als er mich sah, rief er erfreut: »Doktor Sahib! Komm mal her! Ich brauche dich.«

»Ich bin noch kein Arzt«, sagte ich und setzte mich zu ihm. Er schaltete seinen Kassettenrekorder ein und ließ mich hören, was er zuletzt aufgezeichnet hatte. Das Lied begann mit einer Lalaie, einem mit rhythmischen Schwingungen der Zunge erzeugten Ton, der den afghanischen Hirtengesängen eigen ist. Ich schloss meine Augen und sah eine hellbraune Wüste vor mir, durch die die Stimme hallte. Eine Nomaden-Karawane zog in der Ferne durch den Sand. Männer, Frauen und Kinder schwangen auf ihren Kamelen auf und ab, und die Klänge der Glocken um die Hälse der Tiere mischten sich in den Gesangston. Links in der Ferne zeichnete sich ein dunkles Gebirge unter dem abendlich blauen Himmel ab, an dem hoch der runde Mond stand. Auf der Kuppe saß ein Junge in einem weiten weißen Gewand. Er warf seine Hände in die Luft, und es kam mir vor, dass er es war, der das Lied sang.

Ich öffnete meine Augen. Dastan schaltete den Kassettenrekorder aus und fragte mich, wie ich sein neues Lied fand.

Ich nickte begeistert und sagte: »Ich will nicht deine anderen Werke geringschätzen, aber dies ist das schönste Stück, das dir deine Nachtengel bisher geschenkt haben. Es hört sich an, als würde ein verliebter Hirte es singen.«

»Genau«, rief er. »Und daher verlangt diese Melodie einen Text, der eine Geschichte von Liebe und Sehnsucht erzählt. Das ist allerdings etwas, womit ich mich sehr schwertue.«

»Warum?«

»Man muss bis über beide Ohren verliebt sein, um so einen Text schreiben zu können. Ich habe eine Frau und zwei Kinder.«

Wir lachten. »Dann ist heute dein Glückstag, Cousin«, rief ich. »Ich habe mich nämlich frisch verliebt!«

»Wirklich?«

»Ja, gerade eben. Ich werde dieses Lied für dich schreiben.«

»Erzähl schon! Wer ist es?«

Ich begann mit meiner ersten Begegnung mit Soraya am ersten Universitätstag und berichtete dann von meinem heutigen Treffen mit ihr. Schließlich bat ich ihn, auf Solaimans Hochzeit zu musizieren.

»Ein guter Deal, Cousin!«, rief er. »Dann habe ich die zwei Weinflaschen heute nicht umsonst gekauft.«

»Was hältst du davon?«, fragte ich. »Du schenkst mir eine der Weinflaschen und leihst mir deinen Kassettenrekorder, dann werden wir sehen, was mein innerer Dichter daraus macht.«

»Gut, so machen wir's«, erwiderte er. »Schreib doch mit ihr gemeinsam das Lied auf Paschtu. Ich werde es dann auf der Hochzeit ihres Bruders singen.«

»Eine exzellente Idee!«, rief ich und klatschte in die Hände.

Von nun an traute ich mich, mich in den Vorlesungen neben Soraya zu setzen. Sie freute sich, dass Dastan bereit war, auf der Hochzeit ihres Bruders zu musizieren. Ich erzählte ihr auch von meiner künstlerischen Zusammenarbeit mit ihm. Ich erwähnte einige Lieder, die sie kannte, und behauptete, ich hätte beim Verfassen der Texte mitgewirkt. Dann erzählte ich ihr von dem neuen Lied, das noch einen Text suchte. »Es soll ein Lied auf Paschtu werden, das Dastan zum ersten Mal auf Solaimans Hochzeit singen will.«

»Wirklich? Das ehrt uns aber sehr.«

»Ja, Soraya Dschan. Schau mal her, was ich mitgebracht habe.«

Ich öffnete meine Tasche und zeigte ihr den kleinen Kassettenrekorder darin.

»Hast du die Melodie darauf aufgezeichnet?«

»Ja. Lass sie uns später gemeinsam anhören. Ich bin ohnehin auf deine Hilfe angewiesen, mein Paschtu ist nicht besonders gut.«

Soraya stimmte zu, und zur Mittagszeit gingen wir in den Park, wo wir uns auf die Bank unter den drei Bäumen setzten, und ich schaltete den Rekorder ein.

»Stell dir vor, Soraya Dschan, dass es ein junger Hirte ist, der das Lied singt.«

»So hört es sich auch an«, bestätigte sie.

Wir hörten die Melodie zu Ende an, und es herrschte ein harmonisches Schweigen zwischen uns. Ich hatte das Gefühl, dass Soraya sich bei mir wohlfühlte.

An diesem Nachmittag war mein Vater für einen Kurzbesuch aus Herat angereist. Nachdem ich mit ihm und allen anderen gegessen hatte, zog ich mich – unter dem Vorwand, ich sei erschöpft und wolle mich hinlegen – auf mein Zimmer zurück. Ich öffnete die Weinflasche und trank zwei Gläser, dabei hörte ich mir wiederholt die Melodie an, bis es Abend wurde. Das Fenster, das sich über der Terrasse befand, stand halb offen, sodass ich alles hören konnte, was draußen gesprochen wurde. Es ging wieder einmal um Politik, genauer gesagt um die Vereinigung der beiden Flügel der Demokratischen Volkspartei Afghanistans – der Partschamis und der Khalqis –, die zu dieser Zeit die Gemüter erregte. Ich zündete eine Kerze an und stellte mich ans Fenster. Von dort aus sah ich meinen Onkel mit hochrotem Kopf und ausladenden Gesten auf meinen Vater einreden. Er berichtete von einem Vorfall, der sich vor einigen Monaten zwischen Daoud Khan und

Leonid Breschnew in Moskau ereignet hätte – ein diplomatischer Eklat, von dem er durch den Büroleiter des Präsidenten erfahren habe.

Daoud Khan sei im April 1977 nach Moskau gereist, um sich die indirekten Einmischungen der Sowjetunion, welche die kommunistischen Kräfte in Afghanistan unterstützte, zu verbitten. Im Kreml sei er auf einen alten, kranken Mann getroffen, der den Eindruck machte, als leide er entweder an einem Schlafdefizit oder sei am helllichten Tag betrunken. Daoud Khan habe sich bei ihm für die letzten Wirtschaftshilfen bedankt und beteuert, dass seine Annäherung an die blockfreien Staaten die guten Beziehungen zur Sowjetunion niemals infrage stellen würden.

»So weit, so gut«, sagte Onkel Naurus. »Dabei hätte er es belassen können. Aber nein. Was macht der stolze Afghane?« – Onkel Naurus warf die Hände in die Luft. – »Er verletzt die Regeln des diplomatischen Spiels!«

Und nun spielte Onkel Naurus für meinen Vater die Szene auf der Terrasse mit verteilten Rollen nach.

»Sie stimmen mir also zu«, sprach er als Daoud Khan und strich sich über seinen vermeintlich kahlen Kopf, »dass gerade die Existenz eines starken Blocks unabhängiger Staaten gänzlich im Interesse der Sowjetunion und der Friedenspolitik ist. Bei der letzten Konferenz der Blockfreien in Havanna hatte ich aber leider den Eindruck, dass unsere kubanischen Gastgeber bemüht waren, die Sitzung in eine bestimmte ideologische Richtung zu lenken.«

Vater riss die Augen auf. Ungeachtet dessen fuhr Onkel Naurus – nun mit der sonoren, leicht kratzigen Stimme Breschnews – fort: »Es wurde mir berichtet, dass die Westdeutschen als Entwicklungshelfer in irgendeinem Projekt im Norden von Afghanistan tätig sind. Ich möchte Sie darauf hinweisen, dass die Sowjetunion keine westdeutschen Aktivitäten nahe ihren Grenzen duldet.«

Onkel Naurus sprang auf und schritt einmal um den Tisch und seinen Bruder herum. »Daraufhin hat Daoud Khan erwidert, dass er dies als eine Einmischung in die inneren Angelegenheiten seines Landes betrachte und dass er Breschnew nicht erlauben würde, ihm zu befehlen, wie er sein Land zu regieren habe.«

Naurus Khan starrte meinen Vater an, der verwundert seinen Kopf schüttelte und fragte: »Und dann?«

»Daoud Khan soll aufgestanden sein und mit den Worten den Raum verlassen haben: ›Nach Ihrer letzten Äußerung habe ich Ihnen nichts mehr zu sagen, Ihre Majestät!‹«

Ich hörte meinen Vater lange und laut seufzen.

»Und Breschnew?«, fragte Naurus Khan rhetorisch. »Bestellt seinen KGB-Chef zu sich und – jetzt kommt's – sagt ihm: ›Dieser Mann ist unberechenbar. Sorgen Sie dafür, dass die beiden Flügel der afghanischen Demokratischen Volkspartei ihren Zwist beenden und sich vereinen.‹«

WAS ICH IN dieser Nacht zu Papier brachte, war noch kein Gesangstext, der zu dem Rhythmus von Dastans Melodie passte, sondern ein lyrisches Prosastück auf Persisch. Der Text erzählte aus der Perspektive eines jungen Hirten, der einsam, aber glücklich in einer Hütte am Kreuzweg der Karawanenstraßen lebt. Seine Hütte aus Holz und Lehm hat schwere Stürme, mächtigen Regen und Schnee überstanden, bis eines Wintertages, als ein eiskalter Sturm über das Land fegt, sich ein Wandervogel in die Hütte hineinflüchtet. Der Hirtenjunge nimmt ihn auf, füttert ihn und salbt ihm die Wunden ein, und der Vogel bleibt viele Tage und Nächte bei ihm, bis sich eines Tages der Winter verabschiedet und der Frühling Einzug nimmt. Als die ersten Karawanen an der Hütte vorbeiziehen, schließt der Wandervogel sich ihnen an und fliegt in die Welt hinaus.

Am nächsten Morgen trug ich Dastan den Text vor, vermied aber den Blickkontakt mit ihm. Nachdem ich geendet hatte, lächelte er und nickte mir zu.

»Das ist dir gut gelungen«, sagte er. »Du hast ein Skelett geschaffen, ein inhaltliches Gerüst. So wie der Mensch nicht nur aus seiner Haut besteht, besteht auch dieses Haus hier nicht nur aus einer schönen Fassade.« Dastan zwinkerte mir zu. »Jetzt muss der Text noch ins Paschtu übersetzt werden.«

»Keine Sorge, Cousin«, sagte ich. »Den Rest wird sie schon machen.«

Wir lachten.

Später am Tag trug ich Soraya auf der Bank im Park den Text vor und erklärte ihr die nächsten Schritte. Sie wirkte glücklich, dass ich ihr die Übersetzung des Textes und schließlich das Verfassen eines

Liedes aufgrund dieser Vorlage überließ. Wir fuhren im selben Linienbus nach Hause, und als sie ausstieg, gab ich ihr den Kassettenrekorder und mein Heft mit.

Am nächsten Tag saßen wir vor dem Beginn der ersten Vorlesung in der Cafeteria am hintersten Fenster. Soraya hatte gute Neuigkeiten für mich. Sie hatte den Text übersetzt, und sie hatte bereits eine erste Strophe verfasst, die haargenau zur Tonvorlage passte.

Meine Begeisterung brachte Soraya dazu, etwas mehr von sich preiszugeben. Sie erzählte, dass sie in ihrer Schulzeit überlegt hatte, Literatur zu studieren. »Aber mein Vater ist Arzt, und er hat bestimmt, dass ich Medizin studiere.«

»Wieso du und nicht dein Bruder?«, fragte ich.

»Ich habe zwei Brüder. Solaiman war schon in der Schule gut in Mathematik und Physik. Und mein älterer Bruder ist Offizier in der Armee.«

»Wo hat er studiert?«, wollte ich wissen.

»In der Sowjetunion.«

Wir schwiegen eine Weile, aber ich wollte nicht, dass unser Gespräch damit endete. »Na dann«, sagte ich schließlich, »weiß ich ja jetzt, warum wir uns begegnet sind.«

»Warum?« Sie sah mich irritiert an.

»Nun ja, auch meinem Vater lag viel daran, dass ich Medizin studiere, obwohl er bereits viel in mich investiert hatte, um aus mir einen Dichter zu machen.«

Sie nickte. »Er hat dir auch diesen Namen gegeben.«

»Ja«, lachte ich. »Mit dem Namen fing alles an.«

»Hast du nicht gesagt, dass auch deine Schwester Medizin studiert?«, fragte sie.

»Ja. Aber Malalay hat sich aus eigenem Willen dazu entschieden. Sie will Frauenärztin werden. Und in Herat gibt es auch großen Bedarf dafür.«

Ich verriet ihr, was ich glaubte, hinter der Motivation meines Vaters zu erkennen, aus mir einen Arzt zu machen – wie mein Vater als armer Bauernjunge seine Mutter verloren hatte, weil es in seinem Dorf keinen einzigen Arzt gegeben hatte. Und da sie mir interessiert zuhörte, nahm ich eine aufrechte Haltung ein und endete mit den Worten: »Jeder Begegnung, Soraya, wohnt ein tieferer Sinn inne. Manche entlarven sich später als Erlebnisse mit bitteren Folgen, andere wiederum als Geschenke. Und in einigen wenigen steckt auch eine Offenbarung.«

Meine Lippen waren geschlossen, und ich blickte ihr in die Augen.

»Das hast du schön gesagt, aber was meinst du mit Offenbarung?«

Ich beugte mich leicht über den Tisch. »Na ja, ich glaube, ich bin dir begegnet, um auch etwas über mich selbst zu erfahren. Frag mich bitte jetzt noch nicht, was. Jedenfalls … bin ich gespannt auf unsere Zusammenarbeit, und ich freue mich, dass wir deinem Bruder eine Freude machen können. Schließlich ist Heiraten ein ganz großer Traum.«

Soraya lächelte und sagte: »Danke für alles.«

An den darauffolgenden Tagen trafen wir uns immer wieder auf der Gartenbank. Dann saß sie auf ihrem Schal neben mir, feilte an den Zeilen, die sie zu Hause verfasst hatte, verglich sie mit der Tonvorlage und sang sie leise vor sich hin. Ich mischte mich wenig ein, genoss lieber ihre Anwesenheit und ihre schöne Stimme. Am letzten Tag, es war ein Donnerstag, war das Lied fertig, und sie sang es ein letztes Mal von Anfang bis Ende. Ich jubelte und klatschte in die Hände, und sie sprang auf und freute sich mit mir. Dass sie mir gegenüber so ausgelassen sein konnte, ließ mein Herz höherschlagen. Ich war kurz davor, sie in meine Arme zu schließen. Doch ich folgte dem Rat meines Vaters und zügelte den Mann in mir.

Es war Freitagnachmittag, die anderen schliefen noch in ihren Zimmern, als meine beiden Cousins mit ihren Instrumenten bei mir saßen und zum ersten Mal das Lied spielten – Bustan, der Architekt, war inzwischen eingeweiht und wollte ebenfalls zur Hochzeit kommen. Dastan sang das Lied so rührend, dass Aman kurz darauf schlaftrunken an der Tür erschien und sagte, er hätte selten so etwas Schönes gehört. Er setzte sich zu uns, nahm das Textblatt in die Hand und sagte: »Es hat ja noch gar keinen Titel.«

Die Blicke meiner Cousins richteten sich auf mich. Ich antwortete ohne Zögern: »Die glühende Wüste.«

Dastan und Bustan lachten und nickten. Aman wandte sich an mich und fragte: »Was hast du angestellt, kleiner Bruder? Erzähl!«

Ich konnte mich nicht mehr verstecken. Also ließ ich ihn erfahren, was die beiden Brüder bereits wussten.

»Wenn es sich um das Mädchen handelt, mit dem ich dich vor Kurzem in der Cafeteria gesehen habe«, sagte Aman, »dann würde es sich sogar lohnen, ein Lied für ihren Großvater zu schreiben.«

Wir lachten, und die Brüder übten weiter.

4

Blicke sind Energien, die in den anderen als Gefühle weiterleben können. Einige Tage vor der Hochzeit musste ich an meine Begegnung mit Solaiman und seinen Freunden zurückdenken, und mir fiel eine verblüffende Ähnlichkeit zwischen ihren Blicken und denen von Sultan auf. Mein Plan, an einer fremden Hochzeit teilzunehmen und meine Cousins dorthin mitzuschleppen, erschien mir plötzlich wie ein Abenteuer, dem ich mich nicht gewachsen fühlte. Ich traf zwar jeden Tag Soraya und wechselte mit ihr freundschaftliche Worte, aber ich spürte eine wachsende Unsicherheit in mir.

Erst am Hochzeitstag kam ich auf den erlösenden Gedanken. Ich erinnerte mich, dass mein Vater einmal gesagt hatte, für Ältere sei es ein Leichtes, Kinder als Tarnung für heimliche Dinge zu missbrauchen, und ich beschloss, Dastans Tochter zu der Feier mitzunehmen. Nilufar war zu diesem Zeitpunkt elf Jahre alt, jedoch an geistiger Reife ihrem Alter weit voraus. Als ich ihr unter vier Augen verständlich machen wollte, worum es mir an diesem Abend ging und was ich von ihr erwartete, fiel sie mir ins Wort und brachte es auf den Punkt: »Sie möchten heute Abend Ihre Studienkollegin beeindrucken, ohne dass die anderen auf Sie aufmerksam werden. Und dafür brauchen Sie meine Hilfe. Ist das richtig?«

»Ja«, antwortete ich und zwinkerte ihr zu. »Du sollst heute Abend mit ihr tanzen und … Wir werden sehen, wie die Dinge sich entwickeln. Ich habe bereits mit deiner Mutter gesprochen, und sie hat zugestimmt, dass du mich heute Abend begleitest. Allerdings habe ich eine kleine Bitte an dich. Ich erwarte von dir, dass dieser Plan unter uns bleibt.«

»Aber natürlich, Onkel Schaer«, erwiderte sie. »Ich werde Ihr Geheimnis niemandem verraten.«

»Danke, schlaue Prinzessin!«

Nach dem Gespräch mit Nilufar war ich einigermaßen erleichtert. Doch nur eine Stunde später, als ich mich zum Mittagsschlaf hingelegt hatte, klopfte Onkel Naurus an meine Zimmertür und überbrachte mir eine traurige Nachricht. Hadschi Agha hatte ihm erzählt, dass meine dreizehnjährige Schwester Awesta an seelischen Verstimmungen litt. Sie würde kaum essen und kaum schlafen. Als Onkel Naurus mir von Awestas schweren Albträumen erzählte, dachte ich sofort an Mutter Khurschid, die in ihrer Kindheit an ähnlichen Beschwerden gelitten hatte.

EIN JUNGER MANN in einem grauen Anzug chauffierte Dastan, Bustan, Nilufar und mich am Abend in einem Auto zur Hochzeitsfeier. Die kleine Nilufar kam mir in ihrem vielfarbig gemusterten Kleid wie ein Paradiesvogel vor. Ich trug meinen teuersten Kaschmiranzug und ein schneeweißes Hemd mit einer schmalen schwarzen Fliege.

Solaiman und seine beiden Freunde Baryalai und Turyalai empfingen uns an der Haustür und führten uns in einen großen, halbkreisförmigen Garten, an dessen Stirnseite sich eine überdachte Terrasse und ein einstöckiges Haus mit einer außergewöhnlich hohen Decke anschlossen. Die Terrasse und ein Großteil des Gartens waren mit Tischen und Stühlen gefüllt, an denen die Gäste saßen.

Rechts vom Eingang des Gebäudes hatte man ein hohes Holzpodest für die Musiker aufgestellt, welches mit einem Teppich und zwei winklig zueinander ausgelegten Matratzen bedeckt und mit Mikrofonen ausgestattet war. Gleich dahinter stand ein langer Tisch, an dem wir Platz nahmen. Dastan, der als Musiker ein bekanntes Gesicht war, saß mir gegenüber und mit dem Rücken zu den meisten Gästen, sodass nur wenige ihn erkennen konnten.

Vom Eingangsbereich bis zum hintersten Teil des Gartens zu unserer rechten Seite, wo in riesigen Töpfen gekocht wurde – alles befand sich in feierlicher Aufregung. Die Weinflaschen auf den Tischen, die schick und freizügig gekleideten Frauen und die bunte Auswahl der Musik, die aus den Lautsprechern ertönte, deuteten darauf hin, dass sowohl die Gastgeber als auch die Gäste der Kabuler Oberschicht angehörten. Sie verkörperten eine Mischkultur aus Tradition und Moderne. Bunte, meist gelbe Glühlampen beleuchteten den Garten und das Haus. Junge, meist schnurrbärtige Männer im Anzug, von denen ich annahm, dass sie Solaimans Studienfreunde waren, saßen beisammen an den Tischen oder standen in kleinen Grüppchen und unterhielten sich überwiegend auf Paschtu.

Ich hatte mich allein auf die Eineinhalb-Liter-Weinflasche auf unserem Tisch gestürzt und trank in kräftigen Schlucken – um meine Sorgen über Awesta zu vergessen, aber auch, um meine Aufgeregtheit wegen meines Vorhabens zu bekämpfen. Dastan und Bustan, die vor den Augen Nilufars keinen Alkohol trinken wollten, begnügten sich mit Tee.

Als die ersten Sterne am Himmel zu leuchten begannen, wurde die Party lebendiger. Solaiman, der ein schlichtes schwarzes Hemd mit einer weißen Fliege trug, tauchte hier und da in der Menschenmenge auf, aber bis auf ihn konnte ich kein bekanntes Gesicht ausmachen. Irgendwann stellte ich krachend die Weinflasche auf den Tisch, stand auf und sagte: »So, meine Lieben. Ich muss mal!«

»Geht es Ihnen gut, Onkel Schaer?«, fragte Nilufar. »Sie müssen nachher noch mit mir tanzen.«

»Ja. Mir geht es bestens.«

Ich betrat eine der Männertoiletten – eine Reihe von Holzbuden an der hinteren Hauswand. Meine Gedanken kreisten um die Frage, wie ich an diesem Abend die letzte Hemmschwelle zwischen Soraya und mir beseitigen, wie ich Haut an Haut mit ihr in Berührung kommen und ihr sagen könnte, dass ich sie liebte. Dann erinnerte ich mich an meinen Vater, der am Abend seiner Verlobung ebenfalls lange auf einer Toilette gesessen hatte. Der Gedanke amüsierte mich so sehr, dass ich kurz darauf vor mich hin lachend aus der Toilette kam.

Draußen sah ich kurz zum Himmel hinauf, der jetzt voller Sterne stand, und wollte zu unserem Tisch zurückkehren. Da nahm ich am anderen Ende des Gartens eine Frauengestalt in einem rötlichen Gewand voller bunter Perlen und Stickereien wahr. Sie rief mich, und ich erkannte Soraya. Während ich auf sie zuging, sah ich, dass ihr Gesicht geschminkt war, ihre nackten Schultern glänzten im Licht der Sterne, und ihr Busen wirkte mächtiger, als ich ihn mir immer vorgestellt hatte.

Ich reichte ihr die Hand, und während ich sie auf die Wange küsste, stieg der Duft eines schweren, süßen Parfüms in meine Nase.

»Du riechst nach Paris«, sagte ich.

»Und du riechst nach Wein.«

»Ja. Ich habe eine halbe Flasche allein getrunken.«

»Hast du dich gelangweilt?«

»Nein«, antwortete ich. »Hast du schon meine Cousins gesehen?«

»Ja. Ich war gerade mit meinen Eltern bei ihnen.«

»Dann hast du auch Nilufar kennengelernt. Die Tochter von Dastan.«

»Ja. Schön, dass die Kleine mitgekommen ist.«

»Ich habe ihr von dir erzählt, und sie wollte dich unbedingt kennenlernen.«

Wir machten uns gemeinsam auf den Weg zu unserem Tisch, und ich fuhr fort: »Nilufar hat zwei Hobbys, weißt du? Und die würde sie heute Abend gerne mit dir gemeinsam ausüben.«

»Ja? Welche denn?«

»Mit dir tanzen und dann mit dir auf euer Hausdach gehen und die Sterne angucken.«

»Oh«, lachte Soraya. »Dann hat sie ja viel mit mir vor.«

Als wir an unseren inzwischen reich gedeckten Tisch kamen, setzte ich mich – das Grinsen meiner Cousins übersehend – an meinen Platz neben Nilufar. Soraya legte ihre Hand auf den Kopf des Mädchens, wünschte uns allen einen guten Appetit und entfernte sich. Nilufar sah ihr mit begeistertem Blick hinterher.

»Gefällt sie dir?«, flüsterte ich ihr ins Ohr.

»Ja. Sie ist sogar schöner als meine Tante Schira.«

»Jetzt übertreibst du aber. Beide sind gleich schön.«

»Von mir aus. Aber ich mag den Bräutigam nicht.«

»Psst!«, machte ich und zwinkerte ihr zu.

Dann beugte ich mich über den Tisch zu Dastan und weihte ihn in meinen Plan ein, dass seine Tochter an diesem Abend den Lockvogel für Soraya spielen sollte.

»Du bist betrunken, Doktor Sahib«, flüsterte er.

»Ja«, flüsterte ich zurück. »Und wenn Nilufar und ich vom Hausdach wieder runter sind, werde ich sie nach Hause und ins Bett bringen.«

»Und was ist mit uns?«, lachte Dastan. »Du lässt uns hier allein und haust einfach ab?«

»Ihr seid doch Musiker. Wenn ihr einmal da oben auf der Bühne seid, dürfte es euch egal sein, ob ich unten im Publikum sitze oder nicht.«

»Werden wir wenigstens vernünftig bezahlt?«

»Gut, dass du mich darauf ansprichst. Du akzeptierst bitte keinen Lohn!«

»Auch das noch!«, stieß er hervor.

»Nicht schlimm, lieber Cousin. Irgendwann gleicht sich alles wieder aus.«

DIE TISCHE WAREN bereits abgeräumt, und aus dem Lautsprecher ertönte zum dritten Mal ein Lied von Dastan, als die Gastgeberfamilie – Soraya, ihre Eltern und ihre beiden Brüder – auf uns zukam. Die stark geschminkte Mutter, die neben ihr ging, trug wie Soraya eine Nationaltracht. Sie ähnelte ihr ein wenig, während das Antlitz ihres Vaters mich auf Anhieb an Josef Stalin erinnerte. Er war groß gewachsen, Mitte fünfzig und hatte einen drahtfesten Schnurrbart und halbgraues, nach hinten gekämmtes Haar – ein stattlicher, kultivierter Mann. Streng und trocken wirkte dagegen Sorayas älterer Bruder. Er hatte kurz geschnittenes Haar, einen ebenso kurzen Schnurrbart, und obwohl er einen Anzug trug, stellte ich ihn mir sofort in der Uniform eines Offiziers vor.

Wir erhoben uns, um die Familie zu begrüßen, und Soraya stellte mich ihren Eltern vor: »Das ist mein Studienkollege Schaer Dschan, von dem ich erzählt habe.«

Zuerst reichte mir die Mutter die Hand, dann der Vater – »Habe die Ehre. Doktor Samandar Paschtunsad« – und der ältere Bruder, der sich als Saradsch vorstellte. Daraufhin richtete sich der Vater an Dastan und sagte: »Es wäre schön, Ustad, wenn Sie jetzt den zweiten Teil unserer Hochzeitsfeier persönlich eröffnen und uns damit ehren würden.«

»Die Ehre ist ganz unsererseits, Doktor Sahib«, erwiderte dieser und legte seine Hand als Zeichen des Respekts auf die Brust.

Dann bestieg er zusammen mit Bustan die Bühne, und nachdem sie ihr Harmonium und ihre Tabla eingestimmt hatten, eröffnete Dastan das Konzert mit einem seiner bekannteren Lieder. Sofort strömten die Gäste in den mittleren Bereich der Terrasse, und kurze Zeit später kam Nilufar Hand in Hand mit Soraya zu mir und bat mich, mit ihnen zu tanzen. Ich schloss mich den beiden an, und wir mischten uns unter die Leute auf der Tanzfläche. Dastan sang fröhliche Lieder, und da wir zwar eng beieinander, aber zu dritt tanzten, zogen wir keine neugierigen Blicke auf uns.

Den fröhlichen Liedern folgte ein langsames und auch recht langes, das zum Tanzen nicht einlud. Ich ging mit Nilufar an unseren Tisch zurück, leerte den Rest der Flasche und beobachtete Soraya, die jetzt im Küchenbereich beim Servieren half. Ich merkte, dass es an der Zeit war, Dastan ein Zeichen zu geben, damit er unser gemeinsames Lied spielte. Er erwiderte meinen Blick, ich deutete auf Soraya am Ende des Gartens und nickte. Nachdem er und Bustan das Lied zu Ende gespielt und Beifall geerntet hatten, erhob Dastan seine Stimme und sprach zu seinem Publikum: »Liebe Gäste und liebe Freunde! ›Die glühende Wüste‹ ist der Titel eines neuen Liedes, das wir an dieser Stelle zu Ehren der Familie Doktor Sahibs und der Familie der Braut zum ersten Mal in der Öffentlichkeit spielen wollen.«

Dastan trank unter Beifall einen Schluck Wasser und erhob dann seine Stimme zu der einleitenden Lalaie, die er mit der rhythmischen Schwingung seiner Zunge erzeugte. Es klang, als würde er mit seiner Stimme einen gewundenen Pfad durch ein Gebirge schlagen. Der akustische Pfad erhob sich aus der Tiefe des Tales und schlängelte sich in die Höhe – begleitet vom Beifall und Jubel der Anwesenden.

Soraya ging langsam entlang der Hauswand auf die Bühne zu. Ihr freudestrahlendes Gesicht war jedoch eher auf mich gerichtet als auf die Musiker. Sie blieb nicht weit entfernt von mir an der Wand stehen und verschränkte ihre Arme vor der Brust, sodass ich ihr Gesicht, das von einem zauberhaften Lächeln umspielt war, deutlich sehen konnte. Meine ganze spirituelle Kraft in meinen Augen gebündelt, starrte ich sie an, bemüht, sie in die Illusion zu entführen, dass es nicht der Pfeil des Begehrens war, der aus meinen Augen auf sie zielte, sondern der einer ewigen Liebe.

Jener flüchtige Wandervogel
Der in die Hütte meines Herzens einzog
Warst du, warst du!
Und wir hatten keine Gelegenheit, uns ein Abschiedswort zu sagen.
Eine Staubwolke ist aus jenen Tagen übrig geblieben
Sie schwebt über die Wüste meines zurückgelegten Lebens.
Und doch jedes Mal
Wenn der Frühling kommt und mit ihm die Boten vergangener Lieben
Ziehe ich mich in den Garten Eden meiner Erinnerungen zurück
Und sehe dich auf der Wiese liegen
Umhüllt von deinem lilafarbenen Schal!

Soraya war sicher aufgefallen, dass Dastan und ich den letzten Satz geändert hatten. Beifall und Begeisterungsrufe erfüllten den Garten, und ich konnte sehen, dass sie sich Tränen aus den Augen wischte.

Dastan sprach nun wieder zum Publikum und kündigte eine viertelstündige Pause an, bevor er und Bustan das Brautpaar bei der Vorführung – dem romantischen Höhepunkt der Hochzeit, bei der die Braut und der Bräutigam Hand in Hand durch die Gäste geführt werden – musikalisch begleiten wollten. Wie aufs Stichwort drehte Nilufar sich zu mir und deutete mit ihrem fragenden Blick auf Soraya. Ich nickte. Flink ging sie zu ihr, nahm sie bei der Hand und steuerte mit ihr auf die Terrasse zu. Ich erhob mich und folgte den beiden in den Flur des Haupthauses, an spielenden Kindern und einer Zimmertür vorbei, hinter der einige Frauen an dem weißen Kleid, in dem die Braut steckte, herumzupften, bis an das Ende des Flurs, wo ich nach rechts einbog und eine steile Wendeltreppe zur Dachterrasse hinaufstieg.

Kaum oben angekommen, löste Nilufar sich von Sorayas Hand, stellte sich mit gespreizten Armen vor uns und rief: »Stopp!« Sie deutete auf die Mitte des halbkreisförmigen Daches und sagte: »Ich möchte mich dort hinlegen und die Sterne angucken. Ihr beide bleibt bitte hier vorne!«

»Jawohl, Kommandantin!«, erwiderte ich. »Du willst alleine die Sterne beobachten. Und wie lange müssen wir hier warten?«

»Fünf Minuten.«

»Gut«, sagte Soraya und ging vor ihr in die Hocke. »Wir warten fünf Minuten auf dich. Dann müssen wir aber wieder runtergehen, weil gleich das Brautpaar vorgeführt wird.«

Nilufar ging zur Dachmitte und legte sich hin. Wir beide lachten. Soraya stand links von mir, und ich fragte sie, wie ihr unser Lied gefallen habe.

»Großartig«, antwortete sie. »Ich bin immer noch berührt, wie er es gesungen hat.«

Ich streckte meine rechte Hand aus und deutete auf einen Haufen kleiner und großer Sterne, die – einer weißen Insel gleich – am blauen Himmel leuchteten. »Siehst du den winzigen, hell leuchtenden Stern inmitten all der anderen da drüben?«

»Welchen meinst du?«

»Gib mir deinen Zeigefinger.«

Ich fasste ihre linke Hand mit meiner rechten, hob ihren Arm und zielte mit ihrem Zeigefinger auf die Sterneninsel. In einer fließenden Bewegung umschloss ich zeitgleich mit meinem linken Arm ihre Taille, senkte mein Gesicht auf ihre nackte Schulter und flüsterte: »Er ist einzigartig, so wie du.«

Ich ließ ihre Hand los, schob mich hinter sie und umschlang sie mit beiden Armen. Sie blieb still. Ich legte meine Lippen auf ihren Nacken und liebkoste sie. Sie schloss ihre Augen, und ich spürte, wie ihr Körper unter ihrem rötlichen Gewand mit den schönen Perlen und Stickereien bebte. Und dann sprach ich es aus.

»Ich bin in dich verliebt, Soraya, seit unserer ersten Begegnung auf dem Campus. Es war Liebe auf den ersten Blick. Liebst du mich auch?«

»Ja«, flüsterte sie.

Ich deutete auf Nilufar, die in ihrem bunt gefleckten Kleid in der Mitte der Dachterrasse lag. »Sie sieht aus wie ein Paradiesvogel, der frisch vom Himmel auf euer Dach gefallen ist.«

»Ja«, lachte Soraya.

»Sie scheint eingeschlafen zu sein. Normalerweise liegt sie zu dieser Uhrzeit im Bett.«

»Nilufar Dschan!«, rief sie. »Wir müssen jetzt gehen.«

Nilufar richtete sich auf, und wir gingen auf sie zu. Sie legte ihre Hand auf ihren Kopf und sagte, sie hätte Kopfschmerzen.

»Oh! Willst du nach Hause gehen?«

»Ja«, antwortete sie und umschloss Soraya mit beiden Armen. »Soraya Dschan, magst du nächste Woche mit uns ins Kino gehen? Ich möchte Kabhi Kabhie sehen.«

»Den neuen Film mit Anita Bachan?«

»Ja«, sagte Nilufar und zwinkerte mir zu.

Ich konnte vor Anerkennung bloß den Kopf schütteln. Nilufar hatte ihre Rolle meisterhaft gespielt und sogar noch einen draufgesetzt. Ich sah auf die Uhr. Es war kurz vor Mitternacht. Höchste Zeit, sie ins Bett zu bringen.

MEIN EINSATZ IN der Hochzeitsnacht zahlte sich aus, er öffnete ein neues Kapitel in der Bekanntschaft zwischen Soraya und mir, eine harmonische Liebesbeziehung. In der Woche darauf gingen wir gemeinsam mit Nilufar ins Kino und aßen anschließend Eis. Und ich erzählte allen zu Hause von Soraya, um Gerüchten und Kommentaren vorzubeugen. Doch betonte ich vorerst, dass wir kein Liebespaar, sondern nur gute Freunde seien. Ich bat alle, meinen Eltern davon nichts zu verraten, da ich selbst, wenn es so weit war, sie überraschen wollte.

Zwischen den Vorlesungen zogen wir uns oft auf unsere Bank im Park zum Lernen zurück. Später trafen wir uns auch außerhalb des Campus. Wir setzten uns in ein Restaurant oder ein Café, aßen gemeinsam oder tranken Tee oder Milchkaffee, saßen in der Nachmittagsvorstellung eines Kinos in der letzten Reihe und ließen nicht voneinander ab.

Nur mit ihrer Familie tat ich mich schwer. Obgleich ich ihre Eltern nicht als unfreundlich erlebt hatte, wehrte sich etwas in mir, sie näher kennenzulernen. Um Solaiman machte ich, wenn ich ihn zusammen mit seinen Freunden im Park sah, einen Bogen. Und auch mit Sorayas Einladung zu mir hatte ich es nicht eilig. Erst Anfang Oktober 1977, drei Monate nach dem Beginn unserer Freundschaft, kam sie zum ersten Mal mit mir nach Hause, um Nilufar nachträglich zu ihrem Geburtstag zu gratulieren. Sie hatte ihr kleine Geschenke mitgebracht und wollte sie auch zu einem iranischen Film einladen. Ihren Besuch hatte ich nur Nilufar und ihrer Mutter angekündigt. Als wir jedoch das Haus betraten, erlebte ich eine Überraschung: Meine Eltern und Awesta waren aus Herat angereist, und alle saßen zusammen auf der Terrasse. Der Grund für diesen Überraschungsbesuch war Awestas seelisches Leiden. Hadschi Agha und Mutter Khurschid wollten sie nach dem Abschluss des Schuljahres für einige Tage in Kabul nervenärztlich behandeln lassen.

Schon beim Betreten des Hauses, als ich die Stimme meines Vaters im Garten gehört hatte, war mir blitzartig der Gedanke gekommen, dass Awestas Zustand sich verschlechtert haben könnte. Ich hatte Soraya bereits von ihrer Krankheit erzählt und sagte im Hausflur zu ihr: »Dass meine Eltern und meine Schwester heute zu Besuch sind, habe ich nicht gewusst. Ich wollte meine Mutter mit dir überraschen. Jetzt aber bin ich selbst überrascht.«

Um die heikle Situation aufzulösen, entschied ich mich, einem Ratschlag meines Vaters zu folgen, den dieser wiederum von seinem Mentor Osman Khan erhalten hatte, und weckte den Schelm in mir. Auf dem Gartenweg zur Terrasse öffnete ich zur allerseitigen Begrüßung meine Arme und deutete dann mit beiden Händen auf Soraya.

»Seht mal, dieses Nomadenmädchen habe ich gerade auf der Straße gefunden!«

Mein Scherz heiterte alle auf. Doch Soraya benahm sich nicht wie ein Nomadenmädchen, sondern wie die moderne Frau, die sie war. Sie stellte sich laut vor, zog ihre Schuhe aus und ging auf die Terrasse, um jedem einzeln die Hand zu reichen. Als sie dann zwischen Malalay und Schira Platz nahm, ließ ich mich von meinen Eltern auf die Stirn küssen und setzte mich neben Awesta, die, wie noch nie zuvor, still und verschlossen wirkte. Ich nahm sie in meine Arme und merkte, dass sie bis auf die Knochen abgemagert war.

Mein Vater, der ganz begeistert von dem neuen Gast schien, eröffnete sogleich ein Gespräch mit Soraya und fragte sie in scherzhaftem Ton: »Was sagst du, Soraya Dschan? Bist du wirklich ein Nomadenmädchen, das er auf der Straße gefunden hat?«

Alle lachten.

»Nein, lieber Onkel. Ich stamme aber aus Kandahar. Es kann also sein, dass Nomadenblut in meinen Adern fließt.«

»Ha!«, stieß Vater hervor. »In einigen paschtunischen Mädchen steckt eben eine Nomadin, und in jeder Nomadin verbirgt sich ein edles Juwel.«

»Ein Juwel? Wahrlich!«, rief Onkel Naurus aus der Ecke.

»Mascha-allah!«, brachte nun auch Mutter Khurschid ihre Begeisterung für Soraya zum Ausdruck.

Wir lachten. Ich ahnte, dass bereits meine ganze Familie von Soraya wusste, und suchte die Runde nach Dastan ab, der meinen Blick mit einem Lächeln und einem Schulterzucken erwiderte. Nilufar kam vom Flur in den Garten gelaufen und legte ihre Arme von hinten auf Sorayas Schultern. Während sie ihre Geschenke auspackte, starrte mein Vater mich stolz an und flüsterte: »Wer sich in seinem Leben nie verliebt hat, der ist nur ein halber Mensch.« Er deutete auf Soraya. »Und noch etwas: Ein Mann sollte wissen, wie man ein Juwel behandelt.«

»Ja, Agha«, erwiderte ich leise. »Glauben Sie mir, dieses Juwel ist mir mehr oder weniger in den Schoß gefallen. Ich habe es nicht gesucht.«

AM SPÄTEN ABEND saß ich mit meinen Eltern, Aman und Onkel Naurus beim Tee in der Küche. Ich sprach offen über Soraya, zählte ihre positiven Charakterzüge auf, brachte dann aber auch meine Unsicherheit ihrer Familie gegenüber zum Ausdruck.

Mein Onkel reagierte als Erster auf meine Bedenken. »Du heiratest doch sie und nicht ihre Familie!«

»Du könntest doch mich zum Vorbild nehmen«, fügte mein Vater hinzu und grinste. »Ich habe es in dieser Hinsicht viel schwerer gehabt als du. Ich hatte es mit Leuten zu tun, für die ein Geldbündel schwerer wog als alle Dichterbände der Welt.«

Mutter Khurschid verzog das Gesicht, es gefiel ihr nicht, dass Hadschi Agha sich kritisch über ihre Familie äußerte.

»Nimm lieber mich zu deinem Vorbild!«, rief Aman und klopfte stolz auf seine Brust.

Wir lachten. Die Erinnerung daran, wie schwer er es in seinem Liebesleben gehabt hatte, ermutigte mich.

»Wer ist denn dieser Doktor Samandar Paschtunsad überhaupt? Ich habe noch nie von ihm gehört.«, fragte Onkel Naurus in die Runde.

»Ein wohlhabender Arzt, der sich vornehm zu benehmen weiß«, antwortete ich. »Rein objektiv gibt es an diesen Leuten nichts auszusetzen.«

Wir sprachen nicht mehr darüber und wechselten das Thema. Malalay und Aman, die kurz vor dem Abschluss ihres Studiums standen, planten, im Winter nach Herat zurückzugehen. Es war bereits ausgemacht, dass Malalay als Frauenärztin im Krankenhaus arbeiten würde. Und Aman sollte – dies hatte ihm der Bürosekretär des Präsidenten, der Freund von Onkel Naurus, in Aussicht gestellt – als Zweiter Richter am Herater Gerichtshof anfangen, obwohl er dafür eigentlich zu jung war und noch keinerlei Berufserfahrung hatte. Zudem hatte Schira das Gymnasium abgeschlossen. Dass meine Geschwister mich in Kabul allein lassen wollten, stimmte mich traurig. Ich versuchte jedoch, meine Wehmut durch die Freude zu bewältigen, dass ihre Rückkehr nach Herat meiner Familie zugutekam.

DIE TAGE WURDEN immer kürzer, und die Jahresabschlussprüfungen der Universität rückten näher. Soweit es uns möglich war, bereiteten Soraya und ich uns gemeinsam für die Prüfungen vor. An den kälteren Tagen gingen wir in die Bibliothek. Eines Tages jedoch, als ich ihr vorschlug, bei mir zu Hause zu lernen, erwiderte sie: »Das würde meinem Bruder nicht gefallen.«

Die Antwort überraschte mich. »Wie es dir recht ist, Soraya Dschan. Du weißt aber schon, dass du, sooft du willst, zu mir kommen kannst, ohne dass dir etwas Unangenehmes passiert?«

»Das weiß ich«, entgegnete sie und lächelte. »Trotzdem.«

Aus ihrem Ton entnahm ich, dass sie selbst noch nicht so weit war, mit mir allein auf mein Zimmer zu kommen, und ich ließ das Thema ruhen.

Soraya und ich bestanden die Prüfungen mit besten Noten. Dann kam der Tag, an dem wir uns voneinander verabschiedeten. Ich wollte die dreimonatigen Winterferien bei meiner Familie in Herat verbringen. An diesem Nachmittag im Dezember – es regnete in Strömen – liefen wir klatschnass zum brechend vollen Linienbus vor der Universität und stiegen ein. Wir standen die ganze Strecke nebeneinander und sahen uns unentwegt in die Augen, redeten jedoch nicht und kamen auch kaum miteinander in Berührung. Erst beim Aussteigen flüsterte ich ihr ins Ohr, dass ich jeden Tag an sie denken würde.

»Ebenso«, erwiderte sie.

Dann lief ich durch den Regen in meine Gasse, ohne mich noch einmal umzudrehen.

5

SORAYA TRAF ICH erst im kommenden Frühling wieder, nachdem sie aus Indien, wo sie den Winter verbracht hatte, zurückgekehrt war. An diesem Morgen saß ich, nachdem eine Vorlesung ausgefallen war, allein auf einer Bank. Ich vermisste Malalay und Aman, die ich auf dem Campus nie wieder antreffen würde. Da sah ich aus einiger Entfernung Soraya. Sie war wie immer in Eile und lief in Richtung unseres Vorlesungsraums. Ich sprang auf und rief sie laut. Soraya drehte sich zu mir und wir liefen aufeinander zu. Unter den blühenden Apfelbäumen fielen wir einander in die Arme.

Von nun an standen Soraya und ich uns näher als jemals zuvor. Wir verbrachten jeden Nachmittag bis zum Anbruch der Dunkelheit miteinander, unternahmen kleine Ausflüge und fuhren sogar einmal zur nahe gelegenen Erholungsoase Paghman, wo wir fern von allen Blicken Arm in Arm im Versteck der grünen Bäume lagen.

ES WAR EIN schöner Frühling, und ich hatte jeden Grund, zufrieden und glücklich zu sein. Doch die Gerüchte, die an jenen Tagen in der Stadt kursierten und über die auch im Hause meines Onkels geredet wurde, weckten in mir alte Ängste. Es war 1978, und es hieß, die Kommunisten, die sich zwar weiterhin aus den Flügeln Partscham, die Fahne, und Khalq, das Volk, zusammensetzten, aber nun von sich behaupteten, sie seien eine geschlossene, vereinte Partei, bereiteten einen Staatsstreich vor.

Die Gerüchte erwiesen sich als wahr, als eines Abends ein junger

Journalist zu uns kam, der eine staatliche Zeitschrift herausgab. Baschardust, so hieß der große Mann mit nach hinten gekämmtem Haar und feinem Schnurrbart, war unser Nachbar und mit Onkel Naurus befreundet. Ich war dabei, als er mit ihm im Garten saß und erzählte, er hätte einige Führer der Demokratischen Volkspartei getroffen, die er persönlich kannte, und zwar sowohl Karmal, den Vorsitzenden des Partscham-Flügels, als auch Taraki, den Führer des Khalq-Flügels, sowie dessen Stellvertreter Hafisullah Amin.

»Vor zwei Wochen«, berichtete Baschardust, »gab es eine Party in der russischen Botschaft, zu der man auch mich eingeladen hatte. Als ich dort ankam, war ich verblüfft. Es waren ausschließlich Partschamis anwesend, kein einziger Khalqi. Karmal war so betrunken, dass er mich für seinen Parteifreund gehalten und offen über die bevorstehende Revolution geplaudert hat. Ich habe ihn zu seinem Bündnis mit den Khalqis gefragt. Er hat gesagt: ›Wir benutzen sie nur für die Revolution, da sie großen Einfluss unter den Offizieren haben. Später schicken wir sie alle nach Hause.‹«

Wir lachten.

»Nur einen Tag später habe ich Taraki und Hafisullah Amin in der Stadt angetroffen. Auch sie waren stockbetrunken und haben mich für ihren Anhänger gehalten.« – Wieder lachten wir. – »Ich habe ihnen gleich von meinem Treffen mit Karmal berichtet, woraufhin Taraki sagte: ›Das afghanische Volk wird sehen, wer wen nach Hause schickt. Noch braucht unser Volk diesen aufdringlichen Fuchs, weil er bessere Kontakte zu den sowjetischen Genossen hat als wir.‹«

»Na wunderbar!«, stieß Naurus Khan hervor.

Baschardust hatte auch eine lange Liste von allen bedeutenden Kommunisten einschließlich ihrer Adressen vorbereitet und sagte, er wolle sie dem Innenminister von Daoud Khan zur Verfügung stellen, damit der Staat eingriff, bevor die Kommunisten Unheil stiften konnten.

Mich persönlich betrübten all diese Berichte, aber da ich wusste, dass ich an diesen Dingen nichts ändern konnte, konzentrierte ich mich lieber auf Soraya. Mein Begehren nach ihr war so stark, dass ich Tag und Nacht im Rausch der Liebe lebte. Besonders der Drang, sie nackt zu erleben, war unstillbar in mir entflammt.

Am siebzehnten April war es endlich so weit. Ich lockte Soraya unter dem Vorwand, Nilufar würde sie vermissen, zu mir. Ich wusste, dass an diesem Nachmittag niemand zu Hause war. Als wir das Haus betraten, zeigte ich mich überrascht und sagte, meine Familie würde sicher früher oder später auftauchen. Wir tranken auf der Terrasse Tee, dann führte ich sie durch das Haus, bis wir schließlich in meinem Zimmer landeten und uns auf die Bettkante setzten.

Der weitere Weg war nicht mehr schwierig. Eine Stunde später hatte ich es fertiggebracht, Soraya und mich selbst bis auf ein letztes Stück zu entkleiden und sie überall zu liebkosen. Wir lagen unter einem langen, breiten Tuch, und ich spürte ihre Haut, ihren ganzen Körper. Verkrampft wie jemand, der den Atem unter Wasser anhält, lag sie regungslos auf dem Rücken und hielt aus Scham die Augen zu, als würde sie schlafen. Doch ich konnte nicht nur mein Herz pochen hören, sondern auch ihres. Ich hatte Angst, dass jeden Augenblick jemand ins Haus kommen könnte. Ich kniete unterhalb ihrer Beine, beugte mich über sie, legte mein Kinn auf ihren Bauch und blickte auf die Wölbungen ihrer Brüste. In mir spürte ich einen feurigen Drang, diesen Garten Eden in vollen Zügen zu genießen, bevor ich aus ihm herausgeworfen werden könnte. ›Oh, flüchtiges Paradies!‹, hörte ich die altvertraute Stimme Osman Khans in mir. ›Öffne deine Tür für diesen armen Dichter ohne Werk, bevor die kalte Welt ihn wieder einholt!‹

Ich erhob meinen Kopf, stützte mich mit den Händen auf das Bett und beugte meinen Oberkörper schräg über sie. Mein Bauch lag jetzt auf ihrem, sodass sie meine starke Erregung spüren konnte. Doch in diesem aufs Äußerste gespannten Augenblick vernahm ich auf einmal Stimmen aus dem Garten, obwohl das Fenster geschlossen und der Vorhang zugezogen war. Es waren Onkel Naurus und Bustan, die einen Gast mitgebracht zu haben schienen.

»Dein Onkel?« Soraya öffnete ihre Augen.

»Ja. Aber keine Angst. Er kommt nie in mein Zimmer.«

Soraya presste die Lippen aufeinander, und ihre Augen wurden unruhig. Ich kam von ihrem Bauch herunter, legte mich neben sie und zog das Tuch über uns. Dann stützte ich meinen Kopf auf meine linke Hand und legte meine rechte auf ihren Bauch, sodass ich ihren Herzschlag fühlen konnte. Und in dieser Haltung blickte ich sie an, während ich den Stimmen draußen im Garten lauschte.

Den Gast, der jetzt mit meinem Onkel auf der Terrasse saß, erkannte ich sofort. Es war wieder der Journalist Baschardust.

»Mein Treffen mit dem Innenminister war leider enttäuschend, Ustad«, berichtete er. »Er hat kaum Interesse für meine Liste gezeigt und gesagt, er hätte seine eigene.«

»Dieser Penner!«, schimpfte Naurus Khan. »Ich wiederum habe eine gute Nachricht, Herr Baschardust. Ich habe heute Nachmittag von einem Treffen des Außenministers mit dem amerikanischen Botschafter gehört. Er hat ihn über die Putschpläne der Demokratischen Volkspartei unterrichtet.«

»Aha«, stieß Baschardust hervor. »Mal sehen, ob die Amerikaner sich bewegen.«

Soraya hob eine Augenbraue.

»Möchtest du Musik hören?«, fragte ich flüsternd.

»Nein, nein. So ist es gut.«

Ich hatte das Gefühl, dass das Gespräch der Männer auf unserer Terrasse Soraya sehr interessierte. Da ich mich mit ihr nie über politische Themen unterhalten hatte, sagte ich nichts mehr. Stattdessen legte ich meinen Kopf auf das Kissen und richtete meinen Blick auf ihr Ohr, an dem ein funkelnder Edelstein hing, und lauschte weiter.

»Gestern Abend war ich dann so aufgewühlt, dass ich spät in der Nacht beim Präsidenten angerufen habe«, hörten wir Baschardust sagen. »Ich habe mich ihm vorgestellt und ihm von meinen Treffen mit den Kommunisten berichtet.«

»Ein mutiger Zug. War er freundlich zu Ihnen?«

»Ja, sehr. Er hat aber gesagt, dass er über alles Bescheid wisse und ihm die Pläne der Kommunisten seit Längerem bekannt seien.«

»Warum unternimmt er dann nichts gegen sie?«

»Er hat zwar einige Minister aus dem Partscham-Flügel entlassen, aber er handelt eben unentschlossen. Aus Angst vor den Russen, denke ich. Sein Verteidigungsminister beruhigt ihn, dass an den Gerüchten über den Staatsstreich nichts dran sei.«

Naurus Khan seufzte und fragte: »Haben Sie auch Ustad Khaibar getroffen? Wie ich gehört habe, ist er gegen einen Militärputsch.«

Von Khaibar hatte ich gehört, dass er Mitglied des Zentralkomitees des Partscham-Flügels war, der Älteste in den Reihen der Kommunisten, aber auch der Einzige, dem es wirklich um das Land und sein Volk ging.

»Ich sehe ihn, wenn es mir gelingt, heute Abend. Er war Karmal schon immer ein Dorn im Auge. Ich bin gespannt, was er mir zu sagen hat.«

»Und die schwarze Liste?«, fragte mein Onkel.

»Die habe ich hier bei mir. Ich wollte Sie bitten, die Liste dem Büroleiter des Präsidenten zu übergeben.«

»Geben Sie die Liste her, Baschardust. Ich treffe Akbar Dschan morgen früh.«

Mich überkam eine leichte Übelkeit. Ich hob meinen Kopf und blickte in Sorayas Gesicht, das schweißnass und rot angelaufen war. Ihre Augen hatte sie geschlossen, aber sie schlief nicht. Ihr Herz pochte bis in den Bauch, und ich konnte es lauter als zuvor hören. Draußen las mein Onkel einige Namen von der schwarzen Liste, die ihm sein Gast gegeben hatte.

»Mahmud Khan Dschalalar, Handelsminister, inoffizieller Mitarbeiter des sowjetischen Geheimdienstes KGB. Abdul Kader, Vizeoberbefehlshaber der Luftwaffe, Partschami, Assadullah Sarwari, Offizier des Regiments Pol-e Tscharkhi, Angehöriger des Khalq-Flügels …« Da hörte ich Onkel Naurus seufzen: »Oh Gott! Was lese ich da? Doktor Samandar Paschtunsad? Ein Khalqi?«

Als ich den Namen von Sorayas Vater hörte, sprang ich auf, eilte in meiner Unterhose zur Tür und stürzte den Flur entlang zum Badezimmer. Bevor ich das Waschbecken erreichte, erbrach ich mich. Dann wurde es schwarz um mich herum.

Erst gegen Abend öffnete ich meine Augen und fand mich in meinem Bett wieder. Mein Kopf brannte wie Feuer und mein Mund war trocken. Ich konnte mich an nichts erinnern. Bustan und Onkel Naurus saßen neben mir, er führte ein Glas Wasser an meine Lippen, und ich trank daraus.

»Was ist mit mir passiert?«, flüsterte ich.

»Du hattest Besuch von Soraya«, antwortete mein Onkel. »Das wussten wir natürlich nicht.« Er erzählte mir von seinem Besuch, von der schwarzen Liste der Kommunisten und dass Soraya blitzschnell und ohne zu grüßen an ihnen vorbei aus dem Haus gerannt sei. »Bustan hat dich dann im Bad gefunden«, sagte er. »Ihr habt unser Gespräch gehört, nicht wahr?«

Ich nickte.

»Wie fühlst du dich jetzt?«

»Mein Kopf brennt«, flüsterte ich.

Bustan holte mir aus meiner Schublade eine Kopfschmerztablette, half mir dann beim Anziehen meines Schlafanzugs, und ich schlief bald ein.

Es war gegen Mitternacht, als ein Klopfen an der Haustür mich aus dem Schlaf riss. Reflexartig sprang ich auf, lief in den Flur und die Treppen hinunter. Ich öffnete die Haustür und sah den Journalisten vor mir stehen. Er entschuldigte sich für die Störung um diese Uhrzeit und wollte mit Naurus Khan sprechen. Ich ließ ihn ein. Da wurde im Garten Licht gemacht. Es war mein Onkel. Kurz darauf saßen die beiden auf der Terrasse. Baschardust hatte Neuigkeiten.

»Ustad Khaibar ist heute Abend erschossen worden.«

»Erschossen?«, fragte Naurus Khan entsetzt.

»Ein Freund von mir hat ihn auf dem Weg nach Hause begleitet«, erzählte Baschardust. »Vor einer halben Stunde ruft er mich an und sagt, sie seien von einem russischen Jeep aus beschossen worden.«

»Karmal hat ihn aus dem Weg geschafft«, sagte Naurus Khan.

»Ja, Ustad. Ich glaube aber, dass Karmal, Taraki, Hafisullah Amin und der KGB den Mord gemeinsam geplant haben. Und jetzt, zu dieser Stunde, sitzen die Anführer der beiden Flügel zusammen und wollen den Mord an die große Glocke hängen und dem Staat in die Schuhe schieben. Sie planen einen Trauermarsch durch die Stadt.«

»Diese Ratten!«, fluchte Naurus Khan.

Ich ging ins Haus und machte in der Küche Tee für die Männer. Dann ließ ich sie allein. Die seelische Erschütterung, in der ich mich befand, hatte mich völlig abgestumpft. Mir fehlte die Kraft, über irgendetwas nachzudenken oder irgendetwas zu fühlen. Ich nahm eine Schlaftablette ein und warf mich ins Bett.

Am Tag darauf war ich immer noch in einer jämmerlichen Verfassung. Ich fühlte mich schwach, und mein Kopf brummte. Zur Uni zu gehen – daran war gar nicht zu denken. Also fuhr ich gegen Mittag mit Onkel Naurus in die Stadt, um den Trauermarsch der Kommunisten zu beobachten. Diese hatten für den kurzen Weg zwischen dem Haus des Ermordeten und dem Friedhof einen langen Umweg von rund fünfzehn Kilometern durch viele Basare vorgesehen, um den Sarg öffentlich zur Schau zu stellen. Auf dem Weg zum Demonstrationszug erzählte mein Onkel, er hätte die schwarze Liste bereits dem Büroleiter des Präsidenten übergeben. Allerdings hätte er Soraya zuliebe den Namen ihres Vaters gestrichen und Nilufar aufgetragen, dies Soraya auszurichten.

An dem Marsch waren Zehntausende Menschen aus beiden Lagern beteiligt. Ihre großen Transparente, auf denen sie den Staat angriffen, und die Reden und Parolen, die aus den Lautsprechern schallten, demonstrierten Geschlossenheit und machten die Regierung für den Mord an dem Funktionär aus ihren Reihen verantwortlich. Wir mischten uns unter die Schaulustigen und begleiteten den langen Marsch bis zum Friedhof. Dort trafen wir Baschardust, und wir beobachteten mit ihm gemeinsam die Beerdigung. Solaiman, sein Vater, sein Bruder, Baryalai und Turyalai und einige andere Gesichter, die ich von der Hochzeit wiedererkannte, waren auch anwesend und standen weiter vor uns. Nach der Beerdigung trat Taraki an ein Mikrofon und verlas eine Erklärung des Zentralkomitees der Demokratischen Volkspartei auf Paschtu. Dann war Karmal an der Reihe, der den Toten als »Märtyrer« bezeichnete und triumphierte: »Bald kommt die Revolution, und sie wird dein Blut rächen!«

Am Nachmittag sassen wir zu zweit in einem Café namens Little Bird. Es war der Lieblingsort meines Onkels. Der Vater eines seiner Studenten hatte es erst vor Kurzem eröffnet. Das Café befand sich in der vierten Etage eines Gebäudeblocks, in dessen Räumen viele Händlerbüros angesiedelt waren. Es war ein kleiner, gemütlicher Raum, dessen Wände mit rot gemusterten afghanischen Teppichen behangen waren. An den Wänden rechts und links der breiten Fensterfront waren zwei lange Podeste mit Sitzmatratzen und Kissen bedeckt. Wir setzten uns vorne an das Panoramafenster, durch das wir auf das gigantische Gelände des Regierungssitzes in einiger Entfernung blicken konnten: auf die Kabuler Arg mit ihren prunkvollen Bauten, ihren Gärten und uralten Bäumen.

Ich saß wie versteinert vor dem Fenster, während sich vor meinem inneren Auge wieder und wieder mein letztes Treffen mit Soraya abspielte, die ich nun für immer verloren glaubte. Onkel Naurus schien meine Gedanken zu erraten.

»Sich dem eigenen Schicksal zu fügen«, sagte er, »und dabei Hoffnung zu haben, anstatt zu resignieren, ist eine Tugend, die sich auszahlt. Der Staat wird diese Landesverräter hoffentlich bald verhaften. Aber ihr Vater wird davonkommen. Soraya wird dies früher oder später zu schätzen wissen.«

Ich war dankbar für seine Worte und beschloss – zumindest für den Moment –, seinen Rat zu beherzigen. »Was, wenn Daoud Khan weiter zögert und die Kommunisten nicht rechtzeitig verhaftet werden?«, fragte ich.

»Es sollte in den nächsten Tagen geschehen«, sagte mein Onkel. »Die Regierung ist bemüht, sich aus der gefährlichen Umarmung der Russen zu lösen. Um ein Gegengewicht zu schaffen, hat Daoud Khan sich sogar mit seinem Erzfeind Pakistan versöhnt. Der neue indische Regierungschef hat zudem in Aussicht gestellt, dass afghanische Offiziere künftig nicht länger in Russland, sondern in Indien ausgebildet werden könnten. Und die OPEC hat Afghanistan großzügige finanzielle Hilfen versprochen. Daoud Khan hat seine Arme weit für den Westen geöffnet. Wir können nur hoffen, dass diese Arme nicht leer ausgehen. Das würde bedeuten, dass sie früher oder später durch die Russen abgehackt werden.«

Während wir uns weiter unterhielten, tranken wir Milchkaffee, Tee und Saft oder aßen eine Kleinigkeit, bis sich die letzten Sonnenstrahlen auf die Arg legten und sie in einem feurigen Rot erstrahlen ließen. Dann fuhren wir nach Hause zurück, wo ich erneut eine Schlaftablette nahm, bevor ich ins Bett ging.

Am Morgen des nächsten Tages hieß es, dass meine Eltern aus Herat anreisen würden. Dastan, Nilufar und ich fuhren zum Flughafen, um sie abzuholen. Auf dem Weg wurde mir bewusst, dass ich selten zuvor meine Eltern so sehr gebraucht hatte. Als ich dann beide auf mich zukommen sah – Mutter Khurschid mit ihrem weißen Kopftuch, Hadschi Agha in seinem schwarzen Anzug und mit einem Lächeln auf den Lippen –, überkam mich das Gefühl, dass Gott persönlich sie zu mir geschickt hatte, um mich zu beschützen. Und als sie mich dann nacheinander fest in ihre Arme schlossen, erkannte ich, dass das wahre Paradies auf Erden, welches ich in meinen Fantasien immer in den Armen einer Geliebten oder sonst wo gesucht hatte, diese Arme waren.

Zur Universität ging ich erst einige Tage später wieder. Bei meiner ersten gemeinsamen Vorlesung mit Soraya betrat ich den Saal, kurz nachdem die Veranstaltung begonnen hatte, setzte mich in eine der vorderen Reihen an den Rand. Ich war der Erste, der danach den Raum verließ. Zu Hause angekommen, ging ich in die Küche, wo Mutter Khurschid mich fragte, wie mein Tag gelaufen sei.

»Gut, Nane. Mach dir keine Sorgen um mich«, sagte ich.

Sie nahm ein Tablett mit Tee und Kuchen in die Hand, und ich folgte ihr auf die Terrasse, wo Vater und Onkel Naurus beisammensaßen. Ihre Gespräche drehten sich nur noch um die Situation des Landes. Mein Vater sagte, er würde so lange in Kabul bleiben, bis die Ratten alle in der Falle säßen.

Tatsächlich landeten die Anführer der Demokratischen Volkspartei drei Tage später im Gefängnis. Aber es waren nur neun Personen, bei Weitem nicht alle. Vater und Onkel Naurus waren empört, dass kein einziger Offizier sich unter den Verhafteten befand. Und ich?

Im Glauben, auf das Ende der Milchstraße zuzusteuern, bereitete ich mich innerlich auf ein Leben ohne Ideale vor.

Teil zwei

1

DIESEN UND DIE darauffolgenden Tage würde ich gerne für immer aus meinem Leben streichen und im Dunst der Zeit begraben wissen. Doch im Angesicht des alten Teppichs meiner Mutter wird auch er vor meinem inneren Auge lebendig, so lebendig, als wäre es heute.

Es war am siebenundzwanzigsten April 1978, an einem Donnerstag. Nach dem Mittagessen fuhren Onkel Naurus und ich meinen Vater zu einem Geschäftstreffen in die Innenstadt von Kabul. Schon an der ersten Kreuzung begegneten wir einem großen Aufgebot von gepanzerten Truppenwagen. Onkel Naurus hielt an und fragte einen der Schaulustigen auf dem Bürgersteig, der meinte, der Staat wolle einen erneuten Aufmarsch der Kommunisten verhindern. Diese Einschätzung schien uns jedoch unzutreffend, als wir das Getöse von feuernden Schusswaffen hörten und Panzer in Windeseile an uns vorbei in Richtung Zentrum rollten. In den umliegenden Straßen rechts und links sahen wir jetzt auch einige Panzer in Flammen stehen.

»Nein, nein«, rief mein Vater. »Hier geht es um keine Demonstration. Das hier ist ein Kriegsschauplatz!«

Das Erste, was uns in den Sinn kam, war, dass es sich um einen militärischen Umsturz handelte. Vater und Onkel Naurus vermuteten, dass die Panzer unter der Führung eines Bodenoffiziers aus der Garnison Pol-e Tscharkhi, fünfundzwanzig Kilometer östlich von Kabul, standen.

Wenig später, als wir uns dem Präsidentensitz näherten, wurde unser Albtraum wahr. Das Haupttor an der östlichen Mauer der Arg war umstellt von feuernden Panzern. Soweit aus der Entfernung zu erkennen war, standen zwei Fahrzeuge in Flammen. Das Getöse der Geschütze außerhalb sowie innerhalb der Residenz war ohrenbetäubend. Onkel Naurus parkte das Auto in einer Seitenstraße. Wir stiegen aus und rannten durch verängstigte Menschenmengen, die sich hier und da versammelt hatten. Unser Ziel war das Café Little Bird, wo mein Onkel mit dem Journalisten Baschardust verabredet war.

EINE HALBE STUNDE später waren wir im Café Little Bird, das vom Residenzgelände etwa eineinhalb Kilometer entfernt lag. Das Personal sowie die Gäste standen an dem Panoramafenster und schauten zur Arg hinüber, aus deren Richtung in Abständen ein dumpfes Grollen zu uns herüberdrang. Baschardust saß allein an einem Tisch. Den Telefonapparat des Cafés vor sich, war er dabei, eine Nummer zu wählen. Als er uns sah, sprang er auf und begrüßte uns.

»Ich telefoniere seit einer Stunde, um jemanden zu finden, der mir irgendeine Nummer in der Arg geben könnte. Naurus Khan, haben Sie die Nummer vom Büroleiter des Präsidenten bei sich?«

»Die Nummer kenne ich auswendig. Worum geht es?«

Der Journalist deutete auf die Residenz, aus deren Dächern sich hier und da Rauchschwaden erhoben, und sagte: »Heute Vormittag gab es in der Arg eine Krisensitzung der Regierung. Jetzt werden sie belagert und sitzen dort fest. Warum bloß hat der Verteidigungsminister nicht auch die Offiziere verhaften lassen? Wie es aussieht, hat er sich an diesen Mistkerl Karmal verkauft.«

Der Cafébetreiber, ein kräftiger Mann in mittleren Jahren, begrüßte uns und berichtete von Kämpfen um die Kontrolle des staatlichen Radios. Der einzige Rundfunk des Landes hatte die Übertragung eingestellt. Ich schaute mich um. Alle im Raum schienen aufgewühlt und verängstigt. Zwei Touristen, ein Mann und eine Frau mit langen blonden Haaren, die den Erklärungen eines Studenten auf Englisch aufmerksam zuhörten, wirkten ebenso betroffen. Drei Ferngläser gingen von Hand zu Hand.

Naurus Khan hob den Hörer und fragte seinen Freund, ob er nun Akbar, den Büroleiter des Präsidenten, anrufen solle.

»Einen Versuch ist es wert«, sagte Baschardust.

Naurus Khan wählte die Nummer, atmete tief ein und sagte: »Es klingelt.«

Akbar hatte beruhigende Nachrichten. Die Regierung hätte alle Militärstützpunkte in und um Kabul sowie in den Provinzen benachrichtigt, und er rechne damit, dass sie bald vom Boden sowie aus der Luft Unterstützung erhielten. Der Cafébetreiber gab die Nachricht an die Anwesenden weiter, und alle atmeten auf.

»Was war eigentlich der genaue Grund für die Krisensitzung der Regierung?«, fragte Vater den Journalisten.

»Es sind Dokumente aufgetaucht«, erklärte Baschardust, »die eindeutig belegen, dass der sowjetische Militärgeheimdienst GRU in die Putschvorbereitungen verwickelt ist. Der GRU steht mit den wichtigsten prosowjetisch eingestellten Offizieren in Verbindung. Aber auch der KGB ist mit am Werk. Und wie Sie wissen, steht an der Spitze des KGB in Afghanistan der sowjetische Botschafter persönlich.«

Baschardust berichtete weiter, dass der Befehl für den Putsch in der vorletzten Nacht durch Hafisullah Amin gegeben worden sei.

»Ist dieser Affe nicht vorletzte Nacht verhaftet worden?«, fragte mein Vater.

Baschardust lächelte bitter. »Der Affe ist ein Fuchs, Hadschi Sahib. Er hat dem Polizisten, der ihn verhaften sollte, ein Märchen von seiner todkranken Schwiegermutter aufgetischt, woraufhin dieser ihm eine Nacht Aufschub gewährte – genug Zeit, um über seinen Sohn den Offizieren den Putschbefehl überbringen zu lassen.«

»Was höre ich da?« Onkel Naurus schlug sich mit der Hand auf die Stirn. Mein Vater sprach das islamische Kalima aus, wie immer, wenn er etwas nicht begreifen konnte.

»Punkt zwölf Uhr ist vor dem Verteidigungsministerium der erste Schuss abgegeben worden«, sprach Barschardust weiter. »Die Armee hat inzwischen ein Ministerium nach dem anderen in ihre Gewalt gebracht. Gegen die Arg haben sie es aber nicht so leicht. Die vier oder fünf Panzer, die bisher in den Innenhof der Arg eingedrungen sind, sind nacheinander zerstört worden.«

Der Cafébetreiber brachte für meinen Vater und Onkel Naurus eine Kanne Tee und für mich einen Milchkaffee. Mein Vater trank einen Schluck und fragte Baschardust, wie stark die republikanische Garde sei.

»Zweitausend Mann, ausgerüstet mit Maschinengewehren, Panzerabwehrkanonen und Granatwerfern«, antwortete dieser. »Aber es heißt auch, dass sich allein in der republikanischen Garde sechsunddreißig kommunistische Offiziere versteckt halten. Zweiundzwanzig Khalqis und vierzehn Partschamis.«

»Weiß Daoud Khan davon?«

»Aber natürlich, Hadschi Sahib. Der Kommandant der Garde hat ihm unlängst eine Liste zugespielt und ihn vor diesen Ratten gewarnt.«

Dass diese Leute beauftragt sein könnten, den Widerstand der Garde zu vereiteln und den Offizieren der Regierung in den Rücken zu schießen, beunruhigte uns sehr. Während an unserem Tisch diskutiert wurde, kamen immer mehr Leute in das Café, und alle fieberten mit den regimetreuen Kräften mit.

GEGEN HALB DREI war es laut geworden im Café Little Bird. Jeder diskutierte mit jedem. Hadschi Agha, Onkel Naurus, Baschardust und ich saßen an unserem kleinen Tisch. Draußen hatte es angefangen zu nieseln. Ich trank gerade die letzten Schlucke meines Milchkaffees, als der Lärm eines Flugzeugs die Aufmerksamkeit aller auf sich zog und die Sitzenden von ihren Plätzen riss. Wir stürmten zu dem Panoramafenster und hielten den Atem an. Eine MIG-21 steuerte von Westen her auf die Arg zu. »Allah Akbar«, Gott ist groß, schrien viele um uns herum. Die MIG jagte über die Arg hinweg, als wir mit Entsetzen in den Augen Zeuge einer gewaltigen Explosion auf dem Residenzgelände wurden. Mein Herz begann, rasch und hörbar zu klopfen. Ich lief aus dem Café in das Treppenhaus. Dort setzte ich mich auf die Stufen, steckte meine Zeigefinger in die Ohren und schloss meine Augen. Ich öffnete sie erst wieder, als ich eine Hand auf meiner Schulter spürte. Mein Vater saß neben mir.

»Möchtest du lieber nach Hause gehen?«, fragte er.

Seine Frage bedeutete für mich die Entscheidung, ob ich mich, wie damals als kleiner Junge, in meinem Zimmer unter der Decke verkriechen wollte oder reif und stark genug wäre, dem Verlauf des wirklichen Lebens ins Auge zu blicken. Ich stellte mich auf.

»Nein, Agha, wir bleiben hier.«

Wir gingen zurück zu unserem Platz. Aus dem Radio auf der Theke ertönte jetzt Militärmusik. Der Rundfunk war den Putschisten in die Hände gefallen. Vom Residenzgelände stiegen hier und da Rauchschwaden auf, aber wie es aussah, waren weitere entscheidende Treffer ausgeblieben. Mein Onkel reichte mir ein Fernglas, mit dem ich das Geschehen im Bereich vor dem Tor der Arg besser beobachten konnte. Die Garde feuerte aus allen Rohren und drängte die Putschisten zurück. Viele ihrer Panzer standen in Flammen. Einige der Rebellen ergriffen die Flucht, andere lagen tot auf dem Boden. Ich sah Angehörige der republikanischen Garde, die sich mit Maschinengewehren vor dem Residenzeingang verschanzt hatten oder den Putschisten hinterherliefen. Ich reichte das Fernglas an meinen Vater weiter.

DER NIESELREGEN HATTE sich gelegt, und die Wolken am Himmel waren verschwunden, als die Dämmerung sich langsam über die Stadt senkte. Der Imam der Kabuler Freitagsmoschee rief aus den Lautsprechern die Gläubigen zum Gebet auf, und mein Vater murmelte Koranverse, als plötzlich der Lärm neuer Jagdflugzeuge den Himmel über Kabul erfüllte. Es waren sechs MIG-21, die von Osten entlang des Kabuler Flusses auf die Arg zuflogen. »Die kommen, verdammt noch mal, aus Pol-e Tscharkhi«, rief Baschardust. Dann wurde es dunkel vor meinen Augen, die Welt unter mir begann, sich um meinen Kopf zu drehen, und ich sah schwarze Schatten und Geister, hörte Schreie und Allah-Akbar-Rufe, die sich in den Gebetsruf des Imams mischten. Meine Ohren begannen zu pfeifen, mir wurde heiß, meine Lippen zitterten, meine Knie knickten ein, und ich sank zu Boden.

ICH ERWACHTE FIEBERND in meinem Bett. Trotz der drei Decken, die auf mir lagen, fror ich, und die Glieder taten mir weh. Mutter Khurschid saß neben meinem Bett, ihre Hand hielt eine Schüssel mit heißer Suppe auf ihrem Schoß, von der sie mir schweigend Löffel für Löffel gab. Ich wollte nicht essen, aber sie machte immer weiter, bis die Schüssel leer war. Danach trank ich ein Glas Tee. Schließlich gab sie mir noch eine Schmerztablette.

Später am Abend kniete Vater an meinem Bett, sein Kopf war nah über mein Gesicht gebeugt. Ich betrachtete die grauen Wurzeln seines unrasierten Bartes und sein nach hinten gekämmtes silbernes Haar. Ein nie da gewesenes magisches Lächeln erschien auf seinem Gesicht. Er legte seine Hand an meine Wange. »Was machst du«, fragte er, »wenn die Karawane schweren Stürmen entgegenziehen muss?«

»Mich warm anziehen und hart bleiben wie ein Mühlstein«, murmelte ich. Tränen stiegen mir in die Augen.

Er presste die Lippen zusammen und nickte mehrmals, während seine Augen feucht wurden.

2

JEMAND RIEF MEINEN Namen. Ich schlug die Augen auf. Es war Dastan. Es sei halb zwei am Nachmittag, und ich solle zum Duschen ins Bad gehen. Zurück im Zimmer – eingehüllt in mein Badetuch – sah ich, dass jemand mir saubere Kleider und ein Tablett mit Essen auf das Bett gelegt hatte.

»Die Kommunisten haben gewonnen«, hörte ich Dastan hinter mir sagen. Er stand in der Tür. »Hadschi Agha ist heute Morgen zurück nach Herat geflogen, weil er es hier in Kabul nicht mehr ausgehalten hat. Deine Mutter ist aber noch da. Du bist krank, und sie möchte, dass du für einige Tage mit nach Herat kommst. Auch wir – meine Eltern, Bustan und ich – möchten Kabul für ein paar Tage fernbleiben. Wir fahren jetzt alle gemeinsam nach Herat.«

»Gleich jetzt?«, fragte ich.

»Ja. Die anderen warten schon auf uns.«

Ich zog mich an, ging in den Flur und die Treppe hinunter. Das Haus roch nach alter, ungewaschener Wäsche. Als ich an der geschlossenen Zimmertür von Dastan vorbeiging, hörte ich seine Frau weinen.

Draußen wartete Dastan neben dem Auto und hielt die Beifahrertür für mich auf. Mutter Khurschid, Schampon und Bustan saßen bereits hinten. Die Frauen hatten ihre Gesichter so tief hinter ihren Schleiern versteckt, dass nur ihre Augen sichtbar waren. Ich stieg ein, und wir grüßten uns gegenseitig. Am anderen Ende der Gasse standen Onkel Naurus und Baschardust und umarmten sich zum Abschied. Dastan setzte sich ans Steuer, fuhr im Schritttempo los und brachte das Auto neben seinem Vater zum Stehen. Dieser gab ihm ein Zeichen, sich nach hinten zu setzen. Dann setzte Onkel Naurus sich ans Steuer und bog in die Straße ein. Dort waren kein einziges Auto und keine Menschenseele unterwegs. Alles, was wir zu Gesicht bekamen, waren Kampfpanzer, die an den großen Kreuzungen standen. Kabul schien über Nacht eine Geisterstadt geworden. Die Menschen blieben zu Hause. Geschäfte, Märkte und Basare waren geschlossen.

An der Stadtgrenze hielt uns ein Offizier an. Onkel Naurus kurbelte das Fenster herunter. Der Soldat warf einen prüfenden Blick auf uns und fragte, wohin wir fuhren.

»Wir fahren nach Herat«, antwortete Onkel Naurus.

»Öffnen Sie bitte Ihren Kofferraum.«

»Was wollen Sie aus meinem Kofferraum?«

Da hörte ich, wie sich plötzlich die hintere Tür öffnete, und Dastans »Wartet kurz«, bevor er aus dem Auto sprang. Er lief zu einem Militärfahrzeug, das etwa zwanzig Meter vor uns am Straßenrand parkte und neben dem drei Offiziere standen. Der Soldat sah ihm genauso irritiert hinterher wie wir. Dann reichte Dastan einem der Männer die Hand und machte ihn auf uns aufmerksam.

»Sorayas Bruder«, murmelte ich.

Saradsch Paschtunsad gab dem Soldaten an unserem Auto ein Zeichen, uns weiterfahren zu lassen. Dastan reichte ihm zum Abschied die Hand und rannte zu uns zurück.

Wir liessen die Stadt hinter uns. Die vier, die hinten eng nebeneinandersaßen, wie auch Onkel Naurus und ich vorne – alle schwiegen. Alle wirkten niedergeschlagen und traurig. Endlich erwachte ich aus meiner Starre und sah zu meinem Onkel, der mit versteinertem Gesicht auf die Straße blickte.

»Inzwischen sollen auch Jalal-Abad im Osten und Kandahar im Süden in die Hände der Putschisten gefallen sein«, beendete er das Schweigen. Während er weiterredete, hörte ich die Frauen hinter mir auf den Rücksitzen leise beten. Vor allem meine Mutter schluchzte dabei häufig, begleitet von »Allah-Akbar«-Rufen Schampons.

»Daoud Khan soll bis zum Ende voller Hoffnung gewesen sein, dass sie bald Verstärkung bekommen würden.«

Von hinten wurde ihm ein Teebecher gereicht, den er mit einem dankbaren Nicken entgegennahm.

»Die Arg ist zwischen elf und zwölf Uhr ein letztes Mal bombardiert worden. Es wird vermutet, dass dieses Mal russische Piloten am Steuer gesessen haben.«

Und während er fortfuhr, die letzten Stunden von Daoud Khan zu schildern, fügten die Bilder sich in meinem immer noch fiebrigen Kopf zu einer lebhaften Szene zusammen: Der Strom ist abgestellt, das Innere des Palasts wird schwach durch das Mondlicht beleuchtet. Daoud Khans gesamte Familie und seine engsten Vertrauten harren am Ende eines sechs mal acht Meter großen Flurs aus. Diejenigen, die noch unversehrt sind, haben die Toten und Verletzten geborgen und sitzen apathisch und verstreut herum. Es gibt nichts mehr zu sagen, nichts mehr zu tun. Im Morgengrauen dringt ein Kommando von rund zweihundert Offizieren und Soldaten durch das östliche Tor in das Gelände der Arg ein. Fünf mit Sturmgewehren bewaffnete Soldaten und ein befehlshabender Offizier betreten das Palastgebäude. Kurz darauf stehen sie im Flur ihren Opfern gegenüber. Daoud Khan steht neben der afghanischen Flagge und hält eine weiße Pistole in der Hand. Der Offizier sagt, er überbringe ihm den Befehl des Revolutionsrates, sich zu ergeben. Widerstand habe keinen Sinn. Daoud Khan hebt seine Pistole und zielt. Ein etwa achtzehnjähriges Mädchen, vielleicht seine Enkeltochter, schreit, er solle, bitte, nicht abdrücken. Daoud Khan aber schießt und trifft die rechte Schulter des Offiziers. Daraufhin eröffnen die Putschisten das Feuer. Daoud Khan und alle siebzehn Mitglieder seiner Familie, die noch am Leben sind, werden getötet. Die Frau des Präsidenten, die zwei Töchter und drei Söhne, die Schwester des Präsidenten, sein Bruder, sein Schwiegersohn, seine Schwiegertochter und vier Enkelkinder. Sie alle sterben im Hagel der Kugeln. Das jüngste Opfer ist gerade einmal achtzehn Monate alt.

»War Ihr Freund, der Büroleiter des Präsidenten, auch dabei, Agha?« Bustans Stimme neben meinem linken Ohr ließ mich aus meinem Tagtraum erwachen.

»Akbar und einige Minister sind noch am Leben, aber man hat sie festgenommen. Der Innenminister ist heute Vormittag infolge seiner Verletzungen im Krankenhaus gestorben.«

Wir schwiegen für eine Weile. Dann fragte ich: »Und nun? Wie heißt der neue Machthaber von Kabul?«

»Taraki«, antwortete mein Onkel. »Besser gesagt, Kharaki«, was so viel bedeutete wie ›Esel‹, »Vorsitzender des Revolutionsrats der Demokratischen Republik Afghanistans.«

»Ein Khalqi also«, sagte Bustan. »Und was ist mit Karmal, dem Führer der Partschamis?«

»Er soll der zweite Mann im Staat werden. Stellvertretender Vorsitzender des Revolutionsrats. Es beginnt eine neue Auflage des Buskaschi-Kampfes am Hindukusch. Mal sehen, wie lange die beiden Affen an einem Tisch sitzen können.«

»Da können wir uns schon mal warm anziehen«, murmelte ich schwach.

»Du sagst es.« Onkel Naurus warf mir ein leises Lächeln zu. Er war froh, dass ich meine Krankheit langsam zu überwinden schien und mich zu Wort meldete. »Und wir dürfen den dritten Affen nicht vergessen, mein Lieber. Hafisullah Amin wird sich kaum mit der dritten Position zufriedengeben.«

Wir schwiegen wieder. Ich dachte an meinen Vater und fragte Onkel Naurus, warum Hadschi Agha es so eilig gehabt hatte, nach Herat zurückzukehren.

»Für ihn war das alles, wie gesagt, zu viel. Er ist um acht Uhr geflogen, eine Stunde nachdem Daoud Khan getötet und kurz bevor der Flughafen geschlossen wurde.«

Onkel Naurus holte eine kleine Schachtel aus seiner Jackentasche und bestand darauf, dass die Frauen und ich jeweils eine von seinen Beruhigungstabletten einnahmen.

»Wir haben eine nächtliche Fahrt durch die Wüste vor uns, ihr solltet euch ein wenig ausruhen.«

Bald übermannte mich ein tiefer Schlaf.

3

Ich träumte, dass ich hinter meinem Vater auf einem Hengst saß, den er durch eine Wüste ritt. Auf einmal wurde der Himmel schwarz, und ein gewaltiger Wirbelsturm riss mich vom Pferd und empor in die Luft. Millionen blutrote Blätter schleuderten wie ich in den Fängen des schwarzen Strudels im Kreis. Ich rief meinen Vater, schrie um Hilfe und fand mich schließlich auf dem Friedhof hinter unserem Haus in Herat wieder, wo er auf dem Rücken seines Pferdes vor einem offenen Grab stand …

Da hörte ich aus der Ferne jemand meinen Namen rufen und wachte auf. Ich saß noch immer auf dem Beifahrersitz des Autos, welches nun vor der Nordterrasse unseres Hauses in Herat stand. Mein Onkel hatte mir die Autotür geöffnet. Der Morgen dämmerte. Ich rief nach meinem Vater.

»Dein Vater ist hier. Wir haben ihn nach Hause gebracht«, sagte Onkel Naurus.

Eine entsetzliche Ahnung überkam mich.

»Was ist hier eigentlich los?«, rief ich mit trockener Kehle.

Onkel Naurus senkte den Blick und hockte sich neben mich.

»Dein Vater hat uns gestern Vormittag verlassen, als er gebetet hat.«

Ich hörte, was mein Onkel sagte, und verstand, was er meinte, dachte sogar an den Kofferraum seines Autos, aber ich wollte ihn nicht gehört und nicht verstanden haben. Mir war, als würde ich von einem heftigen Frost geschüttelt, von einer Lawine erschlagen. Ich konnte mich nicht bewegen, nicht den Mund zu einem weiteren Schrei, einem weiteren Wort öffnen. Ich fühlte mich aus der Bahn der Milchstraße herausgerissen – endgültig und für immer. Alles, was ich ab jetzt wahrnahm, waren Bruchstücke und Schatten einer Wirklichkeit, die ich als das Ende der Reise, als den unumkehrbaren Untergang der Welt empfand.

Ich lag in den Armen meines Onkels. Ich zitterte, meine Augen waren nur spärlich geöffnet. Er trug mich die Treppe hinauf auf die Terrasse und in den Salon. Dabei hörte ich Schreie und Weinen, Wehklagen und Rufe nach Gott. Ich nahm Schatten von Menschen wahr, die sich auf das Gesicht und auf die Brust schlugen oder sich verzweifelt die Haare rauften. Ich wurde in das Wohnzimmer gebracht und nahm noch wahr, dass Awesta schlafend oder bewusstlos auf einer Matratze lag und Tante Leyla mit Tränen in den Augen über ihrem Bett saß. Dann wurde es still um mich herum.

Als ich erwachte, saßen Onkel Naurus und Dastan neben mir. Sie halfen mir aufzustehen und führten mich, von beiden Seiten unter den Armen stützend, durch den Salon, in dem sich die trauernden Frauen versammelt hatten, zur Nordterrasse. Von rechts her, aus dem letzten Zimmer, hörte ich die Stimme eines Geistlichen, der Gebetsverse aus dem Koran vortrug. Ich hatte keine Kraft in den Beinen, meine Schritte waren bleiern schwer, und es waren nicht Tränen, die ich in meiner Stille vergoss, sondern das heiße Blut meines Herzens.

Mit gesenktem Blick betrat ich das Zimmer, in dem Männer im Kreis auf Matratzen saßen. Ich roch den Duft von Rosenwasser und hörte heftiges Schluchzen. Für einen Augenblick öffnete ich ein wenig meine Augen und sah meine Brüder Aman und Asis von hinten. Sie saßen vor einem Meer von Blumen, in dem mein Vater ruhte. Er lag mit dem Kopf nach Westen auf einer Matratze in der Mitte des Raumes und war mit einem weißen Tuch bedeckt. Gestützt von meinen Begleitern kniete ich mich neben ihn. Auf seiner Stirn erkannte ich jenes mir gut bekannte Faltenbündel wieder und auf seinen Lippen jenes magische Lächeln von unserem letzten Treffen vor zwei Nächten. Ich legte meine zitternde Hand auf seine Wange, streichelte sein silbernes Haar und erinnerte mich, dass er mir einmal gesagt hatte: »An den zwei Polen des Lebenskreises stehen zwei magische Küsse. Der eine ist der Begrüßungskuss der Eltern auf das Gesicht eines neugeborenen Kindes, welches diesen noch nicht merken kann; und der andere ist der Abschiedskuss des Kindes auf die Stirn eines Elternteiles, welches diesen nicht mehr fühlen kann.«

Von seinem ersten Kuss auf meine Wange hatte mein Vater mir erzählt. Nun war es an mir, den magischen Kreis zu schließen. Schluchzend beugte ich mich über sein Gesicht und küsste ihn auf die Stirn. Ich umschloss sein Gesicht mit meinen Händen und ließ mein Herzblut in sein zerstreutes silbernes Haar hineinfließen.

Bis heute fällt es mir schwer, an die Augenblicke zu denken, in denen mir der Tod meines Vaters zur Gewissheit wurde – an all die schweren Minuten und Stunden, Tage und Nächte nach jenem siebenundzwanzigsten April 1978. Wenn ich im Angesicht des Teppichs meiner Mutter meine Augen schließe und die Bilder aus dieser Zeit in mir wachrufe, sehe ich schwarze und blutige Sterne am Himmel meiner Erinnerung glitzern. Ich sehe den Sarg meines Vaters, der auf der langen Strecke von unserem Haus zur Freitagsmoschee von Hand zu Hand geht und von Tausenden Schultern getragen wird. Es sind Zehntausende Menschen aus der ganzen Stadt, aus nahen und weit entfernt liegenden Dörfern. Sunniten und Schiiten, Hindus und Juden, Schüler und Studenten und Lehrer, reiche Händler und Bedürftige, Grundbesitzer und Bauern, Intellektuelle und Geistliche – sie alle schreiten voller Respekt und Ehrfurcht Schulter an Schulter hinter dem Sarg her. Ich sehe ihn in der Freitagsmoschee, in der er seinerzeit als Imam so viele Totengebete gehalten hat, aufgebahrt vor uns liegen, während die Stimme des Vorbeters – der kein anderer ist als sein bester Freund Talib Asis – aus den Lautsprechern ertönt. Später, auf dem Friedhof hinter unserem Haus, wird mein Vater, gewickelt in ein weißes Tuch, in die dunkle Brust der Erde gelegt, und mit ihm auch ich, das Paradies meiner Jugend, ja eine ganze Epoche im Leben meiner Familie, meiner Stadt und meines Landes. Es ist jenes Grab, über dem mein Vater mir im Traum auf seinem Pferd erschienen war. »Achte auf deine Träume, mein Sohn! In ihnen verbergen sich oft Boten und Vorboten von dem, was kommen wird.«

Die Schar der Besucher, die an der dreitägigen Trauerfeier teilnahmen, riss von früh bis abends nicht ab. Es waren nicht nur Verwandte, sondern auch Freunde und Bekannte meines Vaters, die mit ihren Familien zu uns kamen, aber auch viele Anhänger von Maulana Asis, der zehn Tage bei uns blieb, mit uns aus vollem Herzen trauerte und sich wie ein Vater um Awesta, um meine Mutter, um uns alle kümmerte und Trost spendete.

All das erfüllte mich, und erfüllt mich noch heute, mit großer Dankbarkeit. Die Trauer jedoch, die diese Erinnerungen in mir auslösen, ist eine Größe geblieben, gegen die ich keinen Trost finde.

4

Die Entscheidung, nach zwei Wochen der Trauer nach Kabul zurückzukehren, fiel mir schwer. In meinem Herzen hatte ich mich bereits sowohl von der Stadt und der Universität verabschiedet als auch von der Vorstellung, eines Tages Arzt zu werden. Ich ahnte, dass ich mich in Kabul nicht mehr sicher fühlen würde, in Herat zu bleiben, schien mir – und insbesondere für meinen Bruder Aman – jedoch das weitaus größere Übel.

Hier hatten jetzt zwei feindselige Fremde das Sagen, jene einsamen Wölfe, die bis zum Frühjahr 1975 in unserem Haus gewohnt hatten. Gol Agha und sein Neffe Sultan hatten die letzten drei Jahre in einem kleinen Mietshaus nahe dem Lycée Dschami gewohnt, jetzt waren sie in den hohen Norden der Stadt, in die Residenz des Regierungsvertreters in der Paradiesallee umgezogen. Mein alter Paschtu-Lehrer war nicht nur Vorsitzender der Demokratischen Volkspartei in Herat, sondern über Nacht auch Gouverneur geworden. Am letzten Tag der Trauerfeier für meinen Vater kam er in Begleitung von Sultan und vier Offizieren in die Freitagsmoschee. Sie reichten uns die Hand und sprachen uns ihr Beileid aus. Besonders herzlich wirkten sie dabei nicht, aber wir beglückwünschten sie im Gegenzug auch nicht zum Erfolg ihrer »Aprilrevolution«.

Ich hatte meine Eltern immer als meine Beschützer angesehen. Mir ein Leben ohne sie oder ohne auch nur einen von ihnen vorzustellen, war mir völlig fremd. Ich nahm mir deshalb die Worte meines Onkels zu Herzen, der mir, als ich in meinen Schockzustand immer wieder nach meinem Vater gerufen hatte, sagte: »Hadschi Agha lebt, er ist nur physisch weg. Stell dir vor, dass er sich auf einer Reise befindet.« Mit diesem Gedanken fuhr ich bei Morgendämmerung mit Onkel Naurus, Schampon und Bustan los. Dastan, der beim Radio arbeitete, hatte Herat bereits verlassen.

Wir erreichten Kabul am späten Nachmittag. Kurz bevor wir in die Stadt einfuhren, blickten wir auf zwei große Plakate, die rechts und links der Straße an Holzbrettern angebracht worden waren. Auf einem waren nebeneinander die Köpfe von Marx, Lenin und Stalin abgebildet und auf dem anderen die Köpfe von Taraki, Karmal und Hafisullah Amin. Wir waren entsetzt.

»So etwas Lächerliches habe ich im ganzen Leben nicht gesehen«, sagte Onkel Naurus, der am Steuer saß, und lachte bitter. »So etwas Absurdes! Was will uns diese Gleichstellung sagen? Taraki ist Karl Marx und die beiden anderen Affen sind Lenin und Stalin? Ich fürchte nur, dies ist kein schlechter Witz, sondern die scheinen das tatsächlich ernst zu meinen.«

Bei der Fahrt durch die Stadt konnten wir beobachten, wie sehr sie sich in nur zwei Wochen verändert hatte. Die Militärfahrzeuge an den Kreuzungen schmückte jetzt die Lieblingsfarbe der Demokratischen Volkspartei. Rote Flaggen mit der Aufschrift »Khalq«, das Volk, breite Transparente mit revolutionären Parolen – überwiegend auf Paschtu – und Plakate, auf denen Taraki lachend seine Zähne zur Schau stellte, waren überall entlang der Straßen und an den Gebäuden befestigt. Sogar etliche Wände waren rot bemalt. Kabul schien auf dem besten Wege, zur Bastion einer Schreckensherrschaft zu werden.

AM NÄCHSTEN TAG, als ich im Linienbus zur Universität saß und aus dem Fenster blickte, wurde mir bewusst, dass das rote Tuch mit der Aufschrift »Khalq« über den Regierungsgebäuden die neue Nationalflagge Afghanistans darstellen und die alte mit den Farben Schwarz, Rot und Grün ersetzen sollte. Auch auf dem Campus hingen überall Transparente, die für die ›Aprilrevolution‹, für die ›Demokratische Republik Afghanistan‹, für die ›Diktatur des Proletariats‹ und die ewige Freundschaft mit der Sowjetunion warben. Im Park, vor den Hörsälen und in der Cafeteria standen Grüppchen von gut gelaunten Studenten, die sich entweder als Khalqis oder Partschamis zu erkennen gaben. Sie diskutierten laut, lachten, strichen sich über ihre Oberlippenbärte und vermittelten das Gefühl, dass es ihre Zeit war, dass sie es waren, junge Kommunisten, die das Steuer der Geschichte in der Hand hielten und die Zukunft des Landes bestimmten.

Nach mehr als zwei Wochen saß ich zum ersten Mal wieder in einem Vorlesungssaal. Ich versuchte, mich auf den Dozenten und seine Ausführungen zu konzentrieren, aber es fiel mir nicht leicht. Über seinem Kopf hing ein großes Porträt von Taraki. Erst auf dem Weg nach Hause, kam mir der Gedanke, dass ich soeben mit Soraya unter einem Dach gesessen haben musste.

An den folgenden Tagen und Wochen verließ ich das Haus nur, wenn ich zur Universität gehen musste. Ich hatte viel nachzuholen, doch konzentrieren konnte ich mich kaum. Trauer, Erschöpfung und Ängste quälten mich. Ich mied Gespräche mit anderen Studenten, machte um jeden, der mir wie ein Khalqi oder ein Partschami vorkam, einen Bogen. Auch Soraya begegnete ich nur selten. Wir beide schauten dann weg und taten, als würden wir uns nicht sehen. Im Radio hatte ich gehört, dass ihr Vater nun stellvertretender Gesundheitsminister war.

Nach der Uni kehrte ich sofort nach Hause zurück. Den Khalqis und Partschamis war es gelungen, innerhalb von kurzer Zeit die Streitkräfte, die Polizei, die staatliche Verwaltung und schließlich die Bereiche des öffentlichen sowie kulturellen Lebens unter ihre Kontrolle zu bringen. Vorbei waren die Stunden, in denen ich in der Cafeteria mit anderen gesessen hatte, vorbei die Spaziergänge im Neustädter Park, die abendlichen Kinobesuche, die Ausflüge mit der Familie an den Feiertagen. In Kabul herrschte nächtliche Ausgangssperre. Die Menschen blieben zu Hause und unter sich, jeder hatte Angst, den Verdacht der neuen Machthaber auf sich zu ziehen.

Hochrangige Angehörige der vorigen Regierung und des Königreiches wurden festgenommen, erschossen und in Massengräber geworfen. Unter ihnen war auch Akbar, der Freund meines Onkels und ehemalige Büroleiter des Präsidenten. An den Hochschulen und Schulen wurden landesweit Märsche und Veranstaltungen organisiert, auf denen die neuen Führer gepriesen wurden. Kunst und Musik wurden dem Diktat der Revolution unterstellt. Auch auf meinen Cousin Dastan war Druck ausgeübt worden, seine Musik der neuen Ordnung im Staat anzupassen, er hatte sich aber mit der Ausrede, er würde an einer chronischen Entzündung seiner Stimmbänder leiden, aus der Affäre ziehen können und kündigte bald darauf seine Arbeit beim Rundfunk.

Das Motto der Khalqis und der Partschamis lautete: Wer nicht mit uns ist, der ist gegen uns! Sie machten kein Hehl daraus, dass sie die afghanische Gesellschaft »umerziehen« wollten, dass sie »Sozialisten«, gar »Kommunisten« waren und das Land nach dem Vorbild der sowjetischen Republiken verändern wollten. Ihre Wortführer, Taraki, Karmal und Hafisullah Amin, konkurrierten miteinander, wer von ihnen der bessere »Sowjet«, der wahre »Internationalist« sei.

Taraki, der frühere Bauernsohn, der jetzt die Titel »Führer der Demokratischen Volkspartei«, »Vorsitzender des Revolutionsrates« und »Premierminister der Demokratischen Republik Afghanistans« trug, war für die Khalqis von Beginn an ein Symbol, wie auch sein Vize, Genosse Karmal. Der Mann jedoch, der tatsächlich das Heft in der Hand hielt, war ein anderer. Hafisullah Amin – der für die Khalqis offiziell das Amt des Außenministers innehatte – saß fest am Steuer der innenpolitischen Macht und steuerte mit seinem Schiff, wie er gerne sagte, unbeirrt auf das »Ufer des goldenen Morgens« zu.

Seine Sprüche konnten indes kaum darüber hinwegtäuschen, dass das gemeinsame Schiff mit den Partschamis bereits ins Wanken geraten war, als die beiden Flügel direkt nach der Eroberung der Macht um die Posten und Positionen in Streit gerieten. Da es Hafisullah Amin gelungen war, die von ihm verhassten Partschamis weitgehend von den Machtetagen fernzuhalten, trafen diese – nur wenige Wochen nach der gemeinsamen Revolution – Vorbereitungen für einen weiteren Putsch und Karmal weihte seinen russischen Freund, den sowjetischen Botschafter Pusanow, in seine Pläne ein.

Doch die Khalqis erfuhren von diesen Vorbereitungen und übermannten Karmal und seine Gefolgsleute. Pusanow wechselte die Seiten. Er verbündete sich jetzt mit Hafisullah Amin, riet ihm aber davon ab, Karmal und dessen Komplizen hinzurichten. Auf seinen Vorschlag hin wurde die Spitze des Partscham-Flügels als Diplomaten ins Ausland abgeschoben. Karmal selbst wurde als Botschafter nach Prag geschickt. In der Folgezeit wurden Hunderte Partschamis verbannt, verhaftet oder erschossen.

5

DAS AFGHANISCHE DRAMA, das am siebenundzwanzigsten April 1978 seinen Lauf genommen hatte, ging mit der Alleinherrschaft der Khalqis in seinen zweiten Akt. Die Nachrichten aus Herat waren beunruhigend. Dort hatten die Khalqis das Schwert der Rache aus der Scheide gezogen und verbreiteten Angst und Schrecken. Sie machten kein Hehl daraus, dass sie sich an den Schula-ies von damals rächen wollten. Sultan, der nach Abschluss seines Pädagogikstudiums ein Jahr als Lehrer gearbeitet hatte, leitete jetzt den städtischen Geheimdienst.

In meinen Gedanken war ich bei meiner Familie. Alle drei Tage telefonierte ich mit Awesta und versuchte, ihr Mut fürs Leben und Herzensstärke zu geben. Trotz all der Traumata, die sie erlitten hatte, machte sie stets einen gefassten Eindruck. Ich merkte, dass unser Vater sich, seitdem sie krank geworden war, sehr um sie gekümmert und sie mental bestärkt hatte. Mehr als Awesta machte ich mir jedoch um Aman Sorgen. Anfang Mai hatte er seinen Posten am Gerichtshof von Herat an einen Khalqi verloren. Er setzte nun gemeinsam mit Asis die Geschäfte unseres Vaters fort. Ich fragte mich, ob es nicht besser wäre, wenn er und Schira zurück zu uns nach Kabul ziehen würden. Ich sprach mit Onkel Naurus darüber, und wir warteten, bis Aman für einige Tage geschäftlich nach Kabul kam. Er brachte seinen alten Freund Ali mit, der seit Längerem den Wunsch hatte, einmal die Hauptstadt zu besichtigen.

Aman und Ali erzählten uns von gräulichen Verbrechen, die die Khalqis in Herat begingen. Sie hatten Karim und einige weitere Anführer der Demonstrationen von 1969 verhaftet, gefoltert und getötet. Wir erfuhren auch vom tragischen Schicksal des Dichters Restakhis, den wir alle überaus schätzten. Die Khalqis hatten den ehemaligen Wortführer der Schula-ies, der inzwischen in Herat als Lehrer tätig gewesen war, in eine Falle gelockt. Sie hatten ihn zuerst in eine Dorfschule in der Umgebung der Stadt versetzt, dann hatten sie ihn dort ohne Angabe von Gründen verhaftet, ihm die Augen ausgestochen, aufs Brutalste gefoltert und sterben lassen.

Mir zerriss auch das Ende meines Schulkameraden aus der siebten Klasse das Herz. Qadir hatte Sultan einst gehänselt, er hatte ihn mit faulen Tomaten beworfen, ihn durch den Garten gejagt und vor den Augen der ganzen Schule erniedrigt. Jetzt hatte Sultan sich an seinem früheren Peiniger gerächt. Er hatte Qadir die Nägel herausgezogen, die Nase und die Ohren abgeschnitten und ihn drei Tage und Nächte lang gequält, bis er gestorben war.

Die Khalqis hatten nicht einmal den Straßenadler verschont. Von dem schwarz gekleideten Mann, der von früh bis spät mit horizontal ausgestreckten Armen durch die Herater Straßen gezogen und auch an den Demonstrationen teilgenommen hatte, wusste Ali eine unglaubliche Geschichte zu erzählen.

Als der Straßenadler eines Nachmittags durch die Stadt lief, zog eine Aufschrift mit roter Ölfarbe genau auf der Höhe seines Hinterns alle Blicke auf sich und brachte die Leute zum Lachen. Auf seinem langen schwarzen Hemd stand dort geschrieben: »Khana-e Khalq«, das Haus des Volkes. Nun war allerdings bekannt, dass die Khalqis der Kabuler Arg, dem Regierungssitz des Landes, vor Kurzem ebendiesen Titel verliehen hatten. Am Abend ruhte der Straßenadler auf seiner Matratze in seinem Nest, als Sultan und zwei seiner Leibwächter unter ihm aus einem russischen Jeep ausstiegen. Sultan hob seinen Kopf und rief dem Straßenadler zu: »Hey, du Verrückter! Zeig mir deinen Hintern!«

»Was willst du von meinem Hintern?«

»Was hast du auf deinen Hintern geschrieben, du maoistischer Bastard?«

»Ich kann nicht schreiben. Lesen kann ich auch nicht.«

»Wer hat dir ›Khana-e Khalq‹ da draufgeschrieben?«

»Derjenige, der mir das Hemd über den Kopf gezogen hat.«

»Wer hat dir das Hemd über den Kopf gezogen?«

»Na ja, derjenige, der das geschrieben hat.«

Da verlor Sultan die Geduld. Er zog seine Pistole und zielte auf den Kopf des Straßenadlers. Es gab einen Knall, und der Mann fiel tot vom Baum herab.

All diese Geschichten entsetzten uns zutiefst und machten uns sprachlos.

Hätte ich mir damals vorstellen können, dass Sultan zu solchen Verbrechen fähig war? Oder mein ehemaliger Literaturlehrer Rahim Khan? Dieser war ursprünglich unpolitisch gewesen, nun hörte ich, dass er sich den Khalqis angeschlossen hatte. »Tagsüber lehrt er Dichtung, abends foltert er betrunken seine Opfer, zu denen auch manchmal seine ehemaligen Schüler gehören«, erzählte Ali.

Angesichts dieser Schreckensgeschichten riet ich Aman umso dringender, mit der inzwischen schwangeren Schira zurück nach Kabul zu ziehen. Onkel Naurus und seine Söhne stimmten dem zu. Doch Aman hatte Zweifel.

»Wer garantiert mir, dass ich hier in Kabul sicherer bin? Ich bin jetzt Händler und halte mich von der Politik fern. Meint ihr wirklich, dass Gol Agha und Sultan mir etwas antun würden?«

»Hoffentlich nicht«, antwortete Onkel Naurus nach kurzer Überlegung. »Hadschi Agha hat für Gol Agha und seine Familie so viel getan. Deinen Vater zu verraten, würde kaum dem paschtunischen Ehrenkodex dieser Leute entsprechen. Aber wer weiß? Wir müssen vorsichtig sein. Die Khalqis sind entschlossen, die ehemaligen Schula-ies auszurotten. In Kabul haben sie bereits Tausende von ihnen getötet. Du und Schira könnt hier mit uns leben. Wir teilen unser Brot.«

»Ich werde darüber nachdenken«, sagte Aman. »Sie wissen aber, Onkel, dass es mit Hadschi Aghas Geschäften nicht gut aussieht und Asis mich in Herat braucht.«

Wir sprachen nicht mehr darüber. Aman und Ali blieben drei Tage bei uns, dann fuhren sie nach Herat zurück. Wir machten uns jetzt mehr Sorgen als zuvor.

Teil drei

1

Alles, was in meinem Leben nach jener roten Revolution im April 1978 geschah, war überschattet von jenem Ereignis. Selbst mein späteres Leben im Exil. Um es zu ertragen, wollte ich alles Vergangene im Dunst der Zeit verschwinden lassen. Doch nun, den Teppich meiner Mutter vor Augen, blicke ich in den Sturm, in dem die sichere Karawane einst untergegangen war. Ich tauche ein in einen Strom, der lange zurückliegt, der eine Geschichte aus Blut und Trauer zurück ins Leben ruft. Ich weiß es. Doch ich will diese Wunde, diesen Schmerz so nah wie möglich vor meinem Gesicht sehen – in der Hoffnung, ihm endlich den Zauber zu rauben.

Es ist wieder ein Traum, der mir den Blick in den Abgrund eröffnet. Wieder ein Flug durch den Himmelsraum, mal leicht, mal schwer. Ich lande auf einem kleinen Planeten, der von Buschwerk bedeckt ist. Ich stehe an einem kleinen, runden Teich, der von dichtem Schilf umgeben ist. Das Wasser glitzert rötlich, ist jedoch kristallklar, sodass ich darin große, farbenprächtige Fischschwärme sehen kann. Ich springe in dieses blutige Wasser, stelle aber fest, dass ich nicht von Fischen, sondern von menschlichen Körpern umgeben bin. Teils sind sie bekleidet, teils nackt, aber allesamt leblos. Ich kämpfe mich durch schwimmende Leichen, deren Gesichter ich nicht erkennen kann. Auf dem Grund liegt ein junger Körper mit dem Kopf auf einem Kissen, eingewickelt in ein weißes Tuch, sein Rücken ist mir zugewandt. Ich lege meine Hand auf seine Schulter. Er dreht sich zu mir um, und ich erkenne: Es ist mein Bruder Aman.

Ich sprang erschrocken auf, mein Herz klopfte rasend. Es war nach Mitternacht. Der volle Mond am Himmel schickte ein warmes weißes Licht ins Zimmer. Durch das offene Fenster sah ich Onkel

Naurus und Dastan im Garten sitzen und rauchen. Ich ging ins Bad, wusch mir das Gesicht und lief dann die Treppe hinunter in den Garten, wo ich versuchte, ein entspanntes Gesicht aufzulegen.

»Sie schlafen noch nicht? Was ist los?«, fragte ich meinen Onkel, der sich nachdenklich durch sein Haar fuhr.

»Ich konnte nicht einschlafen. Und Dastan leistet mir Gesellschaft. Was ist mit dir?«

»Ich? Ich fliege morgen nach Herat.«

Das sagte ich und war auch auf Anhieb dazu entschlossen, obwohl ich geplant hatte, erst zwei Tage später mit dem Beginn der Sommerferien nach Herat zu reisen.

»Morgen schon?«, fragte Onkel Naurus.

Ich setzte mich zu ihm. »Ich habe schlecht geträumt, Onkel.«

»Was hast du geträumt?«, fragte Dastan.

»Von Aman. Aber ich erzähle euch später davon.«

In den Mienen der beiden las ich, dass es wieder etwas gab, was sie mir vorenthielten. »Ich habe gestern mit deinem Bruder Asis telefoniert«, sagte Onkel Naurus leise.

Mein Herz begann, schneller zu schlagen.

»Du sollst dir keine großen Sorgen machen. Aman ist vorgestern Abend verhaftet worden. Gol Agha hat Asis aber versprochen, dass er bald nach Hause kommt. Inscha-allah.«

Ich hatte wieder das Gefühl, in einen endlosen Abgrund zu stürzen. Ich schlug mit beiden Handflächen auf die Tischplatte, wie um mich daran festzuhalten. »Gol Agha lügt!«, rief ich. »Der verarscht uns doch nach Strich und Faden!«

Ich spürte, wie meine Augen sich mit Tränen füllten. Doch ich wollte mir die Konsequenzen dieser ungeheuerlichen Nachricht nicht ausmalen. Jetzt hieß es, einen klaren Kopf zu behalten. »Wir müssen über jemand anders an ihn herankommen«, sagte ich.

»An wen denkst du?«

»Ich denke an erster Stelle an Maulana Asis. Ein einflussreicher Paschtune wie er könnte Gol Agha besänftigen. Beide stammen aus derselben Region, die von Hierarchien und Stammesverhältnissen geprägt ist.«

»Ja. Du hast recht«, erwiderte mein Onkel. »Und da fällt mir ein, dass Maulana Asis sich gerade in Teheran aufhält. Er hat dort gestern einen Vortrag gehalten.«

Sofort dachte ich an seinen ältesten Sohn, der mit ihm zur Trauerfeier meines Vaters nach Herat gekommen war. »Dann müssen wir morgen früh seinen Sohn in der Türkei anrufen und seine Nummer in Teheran herausfinden«, schlug ich vor.

»So machen wir es.«

Ich atmete tief ein, und während ich überlegte, auch Soraya um Hilfe zu bitten, erfuhr ich, dass Onkel Naurus und Dastan bereits an diese Möglichkeit gedacht hatten.

»Doktor Paschtunsad ist stellvertretender Gesundheitsminister«, sagte Dastan. »Ich kann mir nicht vorstellen, dass er und Gol Agha Khan sich nicht kennen. Ob er oder sein Sohn, dieser Offizier, es wäre gut, wenn einer von ihnen den Gouverneur anrufen würde.«

»Wir haben nichts zu verlieren«, erwiderte ich. »Geh bitte morgen früh mit Nilufar zu Soraya. Ich werde morgen früh nach Herat fliegen. Ich werde direkt ins Büro des Gouverneurs, unter Umständen auch zu Sultan, gehen und sehen, was ich tun kann.«

Mein Onkel erhob sich und legte eine Hand auf meine Schulter.

»Du warst irgendwann einmal Gol Agha Khans Schüler, ein guter Schüler. Wenn er einen Rest von Scham und Anstand kennt, dann wird er mit dir reden.«

Die Mittagssonne brannte, als mein Onkel, Dastan und ich in Herat landeten. Mein Bruder Asis und Ali holten uns vom Flughafen ab, und wir fuhren direkt zum Sitz der Regierungsvertreter. Der Gebäudekomplex befand sich gegenüber dem Stadion am östlichen Stadtrand. Das Büro des Gouverneurs war im Hinterhaus am Ende eines langen Flurs in der obersten Etage untergebracht. Ich betrat sein Vorzimmer mit dem Zentralorgan der Demokratischen Volkspartei in der Hand und einer kleinen Anstecknadel an der Brusttasche meines Jacketts – eine rote Flagge mit einem gelben Khalqi-Emblem. Ich stellte mich als ehemaligen Schüler des Genossen Gol Agha Khan vor, der für ihn eine dringende Information aus Kabul brächte.

Kurz darauf stand ich meinem alten Lehrer in seinem Büro gegenüber. Ich hatte ihn stets in einer blauen Jacke und einer etwas zu weiten schwarzen Hose in Erinnerung. Jetzt aber trug er einen perfekt sitzenden Anzug und eine schmale rote Krawatte. Gol Agha Khan saß hinter einem schweren, dunkelbraun glänzenden Schreibtisch, auf dem sich Akten und Briefe stapelten. An der Wand über seinem Kopf hing ein großes, gerahmtes Bild des Staatschefs Taraki, neben ihm hing an einer Art Büromast eine riesengroße blutrote Flagge. Am geöffneten Fenster zum Hof war ein Ventilator in Betrieb. Gol Agha Khan hielt jenen schwarzen Füller in der Hand, mit dem er seinerzeit in der Anwesenheitsliste unserer Klasse vor jeden Namen ein Zeichen gesetzt hatte. Er trug jetzt eine Brille, durch die er den Blick aber ungerührt auf die vor ihm liegende Akte gerichtet hielt. Er erwiderte meinen Gruß mit einem leisen »Aleikum Salam« und fragte, ohne aufzublicken: »Was führt dich zu mir?«

»Gouverneur Sahib, ich möchte zunächst die Gelegenheit nutzen, um Ihnen zur Aprilrevolution zu gratulieren. Wie Sie vielleicht wissen, studiere ich in Kabul Medizin. Ich komme mit einem Gruß vom Genossen und stellvertretenden Gesundheitsminister Doktor Samandar Paschtunsad zu Ihnen. Ich bin mit ihm und seiner Familie befreundet. Wir sind auch Nachbarn, und ich studiere gemeinsam mit seiner Tochter. Meine beiden Cousins haben letztes Jahr auf der Hochzeit seines Sohnes, des Genossen Solaiman, musiziert. Ich kenne auch seinen älteren Sohn, den Genossen Saradsch Khan. Er ist Offizier in Pol-e Tscharkhi und hat bei der Revolution eine bewundernswürdige Rolle gespielt.«

Der ehemalige Schützling meines Vaters und heute mächtigste Mann unserer Stadt hob seinen Blick und registrierte die Parteizeitung in meiner Hand. Sein finsteres, ausdrucksloses Gesicht verriet nichts von dem, was er dachte oder fühlte. Kein einziges Wort verlor er über seinen Parteifreund Paschtunsad, stattdessen wiederholte er die Frage, was mich zu ihm führe.

»Ich will nicht Ihre Zeit stehlen, Gouverneur Sahib. Darf ich mich kurz setzen?«

»Ja, bitte.« Er deutete auf den vor mir stehenden Stuhl.

Mein Vater war immer noch da, in mir; also blieb ich tapfer. Ich betrachtete es als mein gutes Recht, diesem Ungeheuer gegenüberzusitzen und von ihm angehört zu werden.

»Es geht um meinen Bruder Aman, Gouverneur Sahib«, sagte ich. »Ich gebe zu, dass er irgendwann einmal ein Schula-ie war. Es ist aber lange her, er war damals ein unerfahrener Junge. Er hat seit nunmehr acht Jahren nichts mehr mit der Politik am Hut. Trotzdem sage ich es Ihnen, Ustad, ganz ehrlich, Aman hat sich über die Revolution genauso gefreut wie wir alle. Die Aprilrevolution ist eine historische Chance für unser Volk …«

Gol Agha begann, langsam seinen Kopf zu heben. Gleich würden unsere Blicke sich treffen. »Ihn freizulassen, wäre auch ein Zeichen des Respekts gegenüber unserem Vater«, fügte ich hinzu.

Gol Aghas Blick senkte sich wieder auf die vor ihm liegende Akte. »Woran ist dein Vater gestorben?«, murmelte er.

Ich bekam eine Gänsehaut. Hadschi Scharif Khans Herz hatte versagt, weil er die Nachricht über den Sieg der Demokratischen Volkspartei nicht verkraftet hatte. Dieses Gerücht war in Herat in aller Munde und entsprach der vollen Wahrheit. Ich zögerte kurz, dann antwortete ich: »Hadschi Agha war zuckerkrank, Ustad. Er war nach Kabul gekommen, um sich ärztlich behandeln zu lassen. Dort ist er nach zwei Tagen im Krankenhaus gestorben.«

»Wie dem auch sei«, sagte Gol Agha Khan, während er etwas auf dem Blatt vor sich notierte. »Ich tue, was ich kann, aber die Entscheidung über diese Frage liegt nicht bei mir. Ich kenne die Akte deines Bruders nicht. Ich weiß nicht einmal, was ihm vorgeworfen wird.«

Das Blut in meinen Adern pulsierte. Ich verzog meine Lippen zu einem bitteren Lächeln. »Ach, Gouverneur Sahib! Sie könnten doch freundlicherweise Sultan darum bitten, dass er Aman freilässt. Da unser Vater tot ist, sind jetzt Sie für uns wie ein Vater. Und ich gebe Ihnen mein Ehrenwort, dass wir der Revolution und ihren Idealen treu bleiben.«

Er erwiderte meinen Blick mit einem Grinsen. »Auch Sultan kann nicht willkürlich darüber entscheiden. Auch er muss sich an die Sicherheitsgesetze des Landes halten.«

Ich nahm alle Kraft zusammen, um nicht aus der Haut zu fahren. »Mit Verlaub, Ustad«, konterte ich. »Mein Bruder ist auf der Straße verhaftet worden, ohne dass ihm ein Haftbefehl der Staatsanwaltschaft vorgelegt wurde, ohne dass ihm überhaupt gesagt wurde, warum …«

Da klingelte das Telefon. Gol Agha nahm den Hörer ab und grüßte den Anrufer auf Paschtu. Zum ersten Mal sah ich, dass die Gesichtsmuskeln des ewig mürrischen Mannes imstande waren, einen freudigen Ausdruck anzunehmen. Er gab mir mit der Hand ein Zeichen, ich solle sein Büro verlassen. Doch diese Geste und seine unfreundliche Mimik gaben mir die Gewissheit, dass der Mann, der ihn anrief, Sorayas Vater oder älterer Bruder war. Aus seinem lauten und aufgeregten Ton schloss ich zudem, dass es ein Ferngespräch war.

Als ich über den Flur in den großen Saal kam, der zur Haupttreppe hinabführte, begegnete ich Sultan. Er trug eine hellgrüne Uniform, obwohl er gar nicht beim Militär war. An seinem Koppel trug er eine Pistole und ein Funkgerät. Ein nie dagewesenes Hassgefühl stieg in mir hoch. Voller Scheinfreude lachend, die Arme weit öffnend und laut grüßend, ging ich auf ihn zu. Ich schloss ihn in meine Arme, küsste ihn auf die Wange, klopfte ihm auf die Schulter und sagte: »Hey, Junge! Du siehst toll aus!«

Sultan warf einen Blick auf die Titelseite der Zeitung, die ich demonstrativ vor mich hielt, dann auf die Anstecknadel an meiner Brusttasche, und grinste. »Was machst du hier?«, fragte er.

»Ich war bei Ustad«, deutete ich auf den Flur am Ende des Saals, »und habe ihm meine Glückwünsche zur Revolution überbracht. Ihr habt es geschafft, Sultan. Jetzt wollen wir hoffen, dass es aufwärtsgeht.«

»Lebst du nicht in Kabul?«, fragte er und schaute an mir vorbei in den Saal, um mir zu verstehen zu geben, dass er zu tun hatte. Meine Antwort schien ihn nicht zu interessieren, ständig grüßte er Leute, die an uns vorbeigingen.

»Bist du inzwischen verheiratet?«, fragte ich ihn.

Er schüttelte den Kopf. Ich hatte ein Foto von Soraya bei mir, das ich aus meiner Jackentasche hervorholte und ihm vor die Nase hielt.

»Schau mal, wie schön die Tochter von Dr. Samandar Paschtunsad ist. Wir beide sind wie Bruder und Schwester. Wenn du sie gerne heiraten würdest, dann könnte ich einiges in Gang bringen.«

Sultan warf einen neugierigen Blick auf das Foto und fragte nach ihrem Namen.

»Sie heißt Soraya.«

Er grinste, schaute wieder weg und wechselte einige Worte mit einem Beamten auf Paschtu. Ich steckte das Foto ein und fragte in ernstem Ton: »Können wir uns für eine Weile irgendwo hinsetzen? Ich habe noch ein Anliegen, worüber ich mit dir reden möchte.«

Er schien kurz zu überlegen, schaute auf seine Uhr und sagte, ich solle ihm folgen. Eine Etage tiefer betraten wir ein kleines Zimmer, das mit einem Tisch, zwei Stühlen und einem leer stehenden Regal ausgestattet war. Wir setzten uns. Es war unerträglich heiß, und die Luft war stickig. Ich sah keinen Grund, länger um den heißen Brei herumzureden. Er wusste ohnehin, weshalb ich hier war.

»Damals, als Aman dich bei dem Fußballspiel in unserem Garten mit Steinen beworfen hatte, haben wir alle ihn dafür kritisiert. Mein Vater hat ihm sogar eine Ohrfeige gegeben, und Aman hat begriffen, dass er sich falsch verhalten hat. Er würde sich gerne bei dir entschuldigen, wenn du ihm diese Gelegenheit geben würdest.«

»Um mich geht es hier doch gar nicht, Schaer«, entgegnete Sultan. »Aman muss sich für den Mord an einem Genossen während der Demonstrationen am ersten Mai 1969 verantworten.«

»Was?«, rief ich entsetzt und kämpfte um Atem. »Du weißt doch, dass das überhaupt nicht stimmt! Er hat sich an diesem ersten Mai gar nicht unter den Schülern befunden, die euch angegriffen haben.«

Sultan grinste. »Er hat aber bereits gestanden, dass er an dem Mord beteiligt war.«

Das Blut gerann mir in den Adern. »Was heißt das, Sultan? Hast du ihn gefoltert?«

Ich hörte Sultan wie durch eine schwarze Wolke hindurch sagen: »Lass uns einen Deal machen.«

»Was für einen Deal?«

»Du weißt schon, was ich meine.«

Sein eiskalter Blick und sein Grinsen verrieten mir, dass es ihm um sich selbst ging und nicht um seinen ermordeten Genossen.

»Du willst seine Frau haben, nicht wahr?«, fragte ich.

»Du weißt, dass sie eigentlich meine Geliebte war. Ich habe sie lange vor Aman gekannt«, sagte er.

Ich brachte kein Wort hervor und starrte ihn bloß voller Entsetzen an.

»Du lieferst mir das Mädchen, ich lasse zwei Tage später deinen Bruder frei.«

»Sie ist kein Mädchen mehr, Sultan«, sagte ich mit zitternder Stimme.

Doch ich musste das böse Spiel mitmachen, um Zeit zu gewinnen und Aman vor weiterer Folter zu schützen. Und ich wusste auch, dass Schira ihn eher erwürgen, ihn vergiften, ihm die Kehle durchschneiden würde, als sich ihm auszuliefern.

»Ich denke, Schira würde aus Liebe zu ihrem Mann mitspielen, Sultan. Aber warum willst du ihn erst zwei Tage später freilassen? Warum nicht gleich?«

»Das ist leider nicht möglich«, antwortete er. »Und eines will ich gleich klarstellen: Denke nicht mal im Traum daran, mich reinzulegen.«

»Aber nein, Sultan, nein! Du kennst mich doch. Mein Vater hat mir damals gesagt, ich solle in dir einen Bruder sehen. Du warst mein erster Jugendfreund, und ich war immer freundlich zu dir. Deine Forderung ließe sich in die Wege leiten, aber ich müsste darüber mit Aman reden.«

»Das ist ausgeschlossen«, sagte Sultan.

Ich war schweißgebadet, konnte kaum atmen, und meine Kehle war ausgetrocknet. »Entweder machen wir es so, dass ich zuerst Aman besuchen darf, oder wir tauschen ihn und seine Frau zum gleichen Zeitpunkt. Du musst mir in dieser Hinsicht etwas entgegenkommen, Sultan.«

Sultan verschränkte die Arme und starrte mir in die Augen. Da ertönte sein Funkgerät. Er stand auf und sagte: »Ich habe zu tun.«

Ich folgte Sultan zur Tür. Er gab mir die Hand, ließ mich vor sich das Zimmer verlassen, und ich, tief einatmend, lief zum Ausgang.

Am späten Nachmittag erreichten wir – Asis, Ali, Onkel Naurus, Dastan und ich – die einhundert Kilometer westlich von Herat gelegene afghanisch-iranische Grenze. Dort wartete bereits Maulana Asis auf uns. Allein der Anblick des gut fünfundsiebzigjährigen Mannes in seinem weißen Gewand, der uns alle wie ein Vater in die Arme schloss, war ein großer Trost für uns. Nachdem Asis anfing zu weinen, ließen auch mein Onkel und ich unseren Tränen freien Lauf.

Auf der Fahrt – Maulana Asis saß vorne neben Asis, mein Onkel, Dastan, Ali und ich eng nebeneinander hinten – erzählte er, er hätte Gol Agha von Maschhad aus angerufen. »Ich habe mit ihm vereinbart, ihn am Abend in seiner Residenz zu besuchen, um ihm zum Sieg der Revolution zu gratulieren«, sagte er und lachte spöttisch. »Dieser Verbrecher hat gleich meinen Großvater erwähnt und gesagt: ›Der revolutionäre Staat ist auf die Unterstützung der fortschrittlichen Geistlichen von der Art Moschk-i Alams angewiesen.‹ Ich glaube aber, dass er auch verstanden hat, mit welcher Erwartung ich zu ihm komme, obwohl ich mein Anliegen mit keinem Wort erwähnt habe.«

Ich berichtete ihm von meinem Besuch bei Gol Agha und seinem Neffen. Er war empört, als er hörte, dass Sultan Aman gefoltert und von ihm verlangt hätte, seine Ehre für seine Freiheit zu opfern. Jedoch war er guter Hoffnung, dass Gol Agha seinen Wunsch, den Sohn von Hadschi Scharif Khan sofort freizulassen, schwer ausschlagen konnte.

Es war bereits Abend, als wir Maulana Asis an der Paradiesallee vor der streng bewachten Residenz aussteigen ließen. Wir fuhren ein Stück weiter, parkten am Straßenrand unter den Bäumen und warteten im Auto.

Nach rund einer Dreiviertelstunde wurde in der Ferne hinter uns Maulana Asis sichtbar. Wir fuhren ihm rückwärts entgegen und ließen ihn einsteigen.

»Alles wird gut, Inscha-allah«, sagte er sanft lächelnd. »Lasst uns zuerst ins Krankenhaus fahren.«

Unterwegs erzählte Maulana Asis in knappen Worten, dass er mit Gol Agha auf der Terrasse gesessen und Tee getrunken habe. Sein Anliegen habe den Gouverneur in Verlegenheit gebracht. Gol Agha habe erwidert, dass Aman krank sei und sich in ärztlicher Behandlung befände. »Er hat das Wort Krankenhaus nicht über die Lippen gebracht, sondern versucht, mich damit zu vertrösten, dass Aman Dschan nach Hause kommt, sobald es ihm besser geht«, sagte Maulana Asis. »Ich vermute auch, dass dieser Arzt aus Kabul Gol Agha tatsächlich angerufen hat.«

DAS KRANKENHAUS BEFAND sich inmitten eines Parks. Als wir aus dem Auto stiegen, war der erste Mensch, den wir zu Gesicht bekamen, kein anderer als Sultan. Er stand mit zwei Polizisten und einem rauchenden Mann in weißem Hemd auf der Terrasse vor dem Eingang.

Es war mein ehemaliger Literaturlehrer Rahim Khan. Ich erkannte ihn vor allem an seinem Feuermal, der ›Blutorangenscheibe‹ auf seiner linken Gesichtshälfte, und an seinem nach hinten gekämmten, ölglänzenden Haar.

»Der Typ in der hellgrünen Uniform ist Sultan«, flüsterte ich Maulana Asis zu, während wir auf sie zu gingen.

»Ich weiß.«

»Und der andere ist mein ehemaliger Literaturlehrer, er ist jetzt ein überzeugter Khalqi.«

»Die Literatur wird ihm den Kopf abhacken«, murmelte Maulana Asis und rückte seinen dünnen Mantel zurecht.

Als er uns sah, kam Sultan die Terrassentreppe herunter und uns entgegen. Rahim Khan hatte sich in das Foyer begeben und war kurz darauf in einem der Krankenhausflure verschwunden. Ich hatte das Gefühl, dass auch Sultan am liebsten geflüchtet wäre. Er streckte zum Gruß beide Hände aus, um Maulana Asis' Hand zu nehmen. Der fuhr sich durch seinen mächtigen silbergrauen Bart und fragte ihn, ob er wisse, wen er vor sich habe.

»Maulana Moschk-i Alam«, erwiderte Sultan kleinlaut.

»Dein Großvater«, sprach Maulana Asis mit seiner tiefen Stimme weiter, »war einer der sechzehn Reiter, die im Dezember 1879 meinen Großvater Moschk-i Alam von Ghasni bis Kabul begleitet haben, um die Briten aus unserem Land zu vertreiben. Dafür hat er sein junges Leben gelassen. Gott segne seine Seele. Mein Vater war Mullah in einer Moschee. Und dein Vater, Gott segne seine Seele, hat fünfmal am Tag hinter ihm zum Gebet gestanden.«

Sultan wirkte sprachlos, aber Maulana Asis fuhr fort und kam direkt zur Sache. »Ich komme gerade aus dem Iran und habe deinen Onkel besucht. Von ihm habe ich erfahren, dass mein Sohn Aman Dschan krank ist. Wir kommen nun her, um ihn zu besuchen.«

»Er wird gleich operiert, Maulana Sahib. Ich fürchte …«

»Du brauchst gar nichts zu fürchten, mein Sohn, außer den da oben«, unterbrach ihn Maulana Asis und ging mit erhobenem Zeigefinger einfach an Sultan vorbei. »Und danke, ich kenne mich hier bestens aus.«

Wir folgten Maulana Asis auf die Terrasse und an den beiden Polizisten vorbei in einen Flur im rechten Gebäudeflügel. Ich blickte mich kurz um und sah den Literaturlehrer aus der Toilette im linken Hausflügel herauskommen und mit gesenktem Kopf zum Ausgang gehen. Vor der Intensivstation machte Maulana Asis halt und brachte einen Ausspruch aus dem Koran über die Lippen. Wir sprachen ihm nach: »Bissmillah alrahman alrahim«, im Namen des barmherzigen und gnädigen Gottes. Dann folgten wir ihm in das Vorzimmer des Operationssaals. Ein Ventilator versorgte es mit kühler Luft. In der Mitte stand ein Krankenbett. Ein weißes Tuch bedeckte Aman bis zu seinem Bauch, seine Augen waren geschlossen, sein Oberkörper lag frei, war jedoch mit Folterspuren übersät, sodass er kaum zu erkennen war.

Wir stellten uns rund um das Bett meines Bruders. Sein Arm hing an einem Tropf. Dunkle, teils breite und schwarze Flecken, tiefe, blutig eingerissene Striemen und Schwellungen auf seiner Brust, auf seinem Gesicht, seinen Armen und Händen zeugten von brutalen Hieben und Schlägen mit Peitsche und Knüppel. Brandwunden an seiner Haut – eindeutige Spuren von Zigarettenglut. Seine angeschwollenen, geschlossenen Augen waren von tiefen, dunklen Ringen gezeichnet. Die Verbände um seine beiden Daumen und beide großen Zehen deuteten darauf hin, dass man ihm vier Nägel herausgezogen hatte.

Maulana Asis setzte sich auf einen Stuhl, legte seine Hand auf Amans Kopf und betete, dann sprach er ihn an: »Aman Dschan! Amanullah! Ich bin es, Talib Asis.«

Eine sanfte Regung der Wimpern und Lider. Aman schien ihn hören zu können.

»Deine Brüder Asis Dschan und Schaer Dschan sind da, dein Onkel Naurus Khan und sein Sohn, dein Freund Ali Dschan – sie alle sind hier bei dir. Du wirst, inscha-allah, gesund, und wir bringen dich bald nach Hause.«

Da erschien der diensthabende Arzt, gefolgt von einem Chirurgenteam, im Zimmer. Er stellte sich uns vor, und nach einem kurzen Vier-Augen-Gespräch mit Maulana Asis verließ dieser das Zimmer. Wir folgten ihm hinaus in den Park, während hinter uns das Krankenbett mit Aman in den Operationssaal geschoben wurde. Von Sultan, dem Literaturlehrer und den beiden Polizisten war keine Spur mehr zu sehen. Das beruhigte uns etwas. Jetzt wollten wir beten, dass alles gut ging.

Es gibt Nachrichten, die gewichtiger sind als der Planet, auf dem wir leben, sodass sie schwer in Worte zu fassen sind. Und doch lassen sie sich dem Betroffenen mit einem einzigen Blick, einer kleinen Mimik oder einem einzigen Wort vermitteln.

Nachdem wir zwei Stunden in der nahe liegenden Moschee, in einem kleinen Teeladen und schließlich im Park des Krankenhauses verbracht hatten, während Millionen Sterne und ein voller Mond die Nacht silberweiß erleuchteten, kam ein erschöpfter diensthabender Arzt die Treppe herunter, schritt auf uns zu, grüßte uns und sagte mit gesenktem Haupt: »Mota-assefam, es tut mir leid.«

Das Wort klang in meinen Ohren nach wie ein großer, glühender Himmelskörper, der vor meinen Augen durch das All flog und alles, Erde sowie Milchstraße, in einem flammenden Abgrund verschwinden ließ. In diese Hölle stürzte ich mit meinem ganzen Dasein, sodass von mir nur ein einziger Schrei übrig blieb: der Schmerzschrei eines untergehenden Universums.

2

Anfang August 1978, in jener Nacht zum Freitag, verließ uns mein geliebter Bruder Aman mit gerade einmal Mitte zwanzig und mit ihm auch der letzte Tropfen Freude am Dasein. Wir waren bis dahin die einzige Familie, die von den Mördern die Gnade erhielten, den Leichnam ihres Liebsten ausgehändigt zu bekommen, damit dieser nicht in den Massengräbern verschwand. Diese Gnade war jedoch an eine Auflage gebunden.

»Die Trauerfeier muss im Kreis Ihrer Familie und Verwandten stattfinden«, ordneten drei Khalqi- Offiziere an, die am frühen Morgen an unserer Haustür erschienen. Die wahre Todesursache meines Bruders mussten wir für uns behalten. Weiterhin hatten wir zu gewährleisten, dass der Trauerzug nicht im Geringsten politisch gefärbt sein würde. »Sollten Sie sich an diese Spielregel nicht halten, müssen Sie mit Konsequenzen rechnen«, sagten die Offiziere.

Wir versprachen es ihnen, aber die Menschen, es waren Tausende, die mit uns trauerten, wussten, woran der Sohn von Hadschi Scharif

Khan gestorben war. Und Maulana Asis, der wieder in der Freitagsmoschee das Todesgebet hielt, fand sowohl in seiner Predigt als auch in seiner Rede am Grab meines Bruders kluge Formulierungen und mächtige Worte, in denen er seinen Zorn gegen das Regime zum Ausdruck brachte.

An der darauffolgenden zweitägigen Trauerfeier nahmen wiederum Tausende teil, darunter Angehörige der religiösen Minderheiten sowie Menschen aus den nahe und fernliegenden Dörfern, Lehrer, Studenten und Schüler. Auch einige politisch verfolgte Freunde meines Bruders kamen aus ihren Verstecken hervor, um ihm die letzte Ehre zu erweisen.

NACH UND NACH wurden die Gäste in unserem Haus weniger, sodass ich mehr Zeit hatte, den neuen Abgrund zu spüren, den der Tod meines Bruders in mir hinterlassen hatte. Maulana Asis und ich verbrachten viele Stunden im schattigen Garten oder auf der Terrasse miteinander. Ich stellte ihm Fragen und gab ihm Ureigenes aus meinem Leben preis, sogar meine missglückte Liebesgeschichte mit Soraya, in der er einen großen Sinn für mein Leben erkannte.

Eines Tages saß ich mit ihm und Onkel Naurus im Blumenpark. Ich berichtete ihnen von meinen Ausflügen mit Sultan im März 1969, mit dem ich zusammen erst am Ansari-Mausoleum einem nomadischen Mädchen und dann in der Stadt der Stegreifdichterin begegnet war. Beide hatten mir Unheimliches vorausgesagt. Die Handleserin hatte erkannt, dass ich als Kind Spatzen gezähmt hatte, sie hatte mich gewarnt, dass der Glücksspatz, der auf meiner Hand saß, eines Tages fortfliegen würde. Und Tante Sanawbar hatte Sultan und mir eine Fabel in Gedichtform vorgetragen, die von der Freundschaft eines alten Schakals mit einem Wolfsbaby handelte. Dieser fütterte das Kind und zog es groß, bis er von dem umsorgten Heranwachsenden gefressen wurde.

Maulana Asis und Onkel Naurus nahmen meine Erzählung mit Interesse auf. Auch sie glaubten an die hellseherische Kraft der beiden Frauen. Maulana Asis deutete: »Die Nomadin wollte Sultan nicht die Hand lesen, weil sie in ihm einen schlummernden Wolf erkannt hatte, und die Dichterin wollte dich auf eine andere Weise auf ihn aufmerksam machen.«

Ein anderes Mal, als Maulana Asis und ich im Lustgarten saßen, vertraute ich ihm etwas an, was ich seit dem Tod meines Vaters ausgeblendet hatte. Dieser hatte mir auf unserer ersten gemeinsamen Fahrt nach Kabul im März 1975 von einem Traum erzählt, in dem er seinen Glücksbringer wiedergefunden hatte. Im Scherz hatte ich ihm vorgeschlagen, zu einem Goldschmied zu gehen und von ihm fünf Schlüssel aus Gold machen zu lassen, die seinem verlorenen zum Verwechseln ähnelten. Er hatte mir erwidert, dass er sich meinen Vorschlag zu Herzen nehmen würde.

»In Hadschi Aghas Traum«, fügte ich hinzu, »hatte der verlorene Glücksbringer sich im Herzen einer dieser Schmetterlingsblumen versteckt, hier im Lustgarten. Meinen Sie nicht, dass er sich möglicherweise von seinem Traum hat inspirieren lassen und die nachgemachten Schlüssel im Blumenbeet versteckt haben könnte?«

»Hm.« Maulana Asis blickte auf das Blumenbeet neben uns. »Dann musst du sie eben hier suchen.«

»Hadschi Agha hat aber auch gesagt, dass nur ich sie finden würde und nicht die anderen. Was heißt das, Maulana Sahib?«

»Das kann heißen, dass er dich ausdrücklich dazu beauftragt hat. Es kann aber auch bedeuten, dass es sich um einen Ort handelt, auf den nur du kommen kannst.«

Da schoss mir ein Gedanke durch den Kopf, und ich stand auf. »Kommen Sie, Maulana Sahib. Ich möchte Ihnen etwas zeigen.«

Er erhob sich ebenso, und während wir in Richtung des Kieswegs gingen, der den Lustgarten vom Obstgarten trennte, stellte ich verblüfft fest, dass die Schmetterlinge aus unserem Haus fast verschwunden waren.

»Früher waren es Hunderttausende Schmetterlinge, die durch den Garten flatterten. Es gab sie in allen Farben, allen Arten und Größen. Seit dem siebenundzwanzigsten April werden sie immer weniger.«

»Schmetterlinge sind überaus sensible Seelen«, sagte Maulana Asis. »Sie verschwinden immer als Erste, wenn ein Unheil geschieht.«

Wir schritten den Kiesweg entlang. Ich deutete auf Schira und Awesta, die im Obstgarten Arm in Arm standen, während Dschamal, der knapp dreieinhalb Jahre alte Sohn meines Bruders Asis, vor ihnen spielte. »Sehen Sie diese zwei großen Schmetterlinge, Maulana Sahib?«

»Ja, ich sehe sie.«

»Ich mache mir Sorgen um sie. Auch sie sind überaus sensible Seelen. Schira ist im fünften Monat schwanger. Ihr Schmerz kennt zwar keine Grenzen, aber sie wirkt ruhig und selbstständig, weil sie ihr ganzes Leid hinunterschluckt.«

»Ja, sie und Malalay. Es sind tapfere Frauen«, bestätigte Maulana Asis.

»Auch Awesta ist auf ihre Art stark, aber sie ist in einer schwierigen Lebensphase und schwer traumatisiert. Was soll aus ihr morgen werden, wenn sie schon heute, mit vierzehn, auf Beruhigungsmittel angewiesen ist?«

»Wenn es ihr mit der Zeit nicht besser geht, kann sie gern zu uns in die Türkei kommen. Sie könnte sich dort erholen und die Schule abschließen«, schlug Maulana Asis vor. »Unsere Tür steht für euch alle offen.«

Wir waren am Rand des Lustgartens angelangt und standen nun im Schatten des Maulbeerbaums. Ich zeigte ihm die Stufen, die ich Jahre zuvor an dem langen Stamm angebracht, und das Nest, das ich mir oben im Dickicht der Äste und Zweige eingerichtet hatte.

»Dieser Maulbeerbaum war mein magisches Zuhause, Maulana Sahib. Ich kann mir auch vorstellen, dass Hadschi Agha die fünf Schlüssel in diesem Baum versteckt hat.«

»Auch das ist durchaus möglich. Mach dir aber keine Sorgen. Wenn dein Vater an die Schlüssel gedacht hat, dann hat er bestimmt auch daran gedacht, wo, wie und wann du sie finden sollst.«

Er blickte mit einem geheimnisvollen Lächeln nach oben und fragte: »Hat dir dein Vater eigentlich erzählt, wessen Hände den Baum hier gepflanzt haben?«

»Nein, Maulana Sahib, das hat er nicht.«

»Es waren meine Hände.«

Ich deutete auf einen Granatapfelbaum, der nicht weit entfernt stand, und fragte Maulana Asis, ob er auch diesen gepflanzt hätte.

Er grinste mich an und sagte: »Nein, ich habe keine Vorliebe für Granatäpfel.«

Ich verstand, worauf er anspielte, und wir lachten leise. Wir gingen in den Lustgarten zurück und setzten uns auf die Bank an dem kleinen Schwimmbecken. Dort stellte ich ihm eine Frage, deren Antwort mich besonders interessierte.

»Können Sie sich vorstellen, Maulana Sahib, dass Sie einen Menschen umbringen?«

»Die Frage habe ich mir bereits häufig gestellt«, antwortete er. »In Notwehr, ja. Warum willst du das wissen?«

»Ich möchte Ihnen etwas beichten, Maulana Sahib.«

»Ich höre.«

»Ich bin gerade von dem Drang besessen, Sultan und Gol Agha, die mein Vater fünfzehn Jahre lang unterstützt hat, zu töten, und zwar in vollem Bewusstsein und mit bestem Gewissen. Ich würde sie nicht einfach erschießen, sondern sie mit Genuss foltern und ihnen einen langsamen, qualvollenTod bereiten.«

Maulana Asis seufzte, und nach kurzem Nachdenken sagte er: »Ich habe Verständnis für deinen Zorn, mein Sohn. Die Kommunisten haben das große Morden ins Land gebracht. Ihre Gewalt erzeugt Gegengewalt, und meine Befürchtung ist, dass am Schluss aus uns allen Wölfe werden. Was auch immer aber du aus Zorn und Hass tun willst, sei dir im Voraus im Klaren, dass du damit eine Ursache legst, mit deren Folgen du und deine Familie leben musst.«

Ich wollte ihm sagen, dass genau dies mich am Handeln hinderte, aber die Worte, die ich aussprechen wollte, versiegten in meinem Mund, um dann als Tränen aus meinen Augen zu fließen.

Maulana Asis blieb dieses Mal knapp drei Wochen bei uns und tat sein Bestes, meine Familie vor dem seelischen Untergang zu schützen. Für meine Mutter war er, wie Schampon sagte, »ein Schutzengel, den Allah geschickt hat, um ihr zu zeigen, dass er sie doch nicht ganz vergessen hat«.

Onkel Naurus, Asis und ich begleiteten Maulana Asis wie sein Schatten durch das Haus, und wenn er vorbetete, stellte auch ich mich hinter ihm zu Gott. Durch ihn lernten wir allmählich, mit unserer Trauer besser umzugehen und unser Leid als ein gemeinschaftliches zu empfinden.

Maulana Asis tröstete auch unseren Gärtner, Khudscha Morad, mit dem ich meinerseits viele Stunden nach den fünf Schlüsseln im Garten suchte. Wir bohrten in den Blumenbeeten und durchsuchten den Maulbeerbaum von oben bis unten. Nachdem wir sie nicht gefunden hatten, machte Maulana Asis mir wieder Hoffnung.

»Angenommen, es gibt diese Schlüssel, dann wäre es meines Erachtens schlüssig, wenn dein Vater dir ihr Finden nicht einfach machen wollte. Ich denke, du solltest sie reifen und in die Jahre kommen lassen, dann werden sie sich von allein offenbaren.«

Ich beherzigte seine Worte und gab das sinnlose Suchen auf.

Hin und wieder kamen einflussreiche Männern aus der Stadt und aus den umliegenden Dörfern zu uns, um Maulana Asis zu besuchen. In den Gesprächen, die er mit ihnen führte, ging es vor allem um die Notwendigkeit landesweiter Volksaufstände gegen das Regime. Aus diesem Grund reiste er dieses Mal nicht in die Türkei zurück, sondern nach Süden und Osten, um seine paschtunischen Stammesführer zu treffen. Onkel Naurus und seine Familie blieben über die Sommerferien mit mir in Herat, bis Ende August schließlich der Tag kam, an dem wir nach Kabul zurückkehrten.

3

KABUL, DIE STADT der Gärten und goldenen Lichter, war nun die Hauptstadt eines gesetzlosen Landes, das weder eine gerechte Justiz kannte noch ein Abgeordnetenhaus oder die geringste Duldung von freier Meinungsäußerung. Es gab lediglich eine Regierung, die alle Macht innehatte, eine Armee sowie einen Polizeiapparat, die diese schützten, und nicht zuletzt ein geheimdienstliches Milizheer, welches aus den Anhängern der Regierungspartei bestand. Die große Masse der Bevölkerung wirkte bedrückter und verängstigter als zuvor. Sie hasste die Khalqis und jedes Wort, das aus ihren Mündern kam, sogar das Wort Khalq, das Volk, und sie hasste vor allem die rote Farbe, mit der sie ihren Staat und dessen Symbole verzierten. Keiner wollte ein rotes Auto fahren, etwas Rotes anhaben oder gar rote Blumen kaufen.

Junge Milizionäre durchsuchten nachts die Häuser und Studentenwohnheime, stürmten jeden Tag in die Universitätsklassen, Schulen und Büros und verhafteten Männer sowie Frauen. Sie handelten aus reiner Willkür, ihre Opfer waren Angehörige der Bildungsschicht, ob

Studenten und Schüler oder Dozenten und Lehrer, Ärzte und Künstler, Offiziere der Armee und Polizei, aber auch Stammesführer, Ladenbesitzer und Geschäftsleute quer durch alle Volksgruppen. Wer aus Herat kam, hatte keinen Schutz. Denn in den Heratis sahen die mehrheitlich paschtunstämmigen Khalqis ihre ewigen politischen, aber auch ethnischen Feinde, die nun ausgerottet werden mussten. Den Verhafteten wurde keine Anklageschrift vorgelegt; sie wurden verhört, gefoltert und zum Geständnis gezwungen, bevor sie aus den Folterkellern der Untersuchungshaft in das Gefängnis Pol-e Tscharkhi verlegt wurden.

SORAYAS UND MEIN Weg kreuzte sich erstaunlich selten. Jedes Mal, wenn wir uns begegneten, grüßte ich sie, ohne sie anzuschauen, mit einem einzigen Wort: »Salam!« Und sie grüßte mich auf die gleiche Weise, nur leiser, zurück. Sorayas Brüder traf ich nur einmal, als sie an einer Kreuzung zu zweit in einem Jeep an mir vorbeifuhren. Baryalai dagegen – den stämmigen Mann mit kräftigen Brauen, der einem Bären ähnelte – traf ich umso häufiger. Er schien ständig mit seinem Jeep unterwegs zu sein, sodass ich annahm, dass er zur Geheimdienst-Miliz gehörte. Ich war sicher, dass er mich mit seinen kleinen Augen wahrnahm, aber ich sah jedes Mal weg, wenn er in meine Richtung schaute.

DER HERBST WAR gekommen. Wenn ich mich im Spiegel sah, konnte ich seine schwermütigen Farben auf meinem Gesicht wiedererkennen. Meinen Bart hatte ich seit dem Tod meines Vaters nicht rasiert. Er war fast einen Zentimeter lang und kohlenschwarz, meine Augen saßen tief, und meine Haut war gelb angelaufen.

Eines Tages fuhren wir im Auto – mein Onkel und Dastan vorne, Bustan, Nilufar und ich hinten – die Straße vor unserem Haus entlang. Als wir an der Gasse vorbeifuhren, in der die Familie Paschtunsad wohnte, sahen wir Sorayas Vater und seine Söhne Solaiman und Saradsch mit zwei weiteren Männern in schicken Anzügen aus dem Haus treten. Wir erkannten sofort, dass es Gol Agha und sein Neffe Sultan waren.

»Diese Affen sind aus Herat hierhergekommen, um um die Hand von Soraya anzuhalten«, sagte ich verärgert.

»Wenn sie selbst kein Affe ist, dann lehnt sie ihn ab«, entgegnete Bustan.

»Es wird sicher so sein, und trotzdem: Sollte mir etwas passieren, fragt ja nicht Soraya um Hilfe.« Das sagte ich und fügte in Scherzton hinzu: »Aber keine Angst. Uns wird nichts Schlimmes passieren, Inscha-allah. Insbesondere um dich, Bustan, mache ich mir keine Sorgen.«

Bustans Architekturbüro arbeitete seit einigen Wochen mit den russischen Architekten zusammen, welche die zerstörte Arg wiederaufbauten. Dass wir, eine Herater Familie, in Kabul so lange verschont geblieben waren, erschien mir trotzdem wie ein Wunder. An der Hoffnung, dass der Schatten dieses Wunders bis an das andere Ufer der Hölle reichte, wollte ich nicht rütteln. Und dennoch. Allem Glauben und allem Galgenhumor zum Trotz war ich schon längst auf das Schlimmste vorbereitet.

Ob Sultan und sein Onkel wirklich mit leeren Händen das Haus der Paschtunsads verlassen hatten, wie wir alle annahmen und hofften, erfuhren wir nie. Denn nur zwei Wochen später wurde er von den Folgen seiner Schandtaten eingeholt.

EINES ABENDS MITTE November, als Sultan in seinem Jeep bei Regen die Straße zur Gouverneurs-Residenz in Herat hinauffuhr, brachten zwei große Steine sein Fahrzeug zum Stehen. Sie fielen von oben herab, vom Nest des Straßenadlers, das immer noch Bestand hatte. Der eine traf die Vorderscheibe und zerbrach sie vollständig, der andere fiel vor die Räder, sodass das Fahrzeug ins Schleudern geriet und frontal gegen einen Baumstamm prallte. In Sekundenschnelle sprangen zwei Männer vom Baum herab, während ein heranfahrendes Auto anhielt und zwei weitere Männer entließ. Die vier bewaffneten Personen stürmten von zwei Seiten auf den Jeep zu, erschossen die beiden Leibwächter, überwältigten Sultan und schleppten ihn in ihr Auto. Dann rasten sie die Straße hinauf und aus der Stadt.

Genaueres erfuhren wir in Kabul erst, als Asis und Ali uns in der darauffolgenden Woche besuchten. Es war – ich hätte es mir denken können – das Werk von Amin und seinen Leuten gewesen. Was nach Sultans Entführung in Amins Keller geschah, war der Schlussakt einer Blutrache, den der Mechaniker in seiner kurzen Rede als »das revolutionäre Gericht des afghanischen Volkes« bezeichnete. Sultan saß gefesselt und in einem schmutzigen Hemd auf einem Stuhl, sein Gesicht war mit Öl beschmiert. Dennoch saß er aufrecht, und seine Augen wirkten furchtlos. Ihm gegenüber standen Schira und Malalay, die jeweils eine Pistole in ihrer Hand hielten.

»Willst du uns etwas zur Verabscheuung deiner eigenen Person sagen und uns um Gnade anflehen?«, erhob Malalay ihre Stimme und richtete den Lauf ihrer Pistole auf Sultans Kopf.

»Ich verabscheue nur die Feinde meines Volkes«, sagte Sultan und spuckte aus.

»Welches Volk, du ekelhafte Kotgrube?«, schrie Schira wie eine Löwin und drückte zweimal ab. Die Kugeln trafen Sultans linken Fuß und seinen rechten Oberschenkel. Er heulte auf.

»Und diese Hände …« – Schira ließ zwei weitere Schüsse fallen, die Sultans rechten Arm und linke Hand trafen –, »Sie haben meinen Bruder getötet!«, übernahm Malalay und drückte ab.

Sie schossen auf den gefesselten Mann, bis die Magazine leer waren. Dann ließen sie ihre Pistolen fallen und liefen aus dem Keller. Ali folgte ihnen und sah, wie sie Arm in Arm auf der Wiese vor dem Haus lagen und weinten.

Teil vier

1

Ich wachte auf, nachdem ich im Schlaf versucht hatte zu schreien. Es war spät in der Nacht. Von draußen hörte ich fremde Männerstimmen. Ich ging ans Fenster, das ich ein wenig offen gelassen hatte, und spähte auf die Terrasse hinunter. Dort stand Onkel Naurus und diskutierte mit drei Milizionären.

»Nein, nein, meine Herren!«, sagte er. »Es handelt sich hier entweder um eine Verleumdung oder um ein Missverständnis. Mein Neffe hat mit Politik überhaupt nichts am Hut. Außerdem wohnt er, wie gesagt, nicht bei mir, sondern im Studentenwohnheim.«

Onkel Naurus wirkte gelassen und versuchte, in der Manier eines Universitätsprofessors die Männer zu besänftigen, er lud sie sogar zum Tee ein, aber sie ließen sich darauf nicht ein und sagten: »Entweder wir durchsuchen Ihr Haus oder Sie kommen mit uns.«

Ich eilte zu meinem Kleiderschrank und begann, mich im Dunkeln anzuziehen. Da fiel ein Taschenlampenlicht ins Zimmer, und ich hörte Dastans Stimme.

»Die Khalqis sind da.«

»Ich weiß. Sie suchen nach mir. Ich gehe mit ihnen.«

»Bist du verrückt? Du hast morgen früh deine letzte Prüfung.«

»Meine vorletzte«, verbesserte ich ihn. »Nein, Dastan. Sonst würden sie deinen Vater mitnehmen, und wenn er einmal in ihre Fänge kommt, dann endet er neben seinem Freund Baschardust in Pol-e Tscharkhi.«

»Was soll aus deinem Studium werden?«

»Mit dem Tag, an dem aus mir ein Arzt wird, rechne ich längst nicht mehr.«

Das sagte ich und stellte mich wieder ans Fenster. »Onkel Naurus!«, rief ich. »Ich bin hier bei Ihnen, weil ich morgen früh zum Arzt wollte. Wegen meiner Hand. Ich packe ein paar Kleidungsstücke ein und komme dann herunter. Ich gehe mit den Genossen, um das Missverständnis aufzuklären.«

Ich schloss das Fenster, schaltete das Licht an und holte eine Tasche vom Kleiderschrank. Zwischen die Kleider, die ich einpackte, versteckte ich ein paar Schmerzmittel, Schlaftabletten und etwas Schokolade. Meine einzige Angst in diesem Augenblick war die um die Tränen meiner Mutter. Ich selbst war bereit, mich den Khalqis und damit meinem Schicksal zu übergeben.

Mein Schicksal führte mich zuerst in eine der vielen Untersuchungshaftanstalten des staatlichen Geheimdienstes AGSA in Kabul. Ohne vernommen oder nach meinen Personalien gefragt zu werden, wurde ich von einem Polizisten durch einen feuchten Kellerflur in einen schwach beleuchteten Raum gebracht. Als die Tür hinter mir ins Schloss gefallen war, erkannte ich in der Ecke einen Mann, der sich in einem schmutzigen Pyjama auf einem abgewetzten Teppich krümmte. Ich schätzte ihn auf Mitte vierzig. Er stöhnte leise und zitterte am ganzen Körper. Seine beiden großen Zehen waren blutig und schwarz verkohlt – offenbar hatten sie ihn mit Stromschlägen gefoltert. Ich setzte mich im Schneidersitz neben ihn und erfuhr, dass er Omarsay hieß und ein hochrangiger Polizeioffizier war. Ich holte die Medikamentenverpackung aus meiner Tasche hervor und hielt sie ihm hin.

»Nicht schlecht«, sagte er und verzog die Lippen zu einem Lächeln.

Ich rollte meine Kleidungsstücke zu einem behelfsmäßigen Kissen zusammen, das ich ihm unter den Kopf schieben wollte. Er weigerte sich aber und sagte, ich bräuchte es selbst.

»Nein, Omarsay Sahib. Ich bin weder müde noch ist mir kalt.«

Natürlich log ich. Und ich legte auch meinen Mantel auf seine Beine und über seine Füße. Schließlich nahm er auch die Schmerztablette und ein Stück Schokolade ohne weitere Widerworte an.

Omarsay, der seinen Kopf auf meine Kissenrolle gebettet hatte, wirkte sympathisch und vertrauenswürdig, sodass ich mich ihm gleich ausführlich vorstellte. Ich erzählte ihm von meinem Vater und dessen Freund Maulana Asis, von meinem Onkel und dessen Sohn, dem berühmten Sänger Dastan, von Gol Agha und Sultan, dass sie mein Bruder auf dem Gewissen hätten, und schließlich auch von meiner Bekanntschaft mit der Familie Paschtunsad.

Der Offizier freute sich über meine Offenheit und sagte: »Was Paschtunsad angeht, ist er kein Vollblut-Khalqi, sondern Rosa-Khalqi.«

»Diese Unterscheidung kenne ich noch gar nicht«, sagte ich.

Er lachte auf. »Die Vollblut-Khalqis sind die Anhänger von Hafisullah Amin, und die Rosa-Khalqis stehen Taraki nahe.«

»Und wessen Anhänger ist Gol Agha, der Gouverneur von Herat?«

»Das kann ich dir nicht sagen. Ich bin kein Khalqi, auch wenn sie ohne mich heute noch im Gefängnis sitzen würden.«

»Wie bitte?«, stieß ich hervor. »Herr Omarsay. Ich habe Ihnen vertraut, jetzt sind Sie dran, mir zu offenbaren, mit wem ich hier die Ehre habe.«

Und so erfuhr ich, dass ich einen außergewöhnlichen Zeitzeugen vor mir hatte, der seinem Land viele Jahre treu gedient, diesem dann aber unwissentlich und unumkehrbar geschadet hatte. Ich hatte von diesem Mann bereits gehört – Baschardust hatte ihn damals im Café Little Bird erwähnt, wie ich mich erinnerte –, doch ich hätte mir niemals vorstellen können, dass ich eines Tages ihm, jenem Polizeioffizier, begegnen würde, der zwei Nächte vor dem Putsch zwei Anführer der Demokratischen Volkspartei, Taraki und Karmal, verhaftet, sich aber von dem dritten, dem schlauen Hafisullah Amin, hinters Licht hatte führen lassen. Der Spitzenbrandstifter, wie Omarsay Hafisullah Amin bezeichnete, hatte ihn angelogen, dass seine Schwiegermutter schwer krank sei, und ihn gebeten, seine Festnahme auf den frühen Morgen zu verschieben. Er hatte auch behauptet, Omarsays Bruder zu kennen und mit ihm seit vielen Jahren persönlich befreundet zu sein. Omarsay hatte ihm die Geschichte geglaubt, was Hafisullah Amin genug Zeit gab, einen Boten zu seinem Verbindungsmann in der Armee zu schicken und diesem das grüne Licht für den Aufstand zu geben.

»Und wie kommt es, dass Sie jetzt hier sind?«, fragte ich, nachdem er geendet hatte.

»Nach dem Putsch hat Hafisullah Amin mir angeboten, die Leitung seiner Leibgarde zu übernehmen. Ich habe abgelehnt, mit der Folge, dass die Partei mir fortan das Leben zur Hölle machte. Gestern Vormittag bin ich dann festgenommen worden. Ich musste meine Dienstuniform abgeben und mir diesen Lumpen hier anziehen.«

»Was wirft man Ihnen denn vor?«, fragte ich.

»Ich soll am gescheiterten Putsch des Partscham-Flügels gegen die Khalqis beteiligt gewesen sein. Davon habe ich am Abend beim Verhör erfahren.«

Mir fiel nichts mehr zu sagen ein.

Es waren vielleicht vier oder fünf Stunden vergangen, als zwei Männer – ein rundlicher älterer und ein lang gewachsener jüngerer – im Eingang erschienen und mich zum Verhör abführten. Zuerst nahm der Jüngere meine Personalien auf. Dann legte der Ältere ein weißes Blatt Papier vor mich auf den Tisch.

»Wir wissen, wer du bist und warum du hier bist«, sagte er. »Nur wenn du die volle Wahrheit sagst und ein anständiges Geständnis abgibst, das mit unseren Kenntnissen über dich übereinstimmt, kannst du mit Gnade rechnen.«

Dann reichte der Jüngere mir einen Kugelschreiber und sagte: »Es geht um deine Aktivitäten bei den Schula-ies. Sowohl in Herat, als du dort die Schule besucht hast, als auch jetzt hier in Kabul. Nach den Informationen, die uns vorliegen, warst du am ersten Mai 1969 an der Demonstration der Maoisten beteiligt. Du sollst unter der Schlägertruppe gewesen sein, die den Protestzug der Demokratischen Volkspartei angegriffen und einen ihrer Genossen ermordet hat.«

Ich nickte mehrmals und schwieg. Dann gab er mir ein Zeichen anzufangen und verließ mit seinem älteren Kollegen das Verhörzimmer. Ich begann zu schreiben. Ich gab an, dass ich in den Jahren zwischen 1969 und 1975 das Lycée Dschami besucht hätte, von Beginn an jedoch nicht mit den Schula-ies, sondern einzig und allein mit dem Genossen Sultan, dem späteren Chef des Herater Geheimdienstes, befreundet gewesen wäre. Ich erwähnte auch, dass ich ihn mehrmals vor den Attacken der Schula-ies geschützt hätte. Über meine Zeit in Kabul sagte ich aus, dass ich mit dem stellvertretenden Gesundheitsminister Doktor Paschtunsad benachbart sei, dass ich gemeinsam mit seiner Tochter studiere und an der Hochzeit seines Sohnes teilgenommen hätte. Abschließend bezeichnete ich die Anschuldigungen gegen mich als Verleumdungen, mit denen sich offenbar irgendjemand an mir rächen wollte.

Ich überstand das Verhör, ohne gefoltert zu werden. Mein weiterer Weg führte aber nicht nach Hause, sondern in das politische Gefängnis Pol-e Tscharkhi, das fünfundzwanzig Kilometer östlich von Kabul lag.

2

Mein neues Zuhause war eine Dreipersonenzelle im zweiten Blockgebäude, und ob Schicksal oder glücklicher Zufall – meine Zellengenossen waren Omarsay und Baschardust. Unser Block war für siebenhundert Gefangene ausgelegt. Geheizt wurde – auch später, als der Winter anbrach – nicht. Unsere Zelle in der ersten Etage war mit einem alten Teppich und drei Schlafplätzen ausgestattet. Lesen, Schreiben und Musikhören war uns untersagt, wie auch der Besitz von Messern und Scheren, Schachbrettern, Kartenspielen sowie von Töpfen oder Kannen zum Kochen. In jeder Blocketage gab es zweimal täglich, je für eine Stunde, Freigang. Während des Aufenthalts im Hof war uns das Sprechen untersagt. Den Großteil dieser Zeit verbrachten wir in der Warteschlange vor den Toilettenkabinen, aus denen die Türen entfernt worden waren.

Ein- oder zweimal in der Woche nach dem Abendessen gingen der Gefängnisleiter und ein paar Wächter mit einer Liste von Flur zu Flur und verlasen einige Namen. Den aufgerufenen Häftlingen sagten sie, sie würden freigelassen. Doch nur wenige hatten das Glück, wirklich in die Stadt gefahren zu werden und nicht in den Schlachthof Poligum, wo sie kurzerhand erschossen und in ein Massengrab geworfen wurden. Dies hatte vor allem den Zweck, Platz für neue Gefangene zu schaffen. Allein in den ersten vier Monaten, so berichtete Baschardust, waren auf diese Art rund zwanzigtausend Menschen hinter die Mauern des Gefängnisses gebracht worden. Es war auch bekannt, dass der Gefängnisleiter, der den Beinamen Kommandant der Schreckliche trug, und seine Leute zwei- oder dreimal in der Woche nächtliche Alkoholpartys veranstalteten, auf denen sie junge weibliche Gefangene vergewaltigten. Ein Mullah aus einem anderen Block hatte sich bei dem Anblick vor Ekel erbrechen müssen. Daraufhin hatte der Kommandant seine Pistole gezogen und dem Mann in den Mund geschossen.

BASCHARDUST, DER BEREITS seit Mitte Mai in Pol-e Tscharkhi einsaß, wusste uns von diesen und ähnlichen Vorgängen in den Blöcken, Höfen und Hinterhöfen zu berichten. Außerdem verfügte er, durch einen befreundeten Wärter, über sporadische Verbindungen nach außen, die auch mir zugutekamen. Von Zeit zu Zeit erhielt ich so von Onkel Naurus Nachricht, dass es in Kabul und in Herat allen gut ging. Und ich beruhigte ihn, dass ich bei bester Gesundheit sei und mich in Gesellschaft von zwei lieben Menschen befände.

Dank Baschardusts Verbindungsmann waren wir in unserer Zelle im Besitz eines Tauchsieders und einer Blechtasse, sodass wir Tee kochen konnten. Außerdem verfügten wir über ein kleines Radio sowie ein Messer zum Schneiden von Obst, das Baschardust manchmal in seinen Taschen in die Zelle schmuggelte.

Nahezu den ganzen Tag lagen wir auf unseren Schlafmatratzen. Wir verkrochen uns unter unsere Decken, hörten leise Radio und hielten uns mit heißem Tee warm. Nachts träumte ich von meinen Eltern oder Geschwistern. Ich vermisste meine Toten und alle meine Liebsten, ich vermisste sogar die Katzen, Ziegenbabys und Spatzen in unserem Haus in Herat und nicht zuletzt unseren toten Jagdhund. Sardar war drei Tage vor der blutigen Aprilrevolution, als meine Eltern bei uns in Kabul waren, gestorben. Doch sein Tod war uns verschwiegen und auch später im Schatten der viel größeren Verluste wenig betrauert worden.

3

Ende Winter war es so weit. Am vierzehnten März 1979, es war ein Freitag, erhob sich die Bevölkerung von Herat zu einem nie da gewesenen Aufstand, dessen Flammen das neue Regime samt ihren sowjetischen Wegbereitern verschlangen. In der Herater Garnison kam es zu einer Meuterei, und alle Regierungsgebäude der Stadt fielen in die Hände des Volkes.

Gouverneur Gol Agha bekam den Zorn des Volkes am schlimmsten zu spüren. Er wurde an ein Seil gebunden und hinter einem Pferd durch die Neustadt gezogen. Tausende Menschen, die zu beiden Seiten der Straßen standen, jubelten und bewarfen ihn mit allem, was ihnen in die Hand kam. Gol Agha starb, und sein Leichnam wurde auf der Tscharsu zur Schau gestellt. Taraki wandte sich telefonisch an Moskau und bat um Unterstützung aus der Luft. Am siebenundzwanzigsten und achtundzwanzigsten März wurde die Stadt durch sowjetische Piloten bombardiert. Rund fünfundzwanzigtausend Menschen verloren dabei ihr Leben.

Die Nachrichten aus Herat erschütterten uns Gefangene sehr. Obwohl Onkel Naurus mich benachrichtigt hatte, dass es meiner Familie gut ging, verfolgten mich Bilder von Bombardierungen, Verhaftungen und Erschießungen. Der Herater Aufstand war der erste in diesem Ausmaß, den Afghanistan nach dem Aprilputsch erlebte, und er ermutigte Menschen anderer Regionen, sich zu erheben. Nur einige Wochen später kam es in Dschalal Abad, am anderen Ende des Landes, zu Unruhen. Den ganzen Sommer über loderten überall Flammen des Widerstandes empor.

Bald hatte das Regime nicht nur die städtische Bevölkerung gegen sich, sondern auch die ländliche. Es hatte zwar eine Bodenreform durchgeführt, aber die Bauern hatten weder die finanziellen Mittel noch das landwirtschaftliche Know-how, um mit dem Boden, den sie bekommen hatten, etwas anfangen zu können. Viele weigerten sich auch schlicht, Herr eines Bodens zu sein, der ihnen nicht gehörte. Demzufolge waren sowohl die enteigneten Grundbesitzer gegen die Regierung als auch die Bauern.

Baschardust und Omarsay, die mit den Verhältnissen im Lande gut vertraut waren, glaubten, dass die Proteste ungesteuert wären und eher einen nationalen als religiösen Charakter hätten. Ihre Befürchtung war jedoch, dass sie allmählich ein islamistisches Gesicht erhielten, denn weder Pakistan noch Saudi-Arabien unternahmen etwas, um die zahlreichen demokratisch gesinnten Protestgruppen zu unterstützen. Dagegen waren die zerstrittenen Muslimbrüder von einst auf dem besten Wege, sich mit deren sowie westlicher Hilfe zu starken Fraktionen zu organisieren. Sie nannten sich Mudschaheddin, und der Widerstand wurde von ihnen als ein heiliger Dschihad propagiert.

UNTER DEM DRUCK von unten wuchs auch der Riss innerhalb der Regierungsspitze. Baschardust und Omarsay unterhielten sich oft über die Machtkämpfe zwischen Taraki und seinem Ministerpräsidenten Hafisullah Amin. Da dieser gleichzeitig als Oberbefehlshaber der Streitkräfte fungierte, glaubten sie, dass er nicht mehr lange hinter seinem Mentor stehen würde und sich auf die volle Machtübernahme vorbereitete.

Anfang September reiste Taraki zu einer Konferenz der blockfreien Länder nach Kuba und machte auf dem Rückflug einen Zwischenhalt in Moskau, wo er den Sowjetchef Leonid Breschnew traf. Diesem Treffen folgte auf der Kabuler Machtbühne ein nebulöses Schauspiel, welches das ganze Land in großes Erstaunen versetzte. Es brauchte Zeit, bis die Zusammenhänge ans Licht kamen und das Volk erfuhr, was sich alles hinter der Bühne abgespielt hatte:

Seit dem Ausbruch der Aufstände war Moskau alarmiert. Alexander Pusanow – Botschafter, Leiter des KGB und Freund des früheren Partschami-Führers Karmal – sah in Hafisullah Amin den Schuldigen für die Fehlentwicklung. Gleichzeitig war Karmal, der im Prager Exil nichts zu tun hatte, als sich mit Bier und Wodka zu betrinken und von seiner Rückkehr an die Macht zu träumen, hartnäckig bemüht darum, die Verantwortlichen im Kreml zum Handeln zu bewegen. Die sowjetische Führung sah sich gezwungen, ein neues Szenario zu entwerfen.

Dieses sah eine erneute politische Hochzeit zwischen den Khalqis und Partschamis ohne Hafisullah Amins Beteiligung vor. Dieser sollte politisch sowie physisch enthauptet werden und für Karmal Platz machen. Tarakis Besuch in Moskau bot dem Kremlchef die Gelegenheit, diesen persönlich in den Plan einzuweihen und ihn mit Karmal zu versöhnen. Allerdings hatten weder Breschnew noch Taraki damit gerechnet, dass zwei von Hafisullah Amins Spitzeln mit am Tisch saßen.

Hafisullah Amin reagierte unmittelbar und folgerichtig. Er setzte die vier Rosa-Minister ab, die Taraki nahestanden, und bereitete zeitgleich einen königlichen Empfang für den ahnungslosen Staatschef vor. Nur wenige Tage nach dessen Rückkehr aus Moskau im September 1979 berichteten die Medien über den Rücktritt Tarakis von allen Ämtern. Es hieß, er sei schwer erkrankt, und im selben Atemzug wurde die Übernahme der Parteiführung und des Vorsitz des Revolutionsrates durch den Genossen Hafisullah Amin bekannt gegeben.

Die Menschen im Land waren irritiert. Die Irritation ging aber weiter. Es vergingen zwei Wochen, in denen man nichts, aber auch gar nichts über Taraki hörte. Er war völlig von der Bildfläche verschwunden. Erst am zehnten Oktober hieß es in den Medien, Taraki sei an den Folgen einer unheilbaren Krankheit gestorben. Doch bald kam ans Tageslicht, dass Taraki durch Hafisullah Amins Männer mit einem Kissen erstickt worden war.

Das Grab des »Führers der Aprilrevolution«, der sich einen ewig glänzenden roten Stern am Himmel der afghanischen Geschichte gewünscht hatte, sollte später geschändet und zerstört werden. Und so ist es kein roter Stern, der über dem Tor der afghanischen Geschichte glitzert, sondern sein Leichnam, der heute noch daran baumelt.

MIT HAFISULLAH AMINS Alleinherrschaft erreichte das afghanische Drama, das am siebenundzwanzigsten April 1978 begonnen hatte, seinen dritten Akt. Doch unsere Hoffnung, dass er uns womöglich freilassen würde, wurde enttäuscht. Es zeigte sich bald, dass Hafisullah Amin noch irrationaler und grausamer war als sein Vorgänger. Es kamen neue Häftlinge nach Pol-e Tscharkhi, die meisten waren jetzt Rosa-Khalqis. Den Platz für sie mussten leider jene zahlen, die bereits einsaßen.

Es verwunderte uns nicht, dass unter den Neuen auch hochrangige Funktionäre der Partei und Anhänger der Regierung und des Militärs waren. Als ich aber eines Tages Sorayas Vater im Hof erkannte, der in der Sonne an der Mauerwand hockte und rauchte, glaubte ich, meinen

Augen nicht mehr trauen zu können. Ich ging auf ihn zu und grüßte ihn.

»Ich bin es, Doktor Sahib. Schaer, der Studienkollege von Soraya Dschan.«

Er grüßte mich leise zurück, erhob sich und reichte mir die Hand. »Was machen Sie denn hier?«, fragte er. »Sie sollten doch jetzt in der Universität sein.«

»Es gibt viele, die hier falsch am Platz sind, Doktor Sahib«, erwiderte ich lächelnd. »Wie geht's Ihnen? Wie geht's den Kindern?«

Er seufzte. »Saradsch Dschan, meinen älteren Sohn, haben sie erschossen. Solaiman ist in den Untergrund gegangen. Und Soraya geht zur Universität, aber du kannst dir vorstellen, wie es ihr geht.«

»Mein herzliches Beileid, Doktor Sahib«, sagte ich. Ich wollte mich bei ihm bedanken, dass er oder Saradsch sich seinerzeit für Aman eingesetzt hatten, kam aber nicht dazu.

»Es sieht aus, als wäre das hier das Ende des Traumes«, flüsterte er.

»Der Traum ist aber noch nicht zu Ende, Doktor Sahib«, entgegnete ich leise.

Samandar Paschtunsad zog an seiner Zigarette. »Aus ihm ist längst ein Albtraum geworden.«

»Jeder Mensch hat ein Recht darauf, hin und wieder einen schönen Traum zu träumen«, sagte ich. »Aber nicht jeder, der in diesem Wettkampf die Ziege fest in den Händen hält, geht am Ende als Gewinner hervor.«

»Das hast du gut gesagt, Schaer Dschan«, lachte er bitter. »Aber gibt es in diesem Spiel überhaupt einen Gewinner?«

Seine Frage galt eher ihm selbst als mir. Beinahe hätte ich ihm gesagt, dass es in einem Spiel, in dem Täter und Opfer ständig die Plätze tauschten, keinen Gewinner geben könne, aber ich entschied mich anders. »Am Ende wird es einen Gewinner geben, Doktor Sahib. Er ist nur noch nicht geboren.«

Ein Häftling, offenbar ein Bekannter von Doktor Paschtunsad, kam zu uns, und ich verabschiedete mich von ihm, in der Hoffnung, das Gespräch mit ihm später fortsetzen zu können. Doch ich sollte Sorayas Vater nicht wiedersehen. Seine Geschichte ging im Schlachthof Poligum zu Ende, wie ich später erfuhr, und mit ihr auch das Spiel für ihn und sein Traum, wie auch immer dieser ausgesehen hatte.

4

Der siebenundzwanzigste Dezember 1979 war ein milder Tag. Den ganzen Nachmittag verbrachten wir auf dem Gefängnishof. Es hieß, der Vorsitzende des Revolutionsrates würde vor der Nation eine wichtige Rede halten, und wir sollten sie im Fernsehen verfolgen, möglicherweise auch nur über das Radio, was den im Hof angebrachten Lautsprecher erklärte. Alle fragten sich, was Hafisullah Amin dem Volk mitteilen wollte. Vor allem das Gerücht von einer Amnestie versetzte uns alle in Neugier und Ungeduld. Doch es geschah nichts. Weder erklang seine Stimme aus dem Lautsprecher noch erschien er auf dem Bildschirm. Vielmehr schien das Fernsehen den Dienst komplett eingestellt zu haben.

Als der Abend anbrach, rechnete niemand mehr mit Hafisullah Amins Rede. Stattdessen waren von draußen laute Gefechte zu hören. Die Gefangenen liefen aus ihren Zellen in die Flure und in den Hof und sahen, dass die vier Türme des Gefängnisses unter Beschuss standen. Aus dem Lautsprecher ertönte eine Stimme, die uns mit knappen Worten informierte. Die Haftanstalt werde von konterrevolutionären Kräften angegriffen. Es gäbe aber keinen Grund zur Aufregung. Man würde die Ordnung in Kürze wiederherstellen. Der Beschuss von außen wurde jedoch immer heftiger und erschütterte auch unseren Block. Schließlich wurde alles ruhig. Wir standen im Hof, der von Scheinwerfern beleuchtet wurde, und warteten gespannt, was als Nächstes geschehen würde.

Knapp eine Dreiviertelstunde verging, vom Gefängnispersonal war keine Spur zu sehen, dann ertönte ein Husten aus dem Lautsprecher und es wurde wieder still. »Hat da jemand gehustet oder habe ich falsch gehört?«, rief einer. Alle lachten.

Dann erklang eine Stimme aus dem Lautsprecher: »Liebe Gefangene! Heute wurde das faschistische Regime von Hafisullah Amin gestürzt. Die politische Macht ist nun in den Händen der wahren Söhne dieses Volkes. Und Sie, unschuldige Väter, Mütter und Kinder dieser großen Nation, kommen bald nach Hause zu Ihren Liebsten. Die alte Führerschaft und das Personal des Gefängnisses befinden sich unter Aufsicht der revolutionären Kräfte. Sie alle, geehrte Gefangene, werden gebeten, die Kontrolle über ihre Blöcke selbst in die Hand zu nehmen und für Ruhe und Ordnung zu sorgen.«

Das war's. Ein großer Jubel brach aus, jeder umarmte jeden, und jeder gratulierte jedem. Über die Fragen, wer nun »die wahren Söhne des Volkes« waren und was mit Hafisullah Amin geschehen war, wurde viel spekuliert. Es dauerte ungefähr eine Viertelstunde, da erklang erneut eine Stimme aus dem Lautsprecher. Ein Ansager kündigte an, »der Vorsitzende des Revolutionsrates« würde nun zum Volk sprechen. Dies amüsierte alle, und jemand rief: »Der alte oder der neue?«

Es ertönte die Stimme von Karmal. Er begann mit einer Ansprache – »Das Heldenvolk von Afghanistan!«. Daraufhin verkündete er das Ende seines Erzfeindes Hafisullah Amin und gratulierte dem Volk zu dessen Hinrichtung. Unter den Gefangenen brach großer Jubel aus. Dann aber bedankte er sich bei der Sowjetunion für ihren »uneingeschränkten Einsatz« und schickte Lobesworte an die »Bruderpartei«, die mit »kleinen Einheiten der großartigen Roten Armee in unserem Vaterland« ihrer »international-proletarischen Pflicht« nachgekommen sei.

Nach Karmals Rede lief für eine Weile Militärmusik, dann wurde die Verbindung zum Rundfunk unterbrochen, und es wurde wieder still. Wir kehrten in unsere Zellen zurück, und es dauerte nicht lange, da kam eine Gruppe von Russen und Afghanen in unseren Block. Ein Teil trug Militäruniform, andere waren im Anzug. Sie gingen von Etage zu Etage und riefen aus einer Liste die Namen einiger Gefangener auf. Es waren allesamt Anhänger des Partscham-Flügels, die sich mit ihren Sachen auf dem Hof versammeln durften, um noch in der Nacht in die Stadt gefahren zu werden. Es verwunderte Baschardust und mich kaum, dass auch unser Zellengenosse Omarsay dazugehörte. Er hatte uns bereits erzählt, dass die Partschamis ihn immer noch für ihren Mann hielten, obwohl er mit Politik längst nichts mehr zu tun haben wollte.

Am Tag darauf überraschte uns die Nachricht, dass wir einen neuen Gefängnisdirektor bekämen. Wir freuten uns, dass er aus unseren eigenen Reihen stammte – denn es war niemand anders als Omarsay.

Noch am selben Abend beehrte er uns mit einem Antrittsbesuch in seiner ehemaligen Zelle und brachte uns Süßigkeiten sowie ein kleines Radio mit, da unser altes nicht mehr funktionierte. Er blieb nicht lange, aber nach dem Abendessen kam ein Wärter und brachte Baschardust und mich in sein Büro, wo wir Tee tranken und Nüsse und Süßigkeiten aßen. Durch Omarsay wurden wir in die abenteuerlichen Vorgänge eingeweiht, die Hafisullah Amins letzte Stunden bestimmt hatten.

Dieser hatte offenbar – ähnlich wie seinerzeit Daoud Khan – versucht, sich aus der verhängnisvollen Umarmung der Sowjetmacht zu befreien, und sich heimlich an die Amerikaner und die benachbarten Pakistanis gewandt. Die Russen, die ihm den Mord an Taraki und die Vereitlung ihrer Pläne nicht verzeihen konnten, sahen sich zum Handeln gezwungen.

Am vierundzwanzigsten Dezember 1979 überschritten Truppenverbände der vierzigsten Armee der sowjetischen Streitkräfte die Grenze nach Afghanistan. Zeitgleich flogen rund siebentausend Elitesoldaten nach Kabul ein. Hafisullah Amin stand mit dem Rücken an der Wand – und traf die mutigste Entscheidung seines Lebens. Er beabsichtigte, sich am Nachmittag in einer Rede an die Nation zu wenden. Er wollte das Volk in die Absichten der Roten Armee, Afghanistan zu besetzen, einweihen und es zum ›Dschihad‹ gegen sie aufrufen.

Doch dazu sollte es nicht mehr kommen. Karmal war bereits in einer Aeroflot-Maschine unterwegs von Prag nach Taschkent, um beim dortigen Rundfunk seine vorbereitete Umsturzrede aufzunehmen. Am späten Abend brach Hafisullah Amins Residenzgarde nach erbittertem Widerstand zusammen. Er wurde verhaftet und aufgefordert, seinen Rücktritt zu erklären. Da er sich weigerte, wurde er erschossen. In der Nacht überschritten weitere Truppenverbände die Grenze nach Afghanistan, und Karmal wurde von Taschkent nach Kabul geflogen.

OMARSAY, DER UNS das alles ausführlich erzählte, erinnerte sich weiter: »Im Grunde ist es das alte Schachspiel. Im Jahre 1929 haben die Briten mit Habibullah, dem Sohn des Wasserträgers, unseren König

Amanullah vom Brett gefegt. Jetzt, einundvierzig Jahre später, sind die Russen am Zug.«

»Vorerst ja«, warf Baschardust ein. »Aber bald werden sich auch die Amerikaner als Mitspieler anbieten. Und dreimal dürft ihr raten, welche Figuren sie ins Spiel bringen werden.«

Er zielte auf die Proteste der USA und ihrer Verbündeten gegen die Besetzung Afghanistans durch die Rote Armee ab. Die Antwort lag auf der Hand. Wir, und die meisten anderen Häftlinge, wollten nicht, dass der Widerstand zu einer religiösen Bewegung wurde. Genau davor hatten wir alle Angst. Nach zwei Stunden verabschiedeten wir uns von Omarsay und kehrten – diesmal ohne Bewachung – zu unserer Zelle zurück.

Eine Woche später, am fünften Januar 1980 zur Mittagszeit, wurde das eiserne Tor für uns geöffnet. Wir waren Tausende, und unsere Angehörigen, die sich zu unserem Empfang vor dem Gefängnis versammelt hatten, ebenso. Darunter Onkel Naurus und Bustan, die mich mit offenen Armen begrüßten.

Teil fünf

1

Ein Jahr und dreiundzwanzig Tage hatte ich im Gefängnis verbracht. Jetzt saß ich im Wohnzimmer meines Onkels und war erfreut zu hören und zu sehen, dass es allen gut ging.

Neuigkeiten gab es einige. Dastan und seine Familie waren nach Pakistan und von dort über ein UNO-Flüchtlingsprogramm weiter in die USA ausgewandert. Bustan hatte sein Haus verkauft und war mit seiner Familie bei Onkel Naurus eingezogen. Awesta war Anfang März des vorangegangenen Jahres in die Türkei gereist. Maulana Asis hatte sie persönlich mitgenommen, nachdem sich ihr Zustand deutlich verschlechtert hatte. Sie lebte nun bei ihm und lernte Türkisch, um später die Schule besuchen zu können. Mutter Khurschid, die sie im Sommer besucht hatte, rief mich aus Herat an und versicherte mir, dass meine Schwester gesund und glücklich sei. »Das Haus ist sehr groß. Awesta hat ihr eigenes Zimmer. Mit Terrasse. Und vor ihrer Terrasse gibt es einen großen Garten mit vielen Blumen.«

Des Weiteren hatte Schira Ende Dezember einen Sohn geboren und ihn Yadgar genannt. Als ich dies hörte, musste ich grinsen. Denn Yadgar ist genau genommen kein Name. Doch im Hinblick darauf, dass das Wort Andenken bedeutet, fand ich, dass es der bestgeeignete Name war, den Schira der einzigen Frucht ihrer Liebe mit Aman hatte geben können.

Es gab aber auch Nachrichten, die sehr traurig waren und mir erst später mitgeteilt wurden. So hatte die alte Regierung unser Haus in Herat beschlagnahmt und darin ihre Geheimdienstleute und Parteimilizen untergebracht. Meine Familie lebte jetzt in einem kleinen, zweistöckigen Haus vor Dschikan, das Asis gekauft hatte.

»Vielen wurden ihre Häuser und Grundstücke weggenommen«, sagte Schampon, die meine Miene richtig deutete. Die Nachricht hatte mich wie ein glühendes Gestein aus dem All getroffen. »Die neue Regierung will aber den Menschen ihre Eigentümer zurückgeben.«

Selbst wenn, dachte ich – unser Haus würde nie mehr das Haus sein, das ich kannte. »Das Schlimmste wäre, wenn es nach Blut riechen würde«, sagte ich.

Da lachte mein Onkel. Es klang bitter, aber was er sagte, leuchtete mir ein. »Das ganze Land riecht nach Blut. Natürlich müsst ihr die Räume neu streichen. Schlimmstenfalls müsst ihr das Haus etwas renovieren.«

Enttäuschend war es auch zu erfahren, dass die Schlüssel meines Vaters – sowohl das Original als auch die nachgemachten – nicht aufgetaucht waren. Schließlich verrieten mir mein Onkel und seine Frau noch etwas, was mich zutiefst erschütterte: Unser Gärtner war nicht mehr am Leben. Khudscha Morad hatte die Nachricht über den Verlust unseres Hauses, dessen beide Gärten er immer und mit Stolz als sein Lebenswerk angesehen hatte, nicht verkraftet und war nachts im Schlaf gestorben. Aus den Erzählungen meines Onkels ging weiterhin hervor, dass es um die wirtschaftliche Lage meines Bruders nicht gut bestellt war. Seit dem Tod Hadschi Aghas hatte Asis keinerlei Verdienste verbuchen können, sodass er sogar die Wohltaten unseres Vaters für Arme und Bedürftige hatte einstellen müssen. Auch diese Nachricht beunruhigte mich sehr. Nun wollte ich mich anstrengen, mein Studium zu einem erfolgreichen Abschluss zu bringen.

Zu Beginn der nächsten Woche ging ich auf den Campus. Es waren noch Winterferien, aber ich wollte im Sekretariat vorsprechen und erklären, dass mir zum Abschluss meines vierten Studienjahres zwei Prüfungen fehlten. Es wurde mir gestattet, die fehlenden Prüfungen kurz vor Beginn des neuen Studienjahrs abzulegen.

Als ich das Sekretariat verließ, sah ich auf einem Stuhl im Wartebereich hinter der Tür – Soraya. Reflexartig erhob sie sich und erwiderte meinen Gruß. Wir schüttelten uns die Hände, küssten uns auf die Wange und setzten uns dann nebeneinander. Sie war genauso abgemagert wie ich. Sie fragte, was mich hierher führte, und ich antwortete ihr mit knappen Worten. Währenddessen ließ sie zu, dass ein Student vor ihr in das Sekretariat ging.

»Und wie geht's dir jetzt?«, fragte sie.

»Die Gefängniszellen waren feucht und im Winter sehr kalt. Ich bleibe noch einige Tage in Kabul, um mich ärztlich untersuchen zu lassen.«

»In welchem Block warst du gefangen?«, fragte sie. »Im zweiten?«

Ich nickte. »Ja. Im zweiten.«

Ich wollte ihr die nächste naheliegende Frage ersparen. Also sagte ich: »Ich habe dort deinen Vater getroffen, Soraya Dschan.«

Im Nu bildeten sich zwei nasse Perlen in ihren Augenwinkeln.

»Mein herzliches Beileid. Wegen deinem Vater. Und deinem Bruder.«

Sie wischte die Tränen ab und erwiderte: »Ebenso.«

Nun wollte auch ich wissen, was sie heute hierher führte.

»Ich fahre morgen mit meiner Mutter und meiner Schwester nach Pakistan«, sagte sie. »Dort wartet Solaiman auf uns. Wir wollen nach Australien auswandern.«

»Nach Australien?« Ich war verdutzt. »So weit?«

»Ja. Ich will gleich mein Zeugnis abholen.«

Die Tür wurde geöffnet. Der Student von vorher kam heraus. Hinter ihm erschien der Büroleiter. Er fragte Soraya, ob sie hereinkommen wolle. Sie erhob sich. Ich auch, um ihr die Hand zu reichen. Zum letzten Mal sahen wir uns in die Augen und wünschten uns Glück und alles Gute im Leben. Dann verschwand sie aus meinem Blick, und die Tür wurde geschlossen. Soraya sah ich nie wieder.

ICH FLOG FÜR den Rest der Ferien mit meinem Onkel nach Herat, wo uns Asis und Ali vom Flughafen abholten. Wieder zu Hause zu sein tat gut – auch wenn dieses Zuhause nicht mehr jenes meines Vaters war. Jeden Tag kamen Verwandte und Freunde zu uns, und jeder wollte von mir wissen, wie es sich im Gefängnis lebte und wie es mir ergangen sei.

Besonders aber beeindruckte mich der fürsorgliche Umgang meiner Großmutter und meines Onkels Latif mit mir. Und nicht nur das – Bibi Hadschi, bereits über neunzig Jahre alt und immer noch in guter Verfassung, betete für ihren verstorbenen Schwiegersohn. Früher hatte sie meinen Vater als falschen Imam beschimpft, der im

Paradies nichts zu suchen hätte. Sein plötzlicher Tod aber – an einem Tag, als das ganze Land in den Abgrund stürzte – hatte die alte Frau zur Besinnung gebracht. Sie bezeichnete ihn nun als »Schahid«, Märtyrer, und »Opfer der Bolschewiken«.

Auch Onkel Latif hatte sich verändert. Früher hatte er mit der Religion nichts am Hut gehabt. Und jetzt? Nicht einmal mein Vater hatte so häufig mit seiner islamischen Gebetskette hantiert wie er. Die Entdeckung und Wiederentdeckung der Religiosität war in diesen Tagen über alle Generationen hinweg zu beobachten. Die ideologische Quelle dieser Entwicklung lag in der jungen Republik des Iran, wo genau zu dieser Zeit der Islam zu einem politisch-revolutionären Manifest avancierte. Gerade die Bevölkerung von Herat, die nach den traumatischen Umbrüchen im März 1979 Schutz und Halt suchte, ließ sich vom Ruf der iranischen Mullahs inspirieren.

WIE IN KABUL waren auch in Herat an jeder Ecke sowjetische Panzer platziert. Der Anblick der Verwüstungen durch die Fliegerbomben ließ mich verstummen: Ganze Straßenzüge, Plätze, Märkte und Händlerpassagen lagen in Trümmern, in den Straßen klafften Bombenkrater, Teehäuser und Restaurants waren entweder zerstört und geschlossen oder leer von Besuchern, Musik war nirgendwo zu hören, und die beiden Theater und das einzige Kino hatten ebenso den Betrieb eingestellt.

Bei meinen Ausflügen in die Stadt mit Ali vermied ich die Straße, an der mein Elternhaus stand und in dem nun die Russen wohnten. Der Stadtkern, erzählte Ali mir, sei fest in den Händen von Karmals neuem Regime. Der Großteil der umliegenden Bezirke und Regionen sei jedoch entweder umkämpft oder in den Händen der Rebellen.

Anfang Februar, als die Sonne den Schnee zum Schmelzen brachte, besuchten Ali und ich Amin. Der Mechaniker war – im Gegensatz zu vielen seiner einstigen Kampfgenossen – während der letzten Jahre nicht untätig geblieben und hatte sich in einem der Dörfer nordwestlich von Herat ein Häuschen gebaut, das sehr versteckt lag. Seine Garage war voller Kalaschnikows und Sprengbomben und sein Garten voller junger Männer. Darunter waren auch einige Gesichter, die ich aus meiner Schulzeit kannte. Den Glauben an eine Zukunft in Freiheit, der diese Männer bewegte, konnte ich jedoch nicht teilen, ihre Bereitschaft, als Held zu sterben, ebenso nicht.

DEN GRÖSSTEN TEIL meines rund zweimonatigen Aufenthalts in Herat verbrachte ich zu Hause und beschäftigte mich vor allem mit den Kindern. Dschamal, der Sohn meines Bruders Asis, würde im April fünf Jahre alt werden. Er hatte nachtschwarze Augen, und wenn die Welt draußen von blendend weißem Schnee bedeckt war, wickelte er sich gerne in eine kleine schwarze Wolldecke ein und ging auf die Dachterrasse. Mir fiel auf, dass er dies heimlich tat und die Tür zum Hausdach hinter sich schloss. Eines Tages beobachtete ich ihn durch den Türspalt, wie er auf der Dachterrasse stand und seinen Blick über die Dächer schweifen ließ, über die Scharen von Vögeln flogen. Ich öffnete die Tür und überraschte ihn von hinten.

Er drehte sich zu mir und rief: »Onkel Schaer!«

»Ja?«

»Wo liegt Australien?«

Ich erinnerte mich, dass Dschamal vor Kurzem gespannt zugehört hatte, als einige Gäste im Wohnzimmer vom Leben afghanischer Auswanderer in den USA und in Australien schwärmten.

»Australien ist weit weg, Dschamal Dschan. Es ist ein eigener Kontinent und befindet sich fast auf der Rückseite der Erde.«

Wir gingen ins Wohnzimmer, und ich zeigte ihm auf der Weltkarte die Kontinente mit ihren vielen Ländern.

Seit diesem Tag suchte ich, bewusst oder unbewusst, eine ähnlich innige Beziehung zu Dschamal aufzubauen, wie sie seinerzeit mein Vater zu mir gepflegt hatte. Dschamal war jedoch ein Kind von ganz anderem Schlag als ich damals. Zwar hörte er aufmerksam zu, was ich ihm erzählte, reagierte aber selten und regte sich kaum. Auch sein Interesse an den Märchen und Geschichten, die ich ihm vorlas, hielt sich in Grenzen. Dies nahm ich ihm aber nicht übel, vielmehr glaubte ich, dass er in seinem eigenen Märchen lebte.

Ganz anders als Dschamal war seine jüngere Schwester Parwana veranlagt, die kaum ein Jahr alt war. Ihr Name spiegelte ihre lebendige Natur wider. Parwana glich nämlich einem Schmetterling, wenn sie mit ihren kleinen Armen und Beinen flatterte. Wie früher Awesta robbte sie auf ihrem Po, krabbelte auf allen vieren auf dem alten Teppich ihrer Großmutter, zog sich hoch, fiel auf ihren Hintern und lachte.

Mein zweiter Neffe, Schiras Sohn Yadgar, war von ähnlichem Schlag. Er glich in seinen Gesichtszügen so sehr seinem Vater Aman, dass Mutter Khurschid meinte, beide seien zwei Hälften ein und desselben Apfels. Doch seine graugrünen Augen hatte er von Schira. Außerdem war Yadgar, so fanden alle, kräftiger als seinerzeit Aman. Vierzehn Monate alt, und schon rannte er von einem Ende des Wohnzimmers zum anderen.

Wenn das Wetter mild war, nahm ich oft Yadgar in meinen rechten und Parwana in meinen linken Arm und brachte sie die Treppe hinunter in den Garten. Bald folgte uns auch Dschamal, und wir spielten gemeinsam.

ANSONSTEN WAR ES Khasan Gol, der unter den Nachfahren meiner Großmutter meine besondere Aufmerksamkeit gewann. Er war der inzwischen vierzehnjährige Sohn meiner Cousine Schahrsad und meines Cousins Salam, mit dem ich dreizehn Jahre zuvor, Anfang 1967, mein Vergnügen gehabt hatte. Als Kleinkind war er schmächtig gewesen und hatte mit seinen sechs Fingern an der rechten und vier an der linken Hand gebrüllt wie ein wilder Kater, in dessen Schrei ich sowohl einen künstlerischen als auch einen rebellischen, ja bösen Geist zu vernehmen geglaubt hatte.

Seit jenen Tagen hatte ich den Blickkontakt mit Khasan Gol – mit seinen grauen Kateraugen, aus denen er mich jedes Mal anstarrte – beharrlich gemieden. Dabei war mir jedoch nicht entgangen, dass der Junge von Jahr zu Jahr ruhiger wurde. Auch die Parallelen, die er in seiner physischen sowie geistigen Entwicklung zu meiner eigenen Kindheit aufwies, traten mit der Zeit deutlich hervor. Khasan Gol blieb lange ein Zwerg, bis er mit neun oder zehn Jahren mit einem Mal zu wachsen begann. In seiner Schulklasse war er ebenso immer der Beste. Und eine besondere Liebe zur Dichtkunst? Die hatte er auch. Noch mehr allerdings war er in einer anderen Kunst zu Hause. Während ich nur schiefe Häuser, Türme und Bäume gemalt oder gezeichnet hatte, erwies er sich als ein vielversprechendes Talent im Umgang mit Bleistift, Pinsel und Farbe. Es sah ganz danach aus, als hätte in der frühkindlichen mentalen Schlacht des gelben Katers der Künstler den Rebellen besiegt.

Eines Abends zeigte er mir – ich glaube, es war das erste Mal überhaupt, dass wir uns direkt gegenübersaßen – einige Bleistiftzeichnungen, Porträts und Karikaturen in kleineren Formaten. Dann rollte er zwei große Gemälde mit Ölfarben auf kostbarem Papier aus. Auf dem ersten war Bibi Hadschi als eine riesige graue Bärin mit ihrem Nachwuchs, allesamt bunte Bärinnen und Bären, auf einer grünen Wiese dargestellt. Ihr Sohn Latif lag auf ihrem Rücken und sonnte sich, ihre Töchter und Enkelkinder liefen um sie herum. Ich war nicht nur amüsiert, sondern auch beeindruckt von der Idee, die dem Bild zugrunde lag.

Das zweite Gemälde war grandios. Es zeigte den Zusammenprall zweier Wasserfälle, die von zwei Felsklippen mit voller Wucht in eine breite, tiefe Schlucht stürzten. Der Wasserschwall, der vom linken Berg floss, war blutrot, der vom rechten dagegen dunkelgrau und schwarz. Ihr Zusammenstoß auf der mittleren Höhe der Schlucht war als eine gewaltige Explosion dargestellt, die die Wassermassen in unzählige Teilchen zerstäubte und durch den Raum schleuderte. Der Ort dieses Geschehens war auf den ersten Blick eine anmutige Landschaft mit lebhaften Farben. Das Tal war grün und mit aller Art bunten Blumen übersät. Der Himmel war weit, und die kugelrunden Wölkchen wirkten wie in sein blaues Gewand gestickt. Doch bald offenbarte mir diese Ordnung einen Riss, der mich in Unruhe versetzte. Ich blickte in diesen Riss und entdeckte augenblicklich eine andere Dimension des Gemäldes. In der anmutigen Landschaft erfasste ich eine ganze Gerätschaft des Krieges. Die grünen Pflanzen am Berghang verwandelten sich in Soldaten, Panzer, Gewehre und Soldatenzelte, die Rosen und Anemonen in rote Flaggen, die harmlosen Wölkchen in glühende Rauchschwaden, die von der Explosion hochstiegen, und schließlich die weißen Blumen in Rebellen. Mir wurde klar, dass das Gemälde gewissermaßen eine doppelte Buchführung des Daseins preisgab. Es vereinigte auf magisch-unheimliche Art und untrennbar zwei Gegensätze – die Ornamente der Natur und des Krieges – in malerischem Auftrag. Das war eine neue Erfahrung für mich. Ich konnte das Bild so oder so sehen, als Natur- oder als Kriegserlebnis.

Während meiner restlichen Ferien entwickelte sich so zwischen Khasan Gol und mir eine Freundschaft. An meinem letzten Tag, es war am zwölften oder dreizehnten März, als ich zur Fortsetzung meines Studiums nach Kabul flog, kam er sogar mit zum Flughafen.

MEIN VATER HAT die Zeiten, an die man keinerlei Erinnerung hat, als tote Zeit bezeichnet. Damit meinte er, dass wir an den Tagen, die spurlos aus unserem Gedächtnis gelöscht sind, nicht wirklich gelebt haben. Und tatsächlich: Wenn ich an mein letztes Studienjahr in Kabul denke, von dem ich viel Zeit im Krankenhaus verbrachte, um das Gelernte zu praktizieren, gibt es wirklich nicht viele Tage, die mir erhalten geblieben sind. Zu diesen wenigen gehören vor allem jene im September 1980, als Maulana Asis bei uns, im Hause meines Onkels, zu Besuch war. Einige Tage zuvor hatte ich mein Studienzeugnis überreicht bekommen – wie sehr hätte ich mir an diesem Tag meinen Vater herbeigewünscht! – und begleitete Maulana Asis nun des Öfteren zu einflussreichen Männern der Stadt, mit denen er sich über das Wesen des Dschihads austauschte.

Ich glaube, dass Maulana Asis schon damals bestimmte Entwicklungen vorausgeahnt hat. Er war zuvor durch das Land gereist – bis zu den Grenzstädten auf der pakistanischen Seite – und hatte die Menschen vor einer Islamisierung des Widerstands gewarnt, genauso wie vor dessen Instrumentalisierung durch das Ausland. Dem Westen ging es um seinen Kalten Krieg mit den Sowjets, den Pakistanis darum, an dem afghanischen Krieg zu verdienen, den Saudis um die Verbreitung ihres wahabistischen Gedankenguts und den Iranern um ihr eigenes Modell des Gottesstaates, das sie propagierten. Maulana Asis, der allen Seiten misstraute, warnte vor dem politischen Missbrauch des Islams. »Lassen wir die Moschee im Dorf, Brüder!«, hatte er auf einer Konferenz in Pakistan gerufen. »Wer im Namen der Religion Politik macht, der verliert bald jedes Maß und glaubt, im Auftrag Gottes zu handeln.«

Maulana Asis, der keiner bestimmten Widerstandsgruppe angehörte und doch ein gewisses Ansehen genoss, bemühte sich mit solchen Worten, die Anführer der Mudschaheddin vor radikalen Gesinnungen zu warnen. Doch die Zeit arbeitete wieder einmal gegen ihn.

2

Ich wünschte, die Geschichte meines Landes wäre unberührt vom Rest des Weltgeschehens verlaufen, dann wäre es unbekannt und bedeutungslos geblieben, wie es einst gewesen war – dann wäre aber auch meine eigene Geschichte eine andere. Diese in Erinnerung zu rufen und zu erzählen, wäre mühelos. Da dem aber nicht so ist, will ich erneut in sie eintauchen, um mich, meine Nächsten und mein Volk darin wiederzufinden.

Nach der sowjetischen Invasion Afghanistans entdeckten die USA und ihre Verbündeten dessen kriegerisches Volk und gleichzeitig eine Religion, die bestens geeignet war, den Kommunismus in Stücke zu reißen. Sie begannen, den afghanischen Widerstand finanziell und militärisch massiv zu unterstützen. Ihre Hilfeleistungen flossen aber zunächst nach Pakistan – sowohl an Politiker, Generäle und Geheimdienstler als auch an die dort ansässigen Afghanen.

Ich begann, mich im Herzen vom afghanischen Widerstand zu trennen. Mir war, wie vielen anderen, zu dieser Zeit bereits bekannt, wer die bärtigen Afghanen wirklich waren, die von den ausländischen Hilfen profitierten. Eine Einheitsfront gab es bei diesem Widerstand von Beginn an nicht. Es existierten größere und kleinere Gruppen, wobei die in der Muslimbrüderschaft der Sechziger- und Siebzigerjahre verwurzelten Extremisten zunächst eine Minderheit bildeten. Dies änderte sich jedoch rasant, nachdem der pakistanische Geheimdienst sich als Vermittler einschaltete und ein wahres Meisterstück vollbrachte: Die zerstrittenen Anführer rückten zusammen und verdichteten sich zu sieben großen Parteien, die als Peschawar-Parteien in die Geschichte eingingen. Die Radikalen unter ihnen profitierten am meisten von den Auslandshilfen, allen voran die Islamische Partei und ihr Anführer Hekmatyar, von dem bekannt war, dass er als Student die Gesichter von unverschleierten Studentinnen mit Säure bespritzt hatte. Weit abgeschlagen folgte sein ehemaliger Mitstreiter Rabbani. Dann erst kamen die anderen.

Die Peschawar-Parteien waren zum einen untereinander verfeindet, zum anderen mit den schiitisch und hasaritisch geprägten Gruppen, welche die Unterstützung der iranischen Seite genossen. Doch ob Sunniten oder Schiiten – alle durften sich Mudschaheddin nennen. Als solche bezeichneten sich auch die islamistischen Araber, die seit 1980, koordiniert durch ausländische Geheimdienste, zum »heiligen Dschihad« nach Afghanistan pilgerten. So dauerte es nicht lange, bis aus der afghanischen Nationalbewegung ein Glaubenskrieg wurde. Die jeweiligen in Pakistan ansässigen Anführer waren nicht nur Rivalen um Macht, Geld und Waffen. Ihre Fronten im Inland konkurrierten ebenso um die Eroberung von Provinzen und Dörfern, Städten und Stadtteilen. Diese Realität wurde mir schmerzlich vor Augen geführt, als ich Anfang 1981 zurück nach Herat ging, um endlich wieder bei meiner Familie zu sein und als Arzt zu arbeiten.

DASS KABUL – TROTZ aller dort herrschenden Unruhen – im Vergleich zum Rest des Landes eine sichere Oase war, wurde mir bei meiner Rückkehr nach Herat gleich am ersten Tag bewusst: Meine Stadt hatte sich bis zur Unkenntlichkeit verändert. Sie war zum Schauplatz brutaler Schlachten zwischen den Sowjets und ihren afghanischen Verbündeten auf der einen und den verfeindeten Gotteskriegern auf der anderen Seite geworden. An der Spitze der Rebellen standen überwiegend Schurken mit langjährigen, brutalen Karrieren und furchterregenden Namen. Für diese Männer war der Krieg eine willkommene Gelegenheit, sich selbst zu verwirklichen. Sie plünderten und erpressten Geld, misshandelten und töteten im Namen Gottes, vergewaltigten junge Frauen oder zwangen sie zur Heirat. Lehrer, Schüler und Studenten, alle, die westlich gekleidet waren oder ihren Bart rasierten, liefen Gefahr, als Kommunisten verurteilt und brutal ermordet zu werden. Mitunter entführten sie auch Ärzte, um ihre Verwundeten behandeln zu lassen.

Daher war es für mich kaum möglich, in dieser Stadt zu arbeiten. Sogar das Haus zu verlassen, war gefährlich. Malalay, die eine erfahrene Ärztin war, blieb ebenso zu Hause, aber auch Asis, der keine Beschäftigung mehr hatte und zutiefst verzweifelt war. Er machte keinen Hehl daraus, dass er das übrig gebliebene Hab und Gut unseres Vaters verloren hatte. Im Herbst 1980 hatte er sich ein Geschäft im Stil seines Vaters geleistet und einige Zehntausend Radiogeräte aus Indien bezogen. Dies war eine kluge Sache. Denn es gab landesweit eine große Nachfrage für leistungsfähige Radios in kleinem Format. Jeder wollte darauf die Nachrichten der ausländischen Sender über Afghanistan hören. Doch ein unglücklicher Zufall, an dem er keine Schuld trug, machte Asis' Traum von einem mittelgroßen Gewinn zunichte: Der Konvoi wurde im Winter auf einem Parkplatz vor Kabul durch Raketen der Mudschaheddin zerstört.

Nach diesem Unglück waren uns nur noch unser väterliches Grundstück in Dschikan geblieben, von dem wir uns ernährten, sowie das kleine Haus, in dem wir wohnten, und jenes beschlagnahmte Paradies unseres Vaters, das wir zwar einer neuen Bestimmung zufolge hätten zurückbekommen sollen, das aber immer noch in den Händen der Regierung war. Wie ich erfuhr, hatte Asis unser wiedererlangtes Haus erneut an die Regierung vermietet, damit die Russen weiterhin darin wohnen konnten. Auch wenn er eine große Summe im Voraus kassiert hatte, traf mich diese Nachricht wie ein Schlag. Vor allem, weil ich fürchtete, dass die Rebellen es bis dahin attackieren und zerstören könnten. Mich beschäftigte ebenso der Gedanke an die vermissten Schlüssel meines Vaters. Meine Hoffnung und mein Glaube, dass es sie gab, waren unerschütterlich geblieben.

Asis versuchte, meine Sorgen zu beschwichtigen. »Das ganze Viertel ist heute ein hochsicheres Militärgebiet. Deshalb heißt es jetzt auch Russ-Abad und nicht mehr nach dem Namen unseres Vaters.«

Auch Malalay versuchte, mich zu beruhigen, aber mit anderen Worten. »Was geschehen ist, lässt sich nicht mehr rückgängig machen, Bruder.«

Ich erfuhr, dass sie, ebenso wie Mutter Khurschid, gegen die Vermietung des Hauses gewesen war. Selbst Ali erzählte mir, dass er versucht hätte, Asis davon abzuhalten. Aber geschehen war geschehen. Ich vermied es, mich deshalb mit meinem einzigen verbliebenen Bruder anzulegen.

Wir blieben die meiste Zeit zu Hause und beschäftigten uns mit Dschamal, Yadgar und Parwana. Da auch tagsüber hier und da geschossen wurde, kamen unsere Verwandten immer seltener zu uns. Lediglich Khasan Gol besuchte uns regelmäßig nach dem Freitagsgebet in der Masdschid-e Dschami. Er war ein wortkarger Junge, der sich, wenn er redete, gewählt und in einem ruhigen Ton ausdrückte. Mir blieb nicht verborgen, dass er über seinen Vater Seyed Salam kaum ein Wort verlor, während er über seine Mutter Schahrsad stets sehr liebevoll sprach. Aber auch, dass er religiös war, erfuhr ich mit der Zeit. Wenn die anderen sich über die Rebellen beschwerten, die immer weniger im Namen ihres Volkes als im Namen Gottes handelten, hörte er nur aufmerksam zu und grinste.

Sonst war es Ali, der – mal allein, mal mit Frau und Kind – nach uns schaute. Sowohl seine eigene Mutter als auch die Großmutter seiner Frau, Isaak Khans Ehefrau, hatten den letzten Winter nicht überlebt. Alis Chef Radscha Khan hatte im Herbst dem Land den Rücken gekehrt und war nach Indien ausgewandert. In seinem Abgang sah Ali eine zweifache Ironie des Schicksals. Der Khan hatte lange Zeit in den Sowjets einen Freund des afghanischen Volkes vermutet, sie später aber mit derselben Wucht gehasst wie Bibi Hadschi. Die zweite Ironie lag darin, dass Radscha Khan ihm zu Beginn ihrer Zusammenarbeit versprochen hatte, ihn nie im Stich zu lassen, es sei denn, eine höhere Gewalt hätte ihre Hände im Spiel – und genau dies war später eingetreten. Im Stich gelassen fühlte Ali sich dennoch nicht. Radscha Khan hatte sein Hab und Gut entweder verkauft oder mitgenommen, aber den Schuhladen im Basar-e Irak hatte er ihm überlassen. Darüber hinaus hatte er ihm so viel Geld geschenkt, dass Ali meinte, er sei für die nächsten zwei Jahre versorgt.

3

Ende des Frühjahrs erreichte der Krieg unser Wohnviertel vor Dschikan. Die Straßen und Gassen um unser Haus wurden Schauplatz heftiger Feuergefechte. Wir fühlten uns weder draußen im Garten noch in den Zimmern sicher. Unser Keller war ein enger, stickiger Raum, vollgestopft mit Dingen, die meine Familie aus unserem alten Haus mitgebracht hatte. Wir sahen ein, dass wir uns eine neue Bleibe suchen mussten, aber wohin sollten wir ziehen?

Das Elternhaus von Mutter Khurschid war nicht sicherer als unseres. Dort trieben sich seit einiger Zeit die Rebellen der Islamischen Partei herum, die das verwinkelte Wohngebiet hinter der alten Zitadelle als Rückzugsgebiet nutzten. Einigermaßen sicher war es dagegen bei Tante Leyla und Schahrsad, da ihr Viertel in der Nähe der Freitagsmoschee lag und zum Herrschaftsbereich der Regierung gehörte. Ihr kleines Haus bot jedoch keinen Platz, da sich andere Verwandte dort einquartiert hatten. Das Beste wäre also gewesen, wenn wir Herat verlassen hätten. Aber die Landstraßen um die Stadt waren entweder vermint oder zerstört oder verliefen durch Regionen, in denen Krieg herrschte. Auch der Flughafen war auf unabsehbare Zeit geschlossen, nachdem die Raketen der Mudschaheddin die Landebahnen zerstört hatten. Es war uns also auch nicht möglich, nach Kabul zu flüchten. Und da seit einigen Wochen auch die Telefonleitungen nicht mehr in Betrieb waren, wussten wir nicht einmal, wie es der Familie von Onkel Naurus in Kabul und Awesta in der fernen Türkei ging.

Asis schlug vor, ein Häuschen in einer ruhigen Ecke der Stadt zu kaufen. Aber Ali, der gerade in unserer Runde saß, hielt dies für einen Fehler. »Angenommen, ihr findet ein solches Haus, wer versichert euch, dass diese Gegend auch ruhig bleibt? Wusstest du, Asis Dschan, dass das ruhigste Viertel zurzeit unseres im Basar-e Irak ist?«

Ali hatte Recht, und er machte uns einen Vorschlag, zu dem wir nicht Nein sagen konnten. »Das Haus von Isaak Khan wäre frei. Seitdem er allein ist, lebt er überwiegend bei uns. Ich könnte aber auch zu ihm ziehen, dann könnt ihr in meinem kleinen Haus wohnen.«

Schira, die sich mit Alis Häuschen auf besondere Art verbunden fühlte, bevorzugte dieses, und wir alle stimmten zu. Wir packten unsere Habseligkeiten und zogen drei Tage später um. Asis und seine Frau entschieden sich für Alis ehemaliges Künstlerzimmer im Garten. Die zwei einstigen Schlafzimmer von Ali und seiner Mutter im Haupthaus bezogen meine Mutter und ich. Schira und Malalay richteten sich in dem kleinen Wohnzimmer ein. Einige Tage später begeisterte uns Ali für eine neue Idee. Er wollte die Terrasse zu einem Zelt umbauen. Um sie vor der Sonne zu schützen, verlängerte er ihr Dach mit allen Mitteln.

Den Boden bedeckten wir mit dem Teppich meiner Mutter aus der Zeit ihrer Verlobung und mit Matratzen sowie Kissen, die wir mitgebracht hatten. Aus der Terrasse wurde ein kuscheliges, luftiges Zelt, in dem wir sitzen, essen und uns ausruhen konnten. Auch wenn das Haus keinen Keller hatte, in dem wir uns bei Gefahr hätten verstecken können, bedeutete es für uns ein winziges Paradies inmitten der Kriegshölle. Hier schien unsere erschütterte Karawane von den Stürmen von draußen verschont zu sein.

EINIGE KATASTROPHEN HATTEN wir hinter uns, wie viele noch auf uns warteten, konnten wir nicht wissen. Was wir aber wussten, war, dass ein kleiner Windstoß ausreichen würde, unsere kleine Karawane erneut aus dem Gleichgewicht zu bringen. »Wenn du verstanden hast, wie vergänglich ein Augenblick ist, dann weißt du auch, wie wertvoll er ist«, hatte mein Vater mich einst belehrt.

Ich war stolz auf Mutter Khurschid, die gefasster als je zuvor wirkte. Dies gelang ihr vor allem kraft ihres Glaubens. Ich wusste aber auch, dass dies nicht weniger an Malalay und ihren beiden Schwiegertöchtern lag, die sie umgaben. Vor allem in Schira sah ich, bereits seit ihrer Vermählung mit Aman, eine weitere Schwester. Eines Nachmittags aber, als sie in Alis ehemaligem Gartenzimmer schlief und meine Mutter, Malalay und ich im Terrassenzelt saßen, wurde ich mit einem für mich sehr peinlichen Plan konfrontiert. Mutter Khurschid meinte, es sei ein islamischer Brauch, dass man die Frau seines verstorbenen Bruders heirate.

Ein bitteres Grinsen erschien auf meinem Gesicht. »Nein, Nane. Schira bleibt für mich die Frau von Aman. Und daran wird sich auch künftig nichts ändern. Das ist ausgeschlossen, Nane.«

»Sag so etwas nicht, alles ändert sich irgendwann einmal«, schaltete Malalay sich ein.

Wenn ich behaupten würde, dass dies der einzige Ausrutscher war, den ich je aus dem Mund meiner Schwester gehört hatte – es wäre nicht übertrieben. »Ach, ja?«, konterte ich. »Wann heiratest du denn?«

Sie sagte nichts. Und Mutter Khurschid, die sich schwer damit abgefunden hatte, dass ihre Tochter nicht heiraten wollte, stieß hervor: »Ach was!«

Dies war jener typische Ausruf, den Mutter Khurschid immer dann laut werden ließ, wenn sie etwas Schwerverständliches von sich abschütteln wollte – so, als handelte es sich um etwas Ekelhaftes an ihren Kleidern. Ich erwartete, dass sie auch dieses Mal weggehen würde. Sie blieb aber sitzen und fügte mit leiser Stimme hinzu: »Es geschieht, was Gottes Wille ist.«

»Genau. So ist das Leben viel einfacher«, bemerkte ich grinsend.

Während die Tage immer heißer wurden, war das öffentliche Leben in Herat weitgehend lahmgelegt. Die Märkte blieben oft geschlossen, die Händler waren zum großen Teil ausgewandert, und immer weniger Bauern trauten sich, ihre Waren in die Stadt zu bringen. Der Behördenapparat funktionierte in bestimmten Teilen der Stadt, die von der Regierung kontrolliert wurden. Dazu gehörte vor allem das Zentrum, wo die Schulglocken noch schlugen, obgleich die Hälfte der Schüler sowie Lehrer fehlte.

Für Khasan Gol war es ein Segen, dass er noch zur Schule gehen durfte. Er besuchte die neunte Klasse, und wie er mir einmal gestanden hatte, waren die Schule und das Malen die einzigen Freuden, die er in seinem Alltag hatte. So verwunderte es nicht, dass, als es kurz nach den Halbjahresprüfungen hieß, die innerstädtischen Schulen würden für unabsehbare Zeit geschlossen bleiben, seine gewohnte Nachdenklichkeit düstere Züge bekam. Ab jetzt musste er jeden Tag zu Hause bleiben und das Antlitz seines Vaters Salam ertragen. Dass Khasan Gol sich mit diesem sehr schwertat, wurde mir erst später bei einem Gespräch unter vier Augen klar, nachdem ich zu ihm scherzend gesagt hatte, er könnte jetzt zu Hause mit seinem Vater gemeinsam bunte Tauben fliegen lassen.

»Wäre mein Vater zumindest ein gebildeter Mensch wie Sie, Onkel Schaer, hätte ich auch gegen seine Tauben nichts.«

Von nun an saßen Khasan Gol und ich des Öfteren bei Ali in dessen Schuhladen. Unsere Gespräche drehten sich immer wieder um die Rebellengruppen und ihre Anführer, wobei Khasan Gol uns mit seinem umfangreichen Wissen über die kriegerischen Vorgänge überraschte. Während ich wenig Überblick darüber hatte, wer für welche Gruppe kämpfte und in wessen Händen sich die unterschiedlichen Vororte und Dörfer befanden, verfügte der Junge über detaillierte Informationen zu diesen Fragen. Eines Nachmittags wusste er sogar von einem geplanten Ereignis in der leer stehenden Synagoge zu berichten, von dem nicht einmal Ali etwas gehört hatte. Eine Gruppe von Mudschaheddin wollte das jüdische Gotteshaus besetzen und es sowohl in eine Moschee als auch ein islamisches Kulturzentrum umbauen.

»Ein islamisches Kulturzentrum?«, fragte ich und lachte. »Was soll das heißen?«

»Vermutlich eine Propagandastelle der Partei von Rabbani, der Islamischen Gemeinschaft«, sagte Ali.

»Wie dem auch sei«, warf Khasan Gol ein. »Ich jedenfalls will kommenden Freitag zur Eröffnungsveranstaltung gehen.«

Ali sah mich fragend an. »Wenn dort auch Mitgliedskarten ausgestellt werden, warum nicht?«

Ich nickte ihm zu. Mitgliedskarten der islamischen Parteien konnten einem in diesen Tagen das Leben retten. Man brauchte sie, um bestimmte Einflusszonen der Kampfparteien unbeschadet passieren zu können. Es gab sogar gefälschte Mitgliedsausweise der Regierungspartei, sogar des staatlichen Geheimdienstes. Nicht wenige trugen mehrere Karten bei sich, die sie gut an ihrem Körper versteckten. Sie mussten allerdings genau wissen, wo und bei wem sie sich mit welchem Papier auswiesen. Einer schiitischen Gruppe anzugehören war zum Beispiel aus der Sicht der Islamischen Partei von Hekmatyar nicht weniger strafbar, als sich mit der Mitgliedskarte der Demokratischen Volkspartei erwischen zu lassen.

Zu Hause sprach ich unter dem Terrassenzelt mit Asis und Malalay darüber, was ich von Khasan Gol erfahren hatte. Asis befürchtete, genauso wie ich, dass die Rebellen sich in der Synagoge niederlassen und von hier aus die Regierungsposten attackieren würden. Malalay sah die Gefahr an einer anderen Stelle: »Rabbanis Islamische Gemeinschaft will die Umgestaltung der Synagoge als Triumph verkaufen und damit ihre Dschihad-Brüder und Rivalen auf der anderen Seite provozieren.«

Sie deutete in Richtung Norden, wo – nicht allzu fern von uns – die Rebellen der Islamischen Partei ihre Stellungen hinter der Zitadelle hatten. Dass die Partei von Hekmatyar keine andere Gruppe neben sich duldete, war allgemein bekannt.

Auf diesen Gedanken waren bisher weder Ali noch ich gekommen. Asis sicher auch nicht. Er beschwichtigte aber und meinte, die Kämpfer der Islamischen Partei würden hoffentlich nicht so dumm sein, eine Synagoge anzugreifen.

»Eine Synagoge?«, fragte ich erstaunt, und Malalay und ich lachten.

»Ich meine eine Moschee«, korrigierte sich Asis und fügte dann mit Blick auf mich hinzu: »Und Parteiausweise könnten wir alle gebrauchen. Oder?«

AM BESAGTEN NACHMITTAG trafen wir uns zu viert in Alis Schuhladen und gingen in die Synagoge, an deren blauer Blechtür seit dem Auszug der jüdischen Gemeindevertreter ein schweres Schloss gehangen hatte. Jetzt stand sie für die Besucher weit offen. Im Hof schlossen sich uns zwei Männer an, die Ali kannten und aus demselben Anlass gekommen waren wie wir. Gemeinsam gingen wir in den Flur, zogen dort unsere Schuhe aus und traten ein.

Der große Gebetsraum war zur Hälfte von bewaffneten und unbewaffneten Männern der Partei Islamische Gemeinschaft gefüllt, zur anderen Hälfte von Anwohnern aus dem Basar-e Irak. Wir setzten uns nahe dem Eingang hin. Ich hatte den Raum bereits einmal zusammen mit Ali gesehen. Mir fiel jetzt auf, dass alle jüdischen Zeichen von den Wänden entfernt und an ihrer Stelle islamische angebracht worden waren. Ein junger schwarzbärtiger Mann in weißen afghanischen Kleidern und mit weißer Mütze auf dem Kopf stellte sich vor das Publikum und eröffnete seine Rede: »Bismillah alrahman alrahim«, im Namen des barmherzigen und gnädigen Gottes. Selbst nach so vielen Jahren erkannte ich ihn.

Es war Kayhan, ein ehemaliger Schulkamerad, jener möglicherweise erste Anhänger der Muslimbruderschaft in Herat, der von meinen damaligen Mitschülern als »Bruder des Teufels« geschmäht worden war. Neben Sultan hatten sie auch ihn mit Tomaten beworfen und durch den Schulgarten gejagt. Ich hatte ihn seit Jahren nicht gesehen, aber in letzter Zeit hatte ich über ihn überaus Gutes gehört. Es hieß, Maulana Kayhan sei für kulturelle Angelegenheiten der Partei Islamische Gemeinschaft zuständig und setze sich für eine anständige Gesinnung der Mudschaheddin ein. In diesem Sinne hielt er auch seine Rede und ging mit allen hart ins Gericht, die im Namen des Dschihad Gräueltaten begingen. Er drückte sich gewählt aus und sprach zu meiner Überraschung weniger vom Kampf zwischen dem Islam und der Kofr, der Gottlosigkeit, sondern vielmehr vom Befreiungskampf des afghanischen Volkes. Das machte ihn in meinen Augen sympathisch. Über das eigentliche Thema, die Umwandlung der Synagoge in eine Moschee, welche gleichzeitig ein islamisches Kulturzentrum sein sollte, sprach er zum Schluss. Auch bei diesem Punkt ließ er meine pauschalen Vorurteile gegen die Mudschaheddin bröckeln.

»Wer glaubt, dieses Haus hier sei bis jetzt kein Gotteshaus gewesen und werde dies erst jetzt, der befindet sich in einem grundsätzlichen Irrtum. Es kann nur einen Gott geben und nicht einen muslimischen, einen jüdischen, christlichen und so weiter. Der Unterschied ist: Früher haben die Juden hier zu ihm gebetet, ab heute die Muslime. Auch sie waren Teil dieses Volkes …«

Weiterhin versprach er ausdrücklich, dass von diesem Ort aus keine militärischen Operationen durchgeführt werden würden. Seine Rede schien die Anwohner etwas beschwichtigt zu haben, sodass viele sich zum Schluss um ihn versammelten, um mit ihm persönlich ins Gespräch zu kommen. Auch Khasan Gol ließ uns allein und schloss sich dem Kreis an. Asis, Ali und ich gingen dagegen mit unseren Passfotos hinaus in den Hof, wo jetzt zwei junge Mudschaheddin hinter einem Tisch saßen und Mitgliedsausweise ihrer Partei ausstellten.

Anschließend machten wir uns auf den Weg nach Hause. Maulana Kayhans Worte hatten auch uns etwas beruhigt. Aber eins konnten weder Asis und ich noch Ali verstehen: Die Islamische Gemeinschaft war eine sunnitische Partei. Wer würde mitten in einem schiitischen Viertel in einer Moschee ihrer Glaubensrichtung beten? Der Krieg hatte nicht nur das Miteinanderleben der Volksgruppen zerstört, sondern auch die Welt unberechenbar gemacht. In der Folgezeit stellten wir fest, dass in dem neuen Gotteshaus und Kulturzentrum weniger gebetet wurde und vermehrt Veranstaltungen der Islamischen Gemeinschaft abgehalten wurden. Das allein war jedoch noch kein Übel.

4

Heute, aus der Distanz der Jahrzehnte, spielt es keine Rolle mehr, wer damals anfing und wie sich der Konflikt Schritt für Schritt entwickelte. Nur wenige Wochen nach der Besetzung der Synagoge wurden auch im Basar-e Irak Schießereien laut. Einmal schlug in der Nähe von Isaak Khans Haus eine Rakete ein und tötete vier spielende Kinder. Es war nicht nur die Islamische Partei, die mit der Islamischen Gemeinschaft konkurrierte, sondern auch eine schiitische Partei, die das Gebiet um die alte Synagoge für sich beanspruchte. Dass sich früher oder später auch das Regierungslager in diesen Konflikt einmischte, war nun eine reale Gefahr. Auf diese Art waren bereits etliche Stadtviertel der Gewalt anheimgefallen. Sie wurden zunächst von den konkurrierenden Rebellengruppen besetzt, dann kamen die sowjetischen Panzer, die die Rebellen attackierten und sie zur Flucht zwangen. Wenn die Fahrzeuge und Truppen abgezogen waren, tauchten die Guerillakämpfer wieder auf – und das blutige Katz-und-Maus-Spiel fing von vorne an.

Eines Freitagnachmittags, als ein leichter Wind wehte und die Hitze erträglich machte, saßen wir – Mutter Khurschid, Asis, seine Frau Rabea und ich – im Kreis unter dem Terrassenzelt. Die Kinder lagen in unserer Mitte und schliefen. Asis saß, besser gesagt, lag in der für ihn typischen schrägen Haltung auf zwei Kissen gebettet. Während Rabea uns mit Blicken über die Haltung meines Bruders amüsierte, erschien Ali auf der Terrasse und überraschte uns mit einer Nachricht: »Wir sind gestern umgezogen.«

»Wohin seid ihr gezogen, Ali Dschan?«, fragte Mutter Khurschid.

Ali grinste. »Nicht erschrecken, Tante Khurschid. Wir wohnen jetzt auf einem Friedhof.«

»Auf einem Friedhof?«

Da schaltete sich Asis mit halb geschlossenen Augen in das Gespräch ein und murmelte: »Der Friedhof hinter unserem Haus ist ein schöner Ort zum Wohnen.«

»Ich meine aber den jüdischen Friedhof, Asis Dschan«, sagte Ali.

Wir waren verblüfft und dachten, dass er möglicherweise scherzte.

Aber Ali fuhr fort: »Er ist von hohen Mauern umgeben. Es gibt dort ein Häuschen mit drei Zimmern und einer Kochnische. Im hinteren Teil des Friedhofs gibt es sogar einen Garten und einen Brunnen. Früher hat dort der Friedhofswärter mit seiner Familie gelebt. Seitdem er weg ist, hat Isaak Khan die Schlüssel.«

»Wäre es nicht schön, wenn wir dort alle zusammen wohnen könnten?«, fragte Rabea.

»Ja, das wäre doch eine tolle Sache!«, rief ich.

»Ich werde bestimmt nicht auf einem Judenfriedhof leben«, sagte meine Mutter.

»Wieso denn nicht, Tante Khurschid?«, fragte Ali. »Hadschi Sahib hatte so viele jüdische Freunde.«

»Das mag sein, mein Sohn. Aber trotzdem. Was würden die Leute sagen, wenn sie hören, dass die Frau von Imam Scharif Khan auf dem jüdischen Friedhof gelandet ist, während er selbst auf dem muslimischen begraben liegt?«

»Du hast recht, Nane«, murmelte Asis.

In dem Moment gab es hinter dem Gartenhäuschen ein ohrenzerfetzendes Krachen, das den Boden, auf den wir uns niederkauerten, zum Beben brachte.

EINE RAKETE WAR hinter dem Haus auf dem Fußballplatz eingeschlagen und hatte die rückwärtige Mauer des Gartenzimmers weggesprengt. Khasan Gol, der gerade zu Besuch war, kam aus dem Haus gerannt, dessen Fenstergläser zersplittert waren. Neben der Haustür klaffte ein Riss in der Wand. Ich hörte meinen Bruder aus unserer Mitte schreien: »Eine Rakete!« Mir wurde schwarz vor Augen. Eine gewaltige Wolke aus Rauch und Staub umhüllte uns, und Sekunden später roch ich Feuer und Munition. Ich sah sich bewegende Schatten um mich, hörte Kinderschreie, Husten, Allah-Akbar-Rufe und dann zwei laute Stimmen, die aus dem Hausflur zu uns herüber drangen.

»Es ist vorbei! Wir alle sind am Leben!«, rief Khasan Gol.

»Keine Panik! Wir packen sofort und gehen zu uns!«, rief Ali.

Die beiden machten sich sofort auf den Weg, ein Transportmittel zu besorgen, während wir anderen unsere Habseligkeiten zusammenpackten. Selbst Mutter Khurschid musste nun einsehen, dass wir Alis Angebot, zu ihm auf den Friedhof zu ziehen, nicht länger ablehnen konnten. Sie selbst und mit ihr das Ehepaar Asis und Rabea allerdings zögen es vor, zu ihrer Schwester Leyla und meiner Cousine Schahrsad, die zusammen mit ihrem Mann Salam und Khasan Gol unter einem Dach wohnte, zu ziehen.

5

Mein nächster Garten Eden, in dem ich von nun an mit Malalay, Schira und ihrem Sohn Yadgar ein gemeinsames Zimmer teilen sollte, war der jüdische Friedhof – ganz im Sinne meines Vaters, aus dessen Sicht selbst ein Bäumchen aus purem Dorn inmitten einer Wüste einem erschöpften Reisenden erholsamen Schatten zu spenden vermochte.

Bei Sonnenuntergang erreichten wir unser Ziel. Es war eine abgelegene und verlassene Gegend südlich der Altstadt. Der Friedhof lag hinter einer hohen Ziegelsteinmauer, die sich entlang einer menschenleeren, holprigen Straße erstreckte. Über eine Holztür am Ende einer Sackgasse gelangten wir auf das Friedhofsgelände. Gleich links von diesem Eingang befand sich das Häuschen, das Ali nach seinem Einzug renoviert hatte.

Isaak Khan und seine Enkelin, Alis Ehefrau, begrüßten uns auf der kleinen Terrasse und hörten sich an, was vorgefallen war. Während die Frauen Zimmer für uns herrichteten, führte Ali mich durch die Gräber. Bei vielen fehlte ein Grabmal, bei anderen stand der Name des Toten sowohl auf Hebräisch als auch auf Persisch in den Stein gemeißelt. Schließlich gelangten wir zur Ruhestätte seiner ehemaligen Geliebten Sarah, auf dem ein trockener und ein frischer Blumenstrauß lagen.

»Ich weiß nicht, wie es mir gegangen wäre, wenn der Großvater meiner Frau nicht Isaak Khan heißen würde«, sagte Ali, als wir vor dem Grab standen. »Er legt nicht nur jede Woche frische Blumen auf dieses Grab. Er hatte auch meine ganze Geschichte bereits vor seiner

Enkeltochter ausgeplaudert, bevor wir miteinander verlobt wurden. Somit hat weder meine Frau mit diesem Grab ein Problem, noch habe ich etwas vor ihr zu verbergen.«

Wir drehten uns um und sahen Isaak Khan vor dem Häuschen stehen. Er hatte sich einen vollen weißen Bart wachsen lassen und stand mit seinem Gehstock im rötlich goldenen Schein der Abendsonne. Sein Anblick erinnerte mich an einen Spruch meines Vaters. Dieser hatte mir einmal auf die Frage, ob es Schutzengel gäbe, geantwortet: »Es gibt sie, die Schutzengel. Aber nur, wenn du an sie glaubst!« Mir wurde bewusst, dass meine Schutzengel, nachdem mein Vater gestorben war, meist Ersatzväter waren, die bei Gefahr ihre Hand über mich gehalten hatten. Sie hatten Maulana Asis, Onkel Naurus, Omarsay oder Baschardust geheißen. Nun glaubte ich, einen neuen Vater vor mir zu sehen. Von diesem alten, weisen Mann hatte ich viel Gutes gehört. Persönlich erlebt hatte ich ihn bisher weniger.

Während wir auf Isaak Khan zugingen, rief er mir zu: »Sohn meines alten Freundes! Was würde Imam Sahib der Freitagsmoschee, Gott segne seine Seele, sagen, wenn er wüsste, dass wir beide vor den Muslimen zu den toten Juden geflüchtet sind?«

»Wer weiß, Onkel Isaak«, sagte ich. »Vielleicht wollte er sich die Antwort auf diese Frage ersparen.«

»Ja, wer weiß«, sagte Isaak Khan. »Jedenfalls hat er sich davor gedrückt, dieses Schicksal mit uns zu teilen.«

Dann legte er mir eine Hand auf die Schulter und führte mich in das Haus. Im Wohnzimmer, das schmal und lang war, saßen Schira und Malalay und blickten begeistert zur Decke. Ich trat ein und fand mich sofort in einer magischen Welt wieder. Ali hatte beim Bemalen des Zimmers sein ganzes Können an den Tag gelegt. Die Wände waren schneeweiß, aber die Decke war ein einziges riesenhaftes Gemälde in den lebendigsten Farben. Ich setzte mich neben die beiden Frauen, um das Werk zu betrachten. Es bestand aus zahlreichen kleineren und größeren Einheiten, von denen jede einzelne eine Landschaftsidylle oder Lebensoase darstellte und gleichzeitig Teil eines großen Ganzen war. Berg- und Waldstreifen, Pfade, Flüsse und Bäche, die kreuz und quer verliefen, verbanden sie miteinander zu einem malerischen Gefüge. Schnell wurde mir klar, dass die Einheiten die wesentlichen Epochen der menschlichen Entwicklung darstellten. In dem größten der

Abschnitte war das enge Nebeneinander von Urmensch, Tier und Pflanzenreich zu sehen. Hier war der Mensch genauso nackt wie seine Artverwandten, die Affen. Doch unterschied er sich von diesen durch die Feinheit seines Fells sowie durch seine aufrechte Haltung und die ausgeprägte Form seines Körpers. Der Abschnitt stellte ein Leben am Fuße eines hohen, mit massiven Felsen und Höhlen ausgestatteten Gebirges dar, aus dem insgesamt vier mächtige Wasserfälle herabflossen. Einige der Urmenschen saßen oder standen an den Eingängen ihrer Höhlen, andere streiften durch ein Wäldchen und pflückten Früchte von den Bäumen, und Menschenkinder spielten gemeinsam mit denen der Affen.

In allen anderen Abschnitten des Gefüges war der Mensch nicht mehr nackt. Er trug Kleider aus breiten Blättern, aus Tierfellen, schließlich aus Leder und Textil. Männer sowie Frauen arbeiteten in der Natur, schlugen sich durch Regen, Eis und Schnee, ritten Tiere, trugen schwere Steine und Äste, aus denen sie Häuser bauten, oder sie saßen gemütlich am Lagerfeuer und rösteten Fleisch. Eine weitere Bildeinheit zeigte einen Dampfer, aus dem eine schwarze Rauchwolke hochstieg, und schließlich stellte das mittlere Bild ein gelb-golden glühendes, tropisches Reisfeld dar. Dieses hatte die Form eines Kreises und wirkte, als wäre es selbst eine mit haardünnen Streifen scheinende Sonnenscheibe, und als wären die arbeitenden Menschen und das Vieh darauf dunkle Sonnenflecken.

Zum Abendessen saßen wir alle in einer Runde im Wohnzimmer. Anschließend servierte Alis Frau Tee, dazu gab es frische und getrocknete Früchte. Isaak Khan, dem es nicht an Fähigkeit und Erfahrung mangelte, Menschen zu unterhalten, brachte aus seinem kleinen Zimmer von gegenüber Karten, und wir spielten bis lange nach Mitternacht.

Am nächsten Morgen wachte ich mit dem Asan, dem Ruf des Mullahs zum Morgengebet, auf. Er kam aus dem Lautsprecher der großen schiitischen Moschee Sultan Agha. In meiner Gefängniszeit hatte ich mich daran gewöhnt, jeden Morgen und jeden Nachmittag Gymnastik zu machen. Ich zog mich an und verließ das Zimmer. Draußen war es kühl.

Plötzlich drang von der hinteren Friedhofsmauer ein heftiges Schluchzen zu mir herüber. Ich wandte mich um und sah Schira, die über dem Grab ihrer Kindheitsfreundin Sarah kniete. Ich ging zu ihr, stellte mich hinter sie und rief sie. Doch sie heulte nur noch heftiger, beugte sich nach vorn, drückte ihre Brust und ihr Gesicht auf das Grab und kratzte mit ihren Nägeln an dem Stein. Verunsichert, wie ich war, kniete ich mich neben sie, löste sie vom Grab und ließ sie in meine Arme fallen. Sie drückte ihren Kopf an meine Brust, bis ihre Tränen versiegten und ihr Körper aufhörte zu zittern. Da kam auch ihr Sohn Yadgar aus dem Häuschen gelaufen, der in wenigen Monaten, im Dezember, drei Jahre alt werden sollte, und ich ließ beide allein.

Ein Leben auf einem verlassenen Friedhof – dem Tod so nah, doch verschont vom Sterben hinter den Mauern. Wir gewöhnten uns bald an dieses Leben. Wir empfanden unsere jüdischen Nachbarn keineswegs als Störung, vielmehr als sanfte Geister, die uns Ruhe und Frieden schenkten. Es war ein milder Herbst, und wir verbrachten viel Zeit im Freien. Während Ali in seinem Schuhladen im Basar-e Irak arbeitete, die Kinder im Garten spielten und die Frauen sich um den Haushalt kümmerten, sonnten Isaak Khan und ich uns auf der Terrasse und tranken Tee. Seine Erzählungen drehten sich meist um die alten Zeiten und ließen mich die grausame Gegenwart vergessen. Auch hatte er beim Umzug auf den Friedhof einen Teil seiner Bücher mitgenommen, und ich tauchte ein in russische und europäische Romanwelten und in die Werke deutscher Philosophen.

Es gab nur eine Sache, die mir die ersten Wochen das Herz schwer macht und über die ich mit niemandem, nicht einmal mit Isaak Khan, reden zu können glaubte. Zu groß war mein Schamgefühl. Schira schien sich nach unserer letzten Umarmung am Grab ihrer früheren Freundin in mich verliebt zu haben. Ich sah es an ihren Blicken, wenn gerade kein Dritter um uns war. Doch ihre Neigung zu erwidern, wäre mir wie ein Verrat an meinem ermordeten Bruder Aman vorgekommen. Ich wollte in ihr weiterhin eine Schwester sehen.

Alle zwei Wochen brachte Ali uns zu Schahrsad, damit wir für einige Stunden bei Mutter Khurschid und ihrem Teil der Familie sein konnten. Während Salam sich dann zu seinen Tauben auf die Dachterrasse zurückzog, machte sich auf dem Gesicht von Khasan Gol Freudestrahlen breit. Im Gegenzug besuchte er mich nach wie vor und war jetzt ebenso mit Ali befreundet. Nachdem er die Malereien an unserer Zimmerdecke gesehen hatte, verehrte er diesen als »Ustad«. Er zeigte ihm seine Bilder, und sie tauschten sich über ihre Arbeiten aus, öfter aber über die Vorgänge in ihrem Land.

Khasan Gols Ansichten unterschieden sich wenig von denen der Mehrheit. Wer gedacht hatte, dass die radikale Zuwendung zur Religion, welche die unmittelbare Folge der sowjetischen Besatzung war, mit zunehmender Enttäuschung von den Mudschaheddin einschlafen würde, der hatte sich geirrt. Trotz aller Ernüchterung blieb die Mehrheit der afghanischen Bevölkerung der Idee des islamischen Dschihads treu.

Gelegentlich schaltete ich mich in die Gespräche ein. Wenn Asis oder Isaak Khan dabei waren, meldeten auch sie sich zu Wort. Als Khasan Gol eines Abends von einem revolutionären Islam schwärmte und dabei den iranischen Religionssoziologen Schariati zitierte, nickte Isaak Khan mit dem Kopf und gab zu bedenken: »Ob Marxismus oder Religion – jede Ideologie scheitert an ihrem Personal, wenn es darum geht, Gerechtigkeit und Freiheit auf Erden zu schaffen.«

Da sagte Khasan Gol nichts mehr, sondern nickte und wirkte traurig. Ich ahnte, was in ihm vorging. Er war wissbegierig, entbehrte die Schule und hatte vom Zuhausesitzen die Nase voll. Er war auf der Suche. Dessen war ich mir sicher. Er war auf der Suche nach einer anderen Schule, einer für sein junges Leben.

Als der Herbst sich seinem Ende neigte, häuften sich dichte Wolkendecken, Stürme und Regenfälle. Die Kämpfe in der Stadt waren noch brutaler geworden und die Grenzen zwischen den Fronten fließender. Die Märkte waren leer, Hunger breitete sich in den Dörfern sowie in der Stadt aus, und als der erste schwere Schnee kam, begannen die Menschen zu erfrieren. Afghanistan hatte sich zu einer Wiege tragischer Schicksalsschläge entwickelt. Einer dieser Schläge traf auch Khasan Gol und seine Familie. Es war ein Schlag aus heiterem Himmel, der hart genug war, um aus ihm augenblicklich einen anderen Menschen zu machen.

Teil sechs

1

KHASAN GOLS VATER Seyed Salam stand an diesem eiskalten Nachmittag im Dezember 1981 auf dem Dach seines Hauses und fütterte seine Tauben, als ein Mann auf der Straße zu ihm hinaufrief, er besitze drei edelrassige Tauben, die er ihm zu einem günstigen Preis verkaufen wolle. Mein Neffe Dschamal, der mit anderen Kindern am Straßenrand einen Schneemann baute, beobachtete daraufhin, wie drei Männer Seyed Salam in einen Jeep zerrten und wegfuhren. Ich erfuhr erst drei Tage später von der Entführung, als Ali und ich zu Hause am Kamin saßen und Khasan Gol uns zusammen mit Asis besuchte.

»Großvater Seyed Latif ist in die Freitagsmoschee gegangen«, erzählte Khasan Gol. »Er will mit dem Imam reden, damit dieser die Entführer dazu aufruft, meinen Vater freizulassen. Nach dem Gebet will er nach Newin gehen, um den Kalifen um Unterstützung zu bitten. Wir sind hergekommen, um Isaak Khan zu fragen, ob er vielleicht irgendeine Ahnung hat, wer die Täter sein könnten.«

Als eine Weile später Isaak Khan in unserer Runde saß, waren wir überrascht, dass er sofort mit einem Namen aufwartete.

»Es kann eigentlich nur einer gewesen sein«, sagte er und kratzte sich an der Stirn. »Ihr habt sicher schon einmal von ihm gehört. Sein Name ist Yadullah.«

Wir machten große Augen. Natürlich war uns dieser Name bekannt. Der Mann hatte jahrzehntelang zu den gefährlichsten und am besten organisierten Dieben der Stadt gezählt. Er hatte sich zum Ärger aller als Ayyar bezeichnet und sich sogar auf die Brüder Hekmat und Haschmat berufen. Nach dem Ausbruch des Krieges hatte er sich auf die Seite der Freiheitskämpfer geschlagen und war vor allem für seine Blitzangriffe gegen die Rote Armee berühmt. In seinem Dorf, das südöstlich von Herat lag, genoss er die ungebrochene Unterstützung der Bevölkerung.

»Wie können Sie so sicher sein, dass nur er es gewesen sein kann?«, fragte ich und goss Isaak Khan Tee ein.

»Ja, genau«, sagte Ali. »Was mag einen inzwischen sechzigjährigen, weißbärtigen Kommandanten dazu bringen, einen Taubenzüchter zu entführen, der weder besonders reich ist noch etwas mit den Sowjets am Hut hat?«

Isaak Khan verzog seine Lippen zu einem Schmunzeln, griff langsam nach seinem Teeglas und nippte daran. Dann stellte er es wieder ab.

»Kommandant Yadullah hat deinen Onkel und Großvater dieses Jungen hier« – Isaak Khan blickte zuerst mich an und dann Khasan Gol – »nie leiden mögen. Einmal, es war, wenn ich mich nicht irre, im Frühjahr 1963, ist er sogar bei ihm eingebrochen, als Seyed Latif mit seinem Teil der Familie zu den Naurus-Festtagen in Masar-i Scharif war.«

Isaak Khan hustete. Seltsam, dass ich davon nie etwas gehört hatte.

»Die Diebe«, fuhr er fort, »brachen nachts in das Haus ein und standen plötzlich vor Schahrsad, die natürlich die Beine in die Hand nahm.« Er richtete seinen Blick auf Khasan Gol und grinste. »Deine Mutter war damals ein sportliches Mädchen und hat die Verfolger im Obstgarten neben dem Haus abgeschüttelt.«

Ich sah Asis nicken, was mir verriet, dass ihm dieser Vorfall bekannt war.

»Ich muss mich bei dir entschuldigen, Khasan Gol, diese unangenehmen Details vor dir zu erzählen.« Isaak Khan senkte den Blick. »Irgendwann nach diesem Vorfall soll Yadullah gesagt haben, wenn er eines Tages heiraten würde, dann nur die Nichte von Seyed Latif.«

Mir lief ein kalter Schauder über den Rücken. Junge Frauen von ihren Ehemännern zu stehlen, und von diesen Frauen dann die Scheidung erzwingen, um sie selbst zu heiraten – auch das gehörte zu den Vorlieben einiger Schurken in diesen Zeiten.

»Aber, wie gesagt, mein Junge: Vermutungen sind Ansichten, bisher gibt es nur Anhaltspunkte.«

»Wie viele Anhaltspunkte gibt es noch für diese Annahme, von der Sie ausgehen?«, fragte ich.

»Nur einen«, antwortete Isaak Khan und sah mich an. »Wenn es um Lösegeld geht, melden sich die Erpresser üblicherweise einen Tag nach der Entführung.«

Ich sah Khasan Gol an, der uns im Schneidersitz regungslos und mit angespanntem Kiefer gegenübersaß.

SPÄTER AM NACHMITTAG, als Asis und Khasan Gol gegangen waren, löcherte ich Isaak Khan erneut.

»Was macht Sie mit Ihrer Vermutung so sicher, Onkel Isaak? Warum erst jetzt? Yadullah hätte doch schon viel früher versuchen können, Schahrsad zu entführen.«

»Yadullah war früher nicht mehr als ein Dieb, der sich ständig auf der Flucht befand«, antwortete er. »Es gab schließlich einmal Gesetze in diesem Land. Jetzt ist er mächtig geworden, und es macht die Sache nicht leichter, dass er sich als Mudschahed bezeichnet. Dschihadisten wie er glauben nicht nur, Helden zu sein, sondern auch Heilige. Wenn Yadullah nicht dieser Tage heiratet – wann sollte er sonst eine Familie gründen? Unter uns gesagt, er soll nicht bloß gescherzt, sondern im Ernst geschworen haben, dass er eines Tages die Nichte von Seyed Latif heiraten würde. Und dieser Kake, Seyed Salam ...« Er sah mich mit ernster Miene an.

»Was ist mit ihm?«, fragte ich.

»Es würde mich nicht wundern, wenn jemand, der die Schule abgebrochen und zur Schande seines Vaters die eigene Cousine vergewaltigt hat, diese nun den Übeltätern ausliefern würde, um seine eigene Haut zu retten.«

2

ONKEL LATIF HATTE Khasan Gol und Asis zu uns geschickt und war in die Freitagsmoschee gegangen. Als die beiden am Nachmittag nach Hause kamen, mussten sie feststellen, dass das ganze Haus in Aufruhr war. Zwei Boten waren an der Haustür erschienen: ein bärtiger Rebell und eine verschleierte Frau – offenbar eine Dorfbewohnerin. Sie hatten einen Brief von Seyed Salam bei sich, der sich mit folgenden Worten an seine Frau richtete.

»Liebe Schahrsad, ich bin in den Händen der Rebellen! Sie haben mich zum Tode verurteilt, weil ich vor einigen Monaten beim Kebabi an der Tscharsu die Mudschaheddin beleidigt hätte. Meine Bitte um Begnadigung wurde abgelehnt. Sie sind aber einverstanden, dass du mich ein letztes Mal hier in ihrem Lager treffen kannst. Bitte komm allein. Du bist eine Frau, vielleicht kannst du erreichen, dass sie mit uns Erbarmen haben und mich freilassen. Salam.«

Diesem Ruf folgend, war Schahrsad Hals über Kopf in das Auto der Rebellen gestiegen und zu deren Lager mitgefahren. Khasan Gol und Asis lasen den Brief mit zitternden Händen. Um die Glaubwürdigkeit der Boten zu untermauern, hatte Seyed Salam seinen Ehering mitgeschickt.

Tante Leyla war in Tränen aufgelöst. »Schahrsad ist in solch eine Panik geraten, dass sie anstelle ihrer Burka meine übergezogen hat und zur Tür geeilt ist. Wir wissen nicht einmal, welcher Gruppe der Mann und die Frau angehören und wohin sie meine Tochter gefahren haben.«

Während Asis im Flur seinem Ärger Luft machte, warum sie Schahrsad hatten gehen lassen, ging Khasan Gol ins Schlafzimmer und schloss die Tür hinter sich. Er wusste, dass sein Vater im Kleiderschrank eine geladene Pistole aufbewahrte. Doch als er vor dem Schrank stand, öffnete sich hinter ihm die Zimmertür. Asis war ihm nachgekommen.

»Schließen Sie die Tür, Asis Dschan«, bat Khasan Gol.

Asis tat es und sagte: »Ich fürchte, dahinter steckt tatsächlich Yadullah. In der Regel töten diese Verbrecher, ohne die Männer von ihren Ehefrauen und Familien Abschied nehmen zu lassen.«

»Ja«, erwiderte Khasan Gol. »Und mein Vater, dieser Verräter, will sich jetzt auf Kosten meiner Mutter freikaufen.«

»Wir wissen noch nicht, was wirklich dahintersteckt, Khasan Gol.«

»Ich weiß es, Asis Dschan.« Khasan Gol holte die Pistole aus dem Schrank hervor.

»Was um Gottes willen hast du vor? Du willst doch nicht etwa deinen Vater umbringen?«

Khasan Gol steckte die Waffe in seine Manteltasche und schloss die Schranktür. »Wenn ich ein Bastard bin, dann töte ich auch meinen Vater«, sagte er. Damit spielte er zum einen darauf an, dass sein Vater ihn häufig als Bastard beschimpft hatte, und zum anderen auf ein weitverbreitetes Vorurteil, nach dem jeder Bastard ein Vatermörder war und umgekehrt genauso. Doch Asis nahm Khasan Gols Aussage wörtlich.

»Dein Vater hat damals einen Fehler gemacht«, sagte er. »Es war eine Dummheit. Er hätte sich nie an Schahrsad vergehen dürfen, aber er hat sie wenigstens kurz darauf geheiratet.«

Asis und ich hatten uns einmal darüber ausgetauscht, ob Khasan Gol wusste, dass er die Frucht einer Vergewaltigung war. Wir hatten dies aber eher für unwahrscheinlich gehalten. Jetzt, da Asis in das schockierte Gesicht des Jungen blickte, bildete sich ein faustdicker Kloß in seinem Hals.

Khasan Gol überkam ein Entsetzen ohnegleichen. Im Zentrum seines Gehirns begann es zu brennen, und die lodernden Impulse zogen Falten des Entsetzens auf seine Stirn. Der Fünfzehnjährige hatte sich einmal vor mir und Asis geäußert, er warte gespannt auf den Augenblick, an dem er sich mündig fühlen würde. Jetzt, da er sich in die Finsternis aller Krisen von Sinn und Sein gestürzt fühlte, lehnte er sich mit dem Rücken gegen die Schranktür, schloss seine Augen und sprach: »Ich bin gerade eben mündig geworden, Asis Dschan. Ich fahre jetzt in die Höhle des Löwen. Aber keine Angst, ich werde …«

Da wurde die Zimmertür geöffnet.

»Was ist hier los? Was habt ihr beide vor?«

Es war Khasan Gols Großmutter, die hinter der Tür gelauscht hatte.

»Nichts, Tante Leyla«, antwortete Asis.

Khasan Gol öffnete seine Augen. Sie funkelten gelb, als er sich mit schweren Schritten und gesenktem Kopf zur Tür bewegte und sagte: »Großvater Latif ist bestimmt gerade in Newin beim Kalifen. Ich fahre dorthin, um ihn zu sprechen, bevor er sich auf den Rückweg macht. Der Kalif muss unverzüglich etwas unternehmen, Bibi Dschan.«

»Mach das«, sagte Leyla. »Der Kalif ist unsere letzte Hoffnung.«

Sie blieb im Türrahmen stehen, blickte ihren Enkelsohn mit geröteten Augen an und streckte ihm ihre Hand entgegen. »Aber erst gibst du mir die Waffe.«

»Ich muss mich bei einem Angriff verteidigen können, Bibi Dschan.«

»Du kannst dich ohne Waffe besser verteidigen. Gib sie mir!«

Khasan Gol konnte sich dem Befehl seiner Großmutter nicht widersetzen.

Sollte er jetzt wirklich zum Hof des Kalifen fahren? Khasan Gol konnte keinen klaren Gedanken fassen, schwankte zwischen diesem und einem anderen Reiseziel, das ebenfalls östlich der Stadt lag – dem Dorf des Rebellenführers Yadullah, als er, eingehüllt in Mantel und Winterschal, auf seinem vollgetankten Motorrad stadtauswärts fuhr. Die Sonne stand gleißend am Himmel. Doch ihr Schein war nicht stark genug, um den schweren Schnee, der in der Nacht gefallen war, vollständig zum Schmelzen zu bringen. Kurz vor der Stadtgrenze musste er sich zwischen zwei schmalen Straßen entscheiden, die kurz hintereinander von der Hauptstraße links abgingen. Er wurde langsamer und kam zum Stehen. Es herrschte vollkommene Stille. Keine Menschenseele war auf der Straße. Kein Vogel zwitscherte. Kein Hund bellte. Irgendwo in der Ferne fiel ein Schuss. Khasan Gol ließ den Motor unter sich aufheulen und bog in die zweite Straße ein.

Mit den letzten Häusern der Stadt endete auch der Asphalt. Holprige, teils schlammige, teils vereiste Wege schlängelten sich durch schneebedeckte Felder und Dörfer. Ein kühler Wind wehte ihm ins Gesicht. Die frische Luft tat seinem Kopf gut. Er spürte kein Brennen, keinen Schmerz und Schwindel mehr. Vereinzelt kamen ihm Fahrzeuge und Viehreiter entgegen. Nach drei Stunden Fahrt erreichte er die ersten Nachbardörfer der Zielregion. Hinter ihm berührte die Sonne den Horizont, als in der Ferne linker Hand ein Wald in Sicht kam und kurz darauf die Dächer jener Häuser, zwischen denen sich die Höhle des Löwen befand.

Er hielt an einem gepflasterten Weg an, der rechts an der Freitagsmoschee der Region vorbei und in das kleine Dorf hinein führte. Die Moschee bestand aus einem Hof, der von niedrigen Mauern umrandet war, und einem Gebetshaus aus weißem Stein mit einer Terrasse. Khasan Gol sah sich um. Weit und breit war kein Mensch, kein Vieh oder Fahrzeug zu sehen, und die Stille wurde nur von laut krächzenden schwarzen Raben gebrochen, die scharenweise in Richtung des Waldes zogen. Khasan Gol parkte sein Motorrad an der Mauer und machte sich auf den Weg in das Dorf, als hinter den ersten Häusern plötzlich zwei Menschen, eingehüllt in dunkle Decken, auf das schmale Feld hinter der Moschee zusteuerten, das diese vom Wald trennte. Unbemerkt bog Khasan Gol nach links in eine Gasse ab und folgte ihr, bis er an eine Häuserecke gelangte, von der aus er die beiden Personen in den Blick nehmen konnte.

Sein Herz begann, schneller zu schlagen, als er erkannte, dass einer der beiden sein Vater war. Nachdem sie hinter dem Gotteshaus verschwunden waren, lief er zum anderen Ende der Mauer, um von dort Ausschau zu halten. Der Begleiter seines Vaters schien ins Dorf zurückgekehrt zu sein. Sein Vater stand jetzt allein an der gepflasterten Straße und blickte nach rechts. Offensichtlich wartete er auf ein Fahrzeug, das ihn in Richtung Stadt mitnehmen könnte. Als er auf einmal seinen Sohn sah, rieb er sich die Augen und rief: »Khasan Gol?«

Khasan Gol antwortete nicht. Sein Blick war starr auf den Vater gerichtet, der sich auf den Weg zu ihm machte und sagte: »Gut, dass du gekommen bist, um mich abzuholen. Hast du deine Mutter gesehen? Ist sie schon zu Hause?«

Khasan Gol schüttelte langsam den Kopf.

»Wieso denn nicht?« – Der Vater schien verunsichert. – »Deine Mutter hat bewirkt, dass diese Verbrecher mich freigelassen haben. Sie haben mir gesagt, dass sie Schahrsad nach Hause gefahren haben.«

Salam blieb etwa zwei Meter entfernt von Khasan Gol stehen. Er war so in seine dunkelbraune Decke eingehüllt, dass nur sein Gesicht hervorlugte.

»Haben Sie Mutter Schahrsad getroffen?«, fragte Khasan Gol.

»Ja. Wieso?« Er trat von einem Bein auf das andere.

»Wie lange ist das her, dass Sie sie gesehen haben?«

»Vor etwa … einer Stunde oder so.«

»Vor einer Stunde? Dann muss sie ja wohl nach Hause geflogen sein. Abgesehen davon, dass ich weniger als eine Stunde nach ihr losgefahren und erst gerade eben hier angekommen bin.«

Seyed Salam war offensichtlich nervös, aber er blieb bei seiner Aussage und sagte: »Dann seid ihr bestimmt aneinander vorbeigefahren.«

»Was hatte sie an?«, fragte Khasan Gol.

»Da waren noch diese Männer dabei. Sie war in ihre Burka eingehüllt.«

»Ach so. In ihre blaue Burka?«

»Ja«, nickte Salam. Er trat einen Schritt näher und stützte sich an die Mauer. »Wie du siehst, kann ich mich kaum auf den Beinen halten. Diese Verbrecher haben mich drei Tage lang gefoltert …«

»Und Sie zur Scheidung von Ihrer Frau gezwungen«, fiel Khasan Gol ihm zornentbrannt ins Wort. »Lassen wir die Lügen beiseite!« Er stellte sich ihm gegenüber und deutete auf das Dorf. »Dieser Schurke wird jetzt meine Mutter heiraten. Das ist die Wahrheit, die Sie mir verschweigen. Das würde nicht nur den Verlust Ihrer menschlichen Würde bedeuten, sondern unser aller Ehre. Und jetzt frage ich Sie: Wie wollen Sie ohne Ehre und ohne Würde leben? Wie haben Sie sich eigentlich ein Weiterleben nach dieser Schande vorgestellt?«

Mehr brauchte er nicht zu sagen. Seyed Salam sank nieder, hockte sich an die Moscheemauer in den Schnee und versteckte sein Gesicht zwischen den verschränkten Armen auf den Knien. Dann gestand er.

3

Der Kerker, in den Seyed Salam mit verbundenen Augen gebracht worden war, lag am Ende eines langen Kellerflurs. Die beiden Männer, die ihm die Augenbinde abnahmen, ließen ihm eine schwache Öllampe zurück und schlossen hinter sich die Tür ab. Seyed Salam hatte nicht die geringste Ahnung, wo er sich befand. Man hatte ihm jegliche Auskunft verweigert. Er glaubte aber zu wissen, weshalb man ihn entführt hatte: Es konnte sich nur um Lösegeld handeln.

Die Stunden vergingen. Irgendwann kamen die beiden Männer wieder, diesmal mit einer Gaslampe. Sie brachten ihm etwas zu essen und zu trinken. Dann ließen sie ihn die Toilette am anderen Ende des Kellers benutzen. Endlich klärte man ihn auf, dass er sich in einem Dorf östlich von Herat und in den Händen des Kommandanten Yadullah befand.

»In wenigen Minuten sind Kommandant Sahib und Mirsa Sahib hier«, sagte einer der beiden. Er hatte große, dunkle Flecken unter den Augenringen.

»Was wollen die von mir?«

»Das werden sie dir dann sagen.«

Yadullah und Mirsa, sein engster Vertrauter, waren Seyed Salam, wie den meisten Menschen in Herat, aus Erzählungen bekannt. Der Kommandant war ein groß gewachsener Mann mit dunklen Augen und langem Bart, der bevorzugt einen schwarzen Turban trug, dessen eines Ende zum Himmel hinaufragte, während das andere bis zu seiner Bauchwölbung herabhing. Mirsa dagegen war klein und schmal, er hatte ein eiförmiges Gesicht mit einem spitzen Kinn, einem Ziegenbart und rot geäderten Augen, deren lange Wimpern schwarz getuscht waren. Um seinen Mantel trug er stets einen breiten Stoffgürtel und auf dem Kopf einen rundlichen Karakol-Hut.

Ich stelle mir Salam in diesem feuchten, eiskalten Keller mit diesen Schurken vor. Obwohl ich all die Jahre in ihm entweder einen Nebenbuhler und Widersacher oder einen Versager und Langweiler gesehen hatte, macht mich sein Schicksal noch heute betroffen.

»Wir haben hier den Sohn von Latif Khan und Enkelsohn von Haschem Khan, Mirsa Sahib«, sagte Kommandant Yadullah. »Ach ja, sein Urgroßvater, das dürfen wir nicht vergessen, soll ein Seyed, ein Heiliger, gewesen sein. Offenbar ist er einmal auf einer Mauer zur Pilgerfahrt nach Mekka geritten. Was sagst du dazu, Mirsa Sahib?«

Auf Mirsas Gesicht erschien ein höhnisches Grinsen. »Darüber weiß ich leider nichts, Kommandant Sahib.« Dann beugte er sich mit der Gaslampe und seinen rötlich leuchtenden Augen vor Salams Gesicht und sprach: »Was ich dafür aber sicher weiß, ist, dass dieser Mann vor einiger Zeit beim Kebabi an der Tscharsu unsere Mudschaheddin beleidigt hat. Er soll behauptet haben, die Rebellen seien lauter Schurken und Verbrecher. Das wissen wir!«

Yadullah sah sein Opfer an und schüttelte mit einem gespielten Lächeln langsam den Kopf, als würde er ein kleines Kind schelten, das sich bei Tisch danebenbenommen hat.

»Ja, mein lieber Mirsa, das wissen wir. Dafür gibt es Zeugen. Und deshalb frage ich dich: Was hat dieser Sündige aus Sicht der Scharia für eine Strafe verdient?«

»Normalerweise die Hinrichtung«, antwortete Mirsa, auf dessen Gesicht sich ein Schatten von Scheinmitleid legte. »Es sei denn …«

»Es sei denn was, Mirsa Sahib? Es sei denn, er entschuldigt sich?«

»Nein, nein! Eine Gnade, ohne dass er auf die eine oder andere Art seine von Gott gewollte Strafe bekommt, gibt es nicht.«

»Also?«

Der Kommandant klang nun hart und wirkte etwas ungeduldig. Mirsa holte auf spielerische Art Luft und sagte: »Ich muss etwas ausholen, Kommandant Sahib.«

»Ich höre!«

»Salam Khan hat vor sechzehn oder siebzehn Jahren im Garten seines Vaters Latif seine junge Cousine vergewaltigt. Das arme Ding war ein Waisenkind und hat zu dieser Zeit in der Obhut ihres Onkels gelebt. Nach der Tat hat er sein Opfer geheiratet.«

»Was schlägst du also vor?«, fragte der Kommandant.

»Wir lassen ihn laufen, aber nur unter einer Bedingung.« Mirsa fuhr sich durch seinen spitzen Bart und grinste. »Er spricht in der Anwesenheit von Mullah Sahib und drei Zeugen dreimal die Scheidung von seiner Frau aus. Und er trennt sich auch von seinem Ehering, damit alles nach den Regeln der Scharia seine Richtigkeit hat. Dann schreibt er einen Brief an seine geschiedene Frau und bestellt sie hierher.«

SEYED SALAM HATTE sich gewehrt. Daraufhin war er geprügelt, mit allen Mitteln misshandelt und erniedrigt worden. Er hatte gehungert und gefroren, geblutet und vor Schmerzen geschrien und schließlich, nach zwei Nächten und einem Tag, das Bewusstsein verloren.

Als er seine Augen öffnete, fand er sich in einem ordentlichen Zimmer wieder, das mit einem Ofen beheizt war. Salam lag auf einer bequemen Matratze. Ein Mann, von dem er nicht wusste, ob dieser ein Arzt war oder nur ein Krankenpfleger, saß an seinem Bett und bestrich seine Wunden mit einer wohltuenden Salbe. Und derselbe Rebell mit den Flecken unter den Augenringen, der ihn gefoltert und geschlagen hatte, brachte ihm ein reichhaltiges Frühstück. Schließlich kam Mirsa zu ihm und stellte ihm erneut die Frage, ob er »für eine Zusammenarbeit im Sinne der Scharia« bereit sei.

Da Seyed Salam sich nicht beugte und stattdessen für seine Freilassung eine beachtliche Summe anbot, wurde er in den Kerker zurückgebracht, wo ein weiterer qualvoller Tag auf ihn wartete. Am Abend, während er sich wie eine verwundete Schlange auf dem nasskalten

Boden krümmte und an mehreren Körperstellen blutete, wartete er nur noch darauf, dass jemand kam und ihn, am liebsten durch eine Kugel in den Kopf, von seinen Qualen erlöste. Erneut wurde er in das warme Zimmer gebracht, mit Heilmitteln, warmem Essen und Tee versorgt und durfte auf einer Matratze schlafen.

Am Morgen war es endlich so weit. Das Opfer war bereit, mit seinen Peinigern zusammenzuarbeiten. Ein kleiner Mann, ein Mullah, betrat das Zimmer, gefolgt von seinem Koranschüler. Die Männer erhoben sich zur Begrüßung. Nur Salam blieb sitzen.

4

Seyed Salam, der die Khansan-Gol-Geschichte seiner Gefangenschaft unter Tränen erzählt hatte, schloss mit den Worten: »Du fragst mich, wie ich mir ein künftiges Leben vorgestellt habe? Wenn ich mir etwas gewünscht habe, dann war es der Tod.«

Khasan Gol hatte seinem Vater mit vor der Brust verschränkten Armen zugehört. Seine Enttäuschung, sein Zorn und Entsetzen waren zu groß, um etwas zu sagen. Am liebsten wäre er weggelaufen.

»Fürs Sterben ist es nun zu spät«, brachte er schließlich hervor. »Fürs Leben aber auch. Ich muss Sie enttäuschen. Ich bin nicht hierhergekommen, um Sie nach Hause zu fahren. Ich habe etwas Wichtigeres vor.«

Khasan Gol war bemüht, einen kühlen Kopf zu bewahren. Er setzte sich auf sein Motorrad. »Wieso haben diese Verbrecher Sie nicht in die Stadt gefahren?«

Seyed Salam hob seinen Kopf und antwortete: »Sie haben mich mit verbundenen Augen nach draußen gebracht und mir dann gesagt, ich solle hier an der Straße warten und jemanden finden, der mich in die Stadt fährt.«

»Ich fürchte, zu dieser Stunde fährt hier nichts mehr. Wenn, dann eher in diese Richtung.« Khasan Gol deutete auf die Straße entlang des Waldes. »Sie führt, soweit ich weiß, nach Newin.«

»Und du? Was hast du vor? Lass uns zusammen nach Newin fahren, zum Kalifen.«

»Der Kalif weiß alles«, sagte Khasan Gol, während er sich seinen Wollschal um den Kopf wickelte. »Großvater Latif war heute bei ihm. Machen Sie sich in Richtung Newin auf den Weg. Vielleicht haben Sie Glück und finden jemanden, der Sie mitnimmt. Ich selbst werde schauen, was ich hier in diesem verdammten Dorf erreichen kann.«

Khasan Gol startete sein Motorrad und ließ seinen Vater im Schnee am Straßenrand hinter sich.

KHASAN GOL HATTE nicht die geringste Vorstellung davon, was er unternehmen sollte. Schnell merkte er, dass das Dorf kreisförmig angelegt war. Auf seinem Motorrad folgte er einem schmalen Weg, der sich wie eine Spirale immer tiefer hinein in Richtung des Dorfzentrums wand. Als die Straße belebter wurde, parkte er sein Motorrad hinter einem Gebüsch und ging zu Fuß weiter, stets darauf bedacht, nicht aufzufallen und doch selbst nichts außer Acht zu lassen. Die Wege, die an den Häusern, Höfen und Viehställen vorbeiführten, kreuzten sich oft oder endeten auf Plätzen, von denen der größte der Dorfmarkt war. Dort wurde er auf eine Rauchwolke aufmerksam, die am südwestlichen Rand des Dorfes hochstieg. Je näher er diesem Rauch kam, desto stärker roch es nach Kebab. Schließlich gelangte er an einen Parkplatz, neben dem sich der Eingang zu einem Hof befand, in dem ein reger Betrieb herrschte.

Der Großteil des Hofes war mit Teppichen und Kissen bedeckt. In der Mitte brannte ein mächtiges Feuer in einem Ofenwerk aus Stein. Ganze Schafe hingen an Metallketten über den Flammen und rösteten in ihrem eigenen Fett. Auf beiden Seiten des Ofens standen vier bärtige Männer neben einem Holz- und Kohlehaufen und rührten mit Eisenstangen in den Flammen. Vier weitere waren im hinteren Teil damit beschäftigt, eine Bühne mit Teppichen, Matratzen und Kissen auszuschmücken, an deren hinterer Wand sich eine schmale Tür befand. Eine kleine Außentreppe führte von dieser hinab und verband die Bühne mit einem Parkplatz und einem angrenzenden Toilettenbereich.

Als Khasan Gols Blick auf einige Kalaschnikows fiel, die hinten an der Wand lehnten, verlor er jeglichen Zweifel, wer diese Männer waren. Ein Schauder lief ihm über den Rücken. Ihm wurde schwindlig, das Blut schien in seinen Adern zu gerinnen. Hatte Yadullah etwa vor, seine Mutter noch in dieser Nacht zu heiraten? Es konnte kaum einen anderen Grund für derartige Festvorbereitungen geben.

Was sollte er jetzt tun? Vom Kalifen in Newin war so schnell keine Unterstützung zu erwarten. Auf der anderen Seite war ihm klar, dass alles, was er allein unternehmen würde, einem Selbstmord gleichkam. Ein solches Ende würde zwar ihn selbst vom Leid erlösen, doch nicht seine Mutter. Und um sie allein ging es ihm. Da schoss ihm ein Gedanke durch den Kopf.

Inzwischen war es Abend geworden, die Wolken waren größtenteils verschwunden, und ein fast voller Mond ging am Horizont auf. Es war kälter als zuvor. Es musste in diesem Dorf auch Menschen geben, die nicht auf Yadullahs Seite standen. Er suchte nach einer Person, die ihm friedvoll genug erschien, um mit ihr ins Gespräch zu kommen. In einer alten Frau, die in einigen Metern Entfernung im Eingang ihres Hausflurs saß und eine Gaslampe anzündete, glaubte er schließlich, eine ebensolche gefunden zu haben. Der Boden vor dem Haus war mit einer Eisschicht bedeckt. Bevor sie ihn wahrnehmen konnte, rannte Khasan Gol los, schlitterte unbeholfen über das Eis und ließ sich vor ihren Augen zu Boden fallen. Er jammerte und hielt sich den Steiß. Die Alte ließ die Lampe stehen und eilte zu ihm.

5

Zufälle, die unser Leben in die eine oder andere Richtung lenken, kommen nicht aus dem Nichts. Daran glaubte jedenfalls mein Vater, und daran glaube auch ich immer noch. Wenn ich heute an Khasan Gol – jenen weinerlichen gelben Kater mit den kurzen Armen und kleinen Händen, an denen man sechs Finger an der rechten und vier an der linken zählte – zurückdenke, so scheint es mir, dass ihm ein Karma ganz besonderer Art innewohnte. Wie sonst konnte es möglich gewesen sein, dass er – ohne es zu wissen – sich ausgerechnet vor der Haustür eines Mannes zu Boden warf, dessen Leben mit der Geschichte meines Vaters verbunden war? Es war das Haus von Nasir Khan, einem ehemaligen Gemüsehändler, der mit meinem Vater befreundet gewesen war.

Die Bäuerin, Nasir Khans Frau, war trotz ihres fortgeschrittenen Alters kraftvoll und half Khasan Gol, sich aufzurichten.

»Wessen Sohn bist du, mein Junge?«, fragte sie.

»Ich komme aus der Stadt, Nane. Stimmt es, dass Kommandant Yadullah heute Nacht heiratet? Im Hof wird gegrillt, und ich habe dort bewaffnete Männer gesehen.«

»Ja, das stimmt«, antwortete die Alte. »Wie ich gehört habe, heiratet er eine geschiedene Frau aus der Stadt. Warum willst du das wissen?«

»Mögen Sie den Kommandanten?«, fragte Khasan Gol.

»Wenn ich sage, dass ich ihn nicht mag, lebe ich möglicherweise schon morgen nicht mehr.«

»Ich verstehe«, sagte Khasan Gol und kam zu seinem eigentlichen Anliegen. »Die Frau, die Yadullah heiraten will, ist meine Mutter. Und sie ist gar nicht geschieden. Yadullahs Leute haben sie entführt und halten sie jetzt in ihrer Gewalt. Deshalb bin ich hier.«

»La ilaha illallah Mohammad al rasulullah«, sprach die Bäuerin das arabische Kalima: Es gibt keinen Gott außer Allah, und Mohammad ist sein Gesandter.

Khasan Gol folgte der alten Frau in das einfach eingerichtete Häuschen. Sie nahm die brennende Gaslampe und betrat eine Stube, die rechts von dem schmalen Hausflur abging. Khasan Gol wartete an der Tür, bis sie ihrem Mann von ihm und seinem Anliegen erzählt hatte. Nasir Khan saß auf einer Matratze an der hinteren Wand. Er hielt den Koran in der Hand. In einem Kamin in der Ecke brannte Feuer. Der alte Mann hörte zu, was ihm seine Frau berichtete, während er den fremden Knaben an der Tür beäugte. Dann sprach auch er das islamische Kalima aus. Der groß gewachsene, stark ergraute Mann erhob sich, küsste das Gottesbuch und stellte es auf einen niedrigen Schrank am Fenster. Dann ging er zu Khasan Gol hinüber, gab ihm die Hand und hieß ihn willkommen. Er bedeutete ihm, sich neben ihn an den Kamin zu setzen, und fragte, wessen Sohn er war.

Khasan Gol konnte sein Glück im Unglück kaum fassen. Der alte Mann kannte seine ganze Familie und Verwandtschaft, ja sogar seinen Urgroßvater. Nasir Khan schwärmte insbesondere von Scharif Khan

Dschikani, meinem Vater, den er in den Zwanzigerjahren auf dem Viehmarkt kennengelernt hatte.

»Scharif Dschan hat sich weiterentwickelt«, erzählte Nasir Khan, »ich bin der dumme Bauer geblieben. Aber seit dieser Zeit, bis zu seinem Tode, waren wir gut befreundet. Weiß Gott, wie oft ich hinter seinem Rücken in der Freitagsmoschee zu Gott gebetet habe. Und weiß Gott, wie oft er mir aus der Patsche geholfen hat.«

Khasan Gol berichtete etwas ausführlicher von dem, was Yadullah seiner Familie angetan hatte. Dabei schonte er aber seinen Vater, indem er behauptete, die Rebellen hätten diesen betrogen, um an seine Frau heranzukommen. Das alte Paar konnte nur den Kopf schütteln und fluchen.

»Wir müssen Schakila sprechen«, sagte schließlich die Frau. Die Rede war von der Schwiegertochter von Nasir Khans verstorbenem Bruder, die als Frauenfriseurin und Kosmetikerin im Dorf arbeitete.

»Eine gute Idee«, erwiderte Nasir Khan. »Keine Hochzeitsvorbereitung ist ohne ihre Mitwirkung denkbar.«

»Die Vorbereitungen sind aber schon in vollem Gange«, sagte schließlich die Frau. »Wenn ich Schakila irgendwo finden kann, dann nur im Harem-Serei.«

Dass es hier im Dorf einen Harem gab, verwunderte Khasan Gol. Solche Höfe, zu denen nur Frauen Zugang haben, hatte es lediglich in den alten Zeiten gegeben.

»Es scheint, Schakila Dschan ist meine letzte Hoffnung, Onkel Nasir«, sprach Khasan Gol. »Ich habe bereits einen Plan. Wenn sie mir hilft, dann würde ich ihr fünfzigtausend Afghani als Belohnung geben.«

»Fünfzigtausend Afghani sind viel Geld, aber gut, sie könnten Schakilas Mut tatsächlich etwas anheizen«, versprach Nasir Khan. »Du sagst, du hast einen Fluchtplan für deine Mutter. Wie sieht er aus?«

»Meine Mutter, sie heißt übrigens Schahrsad, ist eine starke Frau«, sagte Khasan Gol. »Sie wird sicher neben Yadullah auf der Hochzeitsbühne sitzen. Ich habe mir diese Bühne bereits angesehen, Onkel. Es gibt dort eine schmale Tür, die sich von der hinteren Bühne zum Parkplatz hin öffnet. Wenn sie die Hochzeitsfeier kurz verlassen würde – sagen wir mal, um auf die Toilette zu gehen –, könnte ich sie auf diesem Parkplatz verschwinden lassen.«

»Ich verstehe. Du bist mit dem Motorrad hier, hast du gesagt?«

»Ja, Onkel.«

»Inscha-allah!«, rief Nasir Khan. »Allerdings wird es schwierig, wenn nicht unmöglich sein, deine Mutter aus dem Harem herauszubekommen. Wie wäre es, wenn du ihr deinen Plan schriftlich schildern würdest? Schakila könnte den Brief daraufhin in den Harem schmuggeln.«

KNAPP EINE STUNDE später saß Khasan Gol im Haus von Nasir Khan jener Frau gegenüber, von der er sich die Rettung seiner untergegangenen Welt erhoffte. Die Kosmetikerin hatte sich bereits für die Hochzeit zurechtgemacht. Sie hätte auch ohne Schminke schön ausgesehen, wäre da nicht das weiße Pflaster unter ihrem linken Auge gewesen. Sie hatte, als Khasan Gol sich ihr vorgestellt hatte, gleich darauf gedeutet und gesagt: »Das hier hat mir deine Mutter verpasst. Als Belohnung dafür, dass ich sie schminken wollte.«

Schakila klang wie eine Schar zwitschernder Spatzen. Überhaupt schien sie gerne und viel und auch gestenreich zu reden.

»Wir mussten sie in einem Zimmer einsperren, und die Männer haben beschlossen, dass die Hochzeit ohne ihre Anwesenheit stattfinden soll.«

»Das klingt aber gar nicht gut. Wir haben eine Belohnung von fünfzigtausend Afghani ausgesetzt – für jede Hilfe, die zur Befreiung seiner Mutter führt.«

»Dass sie aus dem Harem-Serei flüchtet?«, rief Schakila. »Das ist doch unmöglich, Hadschi Baba!«

»Nicht aus dem Harem-Serei«, entgegnete Nasir Khan. »Mein Freund hier hat einen Brief an seine Mutter verfasst. Hör zu.«

Er setzte seine Brille auf, las den Frauen den Brief vor und wandte sich dann an Schakila: »Wenn es dir gelingt, ihr dieses Schreiben heimlich zuzustecken, dann wird sie wissen, wie sie es anstellen soll.«

»Und Sie meinen, diese Männer werden ihr abkaufen, dass sie sich auf einmal auf ihre Hochzeit freut?«

Damit sprach sie ein Problem an, an das weder Khasan Gol noch Nasir Khan gedacht hatten. Doch Nasir Khans Frau, die bisher nur zugehört hatte, löste ihren Blick vom Kaminfeuer und sagte: »Fatima.«

»Was ist mit Fatima?«, fragte ihr Mann.

»Na ja, sie ist gerade hier im Dorf.«

»Natürlich!« Nasir Khan schlug sich mit der Hand auf die Stirn. »Warum bin ich nicht von selbst darauf gekommen? Schakila, du bringst die Hexe zu seiner Mutter, und zwar unverzüglich!« Dann streckte er Khasan Gol den Brief entgegen und sagte: »Schreib auf die Rückseite noch einen Satz. Sie soll sich von der alten Hexe, die zu ihr kommt, hypnotisieren lassen.«

Khasan Gol nahm das Papier, jedoch statt zu schreiben, starrte er Nasir Khan bloß fragend an.

Dieser seufzte. »Fatima ist eine blinde Frau aus der Gegend hier. Alle kennen sie. Die Leute glauben, dass sie sogar Krebskranke heilt und übersinnliche Kräfte hat. Wenn sie zu deiner Mutter geht und diese darauf ihre Einstellung vollends ändert, dann würden alle denken, dass Fatima ein Wunder vollbracht hat.«

Kurz darauf machten die beiden Frauen sich mit dem Brief auf den Weg zu Fatima und anschließend in den Harem. Als Nasir Khans Frau dann nach zwei Stunden zurückkam, stand ihr die Erleichterung ins Gesicht geschrieben. Sie erzählte Nasir Khan und Khasan Gol, wie Fatima jedermann von ihren Heilkräften hätte überzeugen können, und dass sie Schakila den Brief übergeben hätte. »Deine Mutter ist nicht nur schön und klug«, schloss sie an Khasan Gol gewandt, »sie ist auch eine hervorragende Schauspielerin. Sie hat sich von Schakila schminken lassen. Und als dann der Kommandant und dieser Mirsa in ihr Zimmer kamen, ist sie aufgestanden, hat ihre Hände auf die Brust gelegt und gesagt: ›Ich sage Ja zu Euch, mein Herr!‹«

Khasan Gol blickte entsetzt drein, aber Nasir Khan sprach beruhigend auf ihn ein: »Allah kennt die verborgenen Wahrheiten besser als wir, seine Geschöpfe. Und was Fatima angeht, sie kann nur bei Menschen Wunder hervorbringen, die an ihre heimlichen Kräfte glauben.«

6

Eine Stunde vor Mitternacht fuhr Khasan Gol sein Motorrad auf den Parkplatz und stellte es an der hinteren Mauer am Toilettenbereich ab. Dann machte er sich auf den Weg zum Hof, in dem die Hochzeit in vollem Gange war. Jemand sang ein heiteres Volkslied und wurde von Begeisterungsrufen und rhythmischem Klatschen begleitet.

Der Hochzeitshof wurde durch das mächtige Feuer im Ofen sowie einige Gaslampen erwärmt und beleuchtet, und er war voll von Männern und Frauen, die getrennt saßen oder standen. Eine Schar Kinder tollte umher. Gäste, die sich am Eingang drängten, versperrten den Blick. Khasan Gol bahnte sich einen Weg nach vorne und blickte durch eine Lücke in der Menschenmauer auf das Geschehen auf der Bühne. Dort saß seine Mutter mit gesenktem Blick in einem Hochzeitskleid und unter einem weißen Tschador zwischen dem Rebellenkönig Yadullah und einer alten, blinden Frau, von der Khasan Gol wusste, dass sie Fatima hieß. Sie hockte in ihrem roten Gewand im Schneidersitz, und ihre grauen zerzausten Haare reichten bis zu ihrem Schoß. Links neben Fatima saßen Schakila und zwei weitere Frauen, rechts vom Bräutigam ein kleiner, schmächtiger Mann mit einer Bauchschärpe und einem Ziegenbart sowie drei Musiker.

Ein junger Knabe tanzte in der Mitte des Hofes und begeisterte die Menge mit aufreizenden Schwingungen und Drehungen seines Körpers. Er trug ein enges, mit Stickereien verziertes Hemd über einer Pluderhose und kleine Glöckchen um seine Hand- und Fußgelenke, die er im Takt der Musik erklingen ließ.

Khasan Gol drängelte sich weiter nach vorne. Schakila erkannte ihn zuerst, dann wurde auch seine Mutter auf ihn aufmerksam. Er kratzte sich an der Nasenspitze. Sie kopierte seine Geste und flüsterte der blinden Hexe etwas ins Ohr. Yadullah zog die Augenbrauen zusammen und beugte sich zu ihr hinüber. Khasan Gols Blut pochte in seinen Schläfen. Seine Halsschlagader pulsierte, als stünde sie kurz vor dem Platzen. Dann zeigte der Kommandant auf die schmale Tür an der Rückseite der Bühne und sagte etwas zu Schakila. Diese fasste daraufhin Fatima am Arm und erhob sich gemeinsam mit ihr, gefolgt von der Braut in ihrem prachtvollen, weiten Kleid und den beiden anderen Frauen. Alle fünf verließen eine nach der anderen die Bühne. Khasan Gol blieb noch eine Weile in der Menge stehen, um sicherzugehen, dass Yadullah keinen Rebellen hinter den Frauen herschickte. Der Kommandant holte ein Döschen aus seiner Tasche, kippte daraus ein paar zerkleinerte grüne Tabakblätter auf seine Handfläche, legte sie sich unter die Zunge und lehnte sich zurück. Doch der kleine Mann neben ihm, offenbar sein Stellvertreter, richtete seinen ausgestreckten Finger auf zwei Wachmänner, die vor dem Podium an der Wand standen, und deutete auf die Tür, durch die die Frauen verschwunden waren.

Khasan Gol drehte sich um und schob sich mühevoll zwischen den Hochzeitsgästen und Schaulustigen hindurch nach draußen. Eine dichte Wolkendecke war aufgezogen und hüllte das Dorf in Dunkelheit. Als er den Parkplatz erreichte, sah er, wie zwei Motorräder darauf zusteuerten und sich kurze Zeit später in der Nähe der Bühne postierten.

Die beiden Wachmänner, die Mirsa nach draußen geschickt hatte, standen jetzt an der dreistufigen Treppe zur Hochzeitsbühne, während die vier Frauen auf dem Parkplatz darauf warteten, dass Schahrsad von der Toilette zurückkam. Schakila plapperte in einem fort und lenkte damit die Aufmerksamkeit ihrer Begleiterinnen auf sich. Khasan Gol ging an den beiden Motorrädern vorbei, die etwas größer waren als sein eigenes. Ihre Besitzer, zwei junge Männer in Kampfanzügen, waren abgestiegen und gesellten sich zu den Wachmännern an der Bühne. Khasan Gol setzte sich auf sein Motorrad, gab kurz Gas, um Schahrsad in der Toilette ein Signal zu senden, und ließ es dann, ohne das Licht einzuschalten, im Leerlauf. Er zog seine Handschuhe an, beugte sich nach vorne und holte die kleine Decke hervor, die ihm Nasir Khan mitgegeben hatte. Seine Aufmerksamkeit war ganz und gar auf den Toiletteneingang der Frauen gerichtet. Sekunde um Sekunde verstrich. Es kam ihm vor wie eine Ewigkeit. Also sendete er ein erneutes Signal. Da öffnete sich die erste Toilettentür, seine Mutter kam in ihren eigenen Kleidern und einem Schal, den sie um ihren Kopf gewickelt hatte, heraus und rannte auf ihn zu. Plötzlich ging alles rasend schnell. Sie setzte sich hinter ihn, nahm ihm die Decke aus der Hand, wickelte sie um sich, klammerte sich an ihn, und er fuhr los. Erst als er vom Parkplatz auf die schmale Straße hinaus fuhr, hörte er eine laute Frauenstimme hinter sich: »Die Braut! Die Braut ist abgehauen!«

Bevor sie die Freitagsmoschee vor dem Dorf erreicht hatten, nahm Khasan Gol hinter sich die Lichter und das Brummen der beiden Motorräder wahr. Er drehte den Gashahn bis zum Anschlag auf. Die Wachmänner gaben Schüsse ab, verfehlten aber ihr Ziel. Als er aus dem Dorf hinaus auf die Verkehrsstraße kam, bog er nicht nach rechts, woher er gekommen war, sondern fuhr nach links auf den Wald, der hinter der Moschee begann. Er wusste, dass die Straße um den Wald herum nach Newin führte. Seine Hoffnung, die Verfolger abgeschüttelt zu haben, wurde jedoch enttäuscht, als hinter ihm erneut die Lichter erschienen und Schüsse abgefeuert wurden. Nach einer weiteren Biegung machte er eine Kehrtwende in den Wald hinein. Hinter einem Dickicht stellte er die Maschine ab und wandte sich an seine Mutter.

»Wir schütteln sie im Wald ab. Dann kommen wir zurück.«

Sie legten ihre Sachen ab. Der Sohn den Mantel und den Schal, die Mutter ihre Decke. Dann liefen sie in den Wald hinein. Sie waren noch nicht weit gelaufen, als die Wolkendecke aufriss und ein heller Vollmond zum Vorschein kam. Khasan Gol drehte sich im Laufen immer wieder um, bis er über eine Baumwurzel stolperte und stürzte. Schahrsad half ihm aufzustehen, aber Khasan Gol hatte sich am rechten Knie verletzt und konnte mit ihr nicht mehr Schritt halten. Bald hörten sie die Rufe der Männer vom Waldrand hinter sich, gefolgt von Schüssen und den Lichtkegeln ihrer Taschenlampen.

»Lauf du weiter, Nane!«, rief Khasan Gol. »Ich verstecke mich hier in einem Gebüsch.«

Schahrsad aber deutete auf einen großen Baum mit einem mächtigen Stamm und dichten Ästen. »Lass uns uns oben auf diesem Baum verstecken. Los, klettere hoch, ich helfe dir von unten.«

Als er die erste Astgabel erreicht hatte und einen Arm hinabstreckte, streifte sie das Licht einer der Taschenlampen aus der Ferne.

»Klettere weiter hoch!«, flüsterte Schahrsad zu ihm hinauf. »Bleib hier in der Nähe und mach dir um mich keine Sorgen!«

Dann verschwand sie im Dunkel des Waldes. Khasan Gol wusste, dass sie flink und schlau genug war, um den Verfolgern zu entkommen. Doch seine Hoffnung verwandelte sich in Entsetzen, als er einen der Verfolger ganz in der Nähe rufen hörte: »Ich sehe sie! Dort drüben!«, und kurz darauf aus allen Rohren gefeuert wurde.

Die fünfzehn oder zwanzig Minuten, die Khasan Gol – am ganzen Körper zitternd – auf dem Baum ausharrte, kamen ihm ewig lang vor. Immer wieder waren vereinzelt Schüsse gefallen und einmal hatte er seine Mutter rufen gehört: »Ich bin hier, ihr Hunde!«

Als die Rufe und Schüsse aus immer größerer Entfernung kamen, kletterte er hinab und machte sich mit schmerzendem Knie auf den Rückweg zur Straße. Seiner Mutter nicht mehr helfen zu können, war für ihn unerträglich. Er betete unaufhörlich für sie und wusste, dass das alles war, was er im Moment tun konnte.

Als er aus dem Wald heraustrat, sah er sich nach seinem Motorrad um, konnte es aber nicht entdecken. Stattdessen zog eine dunkle Gestalt, die einige Meter entfernt in einer Mulde zwischen dem Wald und der Straße lag, seine Aufmerksamkeit auf sich. Er ging auf sie zu und sah mit Entsetzen, dass es sein Vater war, der mit angezogenen Beinen reglos auf der Seite lag.

Wie erstarrt vor Kälte und Trauer brachte er den leblosen Körper auf ein nahe liegendes Feld, wo er ihn im Schnee liegen ließ und sich auf die Suche nach seinem Motorrad machte. Mechanisch schleppte er sich den Waldrand entlang, bis er es schließlich fand. Schüttelfrost ließ ihn am ganzen Körper zittern. Er zog seinen Mantel an, hüllte sich in die kleine Decke und fuhr dann zu der Stelle zurück, an der sein Vater lag.

Khasan Gol hatte keine andere Wahl, als Holz zu sammeln und mithilfe eines Feuerzeugs und eines Fetzens vom Umhang seines toten Vaters ein Feuer zu entfachen. Dann wickelte er sich in seine Decke ein und setzte sich an die lodernde Flamme. Gefühle von Trauer, Wut, einer nie da gewesenen Schwäche und schließlich ein heftiges Schluchzen überkamen ihn.

KHASAN GOL KAM zu sich, als er eine Stimme hörte, die ihn laut rief. Er sprang auf und ging zur Straße. Was er sah, konnte er für nichts anderes als für einen Traum halten. Seine Mutter kam vom Wald her auf ihn zu und trug je zwei Gewehre in ihren Händen.

»Nane!«, rief er. »Gott sei Dank, du lebst, Nane. Ich kann meinen Augen nicht trauen.«

»Ich ebenso«, erwiderte Schahrsad und legte die Gewehre ab, um ihren Sohn in die Arme zu schließen.

»Woher hast du die Waffen, Nane? Wie bist du mit den vier Hunden fertiggeworden? Hast du sie in die Hölle geschickt?«

»Ja, da sie im Kampf von einer Frau getötet wurden, wird für sie aus dem Paradies und den siebzig Huris wohl nichts werden«, lachte sie.

Als sie Khasan Gol aus ihren Armen entlassen hatte, wurde Schahrsad auf die Decke aufmerksam, die etwas zu verbergen schien, und schreckte zurück.

»Wer liegt hier unter der Decke?«

Khasan Gol sank auf die Knie. Ein Schluchzen blieb ihm in der Kehle stecken. »Es ist Vater, Nane. Er ist … er ist tot.«

»Tot?« – Sie schlug die Hände vor ihrem Gesicht zusammen und brach in Tränen aus. – »Aber warum? Sie haben mir doch gesagt, dass sie ihn freigelassen haben.«

»Sie hatten ihn auch freigelassen, Nane, aber zuvor hatten sie ihn geschlagen und gefoltert. Ich habe ihn am Straßenrand getroffen, als ich im Dorf ankam. Er hat sich zu Fuß auf den Weg nach Newin gemacht. Ich habe ihn dann später durch Zufall hier am Straßenrand entdeckt.«

Schahrsad setzte sich an die Glut des kleinen Feuers und rieb sich weinend die Hände. Khasan Gol konnte jetzt blutige Kratzer auf ihrem geschminkten Gesicht erkennen. Ihr Hemd hatte Risse, ihre offenen Haare, die bis zu ihren Schultern reichten, waren zerzaust. Nachdem sie sich etwas beruhigt hatte, erzählte sie ihm in Kürze, wie sie ihre Peiniger überwältigt hatte.

»Sie haben mich nicht geschlossen verfolgt, sondern mich stets von vier verschiedenen Seiten aus attackiert. Aber sie schienen nicht die Absicht zu haben, mich zu töten. Sonst hätten sie es längst geschafft. Sie wollten mich gefangen nehmen.«

»Aber warum haben sie dann auf dich geschossen?«, fragte Khasan Gol.

»Ich denke, um mich einzuschüchtern. Irgendwann hatte ich mich in einem Gebüsch versteckt. Ich lag flach auf dem Boden, als einer von ihnen aus der Ferne in meine Richtung schoss. Die Kugeln haben aber nicht mich, sondern seinen eigenen Kameraden getroffen, der mir gerade dicht auf den Fersen war. Ich habe daraufhin dem toten Mann die Kalaschnikow abgenommen, bin auf einen Baum geklettert und habe von dort aus zwei der Hunde erschossen. Den dritten habe ich später von hinten überfallen.«

Nach diesen Worten, die Schahrsad in den Augen Khasan Gols als eine Heldin erscheinen ließen, überlegten sie gemeinsam, wie sie jetzt vorgehen sollten. Zunächst wollten sie zum Hof des Kalifen fahren, um dort Schutz zu suchen. Eines der vier Gewehre wollten sie mitnehmen.

Wenig später fuhren sie auf dem Motorrad in Richtung Newin – Seyed Salam eingewickelt in eine Decke zwischen seinem Sohn und seiner Frau, die beide mit ihren Armen umschlang.

7

Eine Woche später besuchte Khasan Gol uns und vertraute Ali, Isaak Khan und mir an, was an jenem Freitag geschehen war. Innerlich zerrissen zwischen Mitgefühl und Hass, hatte er für seinen Vater keine einzige Träne vergossen. »Wir alle müssen deinem Vater dankbar sein dafür, dass er so einen Helden wie dich aufgezogen hat«, meinte abschließend Isaak Khan.

»Der Held ist aber mit seinem Werk noch nicht am Ende«, erwiderte Khasan Gol. »Solange dieser Hund am Leben ist, muss ich damit rechnen, dass er sich für die größte Demütigung seines Lebens rächen will.«

Isaak Khan sagte nichts mehr, sondern seufzte. Ali und ich schwiegen ebenso. Khasan Gol hielt seine kleinen Hände an den heißen Ofen. »Stellen Sie sich vor, dass dieser Schurke jeden Freitag in die Dorfmoschee an der Straße geht und mit den Gläubigen gemeinsam betet«, fuhr er fort.

»Na ja, das Beten kann man niemandem verbieten«, sagte Isaak Khan. »Beten und Verbrechen schließen sich nicht aus. Das war früher so, und so ist es noch heute. Sie ergänzen sich eher.«

Es wurde darüber nicht mehr geredet. Khasan Gol verabschiedete sich von uns und sagte, er sei mit Maulana Kayhan, dem Kulturbeauftragten der Islamischen Gemeinschaft, verabredet. Mit diesem stand er seit jenem Treffen in der jüdischen Synagoge in Kontakt. Wir ahnten, was er vorhatte, und bangten um ihn.

Am darauffolgenden Freitag besuchte Khasan Gol uns später als sonst. Die Neuigkeit, die er uns überbrachte, machte uns fassungslos.

»Heute Mittag habe ich Yadullah und neun seiner Begleiter in die Hölle geschickt.«

Isaak Khan sprach das islamische Kalima aus.

»Ganz allein?«, fragte Ali.

»Nein. Zusammen mit drei Mudschaheddin aus der Islamischen Gemeinschaft. Wir haben uns auf dem Dach der Moschee postiert. Als Yadullah und seine Leute aus zwei Jeeps ausstiegen, haben wir das Feuer auf sie eröffnet. Dann sind wir zu unserem Fahrzeug gelaufen und Richtung Newin gefahren.« Er sprach in entspanntem Ton und grinste dabei.

»Gut gemacht«, sagte Isaak Khan. »Aber bist du auch sicher, dass du damit die Gefahr von dir und deiner Familie abgewendet hast?«

»Ich hoffe es, Onkel«, antwortete Khasan Gol. »Wir haben die Fahne der Islamischen Partei von Hekmatyar auf dem Dach der Moschee angebracht.«

»Sehr schlau!« Isaak Khan atmete auf.

Khasan Gol aber hatte noch eine weitere Überraschung: »In zwei Tagen reise ich mit Maulana Kayhan und einigen anderen Männern nach Badqis und dann weiter ins Pandsch-Schir-Tal zu Ahmad Schah Massud.«

Der Name dieses berühmten Freiheitskämpfers war zu jener Zeit bereits in aller Munde. Er vertrat eine moderate Auslegung des Islams und hatte die Menschen überzeugt, dass es ihm weder um die Gewinnung der Macht noch um die Errichtung eines Gottesstaates ging, wenn er »Dschihad« sagte. Zugleich hatte er dank seines militärischen Könnens seine Heimatprovinz Pandsch-Schir-Tal von den Sowjets befreit und plante, den bewaffneten Widerstand auszuweiten.

»Du hast schon so viel hinter dir und noch so viel vor«, sagte Isaak Khan. »Weißt du, dass du deine Familie damit in große Sorge versetzt?«

»Meiner Familie habe ich gesagt, dass ich im Pandsch-Schir-Tal sicherer sei und die Schule fortsetzen würde.«

»Wie wäre es denn, wenn du wirklich die Schule zum Abschluss bringen würdest?«, fragte Isaak Khan. »Pandsch-Schir ist eine befreite Region. Mit Pinsel und Kugelschreiber kannst du mehr bewirken als mit einer Kalaschnikow.«

»Ich lasse es mir durch den Kopf gehen, Onkel Isaak«, versprach Khasan Gol.

Zum Abschied küsste er Isaak Khan die Hand, dieser küsste ihn auf die Wange, dann öffnete Khasan Gol seine Arme für Ali und mich. Er ging und ließ uns mit dem Gedanken zurück, ihn nie wiederzusehen.

Teil sieben

1

Zu viele Schicksalsschläge kennt der Hindukusch, seit die Glückssterne seinen Himmel verlassen haben. Was mir davon bekannt ist, scheint eine Handvoll Kies aus diesem Gebirge des Leides zu sein. Dazu gehört auch eine Geschichte, die Isaak Khan, meine letzte Stütze im Sturm der Zeit, betrifft.

In jener Nacht plagten mich schwere Träume, in denen es wieder einmal um Leben und Tod ging. In einem dieser Träume verfolgten mich feindliche Mächte durch Regen und Sturm. Ich rannte vor ihnen weg, mit bleiernen Beinen, ohne mich wirklich fortbewegen zu können. In einem anderen hatte eine Schlange Isaak Khan gebissen. Ich saß auf einer Bergkuppe und drückte der schillernden Brillenschlange den Hals zu, während Osman Khan und mein Vater Isaak Khan den langen Abhang heruntertrugen. Es war jenes Gebirge im Norden von Herat, in dem Talib Asis sich im Frühjahr 1926 von seinem Schüler Scharif, meinem Vater, verabschiedet hatte, um in den Dschihad gegen Schah Amanullah zu ziehen. Das lange, baumstarke Tier schlang sich um meinen Arm und streckte seine lange Zunge nach meinem Gesicht aus. Mir schwand die Kraft aus den Fingern.

»Hilfe!«, rief ich den Männern hinterher.

Mein Vater, der Isaak Khan an seinen Füßen hielt, drehte sich zu mir um und rief: »Dies ist dieselbe Schlange, die mir damals den Rat gegeben hat, die Moschee zu verlassen und zu Osman Khan zu ziehen.«

»Und?«, rief ich. »War das ein guter oder ein schlechter Rat?«

»Frag mich etwas Leichteres«, rief Vater zurück.

Da meldete sich Osman Khan zu Wort: »Es war ein guter, mein Sohn! Und jetzt rate ich dir, dass du sie loslässt.«

»Sie hat Isaak Khan gebissen! Ich will sie töten!«

Isaak Khan, dessen Kopf zu Boden hing, keuchte: »Lass sie ziehen, mein Sohn!«

Ich war verunsichert und hatte Angst. Da starrte mich die Schlange mit ihren weißen Augen an und sprach: »Ich habe den armen Mann von seinem schweren Leid befreit. Und wenn du deine Finger von meinem Hals wegnimmst, dann bekommst du von mir den Rat aller Ratschläge für dein Leben.«

Ich sprang auf, schüttelte mit aller Kraft meine Hand und warf die Schlange zu Boden. Sie beschrieb mit ihrem Körper eine Spirale, aus deren Mitte nun ihr großer Kopf hinausragte.

»Setz dich«, sagte sie.

Ich setzte mich hin. Sie starrte mich mit ihren runden weißen Augen an und zischte: »Ich gebe dir zwei Ratschläge mit auf den Weg. Der Krieg hat dieses Land heimgesucht, und er wird es nie wieder verlassen. Dies ist erst der Anfang. Geh fort, sonst wird er auch dich eines Tages einholen.«

Ich blickte hinab auf das lange, sich schlängelnde Tal voller Mohnblumen und sah, dass die Männer sich weit entfernt hatten.

»Und dein zweiter Rat?«, fragte ich.

»Wärest du damals, im Jahre 1919, ein Arzt in Dschikan gewesen, und wäre dein Vater, der kleine Scharif, mit seiner kranken Mutter zu dir gekommen, hättest du diese wieder gesund machen können?«

»Woher soll ich das wissen?«

»Nun, ich weiß es.« Sie lachte und zeigte mir ihre spitzen weißen Zähne. »Ich lebe seit tausend Jahren auf dieser Erde und habe bereits so vielen Menschen mit meinen Ratschlägen zum Glück verholfen. Aber du zogst es vor, mich töten zu wollen, anstatt deinem Freund zu helfen. Ich habe ihn gebissen, um dich zu testen.«

»Um mich zu testen?«

»Ja, mein Freund. Was bist du für ein Arzt? Ein Arzt, der kein Blut sehen kann?«

»Es kommt auf die Menge an«, sagte ich.

»Dann bist du kein guter Arzt. Du hättest Isaak Khan retten können. Entspricht dieser Beruf überhaupt deiner Natur? Deiner Berufung? Oder bist du bloß Arzt geworden, um deinem Vater das Gefühl zu geben, dass du seinerzeit seine Mutter hättest retten können?«

Ich überlegte und sprach wie zu mir selbst: »Ja, mehr oder weniger ist das so.«

Die Schlange blickte in das Tal, in dem die Männer nun nicht mehr zu sehen waren. »Du hast das Paradies verloren. Du weißt es. Dein Leben besteht aus purem Leid. Du hast genug Tote, Kranke und Verwundete gesehen. Ich rate dir: Geh in die Fremde. Dort wirst du ein anderes, halbwegs glückliches Leben führen, sofern man das Glück nennen kann. Denn das Leben als Fremder und in der Fremde bedeutet ein Leben in Wahrheit – in der eigenen, aber auch in der von anderen!«

Die Schlange setzte sich in Bewegung und schlängelte sich den Hang hinab.

Aus der Moschee erklang die Stimme des Mullahs – und ich wachte mit Kopfschmerzen auf. Der kleine Yadgar lag mit seinem Kopf auf meinem Bauch. Neben ihm schliefen Arm in Arm seine Mutter Schira und Malalay. Ich freute mich für sie, dass sie sich so sehr liebten, und war froh, dass Schira ihre sonderbare Neigung zu mir aufgegeben zu haben schien. Wir alle brauchten Liebe, nur sie hielt uns am Leben.

DIE LUFT AN diesem Morgen war dick und schwer, als Ali, Isaak Khan und ich uns auf der Terrasse einfanden, um mit einem geliehenen Auto zu unserem wöchentlichen Großeinkauf in die Stadt zu fahren und uns ein Bild von der Lage dort zu machen.

Wir fuhren durch Basare der Alt- und Neustadt, die an solch einem kalten Tag wenig belebt waren. Von den sowjetischen Panzern und den Soldaten in ihren schweren grünen Mänteln ließen wir uns nicht beirren, wir hatten uns an sie gewöhnt. Vom Basar-e Khusch fuhren wir zur Tscharsu und von dort aus westwärts zum Basar-e Irak. Auch hier waren nur wenige Läden geöffnet und kaum ein Mensch unterwegs. Stattdessen standen überall Militärfahrzeuge in Alarmbereitschaft. Ali hielt auf der Höhe der alten jüdischen Hamamgasse in der Nähe eines Lebensmittelladens an, und wir stiegen aus.

Schwarze Wolken bedeckten den Himmel, als wir auf den Bürgersteig traten und Isaak Khan überraschend sagte, er habe keine Lust, mit uns in den Laden zu kommen. Stattdessen wolle er zum Kebabi gehen, dessen Lokal sich an der Ecke zur nächsten Gasse befand.

Ali und ich hielten dies für keine gute Idee und schlugen ihm vor, ihn mit dem Auto zu fahren, zumal nicht sicher sei, dass das Lokal überhaupt geöffnet habe. Aber Isaak Khan meinte, dieses sei immer offen, und bestand darauf, sich ein wenig die Beine zu vertreten. Ali blickte ihm hinterher und schüttelte den Kopf: »Das ist typisch für ihn.«

Also gingen wir zu zweit in den Lebensmittelladen. Wir hatten eine lange Einkaufsliste, legten unsere Mäntel und Schals ab und machten uns daran, unsere Waren auszusuchen und zur Kasse zu bringen. Ich stand gerade vor dem Gemüsestand, als der Boden unter meinen Füßen bebte. Es war ein Donnerschlag, gefolgt von weiteren, dann vom Schellen eines atemberaubend heftigen Regens, von Sturm. War es das Grollen des Himmels gewesen oder das von Geschützen? Ali warf den Sack mit Linsen, den er in den Armen hielt, auf den Boden und rannte aus dem Laden. Es dauerte einige Sekunden, bis mir klar wurde, dass das Unwetter Isaak Khan erwischt haben könnte, und ich Ali folgte.

Draußen ergriff mich ein lähmender Schock, ich konnte kaum sehen und kaum etwas hören. Meine Knie wurden weich, mein Magen zu einem Stein. Ich sah mich selbst in dem strömenden Regen stehen und – unwirklich am anderen Straßenrand – etwas, das mich an eines meiner bösen Traumbilder aus der Nacht zuvor erinnerte: Die Ketten der Panzer hatten Isaak Khan beim Überqueren der Straße erwischt und überrollt.

Ich sah mich zu ihm hinüberlaufen, mich über seinem zerquetschten Körper, der in Blut und Regen badete, stehen und starrte seinen zerplatzten Kopf an. Ali, der ihn vom Boden heben wollte, schrie: »Hilf mir!« Ich aber zitterte am ganzen Körper und schlug mir mit meinen Fäusten auf das Gesicht.

Es war am fünften Februar 1982, einem Freitag. Später standen wir in klatschnassen Kleidern, am ganzen Körper zitternd und Tränen vergießend, in der Freitagsmoschee. Tausende Gläubige beteten für den Toten, und der Prediger würdigte ihn als einen Schahid, der einen Märtyrertod erlitten hatte. Am Nachmittag, als das Unwetter sich gelegt hatte, begruben wir Isaak Khan im Garten des jüdischen Friedhofs. Es war der Wunsch seiner Enkeltöchter, die ihn bei sich haben wollten.

2

ISAAK KHANS TOD erschütterte uns alle, und es erschütterte auch unsere Stadt, zu deren beliebtesten Gesichtern er gehört hatte. Mich, da ich in der Nacht zuvor davon geträumt hatte, traf sein grausamer Tod auf der Straße besonders hart.

Eine schwere Erkältung mit Schüttelfrost suchte mich in der darauffolgenden Nacht heim. Ob im Schlaf oder im Wachzustand – immer wieder sah ich Isaak Khans zerquetschtes Gesicht vor mir. Mutter Khurschid war zu uns gekommen und saß an meinem Bett. Ich fühlte mich wieder wie jenes zerbrechliche Kind, das ich einst gewesen war. Ich vermisste meine Liebsten, die entweder tot waren oder weit entfernt von uns. Schließlich vertraute ich Mutter Khurschid meinen Albtraum aus jener Nacht an. Ich schilderte meine Begegnung mit der Schlange, die Isaak Khan tödlich gebissen hatte, auch den anderen Frauen sowie Ali und Asis.

Ihre übereinstimmende Meinung war: »Du musst auf deinen Traum hören und von hier auswandern.«

»Geh zu Awesta in die Türkei«, sagte Mutter Khurschid. »Dein Zustand erinnert mich zu sehr an ihren, als dein Vater starb und dein Bruder …« Sie begann zu weinen und schluchzte. »Awesta, ach meine Awesta! Wie bist du in jungen Jahren heimatlos geworden!«

Als es mir etwas besser ging und meine Mutter gegangen war, traf mich ein neuer Schlag. Dieser war so hart, dass ich glaubte, mit meinen Kräften nun endgültig am Ende zu sein. Ich erfuhr, dass die Rebellen mein Elternhaus mit amerikanischen Raketen beschossen und größtenteils zerstört hatten. Damit, das wusste ich, war das Ende meiner Geschichte in diesem Land gekommen.

EINEN TAG SPÄTER fuhr Ali mich auf dem Motorrad zu meiner Mutter, bei der ich auch Asis und den anderen Verwandten begegnete. Asis schien wie ich in einen Abgrund gefallen zu sein. Er beklagte laut, dass er unser Haus an die Regierung vermietet hatte, und wurde von Onkel Latif getröstet, der nach dem Tod seines Sohnes Salam und dem Fortgang seines Enkelsohnes Khasan Gol alt und gebrechlich geworden war. Ich bewunderte Malalay, wie sie auch diesen Schlag hinnahm und ebenso versuchte, Asis zu trösten, aber auch meine Mutter, die sagte: »Mir ist die Gesundheit meiner Familie viel wichtiger als mein Haus.«

Sie alle saßen zusammengerückt um den Sandali. Ich hatte mich an das Kaminfeuer zurückgezogen, saß neben meinem Neffen Dschamal und meiner Nichte Parwana. Großmutter Bibi Hadschi ruhte einen Meter entfernt von uns auf ihrem Gebetsteppich, murmelte Verse aus dem Koran, befingerte ihre Tessbih. »Komm her, mein Junge«, rief sie mich plötzlich zu sich.

Ich kroch zu ihr. Sie legte ihre Hände auf meine Schläfen und küsste mich auf die Stirn. Dann warf sie ihre Kette um meinen Hals und flüsterte: »Behalte diese Tessbih. Sie war in all den Jahren mein Trost. Jetzt gehört sie dir.«

Ich küsste ihre Hand und konnte meine Tränen nicht länger zurückhalten.

HATTE ICH MICH von Mutter Khurschid ordentlich verabschiedet? Diese Frage stellte ich mir einige Stunden später, als sich mir mit einem Mal die Möglichkeit bot, das Land zu verlassen. Nach dem Besuch bei meiner Mutter waren Ali und ich zu unserem alten Freund Amin gefahren. Das hatten wir ihm bei unserem letzten Treffen auf der Trauerfeier für Isaak Khan versprochen. Als wir in sein Haus kamen, erwartete uns neben ihm auch Ghulam.

Ghulam hatte sich einen Vollbart wachsen lassen, in dem sein Stalin-Schnurrbart sich auflöste, obwohl seine Finger nach alter Gewohnheit von diesem nicht abließen. Er war, wie wir erfuhren, kurz nach dem Putsch im April 1978 in den Iran geflüchtet und so der Tötungsmaschinerie der Khalqis entkommen. Nun saß er neben mir, mal drückte er mich an sich, mal massierte er mir den steifen Nacken. Ghulam entschuldigte sich bei uns, dass er nicht zur Trauerfeier Isaak Khans gekommen war. Er sagte, er komme gerade von der Front gegen die Sowjets im Westen von Herat. Wir unterhielten uns eine Weile über den Krieg, und schließlich vertraute ich ihm und Amin meinen Gedanken an auszuwandern.

Da nahm Ghulam meine Hand fest in seine und sagte: »Dann kommst du heute Abend mit!«

»Wohin?«, fragte ich.

»Wir gehen heute Nacht mit vier weiteren Kampfgenossen über die Grenze nach Maschhad.«

»Heute Nacht? Ich bin gar nicht vorbereitet.«

Er lachte. »Was heißt nicht vorbereitet? Willst du vorher in den Hamam gehen?«

»Geh mit ihnen, mein Freund«, sagte Ali. »Für eine Flucht braucht es keine Vorbereitung.«

»Ich bringe dich zu deiner Schwester in die Türkei«, versprach Ghulam. »Hast du die Adresse von Maulana Asis? Seine Telefonnummer?«

»Maulana Asis ist Imam der Freitagsmoschee in Konya. Ihn dort zu finden, dürfte nicht schwierig sein«, antwortete ich.

»Na dann!«, rief Ghulam und erklärte: »Wir fahren am Abend an die Grenze und gehen dann zu Fuß weiter. Wenn du dich unbedingt vorbereiten willst, zieh dir warme Schuhe an. In der Steppe liegt Schnee. Wir haben in Maschhad ein Haus. Dort ruhst du dich einige Tage aus. Dann fahren wir mit dem Bus weiter. Ich bringe dich bis zur iranisch-türkischen Grenze. Dort übergebe ich dich in gute Hände, die dich ohne Papiere in die Türkei bringen. So habe ich bereits einige von hier bis in die Türkei geschleust. Auch unseren Freund Said übrigens. Er ist jetzt in New York.«

Alle Blicke waren auf mich gerichtet. Ich fühlte mich, gelinde gesagt, überrumpelt. »Ich habe aber ... doch gar kein Geld bei mir«, stammelte ich.

Ghulam blickte zu Ali und sagte: »Die Kosten übernehme ich und ...«

»Später bekommst du das Geld von mir«, beendete Ali den Satz mit einem Grinsen.

»Abgemacht«, sagte Ghulam.

Dann wandte Ali sich an mich. »Ich weiß, warum du unentschlossen bist. Schreib deiner Mutter einen Brief. Ich fahre jetzt direkt zu ihr. Es sind gerade alle beisammen. Sie werden sie beruhigen, dass es das Beste für dich ist.«

»Nur Mut, mein Freund!«, rief Amin. »Einen warmen Mantel trägst du bereits. Ich gebe dir ein Paar Stiefel, mit denen es Spaß macht, durch den Schnee zu marschieren.«

Ich musste an den langen Marsch der Chinesen denken und lachte. Und schließlich stimmte ich zu.

In jener Nacht, als ich in Amins Stiefeln Kilometer um Kilometer durch den Schnee stapfte, musste ich an meinen Vater denken und sprach zu ihm. ›Wo war ich, Vater? Und wo bin ich gelandet?‹

›Ich habe es dir doch gesagt, mein Sohn: Später wirst du dich an diese Tage erinnern wie Adam an sein verlorenes Paradies.‹

3

ANFANG MÄRZ 1982, als ich in Konya ankam, konnte ich mich mit eigenen Augen davon überzeugen, wie unbegründet unsere Sorgen um Awesta gewesen waren. Ich traf auf ein Mädchen, das ebenso hübsch und groß gewachsen war wie weise und fröhlich. Offensichtlich hatten Maulana Asis und seine Frau, die nur zwei Söhne hatten, sie wie ihre eigene Tochter verwöhnt. Awesta hatte ein eigenes, großes Zimmer mit einem weiten, bis zum Boden reichenden Fenster, welches zu einem grünen Gärtchen hinausging.

Sie ging inzwischen in die neunte Klasse, hatte ausgezeichnete Noten, sprach fließend Türkisch sowie Englisch und war mit ihren siebzehneinhalb Jahren eine begeisterte Violinspielerin geworden. Die Entdeckung ihres musikalischen Talents hatte sie Mokhtar, einem der Söhne von Maulana Asis, zu verdanken. Er war zwanzig Jahre alt und spielte meisterlich Cello. Sie musizierten an diesem Abend gemeinsam, und Bakhtyar, der jüngere Bruder, begleitete sie auf seiner Tombak.

Maulana Asis selbst passte in seiner Weltoffenheit schwer in das Bild eines religiösen Führers. Er hatte sich von den militanten Islamisten nicht einschüchtern lassen und hielt weiterhin am Ideal einer demokratischen Gesellschaftsordnung fest, in der die Religion nicht für politische Zwecke instrumentalisiert und missbraucht werden durfte.

Mokhtar und Bakhtyar waren gut erzogene, gebildete Jungen, die auch Persisch sprachen. Ich genoss ihre Herzlichkeit und Gastfreundschaft, aber auch ihre Gespräche. Als Mokhtar mir sagte, dass er zum Musikstudium nach England gehen wolle, wurde ich hellhörig. Auch Awesta hatte in ihrem letzten Brief geschrieben, dass sie einmal Musik studieren wolle. Standen die beiden sich näher, als es nach außen aussah?

Zu dieser Zeit waren in Herat immer noch kein Telefonnetz und kein Postamt intakt. Aus diesem Grund hatte ich mit Ghulam und seinen in Maschhad ansässigen Freunden abgesprochen, dass sie unsere Briefe an unsere Familie in Herat weiterleiteten. Obwohl Maulana Asis erfahren hatte, dass der Herater Flughafen bald öffnen würde, und wir davon ausgingen, dass unsere Familie aus der Provinz in die Hauptstadt umziehen würde, schrieben Awesta und ich einen langen Brief an Mutter Khurschid. Darin deutete ich auch an, dass ich weiterziehen wollte, um selbstständig zu werden und auf eigenen Beinen zu stehen. In der Türkei wollte ich nicht bleiben, hatte aber darüber hinaus kein Wunschland im Sinn. Ich wusste nur, dass ich nicht über Europa hinauswollte.

Am Ende des Briefes konnte ich mir einen kleinen Seitenhieb auf Awesta nicht verkneifen. Nach einigen lobenden Sätzen über Mokhtar schloss ich mit den Worten: »Der Krieg hat eine ironische Handschrift. Er bringt die Menschen auseinander. Seine schmerzlichen Folgen haben aber auch Nebenwirkungen, über die man sich nicht beschweren kann: Der Krieg führt am anderen Ende des Tunnels wiederum Menschen zueinander, die sich ohne ihn nie begegnet wären. Junge Frauen und Männer paaren sich in der Fremde. Bereits jetzt ist hier im Ausland eine ganze Generation von Afghanen und Halbafghanen unterwegs, die ihre Geburt und ihr Leben diesem mörderischen Krieg zu verdanken haben. Wer weiß, Nane? Vielleicht hast auch du in ein paar Jahren ein Enkelkind in der Türkei. Wollen wir wetten, dass dieses Enkelkind einen Großvater haben wird, der Maulana Asis heißt? Hahaha! Inscha-allah!«

Zu den Nebenwirkungen des Krieges gehörte auch, dass sich in den Ländern, die an Afghanistan grenzten, ein eingespieltes Schleusernetzwerk gebildet hatte. Die Schleuser hatten Zugang zu den höchsten Etagen der Ausländerbehörden, sogar zum Flughafenpersonal. An sie heranzukommen war nicht schwer. Und so hatte auch ich eine Kontaktadresse bei mir, an die ich mich Mitte März per Telefon wandte. Der Mann, der in Istanbul saß, nannte mir drei europäische Städte: Frankfurt am Main, Amsterdam und Wien, und fragte mich, wo ich hinfliegen wollte.

Da ich mich nicht entscheiden konnte, schlug er vor: »Zwei meiner Kunden, ein Afghane und ein Iraner, fliegen in ein paar Tagen nach Frankfurt. Ein Dritter hat sich noch nicht entschieden. Ich hätte also einen Pass und ein Ticket für dich parat. Das ist ein sicherer Flug, und du wärst dabei auch nicht alleine. Wenn du gelandet bist, sagst du bei der Passkontrolle, dass dein Pass gefälscht ist und du Asyl suchst. Du müsstest dich aber schnell entscheiden und dich beeilen hierherzukommen.«

Ich stand mit dem Hörer am Ohr in einer Telefonzelle und hatte für ein Ja oder Nein nicht länger als einige Sekunden Zeit. Ich schloss meine Augen und sah mich mit Isaak Khan in der Herbstsonne auf dem jüdischen Friedhof sitzen. Sein Leben lang hatte er von den deutschen Dichtern und Denkern, die er gut kannte, geschwärmt und von der deutschen Sprache, über deren Reichtum er jedoch nur gehört und gelesen hatte. Das einzige Wort, das er aus dieser großen Sprache kannte, lautete »Scheiße«, ohne mir zu verraten, was es bedeutete, und es klang weniger philosophisch.

Ich sagte also Ja zu dem Angebot des Schleusers und ließ damit einen wildfremden Mann mein Schicksal besiegeln.

Es war ein von der goldenen Frühlingssonne gesegneter Morgen in Istanbul, als ich in eine Maschine der Turkish Airlines einstieg. Jedoch erst als das Flugzeug vom Boden abhob, wurde mir richtig bewusst, was dieser Flug für mein Leben bedeutete.

Der Himmel über Deutschland war an diesem ersten Frühlingstag des Jahres 1982 grau und regnerisch. Dieser Himmel sollte von nun an die Tage meines Lebens überschatten und mich in meiner seelischen wie körperlichen Verfassung nach und nach verändern. In Deutschland fand ich Schutz und ein neues Zuhause, nur mich an seinen Himmel zu gewöhnen, gelang mir nie. Doch wie ich hier lebte und alt wurde, dies wäre eine andere Geschichte.

4

MEINE PROPHEZEIUNG, DASS Awesta und Mokhtar ein Paar werden würden, bewahrheitete sich vier Jahre später. Zu ihrer Hochzeit im Frühjahr 1986 kamen meine Familie und die meines Onkels Naurus gemeinsam aus Kabul – Dastan kam mit Frau und Kindern aus den USA – in die Türkei. Vor allem freute ich mich, Mutter Khurschid wiederzusehen. Nilufar war mit zwanzig eine schöne Frau geworden, aber auch Yadgar und die Geschwister Dschamal und Parwana, deren elften und siebten Geburtstag wir gemeinsam feierten, waren ein gutes Stück gewachsen. Ich war erleichtert und erfreut zu sehen, dass es allen gut ging, und gab meinerseits mein Bestes, ein glückliches Bild von meinem Leben in Deutschland abzugeben.

Ich studierte zu dieser Zeit in München Iranistik und Archäologie. Meine Entscheidung, kein Mediziner zu werden, hatten mir die Deutschen leicht gemacht. Sie hatten mein afghanisches Universitätszeugnis nicht anerkannt, und ich hätte das ganze Studium wiederholen müssen.

Meine Mutter und meine Geschwister nahmen meinen Fachwechsel mit Leichtigkeit zur Kenntnis. Nur Onkel Naurus wollte es etwas genauer wissen. Er befragte mich zu den Inhalten meines Studiums. Als ich ihm davon erzählte und sagte, dass ich später als Dozent an der Universität arbeiten wollte, war er begeistert und meinte: »Jetzt bist du richtig da, wo du hingehörst. Medizin ist ein trockenes Fach, und ich habe mich schon damals oft gefragt, ob das das Richtige für dich ist. Du hast dich in jungen Jahren mit der Geschichte, Kultur und Sprache unserer Region beschäftigt, und jetzt kommt dir dein Wissen zugute.«

Es war ein schöner Frühling in Konya. Nach der Hochzeit blieben wir zwei Wochen lang bei Maulana Asis und genossen die Gastfreundschaft der Familie. Mokhtar, der seit knapp einem Jahr studierte, nahm einige Monate nach der Hochzeit Awesta mit sich nach London.

DAS NÄCHSTE MAL traf ich meine Familie erst vier Jahre später in Neu-Delhi wieder. Es war Anfang 1990, ein Jahr nach dem Abzug der

Sowjettruppen aus Afghanistan. Zu dieser Zeit hatte ich meine Promotion frisch abgeschlossen und arbeitete als Dozent an der Universität in Hamburg.

Mokhtar spielte seit Kurzem in einem namhaften Londoner Orchester und war voller Hoffnung, dass Awesta bald ihren Platz neben ihm finden würde. Sie hatten inzwischen einen Sohn, dem sie den Namen von Awestas Vater gegeben hatten. Ich beobachtete, wie der kleine Scharif unablässig auf dem Schoß seiner elfjährigen Cousine Parwana saß, und machte von ihnen und allen anderen Fotos für meine einsamen, kalten Tage in Deutschland.

Bei aller Freude und Dankbarkeit stand dieses Familientreffen für mich jedoch im Schatten eines schmerzhaften Konfliktes mit meinem Bruder. Asis, der für den Umgang mit dem Erbe unseres Vaters von uns drei Geschwistern eine Vollmacht besaß, hatte einige Monate zuvor unser gemeinsames Elternhaus und unser Land in Dschikan verkauft.

Es war die pure Ironie des Lebens: Einst war unser Vater durch das veruntreute Geld des verstorbenen Drogenbarons Qalandar Khan aus Ghurian zu Frau, Haus und Reichtum gelangt. Nun war es einer von ebendessen Söhnen namens Sakandar Khan, der unser Hab und Gut gekauft hatte. Asis hatte einen Großteil des Erlöses für ein kleines Haus in Kabul ausgegeben, in dem nun meine Familie lebte. Mein Cousin Bustan, der Architekt war, hatte ihn dabei beraten.

Asis betrachtete seine Entscheidung als folgerichtig, und die Gründe, die er angab, waren vielfältig. Unser Haus hatte sich zum Schauplatz kriegerischer Auseinandersetzungen zwischen dem Regierungslager und den Rebellen entwickelt, und das Gebäude war weitgehend zerstört worden. Asis hatte, wie alle anderen in Herat, die Hoffnung vollends aufgegeben, dass in diese Stadt je wieder Frieden einkehren würde. Er hatte sich von seinem Geburtsort für immer verabschiedet und wollte nicht ständig in der Sorge leben, was in seinem Elternhaus vorging und was daraus werden würde.

DER KRIEG HATTE Herat genauso eingenommen wie alle anderen Provinzen des Landes; und obwohl die Russen abgezogen waren, war ein Ende nicht in Sicht. Nur die Hauptstadt war bisher von größerer

Zerstörung verschont geblieben. Hier regierte seit 1986 nicht mehr Karmal, sondern ein neuer Mann. Es war ein Paschtune aus den Reihen der Partschamis, der sich dem Reformkurs von Michael Gorbatschow angeschlossen hatte.

Doktor Nadschibullah, so hieß er, hatte Kabul wirtschaftlich sowie politisch stabilisiert, der Bevölkerung freie Meinungsäußerung gewährt und den willkürlichen Verhaftungen und Tötungen ein Ende gesetzt. Doch seine Bemühungen, Afghanistan durch die Politik nationaler Versöhnung aus dem Krieg zu führen, zeigten wenig Wirkung. Er tat sein Bestes, um mit den oppositionellen Kräften ins Gespräch zu kommen und mit den Nachbarländern sowie der arabischen Welt, die diese unterstützten, Frieden und Freundschaft zu schließen. Doch niemand wollte ihn ernst nehmen. Pakistan und Iran verfolgten weiterhin ihre eigenen Interessen, und Nadschibullah appellierte und appellierte, vergoss sogar Tränen vor der Kamera.

Die Islamisten bezichtigten ihn weiterhin der Ungläubigkeit und bestanden darauf, ihn und seine Nationale Front aus der Macht zu jagen. Bei der städtischen Bevölkerung, insbesondere in Kabul, kamen Nadschibullahs Worte und demokratische Reformen jedoch zunehmend an. Es war eine weitere Ironie der afghanischen Geschichte, dass ein beachtlicher Teil der gebildeten Schicht ihn inzwischen für einen anständigeren Mann, ja einen besseren Muslim hielt als die Anführer der islamistischen Mudschaheddin. Doch die Hoffnung, dass es Nadschibullah gelingen würde, das Land zu befrieden, wollte niemand teilen.

AUCH ICH HATTE keinerlei Hoffnung, dass in Herat und im Haus meines Vaters Frieden einkehren würde. Und dennoch: Aus meiner Sicht waren alle Begründungen der Welt belanglos, wenn es um den Verlust unseres väterlichen Erbes ging. Ich war zutiefst enttäuscht von der Entscheidung meines Bruders. Mutter Khurschid, Malalay und Awesta schwiegen dazu. Wie der gut siebenundachtzigjährige Maulana Asis dazu stand, war nicht schwer zu erraten. Ich schämte mich anstelle von Asis, ihm in die Augen zu blicken, schließlich wäre Hadschi Agha ohne ihn nie in den Besitz des Hauses gekommen.

Nur einmal ließ Maulana Asis seine Haltung zu dieser heiklen Angelegenheit in seinen Worten mitschwingen. Wir saßen gemeinsam auf der Terrasse der Wohnung, die wir angemietet hatten.

»Alles kann mit zwei Brillen betrachtet werden«, sagte er. »Einer kurzsichtigen und emotionalen, die auf die Gegenwart fokussiert ist, und einer weitsichtigen und logischen, die das Gegenwärtige im Kontext eines längeren Zeitraums sieht. Was sind schon ein paar Jahre im Verhältnis zu einer ganzen Epoche? Was ist ein Menschenalter auf einer Erde, die viereinhalb Milliarden Jahre alt ist? Wie sieht diese Terrasse, auf der wir sitzen, in tausend Jahren aus? Eine solche Brille ist bei Menschen unbeliebt. Denn es gibt keine Erkenntnis, die schmerzlicher ist als die der Vergänglichkeit unseres Lebens. Aber es gibt auch keine, die befreiender ist als sie, wenn sie unseren Geist erweitert.«

Mit einer weitsehenden Brille betrachtete er dann den Konflikt in Afghanistan. Maulana Asis wies auf die geschichtliche Erfahrung der Zwanzigerjahre hin, als religiöse Eiferer den Reformkönig Amanullah aus dem Land gejagt hatten. Maulana Asis, der selbst auf deren Seite gekämpft hatte, sah hierin eine Parallele zur Gegenwart.

»Der Sturz von Nadschibullah würde Afghanistan in das Mittelalter zurückwerfen. Auch das ist eine schmerzliche Erkenntnis. Viel schlimmer noch. Der verheerende Bürgerkrieg würde endlich auch Kabul erreichen. Es gibt sieben große Parteien, deren Anführer heute in Pakistan sitzen. Sie alle würden dann das Machtmonopol für sich beanspruchen. Und sie würden aus Kabul einen Schauplatz für ihre Buskaschi-Kämpfe machen. Längerfristig gesehen müssen wir also damit rechnen, dass sich der mörderische Krieg von Herat, Kandahar und allen anderen Provinzen zurückzieht und auf die Hauptstadt konzentriert. Einen Gewinner in diesem Buskaschi-Kampf wird es nicht geben, sondern nur einen Verlierer. Und dieser wird kein anderer sein als das afghanische Volk.«

5

Die Ironie der Geschichte konnte nicht vieldeutiger sein. Nur zwei Jahre nach unserem Familientreffen in Indien, am achtundzwanzigsten April 1992 und auf den Tag genau vierzehn Jahre nach dem Putsch, gab der vierte und letzte Machthaber der Demokratischen Volkspartei auf. Doktor Nadschibullah dankte ab und suchte Zuflucht im Kabuler Vertretungsgebäude der UNO. Er überließ die Macht den zerstrittenen Mudschaheddin, und es trat genau das ein, was er und Maulana Asis und andere kluge Köpfe befürchtet hatten. Rivalisierende Kräfte positionierten sich auf den Bergen und Hügeln von Kabul und beschossen sich gegenseitig mit amerikanischen Raketen. Die bis dahin vom Krieg verschonte Metropole wurde vollständig zerstört. Zehntausende Menschen starben, versteckten sich in den Kellern oder verließen die Stadt. Auch meine Familie und die meines Onkels flüchteten und zogen nach Herat.

Es war kurz nach dem Ende des Kalten Krieges – und schon war dessen letztes Schlachtfeld aus dem Bewusstsein der Weltgemeinschaft entschwunden. Afghanistan schien wieder zu dem geworden zu sein, was es einst, in den drei Jahrzehnten vor dem Krieg, gewesen war: ein Bergland ohne Bedeutung. Aber war es wirklich so?

Mit dem Zerfall der Sowjetunion entdeckten die internationalen Erdöl- und Erdgaskonzerne die zentralasiatischen Vorräte, und es ging darum, sie über Afghanistan zu den Häfen am Indischen Ozean zu leiten. Hierum konkurrierten vor allem das amerikanische Unternehmen Unocal und das argentinische Bridas. Solange aber in Kabul gekämpft wurde, konnten keine Gasleitungen verlegt werden. Unocal benötigte Mittel aus internationalen Geldinstituten, die es jedoch nur erhalten würde, wenn in Afghanistan Frieden und eine international anerkannte Regierung herrschte. Da dies mit den herkömmlichen Parteien nicht möglich war, rief man die Alternative Taliban auf den Plan.

Diese waren Söhne armer paschtunischer Familien aus den Flüchtlingslagern entlang der afghanischen Grenze, die außer ihrer Koranschule nichts von der Welt gesehen und außer einem fundamentalistisch ausgelegten Islam nichts kennengelernt hatten. Man musste sie lediglich politisch formen und militärisch ausbilden, bevor man sie zur Eroberung des Landes losschickte.

Es handelte sich um ein gemeinsames Projekt der Amerikaner, Saudis und Pakistanis, bei dem jede Seite ihre eigenen Interessen verfolgte. Während es Ersteren um die Gewinnung von Bodenschätzen ging und den Zweiten um die Verbreitung ihrer wahabitischen Weltanschauung, ging es Pakistan – das bisher viel am Krieg in Afghanistan verdient hatte – jetzt vornehmlich um die Erweiterung seines Einflussgebietes bis hin zum vollständigen Verschlucken des Nachbarlandes.

Auf diese Weise konnte die pakistanische Premierministerin Benasir Bhutto als stolze Mutter der Taliban in die Geschichte eingehen. Der Plan war meisterhaft, die Koranschüler fielen mit Waffen und Geld in Afghanistan ein, begleitet von pakistanischen Offizieren, Beratern und Geheimdienstlern. Zuerst eroberten sie Kandahar, woher die meisten stammten, dann weitere Gebiete und schließlich, im September 1996, Kabul. Sie stießen auf wenig Widerstand, denn sie brachten viel Geld mit und kauften die korrupten Kriegsherren einen nach dem anderen ein.

Die verfeindeten Anführer des Dschihads gegen die Sowjets wurden zur Flucht gezwungen. Nur Ahmad Schah Massud blieb unbesiegt. Er regierte in seiner Region, dem Pandsch-Schir-Tal, bis er zwei Tage vor dem elften September 2001 von einem Selbstmordkommando der Al-Qaida ermordet wurde.

In Afghanistan wurde ein Gottesstaat errichtet, dessen Drahtzieher an erster Stelle in Pakistan, dann in Saudi-Arabien und schließlich in den USA saßen und dessen erstes Opfer Dr. Nadschibullah hieß. Der Ex-Präsident und sein Bruder wurden aus dem Luftschutzkeller des UNO-Gebäudes herausgeholt, brutal ermordet, und ihre Leichname wurden, aufgehängt an einer Betonplattform, zur Schau gestellt.

Mit dem Taliban-Regime hielt ein Zeitalter absurdester Finsternis in Afghanistan Einzug, desgleichen hatte sogar das Mittelalter nicht gesehen. Unterdrückung der Bevölkerung, Hinrichtungen und Steinigungen waren an der Tagesordnung. Frauen wurden wie Schafe behandelt, Männer durften sich nicht rasieren oder westliche Anzüge tragen. Ich erinnere mich an die Geschichte eines in Pakistan verstorbenen Afghanen, der, nachdem er von seinen Söhnen zur Beerdigung nach Hause überführt worden war, mit zweiundsiebzig Hieben ausgepeitscht wurde. – Die Gotteskrieger hatten bei der Kontrolle festgestellt, dass der Leichnam keinen Bart trug.

Zu den Opfern des Taliban-Regimes gehörte auch einer der Söhne von Asis. Dschamal war damals zweiundzwanzig Jahre alt, seine Schwester Parwana und sein Cousin Yadgar waren beide rund achtzehn. Wie Tausende andere junge Menschen, die für sich keine Zukunft mehr im Land sahen, machten sie sich im Frühjahr 1997 auf den Weg ins Ausland. Die drei schafften es zunächst bis nach Indonesien. Dort setzten sie sich auf ein Flüchtlingsboot, obwohl sie wussten, wie gefährlich die Überfahrt sein würde. Fast hatten sie ihr Reiseziel erreicht, doch vor der australischen Küste sank das kleine, überfüllte Schiff. Parwana und Yadgar gehörten zu den wenigen, die gerettet wurden. Dschamal verschwand im Ozean. Als kleiner Junge war er allein auf die Dachterrasse gegangen, hatte in die Ferne geschaut und von Australien geträumt. Sein Verlust erschütterte uns alle für immer.

Mit der Eroberung Afghanistans durch die Taliban war meine Heimat für mich endgültig verloren. Ich hatte auch keine Hoffnung mehr, meine Nächsten dort wieder besuchen zu können. Stattdessen musste ich zu meiner großen Enttäuschung erfahren, dass viele afghanische Paschtunen, die im Westen lebten, diese Herrschaft guthießen. Ein ganzer Kreis namhafter Gesichter, die in den USA Karriere gemacht hatten und zu Reichtum gekommen waren, verkaufte sich entweder als Berater bei Unocal oder als diplomatische Vertreter der Taliban mit dem Ziel, dass der paschtunische Gottesstaat international anerkannt wurde.

In den Jahren 2002 und 2004 besuchte ich meine Familie noch einmal in Herat. In diesen Zeiten herrschte dort Aufbruchstimmung. Die Märkte waren reich an Gütern, man fühlte sich sicher, es gab Beschäftigung und die weitverbreitete Hoffnung auf eine friedliche Zukunft.

Siebtes Buch

Herbstblätter – Wiedererwachen im Garten Eden

1

ICH SASS ZUSAMMEN mit meiner Mutter auf dem Teppich, den Osman Khan einst seinem Gesellen Scharif und dieser später ihr, seiner Verlobten, geschenkt hatte. Unsere Reise auf diesem fliegenden Teppich, mit dem wir viele kurze Ausflüge zum Planeten unserer Vergangenheit unternommen hatten, näherte sich ihrem Ende.

Es war das Jahr 2008. Ich war in Herat, meiner Heimatstadt. Doch dort draußen gab es nichts, was mich aus der Wohnung zog, lediglich das schöne Herbstwetter, das ich gemeinsam mit meiner Mutter eine oder zwei Stunden am Tag genoss. Ich half ihr dann die Treppen hinunter in den Garten und später wieder hinauf zu ihrem Zimmer. Dort ließ ich sie auf einer Matratze in der Sonne ruhen und Tee trinken, während wir uns unterhielten.

Ich vermied es, in die Stadt zu gehen. Es war dort nicht sicher. Es herrschte zwar kein Krieg mehr, dafür gab es kriminelle Banden, die Geschäftsleute und ausländische Touristen entführten, um Geld zu erpressen. Die Stadt hatte sich – nur vier Jahre nach meinem vorigen Besuch – zu einem Zentrum des Drogenhandels gewandelt. Viele Menschen, ob Geschäftsleute, Lehrer oder Studenten, hatten ihrer Heimatstadt den Rücken gekehrt. Sie waren in den Iran geflüchtet und von dort aus weiter in die Türkei oder nach Griechenland.

MUTTER KHURSCHID FIEL es leichter, mich auf alten Fotos wiederzuerkennen als bei lebendigem Leibe. Sie erinnerte mich als ihren jüngsten Sohn Schaer, den sie einige Male als Bücherwurm bezeichnete, und erzählte mir aus freien Stücken das eine oder andere aus meiner Vergangenheit. Im gleichen Atemzug hielt sie mich bisweilen für ihren längst verstorbenen Ehemann. Ich führte ihr aus unterschiedlichen Zeiten Fotos vor Augen und fragte sie nach den abgebildeten

Personen. Ich zeigte ihr auch andere Gegenstände aus der Vergangenheit, an denen gemeinsame Erinnerungen hingen. Als sie die islamische Gebetskette meiner Großmutter mit den neunundneunzig rot leuchtenden Edelsteinperlen wiedererkannte, brach Mutter Khurschid in Tränen aus. Es war jene teure Tessbih, die Bibi Hadschi mir vor sechsundzwanzig Jahren kurz vor meiner Auswanderung geschenkt hatte. Nun war die Großmutter schon seit zwanzig Jahren tot. Ich überließ die Tessbih meiner Mutter, damit sie mit ihr beten und meditieren konnte.

An Onkel Naurus, der knapp zwei Jahre zuvor mit Ende siebzig verstorben war, hatte sie eine erstaunlich klare Erinnerung, wie auch an dessen Frau Schampon. Jedes Mal, wenn der Name meines Onkels fiel, wünschte sie ihm ein Plätzchen auf den schönen Terrassen des Himmels. Ebenso wusste sie, wer Maulana Asis war, jedoch hielt sie ihn für tot.

»Nein, Mutter«, widersprach ich ihr, als sie am fünften Tag unserer Gespräche immer noch an diesen Irrtum glaubte. »Maulana Asis ist bestimmt hundertfünf Jahre alt, aber tot ist er nicht. Er lebt in der Türkei. Awesta, deine Tochter, ist mit Maulanas Sohn Mokhtar verheiratet, sie leben aber nicht in der Türkei, sondern in England. Sie haben einen neunzehnjährigen Sohn, der Scharif heißt, und zwei jüngere Töchter ...«

»Ich weiß«, erwiderte sie. »Du hast mir von ihnen Fotos gezeigt.«

»Dann ist es gut, Nane. Es freut mich, dass du dich an sie alle erinnern kannst. Sie werden nämlich bald alle herkommen, um dich zu besuchen.«

»Inscha-allah! Wenn ich so lange noch am Leben bin.«

»Aber sicher, Nane«, lachte ich. »Du musst schließlich noch zwei neue Ehen schließen. Gemeinsam mit Maulana Asis, wenn er einmal hier ist.«

»Wer heiratet denn alles?«.

»Deine beiden Enkelkinder Parwana und Yadgar wollen Mann und Frau werden. Parwana ist die Tochter von deinem Sohn Asis. Sie ist neunundzwanzig und lebt seit elf Jahren in Australien. Und Yadgar ist der Sohn von deiner Schwiegertochter Schira. Er ist inzwischen dreißig und lebt ebenfalls in Australien. Sie sind gerade in Kabul und fliegen heute Nachmittag nach Herat, um dich zu besuchen.«

»Wann sind die Gäste hier?«, fragte sie.

»Heute Nachmittag.«

»Dann muss ich das Zimmer hier sauber machen.«

Ich sah mich um. »Das Zimmer ist sauber, Nane. Malalay hat es am Morgen staubgesaugt.«

Ich erinnerte sie daran, dass noch zwei Leute heiraten wollten.

»Und wer heiratet noch? Du doch nicht. Oder?«

»Nein, Nane. Ich bin zu alt dafür.«

»Eben«, erwiderte sie. »Das denke ich auch. Aber wieso? Hast du keine Frau? Keine Kinder?«

»Meine Frau und meine Kinder sind meine Bücher, Nane.«

Sie seufzte.

»Warum seufzt du, Nane?«

»Ich weiß jetzt, wer du bist. Du bist dieser Bücherwurm, der nicht wusste, was er wollte, weil er alles sein und alles haben wollte. So kann man doch nicht leben. Wie lange noch?«

»Hauptsache, du hast endlich keinen Zweifel mehr, dass ich dein Sohn bin und nicht dein Mann«, entgegnete ich. »Wie auch immer, das zweite Paar sind Dschalal und Scharmila, Nane. Ich hoffe, du weißt, von wem ich rede.«

»Ich weiß, wer Dschamal ist, aber Scharmila? Wer ist das denn?«

Sie hatte vergessen, dass ihr Enkelsohn Dschamal nicht mehr lebte. In ihrem flimmernden Geist schien der im Ozean ertrunkene Junge in seinem jüngeren Bruder mit dem ähnlich klingenden Namen Dschalal weiterzuleben – ein Irrtum, den ich dieses Mal auf sich beruhen beließ.

»Scharmila ist die Tochter meines Cousins Bustan«, antwortete ich. »Die Brüder Dastan und Bustan, ihre Familien, ihre Mutter Schampon – sie alle kommen heute mit deinen beiden Enkelkindern Parwana und Yadgar gemeinsam nach Herat, um dich zu besuchen.«

»Inscha-allah!«, rief sie.

Am Nachmittag kamen meine Nichte Parwana, mein Neffe Yadgar und die Großfamilie meines verstorbenen Onkels Naurus Khan aus Kabul angeflogen. Um Mutter Khurschid nicht zu überfordern, dachten Malalay und ich uns eine Zeremonie aus. Die Gäste sollten möglichst einzeln vor ihr erscheinen, während alle anderen im Eingangsbereich des Zimmers Platz nahmen. Ich würde neben ihr auf der Bettkante sitzen und ihr die Gesichter vorstellen.

Als es so weit war, hatten alle – Frauen und Männer jeden Alters sowie die Kinder aller Familienzweige – an den zwei Wänden rechts und links der Tür Platz genommen. Von uns aus gesehen ganz links in der Ecke saß Schira. Die Witwe meines Bruders Aman war vielleicht Anfang fünfzig, also mehr oder weniger so alt wie ich, ihre Figur war jedoch in Form geblieben, und die Linien ihres Gesichtes hatten ihre frühere Schönheit eher reifen lassen anstatt sie zu zerstören.

Schulter an Schulter mit Schira saß Malalay. Sie war etwas älter als Schira, unverheiratet und leitete die Frauenabteilung im städtischen Krankenhaus von Herat. Sie wirkte, wie immer, beherrscht und entschlossen. Wie es ihr aber im Herzen ging, würde wohl für immer ihr ewiges Geheimnis bleiben.

Links von Malalay saß ihre beste Freundin aus der Schulzeit, Schahrsad. Ihre Heldentat vor siebenundzwanzig Jahren, in einem nächtlichen Wald vier bewaffnete Rebellen zur Strecke gebracht zu haben, hatte inzwischen landesweite Bekanntheit erlangt. Sie war seit nunmehr vielen Jahren mit einem Lehrer verheiratet und hatte mit diesem zwei Kinder. Neben weiteren Verwandten saß am Ende der Reihe Schampon, die Witwe meines Onkels.

Mutter Khurschid befingerte die Edelsteinperlen der Tessbih, als Schampon sich erhob und als Erste vor sie trat. Es wunderte mich nicht, dass meine Mutter sie sofort wiedererkannte, schließlich waren sie gemeinsam durch dick und dünn gegangen, und sie hatten immer zueinandergehalten.

Überrascht war ich, als meine Mutter auch Schampons jüngeren Sohn Bustan, der inzwischen Ende fünfzig war, und dessen Frau erkannte, nachdem ich sie ihr vorgestellt hatte. Ob es wirklich so war oder sie aus Höflichkeit so tat, konnte ich nicht beurteilen. Mutter Khurschid legte beiden der Reihe nach die Lippen auf die Stirn und küsste sie, während sie ihre Hand zum Segnen auf ihrem Kopf hielt.

Bustan hatte seiner Heimat nicht den Rücken gekehrt und mit viel Glück die Zeiten des Krieges sowie das Terrorregime der Taliban überlebt. Seit 2002 beteiligte er sich am Wiederaufbau von Kabul und erhielt als Architekt hochdotierte Verträge vonseiten internationaler

Geldgeber. Seine Tochter Scharmila war ein begabtes, wachsames Mädchen, das in die Fußstapfen ihres Vaters trat und Architektur studierte, während mein Neffe Dschalal, der sie bald heiraten sollte, seinem Vater Asis in dessen geschäftlichen Angelegenheiten folgte – wie einst dieser unserem Hadschi Agha.

Meine Mutter bereitete uns allen Freude, als sie Scharmila bei ihrem Segnen beglückwünschte, ohne zu sagen, wozu.

ALS NÄCHSTE WAREN es mein älterer Cousin Dastan und seine Frau, die sich vor meiner Mutter verbeugten, um ihr Respekt zu erweisen. Es folgten ihre Tochter Nilufar sowie Alis Tochter Sarah, mein Bruder Asis und schließlich Parwana und Yadgar.

Bei meinem letzten Besuch im Herbst 2004 hatten sie, die beiden Überlebenden des Schiffbruchs von 1997, im zweiten Jahr Jura studiert. Jetzt führten sie in Sidney ein Anwaltsbüro für Flüchtlingsrechte. Darüber hinaus engagierten sie sich für Menschenrechte bei Amnesty International und waren sehr an den politischen Vorgängen in ihrer Heimat interessiert. Dass sie seit einigen Jahren ein Liebespaar waren, wussten wir alle. Ich hatte Mutter Khurschid wiederholt von ihnen erzählt, aber den Schiffbruch hatte ich stets verschwiegen.

Meine Mutter umschloss zuerst das Gesicht ihrer Enkeltochter mit beiden Händen und küsste sie fest auf das rechte sowie linke Auge. Dann legte sie ihre Hand mit der Tessbih auf deren Kopf und murmelte einige Gebetsworte.

Auf gleiche Weise segnete Mutter Khurschid auch ihren Enkelsohn. Yadgar wirkte beherrscht und aufmerksam. Er hatte als kleiner Junge kräftiger gewirkt als seinerzeit sein Vater. Außerdem hatte er die graugrüne Augenfarbe seiner Mutter Schira geerbt. Aufgrund der Ähnlichkeit in den Gesichtszügen jedoch hatte Mutter Khurschid einmal gemeint, Aman und Yadgar seien zwei Hälften ein und desselben Apfels. Diese Ähnlichkeit trat nun umso deutlicher hervor, da Yadgards Augen mit der Zeit dunkel geworden waren und er einen Schnurrbart trug wie einst Aman.

Als alle im Zimmer sich vorgestellt hatten, wurde es still. Mutter Khurschid blickte in die Runde, dann sah sie auf die Mitte ihres alten

Teppichs und hantierte mit ihrer Tessbih. Nach einer Weile hob sie ihre Hände vors Gesicht und verlor ihren Blick in den Linien ihrer Handflächen. Sie begann, halblaut lange Sätze aus dem Koran aufzusagen. Wir alle folgten ihrem Beispiel, es sah aus, als betete sie für ihren toten Enkel Dschamal.

Dass dies wirklich so war, bezweifelte ich, genauso wie dass sie in Yadgar ihren Enkelsohn erkannt hatte und ihn nicht für dessen ermordeten Vater hielt. Ich führte meine Handflächen zum Gebet vor mein Gesicht und nahm noch wahr, dass zwei Augen vom anderen Ende des Raums aus auf mich gerichtet waren. Ich musste mich nicht rühren, um zu erkennen, dass sie Schira gehörten.

2

In den Jahren nach meiner Auswanderung träumte ich oft von meiner Familie und von meinem Elternhaus. In diesen Träumen waren meine Nächsten mir oft feindselig gesonnen. Ich, der ausgewanderte Sohn, kehrte nach vielen Jahren in die Heimat zurück. Mein Vater war mit seinen anderen Kindern beschäftigt, auch meine Mutter und meine Geschwister ignorierten mich. Mein Vater sah aus, wie ich ihn aus seinen letzten Lebensjahren gekannt hatte: ein mittelgroßer, etwas gewichtiger Mann, mal rasiert, mal unrasiert, seine kräftigen, grauen Haare nach hinten gekämmt, mal mit, mal ohne seine Kopfbedeckung aus Lammfell, mal mit Lesebrille, mal ohne, seine Augen stets voller Müdigkeit. Ich strengte mich an und suchte Kontakt mit diesen Augen, sie mieden mich jedoch mit Vorsatz und blieben hartnäckig kalt zu mir. Ich war verzweifelt.

Bei meinem letzten Wiedersehen mit Mutter Khurschid wurde ich schließlich von diesen bösen Visionen erlöst, als mir im Traum ausgerechnet jene Kobra, die mir vor Isaak Khans Tod erschienen war, begegnete. Dieses Mal führte ich keinen Kampf mit der Schlange, sondern tanzte mit ihr gemeinsam im Lustgarten meines verlorenen Elternhauses zu fröhlicher Musik. Sie war geschmeidig, genauso groß wie ich und ungeheuerlich beleibt. Meine Verwandten umkreisten und umjubelten uns, während Ali und Aman, Dastan und Bustan sowie das Ehepaar Awesta und Mokhtar auf einem langen, halbrunden Podest saßen und für uns musizierten. Mein Vater und Isaak Khan schlossen sich mir und meiner Partnerin an, gefolgt von den Frauen und Kindern. Dann geschah etwas Eigentümliches. Vor meinen Augen verwandelte sich die Schlange in einen Menschen. Sie bekam Rumpf und Gliedmaßen sowie Kopf, Haare und Kleider. Sie hatte ein ovales Gesicht, einen spitzen, silbern-schwarzen Bart, und ich sah auf einmal den verstorbenen Gemüsehändler aus der Geschichte meines Vaters vor mir tanzen.

»Osman Khan!«, rief ich fassungslos.

»Psst!«, machte dieser und brachte sein Gesicht nah an mein Ohr. »Ich komme, um dir einen wertvollen Ratschlag zu geben. Wie du weißt, hat der Sohn des Drogenkönigs Qalandar Khan euer Haus zu einem Spottpreis gekauft. Was du aber sicher noch nicht weißt, ist, dass Sakandar Khan ein großartiger Ayyar ist.«

»Nein, Onkel Osman. Das ist mir nicht bekannt.«

Er deutete auf Isaak Khan und sagte: »Er weiß es am besten. Er kann es bestätigen.«

Wir blickten zu Isaak Khan hinüber, der wie ein Dandy gekleidet in geringer Entfernung zu uns im Tanzrausch mit seinem Gehstock spielte. Er hob mit der linken Hand seinen schwarzen englischen Hut hoch und nickte uns schmunzelnd zu.

»Wende dich an Sakandar Khan und bringe ihm nahe, wie sehr dir und deiner Familie euer verlorenes Haus hier am Herzen liegt«, fügte Osman Khan hinzu.

»Wir haben aber nicht das Geld, um unser Haus von ihm zurückzukaufen«, wandte ich ein. »Mein Cousin Bustan hat Geld, aber …«

»Vergiss Bustan und alle diese Neureichen und Korrupten, die am Blut des Volkes verdienen«, unterbrach Osman Khan mich. »Verlasse dich auf dich selbst, verlasse dich auf den Charme, den du von meinem Sohn Scharif geerbt hast. Dann wirst du sehen, was geschieht.«

Wir blickten zu meinem Vater hinüber, der Arm in Arm mit Mutter Khurschid tanzte. Er lächelte und zwinkerte mir zu, wie er es oft getan hatte, wenn er mir eine geheimnisvolle Botschaft übermitteln wollte.

»Agha!«, rief ich.

Ich schreckte auf. Ich hörte die Stimme meiner Schwester, die neben mir lag. Sie fragte mich, ob ich etwas geträumt hätte.

»Ja, von unserem Vater«, murmelte ich.

Sie sagte nichts mehr. Parwana und Dschalal schliefen im selben Zimmer wie auch Mutter Khurschid, die im Schlaf leise murmelte und unentwegt nach Allah rief. Ich stand auf, ging die Treppe hinunter in die Küche, machte dort das Licht an und schloss die Tür. Ich machte mir einen Tee und zündete mir eine Zigarette an. Dann setzte ich mich an den Tisch und dachte über den Traum nach.

Osman Khan hatte behauptet, Sakandar Khan sei ein wahrer Ayyar, aber warum hatte er sich dabei auf Isaak Khan berufen?

Ich erinnerte mich an ein Gespräch mit Isaak Khan auf dem jüdischen Friedhof im Herbst 1981. Wir hatten in der Sonne gesessen, und er hatte mir erzählt, dass viele junge Frauen und Männer die Wallfahrtsorte besuchten, um dort ihre künftigen Lebenspartner zu finden. In diesem Zusammenhang hatte er auch geschildert, wie er dem Drogenkönig Qalandar Khan, der seit den Dreißigerjahren zur Kundschaft seines Buchladens im Basar-e Malek gehört hatte, zu einer seiner Frauen verholfen hatte und dass aus dieser Ehe ein Sohn hervorgegangen wäre.

Isaak Khan hatte mir damals nichts weiter über diesen Sohn erzählt. Doch jetzt schoss es mir wie ein Blitz durch den Kopf. Wenn Sakandar Khan, der unser Elternhaus gekauft hatte, jetzt eine Handelsgesellschaft in Herat unterhielt und unter anderem Öl aus dem Ausland importierte, jener Sohn war, von dessen Lebensumständen Isaak Khan mir berichtet hatte – dann war dies eine nützliche Information, auf die ich bei Bedarf zurückgreifen konnte.

Ich holte meinen Laptop an den Tisch und ging ins Internet. Auf der Startseite des Firmensitzes war als Geschäftsführer ein Mann abgebildet, der so skurril aussah, dass ich lachen musste. Er trug einen dunkelgrauen Maßanzug mit weißen Knöpfen und einer mächtigen Kopfbedeckung. Während das eine Ende des schwarzen Stoffs bis zum Boden hing, hob sich das andere wie eine Hahnenkrone aus der Mitte des Knäuels empor. Der Mann grinste breit und hielt einen gelben Ölkasten vor seiner Brust, aus deren Öffnung der Kopf einer schwarzen Brillenschlange herausragte. Sein ovales Antlitz mit der langen Nase, dem halbgrauen Bart und dem frechen Blick kam mir eigenartig bekannt vor. Ich setzte meine Brille auf und – ich traute meinen Augen kaum – erkannte einen meiner alten Schulkameraden, den ich seit der Trauerfeier für meinen Bruder Aman nicht mehr getroffen hatte.

Es war ohne jeden Zweifel Sakandar – jener Zauberer aus dem Dorf, der Schmetterlinge und Wespen im Klassenzimmer hatte erscheinen lassen. Ich wischte den absurden Gedanken, er könnte tatsächlich der leibhaftige Sohn von Qalandar Khan sein, beiseite – offensichtlich trugen sie einfach den gleichen Namen – und musste doch unweigerlich schmunzeln, als ich mir diesen Komödianten als einen Geschäftsführer im Opium- und Ölhandel vorstellte.

Ich holte mein Handy. Ich wollte es trotz der späten Stunde auf einen Versuch ankommen lassen und wählte die auf der Seite angegebene Nummer. Die volltönende Stimme, die antwortete, erkannte ich sofort als die meines alten Schulkameraden: »Salam Aleikum! Womit kann ich Ihnen um diese Mitternachtsstunde behilflich sein?«

Meine Stimme verstellend, ahmte ich in abgewandeltem Wortlaut als Antwort einen Dialog nach, der Ende März 1969 zwischen ihm und unserem Mathematiklehrer stattgefunden hatte: »Was ist das für eine Krone auf deinem Kopf? – Das ist der Nabel der Erde, Ustad. – Runter damit! – Aber halt, das ist doch Zauberei, wo kommen denn die ganzen Schmetterlinge und Wespen her? – Hahaha …«

Da unterbrach mich Sakandar am anderen Ende.

»Zunächst einmal Salam Aleikum, Sohn von Hadschi Sahib Scharif Khan. Sicher hast du am Abend etwas Schweres gegessen und dann etwas Schlimmes geträumt, dass du mich um … Moment … um zwei Uhr nachts aus dem Bett klingelst. Und das nach sage und schreibe vierzig Jahren!«

»Wa Aleikum Salam, alter Freund!«, grüßte ich zurück. »Ja, es stimmt. Ich habe etwas geträumt, aber nicht von dir, sondern von einem Lebenstraum, den nur ein Zauberer verwirklichen kann.«

»Nach dem seltsamen Traum, den ich vor einigen Jahren von dir gehabt habe, hätte ich mit diesem Anruf rechnen müssen«, entgegnete er. Im Hintergrund hörte ich, wie ein Kind anfing zu schreien. Er seufzte. »Ich mache dir einen Vorschlag, alter Freund. Komm morgen Vormittag in mein Büro, dann können wir uns gegenseitig unsere Träume erzählen, in Ordnung?«

Ich stimmte zu, wir verabschiedeten uns, und ich legte auf. Nach Schlaf war mir nicht mehr zumute. Also rief ich gleich Ali an und weckte auch ihn auf, um ihm von meinem Traum und dem morgigen Treffen zu berichten. Mit ihm fühlte ich mich seit unserer gemeinsamen Zeit auf dem jüdischen Friedhof auf besondere Art verbunden. Er lebte seit 1992, als sich die Machtkämpfe von den Provinzen in die Hauptstadt verlagert hatten, wieder in seinem alten Haus in Basar-e Irak und unterhielt in der Altstadt inzwischen drei Schuhgeschäfte.

Ali konnte sich noch gut an meinen alten Traum von der Schlange in der Nacht vor Isaak Khans tödlichem Unfall erinnern und war begeistert von meinem neuen. Er sagte, er stelle sich die beiden Träume als zwei Gemälde aus dunklen und hellen Farben vor. »Ich habe zwar seit Jahren keinen Pinsel in die Hand genommen, aber ich werde sie malen und sie dir vor deinem Abflug nach Deutschland schenken«, versprach er mir. Wir verabredeten uns, Sakandar gemeinsam zu besuchen.

DER SITZ DER Ölgesellschaft befand sich auf der zweiten Etage einer neu gebauten Händlerpassage in der Neustadt und bestand aus einem Flur und einigen Räumen. Als Ali und ich am Vormittag das Büro des Geschäftsführers am Ende des Flurs betraten, saß dort tatsächlich mein alter Schulkamerad Sakandar am Tisch und empfing uns mit offenen Armen. Mit seinem Bart, seiner Kopfbedeckung und dem traditionellen Gewand sah er wie ein Dorfmullah aus. Er empfing uns mit Tee und Süßigkeiten und erzählte von seinem Leben während der Kriegsjahre, die er überwiegend im Iran, wo er auch seinen jetzigen Vorgesetzten Sakandar Khan kennenlernte, verbracht hatte.

Daraufhin erzählte ich Sakandar von meinem Traum und fragte ihn, ob er mir etwas über den Zustand meines Elternhauses sagen könnte. Was ich erfuhr, machte mich fassungslos. Der Khan hatte das im Krieg zerstörte Gebäude vollständig abreißen, die Trümmer beseitigen und das Gelände einebnen lassen. Darüber hinaus hatte er die Gesamtfläche des Grundstücks in drei Teile zerstückeln lassen, auf denen er drei Häuser zu bauen gedachte. Daher hatte er zusätzlich zum Eingangstor an der Hauptstraße zwei weitere Tore, eines zur östlichen Seitenstraße und eines an der hinteren Mauer des Grundstücks, einbauen lassen. Ich fühlte mich innerlich erstarrt, doch zwang mich, meine Gefühle jetzt nicht sichtbar werden zu lassen.

»Gleich drei Häuser? Mir würde unser alter Lustgarten vor der Südterrasse schon reichen«, lachte ich. »Aber gut. Jetzt will ich von dir hören, was du vor einigen Jahren von mir geträumt hast.«

Sakandar rückte seinen Turban zurecht, und bevor er sprach, starrte er mich grinsend und mit bohrendem Blick an. Wir mussten lachen.

»Es war vor drei Jahren, als die Reste eures alten Hauses abgerissen und die Trümmer beseitigt wurden. Meine Aufgabe war es, die Räumarbeiten zu beaufsichtigen. Und zu dieser Zeit habe ich auch von dir geträumt.« Er griff nach seinem Tee und steckte sich ein Stück Kuchen in den Mund. »Es war ein sehr schlechter Traum, mein Freund, in dem du mich aufs Äußerste genervt hast. Du hast in dieser riesigen Trümmermasse gewühlt und ständig geschrien, dein Vater hätte zu seinen Lebzeiten in eurem Haus einen Schatz versteckt oder vergraben, und du würdest ihn jetzt suchen …«

»Die fünf Schlüssel!« Ich drehte mich aufgeregt zu Ali.

Dieser lächelte befremdet und blickte Sakandar kopfschüttelnd an, der fortfuhr: »Ich habe versucht, dich zu beruhigen, aber du hast geschimpft und geflucht und wurdest immer frecher. Erst nachdem ich eine ganze Schar von giftigen Wespen und eine Schlange gegen dich losgeschickt habe, hast du es aufgegeben und bist davongelaufen.«

Ich war fassungslos. Ali auch. Er wandte sich an Sakandar und sagte: »Letzte Nacht hat Schaer Dschan auch mich angerufen und mir von seinem seltsamen Traum erzählt. Es kommt mir vor, als wären beide Träume, deiner und seiner, aus ein und demselben Stoff.«

In diesem Moment wurde die Tür geöffnet. Ein Mann trat ein, eine groß gewachsene, auf Anhieb charismatisch wirkende Erscheinung etwa Mitte sechzig. Es war der Firmenchef Sakandar Khan höchstpersönlich. Er trug sorgfältig gebügelte Kleider, ein Gewand aus edlem, cremefarbenem Stoff, dazu eine weit ausfallende Pluderhose sowie einen prachtvollen afghanischen Hutturban. Sein Schnurrbart war nicht nur dicht und lang, sondern auch kohlenschwarz und zu beiden Seiten gespitzt und erschien mir wie ein eigentümliches Kunstwerk.

Wir erhoben uns und reichten ihm die Hand. Der Khan hieß Ali und mich willkommen. Sakandar stellte uns als zwei alte Freunde vor, bezeichnete mich als »Ustad und Doktor Sahib« und Ali als »Künstler und Musiker«. Nachdem wir uns hingesetzt hatten, deutete er erneut auf mich.

»Von Schaer Dschan, Sohn des Imam Sahibs Scharif Khan, habe ich Ihnen vor einigen Jahren erzählt, Khan Sahib. Wir sind gemeinsam zur Schule gegangen. Er hat schon damals schöne Gedichte geschrieben, später dann Medizin studiert und ist schließlich nach Deutschland ausgewandert.«

»Es freut mich, Sie kennenzulernen, Ustad«, sagte der Khan zu mir. »Ich lese gerne Gedichte. Zu Hause habe ich ein ganzes Regal von Büchern, die ich von meinem Vater geerbt habe.«

»Ich fühle mich geehrt, Khan Sahib«, entgegnete ich und nutzte die Gelegenheit für einen Brückenschlag zu ihm. »Mit Verlaub, mein Vater war mit Hadschi Qalandar Khan befreundet. Von ihm weiß ich, dass Ihr Vater viele Gedichte auswendig kannte.«

Mein Lob für seinen Vater erwiderte er mit gleichem Respekt. »Hadschi Scharif Khan, Gott segne seine Seele, aber auch, soweit ich weiß.«

»Jedenfalls, Khan Sahib«, unterbrach Sakandar unsere durchsichtigen Schmeicheleien, »hat Schaer Dschan mich letzte Nacht aus dem Schlaf gerissen, um mir von einem interessanten Traum zu erzählen. Leider ist es noch nicht dazu gekommen.«

›Gut gesagt, Zauberer‹, dachte ich und nahm den Faden auf: »Ja, Khan Sahib, wie Sie wissen, waren unser Boden in Dschikan und unser Haus das letzte Vermächtnis meines Vaters. Es ist nun so, dass wir, seitdem wir beides an Sie verkauft haben, öfter von unserem Haus träumen. Insbesondere meine alte Mutter. Es kommt immer wieder vor, dass sie aufwacht und nach ihrem alten Salon, nach der Terrasse oder nach dem Garten fragt.«

»Ich kann mir das gut vorstellen«, sagte der Khan und ermutigte mich fortzufahren.

»Mein Vater hat zu seinen Lebzeiten uns Kindern jeweils einen Glücksbringer in diesem Haus versteckt. Es waren fünf kleine Schlüssel aus Gold, die ein indischer Heiliger für ihn gesegnet hatte. Wo genau sie zu finden sind, wissen wir leider immer noch nicht. Vermutlich in dem alten Lustgarten vor der ehemaligen Südterrasse. Wir haben nach seinem Tod die Schlüssel gesucht, aber sie nicht gefunden. Jetzt träume ich seit einigen Jahren häufiger davon, dass ich sie im Haus suche.«

»Jetzt weiß ich, warum du mich letzte Nacht um den Schlaf gebracht hast«, warf Sakandar ein.

»Und mich auch!«, sagte Ali. »Weiß Gott, wie viele andere er noch aus dem Schlaf gerissen hat.«

Wir lachten. Ich sagte dem Khan, dass ich um Mitternacht rein zufällig ein Bild von Sakander auf der Internetseite der Firma entdeckt hätte und dass dieser seinerseits im Traum eine Schlange und einen Schwarm Wespen auf mich gehetzt hätte.

Meine Äußerung löste Gelächter aus.

»Jedenfalls habe ich letzte Nacht geträumt, dass meine Eltern, meine ganze Verwandtschaft und ich in dem alten Lustgarten musiziert und getanzt haben. Nun war aber meine Tanzpartnerin eine Riesenschlange von ungefähr meiner Größe, und sie hat sich während des Tanzens verwandelt …«

Ich überlegte, ob ich Osman Khans Namen erwähnen sollte. Mein alter Schulfreund wurde ungeduldig. »Verwandelt? In was?«

»Sie hat Rumpf, Gliedmaßen, Kopf und Gesicht bekommen, bis sie schließlich als ein alter Mann mit einem weißen Bart vor mir stand.«

»Das ist ja wunderbar«, rief der Khan und tauschte mit Sakandar einen seltsamen Blick aus, der mich stutzig machte. Es blitzte in meinem Kopf. Mir fiel ein, dass Sakandar einmal von einer Schlange, die er in der Klasse vor uns tanzen ließ, behauptet hatte, sie sei die Wiedergeburt des Dichters Ansari. Ich wollte jetzt keine Sekunde verlieren.

»Dieser weise Mann, Khan Sahib, war kein anderer als der Dichter Ansari. Er hat gesagt, er sei in Gestalt einer Schlange zu mir gekommen, um mir einen wertvollen Ratschlag zu geben.«

Sakandar runzelte seine Stirn und hob die Augenbrauen. »Mit Verlaub, Ustad. Bist du dir dessen, was du da sagst, ganz sicher?«

Mit einem Grinsen verständigte ich ihn, dass ich es nicht nötig hätte, etwas zu erfinden.

»Mir hat Schaer Dschan alles haargenau so erzählt wie jetzt hier«, bestätigte Ali.

»Wie lautete der Ratschlag, den der Heilige Ihnen gegeben hat?«, fragte der Khan. Offenbar hatte ich seine Neugier geweckt. Ich setzte alles auf eine Karte.

»Er hat folgende Worte in mein Ohr geflüstert: ›Sakandar Khan ist ein gutherziger Mann und ein wahrhaftiger Ayyar. Wenn er wüsste, dass deine Mutter und ihre Kinder so oft von ihrem alten Haus träumen, dann würde er euch möglicherweise diesen Lustgarten zurückgeben. Als Ausgleich dafür, dass er euer Hab und Gut seinerzeit sehr günstig gekauft hat. Dann könntet ihr alle hier gemeinsam den baldigen Geburtstag eurer alten Mutter feiern.‹«

Dass ich mit meinen Worten eine Grenze überschritten hatte, war mir bewusst. Doch der Khan nahm mir meine Frechheit nicht übel, sondern sagte: »Da ließe sich vielleicht tatsächlich etwas machen, Ustad. Wenn es darum geht, Ihrer Mutter eine Freude zu machen, dann …«

Da klingelte Sakandar Khans Handy, das neben ihm auf dem Tisch lag, in schrillem Ton. Er blickte auf das Display und seine Augenbrauen hoben sich. Er nahm es, grüßte den Anrufer mit dessen Namen, stand auf, nickte mir freundlich zu und verließ das Büro.

»Ein Anruf aus dem Iran«, sagte Sakandar.

Ich blickte dem Khan hinterher. Ich war vollkommen überrumpelt von den letzten Worten des Khans und seinem plötzlichen Verschwinden.

»Heißt das …«, hob ich mit fragendem Blick an Sakandar gerichtet an.

»Ja, mein Lieber. Wie es aussieht, schenkt Sakandar Khan dir den Lustgarten deines früheren Elternhauses zurück.«

Erleichterung legte sich wie ein warmer Regen auf mein Herz. Ich hielt die Lehnen meines Sessels fest umschlossen und konnte mein Glück kaum fassen. Sakandar lächelte mich an, und ich nickte ihm dankbar zu.

»Dann wollen wir nicht länger stören«, wandte ich mich schließlich an Ali und erhob mich.

»Nicht so schnell, Freunde«, rief da Sakandar. Ich setzte mich wieder hin. Er kramte in seiner Schublade, holte einen Schlüssel hervor und hielt ihn hoch. »Das war noch nicht alles. Du bekommst noch dies hier von mir.«

»Oh«, rief ich. »Was ist das?«

»Ich nehme an, ein Schlüssel«, antwortete Sakandar. »Du nimmst den Eingang von der Nebenstraße. Ins Haupttor passt es nämlich nicht.«

Sakandar überreichte mir den Schlüssel zum Grundstück meiner Eltern, und ich war voller Dankbarkeit. Wir erhoben uns, und er begleitete Ali und mich durch den Flur zur Haustür, ohne dass wir dem Khan noch einmal begegneten. Wir bedankten uns bei Sakandar für alles und umarmten ihn zum Abschied, dann verließen wir die Händlerpassage und gingen zu unserem Auto. Wir wollten gerade Richtung nach Hause losfahren, um das unfassbare Glück mit den anderen zu teilen, als mein Handy klingelte. Es war Khasan Gol.

Dieser hatte mich am frühen Morgen angerufen und Ali und mich zum Mittagessen eingeladen. Er hatte erwähnt, dass er mit uns über eine wichtige Angelegenheit sprechen wolle. Ich schämte mich, dass ich in meiner Aufregung nicht einmal daran gedacht hatte, Ali dies mitzuteilen. Also versprach ich Khasan Gol, sofort zu ihm zu kommen.

3

Nach dreiundzwanzig Jahren sah ich im Herbst 2004 Khasan Gol zum ersten Mal wieder. Er hatte zuerst gegen die Sowjets und später gegen die Taliban gekämpft. Bei den Nomaden hatte er das Knüpfen von Teppichen gelernt und sich weiter in seiner Malkunst geübt. Dann hatte der elfte September 2001 auch Khasan Gols Leben geändert. Genauer gesagt, war es der neunte September, der ihn vollends aus dem Gleichgewicht brachte – da Ahmad Schah Massud vor seinen Augen von einem arabischstämmigen Selbstmordkommando umgebracht wurde. Kurz danach zog er unter der Flagge der Nordallianz und aufseiten der Amerikaner in die Schlacht gegen die Taliban, heiratete aber noch im selben Jahr und zog mit seiner Frau nach Herat, wo er sich nur noch ihr und den schönen Künsten widmen wollte.

Im Basar-e Khusch fand er einen leer stehenden Laden, den er als Atelier und Geschäft nutzen konnte. Abgesehen von Schönschriften, womit er seinen Lebensunterhalt verdiente, belebten prächtige Naturgemälde und Mini-Teppiche den vorderen und hinteren Raum des Ateliers. Sie hingen dicht nebeneinander an den Wänden und waren miteinander durch ihre Kriegsmotive verbunden. In den vorderen waren die Muster gedeckter und karger bearbeitet, in den hinteren üppiger. Panzer und Maschinengewehre, Flugzeuge und Feuerkörper, bärtige Männer und fremde Soldaten füllten die Flächen der fein geknüpften Gewebe aus Seide und Wolle. Wandteppiche dieser Art, die aus unterschiedlichen Phasen des Bürgerkriegs stammten, waren seit dem Sturz der Taliban im Land sehr verbreitet. Sie zu schaffen, gehörte zur afghanischen Art, das gemeinsame Trauma zu verarbeiten.

Khasan Gol hatte zu unserem Treffen an diesem Mittag auch Amin eingeladen. Dass der Mechaniker jetzt auch mit ihm befreundet war, wunderte mich nicht, und doch fand ich es bemerkenswert. Insbesondere, weil eine Gruppe von Mudschaheddin in den Achtzigerjahren Amins beste Kampffreunde auf brutalste Weise hingerichtet hatte. Unter den Opfern war auch Ghulam gewesen, der mir kurz vor seinem Tod zur Flucht ins Ausland verholfen hatte. Doch die Zeit hatte auch Vollblutrevolutionäre wie Amin verändert. Nicht dass er etwas von seinem Sinn für Gerechtigkeit verloren hätte oder von seiner Liebe für die Unterdrückten und seiner Verachtung für die Mächtigen – nein, er sprach von Demokratie und bezeichnete die Kabuler Machthaber als korrupte Faschisten, aber war längst nicht mehr so jähzornig wie früher und schon gar nicht ideologisch. Amin war jetzt bestimmt sechzig Jahre alt, aber er wirkte jünger, obwohl er an Körpermasse zugenommen, dafür aber seine Haare restlos verloren hatte. Nach dem Krieg hatte er auch seine alte Werkstatt wiedereröffnet.

Khasan Gol sah dagegen mit Anfang vierzig schon wie fünfzig aus. Er hatte Falten und graue Haare bekommen. Zudem hinkte er, seitdem er an seinem letzten Tag im Krieg verwundet worden war. Als wir ankamen, hatte seine Frau in dem kleinen Hof hinter der Werkstatt gekocht und ein Essen nach der Art ihrer Region zubereitet. Auch ihre beiden kleinen Töchter hatte sie bei sich, und wir alle aßen gemeinsam draußen im Hof. Amin und Khasan Gol freuten sich über meinen Erfolg, einen bedeutenden Teil vom Grundstück meines Vaters zurückbekommen zu haben. Was er uns aber später beim Tee, als wir Männer unter uns waren, mitzuteilen hatte, war alles andere als erfreulich. Er sagte, er hätte aus zuverlässigen Quellen erfahren, dass ein Selbstmordkommando aus dem pakistanischen Peschawar unterwegs sei, um Maulana Asis zu ermorden.

Ali und ich waren entsetzt, aber wenig überrascht. Maulana Asis hatte sich in den vorangegangenen Jahren nicht nur in Kabul unter den Regierenden viele Feinde gemacht, sondern und vor allem auch in der pakistanischen Grenzregion und beim internationalen Terrorismus. Er war in seinen Reden und Schriften mit allen hart ins Gericht gegangen und hatte für alle Seiten unbequeme Wahrheiten ausgesprochen.

Khasan Gol erklärte uns, dass die Attentäter dem Terrornetz um den brutalen und bestens organisierten Dschalal ad-Din Haqani angehörten, der dem pakistanischen Geheimdienst ISI nahestand. »Wir sind insgesamt sechs erfahrene Leute und wollen gemeinsam für die Sicherheit von Maulana Asis sorgen«, sagte Amin auf Khasan Gol deutend.

Ali hob seinen Finger. »Ich bin auch dabei.«

»Und ich werde dafür sorgen, dass er vorsichtiger ist und seltener das Haus verlässt«, versprach ich.

Bevor wir das Atelier verließen, ging ich einmal rund um beide Räume, um mir Khasan Gols Kunstwerke anzusehen. Da kam dieser mit einem gerollten Mini-Teppich unterm Arm zu mir und sagte: »Heute mache ich dir ein Geschenk.«

»Danke!«, rief ich erfreut, »lasst es uns ansehen.«

Er rollte den Teppich aus und legte ihn auf den Boden. Das bunte, fein gemusterte Gewebe stellte die afghanische Landkarte dar, eine faustförmige grüne Landschaft, in deren Grenzen ein gewaltiger Buskaschi-Wettkampf im Gange war. Die Reiter waren gegenwärtige oder vergangene Mächtige aus der Politik, bekannte religiöse und terroristische Fanatiker, einheimische und ausländische Männer, und sie bekriegten sich um eine blutende schwarze Ziegenleiche.

»Ist das dein Werk?«, fragte ich.

»Nein. Das haben nomadische Frauen geknüpft.«

»Und wie kommst du darauf, mir ausgerechnet dieses Stück zu schenken?«

»Weil ich wusste, dass ich dich damit am besten überraschen kann«, antwortete er mit einem Lächeln.

4

ALS ALI UND ich nach Hause fuhren, erwartete uns eine weitere Überraschung. Maulana Asis, Awesta und ihre kleine Familie waren einen Tag früher als geplant angereist und saßen bei Mutter Khurschid. Das Zimmer war bereits überfüllt mit Frauen, Männern und Kindern aus unserer Verwandtschaft, die rundum an den Wänden auf Matratzen saßen und mit Tee und Süßigkeiten versorgt wurden.

Maulana Asis saß, ganz in Weiß gekleidet, auf einem Sessel neben dem Bett meiner Mutter und hantierte mit seiner Gebetskette. Er sah aus wie eine bärtige Buddha-Statue aus weißem Marmor. Seine drei Reisebegleiter, Awesta, Mokhtar und Scharif, sowie das junge Pärchen Parwana und Yadgar, hatten eng beieinander neben dem Bett entlang der hinteren Zimmerwand Platz genommen. Um nicht zu stören, setzten Ali und ich uns leise hinter Asis an die Tür. Ich war überwältigt vor Freude, meine Mutter in Gegenwart von Maulana Asis so munter und so geistig auf der Höhe zu sehen. Sie saß etwas gekrümmt auf ihrer Bettkante, gestikulierte lebhaft und sprach in einem fort.

»… ob es gestern war oder vorgestern oder letzte Woche, weiß ich nicht mehr. Ich stand im Bad und habe mich im Spiegel gesehen. Für einen Augenblick habe ich diese junge Frau gesehen, die ich einmal gewesen war. Und auf einmal war sie weg, und ich habe wieder diese furchtbar alte Hexe im Spiegel gesehen …«

Alle im Zimmer lachten. Maulana Asis legte seine Hand auf die meiner Mutter und sprach mit strahlendem Lächeln: »Mir geht es ähnlich wie dir, Khurschid, wenn ich mich im Spiegel anschaue. Nur sehe ich keine Hexe, sondern einen Greis. Und ich frage mich dann: Wo sind diese alten, guten Spiegel?«

»Mein Leben kommt mir wie ein langer Traum vor, von dem man am nächsten Morgen nur wirres Zeug in Erinnerung hat«, sprach meine Mutter weiter. »Und irgendwie habe ich auch das Gefühl, dass in mir mehrere Personen leben. Mal bin ich diese, mal jene. Selten weiß ich, wer ich wirklich bin. Jetzt, da Sie hier bei mir sitzen, weiß ich genau, wer ich bin. Noch besser weiß ich aber, wer Sie sind.«

»Ha, ha, ha!«, lachte Maulana Asis. »Gut, dass du es weißt. Ich weiß es nämlich immer noch nicht!«

Die Augen meiner Mutter wurden feucht, als sie daraufhin mit gebrochener Stimme sagte: »Seit Längerem habe ich diesen einen Wunsch: Sie ein letztes Mal zu sehen und dann nach Hause zu gehen. Ich weiß, wer alles dort auf mich wartet.«

Maulana Asis gab ihr ein gefaltetes weißes Tuch, um sich die Tränen zu trocknen.

»Ich hatte einen Mann, der war mal Geschäftsmann, mal Imam in der Freitagsmoschee, mal war er in Kabul, mal weit weg in Indien. Zu mir und meinen Kindern war er immer nett und freundlich ...«

Während sie erzählte, saß ich auf der Treppe und schrieb einen Brief an Maulana Asis, in dem ich in Kürze mein erfolgreiches Treffen mit Sakandar Khan sowie den Zustand meines Elternhauses schilderte. Ich schloss mit dem Vorschlag, am darauffolgenden Nachmittag im Lustgarten ein großes Fest zu veranstalten und bei dieser Gelegenheit auch die zwei Ehen innerhalb unserer Verwandtschaft zu feiern, die Maulana Asis am heutigen Tag schließen könnte. Den Brief steckte ich zu dem Schlüssel von unserem alten Grundstück, den ich von Sakandar erhalten hatte, in meine Jackentasche.

»Mein Sohn, Maulana Sahib, ich meine diesen Dichter aus Deutschland, hat mir richtig leidgetan«, hörte ich da Mutter Khurschid sagen. »Er hat tagelang hier bei mir gesessen, mit mir geredet und philosophiert. Ich war aber gemein zu ihm und wollte nicht glauben, dass er mein Sohn ist. Ich habe ihn mit seinem Vater verwechselt. Der Arme ist dann zurückgegangen in dieses kalte Land, aus dem er gekommen war ...«

Die Anwesenden lachten und richteten ihre Blicke auf mich. Einige riefen meiner Mutter zu, ich sei doch hier und sitze beim Eingang. Somit wurde auch Maulana Asis auf mich aufmerksam. Ich erhob mich und ging zu ihm, gefolgt von Ali. Maulana Asis, der aussah, als wäre er höchstens achtzig Jahre alt, erhob sich ein wenig, aber ich war schneller als er, verbeugte mich vor ihm, nahm seine rechte Hand in meine und küsste sie. Nachdem auch er mich auf die Stirn geküsst hatte, reichte ich ihm, ohne etwas zu sagen, den Brief und den Schlüssel. Anschließend küsste meine Mutter mich aufs rechte Auge, was sie seit meiner Einreise nicht getan hatte, und sagte: »Gott sei Dank, dass du noch hier bist, mein Sohn! Verzeihe mir das viele wirre Zeug, das ich dir gesagt habe.«

Ich entfernte mich von beiden, um für Ali Platz zu machen, der hinter mir stand, und umarmte der Reihe nach Awesta, Mokhtar und Scharif. Mir und Ali wurde in derselben Reihe an der hinteren Wand Platz gemacht. Als Maulana Asis dann seine Brille holte und zu lesen begann, wurde es still, und die Blicke richteten sich neugierig auf ihn.

Es war meine Mutter, die nach einer Weile die Stille brach, indem sie auf mich deutete und sagte: »Haben Sie ihn erkannt, Maulana Sahib? «

»Na ja«, antwortete dieser, ohne seinen Kopf zu erheben. »Nicht wirklich. Ich bin mir immer noch nicht sicher, wer er ist, der Sohn oder der Vater.«

»Eben«, rief meine Mutter. »Mir geht es ähnlich.«

Mitten im Gelächter der Anwesenden erhob Maulana Asis seine Stimme. »Jedenfalls, sollte er der Sohn sein, dann mangelt es ihm nicht an Talent, ein ebenso guter Geschäftsmann zu werden wie sein Vater.«

»Wie meinen Sie das?«, fragte Mutter Khurschid.

»Du erinnerst dich doch sicher an den Garten mit den vielen Blumen vor der Südterrasse eures alten Hauses? Weißt du noch, dass ich es war, der ihn entworfen und errichtet hat? Damals, als ich auf diesem Boden geackert und gepflanzt habe, hast du mir jeden Tag Tee, Obst und Essen gebracht, Khurschid. Kannst du dich daran erinnern?«

Er sah meiner Mutter in die Augen. Doch diese antwortete nicht, sondern trocknete ihre Tränen ab, während Maulana Asis in die Runde blickte und weitersprach.

»Nun, dieser Garten, wir haben ihm damals den Namen Lustgarten gegeben, gehört ab dem heutigen Tag wieder dir, Khurschid, dir und deinen Kindern! Und das hier«, er hob den Schlüssel gen Himmel, »das hier ist der Schlüssel dazu. Unser Dichter war heute bei dem Mann, der euer Haus gekauft hat. Der Mann hat sich bereit erklärt, euch den Lustgarten zurückzugeben. Und morgen …« Er ließ seinen Blick durch das Zimmer wandern. »Morgen gibt es dort eine Kebab-Party. Ihr alle seid herzlich eingeladen!«

Ali, der neben mir saß, gab den ersten Ton, und es folgte ein fröhlicher Beifall von allen Seiten.

AM DARAUF FOLGENDEN Morgen fuhren wir in drei Autos zuerst zum Friedhof hinter unserem alten Haus. Dort besuchten wir die Gräber von Hadschi Agha und Aman, wo Maulana Asis mit seiner rührenden, schönen Stimme ein langes Gebet sprach. Wir besuchten auch das Grab meines Geschichtslehrers Hadschi Baba aus der sechsten Klasse. Er war Mitte der Achtzigerjahre bei einem Raketenangriff der Islamischen Partei von Hekmatyar ums Leben gekommen. Sein Grab lag direkt vor seinem Haus, welches völlig zerstört und später wieder-aufgebaut worden war.

Anschließend besichtigten wir den Ort, an dem ich aufgewachsen war. Das Erste, was uns alle erschütterte, war der Anblick des weiten, flachen Bodens, auf dem einst unser schlossartiges Haus gestanden hatte. Die Raketen der Rebellen hatten die Gärten weitgehend zerstört, und nach der Vertreibung der Russen hatten sie aus reiner Willkür einen Großteil der Bäume abgesägt.

Umso mehr freute ich mich über den Anblick des Maulbeerbaumes an der südwestlichen Ecke des Lustgartens. Als wir vor ihm standen, war Maulana Asis der Erste, der ihn pries.

»Diese heilige Mutter«, sprach er mit dem Blick auf die herbstlich gefärbte Baumkrone, »hat genau achtundsiebzig Frühlinge, Sommer und Herbste auf dem Buckel, ist aber kaum krumm geworden.«

»Im Gegenteil, Maulana Sahib«, ergänzte ich. »Die heilige Mutter hat mächtig an Umfang gewonnen. Früher habe ich es alleine geschafft, sie so heftig zu schütteln, dass Maulbeeren aus ihr herabgefallen sind wie Regen aus einer Wolke. Heute bräuchte man dafür sieben Männer.«

»Ja«, grinste Maulana Asis und zwinkerte mir zu. »Und es wäre höchste Zeit, dass sie ihre Fünflinge hervorbringt!«

DIE HOCHZEIT FAND an diesem milden Nachmittag im Kreis der Verwandten statt. Maulana Asis vermählte zwei junge Paare, jeweils Cousin und Cousine, miteinander: Yadgar mit Parwana und Dschalal mit Scharmila. Die Gäste saßen auf Teppichen und Matratzen, die wir rund um den linken Flügel des Lustgartens ausgelegt hatten. In der Mitte brannte ein mächtiges Feuer, über dessen Flammen Schafe an den Füßen hingen.

Meine Mutter und Maulana Asis saßen, an Kissen angelehnt, am südlichen Rand nebeneinander. Rechts von ihnen war eine Musikerbühne aufgebaut, wo hin und wieder Ali und sein Sohn gemeinsam mit Dastan und Bustan Platz nahmen und spielten. Dann war der Garten voll von tanzenden Frauen, Männern und Kindern. Als die Musiker schließlich ein wehmütiges Lied spielten, kam Asis mit Tränen der Freude und der Trauer zu mir und umarmte mich. Ich genoss nicht nur seine Dankbarkeit, sondern auch die von Malalay und Schira, die in ihrem schönen Kleid reizvoller als an den Tagen zuvor aussah.

Die Hochzeitsfeier erreichte ihren Höhepunkt, als zwei Bräute in Weiß und zwei Bräutigame in dunklen Anzügen, alle vier Hand in Hand, vorgeführt wurden und Dastan und Ali gemeinsam ihre Stimmen zum nationalen Hochzeitslied der Afghanen »Geh in bedächtigen Schritten, mein Mond« erhoben. Später am Abend, als Dastan, Bustan und ich an der Ruine des Schwimmbeckens saßen und rauchten, beichtete ich den beiden, dass dies mein glücklichster Tag seit vierzig Jahren gewesen sei.

5

VIERUNDZWANZIG STUNDEN SPÄTER kam ich endlich zur Ruhe. Ich fühlte, dass ein wichtiger Kreis im Leben meiner Familie sich geschlossen hatte: Mutter Khurschid lächelte zufrieden und blickte nicht mehr verwirrt und verloren um sich, ein wichtiger Teil von unserem Grundstück war an uns zurückgegangen, die Familie war beisammen und wir hatten drei aufregende Tage und zwei Hochzeiten hinter uns.

Und dennoch: In jener Nacht schlief ich trotz meiner Erschöpfung unruhig. Mutter Khurschid rief zwar hin und wieder nach ihrem Schöpfer, sie rührte sich aber nicht und schien friedlich zu schlafen. Im

Zimmer übernachteten außer uns beiden vier weitere Personen: Malalay, Awesta, Mokhtar und der kleine Scharif. Als ich nach Mitternacht kurz aufwachte, bleib ich still auf meiner Matratze liegen, um niemanden zu stören. Innerlich war ich aber aufgewühlt. Das dumpfe Gefühl, dass irgendjemand, ja, ein Unheilbringer, unterwegs war, um mein Leben erneut aus dem Gleichgewicht zu bringen, gab mir keine Ruhe. Ich steckte meinen Kopf unter die Decke und war kurz davor, wieder einzuschlafen, da erschien mir in der Verschwommenheit meines Geistes eine weite Steppe und bald auch ein weißer Reiter auf einem ebenso weißen Hengst, der aus der Ferne auf mich zu galoppierte.

JEDEN TAG VOR dem Morgengrauen, während alle anderen noch schliefen, stand Malalay auf, um Mutter Khurschid ins Bad zu bringen und sie für das Gebet vorzubereiten. Dieses Mal war ein Großteil der Erwachsenen bereits auf den Beinen, um mit Maulana Asis und meiner Mutter gemeinsam zu beten. Wir stellten uns hinter den Rücken des Geistlichen, nur Mutter Khurschid blieb sitzen. Im Einklang mit dem Imam beugten wir unsere Oberkörper nach vorne, legten unsere Handflächen auf die Knie und richteten unsere Blicke auf den Gebetsteppich unter unseren Füßen. Gemeinsam mit ihm kamen wir aus dieser Stellung gleich in eine weitere, indem wir herunterkamen und unsere Handflächen sowie Stirn auf den Boden legten. Diese Körperhaltung heißt Sedschdah, von ihr hatte mein Vater einmal gemeint, sie sei die höchste Stufe der Hingabe vor Gott und der Schöpfung, sie könne unsere Herzen reinigen und heilen. Vater hatte nicht ahnen können, dass sein eigenes Herz am siebenundzwanzigsten April des Jahres 1979, an einem Freitag also, ausgerechnet in dieser Haltung versagen würde.

Nach der Sedschdah richteten wir uns wieder auf und, dem Imam folgend, erhoben uns oder blieben in japanischer Sitzhaltung sitzen. Im Schlussakt des Gebetes drehte der Imam sich in dieser Stellung um und saß uns nun von Angesicht zu Angesicht gegenüber. Er hob seine Hände vors Gesicht, wir folgten seinem Beispiel und widmeten unser Gehör seinem Abschlussgebet, das er in Farsi sprach. Daraufhin erhoben wir uns. Das Gebet war abgeschlossen. Doch meine Mutter, die eine Reihe vor mir am linken Rand saß, ging stattdessen noch einmal in die Sedschdah. Dann neigte sich ihr Körper zur Seite und blieb auf dem Gebetsteppich liegen.

An diesem Freitag, dem siebzehnten Oktober 2008, starb meine Mutter. Zehntausende Menschen standen in der Freitagsmoschee hinter dem Imam Maulana Asis und hielten für sie das Totengebet, und eine große Zahl davon begleitete den Totensarg zu Fuß zum Friedhof. Maulana Asis wurde mit einem Auto gefahren, er war von einem Sicherheitsteam, das Khasan Gol und Amin gebildet hatten, umgeben. Und obwohl er die Nähe zu der Menschenmenge mied, stürmten Menschen bei jeder Gelegenheit zu ihm, um ihm Ehre zu erweisen.

Meine Mutter wurde rechts von Aman begraben, und Maulana Asis pries sie in seiner Rede. Mir graute es bei dem Gedanken, eines Tages als toter Mann in einem fremden Friedhof fern von meiner Heimat und unter einem grauen, kalten Himmel zu liegen. Ich dachte an Hadschi Aghas Worte vor vierundvierzig Jahren. Dieser hatte einen Menschen, der zwei gesunde Elternteile hat, mit einem Vogel verglichen, dessen Flügel unversehrt und heil sind.

Dreißig Jahre nach seinem Tod hatte ich jetzt auch meine Mutter verloren. Mich graute die Erkenntnis, dass ich nun einem Vogel ohne Flügel glich. Ich saß am frischen Grab von Mutter Khurschid, zwischen Asis und Khasan Gol, und während diese weinten, weigerten sich meine Tränen, nach außen zu fließen – sie schnürten stattdessen meine Kehle zu.

Die zweitägige Trauerfeier für meine Mutter fand nach ihrer Beerdigung in der Freitagsmoschee statt. Maulana Asis, der Imam und ein anderer Geistlicher, die in der obersten Reihe des hohen Trauersaals saßen, trugen abwechselnd aus dem Koran vor. Teilnehmer kamen in Scharen, sie setzten sich auf Matratzen entlang der Wände und blieben lange, bevor sie für neue Besucher Platz machten. Als der Imam das abschließende Gebet der Trauerfeier gesprochen hatte, versammelten sich einige Hundert Menschen, darunter viele unserer Verwandten und Freunde, in dem riesigen, gepflasterten Innenhof, der als das Herz der Freitagsmoschee galt und in dem Maulana Asis auf Wunsch des Imams eine Rede halten wollte.

Eine Stunde vor dem Ende der Gebete hatte ich mich Amins und Khasan Gols dreizehnköpfiger Männergruppe angeschlossen, die für die Sicherheit von Maulana Asis zuständig war. Unsere Aufgabe war es, jeweils zu zweit die große Moschee auf verdächtige Personen hin zu durchsuchen. Khasan Gol und ich wanderten durch die Gebetshallen. Die Welt unter den gewölbten und schwindelerregend hohen Dächern schien unberührt geblieben zu sein. Wie damals zu meiner Schulzeit saßen hier und da Menschen im Gebet oder an die mächtigen Säulen gelehnt, einige lagen auf dem Boden und ruhten sich aus. Khasan Gol machte mich auf ein Paar in mittleren Jahren aufmerksam, das rund dreißig Meter entfernt von uns unter einer Arkade am Hallenrand saß. Der Mann schien hoch gewachsen, er hatte einen kurzen schwarzen Bart und einen weißen Turban. Die Frau trug einen grünen Nomadentschador.

»Die beiden scheinen nicht von hier zu sein«, sagte Khasan Gol und brachte sein Handy hervor.

Die Veranstaltung fand am westlichen Rand des Innenhofes statt, vor dem mächtigen glasierten Bogen, hinter dem sich die vorderste Reihe der Gebetshallen befand. Das Rednerpult bestand aus einem Stuhl und einem aufgestellten Mikrofon, das an zwei kleine Lautsprecherboxen angeschlossen war. Links von Maulana Asis hatten der Imam, ein weiterer Geistlicher und mein ehemaliger Mitschüler Maulana Kayhan Platz genommen. Fast die Hälfte des Publikums saß auf dem Boden, der Rest stand um diese herum im Halbkreis, in der vordersten Reihe auch ich mit meinem Neffen Yadgar und dem kleinen Scharif. Männer, die den Schutz des teuren Gastes aus der Türkei übernommen hatten, hielten hier und da Wache, zwei von ihnen standen zu beiden Seiten direkt hinter ihm.

Nachdem Maulana Asis sein Publikum begrüßt hatte, begann er seine Rede mit kurzen Versen aus dem Koran und beschrieb den Islam als eine Religion des Friedens: »Wer den Koran zu einem politischen Manifest für Blutvergießen degradiert, wer ihn für seine Gräueltaten und Machtgier missbraucht, der kann kein Muslim sein, und wer im Namen des Dschihads unschuldige Menschen tötet, der führt einen Dschihad gegen den Islam und nicht für ihn!« Und bevor er auf Afghanistan zu sprechen kam, machte er eine weitere bemerkenswerte Äußerung: »Ich habe mir vor Kurzem die Biografien von ungefähr zwölf erstklassigen Islamisten aus der westlichen Welt angeschaut und dabei festgestellt, dass diese jungen Männer alle in ihrem Leben dort versagt hatten. Der eine zum Beispiel wollte Musiker werden, der andere kam bei den Mädchen schlecht an. Die meisten von ihnen aber waren arbeitslose Kleingauner mit großem kriminellen Potenzial, bevor sie angefangen haben, Allah Akbar zu rufen. Solche Typen hätten also genauso eine Bank überfallen können. Es wäre besser, wenn die Länder der westlichen Welt etwas für die Integration dieser Menschen tun würden, anstatt gegen ihre Religion auf die Straße zu gehen oder ihren Propheten zu beleidigen.«

Er erinnerte an die Enttäuschungen, die das afghanische Volk im Laufe seiner Geschichte sowohl von den Nachbarländern als auch von den Großmächten erfahren hatte – bevor er ebendieses Volk pries und behauptete, es hätte die Sowjetmacht, den größten Rivalen der westlichen Welt, zum Umdenken gezwungen. Er sprach seinem hohen Alter entsprechend leise und langsam, musste oft husten und immer wieder einen Schluck Wasser trinken.

»Es klingt wie ein Märchen«, sagte er, »und es ist bisher in der ganzen Menschheitsgeschichte nicht vorgekommen, dass so viele Nationen zusammenkommen, um ein kleines Volk und sein vom Krieg gebeuteltes Land aus einem langjährigen Trauma herauszuholen und zu Frieden und Wohlstand zu verhelfen. Diese historische Chance bekam unser Land nach dem Ende des Taliban-Regimes, als auf einmal alles nach einer großen Wiedergeburt aussah. Die Frage war aber: Spielten wir mit der richtigen Mannschaft? Waren es wirklich fähige, gewissenhafte Männer, die sich des langjährigen Leides ihres Volkes bewusst waren und aus dieser Gelegenheit das Beste für ihr Land machen wollten?«

Als Antwort auf diese rhetorische Frage erklangen aus den Reihen des Publikums leise Klagetöne. Maulana Asis nahm einen Schluck Wasser und fuhr fort: »Schah Amanullah ist vor gut achtzig Jahren gescheitert, weil weder das Volk noch die mächtigen Briten ihn unterstützen wollten. Jetzt aber waren die Verhältnisse umgekehrt, jetzt hatte die Kabuler Regierung die Bevölkerung und auch die Großmächte auf ihrer Seite. Ich will nicht bestreiten, dass wir in einigen Bereichen Fortschritte gemacht hätten, aber heute, knapp sieben Jahre nach diesem hoffnungsvollen Neuanfang, gehört unser Land abermals zu den unruhigsten Regionen der Welt. Wir stehen auch ganz oben auf der Liste von Armut und Korruption. Natürlich sind wir reich, gemessen an unseren Bodenschätzen, aber was hat unsere Bevölkerung von diesem Reichtum? Wo steckt er überhaupt? Früher hatten wir eine fruchtbare und gesunde Landwirtschaft. Wir hatten stolze Obstgärten, Reis- und Weizen- und Gemüsefelder. Heute sind es – abgesehen von Minenfeldern – blühende Opiumfelder, mit denen unser Land in Verbindung gebracht wird.«

Es wurde in allen Reihen bitter gelacht, und einige schüttelten die Köpfe.

»Heute können wir mit Opium die halbe Welt versorgen, aber Äpfel und Tomaten importieren wir aus Pakistan. Was für eine Schande! Afghanistan ist ein kranker Mann, der am Tropf hängt. Und den Tropf müssen andere für uns nachfüllen. Aber wer ist für das alles verantwortlich? Nur ausländische Mächte und Gruppen, wie unsere Regierung behauptet?«

Die Antwort auf diese Frage gab er prompt selber, und sie kam härter als erwartet. Maulana Asis begnügte sich nicht damit, die Führer des Landes als korrupte und unfähige Heuchler darzustellen, er bezichtigte sie des Landesverrats im Angesicht der Geschichte. Es waren Worte, die ich – in dieser Härte – bisher von niemandem gehört hatte. Und sie ernteten ungebrochenen Applaus und ehrfurchtsvolle Zurufe von allen Seiten: »Es lebe Maulana Asis!«

Dann aber, nachdem er sich geräuspert und die Kehle benetzt hatte, relativierte er sein Urteil – doch nicht frei von Ironie: »Natürlich gab es unter diesen Führern auch aufrichtige Geister. Es gibt sie bestimmt immer noch, gleichwohl sie am wenigsten zu sagen haben. Aber wie heißt es doch so schön: ›Alles, was in einen Salzteich fällt, verwandelt sich mit der Zeit zu Salz.‹«

Dann kam Maulana Asis deutlicher auf die Taliban zu sprechen, die Anfang 2002 nach Pakistan zurückgedrängt worden waren. »Was machen sie auf einmal wieder hier, auf afghanischem Boden?«, fragte er. »Wer hat sie reorganisiert? Wer hat ihnen den Weg hierher geebnet?« Dieses Mal verzichtete er auf längere Ausführungen und wies mit seinem Finger in Richtung Osten, und jeder wusste, dass er das pakistanische Territorium im Blick hatte.

»Dort wurden sie vor weniger als zwanzig Jahren gezüchtet, dort sind sie verwurzelt, dort liegt ihre gesamte Infrastruktur. Und ihr

Dschihad ist, beim genaueren Hinsehen, der Dschihad eines ausländischen Geheimdienstes gegen unser Volk!«

Jubel und Beifall brachen aus. Ein alter Mann aus der Mitte der Sitzenden erhob seine kräftige Stimme und rief: »Tod dem Staat Pakistan! Tod der Benasir Bhutto!«

Benasir Bhutto – die Ex-Premierministerin von Pakistan und die »Mutter von Taliban«, wie sie in Afghanistan hieß – war bereits im Dezember des vorangegangenen Jahres auf ungeklärte Weise ermordet worden. Ich musste schmunzeln, da das Antlitz des bäuerlichen Mannes mich an das des verstorbenen Osman Khans erinnerte.

Maulana Asis sprach weiter und meinte, die feindselige Politik Pakistans uns gegenüber sei vor allem im Kontext dessen Konflikts mit Indien zu verstehen, mit dem Afghanistan eine langjährige Freundschaft pflege. Pakistan führe eine Art kalten Stellvertreterkrieg auf unserem Boden. Es verfolge Afghanistan gegenüber seit Längerem ein Konzept der ›strategischen Tiefe‹ mit dem Endziel, eine Großmacht in der Region zu werden.

Maulana Asis kam auf die Taliban zurück und meinte, sie seien nicht nur hierhergeschickt worden, sondern auch hierhergelockt, und zwar durch keinen anderen als die Regierung, deren Führer nicht müde werde, sie als seine Brüder zu bezeichnen – bloß weil sie Paschtunen seien und er selbst irgendwann einmal zu ihren Anhängern gehört habe.

»Diese Legitimation, meine Landsleute«, so Maulana Asis, »die den Mördern unserer Kinder geschenkt wird, ist ein Teil des Preises, den wir für einen Friedensprozess bezahlen, der in Wirklichkeit gar nicht existiert, der uns und der Welt nur vorgegaukelt wird. Wie hoch dieser Preis ist, können Sie an diesem Beispiel erkennen: Die Amerikaner wissen, wo genau Mullah Omar sich auf pakistanischem Boden versteckt hält. Sie kennen sein Versteck schon lange. Aber sie unternehmen nichts, sie lassen ihn in Ruhe, damit er weiter morden kann. Dabei weiß jeder, was ein Frieden mit diesem Mann und seinesgleichen für unser Land bedeuten würde. Nein. Ich fürchte, es ist ein Irrtum, unter diesen Bedingungen von Frieden mit den Taliban zu reden. Wenn die Regierung tatsächlich an der Befriedung des Landes interessiert sein sollte, dann gibt es bessere Wege.«

Maulana Asis ging nun mit der Elite des Landes noch härter als zuvor ins Gericht und warf seiner eigenen paschtunischen Volksgruppe einen ethnischen Nationalismus, gepaart mit einem mittelalterlichen Stammeskult, vor. Offen kritisierte er auch die Haltung der afghanischen Führung zur Frage der zweitausendfünfhundert Kilometer langen Grenze zu Pakistan. Da sie sich selbst und das Volk mit der Behauptung belüge, weite Grenzgebiete auf dem Boden des heutigen Pakistans würden uns gehören, sei sie nicht bereit, die – seit über einem Jahrhundert real existierende – Durand-Grenze anzuerkennen. Aus diesem Grund denke sie auch nicht daran, die Grenze zu kontrollieren, um den Taliban den Einzug in unser Land zu erschweren. Die Anerkennung der umstrittenen Grenze wäre zwar ein beachtliches Zugeständnis an das Nachbarland, im Gegenzug wäre aber Pakistan gezwungen, seine feindselige Politik zu überdenken und aufzuhören, den Terror auf unserem Boden zu fördern.

Damit hatte Maulana Asis ein politisches Minenfeld betreten. Er hatte ein hundertjähriges Tabu gebrochen und lief Gefahr, von der politischen und ethnischen Elite des Landes an den Pranger gestellt zu werden. Aber bei seinem Publikum hier in der Freitagsmoschee von Herat löste er große Begeisterung aus.

In dem Moment legte jemand von hinten seine Hand auf meine Schulter. Es war Khasan Gol. Er deutete auf Maulana Asis und sagte: »Dieser Mann ist das Gewissen des Islams, er darf nie sterben!«

»Nicht nur das Gewissen des Islams«, entgegnete ich.

»Sonst alles klar, Doktor Sahib?«

»Abgesehen davon, dass ich müde bin und Durst und Hunger habe …«

»Das habe ich auch«, unterbrach er mich. »Ich meine, ob dir irgendwelche verdächtigen Gesichter aufgefallen sind.«

»Wann ist ein Gesicht denn verdächtig?«, fragte ich.

»Die von den beiden Nomaden zum Beispiel. Hast du die wiedergesehen?«

Ich seufzte. »Ach, lass doch diese armen Nomaden.«

»Ich hoffe, du behältst recht, mein Freund«, sagte Khasan Gol, nahm seine Hand von meiner Schulter und ging weiter.

Maulana Asis hatte das Thema gewechselt und sprach nun über die Amerikaner, denen er eine falsche, vor allem selbstzerstörerische Politik vorwarf. Sie hätten in den achtziger Jahren das islamistische Gedankengut in Afghanistan gefördert und zeitgleich Saddam Hussein zum Überfall auf den Iran bewogen. Demzufolge hätten sie maßgeblich zur Stabilisierung der islamistischen Macht im Iran beigetragen. Und ihr letzter Krieg gegen den Irak schließlich hätte dem sunnitisch-islamistischen Terrorismus um ein ganzes Jahrhundert nach vorne gebracht und zeitgleich den Einfluss der schiitisch-islamischen Republik in der Region gefördert.

»Im Jahre 2003«, so Maulana Asis, »genossen die USA das Mitgefühl und das Vertrauen von Millionen Menschen weltweit. Den elften September haben alle verurteilt, auch die meisten Muslime, ganz gleich, wer ihn verursacht hat. Zu dieser Zeit waren religiös motivierte Selbstmordattentate für uns alle fremd. Die alten Mudschaheddin, die gegen die Rote Armee gekämpft hatten, kannten so etwas nicht. Die späteren Taliban auch nicht. Denn unsere Religion verbietet es ihren Anhängern, sich selbst und unschuldige Menschen zu töten. Dann sind aber die Amerikaner und ihre Verbündeten in den Irak einmarschiert, anstatt sich auf unsere Region zu konzentrieren. Dieser Krieg hat inzwischen die gesamte islamische Welt auf den Kopf gestellt. Selbstmordattentate, Gräueltaten und barbarische Kriege im Namen des Islams scheinen für junge Muslime immer attraktiver zu werden. Die Führungsmacht hat durch ihre verfehlte Politik nichts anderes getan, als die große Vision von Osama bin Laden zu verwirklichen!«

Maulana Asis berief sich auf ein Interview, in dem dieser sein Ziel mit den Worten erklärt hatte, er wolle den Fuß der Amerikaner in die islamische Welt ziehen, damit Generationen von Kämpfern und Dschihadisten aufkeimten. »Dieser Prozess ist nun viel schneller vonstattengegangen, als Bin Laden es sich ausgemalt hatte«, sagte er und fasste zusammen: »Historisch betrachtet, haben die Amerikaner in den Achtzigerjahren auf unserem Boden ihren alten Feind durch einen neuen ersetzt. Und historisch betrachtet – während die Attacken des elften September 2001 nur ein Versuchsprojekt im Laboratorium der Geschichte gewesen sind –, kommt der Irakkrieg in seiner Produktivität bis heute einer ganzen Fabrik gleich. Historiker, die der Menschheit die komplexen und langfristigen Folgen des Irakkriegs erklären könnten, sind noch nicht geboren, aber sie werden kommen.«

Maulana Asis beendete seine Rede mit den Worten, unser Volk sei heute wachsamer als je zuvor. Was die Zukunft anbetreffe, liege diese weder in fremden Händen noch in denen der jetzigen Herrscher, sondern einzig und allein in den Händen unserer Kinder und Enkelkinder. »Und das«, rief er mit erhobenem Finger, »lässt uns alle voller Hoffnung auf morgen sein! Inscha-allah!«

Die Masse kam, Beifall spendend und »Allah Akbar!« rufend, in Aufruhr. Ich verließ die Versammlung, um mich im Waschraum der Moschee zu erfrischen, und sah noch, wie Khasan Gol zielgerichtet an der Menschenmenge, die Maulana Asis ihre Ehre erweisen wollte, vorbei und direkt auf einen Mann zustürmte, den ich als den Nomaden von zuvor in der Halle wiedererkannte. Er hatte die Arme ausgebreitet und schien etwas zu rufen. Und augenblicklich wurde mir schwindlig und schwarz vor Augen, als unmittelbar darauf der ohrenbetäubende Knall einer Explosion alles veränderte.

KHASAN GOL STARB an diesem Nachmittag des neunzehnten Oktober 2008 während des Zweikampfs mit einem Selbstmordattentäter. Die Bombe, die dieser an seinem Gürtel getragen hatte, zerfetzte Khasan Gols Körper und entließ seine Seele wie einen weißen Schmetterling. Khasan Gol gab sein Leben für ein anderes, älteres Leben, welches ihm zu heilig, zu teuer und unentbehrlich war, und verschwand im Staub der afghanischen Geschichte. Er wurde neben meinem Vater begraben, hinterließ eine Frau und zwei wunderschöne kleine Töchter. Sein Tod versetzte uns alle und die ganze Stadt in Schock und tiefe Trauer.

6

DIE STUNDE DES Abschieds von Maulana Asis und allen anderen, die aus fernen Gegenden angereist waren, war gekommen. Da ich, nebst Awesta, noch einige Tage in Herat bleiben wollte, nahm auch ich jeden Einzelnen von ihnen zum Abschied in die Arme. Die Trennung von Yadgar, dem Sohn meines verstorbenen Bruders Aman, fiel mir besonders schwer. Mit ihm hatte ich viele Stunden allein verbracht, sowohl vor dem Anschlag auf Khasan Gol als auch danach. Das furchtbare Ereignis hatte ihn, sein ganzes Weltbild, welches das eines humanistisch gebildeten Juristen war, tiefgreifend erschüttert. Ich hatte ihm Vorträge gehalten, ihn in die Vergangenheit seiner Familie eingeweiht – bis tief in die Jugend und Kindheit seines Großvaters. Ich hatte ihm auch von dessen fünf Schlüsseln erzählt und ihm einen davon versprochen. Jetzt, in der Stunde des Abschieds, verriet mir seine Mimik, dass es noch etwas gab, was ihm auf dem Herzen lag. Er wollte wissen, wo sein Vater heute gelebt und was er gearbeitet hätte, wenn er noch am Leben wäre.

»Ich nehme an«, gab ich zur Antwort, »er wäre heute ein Jurist wie du. Niemand kann allerdings sagen, ob er heute in der Heimat gelebt hätte oder wie du und ich im Ausland.«

Yadgar wollte sich mit dieser Antwort nicht zufriedengeben. Er verwies auf Said und einige frühere politische Freunde Amans, die heute hochrangige Ämter im Regierungsapparat innehatten, und wollte wissen, ob Aman heute einer von diesen wäre.

»Nein«, sagte ich und zögerte. »Ich glaube … besser gesagt, ich hoffe, nicht … Hadschi Agha hatte uns immer davor gewarnt.«

»Wovor?«, fragte er.

»Na ja, davor, ein zu großes Ego zu entwickeln, nach Macht zu streben und korrupt zu werden.«

Wir beendeten das Gespräch und schlossen uns dem Kreis um Maulana Asis an, der seinem Sohn zugewandt auf uns zwei gezeigt hatte. Mokhtar übergab seinem Vater zwei blaue Plastiktüten. Dann streckte dieser seine Hände, in denen er je eine Tüte hielt, nach uns aus und sagte: »Das sind zwei gleich große, bittere Kuchen für Onkel Schaer und seinen Neffen. Greift zu, aber nicht gleich öffnen, bitte!«

Wir nahmen die Geschenke dankend entgegen. Ich warf einen Blick auf das helle Päckchen in der Tüte, von dem ich wusste, was es war: Maulana Asis' Lebenswerk, an dem er, mit langen Unterbrechungen, viele Jahre geschrieben hatte. Fünftausend Exemplare des Buches hatte er aus Maschhad, wo es frisch erschienen war, nach Kabul schicken lassen, wohin er sich nun auf den Weg machte, um sie im Rahmen einer Präsentation an die Studenten zu verteilen.

»Ich weiß, wo ich den Kuchen auspacke, Maulana Sahib«, sagte ich. Er verstand mich und zwinkerte mir zu.

ZWEI STUNDEN SPÄTER befand ich mich – zusammen mit Asis, Malalay, Awesta, Schira sowie dem frisch verheirateten Paar Dschalal und Scharmila – auf dem Grundstück meines ehemaligen Elternhauses. Die neu errichtete Mauer, die den hinteren Garten in zwei Teile trennte, hatte an ihrem linken Rand eine Öffnung, hinter der meine Begleiter im Obstgarten verschwanden, um mich für eine Stunde allein zu lassen.

Ich hatte eine große Tasche bei mir, in der sich außer einer Decke und dem Buch von Maulana Asis ein Messer, mit dem ich Granatäpfel schneiden wollte, und ein Beutel mit Vogelfutter befanden. Ich machte mich auf den Weg zum Maulbeerbaum am anderen Ende des Lustgartens. Beim Anblick der gefallenen Blätter dachte ich an meine Mutter, deren an Falten reiches, schmales Gesicht mir wie ein großes Blatt einer uralten Pflanze kurz vor dem Herabfallen erschienen war. Vorsichtig, um sie möglichst nicht zu zertreten, näherte ich mich dem Baum, dessen Krone in der Mittagssonne golden, orange und dunkelrot glänzte. Mein Blick fiel auf eine kleine Metallleiter, welche die russischen Offiziere – und wahrscheinlich später auch die Mudschaheddin – offensichtlich benutzt hatten, um auf die Obstbäume zu kommen – sehr zum Wohle der von mir eingebauten Stufen am Maulbeerbaum, die verschont geblieben waren. Es waren unterschiedlich große Holzstücke, die ich fest an den Stamm genagelt hatte. Ich war sie immer barfuß hinaufgeklettert, um den Baum mit meinen Füßen zu spüren.

Jetzt stellte ich die Tasche auf den Boden und nahm daraus nur die blaue Tüte mit dem Buch. Ich ging ganz nah an den Baum heran, zog meine Schuhe aus, setzte meinen Ballen auf die erste schmale Holzsprosse und schob mich hoch, bis mein ganzes Gewicht auf der Stufe lag. Dann ertastete ich mit meinem freien Fuß die zweite Sprosse, verlagerte wieder mein Gewicht und erklomm so, einen Fuß über den anderen setzend, die weiteren Stufen bis ganz oben.

VIELE JAHRE WAREN seit den Tagen, da ich mich mit meinen Büchern und Heften in dieses Nest zurückgezogen, gelernt, gelesen, geschlafen oder einfach das Geschehen im Garten beobachtet hatte, vergangen. Jetzt saß ich wieder auf ebenjenem waagerechten Maulbeerast. Er war mit dem Alter kräftiger geworden. Mein Rücken lehnte gegen den hinteren Ast, der quer nach oben verlief, und meine Füße lagen auf einem niedrigeren. Von hier aus konnte ich über die Trennmauer hinweg auf das weite Gelände des Obstgartens blicken und beobachten, wie meine Verwandten, umschwirrt von weißen Schmetterlingen, sich über die schwer behangenen Granatapfelbäume hermachten.

An die vermissten Schlüssel meines Vaters wollte ich erst einmal nicht denken, ebenso wenig an alles andere, sondern mich ganz und gar Maulana Asis' Buch widmen, dem Vermächtnis einer der bedeutendsten Persönlichkeiten meiner Heimat sowie der ganzen islamischen Welt. Ich packte das schwere Buch aus, meine Hände zitterten.

Es war ein gebundenes, einfach gestaltetes Buch, das tausendundeine Seite umfasste. Es trug den Titel ›Der Traum vom Ende des Buskaschis‹. Ich schlug es auf und sah, dass Maulana Asis mir eine Widmung hineingeschrieben hatte: »Du hast dich immer für Poesie und Geschichte interessiert. Das Erste findest du hier wenig – alles andere, was dich interessiert, hoffentlich ja.«

Das Werk umfasste neben ausführlichen Studien zur Geschichte der Region Betrachtungen, Reflexionen und Anekdoten aller Art, aber auch Lebenserinnerungen des Autors. Ich begann nicht, wie gewöhnlich, gleich mit der ersten Seite, denn ich war zu ungeduldig, sondern blätterte hin und her und las hier und da eine kleine Stelle.

Ich war beeindruckt – aber keineswegs überrascht – von der Komplexität des Menschenbildes, das hier mit leicht verständlichen Worten gezeichnet wurde. Der Mensch würde sich durch seinen Verstand von der Tierwelt abheben, doch lebe und handele er unvernünftiger als alle Tiere zusammen und werde immer unberechenbarer. Der moderne Mensch preise die Vielfalt in der Natur, er genieße ihre Schönheiten und Reichtümer, aber er sei zu feige, um sich selbst – bindend und verbindlich – als ein Teil von ihr zu sehen. Somit sei er weit davon entfernt, seine eigene Vielfalt anzunehmen, geschweige denn sie zu würdigen.

Dann zu den Religionen: Sie seien schon immer – aufgrund der gesellschaftlichen und politischen Verhältnisse in der jeweiligen Region oder Gemeinschaft – unterschiedlich praktiziert worden. Und so sei auch die Ausübung des Islams noch heute nicht überall gleich.

Maulana Asis berichtete von Epochen in der Geschichte, in denen eine muslimische Großmacht ihre schützende Hand über die christlichen und jüdischen Minderheiten gehalten hätte. Er rechnete mit all jenen ab, die im Namen der Scharia einen Dschihad ausriefen. Die Scharia sei eine mittelalterliche Rechtsprechung gewesen, die damals entsprechend ausgelegt worden sei, niemals jedoch ein Gesetzbuch, nach dem alle Muslime bis ans Ende der Welt leben müssten. Die weltweiten islamistischen Terroranschläge und Strömungen bezeichnete Maulana Asis nicht als eine religiöse, sondern eine politische Angelegenheit, als eine Bewegung, der es einzig und allein um die Gewinnung von Macht gehe. Wer dies bezweifle und den Islam für so viel Gewalt verantwortlich mache, der sei an die Zeiten vor dem Krieg erinnert und gefragt: »Warum hat es damals, in den Sechziger- und Siebzigerjahren, einen derartigen Dschihad nicht gegeben? Ist unsere Religion wirklich weniger friedlich als die anderen?«

Und immer wieder brachte er seine islamischen Vorbilder aus der Vergangenheit ins Spiel: gerechte Herrscher, Mystiker und Philosophen, Architekten und Bildhauer, Mathematiker und Mediziner, in deren Spiegel sich Halsabschneider, Vergewaltiger und Selbstmordattentäter als das entlarvten, was sie waren: blutrünstige Irre aus einer Unterwelt. Um diesen den Boden unter den Füßen wegzuziehen, berief er sich auf dieselben Quellen wie sie, er argumentierte gegen sie und zitierte aus dem Koran. »Und streitet nicht mit dem Volk der Schrift; es sei denn auf die beste Art und Weise«, hieß es in einem dieser Zitate. »Und die Diener des Allerbarmers sind diejenigen, die sanftmütig auf der Erde schreiten, und wenn die Unwissenden sie anreden, sprechen sie friedlich zu ihnen«, hieß es in einem anderen.

Nachdem ich eine Viertelstunde in dem Buch gelesen hatte, schlug ich es zu, um hinabzusteigen. Ich setzte meinen Ballen auf die höchste Stufe, um mit dem anderen Fuß die nächste zu ertasten, während ich mich mit beiden Händen festhielt. Die Holzsprosse gab aber nach, und mir wurde sofort klar, dass sie nicht zu den von mir ursprünglich eingebauten Stufen gehören konnte. Diese waren vier an der Zahl und immer noch fest an den Stamm genagelt. Jemand musste also zu ihnen eine fünfte hinzugefügt haben. Dieser Jemand konnte kein anderer gewesen sein als mein Vater. Ich trat von oben gegen die Holzsprosse, so heftig, dass sie abbrach und hinabflog – und mit ihr der erste der fünf goldenen Schlüssel meines Vaters.

ICH LAG AUF der Decke, die ich zwischen dem Maulbeer- und einem Granatapfelbaum ausgebreitet hatte. Das Vogelfutter hatte ich auf meinem Bauch ausgeschüttet, und die kleinen Schlüssel meines Vaters lagen auf meiner Brust. Meine Augen hatte ich geschlossen und mein Gehör abgestellt, ich hatte mich in einen Dämmerzustand versetzt und spürte jede kleinste Erschütterung in den Armen und Füßen, jedes Zucken meiner Gesichtshaut intensiver als sonst.

Ich konnte jede Regung um mich wahrnehmen, das Flattern der Schmetterlinge und Schwirren der Wespen in der Luft; ich spürte auch, wie der leise Wind den schmalen Ast über meinem Kopf bewegte – und mit ihm das sanfte Schwingen der beiden blutroten Granatäpfel, die an ihm hingen. Die Sonne, die hoch über meinem Kopf stand, erlebte ich als ein orangenes All vor meinem geschlossenen Blick und als zarte, warme Küsse auf meiner Gesichtshaut, während fünf Glücksbringer meines Vaters sich wie fünf heiße Finger einer Hand anfühlten, die sich auf meine Brust gelegt hatten, um mich wiederzuerwecken.

Jemand kam auf mich zu, ich hörte eine weibliche Stimme, ein Kichern, und erkannte, wer es war. Ich rührte mich aber nicht, sondern rief ihr zu, sie solle sich bitte neben mich legen. Sie setzte sich, ich hörte und roch ihren Atem und schmeckte zwei süßsaure Granatapfelkerne, die sie in meinen halb offenen Mund steckte.

Sie legte ihre Hand auf meine Brust, ihre fünf Finger genau auf die fünf sich immer wärmer und schwerer anfühlenden Schlüssel. Ich spürte ihren Pulsschlag auf meinem Brustkorb und kurz darauf ihren Kopf, der sich auf meine rechte Schulter legte. Ihre Augen waren offen, das fühlte ich, und ihr Gesicht meinem Ohr und meinem Hals zugewandt.

»Schließ die Augen und bleib still«, sagte ich. »Sie kommen bald.«

»Wer?«, hörte ich Schira leise fragen.

»Die Spatzen.«

Ende

Nachbemerkung

Dieser Roman ist eine fiktive Familienchronik, die einen Zeitraum von neun Jahrzehnten umfasst und Elemente aus der Geschichte und Kultur Afghanistans in sich aufnimmt. Dies bringt es mit sich, dass Fakten und Schauplätze verändert oder erfunden werden. Dies geschieht aus einer erzählstrategischen Notwendigkeit heraus und entspricht dem Geist der dichterischen Freiheit.

Dieser Roman ist keine Autobiografie. Der Held und der Großteil der anderen Charaktere sind frei erfunden. Ich als Autor bin keine moralische Instanz, vielmehr eine parteilose. Ich verstehe mich nicht als Verkünder von Wahrheiten, denn die Literatur ist nicht der Wahrheit verpflichtet, sondern allein dem Anspruch, wahrhaftig zu sein. In diesem Sinne betrachte ich den Roman ›Buskaschi oder Der Teppich meiner Mutter‹ nicht nur als mein Lebenswerk, sondern auch und vor allem als mein Gewissenswerk.

Beim Verfassen des Romans habe ich afghanische sowie deutsche Quellen verwendet. Zu den afghanischen gehören die Erinnerungen des ehemaligen Kabuler Polizeioffiziers General Omarsay aus der unmittelbaren Zeit vor dem schicksalhaften Putsch vom April 1978 (»Die Nächte von Kabul«) sowie der aufschlussreiche Bericht eines Journalisten der Zeitschrift ›Dschamhuriat‹ aus derselben Zeit. Zu den deutschsprachigen Quellen gehört Conrad Schetters anschauliches Taschenbuch »Kleine Geschichte Afghanistans«.

Deutsche Übersetzungen klassischer persischer Gedichte stammen von:
Cyrus Atabay (Hafes)
Friedrich Rückert (Hafes)
Georg Rosen (Rumi)
Salamat Schiftah (Sadi)
Friedrich Rosen – Hossein Behzad (Khayyam)

Danksagung

Mein besonderer Dank geht an den freien Lektor Andreas Becker für die hervorragende Bearbeitung des Stoffes.
Ebenso bedanke ich mich bei Julia Eichhorn, Literaturagentur Graf & Graf, und Olaf Petersenn, Lektor des Verlages Kiepenheuer & Witsch, für ihren vielseitigen Einsatz für dieses Projekt.
Dank gebührt Kathrin Schmidt, Klaus Servene und Ralf Günther für ihren kollegialen Beistand und meinen Korrekturlesern, die diesen Roman mit großem Engagement begleitet haben.